雍正

急功近利的铁腕皇帝

立言 / 编著

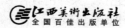
江西美术出版社
全国百佳出版单位

图书在版编目（CIP）数据

雍正：急功近利的铁腕皇帝/立言编著. -- 南昌：江西美术出版社，2020.1（2022.3 重印）

ISBN 978-7-5480-6863-1

Ⅰ.①雍… Ⅱ.①立… Ⅲ.①传记文学－中国－当代

Ⅳ.① I25

中国版本图书馆 CIP 数据核字（2019）第 022777 号

出 品 人：周建森
企 划：北京江美长风文化传播有限公司
责任编辑：楚天顺　朱鲁巍　　策划编辑：朱鲁巍
责任印制：谭　勋　　　　　　封面设计：韩立强

雍正：急功近利的铁腕皇帝
YONGZHENG：JIGONGJINLI DE TIEWAN HUANGDI

编　著：立　言

出　　版：江西美术出版社
地　　址：江西省南昌市子安路 66 号
网　　址：www.jxfinearts.com
电子信箱：jxms163@163.com
电　　话：010-82093785　　0791-86566274
发　　行：010-58815874
邮　　编：330025
经　　销：全国新华书店
印　　刷：北京市松源印刷有限公司
版　　次：2020 年 1 月第 1 版
印　　次：2022 年 3 月第 2 次印刷
开　　本：889mm×1194mm　1/32
印　　张：24.5
ISBN 978-7-5480-6863-1
定　　价：48.00 元

前言

阴鸷狠残名已亏，
承前启后岂无碑。
龙廷自古多霾雾，
正大光明说与谁？

———富察·鹤年先生作《清帝十二咏之五·世宗雍正皇帝》

　　爱新觉罗·胤禛，是康熙皇帝的第四个儿子，生于清康熙十七年（1678 年）。在大清十二帝中，胤禛的阴险狠毒是出了名的。《清史通俗演义》的作者蔡东藩曾评价道，胤禛的所作所为没有一件事是可以对别人说的，以此来极言其城府之深、为人之阴。

　　从社会学、心理学的角度看，胤禛这种性格的形成是有原因的。他的生母只是一个宫女，在封建社会中，宫女的地位十分低下，没有资格抚养皇子，哪怕是她自己十月怀胎的嫡亲骨肉。因此，胤禛尚未出世，就被指派给了别的有身份的女人"恩养"。而此后，他的监护人又屡屡更换，这就不能不给幼年的胤禛带来寄人篱下的感受，并对他的人格产生不良的影响。当然，宫廷权力斗争的残酷无情，也必然造就胤禛这样的畸形人物。于是，清宫野史中那个著名的由"传位十四子"变为"传位于四子"的篡改遗诏的故事，也就顺理成章地被安排在胤禛身上了。

　　胤禛到底是采取什么手段，由一个不受父皇喜爱的四阿哥摇身一变成为大清天子的，这一点我们可以不去刨根问底，但是，我们却应该知道，雍正和他的皇朝给中国历史带来的是怎样的风风雨雨！这个目的，相信读者在看完这本书之后就会达到。史家的评说固然严谨真切，然而小说家的语言却也有其活泼生动的特点，把这两者巧妙而完美地结合起来，不是就能展示给我们一个立体的雍正了吗？

　　1735 年，58 岁的雍正皇帝再也不能拨动大清国的硕大车轮了，他在驾崩前传位于皇四子弘历。而这个弘历就是被史家誉为"有乃祖遗风"、与祖父康熙大帝共同建立了"康乾盛世"的乾隆皇帝。干完了也许是他这一生中最正确的一件事之后，雍正皇帝终于晏驾。他得到了这样的尊谥：敬天昌运建中表正文武英明宽仁信毅睿圣大孝至诚宪皇帝，庙号世宗，葬于泰陵。

目录

第八章　明学士说通天机密　曹侍卫立盖世功劳

室内传出两声沉闷的惨叫："啊……玄烨，你……你好狠，连父亲也不放过！""曹……寅，你……你不得好死！"胤禛毛骨悚然，不小心碰响了墙角的一块石头，曹寅喝问一声："谁？"便快速追了出来！

第九章　主闱场婉言谢说客　报红颜慨然托人情

"为什么不可能与四阿哥有关联呢？"一直沉默不语的曹寅此话一出，令在座的人都十分吃惊，他见人都用异样的目光盯着他，故作轻松地解释说，"我是个粗人，随便说说，你们不必放在心上。"

第十章　遣花轿太子索美女　闹贡院考生砸匾额

胤礽被皇阿玛的目光吓呆了，结结巴巴地说："儿臣不敢有半句假话，阿玛若不信，可以派人到雍郡王府查明。"康熙猛地把手中的杯子摔在地上，十分痛心地说道："上苍啊，为什么朕的儿子没有一个值得我信赖与为之骄傲的？"

第十一章　雍郡王筹措赈灾款　张总督解说护官符

张长庚见时机成熟，便说道："曹不曹，白玉为马金作槽。阿房宫，三百里，住不下金陵一个史。东海缺少白玉床，龙王来请金陵王。丰年好大雪，珍珠如土金如铁。四阿哥，您可曾听过这段护官符？"

第四十章 明太子陵前碎玉玺 清世宗榻上辞人寰

第一章

小阿哥坠地离生母
美皇后越轨入冷宫

皇后钮祜禄氏趁康熙高兴，央求道："皇上，臣妾想把四阿哥抱到坤宁宫抚养，不知圣意如何？"康熙点头称许："胤禛能够得到皇后恩养，也是他的福分！希望他将来不要辜负皇后的抚育之恩。"

纳兰成德从养心殿出来，站在殿门口稍稍迟疑片刻，便转身绕道向坤宁宫走去。

不知从何时起，纳兰成德觉得自己的心被一只无形的大手牵引着，总是有事无事、自觉不自觉地往这宫苑禁地跑。

纳兰成德又叫纳兰性德，字容若，满洲正黄旗人，当朝大学士纳兰明珠的长子。他的姑妈纳兰瓦是康熙宣妃，他的姨妈赫舍里氏就是康熙已故的孝诚皇后、太子胤礽的生身母亲。双重皇亲关系，康熙自然对纳兰成德另眼相看。何况纳兰成德自幼就是随姑妈、姨妈在宫中长大的，在康熙眼中，纳兰成德就是自己的子侄辈。康熙皇帝特许他进入宫闱禁地，如此殊荣可说前无古人后无来者，令满朝文武大臣目瞪口呆！

纳兰成德眉清目秀，体态端庄，举止得体，言谈儒雅，三年前考取了进士。文武全才的他，深得康熙青睐，如今刚满二十四岁就被康熙破格提升为一等侍卫，就是让他侍从左右，一同吟诗下棋附庸风雅。

纳兰成德小小年纪就填得一手好词，竟与"词坛圣手"吴伟业、陈维崧、朱彝尊、顾贞观等人齐名。若从词律上看，纳兰词较他们这些人只能是有过之而无不及。当今皇后钮祜禄氏也喜好舞文弄墨，偶尔也填上几句歪词请皇上指点，并以此来博得皇上的欢心。这几年正值三藩作乱，南方战事未息，康熙没有太多时间陪皇后玩文字游戏，只好顺水推舟，将这个责任交给了自己最宠信的人纳兰成德。

纳兰成德刚走进坤宁宫门，就听见宫中传出一曲寂寥而哀婉的琴声，这正是自己几天前才填的那首《采桑子》："谁翻乐府凄凉曲，风也萧萧，雨也萧萧，瘦尽灯花又一宵。不知何事萦怀抱，醒也无聊，醉也无聊，梦也何曾到谢桥。"

袅袅琴音徐徐传来，纳兰成德有一种说不出口的感觉，心跳似乎猛然加快了许多，在这寒冬也有几分燥热，但更多的是一种来自心底的甜意，这是超越于皇上、皇后宠爱有加的另一种甜意。

纳兰成德正听得入迷，忽听一个宫女道："纳兰侍卫来了，娘娘正等你呢，随我进来吧！"

纳兰成德进殿叩拜后，皇后停下手中的琴，淡淡一笑说道："纳兰侍卫请起吧，本宫昨日仿照纳兰侍卫《采桑子》偶填一词，也不知是否押韵合辙，正想请侍卫指教呢。"

纳兰成德只见锦笺上写道："乐府曲多何凄凉，自寻惆怅，自寻惆怅，多情观花花亦伤。胸有忧愁诉知己，说亦无妨，哭亦无妨，莫留梦中泛断肠。"

纳兰成德看罢，微微抬起头，娘娘那明亮的眸子正要穿透他的心，怦然心动中纳兰成德急忙垂下头，他渴望这似繁星如秋水般的目光，但他又害怕这种目光。

"本宫这词一定太差了，让纳兰侍卫见笑了。"

"奴才岂敢，娘娘这首词填得很好。只是……"

"只是什么，请纳兰侍卫直说无妨，这里也无他人，即使有什么不雅的，也不会令本宫难堪，只要纳兰侍卫不向外说。"

皇后幽幽地说着，用动情的目光看着纳兰成德。

纳兰成德试探道："娘娘母仪天下，主宰后宫，何等荣幸与显赫。但这首词中却充满哀怨伤痕、幽情与暗恨。娘娘何以有此心境呢？"

皇后见问，心里也是一阵怅然。她虽然贵为皇后，但后宫佳丽有名有分的也有百人，论容貌哪个不是花容月貌，皇上如此风流多情怎会专情于一人呢？她贵为皇后，皇上临幸的次数却寥寥无几。何况近日三藩叛乱，南方军务正紧，皇上更无暇临幸坤宁宫。自从见了纳兰成德，二人你情我意、渐入情网，但她知道这是冒天下之大不韪，弄不好身首异处，祸及满门。作为女人，她愿意舍名舍利为情所死，但容若愿意放弃自己似锦的前程与她共蹈情海吗？他又真的有这份胆量，敢恨敢爱做一个性情中人吗？想至此，皇后故意话锋一转说道："俗话说，'人人都有一本难念的经'，本宫在他人眼中当然值得妒羡，但本宫也有自己难以说出口的难处。"

这时，宫女春桃捧一杯热腾腾的奶子上来："纳兰侍卫请用！"

纳兰成德接杯在手，只听皇后叹息一声说道："自古宫廷内的争斗是最惨烈的，今日之荣也应虑及他日之忧，这样才能做到居安思危，永葆荣耀，纳兰侍卫你说是吗？"

纳兰成德不免有几分失望，但又不得不点头说道："娘娘所言极是，只是娘娘已被皇上册立为皇后，主位已定，是宫中任何人也动摇不了的，娘娘的忧虑是否有些杞人忧天？"

皇后摇摇头，说道："母以子贵，夫为妻荣。本宫主位虽定，但入宫多年却膝下尚虚，长此以往这主宫之位也必然岌岌可危……"

纳兰成德忽然觉得自己太幼稚可笑了，皇后怎会傻到放弃主子的位置而倾心奴才呢？这么一想，纳兰成德便略含讽刺地说："娘娘既然如此深谋远虑，何不借腹怀胎或从别处抱一个作为皇子？"

皇后听出纳兰成德话中有讥刺之意，也故意冷冷一笑："宫外凡夫俗子何以能够冒充皇子，若让皇上知道岂不弄巧成拙？"

"那娘娘也可以收养其他贵妃娘娘的阿哥或格格嘛！"

皇后又叹息一声说道："强扭的瓜不甜，即使强行收养到我身边，说不定将来是为他人做嫁衣呢！唉……"

"娘娘，奴婢昨日去永和宫，听见几位姐妹正在议论一件事，说皇上……"春桃话说了一半又咽了下去。

皇后扫一眼春桃，逼问一句："说皇上怎样？"

春桃怯懦地偷看皇后一眼："奴婢听永和宫的人私下议论，说长春园的一名宫女怀了龙胎，快要临产了。"

"竟有这事？"皇后将信将疑地反问道。她不能不信，皇上是什么样的人她比谁都清楚，倘若真有此事，她倒可以从中捡了便宜呢！就按纳兰成德所说，将孩子收在自己膝下抚养。

纳兰成德道："这事也不算什么秘密，那名宫女是满洲正黄旗人，姓乌雅氏，宫中人都叫她小凤。自从怀了龙胎，皇上已着人将她安排在长春园玉华阁，也许等分娩后才告知娘娘接回宫呢。"

皇后听后又气又恼，气皇上春情外露情种遍洒，三宫六院这么多有名有分的不够他享用，还要向一名下贱的宫女施恩布云播雨；恼自己肚子不争气，一男半女也怀不上。

纳兰成德施礼道："娘娘此时的心绪不适宜再听奴才谈论词律，奴才先告辞了，改日再来为娘娘讲解词曲吧。"

皇后见纳兰成德去意已决，心中不免怅然若失，但又不好直言挽留，只好幽幽说道："春桃代本宫送送纳兰侍卫。"

皇后望着纳兰成德离去的背影微微叹息一声："问世间情为何物？人啊，就是那么怪，得到的不知珍惜，不能得到的偏要得到，这是何故？这又是何心？"

纳兰成德边走边想着心事，猛地听到旁边有人向自己招呼："纳兰侍卫辛苦了，奴才给爷施礼啦！"

原来是永和宫总管太监刘胜。这刘胜年龄虽然不大，入宫也不久，却偏能钻营取巧，凭着一脸奴才相和溜须拍马的本领投到懿贵妃佟佳氏脚下，也不知是如何讨好主子，不到三年就从一名小太监爬到永和宫太监总管的位子。纳兰成德本不欲搭理他，又不好太生硬，便转过身拱手道："哦，是刘总管，莫非刘总管有事要去坤宁宫？"

"嘿嘿，奴才哪有这个福分？奴才是路过这里。"刘胜皮笑肉不笑地说着，偷偷瞧瞧刚刚关上的坤宁宫大门，不怀好意地说，"奴才可真羡慕纳兰侍卫文武全才，对词曲那么精通，频频博得皇上、皇后的宠爱，能够自由出入后宫禁地，还可以得到娘娘的接待，三生有幸，三生有幸啊！"

纳兰成德自信浑身清白，怎能容忍这下三烂之辈揶揄自己，立即冷冷地讥刺道："刘总管也十分令人羡慕嘛！凭着狗一样的鼻孔，四处嗅一嗅就可以获得贵妃娘娘的信赖青云直上。哪像我等还要白天练武晚上习文，累身又费脑也不如刘总管活得逍遥。"说罢，阔步昂然而去。

刘胜待纳兰成德走远，狠狠啐一口道："什么东西！"

刘胜回到永和宫，懿贵妃就把他叫去问道："刘胜，我让你打听的事你办得如何了？可千万别让人家抢了去！"

"娘娘放心，有刘胜在，谁也抢不去！"刘胜急忙一本正经地说。

"倘若皇后也要那腹中的孩子呢？你刘胜也敢和皇后争夺吗？"

"请贵妃娘娘放心，皇后是决不会与娘娘争抢那孩子的。"刘胜看看旁边站着的几名宫女，急忙上前俯身贴在懿贵妃耳边嘀咕几句。

懿贵妃稍稍愣了一会儿，突然仰天哈哈大笑："无怪乎前天哥哥捎信来，说他请一位得道高僧给我算了一卦，说今年得天时、地利、人和，命相又将大转弯，偏位不久将要扶正呢。"

"那奴才先恭喜娘娘了。"刘胜不失时机地讨好说。

"那名宫女什么时候才能分娩呀？要处处留心，以防夜长梦多呀！"

"据玉华阁的人说，小凤姑娘今明两日就要临产了。"

"你先买通玉华阁的人与太医，这几日密切监视玉华阁的动静，随时向我汇报情况！"

"嗻！"刘胜正要退出去，皇后已在众人簇拥下步入殿内，懿贵妃急忙下跪施礼："臣妾拜见娘娘千岁！"

钮祜禄氏笑着用手搀扶："快起来吧！姐姐这次是为了那宫女怀了龙胎的事同妹妹商量的。"

懿贵妃不动声色地问："娘娘要严惩那名宫女吗？"

"哪能呢？她怀上龙胎，这是大清国的福分，即使我想惩处，皇上也决不会答应的，如果伤了胎气祖宗也不会宽恕的。"

"那皇后准备怎样？"

"我想同妹妹一起去奏请皇上，把那宫女接进宫内分娩，并让皇上给她个名分。妹妹以为如何？"

"娘娘说得极是，只是听说那宫女近日就分娩了，从长春园到宫中如此遥远的路程怎好迁移，如果有个闪失，你我担待不起啊！"

懿贵妃已派人买通长春园玉华阁的侍从和御医，能够随时了解分娩情况，好做手脚。而一旦回到这后宫，有皇后在，自己就很难插上手了。

钮祜禄氏道："妹妹不必多虑，再远的路也不用她自己走。事不宜迟，妹妹快随我一同去见皇上吧！"

康熙见皇后和懿贵妃突然到来，以为她们是为小凤的事来兴师问罪的，正待先声夺人发火训斥她们，一听皇后的话，自是求之不得，当即准奏。

当天晚上，小凤就被皇后派人接回紫禁城，暂且安顿在咸福宫。

懿贵妃坐在房内望着门外飘落的雪花想心事。皇后主动请求皇上把小凤接回宫中分娩，莫非皇后也有与自己同样的想法？胳膊怎能拧过大腿，看来如意算盘要落空了。

冷不防，刘胜跑了进来，带着满身的雪花，边跑边说："生啦生啦！还是位阿哥呢！"

　　"是阿哥？"懿贵妃心中一动，马上又略带失望地说，"是阿哥又怎样？好事还能轮到我，皇后的心思你还不明白吗？"

　　"这……"刘胜一时语塞，马上又讨好道，"如果皇后也想争夺这个男孩，就把她与纳兰成德的事抖出来，扳倒她的皇后位子，让她落个鸡飞蛋打一场空。"

　　懿贵妃轻蔑地看了刘胜一眼，淡淡地说道："皇后的位子是那么容易扳倒的？就凭你我一句话皇上就相信了？何况这事是难以找到证据的，没有真凭实据，她反咬一口，皇上是听你我的，还是听她的？"

　　懿贵妃白了他一眼，又说："在宫中做事要心平气和，以静制动，瞧你刚才那风风火火的样子！生就生了，悄悄来说一声不就行啦，何必大惊小怪，唯恐这宫中没人不知道似的。要知道，隔墙有耳，我们能把春桃插在坤宁宫中，她钮祜禄氏又何尝不能把人插在咱这永和宫呢？"

　　"贵妃娘娘教训得是，奴才该打。"刘胜边说边轻扇了右腮一下。

　　瞧着刘胜一副奴才相，懿贵妃开心极了："以后当心就是了。"

　　刘胜贼眼珠一转，献计说："如果皇后真的与贵妃娘娘争夺这个阿哥，奴才就有办法拿到她的把柄。"

　　"她不与我争你也要拿到把柄，明白吗？"懿贵妃半嗔半笑地说。

　　"明白！"

　　懿贵妃看着刘胜的背影，心中又升起新的希望。

　　今天是康熙十七年十月三十日（1678 年 12 月 13 日），大雪纷飞，寒气袭人。咸福宫却是喜气洋洋，充满欢乐、祥和的气氛。几声婴儿高亢有力的哭声更给这融融的喜气增添了几分暖意。

皇后接过宫女抱上来的婴儿，认真端详一下，赞道："好英俊的孩子！我一定奏明皇上给小凤姑娘封赏，册立凤姑娘为妃。"

"小凤不敢心怀奢望，只求小阿哥没病没灾！奴婢求皇后娘娘给这孩子赐个名吧。"

皇后把孩子交给小凤姑娘说："按照已经序齿的几位皇子，这孩子排行老四，我们先叫他四阿哥吧。至于给他赐名应该由皇上做主，待我奏明圣上之后再给四阿哥起个响亮好听的名字。"

"如果一定让朕给四阿哥赐名，那朕也就不客气啦，哈哈哈……"

不知何时，皇上已经带着几个太监走进房内，众人急忙下跪施礼。

康熙向众人挥挥手："都起来吧，今天朕特别高兴，这礼就免了。"

"臣妾正要去见皇上呢，不想皇上亲自来了，那就请皇上给四阿哥赐名吧！"皇后上前说道。

"朕又有了一位阿哥，我爱新觉罗氏又多了一位能征善战的猛将，朕能不亲自来看看吗？何况四阿哥的诞生还给朕带来了一个喜讯呢！南方前线打了胜仗，吴三桂主力已经被消灭，平定三藩指日可待！"

"果真是特大喜讯！"众人一致赞道，"这是皇上的洪福，也是四阿哥的造化啊！"

康熙走到小凤床前，接过孩子看了看，很满意地说："嗯，长得很结实，也很像朕，至于叫什么名字……"康熙顿了一下说，"东汉许慎《说文》云：'禛'是以真受福之意，希望这孩子能够对上天和祖宗一片真诚之心，并以此得到天地和祖上的福佑。他们这一辈是'胤'字辈，所配字都以'礻'为偏旁，本身就有上苍降福保佑之意，就叫胤禛吧！"

"胤禛，果真是好名字，皇上实在英明！"皇后附和着赞道。

"皇上英明，谢皇上给四阿哥赐名！"众人又齐声呼道。

皇后见皇上很高兴，趁机央求道："皇上，臣妾入宫多年膝下无子，臣妾想把四阿哥抱到坤宁宫抚养，不知皇上是否赞同？"

"皇后这也是为我爱新觉罗氏着想，这孩子能够得到皇后的抚养，也是他的福分，希望这孩子将来不要辜负皇后的一片抚育之恩。"

自己的亲生儿子被皇上三言两语许给了皇后，小凤心都碎了，听着儿子渐渐远去的哇哇哭声，再也抑制不住内心的委屈，把头埋在被窝里失声地哭了起来，母子连心啊！

不知过了多久，小凤止住了哭泣，抽搐着。猛抬眼，见懿贵妃和刘胜走了进来。

懿贵妃假惺惺安慰说："小凤姑娘不必伤心，你的儿子终归是你的，谁抱去抚养也没有用，母子之情是任何人也割舍不断的。皇后奏请皇上把你从长春园玉华阁接到这里，我就觉得奇怪，原来竟是安着这份心！"懿贵妃又咬牙说，"钮祜禄氏不会有好下场的！待我抓住她的不义之处，一定狠狠在皇上面前告她一状，并恳请皇上把四阿哥还给你。"

"如果能要回我的儿子，让奴婢变牛变马侍奉贵妃娘娘一辈子俺也心甘。"小凤说着，泪又涌了出来。

懿贵妃趁机拉着小凤的手说道："小凤妹妹，咱姐妹一见如故，今后有什么不顺心的事尽管告诉姐姐，姐姐一定尽力帮助你。"

小凤也真诚地说："贵妃娘娘如此关心奴婢，这是奴婢莫大的荣幸，如果贵妃娘娘今后有用得着小凤的地方，尽管开口，小凤万死不辞。"

懿贵妃见时机成熟了，把身子向前挪了挪："宫中传说皇后与一等侍卫纳兰成德过从甚密，妹妹是否听到这方面的传闻？"

"真有这等事岂不有伤皇室声誉，皇上能允许吗？"

"皇上当然不能容忍！皇家声誉不允许任何人亵渎，维护皇家尊严是我们姐妹应尽的义务，妹妹也不能坐视不问。"

"可是，我……我一个宫女能做些什么？"小凤略感不安地说。

"你不会再是宫女了,你有了阿哥,皇上很快会册封你的,这事就包在我身上吧!不过,我们姐妹得同心协力才行啊!往后,皇后的一言一行,妹妹可要留心着,如果发现有什么不对头的,告诉姐姐我!"

小凤机械地点点头,看着懿贵妃离去的背影,又如陷入云雾之中,特别是她最后那神秘的嘱咐更让小凤迷惑。"姐姐的话只管放在心中,万万不可说与他人听",这又是什么意思?

虽然还没有真正跻身于宫闱,小凤却已经隐隐约约感到宫廷的险恶,这今后的路怎么走?

雪过天晴,大家的心情都很好。可是康熙例外。今天接到驿报,说湖北战事又吃了败仗,虽然不严重,却也搅得他坐卧不宁。平藩之战打了五年,尽管呈现出节节胜利之势,但军事上的反复实难意料,一国之君能不焦心吗?中原政局不稳,汉人心尚不服,又何谈国家的长治久安!

康熙正在忧心忡忡地思考着补发大军的事,随身太监冯吉安进来奏报说懿贵妃求见,康熙正在烦恼之中,把手一挥:"朕不见,有事待朕回宫再说吧。"

懿贵妃听说皇上不见,碰了一鼻子灰,怏怏不快地离去了。刚走不多远,迎面碰上一等侍卫纳兰成德阔步走来,她陡地心生一计,主动上前说道:"哦,是纳兰侍卫,我正有事想请教纳兰侍卫呢。"

纳兰成德见是懿贵妃,急忙还礼:"纳兰给贵妃娘娘请安,不知娘娘有何吩咐?"

"前日我随便涂了一首歪词,并请乐师给谱了曲,可乐师却说词不甚合韵,想请纳兰先生给指正一下。"

纳兰成德知道推辞不了,只好说道:"奴才有空一定去,这等小事派个宫女来说一声即可,何必有劳贵妃娘娘大驾呢?"

"我也是有事请求皇上，顺便同纳兰侍卫说起这事，请纳兰侍卫不可食言，我在宫中恭候纳兰公子大驾。"

懿贵妃回到永和宫，立即找来刘胜，和他商谋，把一切布置停当，只等纳兰成德到此。

康熙从养心殿出来，打算去永和宫问问懿贵妃之前欲奏何事。刚过景和门，正踽踽而行，猛然听到两名小太监在窃窃私语。

"老弟，宫中出了一件新鲜事你知不知道？"

"宫中整天都有新鲜事，不知老兄指的哪件新鲜事？"

"嘿，还能指哪件新鲜事，当然是皇后娘娘和纳兰侍卫的事。"

"你活腻啦！这事是咱当奴才的说的吗？"

"老弟，这事宫中已经传疯了，只瞒住皇上一人呢！唉，皇上也是，整日忙着打仗，自己的老婆在宫内偷汉子，皇上还蒙在鼓里呢！"

康熙一听这话，浑身的血像被火烧开了，要炸开身体进出去一般，头一蒙，晃了两晃几乎要晕倒在地。随身太监冯吉安急忙上前搀扶住皇上。

这时，康熙蓦地又听到其中一人说道："不是众人想瞒住皇上，谁敢向皇上报告这事，只要去报告是必死无疑，让皇上戴绿帽子的人当死，知道皇上戴绿帽子的人也得死。"

康熙再也抑制不住心中的气愤，暴喝一声："冯吉安，派人将这两个该死的狗奴才抓起来乱棍打死！"

这一声可把那两个小太监吓坏了，他们从墙角出来，一见是皇上，知道闯了大祸，慌忙跪下哭爹叫娘地喊饶命。康熙一句话也没说，铁青着脸走了。冯吉安走上前啪啪几巴掌，边打边骂道："王八羔子活得不耐烦了，今日就成全了你们！"

冯吉安一边命人将嚼舌头的太监抓起来乱棍打死，一边去追赶皇上，他估计今天宫中要出大事，免不了一场血灾即将发生。

懿贵妃知道皇上今日一定要到永和宫来，早已准备停当耐心等候呢。康熙一进门，懿贵妃就从皇上铁青的脸上读出自己的杰作，事情果然按照她预先设计的情形发展着。

康熙铁青着脸问道："你今日去养心殿见朕有何事？"

懿贵妃瞟一眼正在气头上的康熙，故意吞吞吐吐地说："臣妾不敢，臣妾希望这事不是真的，可这事……"

康熙不耐烦地说道："有什么事尽管说来，朕恕你无罪！"

懿贵妃使眼色屏退众人，这才把事先想好的话背了一遍："臣妾昨晚无意听到两名宫女议论宫中一件不光彩的事，说皇后娘娘与纳兰成德有奸情，臣妾不信，大怒之下将那两名宫女打得半死关押起来。臣妾后来才知道这事早已传得沸沸扬扬，臣妾只盼这是小人无事生非造出的谣传诽谤皇后与纳兰侍卫的。臣妾想瞒下去，唯恐皇上明晰事实后责备臣妾，今日特去禀告，请皇上做主。"

康熙不能不信几分，抬眼打量着懿贵妃问道："爱妃以为这事如何处理？"

"皇上，这事还能怎样处理，无论是真是假，消除流言要紧，大事化小，小事化了。这事本来就是说有就有、说无就无的事，皇上难道真的要通过捉奸拿双以验清白不成？"

康熙稀里糊涂回到乾清宫，他本来打算从永和宫再去坤宁宫的，但他没有那样做，他在心中已讨厌起坤宁宫，更讨厌起宫中的那个女人。

康熙一夜没合眼，直到日上一竿高也没有起床，今天的早朝他也借故推辞了。非但如此，他竟然接连几天称病不理朝政，也拒绝任何人入宫探视，仅留冯吉安一人陪伴着他。

这天，康熙突然对冯吉安道："你陪朕去坤宁宫走走，谁也不许陪同，谁也不许通报，就你我两人私自前往。"

冯吉安听后吓了一跳，他想派人通知皇后一声却又来不及，主要是他不敢，皇上的脾气冯吉安比谁都清楚。

康熙与冯吉安直入坤宁宫，喝住了要去通报的宫女、太监，径直跨进正殿，映入他们眼帘的却是出人意料的情景：皇后正泪眼蒙眬地坐在纳兰成德旁边，在诉说着什么。

　　两人做梦也没想到皇上会突然到此，都吓得面色惨白，扑通一声跪了下来，惊呼道："皇上……"

　　皇后道："听说皇上龙体欠安……"

　　"哼，你别猫哭老鼠假慈悲了！你巴不得朕早死呢！你们辜负了朕的信任与宠爱，想不到朕最信任的人却是背叛朕的人，令朕痛心哪……"

　　康熙咆哮着，说到动情之处，眼睛湿润了，几乎要流下泪来。

　　皇后知道自己纵有千张嘴也说不清，但仍辩解道："皇上息怒，皇上误会了臣妾与纳兰侍卫，臣妾是在向纳兰侍卫请教词律。"

　　"哼，你说这话欺骗朕吗？朕并没有说你们做什么苟且之事，你却心虚了，此地无银三百两。"康熙吼道。

　　"皇上，奴才是受懿贵妃之邀来后宫给贵妃娘娘讲解词律的……"

　　不待纳兰成德说下去，康熙就喝住了他："住口！你为懿贵妃讲解词律怎么不去永和宫却到了坤宁宫？"

　　"回皇上，奴才到了永和宫，听宫中值班太监说贵妃娘娘可能去了坤宁宫，并听那太监说，贵妃娘娘留下话，让奴才到坤宁宫找她。"

　　康熙微微一愣："哦，真有这事，那懿贵妃呢？朕怎么没有见到？"

　　"懿贵妃？"钮祜禄氏解释说，"她刚才来了，向我找《佩文韵府》一书，刚坐了一会儿，来了一名宫女，说太后有事让她去一趟，她就起身告辞了。"

　　康熙扫了一眼跪在地上的纳兰成德，余怒未消地说："哼，填词，作曲！你们好雅兴！将士在前线浴血奋战，血流成河，堆尸如山，朕忙得焦头烂额，而你等竟如此……"

康熙"啪"的一声将桌上的笔砚墨等用品打翻在地，浓墨泼在洁白的宣纸上，黑乎乎的，让人压抑。康熙冷笑一声，从袖中甩出一张纸，向纳兰成德质问道："这也是你填出的好词吗？"

纳兰成德低头一看，正是他新填的一首《念奴娇》，是春桃从他书房带走说给皇后娘娘看的，怎么会到了皇上手中？

钮祜禄氏见果然是纳兰成德那隽秀而又飘逸的字，上面写道：

> 人生能几？总不如休惹，情条恨叶。刚是尊前同一笑，又到别离时节。灯灺挑残，炉烟蒸尽，无语空凝咽。一天流露，芳魂此夜偷接。　　怕见人去楼空，柳枝无恙，犹埽窗间月。无分暗香深处住，悔把兰襟亲结。尚暖檀痕，犹寒翠影，触绪添悲切。愁多成病，此愁知向谁说？

皇后默读一遍，内心一阵怅然，如果这词真是纳兰成德写给自己的，也不枉自己一片痴情，虽死无憾，她心一横，向康熙说道："皇上，是臣妾不好，与纳兰侍卫无干，请皇上饶过纳兰侍卫吧，臣妾愿以死恳请皇上息怒。"

"不，皇上，这事与皇后娘娘无关，是奴才主动入宫为娘娘填词作曲惹皇上生气了，请皇上责罚奴才一人。"纳兰成德也哀求说。

"好，好，有情谊，互相愿为对方去死，朕成全你们！"康熙说着，向冯吉安喝道，"你着人将这两个狗男女分别关押起来，待朕审定属实一同处死！"

冯吉安跪着向康熙爬了几步道："皇上万万不可，何况……"

"何况什么？你这个狗奴才也敢违抗朕的旨意为他们求情吗？"

"奴才不敢，奴才是为皇上着想，也许是误会吧，万一……这事牵扯皇室尊严，传扬出去有伤国体，请皇上三思而行！"

"国体？尊严？哈哈哈……"康熙凄凄惨惨大笑一声，踉跄而去。

皇后望着凄凄冷冷的宫墙心乱如麻，她虽然没有被监禁起来，也失去了往日的自由，坤宁宫的门被牢牢把守着，不许任何人进入，当然也不许任何人外出，宫中的宫女、太监抽调走了大半，一向热闹非凡的坤宁宫猛地冷清了许多。

钮祜禄氏几次要冲出宫门找皇上申辩，都被守门侍卫阻拦了，没有皇上手谕任何人不得出宫，皇后也不例外。钮祜禄氏知道皇上对她误解很深，但她是哑巴吃黄连——有口难辩，说是误解也确实有那么一点儿心意，但只是放在心中，尚未正式表达出来，不是皇上所想象的那么肮脏。

就这样又过了几天，皇上既不对她有何处置，也没给她恢复自由。身边的宫女全是陌生的面孔，向她们询问事情，得到的只是沉默。

钮祜禄氏失望极了，也伤心透了。

这天，钮祜禄氏正独自坐着，脸上挂满了怨仇。突然，她听到一阵熟悉的脚步声，她略带兴奋地说："春桃，是你？这几天你……"钮祜禄氏止不住的泪水如断了线的珍珠，簌簌而下，半晌讲不出话来。

春桃劝慰道："娘娘不必伤心，请娘娘想开些。"

皇后这才边擦眼泪边问道："外面的情况怎样？有何传言？"

"回娘娘，皇上龙颜大怒，把几位内阁大臣都召到宫中，商讨处置娘娘与纳兰侍卫的事。众人意见不一，皇上也一直拿不定主意。但从养心殿值班太监传出的话，皇上决不会轻饶娘娘，对纳兰侍卫更要严惩呢。"

春桃说着，偷眼瞟一下皇后，又说道："皇上要处死纳兰侍卫是一定的事，至于如何处置娘娘，奴婢不敢妄传。"

"唉，都到了这个份儿上，还有什么敢不敢的，有什么话就直说吧，这些年来，我一直把你当作妹妹看待，你还有什么要隐瞒姐姐的呢？无论怎样，姐姐都能顶得住。"

春桃听了这话，怦然心动，她觉得自己内心有愧，不敢正视皇后的眼睛，嘴唇翕动一下，还是一咬牙说道："传言皇上要废了娘娘的名位，并将娘娘打入冷宫呢！"

皇后听后，心颤动一下，突然哈哈一笑道："名位？冷宫？我虽有皇后之名而无皇后之实，甚至不如一般嫔妃，这坤宁宫虽然华美，与那冷宫有何两样？"

皇后说着，大滴大滴的泪水从她白净的面颊上滚落下来。春桃从皇后娘娘这几句肺腑之言中真正明白她的心性，觉得自己十分渺小，甚至卑鄙，她想把一切都告诉皇后，但她又十分清楚这其中的利害关系，自己的一条小命搭进去不算，还有可能累及家人。就是这样，也未必能救皇后娘娘的命。春桃张了张嘴，终于什么也没说。

皇后心里乱糟糟的，她一时也理不出头绪，多日来一直想打听外面的消息，如今听到了外面的消息却又不知所措。唉，人哪，真难！

春桃急忙找个借口离开了，她也怕停留长久了被皇后问出破绽。

这几天，皇上已经三次召见两位最亲近的内阁大臣索额图与马文，向他们征求处置皇后与纳兰成德的意见。

这等大事索额图与马文在没有真正摸清皇上的心思前，也是不敢妄加评议的。皇后乃是一国之母，也是一国之本，岂能轻易废立，何况皇后到底做了啥事皇上也没有明说，只是传闻她与纳兰成德有苟且之事被皇上发觉。皇上不挑明，做臣子的岂敢触及皇上的隐私？

康熙见召见了他们两人几次，索额图与马文都是支支吾吾不肯明说，十分恼怒，一拂袖子说道："俗话说'养兵千日，用兵一时'，朕视两位为股肱大臣，如今令二人给朕拿个主意都做不到，真乃废物，辜负朕的厚望，岂有此理！"

索额图见皇上生气了，他瞟一眼马文说道："请皇上息怒，奴才以为如今国势不稳，内乱未去，外患未除，南方正在交兵，朝中突然颁诏废黜皇后，恐天下不服，更授乱臣贼子以起兵征乱的借口，请皇上三思！"

马文也趁机说道："索大人言之有理。何况皇后是今年八月才立为后，皇上早已颁诏天下，人人尽知，如今尚不到半年又诏告天下废去名位，必引起国人震动。倘若皇后有错，也只能是我们臣子失察之咎，请皇上降旨处罚我等以为皇后免过！"

康熙见两人都再三强调不可废黜皇后之位，但他又不便把皇后的丑闻抖出去，气得一拳砸在御案上，痛心地说道："好，好！你们袒护钮祜禄氏，一定是从她那里得到了好处。既然如此，朕就处置你们，不过，她的皇后之位也一定要废黜的！"

"皇上，处罚奴才能够免去皇上心中的苦恼臣甘愿受罚，但皇后是万万不可废黜的，至少现在不能，请皇上三思！"马文又跪地求道。

"皇上，万万不可废黜皇后！"索额图也跪下苦苦哀求道。

"朕的事不用你们理会，你们都滚下去，滚下去！"康熙咆哮着。

正在这时，大内总管太监李来福连哭带喊跑进来说道："皇上，不好了，娘娘，娘娘薨了。"

这事太突然了，不用说索额图与马文，就是康熙也十分震惊，他一屁股跌坐在龙椅上，木然地问道："怎么死的？什么时候死的？"

李来福抹一把眼泪，看看皇上，又看看呆在旁边的索额图和马文。

康熙点头说道："你照直说吧。"

"回皇上，娘娘是半个时辰前薨的，自缢而去，并给皇上留有遗书，请皇上过目！"

康熙接过李来福递上的遗书一看，只见纸上泪渍斑斑，有几处字迹都沾湿模糊了，正是钮祜禄氏的绝笔。康熙匆匆读着：

……臣妾身在高位而不自珍，上负圣爱，下愧万民，死有余辜，不足降旨，自裁谢罪。臣妾今命赴黄泉，本不欲解辩，但思之再三，实觉得屈而不屈，不屈而屈，借方寸纸，倾热血于笔端，圣上其知臣妾心境乎？

臣妾独居深宫，半载难见圣上一面，凄楚孤寂之心顿生，如一号雀幽囚宅中，此生犹死也！落寞百无聊赖之余，以琴曲弹词解忧自慰苟度平生，不期然与纳兰侍卫有同感生共鸣，朋友耳知己耳，有诗词之往来，无雷池之跨越，幸不辱没皇室圣名。皇上素睿明，而误会臣妾至深，臣妾唯以死洗罪。

皇上，臣妾去也！古人云：鸟之将亡，其鸣也哀；人之将死，其言也善。臣妾斗胆恳请皇上恕纳兰侍卫于万死。纳兰当世才子、词曲圣手，大清天下初定，此用人之秋也。皇上毋以雷霆震怒损惜才令名。且纳兰之父大学士明珠驰军西南，汗血报国。若圣上重惩其子，岂不令远征之将心寒，倘陡生异心，实国家大难也！皇上三思……

康熙看到这里，内心十分苦痛，但这痛苦在康熙心头只是一扫便消失了，他把钮祜禄氏的绝命信向御案上一甩，冰冷冷地说道："死得倒也及时，这倒省得朕费心降旨处置了。"

马文看出了康熙的感情变化，他揣测着皇上的心意说道："皇上，人死不能复生，就是娘娘再有错也已经是过去的事了，何必与一个死去的人计较呢？"

"就以马文所言，仍以皇后礼仪安葬吧！"康熙说完，一屁股跌坐在龙椅上。

皇后薨驾的诏书颁告天下，一时间轰动全国，人们议论纷纷。这位二十多岁的年轻皇后入主后宫不足半年就突然病逝了，怎么不令人猜测非议呢？但猜测终归是猜测，谁也不敢乱说什么，诏书上写得分明，皇后得急病不治而逝。天有不测风云，人有旦夕祸福，皇后病逝也就无可非议了。

懿贵妃刚从坤宁宫回到永和宫，就一把扯去头上的白纱扔在一旁，红光满面地冲着走进来的刘胜嗲声嗲气喊道："刘总管，你为本娘娘立下的这份功劳，我该怎么谢你呢？"

"嘻嘻，奴才只恳求娘娘入主正宫大位后少骂奴才几句就行了。"

懿贵妃立即娇嗔道："待我入主正宫后不但不能少骂，必须多骂几句才对呢！人们不是常说'打是疼骂是爱，不打不骂不自在'吗？"

"那奴才就请娘娘又打又骂就是了，但不知皇上何时册立主子为后，主子早早给奴才透个信，也让奴才提前给娘娘预备一份贺礼！"

"唉，我正为这事发愁呢！我那无用的父兄都到西南战场上去了，如今朝中几位皇上信得过的大臣我也不熟悉，册立皇后的事我怎好向皇上直接开口相求呢？"

"那四阿哥的事呢？"

"皇上已经同意将四阿哥抱进我们永和宫侍养，皇子再好，只可惜不是我的亲生儿子。"

刘胜哈哈一笑："娘娘真是杞人忧天，皇上既然同意把四阿哥交给娘娘侍养了，这就说明皇上已有心立娘娘为后，至于何时册立只是时间上的事，娘娘静候佳音吧！"

"有许多事你不明白，皇上不是糊涂虫，他对我似乎有了戒心。起初皇上让小凤把四阿哥抱回咸福宫，是我再三请求皇上才勉强同意的。"

"如果是这样……"刘胜讷讷道，他沉思着，没有说下去。

懿贵妃突然想起了什么，突然说道："刘胜，坤宁宫的春桃现在哪里？此人不可再留下去，立即想办法处死，不然后患无穷！"

"奴才明白！"

刘胜悄悄来到坤宁宫，寻了几遍也不见春桃的身影，忙找来坤宁宫执事太监钱二柱询问。

钱二柱蓦地一惊，拉住刘胜问道："别人都不知道春桃失踪了，你小子冒冒失失来找她干什么，莫非你……"

不待钱二柱说下去，刘胜就打断他的话："你真是不识好人心，我不来告诉你一声，你至今还不知道呢！这话若传到万岁那里，还不扒了你的皮！"

"嘿，不就是一名宫女吗？"钱二柱分辩道。

"你小子说得轻巧，春桃是一般宫女吗？她是娘娘的贴身宫女，娘娘的什么事她不知道？娘娘是怎么死的，皇上又是如何下的诏书，如果春桃逃出宫乱嚷嚷，这后果是什么？"

钱二柱傻了眼，也吓出一身冷汗，结结巴巴地问："刘兄以为这事如何处置？"

刘胜淡淡说道："丢就丢了吧，一定是春桃害怕皇上杀她灭口偷偷溜出宫了。如果将来有人问起，就说春桃为娘娘殉主自缢了。宫中死一个宫女如同死一只蚂蚁，皇上哪会详查？"

刘胜这么安慰别人其实是安慰自己，他准备在懿贵妃面前撒个谎，就说害死了春桃，反正春桃逃出宫后再也不会回来，这事就永无对证了。但他担心皇上秘密把春桃关押起来审讯，若真是这样，他和懿贵妃都将死无葬身之地。刘胜只能把这种担心放在心中，对谁也不敢提及。

第二章

大和尚紫禁城刺驾
小皇子柏林寺出家

康熙猛听身后传来女人的呼救声："皇上快来救救臣妾和四阿哥！"回首一看，见一名黑衣人正牢牢控制着怀抱四阿哥的懿贵妃，一柄雪亮的长剑正架在她脖子上，周围几名大内侍卫竟都束手无策。

新年的炮声越来越远，欢乐祥和的祝福祭神气氛也都淡远了。纳兰成德踏着茫茫积雪在通向妙峰山的小路上艰难跋涉着。

自从一个月前被关入大牢他就抱着必死的念头，不知为何，皇上竟然将他释放了，但附带一个条件，让他永远滚出京城，闭门思过。这对于他已经够优待了，许多知道内情的人都说，在大清国除了纳兰侍卫是不可能有第二个人会有这么好的结局的。

纳兰成德虽然走出了那幽深的宫闱获得了自由，但他听到皇后自缢而死后，心也死了。皇后的死未必是为了殉情，但确与他的生有关，也许是皇后的惨死触动了皇上的慈悲心肠，给了纳兰成德一条命，让其思过、忏悔，或许这是一种比死更痛苦的惩罚。

纳兰成德想到了死，但他不能，皇上有令，赐他活着，没有皇上的谕旨他不能自寻短见，否则就是抗旨，要满门受株连的。当然，病死或其他意外死亡除外。这无疑如同被皇上用一根绳索牢牢系住了脖子，让他求生不得求死不能，终生受煎熬。纳兰成德在别无选择的条件下选择了这条路。

他吃力地叩击着冰冷的寺门，许久，寺门才"吱"的一声打开，探出一个头来："施主，你找谁？"

"纳兰拜访性音大师。"

"哦，你是纳……快，快请进吧，家师恭候已久了。"

大觉寺并不大，只是十多间残破的庙宇，分前后两院，纳兰成德刚走到后院，就见一位中年僧人迎出来施礼道："阿弥陀佛，贫僧性音迎接纳兰施主。"

　　二人进入殿内，分宾主坐下，性音大师上下打量一下纳兰成德说道："有心向佛佛不引，无心向佛佛正果。昨日花开今日凋，百年应有万年心。生生死死何须论，三界之外观乾坤。水中明月本虚幻，影中之影何论之。大地山河尚归尘，尘中之尘休再提。阿弥陀佛。"

　　纳兰成德听完性音大师这番话，问道："大师，我出家之事……"

　　"恐纳兰居士忍受不了这寒山冷寺清灯孤身之苦，居士乃性情中人，六根未净，虽有心向佛实属无奈，如此佛心不纳。"

　　"我已绝意尘寰，望大师纳我为徒。"说完，纳兰成德跪地就拜。

　　性音大师急忙将纳兰成德搀起，说道："如果施主真心向佛，不如去五台山修道，那里香火兴隆，寺大业大，施主不会有饥寒之苦。我可以将你引荐给家师，你到他老人家那里一定会成正果的，为了行走方便，我可以代师暂收你入佛门，你我就师兄弟相称吧。"

　　"佛心无远近，修道何饥贫，师弟甘愿随师兄诵经修法早成正果，请师兄为师弟择法号，早早办理受戒之事。"

　　性音大师也不再推辞，淡淡地说道："你既有性德之名，何须再另起法号呢？如果想彻底忘却尘缘，就叫楞伽山人吧。"

　　"楞伽山人，楞伽山人。"纳兰成德喃喃自语，他望着佛祖，悄悄跪了下来。这时，一片木鱼声和诵经声从身后响起，在袅袅的青烟中，纳兰成德的心走向佛陀世界。不知过了多久，纳兰成德才木然地转过身，望着性音大师道："师兄何时给师弟受戒？"

　　性音大师抬起头，说道："心性到即成佛，你如今心性尚在尘缘，等你的心性完全进入佛门再说吧。"

这时，匆匆进来一名小和尚，神色慌张地走到性音大师跟前耳语几句，性音大师的神情也马上严肃起来。待小和尚说完，性音大师急忙站起来对纳兰成德说道："你到前院用些饭，早早休息吧，从此安心诵经，体悟佛家真谛，阿弥陀佛。"说完，便随小和尚走了出去。

性音大师随小和尚来到西厢房，两名年长的僧人正在给一个中年和尚疗伤。许久，那人才"哇"的一声吐出一口鲜血，发出痛苦的呻吟。性音大师走上前接过端来的药碗，弯腰说道："念一师弟，快喝口药吧。"

念一和尚微微睁开眼，在性音大师的服侍下喝完药，他惨白的脸露出了血色，强忍住疼痛坐了起来，吃力地说道："师兄，我们内部出了奸细，已有十几人被抓，昨天夜里我们的住处被官兵包围了，我拼命才杀出重围，可是他们几人……"念一说不下去，泪流了出来。

性音大师无声地握住他的手，满脸铁青着，从牙缝里蹦出几个字："到底谁是奸细呢？！"

"师兄，不管谁是奸细，不能再犹豫了，必须立即动手，否则，全完了。"念一恳求道。

性音大师认真考虑了许久，才点点说道："那好吧，但这等大事也不是我一人说了算，我亲自去请示大当家的。师弟，你安心留在寺里养伤吧，什么话也不许外传！"

性音大师天黑之前就潜入京师，由于盘查严密，他一直没敢出门，直到天完全黑了才溜出来。他来到一所深宅大院门口，见四下无人才轻叩几下门递上一张帖子。许久，才由一人领着进入内宅。

客厅里早有几人等在那里，待性音大师刚走进门，几人都站了起来，性音急忙拱手打招呼："各位老友请坐吧，又没有外人，何必这么客气呢！"

杨起隆待性音、甘凤池坐定，看一眼朱慈焕说道："永爷，咱们是在客厅里谈还是到密室里谈？"

"这里里外外都是我的贴身侍卫，没有我的吩咐谁也不敢到这里，就在这里谈吧。"朱慈焕道。

杨起隆先把京中出了叛徒，部分反清义士被抓的事简单说了一遍，最后说道："现在形势十分危急，想听听大师高见。"

性音大师转脸问朱慈焕道："永王有何打算？"

朱慈焕长叹一声说："事到如今，只有碰碰运气拼一下了，成败在此一举，不成功便成仁，我也无愧于祖宗了！"

杨起隆也哽咽道："西南吴三桂和清兵急战正紧，双方互有胜负，我们在京起事，如果能够杀死康熙，即使不能夺下京城，也会使清廷震惊，群龙无首之下，吴三桂大军北上，必能将鞑子赶出关外。如今内部出了奸细，也逼迫我们不得不从速举事，总不能坐以待毙吧？"

甘凤池道："我几次潜入宫中探得消息，宫内正在闹内讧呢。据说皇后之死根本不是病逝，而是自缢而死，说皇后与宫廷侍卫有奸情，对此皇上十分恼火，再加上前线作战失利，康熙更是恼羞成怒，对宫内任何人都起了疑心，同时撤换了许多侍卫，也处死了许多宫女太监。据说康熙对一向最受宠的懿贵妃也起了疑心，不准备立她为皇后呢。"

性音知道甘凤池所说的事虽然是传闻却也有几分真实，因为康熙一向最信任的一等侍卫纳兰成德不知何故被赶出宫，经人引荐正寄居在他的大觉寺呢。他虽然不明白纳兰成德出家的真正原因，但也隐隐觉得与皇后之死有千丝万缕的关系。

杨起隆说道："果如甘大侠所说，趁宫中内讧之际举事，成功希望大，此天赐永王也。机不可失，时不再来，王爷，别犹豫了！"

永王朱慈焕暗暗握紧了拳头，他压抑在心头几十年的复仇的怒火几乎要喷了出来。许多年来，他东奔西走，隐姓埋名，等待的就是这一天，为了复仇，他也曾付出血的代价，哥哥惨死在清廷大牢之中，弟弟至今下落不明，虽然他也曾四下寻找，有人传说隐藏在浙江大岚山，但他们兄弟三人自幼年一别一晃三十多年却不曾相见一面。

想至此，朱慈焯饱经风霜的脸滚下两滴豆大的清泪。"丈夫有泪不轻弹，只因未到伤心处。"这话一点儿也不假，朱慈焯怎能不伤心呢？

十五岁那年，一场铺天盖地的大灾难改变了这位生在钟鸣鼎食之家的皇子的命运。那年（即明崇祯十七年，1644年）三月十八日，也就是清顺治元年，李自成所率的大顺农民军攻破京城，他的父皇崇祯帝见大势已去，在无可奈何的情况下举剑刺向自己的亲生女儿，绝望地说："你为何生在帝王家？"崇祯帝被迫吊死在煤山的一棵槐树上。死前，他把三个儿子：太子朱慈烺、永王朱慈焯、定王朱慈焕召集在一起，将传国御玺所藏之地告诉他们，命他们各自逃命，无论将来谁活下来都要掀起复明运动，光复大明江山，以传国御玺为信物号令天下复明义士。

谁知李自成的大顺王朝如此短命，很快被清兵攻破，朱家三子从此走上反清复明的道路。顺治十二年（1655年），太子朱慈烺在扬州起兵举事，结果兵败被俘后死于狱中。永王朱慈焯自从与兄长和弟弟分散后浪迹江湖多年，后潜入京师购置这么一所宅院作为他反清复明的联络据点。天子脚下，这是最危险的地方，也是最安全的地方，能够随时注意清廷动态，举事时能击中清廷要害。正是基于此，朱慈焯才不惜冒生命危险把自己的活动据点选在京师。

几十年的秘密活动，终于联络了许多反清义士，也组织了一支可观的复明敢死队，他时时刻刻忍耐着，也等待着。真是苦心人天不负，因削藩事件引起平西王吴三桂倒戈易帜，扯起反清大旗，随之，平南王尚可喜、靖南王耿仲明相继起兵响应，战火在长江以南地区蔓延起来。眼见这种天赐良机，朱慈焯按捺不住心中的烈火，准备在京师举事和吴三桂遥相呼应，趁机一举搅乱清廷，把满人赶回东北。由于他近日频频召集各路头领，引起官府警觉。前不久，几名进京议事的头领在住地突遭搜捕，全部被捕，据说有一人经不住拷打泄露了起义秘密，情形迫在眉睫。

这几天官方搜捕更紧，城门防守甚严，京外的人马与兵器很难进入京城，朱慈焯为这事伤透了脑筋，他不能功亏一篑、坐以待毙，这才紧急召见几位最高层头领商讨起兵之事。

性音大师早已从永王、甘凤池、杨起隆三人的话中听出他们的意思，他们虽然没有明确提出起兵，但心意早定，让自己拿个主意也不过是讲几句客套话，给自己一个面子。尽管对于现在就起兵的事他认为尚欠成熟，但他也不好再说什么，只好点头应允。过了一会儿，他又想起了什么，补充说道："永王爷，以贫僧之见由我等率领弟兄们分头行动就可以了，王爷不必亲自出面，万一起兵不利也留一条后路，给分散各地的兄弟留一个联络的中心。"

不待性音大师说下去，甘凤池打断了他的话："永王爷不领头，如何能让京城的百姓一呼百应呢？我们都是没名没分的人，城中的百姓会把我们当叛贼呢！"

"那也不能让王爷冒这个险，我们可以派人假冒王爷之名嘛！"性音大师坚持道。

"不让王爷冒这个险也对。"杨起隆说道，"如果你们不反对，就让我来冒充一下王爷吧！"

"不，让我亲自上阵吧，要死就和弟兄们一起死，我已经苟活了几十年，再这样苟活下去有什么意思，上对不起死去的列祖列宗和先父王，下对不住天下百姓。如此活着也情同于死去，与其痛苦地苟活一生，不如和弟兄们一道轰轰烈烈地大干一场。"

甘凤池也道："王爷千金之体还是留守这里等待消息吧。"

朱慈焯只好说道："既然如此，就让起隆冒名举起义旗吧，但也不必冒充我的名义，就冒充三弟定王朱慈焕的名义，假称朱三太子朱慈焕兴兵讨伐清廷，表明我大明皇亲国胄与满清鞑子最后一战。"

大家不明白永王为何让杨起隆冒充他弟弟的名义，朱慈焯解释道："我与三弟三十多年毫无音信，也不知他的生死。我让起隆以他的名义起兵，就是试探一下他是否活在世上，是否把复明大业记在心中。"

性音大师明白了朱慈焯的良苦用心，此次起兵无论成败都将轰动全国，无论定王朱慈焕流落天涯海角也会听到这个消息。看来永王此次已下定决心不成功便成仁，要以死唤起弟弟继续举起反清复明的大旗。

定在正月十五之夜起兵，由于外围兵力一时难以混进京城，只能以三路人马分头同时行动。性音大师率领一批顶尖武林高手直扑皇宫大内，力争杀死康熙，造成京师群龙无首，杨起隆高举义旗攻打午门兵器库以钳制守卫紫禁城的兵马，甘凤池率军响应性音大师，力争攻取皇宫，尽量活捉康熙，以此号令天下，万一不济则将其杀死。

元宵节终于到了。

京城毕竟是天子之地，不同于其他城镇，虽然平叛战争仍在进行，但元宵节还是要好好热闹一番的。

天刚擦黑，各式各样的灯笼就全都挂了出来，男女老幼都早早吃罢饭打着自己最满意的灯笼拥上大街。什么鸡灯、猴灯、虎灯，十二生肖灯样样俱全，那各色的长灯、短灯、圆灯、方灯更不用说了，最引人注目的则是那些别开生面的花灯，如狮子滚绣球、双龙戏凤、孔雀开屏、童子拜佛、观音送子、孙悟空闹龙宫，等等，真是数不尽数。

整个京城真成了灯的海洋！

京城人平时都躲在深宅大院、街头小巷里的四合院内，今天全都像被什么人赶了出来似的，到处都是人，乱糟糟的，直到深夜也不散去。

今天的京城，乱是够乱的，但这乱只是无官一身轻的文人雅士和普通平民百姓的乱，这个乱也是热闹的意思。而守卫各大城门的御林军却一点儿也不敢懈怠，对于京城近日的特殊气氛他们也已经闻到一些风声，并接到上级命令，全体官兵不得擅离汛地，违者杀无赦。

性音大师早早就率领一批乔装打扮的弟兄接近了举事地点，但由于清兵守卫森严，他一直没敢轻举妄动。直到午夜子时，性音大师听到午门方向传来一声震天炮响，知道杨起隆已经动手了，他向左右几名弟兄轻喝一声："上！"他率先跳上高大的宫墙，迅速潜入宫中。

性音大师率领一批敢死队弟兄避开明亮的灯火，直扑乾清宫。没走多远就听到有人高喊："有刺客，有刺客！"

"来人呐，来人呐，抓刺客！"

尽管两名喊叫者被击毙了，但引来了宫中巡逻的清军和大内侍卫。性音大师一声令喊，命令大家分头行动，以生擒康熙为上，不可恋战，万一不能生擒就尽量将他刺死。

平静的皇宫大内迅速乱了起来，哭喊声、叫骂声、厮杀声、刀剑碰击声交织在一起。

性音大师避开围攻而来的大内侍卫，直入内宫，寻找康熙的所在。

此时，康熙正在懿贵妃的永和宫和众嫔妃及几位皇子赏灯，其他人刚刚离去，康熙也觉得今日心情舒畅，决定留宿永和宫。

正在这时，一个太监上气不接下气地跑来报告，说宫中出现大量刺客。

康熙闻报后一惊，但立即沉静地问道："他们有多少人？是些什么样的人？守卫后宫的大内侍卫呢？"

"回皇上，有多少人奴才不知，据李总管说有近百人，至于是些什么人也不得而知。"

这个太监稍停一下，又补充道："武侍卫已派人飞马抽调火器营的人马，很快就会赶到，何况宫中还有众多大内侍卫守护，这些毛贼过不了多久就会被捉拿消灭的。"

康熙一听有近百人，也着实吃了一惊，他根据近日巡察御史送来的奏报，知道这些刺客不是一般的飞贼，而是有组织有预谋的叛乱。康熙也并不惊慌，只要不是吴三桂那样的领兵将帅作乱，是不会成气候的。只是这百十人偷袭皇宫大内的事传扬出去也的确令他这个皇上脸上无光，当然，死伤是难免的，只要别伤了太后、皇子及众嫔妃就行了。

康熙向跪在旁边的那个太监挥手说道："你去通知守宫的侍卫，多调些人马，将所有的毛贼全部拿获，一个也不能放过，否则，拿他们是问。如果不能生擒，就全部处死。对了，最好留下几个活口审讯。"

那太监刚刚退下，又有人匆匆来报，说许多来历不明的叛贼打着"反清复明"的旗号在攻打午门，据说为首之人是前明的朱三太子。

康熙听后猛地站了起来，十分生气地说："朕早就传下谕旨，一定要严加搜索，务必将叛党一网打尽，全都敷衍塞责，真是岂有此理！传朕口谕，如果有一人攻下午门，让九门提督索额图提头来见朕！"

气归气，康熙一面派人前去调兵遣将，一面亲自组织宫中的几名贴身侍卫和太监做好抵御准备，以防不测。康熙还没吩咐完毕，一个太监来不及通报就闯了进来，说有十几人已经杀进永和宫。

众人听完都惊慌起来，懿贵妃和几名宫女吓得乱作一团。康熙大喝一声："都不要惊慌，朕才八岁都能生擒鳌拜，几个毛贼能奈朕何！"

康熙命令身边的两名侍卫保卫懿贵妃和四阿哥躲避起来，他自己接过一柄长剑和两名侍卫一同冲出殿外。众人想阻拦已经来不及了。

康熙和两名侍卫刚冲出殿外，迎面碰到一位老者率领十多个人赶来，康熙跨上前一步，大喝一声："大胆的叛贼，还不放下手中的兵器，束手就擒，朕饶你一命，再顽固抵抗杀你全家，灭你九族。"

来人一听这人就是皇上，也不搭话，举剑就刺。不等康熙还手，两名侍卫同时迎了上去，两方立即对杀起来。

增援的清兵已经赶到，将这十几个人团团围住。尽管这些人训练有素，但哪里是宫廷侍卫的对手，更何况清兵人多势众。那老者渐渐不支，其他弟兄也死伤过半。

康熙站在旁边观看，见自己手下得手，高声喝道："生擒那老者，其余全部处死！"

一等大内侍卫曹寅闻言把手中的剑加快了几分，然后猛一用力，击落那老者手中的剑，飞身上前将他擒住。其他刺客也都被清兵团团围住。

康熙见贴身侍卫曹寅如此英勇十分高兴。曹寅、武丹和穆子熙等人都是自己早年培养的侍卫，也是自己的好友，当年智擒鳌拜都是他们做助手，自己几次率兵征战也都是他们护驾。今天，又是他们保卫了自己。

康熙正在高兴之际，猛听身后传来女人的呼救声："皇上快来救救臣妾和四阿哥！"康熙一看，一名黑衣人正牢牢控制着怀抱四阿哥的懿贵妃，一柄雪亮的长剑正架在懿贵妃脖子上，其他几名侍卫只能提着兵器一步一步紧跟着。

这位挟持懿贵妃的人正是乔装的性音大师，他避开众多清兵专门寻找康熙，刚好碰到永王朱慈煐率领几十人也冲杀进来。他一愣，什么都明白了，永王决不会待在住地的，他也暗中杀进宫来。性音十分明白今晚的形势，敌众我寡，蛮战不得，他想挟持康熙，但他明白康熙是一位文武全才的皇帝，武功十分了得，又有侍卫守护旁边，擒住他十分困难。这时，正巧碰上两个侍卫护送懿贵妃和四阿哥惊慌而走。性音大师从装束上看出她一定是位妃子什么的，她怀中的婴儿也就是皇子无疑了。不能擒住康熙，索性擒他的嫔妃和儿子来要挟他。

康熙见懿贵妃和四阿哥被对方擒住，又气又急，却也一时束手无策。尽管自己人多，但投鼠忌器，不能硬拼硬夺。康熙故意喝道："你先把人放了，有什么要求尽管说，只要不过分，朕一定答应你。"

性音大师瞧瞧周围的形势，边退边说道："你下令将那被擒拿的老者放掉，我一定放人。"

"好吧，你先把人放了。"康熙说道。

"不，你先下令放人！"

"朕作为一国之主，一言九鼎，岂与你当儿戏，你先放人吧，不然，朕下令火器营的人将你碎尸万段，死无葬身之地。"

性音哈哈一笑："康熙，你尽管下令开枪吧！"

康熙无奈，只好命令曹寅先将朱慈焕放掉。这时，朱慈焕却高声喊道："不要管我性命，你一定不要放过手中的人质……"

康熙打断他的话："请这位壮士放人吧，朕已下令把你们的人放了。如果把她们放了，朕下令不为难你们，让你们平安离开大内。"

性音知道康熙在要花招，冷笑道："你先下令把我们被抓的人全部放掉，并让开一条路，等我们离开皇宫之后再放人。"

康熙恼了："岂有此理！大胆的刁民，敢威胁朕不成？"

康熙虽然震怒，但也没有办法，只好下令将被抓的人放掉，并给他们留一条退出的路。

性音大师和朱慈焕等人退到外墙边时，性音大师让众人先登上围墙逃走，自己挟持着懿贵妃和四阿哥站在墙内。他们一同来的人只剩下十几人了，都一一退出围墙，性音大师转身对朱慈焕说道："王爷，你先上去，我再放人。"

朱慈焕跃上宫墙，他并没有离去，他早已抱定了必死的心，决定寻找最后的机会刺死康熙皇帝。

性音大师见朱慈焯跃上了墙，大喊一声："你们再后退一步我就放人了！"说着，把懿贵妃推到一边，然后纵身一跃上了宫墙并跳出墙外。

就在这时，朱慈焯猛地扑下宫墙，他想趁机杀死康熙，但康熙离他太远无法得手，只好把长剑猛地指向懿贵妃。

一等侍卫曹寅一直密切注视着情势的变化，他见朱慈焯跃上宫墙并没有立即跃出去，就有了防备，等朱慈焯猛扑下来去刺懿贵妃时，他以迅雷不及掩耳之势迎了上来，想挡住朱慈焯刺出去的剑，却稍慢了半步，虽阻止了他的剑势与力度，那剑仍然击中了懿贵妃与她怀中的婴儿。随着一声惨叫与婴儿的哇哇啼哭，几把锋利的剑也同时插入朱慈焯的胸口。

众人急忙上前救起懿贵妃和四阿哥，多亏曹寅出手及时，阻挡了朱慈焯致命的一击，懿贵妃伤了左臂，四阿哥的左腿被划破一个口子，都没有性命之忧。康熙一颗心落了下来，忙命人速传御医前来疗伤。

懿贵妃受的伤虽较重些，但经过御医悉心医疗，很快就痊愈了。可四阿哥仅伤了一点皮肉，本无大碍，不知何故，经过一段时间治疗，伤口一直不见好转，这可急坏了宫中的许多人，康熙也为此大伤脑筋。

几请名医，四阿哥的伤终于痊愈了。为了让他一生平安，康熙做主安排四阿哥到柏林寺当了一名记名和尚，以求得到佛祖的庇佑。

清晨，东方刚露出鱼肚白，南书房就传出琅琅的读书声。

大阿哥胤禔、皇太子胤礽、三阿哥胤祉、四阿哥胤禛、五阿哥胤祺正在朗读师傅布置的背诵文章。

不久，南书房侍讲学士顾八代走了进来，扫视一下众皇子问道："昨日让众皇子熟读李斯《上秦王书》一文，可熟记否？"

几位皇子都不言声，顾八代就主动点名让皇太子胤礽背诵，胤礽摇摇头，不会。顾八代只好又让大皇子胤禔背诵，胤禔也不会。三皇子胤祉也是一个劲地摇头。

　　顾八代恼火了，猛然咳嗽几声，花白的胡须抖动着，苍白的脸上泛出一丝红晕。

　　这时，四皇子胤禛站起来说道："顾师傅，我能背诵！臣闻吏议逐客，窃以为过矣。昔穆公求士，西取由余于戎，东得百里奚于宛，迎蹇叔于宋，来邳豹，公孙支于晋。此五子者……"胤禛一口气背完李斯的《上秦王书》，又把这篇文章的含义简要讲了一遍。

　　顾八代见他不但背诵如流，而且分析理解透彻，不禁暗暗点头赞叹，孺子可教。四阿哥今年才刚满十岁，就能够如此用心读书，对文章理解得如此深刻，比他几位年长的哥哥强上几倍！

　　大阿哥胤禔走到胤禛跟前，摸摸胤禛光光的脑门，哂笑道："嗯，看不出宫女养的倒挺聪明，这小脑瓜挺灵活的，也还真像个大冬瓜，若把这些毛全刮去，那才是地地道道的和尚呢！"

　　"就是，生成的和尚胚子，背什么圣人书儒家经典，还是回柏林寺念阿弥陀佛吧，将来皇阿玛的位子也轮不到你坐。我的位子是谁也夺不去的，还是老老实实当你的四和尚，死了这条心吧！"

　　"胤礽……你太放肆了，根本没有皇太子的德行，有负圣上对你的信任与厚爱。"顾八代惨白着脸厉声说道。

　　"顾老头子，你对本太子温和些，礼节周全些，待我登基后封你个太子太傅什么的。若不识相，只怕你姓顾的祖坟也要晒太阳！"

　　"住口！"不知何时，康熙已青着脸站在门口。

　　众人都吓了一跳，胤礽更是吃惊不小，扑通一声跪在地上。

　　康熙跨进殿内，大声呵斥道："你身为皇太子，不知修身养性，安心攻读，却一派胡言，欺师藐上，也不怕朕废了你太子之位！"

　　顾八代跪下道："皇上，臣不堪为师，请允老臣告老还乡！"

康熙沉吟片刻说道："课仍由你授讲，谁再不听训教，朕当严惩不赦。至于告老一事，等一段时间再说吧。"

"谢皇上！"

康熙回去的步子十分沉重，他多少有几分失望，胤礽是他一手培养的，自幼聪明好学，只要读上三遍的文章他都能熟读或成诵，启蒙师傅大学士张英、李光地等人也都一致称颂皇太子有过人之处，立他为太子确是大清的洪福。不知为何，随着年龄增长竟一天天滋长了恶习，真是近朱者赤，近墨者黑，一定是胤禔、胤祉把他教坏的。康熙决定严管太子身边人物，重新塑造太子的形象。太子毕竟年轻，尚不满二十岁，只要自己亲手去做，这事一定会成功的。康熙十分自信。

胤禛无缘无故遭到几位哥哥的臭骂与奚落，很伤心，也很窝火。下了学就早早离开南书房，刚好远远看见亲生额娘德嫔乌雅氏正在两名宫女陪同下向这边走来。胤禛皱了一下眉，决定躲开她。正因为自己是宫女生的，别人才会侮辱自己。

德嫔叫了一声："胤禛……"胤禛却狠狠心肠，转身快步走开了。

胤禛为了躲避德嫔，毫无目的地走着，不觉来到永和宫。胤禛一见懿贵妃，"哇"的一声把满腹委屈都哭了出来。

懿贵妃给他擦着眼泪，问道："谁欺负你了？额娘给你做主。"

"额娘，胤禔和胤礽辱骂孩儿，连额娘也一起辱骂了。"

懿贵妃勃然大怒，恶狠狠地说："虎不食人，人反倒食起虎来，我要瞧瞧你胤礽有多大本领，看老娘能否将你扳倒。哼，一个胎毛未干乳臭未退的娃娃就敢放肆，真是岂有此理！"

"额娘不必为孩儿与那无赖胤礽一般见识。二阿哥毕竟是钦封的皇太子，额娘与他争斗起来，皇阿玛未必偏向额娘！不过若能设法让皇阿玛罢黜他，他就不会趾高气扬了。"

懿贵妃心中一惊，想不到这孩子竟能说出这番话！又一想，胤禛是她抚养大的，有什么心里话总爱跟她说，只要对他好一些，他长大后也会视自己如同亲生母亲一样的。懿贵妃这样想着，忽然生出一个大胆的念头："孩儿，你知道皇太子与一般阿哥有什么不同吗？"

"皇太子将来是要当皇上的，阿哥最多就是个亲王。"

懿贵妃点点头："那么，你想当皇太子吗？"

"当然想当啰，当皇上多威风，像阿玛一样君临天下，人人都要下跪叩拜，想杀谁就杀谁，想要谁就要谁，想干什么就干什么……"

懿贵妃突然厉声喝道："这些话是谁教你的，小小年纪懂什么为君之道？皇阿玛听到你说这些话，不知怎么惩罚你呢！"

"额娘恕罪，孩儿再也不敢了。"胤禛说着，扑通跪在地上。

懿贵妃上前拉起他，说道："这些话到外面可不能胡说，宫廷险恶，乱讲一句话都能送了你的命。今后要学会做人做事，什么话可以讲，什么话不可以讲；什么事可以做，什么事不可以做；什么事只能做而不能讲，什么事只能讲而不能做。什么人面前讲什么话就是这个道理。"

胤禛对额娘的话似懂非懂地点点头："孩儿明白了。"

懿贵妃一把把胤禛搂进怀里，说道："不过，有些话对别人可以隐瞒，但对额娘可不能隐瞒，若把额娘也当成了外人，看不剥了你的皮。"

"孩儿不敢，孩儿是额娘养大的，额娘待孩儿如此好，孩儿怎会没有良心呢！"

"唉，谁叫额娘命苦没有亲生儿子的，你就是额娘的命根子，是额娘后半生的靠山，额娘不疼你疼谁呢？"懿贵妃像是对胤禛说话，似乎又是自言自语。

许久，她才低头注视着胤禛十分郑重地说道："胤禛，只要你想当皇太子，额娘舍去这条命也要给你夺回来！"

恰在这时，康熙正踱着方步走进屋内："瞧这母子相依相偎多亲热，说什么知心话呢？"

懿贵妃急忙说道："我们母子正说起皇上呢！"

"噢，一定在说朕的坏话吧？"

"正是，说皇上偏心呢！"懿贵妃唯恐胤禛说错话，忙抢着说道。

"哦？朕是怎么偏心的？"

"皇上，二阿哥身为皇太子，行为不端在宫中引起众愤，皇上却不训教，任其恣意妄为，似乎有怂恿之意，这不是偏心吗？"

康熙略为不悦地说："皇贵妃一言如山，怎好信口开河，随意中伤他人，说胤礽行为不端呢？"

"皇上对胤礽的所作所为果真一无所知？"

"胤礽到底做出什么事，你且说与朕知，不得胡乱编造！"

"二阿哥自以为是皇太子，将来要承袭帝位，除了皇上，他正眼瞧过谁？举止轻浮，全无太子之相，对宫廷礼制也视若无物。还有，胤礽是如何给阿哥们以身作则的，皇上也许略知一二吧？"

康熙知道胤禛一定将今天的事说与懿贵妃听了，只好轻描淡写地说道："他们兄弟之间的事，你做额娘的只能息事宁人，不要煽风点火。有些事你不懂，也不必问，更不能问，如何处置朕心中自有分寸。皇考曾在宫中立一铁牌，明示宫中后妃不得干预朝政。这事你早已知道吧？"

康熙猛然意识到自己的话有些重，便不再言语。从内心说，康熙总觉得有些歉疚，他曾一度怀疑过懿贵妃，以为皇后的死与她有干系，也暗中派人调查过此事，最终没有查出什么，因为皇后的贴身宫女春桃不声不响地失踪了，查找钮祜禄氏死因的事只能不了了之。最近，康熙有册封懿贵妃为皇后的心意，可索额图极力反对，皇太子胤礽也多次流露出同样的意思，他竟然因此把册立皇后的事推了下去。在内心深处，康熙还是倾向于胤礽的，他毕竟是大清皇室的继承人。

康熙只好走出了永和宫。

第二天，胤禛像往常一样走进南书房，开始温习昨日的功课，等待顾师傅的检查。到了授课的时间，进来的却不是胤禛每天渴望的顾师傅，而是大学士张英。胤禛十分失望，整个授课过程他都心猿意马，张师傅今天授了什么课，胤禛一点儿也没听进去，以致在提问时一问三不知，惹得其他几位阿哥哈哈大笑。

胤礽挖苦说："四和尚，换一位师傅就狗屁不通了？顾八代那老混蛋往常别不是都事先告诉你要问什么吧！"

胤禛霍地站了起来，大声斥道："不许你辱骂顾师傅！"

"怎么，你不专心听新师傅授课，本太子训斥你几句还不应该？"胤礽说着，看着胤禛，笑道，"胤禛，今后要听新师傅的话，所有的课都由张师傅教授。"

"那顾师傅呢？"胤禛反问道。

"哼，还顾师傅长顾师傅短，实话告诉你，顾八代那老混蛋已被赶出京城，回老家去了！"

授课刚一结束，胤禛就急匆匆冲进顾府。只见里里外外的家人都忙着收拾东西。顾师傅也在整理书籍，这才相信顾师傅真的要告老回乡了。

胤禛眼泪汪汪地说："顾师傅，你真的要回乡吗？你一走谁来给我授课呢？"

顾八代没有立即回答胤禛的话，他知道这一走永远也不会再回来了，过了片刻才反问道："张英不是已给你和其他几位阿哥授课了吗？"

胤禛见顾师傅欲言又止，十分为难的样子，似乎明白了什么，便说道："顾师傅，一定是皇阿玛让你告老回乡的，皇阿玛从二阿哥那里得知你对我很好，才这样做的！"

"四阿哥，你还小，不可乱说，是老臣自己要告老还乡的。"

胤禛知道已经留不住顾师傅了。顾师傅是他认识的人中最有才华的，满腹经纶，智谋过人，也许他能帮助自己，给自己出个主意就能从二阿哥那里夺得太子之位。可能皇阿玛就是害怕这一点才让顾师傅告老回乡的，如今顾师傅就要走了，能否直接恳求他为自己出个主意，帮助自己夺得皇太子之位呢？

顾八代隐隐猜出胤禛的心思，说道："四阿哥，老臣就要走了，今后见面的机会可能不多了，临行前老臣有几句话也不知当讲不当讲？"

胤禛微微一怔："顾师傅请讲！"

顾八代在书房内来回踱几步，才直言说道："四阿哥虽是皇子，但非正出，四阿哥诞生时，生母乌雅氏仅是一个普通宫女。"

顾八代说到这里，胤禛的脸一下红了，顾八代也顾不了这些，仍然继续说道："所幸的是四阿哥出生不久就被懿贵妃娘娘所抚养，这自然抬高了四阿哥的身份和在宫内的地位。当然，四阿哥的生母如今也被皇上封为德嫔，这都有利于四阿哥与其他阿哥相竞争。不过，四阿哥还需要继续和懿贵妃娘娘保持母子的关系，力争让贵妃娘娘视你为亲生之子，懿贵妃娘娘被皇上册封为后这是迟早的事。一旦懿贵妃娘娘成为皇后，这对于四阿哥可是非同小可的事，到那时，除了二阿哥为皇太子以外，其余哪位阿哥也无法与你抗争。"

胤禛十分沮丧地说："一个二阿哥就够了，何况有那么多阿哥呢？"

顾八代淡淡一笑："世事难料，事在人为。唯今之计，就是振作向上，好好读书，博古通今，学得一套治国安邦之术。"顾八代瞧一眼胤禛，又说道，"不但要读书，更要修身养性，不能像现在这样喜怒无常。泰山崩于前而颜色不稍动，这才是大丈夫之修为。"

胤禛立即恭敬地垂首说道："多谢顾师傅教诲！"

顾八代不再言语，默默地望着窗外，想着自己的心事。

胤禛站了起来，轻轻呼唤一声："顾师傅……"

顾八代转回身，眼里噙着泪花。

"顾师傅，你老人家多保重，我要回去了。"说罢一揖到地。

胤禛转身刚要走，顾师傅猛然高喊："四阿哥留步！"

"顾师傅有话请讲！"

顾八代轻声说道："四阿哥赶快从柏林寺脱出佛身，你出家的事可能对你的今后有所不利。"

第三章

选大礼取媚老太后
施小计戏弄蠢储君

懿皇后扫视一下胤礽，嘴角掠过一丝不易觉察的冷笑，然后淡淡地说道："哦，原来是二阿哥在这里，我以为发生了什么事呢！既然是误会也就算啦，还不快快给殿下松绑！"

自从顾八代离京后，胤禛牢记师傅的话，尽自己所能讨好懿贵妃，和懿贵妃搞好关系。

这天，胤禛拜见懿贵妃，礼毕献上一只精致的匣子说："柏林寺的文觉师父从南方云游回来带回一颗特大的夜明珠，儿臣特来献给额娘，以为额娘万寿节之礼，恭请额娘笑纳。"

懿贵妃把那颗少有的夜明珠拿在手中把玩，说道："额娘常听人说，夜明珠能防身避邪，额娘一介女流，整日待在宫中也不外出，要它何用？"

胤禛见额娘不收，急忙说道："还是请额娘收下，毕竟这是儿臣的一片心意啊！"

"真难为皇儿对额娘如此孝顺，额娘也不推辞了！"懿贵妃又道："我差点忘了，太后的万寿节也快到了，今年是太后五十华诞，皇上让我好好想个点子给太后献上一份贺礼呢！这颗夜明珠正可用上。"

胤禛心里盘算：这千载难逢的机会不可错过，到时一定要好好讨好太后，争取能让太后夸上几句。

他忽然又想起了另一件事，急忙跪下道："额娘，儿臣有一件事相求，恳求额娘答应。"

"快起来，别说一件事，十件、百件额娘也会答应！"

"谢额娘，儿臣不想当和尚了，想还俗脱离佛门。"

"哦，原来是这事。"懿贵妃笑道，"你虽然由皇上特许在柏林寺当和尚，也只是挂个名，不过是每月去听几次经罢了，又不是真的出家。你当了和尚，额娘将来还指望谁来孝顺呢？"

"额娘，虽只是挂个名，但朝廷上下都知道儿臣是出了家的，几个阿哥也时常戏骂儿臣是秃驴，这个名称实在不雅。万一将来皇阿玛真把儿臣当作出家的和尚对待，只赏赐一所寺院了事，到那时后悔也晚了！"

懿贵妃一想这话倒也合情合理，沉吟一下说道："这事也不是额娘能当家的，如今你想脱离佛门必须经你皇阿玛的同意。"

"柏林寺的事儿臣自己去办，皇阿玛那里就有劳额娘了。"

"那好吧，等哪天皇上高兴的时候我跟他提！"

胤禛想到太后的五十岁万寿节，便问道："额娘，我们这样的小字辈应送些什么礼物才能讨太后欢心呢？"

"好吧，额娘指点你。连皇上都是太后的，这皇宫之内还有什么不是太后的？所以吃的用的东西你不要送，太后是应有尽有。只有在玩上下功夫，或者能促使太后延年益寿的东西也可以。"

"额娘，到底给太后送什么，你早说也让孩儿早早准备，以免被其他阿哥抢先了。"

"你什么也不用送，只需抄一首祝寿万字歌献给太后就行了。"

胤禛一想额娘讲得在理，确实比挖空心思送一些其他东西有新意，也合着太后和皇上的心思。他眼睛一转，忽地说道："额娘，依你所说抄一份万字祝寿歌还不如抄写一部《论语》呢！"

懿贵妃一听，拍掌笑道："好，好，我儿真聪明，比那二阿哥强多了，只可惜皇上立太子过早，否则……"

时间过得真快，一晃就到了太后五十寿辰的万寿节。

慈宁宫一反往日的平静，宫门大开，人来人往络绎不绝，个个穿红着绿，一身簇新的衣服。不用说龙子龙孙、王公贝勒、福晋侧福晋，就是普通的宫女、太监也都焕然一新。宫中的设置装饰就不用说了，除了代表皇家威严的正黄色以外，就是大红。

康熙为了向母后表示孝心，早在数月前就吩咐内务府会同礼部、户部操办这事，尽管皇上再三告诫不准声张，只在宫中和京师内举行祝寿仪式，但这消息还是不胫而走，很快传遍全国，各地方官哪有不献殷勤的？他们以种种借口将自己的贺礼送往宫中。万寿节还没到，太后收到各种祝寿礼物就不下万件。康熙原先还想制止一下，又怕扫了母后的兴，也只好装作不知，任各处官员源源不断送来寿礼。反正如今是太平之年，风调雨顺，百姓安居乐业，借太后寿典乐一乐也是应该的，毕竟多年没有大的庆贺活动了。自三藩平定后，又平定了回疆，这两年刚好无事，康熙也是看准这一点，才大办太后寿典的。

慈宁门前放满了各种寿典的器具，铜象、铜牛、铜兔、铜龟、铜鹤样样齐全。一大早就点燃香火，香烟袅袅。好一派热闹的庆典。

吉时已到，执事太监一声吆喝，鞭炮齐鸣，各种乐器高昂响起。祝寿正式开始。

人们常说路远的先到，这话一点儿也不假。京外的地方官，下自七品知县、五品知府，上到巡抚、总督的礼品早早送来了。京城之内的各级官员及皇亲贵戚也都于昨日把寿礼送入慈宁宫。唯独这住在皇宫内的诸位皇子皇孙及嫔妃们没有把寿礼送来，包括皇上在内，众人都是各有心思。有的怕先送上贺礼，而后来者居上，相形之下自被比了下去而难堪；有的怕早送去礼物给太后印象不深；有的想给太后一个惊喜，以此显示自己礼物的新奇。无论什么心思，归根结底都是一句话：讨太后欢心！

康熙率先走上前祝寿，他双膝下跪，高声说道："儿臣祝母后福如东海长流水，寿比南山不老松！"

说着，由太监呈上寿礼，太监接过念道："特造畅春园作为太后五十万寿节贺礼，供太后闲暇出宫居住。"

话音刚落，众人全都高呼"万岁！万万岁"。太后也很高兴，含笑接过礼单看了看说道："皇上如此厚礼母后心领了，只是老身已经年迈，待在这慈宁宫下下棋、听听曲、看看戏就满足了，哪里还有出宫游乐的雅兴？何况那畅春园离宫又远，来往行动不便，母后三年五载也未必能去上一次，这个园母后就不要了，留着皇上自己用吧，在宫中处理朝事劳顿了，也可出去散散心、养养神。"

康熙略带尴尬地跪在那里，一时猜不透母后的心思。

只见太后又笑道："皇上快快起来吧，别累坏了龙体。"

康熙站起来坐在母亲身边，疑惑地问道："母后不愿接受皇儿的寿礼，一定是皇儿的所作所为有些不周全，或者这礼物不够重，不合母后心意。母后喜欢什么尽管开口，皇儿一定答应。"

"皇上的礼物够重的，但母后不想要它，母后的心思不在吃喝玩乐上，母后只想让大清江山永固，让祖宗留下的基业兴旺。母后有一件事想求皇上答应。"

"别说一件，就是十件、百件皇儿也会答应的，请母后吩咐！"

太后点点头，郑重地说道："皇上自冲龄继位，到如今已经近三十年，除鳌拜、平三藩、收台湾、定边疆，也可称得上一个有为之君。但至今后宫无主，后位尚虚。我堂堂大清帝国，威仪天下，雄震四海，如果没有皇后，传扬出去岂不让天下人笑话？请皇上早日定夺，册立皇后，也了却母后的一桩心愿。"

"母后，不是皇儿不想册立，此事实在……"康熙没有说下去，叹口气，又为难地说："容皇儿再考察考察……"

"哼！考察，考察，难道要考察到哀家八十大寿那天？"

康熙忙赔笑道："母后放心，不日定册立一位母后满意的皇后！"

轮到众皇孙给太后祝寿了。

皇太子胤礽率先走上前，得天独厚的优越地位使他对这次祝寿活动并没放在心上，仅仅备了一些常用之物献上。

大阿哥胤禔却是煞费了心机，他是皇长子，只可惜生身母亲纳拉氏仅是个妃子，才与太子之位无缘，但他从心眼里不服胤礽，只要是和太子在一起做事，他总想竭力表现自己比太子有本领、有才干。今天他一见太子献上的礼物，心中乐了，在这样难逢的场合，自己又要大出风头了。

胤禔满面春风地上前跪拜说："皇孙胤禔恭祝皇祖母万寿，再祝皇祖母德如膏雨，福胜北斗。"

胤禔说完双手呈上自己的礼单，太监念道："大阿哥献给太后的寿礼是南海纳凉玉蟾蜍一只、长白山取暖红玛瑙一对，外加贺寿面桃五十。"

太监话音一落，人群中立即爆发一阵啧啧赞叹声："嗬，大阿哥的礼物快要赶得上皇贵妃娘娘的夜明珠了。"

太后说道："大阿哥做事一向认真，考虑问题也十分周全，有他皇祖父太宗文皇帝遗风。"

康熙见太后高兴，也凑趣道："胤禔能从母后身心健康着想，递上这样的礼物，比朕想得还周全，也不知另外几位阿哥都备了些啥礼物，快快献上来，也让太后高兴高兴。"

三阿哥胤祉庆幸自己的礼物至少要比二阿哥的令太后高兴。他的礼物是檀香紫玉坠扇一把、玉雕鹤形香炉一尊。

不待康熙开口，懿贵妃故意问道："也不知四阿哥给太后带来的什么礼物，还不快快呈上来，看看能否讨太后欢心。"

胤禛成竹在胸，紧走几步扑通跪倒，脆生生地说道："四皇孙胤禛恭祝皇祖母太后福如东海，寿比南山，祝我大清江山社稷千秋万代！"

太后见胤禛举止谈吐不凡，并说出这一番令人打心眼里高兴的话，和颜悦色点点头："爱孙说得好，江山社稷永固比什么都令我高兴，快快起来吧，如此年幼，别跪坏了身子骨。"

胤禛站了起来，从旁边一位侍从太监那里接过一个匣子，双手捧着献上去说："胤禛以为，再珍贵的物品也都是皇阿玛的，孙儿不想再用皇阿玛的东西给皇祖母祝寿。孙儿这几个月内精心将《论语》抄写在长卷上，以此作为皇祖母太后的寿礼，不知太后是否喜欢？"

胤禛刚说完，太后就乐得合不拢嘴，笑呵呵地道："祖母喜欢，喜欢！皇孙的如此厚礼比其他什么珍贵的玉器金银都令老身高兴，真难为你有如此孝心，快快呈上给老身看看。"

两个太监打开匣子，在大堂之内将巨幅手抄《论语》展开给太后及众人过目。这一下更让所有人发出赞叹，一个十岁的孩子能一丝不苟地抄下《论语》实在难能可贵。

太后连连点头称赞，一边命太监挂在大堂的屏幛上，一边问胤禛道："四库之书如此众多，你为何单单抄写《论语》呢？"

"回皇祖母，孙儿曾听师傅说，半部《论语》打天下，半部《论语》治天下，孙儿抄下《论语》就是希望皇祖母的孙儿都有打天下、治天下的本领，大家齐心协力辅助皇阿玛治国安邦，国泰民安，四夷朝服。"

"说得好，说得好！小小年纪就有如此心胸，将来一定有大用。"

太后看看一声不响愣坐在旁边的胤礽说："胤礽，你身为皇太子更要有为大清江山社稷着想的心胸，常听师傅说你读书不太认真，今后可要多用些心思在学业上，不然的话，其他阿哥可要超过你的！"

"皇祖母太后教训得是，胤礽一定将祖母的话铭记在心，决不会让皇祖母与皇阿玛失望的。"胤礽嘴里虽然这么说，心中却不服气，他也明知大阿哥、四阿哥是挖空心思讨好皇太后而让自己出丑，但心中有苦说不出，而心里恨透了这两人，特别是对胤禛，更是恨之入骨。

太后今天高兴，把胤禛叫到自己身边，抚摸着他的头问道："好孙子，你给皇祖母如此厚礼，皇祖母也要给你奖赏，你喜欢什么？"

此话正中胤禛下怀，忙跪倒说道："胤禛恳求皇祖母太后和皇阿玛同意孩儿脱离佛图，从此潜心读书！"

"哦，是这等小事，你既然不想做那挂名和尚，不做就是了，皇上，你点个头让那柏林寺的主持同意胤禛脱离佛门不就行啦？"

康熙急忙说道："回母后，这事本也不算什么，只是朕与那西藏喇嘛有约，朕一言九鼎岂能轻易背约？"

"这……"太后也觉得为难。

懿贵妃趁机说道："太后、皇上，这有何难，佛教一直允许请人代为出家，如今请一人代四阿哥出家为僧，法号不变，做四阿哥的替身和尚，既不算违约，又可让四阿哥脱离佛门，太后、皇上以为如何？"

太后立即点头应允道："这个办法很好，皇上快答应吧！"

康熙见母后已经同意胤禛脱离佛门，也只好答应。

胤禛立即叩谢道："孩儿谢皇祖母，谢皇阿玛！"

太后转向懿贵妃："佟佳氏教导有方，调教出如此机灵有胸志的孩子。皇上整日说无人有资格主持后宫，依老身看，佟佳氏就有母仪天下的贤才与德能，皇上难道要舍近求远、劳民伤财向全国挑选不成？"

康熙听太后这么说，脸微微一红，他知道母后既是批评自己，又是暗示自己。母后已经私下向自己提过几次，要他册立懿贵妃为后。众多嫔妃中，母后当然偏向懿贵妃佟佳氏，她是太后的娘家侄女。既然母后当着众人的面直接提出立懿贵妃为后，自己怎能无动于衷呢？何况今天是太后五十大寿，母后又当众提及此事，康熙只好顺水推舟卖个人情，何况宫中嫔妃虽多，除了懿贵妃之外确实没有更合适的人选。

于是，康熙便站起来说道："今日是太后大喜之日，为了给太后再奉上一份贺礼，朕决定正式册立懿贵妃佟佳氏为皇后，待择定吉日后举行册封仪式。"

太后的一块心病终于去掉了。

懿贵妃立即下跪行礼致谢："臣妾谢皇太后，谢皇上龙恩！"

"爱妃免礼平身！"

懿贵妃并没有立即起来，而是说道："臣妾也有一事恳求皇上、太后！"

"何事？爱妃请讲！"

"刚才太后提及臣妾教导四阿哥有功，臣妾固然费尽了心思，但德嫔乌雅氏更是有功之人，也应一同受封，请皇上、太后恩准。"

太后连连点头："说得在理，你能有此胸襟才会教导他人，德才兼备有母仪天下之德才，没有辜负老身和皇上的厚爱，皇上以为呢？"

"母后说的是，以母后之意，对德嫔……"

"皇上何不晋封乌雅氏为德妃？"

这正是康熙早就想做的事，今天借懿贵妃与太后的嘴说了出来，他立即当众宣布晋封德嫔为德妃。

众人山呼"万岁！万万岁"，太后的五十万寿节庆典达到了高潮。

隆重的皇后册封大典结束了，皇后佟佳氏送走一批批叩拜祝贺的客人后，正十分惬意地向后仰躺着，闭目养神。

"皇额娘，孩儿给您贺喜了！"

皇后见是胤禛，娇嗔道："也不通报一声，吓额娘一跳！"

胤禛嘻嘻笑道："皇额娘，您当上皇后了，可是儿臣的太子……"

懿皇后用手指轻点一下胤禛的鼻子笑道："额娘如今已是皇后，还怕不能给你夺得太子之位吗？你皇阿玛今年尚不到四十岁，今后的机会多着呢！还怕胤礽给你抢了先？"

"孩儿只怕夜长梦多。"

"废立大事是国家社稷之根本大事，皇上怎会听信母后一人之言？何况祖宗规矩，后宫之人不能干预朝政。"

皇后略一沉吟，又道："须有朝中重臣参与，几位权臣联名上奏请求另立太子，这还需寻找出太子的劣迹后方可行事。"

正在这时，太监来报，说大学士佟国维来见娘娘。皇后一听父亲来了，急忙命人请他进来。

佟国维叩拜谢座，皇后问道："父亲匆匆进宫有何要事？"

佟国维欠身说道："女儿如愿以偿登上皇后之位，做父亲的理应前来祝贺，这也是我们佟佳氏祖上的荫德。大清朝入关以来，我们家族代代出皇后，这是何等荣耀！满朝文武谁人不对我们佟家刮目相看，为父怎能不感到荣幸。"

佟国维说着，拈须哈哈大笑。

皇后幽幽说道："古人云：'福兮祸之所倚，祸兮福之所伏。'今日得宠，明日就可能遭贬，是祸是福如何讲得清楚呢？"

佟国维一愣，惊问道："女儿何出此言？皇后之位乃后宫主位，岂能说立就立说废就废，就是皇上也不能贸然行之，皇后不必杞人忧天。再说，皇上不是一直都宠爱于你吗？"

"皇上的确对女儿信爱有加，但是百年后，皇上龙驭上宾，到那时候女儿就是任人宰割的鱼肉了。"

佟国维连连摇头："女儿多虑啦，无论谁当皇上都应立你为太后，何况当今太子无母，这太后之位非你莫属。"

"太子是何等人，父亲该不会闻所未闻吧？倘若不是胤礽，女儿怎会直到如今才得封后？他若当上皇帝，女儿不被赐死也会被作践死的。"

"依皇后之见如何才能永保宫中主位呢？"

懿皇后扫一眼胤禛，直盯着父亲说道："四阿哥聪明好学，为人忠厚，做事果断有主见，理应立为太子。相反，胤礽庸碌无能却空占太子之位，皇上也深悔之，早有废立之心，却苦于没有合适的借口与机会，朝中诸大臣又不能理解圣上之苦……"

佟国维信以为真，立即说道："若果真如此，我联合几位老大臣联名上疏皇上，请求重立太子。"

皇后委婉地说道："这事需认真斟酌，从长计议，父亲只要暗中活动就可以了，至于联名保奏之事也不须您老人家亲自出面进行。"

胤禛当然明白皇后话中含义，但佟国维已经答应了，决不能再失去这样有权有势的靠山，要拉拢住他。于是躬身说道："承蒙外公错爱，如果外公能帮我夺得太子之位，胤禛终生不忘外公的大恩大德。"

"做外公的定会为四阿哥赴汤蹈火，效犬马之劳。"

"多谢外公。"胤禛急忙施礼说道。

佟国维走后，胤禛忙问："皇额娘，下一步又当如何？"

"尽快让太子暴露出劣迹，诸大臣就有上奏废立的把柄了。"

"可是……怎样才能抓住胤礽的不是之处呢？"

皇后嘿嘿一笑："四阿哥如此机敏过人，当然明白怎样做……"

自己不喜欢的懿贵妃当了皇后，皇太子胤礽心里一万个不高兴。这天，为了排遣郁闷的心情，他带着太监王得喜私自去游畅春园，就是皇上作为寿礼献给太后的，可太后又还给皇上自己用的那座新园子。

胤礽逛着逛着，发现一位靓丽的少女正在花丛中徘徊流连。想不到畅春园竟有如此清丽的美女，可比自己的两位福晋强百倍。胤礽内心有一种酸溜溜的感觉，他碰碰王得喜："去打听一下那位美人的身份姓名。"

王得喜果然神速，片刻便回禀道："那女子姓苏名娥，是刚刚从宫外选来的秀女，留在畅春园做女官的。"

胤礽大喜，不是皇阿玛的嫔妃，既然名花无主，本爷何不……

王得喜高叫："苏娥快来拜见殿下！"

苏娥从容走来，嘤咛说道："小女苏娥拜见殿下！"

"不必多礼，快快请起，快快请起！"胤礽说着，伸手就想去拉苏娥。

苏娥后退半步躲了过去："太子有何吩咐，请讲吧！"

"有吩咐，有吩咐，只是这里不便……"胤礽一边说着，一边在苏娥身上窥视着。

苏娥明白胤礽的心思，却又迎合道："殿下若觉得这里不便，就请到奴婢房里说吧。"

胤礽随苏娥来到她的闺房，接过乌龙茶，边饮边同她攀谈。谈了一会儿之后，胤礽觉出苏娥也有故意接近自己的意思。

胤礽起初尚有一丝顾忌，待他摸清苏娥的心思后越来越放肆了，话也说得粗俗："苏娥，你在爷的眼中简直是九天里的嫦娥下凡，这是上天将你赐给本爷的，本爷第一眼见到你就有一种似曾相识之感。"

"但不知殿下在什么地方见过奴婢，是温柔乡里吗？"

"你说呢？ 我的小嫦娥……"胤礽说着，伸手就向苏娥隆起的胸部摸去，苏娥急忙转身躲开。

"怎么？你不乐意？难道不想成为太子妃吗？"

"不是奴婢不同意，只怕皇上不同意，奴婢是皇上派人从宫外选进来充实畅春园的，奴婢是皇上御封的女官……"

胤礽一听苏娥故意拿皇上压他，有点不高兴地说："你这贱人不必处处拿皇上欺爷，你这贱女人爷要定了，看皇上奈我何？"

胤礽边说边强硬地把苏娥抱在怀里，并动手撕拽她身上的衣服。

这时，门外传来呼喊声："苏娥姑娘，皇后娘娘传你去仪凤轩。"

苏娥在胤礽一愣神之际脱身站起来，边整理着散乱的鬓发，边红着脸说："殿下若真有意，明晚酉时玉香阁相会。"

胤礽望着苏娥临走时那妖媚的一笑，心中不知啥滋味。唉，明天，这漫长的日子，他一天也不想等下去……

夜幕降临了。

等待一天的胤礽急匆匆来到玉香阁，还没走进阁内，就借着朦胧的月影看见窗前有一女子绝美的倩影。不用问，一定是苏娥姑娘，胤礽心中暗喜，他悄悄推开半掩的门进入室内，将窗前的女人猛地揽在怀里，抱上牙床。

那女人又惊又怒，一边推开胤礽，一边厉声喝问道："你是何人，如此大胆，敢闯入此园内撒野，活得不耐烦了，找死！"

"嘿嘿，美人，怎么才一天就翻脸不认人了，我是皇太子，不是你约我今晚来此的吗？"

"大胆，你敢假冒皇太子私闯禁地，快来人呀，抓……"

"贼"字还没喊出来，就从门外涌进来七八个宫女、太监，他们都打着灯笼，有的还拿着棍棒。

胤礽借着灯光一看，傻了眼，根本不是什么苏娥姑娘，胤礽吃惊不小，匆忙从床上跳下来，结结巴巴地说："这，这是怎么回事？"

那女子早已从容地坐起来，铁青着脸问道："我正要问你呢！你是什么人？怎么闯到这里来的？"

"我是皇太子，二阿哥胤礽，你……你是谁？"

"大胆的刁贼，还敢冒充皇太子，给我拉出去乱棍打死！我是谁？如果你真是皇太子怎么会连我丽贵人也不认识？"

胤礽这才记起，皇阿玛确实有一位丽贵人，可怎会是丽贵人呢？她怎么在这里？苏娥呢？但是，他来不及细想这些，早有几个太监上前来捆绑他。

胤礽急忙反抗，一边反抗一边斥骂道："狗奴才，敢在我身上放肆，我是太子，皇太子胤礽。"

"你真是皇太子？"丽贵人看看几个宫女、太监，"你们认识他吗？"

"确实像是皇太子，只是，没接到奏报说皇太子来畅春园。"

"也可能有人冒充，不能让人损害太子的名声，我看还是先关押起来，待天亮之后查明身份再说。"

丽贵人一时拿不定主意，这事看起来没什么，其实非同小可，不但关系到自己的名声、太子的身份，还关系到皇上的声誉，传扬出去实在不妙。

她扫视一下众人，愤怒地喝道："刚才你们都干什么去了，怎会让人闯入我的玉香阁内，你们是活得不耐烦啦？"

"我们？皇后娘娘在那边……"

"出了什么事？本宫来了。"

一个宫女的话刚说了一半，皇后就率人走了进来，不待她说下去，胤礽怔了怔沮丧地哀求说："皇后娘娘，儿臣在这里被他们误会了。"

懿皇后扫视一下胤礽，嘴角掠过一丝不易觉察的冷笑，然后淡淡地说道："哦，原来是二阿哥在这里，我以为发生了什么事呢！既然是误会也就算啦，还不快快给殿下松绑！"

待有人给胤礽松绑后，皇后转脸安慰丽贵人道："都是本宫安排不周，让妹妹受惊了。唉，这畅春园尽是些缺乏管教的宫人，对宫中规矩也不懂，差点酿成大错，若让皇上知道，谁能担当得起这个责任？"

皇后又瞪一眼众人，威严地说："今晚之事谁也不许向外人透露半个字，若让皇上知道，我撬了你们的牙，听清楚了没有？"

"嗻！"

"二阿哥今后也好自为之，不可胡乱作为，若让皇上知道二阿哥不把心思用在学业上，整日贪心他事，皇上将做何感想？"

胤礽心里有苦说不出，任凭皇后训斥，只是不吭声。

消息不胫而走，并且越传越甚，皇上也隐隐听到了风声。

康熙是何等人，眼中怎会揉进沙子。他立即审讯了几个太监，从太监口中得到的信息竟是皇太子私闯禁苑威逼丽贵人，并强行对丽贵人施暴，致使丽贵人寻死觅活，多亏皇后娘娘从中安慰方才作罢。

康熙听后勃然大怒，立即传问了丽贵人。

"爱妃，那日在畅春园胤礽到底怎么了你，你从实说来，朕一定为你出气！"

"回皇上，幸亏宫女们及时赶到，二阿哥并没对奴婢怎样。否则，奴婢怎还有脸面活在世上？"

康熙以为丽贵人一是怕羞，二是怯于太子的势力，也许更是为了她个人的名声和地位着想不愿说出真相，他有点恼了，喝问道："你不说实话就是故意勾引皇太子，败坏宫规！"

丽贵人急了："奴婢确实没有半丝半毫不合宫规的言行举动。那日太子也只是有不轨之心，却没有什么过分的举动，或许是误会吧？"

"误会？你不在宫中去畅春园干什么？定是你耐不住寂寞……"

不待康熙说下去，丽贵人扑通跪在地上，说道："皇上明察，皇后娘娘邀我们姊妹几人去畅春园观花，当晚留宿那里，谁知……"丽贵人稍稍停顿一下接着说道，"奴婢是清白的，皇后娘娘可以作证。"

康熙气得一跺脚，拂袖直奔坤宁宫。

早有人报知皇后，康熙刚刚踏进宫门，皇后就明白了几分，但她早已胸有成竹。

礼毕坐定后，康熙喝退众人问道："你身为后宫之主，母仪天下，不在宫中，私去畅春园干什么？"

"皇上多次在臣妾及其他嫔妃面前提及畅春园花事正繁，并要带臣妾等人前去观赏。几位姊妹也多次在臣妾面前提起此事，都想前去看个究竟，饱饱眼福，臣妾经不起姊妹们的央求，就和她们一同去了畅春园，谁知竟会发生这等事。臣妾知罪，请皇上发落！"

康熙气得脸色发青，只顾低头喝茶。他怎不恼火呢？当年因为纳兰侍卫的事，皇后被逼死，纳兰侍卫被赶出京师。如今又发生了这事，让他这位皇上的脸面往何处放。但他更恼皇太子不争气，给其他几位阿哥留下话柄，将来如何威服众人，这江山大统之事如何担得起？

皇后见皇上生闷气，又说道："皇上应该严格管教皇太子，如此下去岂不让天下人笑话，江山社稷会因二阿哥……"

"住口，这等事是你问得了的？"康熙喝住了皇后，"朕还不糊涂，谁是谁非一时还难以分辨，待查明后再做处置。"

胤礽惴惴不安地来到养心殿，他知道畅春园的事早晚要被皇阿玛知道，但没想到会这么快就被皇阿玛知道了。明知今日少不得一顿骂，也不得不来，如果挨骂能获得皇阿玛的宽宥，那实在是万幸，就怕皇阿玛听信他人的怂恿严惩自己。别看皇后那天晚上说得冠冕堂皇，说不定都是她从中作梗。

"儿臣叩见皇阿玛！"胤礽跪在地上怯怯说道。

胤礽见康熙只作没有听见，仍低头批阅奏折，只好提高嗓门喊道："儿臣叩见皇阿玛！"

康熙这才放下手中的笔，抬眼打量一下胤礽，冷冷地问道："你知道朕传你来做什么吗？"

胤礽刚想说"儿臣不知"，但又怕这样会更引起皇阿玛的愤怒，只好再次叩头说："儿臣知罪，但皇阿玛也允许儿臣申辩几句。"

"哼，朕并没有不让你说呀，有什么委屈尽管说来！"

康熙没有说"起来"，胤礽只好仍跪着，他心一横，仰头说道："畅春园一事儿臣虽然有错，但儿臣是冤枉的，是遭人陷害，请皇阿玛明察。"

康熙一听这话勃然大怒，一拍御案斥道："你当着朕的面都如此蛮横，强词夺理，背后还不知做出什么无法无天的事呢！你说有人陷害你，朕倒问问你，是谁陷害于你？是朕，是皇后，还是丽贵人？"

康熙见胤礽理亏不再言语，又训斥说："你身为皇太子，将来要承袭大统，须群臣拥戴，万民敬仰，在众阿哥中间也应成为楷模，只有这样朕才能放心地把大清基业传递于你，可你太令朕失望了！"康熙几乎要流出泪来。

胤礽见状，跪着向前挪动两步，哀求说："阿玛，儿臣让您失望了，您处罚儿臣吧！"胤礽说着，甩手向自己脸上抽打了两下。他知道硬的不行，只好来软的，以此求得皇阿玛的谅解。

康熙叹息一声，摇摇头，无奈地向胤礽挥挥手："你跪安吧！"

胤礽稍稍迟疑片刻，又恳求说："皇阿玛，儿臣受什么处罚都可以，只求皇阿玛看在我死去的额娘情面上不要削去儿臣的太子之位！"

"废立大事非朕一人做得了主，只看宗人府与内阁大臣是何态度，你跪安吧，朕会冷静处理这事的。"

胤礽刚一回到毓庆宫，王得喜就匆匆赶来汇报说："回殿下，奴才去查过了，畅春园根本就没有叫苏娥的人，一定有人设计陷害殿下。"

"你以为是谁在设计陷害我呢？"

"回殿下，不是大阿哥就是三阿哥，当然，也可能是四阿哥，可四阿哥不会有如此深的心计啊！"

"四阿哥没有此心计，他身后的靠山呢？"

"殿下指皇后？依殿下之见是四阿哥和皇后联合陷害你啦？"

"有这种可能，当然也不排除老大和老三，他们也不是好东西！"胤礽愤愤地骂道。

"依殿下之见我们应如何办呢？"

"先打听一下皇上那边的消息，如果皇上对此事轻描淡写地过去，那就吃个哑巴亏算了；如果皇阿玛与我过意不去，再行动也不迟。当然，要多派人打听宫中及朝中几位权臣的一举一动，有消息立即报告本爷。"

"嗻！"王得喜恭恭敬敬地站起来，嘻嘻一笑说道，"爷，这要四处买眼线打点，花费不小哇。"

胤礽一挥手，说道："需要多少钱尽管去支，本爷就是不缺银子！"

"请殿下放心，奴才一定让爷满意。"

正值七月。

就是晚上也闷热得透不过气来，不知为何，胤礽总觉得今天比往常哪一天都憋闷，他总觉得要发生什么不妙的事。前一段时间的心慌都已经过去了，皇阿玛也好像忘记了那事，宫中的一切都正常。

胤礽将这多日的行为仔细想了想，实在没有什么可挑剔的，而这内心深处的无名恐惧是什么呢？

他为驱散心头的憋闷，不去想这些理不出头绪的事，命王得喜找两名宫女来唱小曲，自己边听小曲，边吃着西瓜和两位福晋逗乐。

这时，王得喜匆匆走来在他耳边嘀咕道："索额图大人的管家崔明伦有急事要见殿下。"

正躺在竹席上的胤礽忽地坐了起来，推开两位福晋，边披衣服边对王得喜说道："快，请他进来，爷有话问他。"

崔明伦进来还没来得及施礼，胤礽就摆手说道："崔管家不必多礼，有话快讲。"

崔明伦仍然施礼后才说道："我家大人请爷立即去索府有要事相告，他来不便，有劳殿下辛苦一趟。"

"索大人是否说明是何事？"

"索大人没有说，小的也不敢问。"

胤礽立即命王得喜备一乘二人抬普通小轿，直奔索额图府邸。

二人一见面，索额图就屏退下人说道："殿下，屈尽美、白如梅、张长庚、格尔古德等人联名上疏，一致要求取消殿下的太子之位。"

胤礽一听，头脑直发蒙，他最担心的事终于发生了，结结巴巴地问："皇上是、是何态度？"

　　"皇上正在犹豫。"听见这个答案，胤礽稍稍舒了一口气。

　　"据老臣探得的消息，这些人是受佟国维的唆使，而佟国维必定是按照皇后娘娘的心思行事。"

　　"索大人可知道他们都说了我哪些不是？"

　　"说殿下无德无才，行为乖张，有负万民众望，不可承袭大统。"

　　胤礽知道自己畅春园的事已经传入宫中，真是又恨又恼。索额图又说道："这些人并不值得可怕，可怕的是皇后娘娘从中作梗。据宫内的人透出消息，皇后正在劝说皇上废去殿下之位让四阿哥继任呢，宫内宫外相互使劲，其后果就难说了，何况那件事令皇上既恼火又寒心。"

　　索额图想了想又说道："四阿哥可不是个简单角色，人小鬼大呀，在太后五十大寿时的表演不但讨得了皇上、皇太后的欢心，也收买了王公大臣的心。听皇上的意思，太后也有废去你的太子另立四阿哥之意，太后的话皇上不会不闻不问的。二阿哥，你如今面临的形势不妙啊！"

　　索额图的话令胤礽更加着急，他不安地问道："索大人，你不能见死不救，快给我出个主意吧！索大人的大恩大德我胤礽永世不忘，只要我能承袭大统，索大人就有再造之功，我一定将索大人封为异姓亲王。"

　　索额图叹息一声："不是老臣不想帮你，这事棘手啊，弄不好让他们抓住把柄反而对你更不利，必须慎重。"

　　胤礽见索额图有推脱之意，扑通一下跪了下来，索额图急忙将他扶了起来，十分惊慌地说："殿下折杀老臣了，老臣如果不想给二阿哥卖力，怎会深更半夜把你喊来呢？老臣并不图封王加爵，老臣是受人之托当以身家性命相许。当初，你皇额娘孝诚皇后临终前曾拉着臣的衣袖，恳求臣照料二阿哥，孝诚皇后担心她去世后你会受到冷落，臣答应孝诚皇后照料二阿哥一生。"

"索大人对胤礽的照料与相助，皇额娘在九泉之下也会感激的。"

"别说这些了，快谈谈如何应付当前的危机吧。"

"依索大人之见如何行动？"

索额图沉吟片刻，满脸杀气地说："无毒不丈夫，一不做二不休，击杀皇上，囚禁皇后，殿下立即诏告天下登基执政。"

胤礽吓得脸色发白，结结巴巴地说："不可，万万不可，那……那我就是弑君篡位之徒，名不正，言不顺，传扬出去，会引起天下人唾弃的，不说朝中诸大臣不服，就是胤禔、胤祉等人也不从。"

"哼，不从？殿下本是大清储君，继承皇位天经地义。谁敢不从就是以下犯上，可以名正言顺地治罪！"

"我只担心事情不济，你我都难逃杀身之祸，何况皇阿玛并未最终决定废我太子，里里外外都是皇后一人在捣鬼，只要能除去她就可以了。"

"既然二阿哥不肯按老臣所说的去做，到时可别怪老臣没出力。但无论如何，殿下眼下这一关必须过去，狠狠心除去皇后吧！请殿下早做决定，老臣除此之外再无良策。"

胤礽被索额图的话打动了，想了想也只有如此，仍略带顾虑地问："只是皇后娘娘颇有心计，宫中又防范甚严，如何下手呢？"

索额图诡秘一笑，在胤礽耳边悄悄嘀咕几句，胤礽听得眉飞色舞，连连点头："就按索大人的这个计谋行事，事成之后一定重谢！"

静谧的夏夜透着神秘，这黑夜中的皇宫大内更是阴森可怕。突然，一个敏捷的黑影在坤宁宫内一闪，随即坤宁宫的正殿里传出一声尖利的惨叫！紧接着，太监、宫女便高喊起来："有刺客……有刺客……"

正在巡逻的大内侍卫闻声赶来，只见守门太监倒卧宫门，室内又见两名宫女的尸首。待揭开皇后的罗帐一看，皇后浑身是血倒在床上，旁边有一张字条，上面写着："血债血还，为永王报仇。今天便宜了玄烨，先杀了他的皇后，他日再取玄烨狗头！"落款是"江南大侠甘凤池"。

大内总管太监李来福及时赶到，他一面让人去请御医，一边派人搜捕刺客。但一切都是枉然。刺客早已逃之夭夭，等御医赶到时，皇后也已经命归黄泉。

康熙闻报后急忙起身赶往坤宁宫，见到的却是皇后冰冷的尸首，他心如刀绞，那殷红的鲜血仿佛从他心中流出。

"传旨九门提督，封锁京城所有城门，挨家挨户严加盘查，发现可疑之人立即拘捕审讯，宁可错杀一千，不可让一人漏网！晓谕天下，报告甘凤池下落或风声的赏银千两，捉住或杀死甘凤池者赏银十万！就是挖地三尺，也要把甘凤池抓来处死！"

康熙把皇后圆睁的眼闭上，微微叹息道："朕永远不再册立皇后！"

第四章

破规矩三人度初夜
奉圣命五台悟真禅

那拉氏看一眼胤禛："三人喝交杯酒，这是你们皇家的规矩吗？"胤禛不在乎地说："规矩都是人定的！喜子随你一同嫁过来的，我娶了你，自然也算娶了喜子，三人同饮交杯酒，又有什么不可以！"

面对高大朱红的梓宫，胤禛失声痛哭，他一遍又一遍地哭喊着："额娘，额娘，皇额娘，您醒醒，您醒醒，您把孩儿拉扯大，孩儿一天孝心也没尽您就撒手人寰，让孩儿惭愧啊！额娘，皇额娘……"胤禛哭着、抽泣着，他怎能不伤心呢？一夜之间所有的希望化为泡影，摆在他面前的那条通向高高至上的皇位的光明大道消失了，胤禛的心如冰一样寒冷，对一切都失去了信心，更失去了勇气，他只能将一腔委屈、绝望、无奈与仇恨化为泉涌般的泪水，呜呜地哭起来。

旁边的德妃乌雅氏很不是滋味。胤禛是她的亲生儿子，落地才三天就被迫过继给别人收养。从那以后，胤禛每次见到自己都是冷冰冰的，一声"额娘"也没喊过。亲生儿子瞧不起地位低下的额娘啊！一想到此，德妃就止不住滚下泪来。唉，好歹自己生下了十四阿哥胤禵，整日在自己膝下，多少也是补偿和安慰。不过，皇后主动请求皇上晋升自己为妃，无论她是出于何心，对自己总还是有恩的。想到此，德妃也嘤嘤哭了起来。

康熙悄悄走了进来，看着哭成泪人的胤禛，心里道：这孩子也还算仁慈有孝心，像他亲生额娘一样为人忠厚诚实。而其他几位阿哥，都是雷声大雨点小，毫无悲伤的样子，皇太子更是如此，这让康熙十分不满。

康熙走过去，抚摸着胤禛的头安慰说："皇儿节哀吧，皇阿玛会好好看待你的。"

胤禛抬头看见皇上正站在身后抚摸着自己，急忙转身跪下，哭喊着："皇阿玛……"其他人也都停止了哭喊，向康熙叩首施礼。

康熙示意让众人站起来，他扫视一下众人说："除几位皇子在此守灵外，其余人可以各自回宫了。"

待众人纷纷离去，康熙又向几位正在抹眼泪的阿哥说："在守灵这一个月内，你们要边守灵边温习师傅所授的功课，不必整日假情假意地哭哭啼啼，若悲痛，就把悲痛放在心中。"

康熙又转向四阿哥："特别是胤禛，更要节哀，以身体为上，不可悲伤过重。待你皇额娘大殡之后，朕为你做媒完成大婚，也了却你皇额娘的一桩遗愿。"

胤禛又哭了："儿臣要为皇额娘守孝三年，期满再议婚事不迟！"

康熙叹口气："不是皇阿玛不答应你，按照我们满洲的风俗，至亲去世，其子嗣儿女若三月内不完婚就应等待三年期满才可完婚，朕不想让你一个人孤零零地空守三年。"康熙稍稍顿了一下，"这也是你皇额娘的意思，本来朕与你皇额娘商定，等到你今年生日到来之际，就给你完婚，谁想到你皇额娘薨驾如此仓促，你皇额娘连你的新娘都给相中了，只待大喜之日给你个惊喜呢！谁想到……唉，不说这个了，总之，听朕的安排早日完婚，也算朕做一件安慰皇后在天之灵的事吧！"

皇后佟佳氏终于安葬在马兰峪皇陵，谥号孝懿仁皇后。

大殡之后，康熙三十年（1691年）八月十六日，胤禛奉父命与那拉氏结婚。那拉氏是满洲正白旗费扬古之女。费扬古是步军统领，曾南征吴三桂，随康熙远征噶尔丹，战功赫赫，是当朝能征惯战的名将。按照大清朝祖制，康熙封那拉氏为福晋。福晋这一称呼是清朝入关后满汉语言融合的结果，汉语的含意即"夫人"，因为皇室后裔身份贵重便在夫人后追加一个"金"字，本来读音是"夫金"，后来读转了音，就干脆叫作福晋，福晋和侧福晋都必须由皇上册封。

按照祖制，皇子新婚之后就应搬出宫居住，另立府邸。康熙考虑再三，决定把城东太深街的一片住宅赐予胤禛做新房，并正式授其封号为"多罗贝勒"，这片宅第也就理所当然叫作禛贝勒府或四爷府。

当天夜里，禛贝勒府张灯结彩，披红挂彩，人来人往，一派喜庆气氛。

客人陆续走散后，小新郎官四阿哥由贴身太监刘进才搀扶着进入洞房，他看着早已等候在那里的新娘，心扑扑乱跳。对于结婚之类的男女之事他仅仅听人谈论过，朦朦胧胧懂一些，这几天又被强化训练一番，多少明白些，但真让他做起来仍觉得别扭。

"四阿哥，您还没见过新娘吧？快掀开红盖头看看。"刘进才说。

胤禛上前揭开了新娘的红盖头，认真端详一下低眉垂首羞答答的新娘，人长得也还过得去，不是多美，但也不丑。胤禛轻轻松了口气，他一颗悬着的心放了下来，从相貌看，也许贤惠有才。

刘进才上前躬身说道："四阿哥，还有什么要奴才去做的吗？"

不待胤禛开口，新娘那拉氏轻启玉齿说道："你下去吧，今后内室的事由我料理就行了，我会让四爷满意的。"

"这事是我们做奴才干的，哪能劳烦福晋大驾！"

"不用啦，我来时还带来一位贴身侍女呢，叫她照料内室吧。喜子，快来见过四爷。"

"哎……"一个十二三岁的小姑娘飘然而至，"小姐，不，奶奶，有何吩咐？"

那拉氏脸一红："今后不要这么称呼我，仍叫姐姐吧。"

"小姐，这是贝勒府，原先的规矩可要改啦，不然，四爷会骂咱不懂规矩的。"喜子说着扮了个鬼脸。

"喜子，还说我不懂规矩，你才真正不懂规矩呢！刚来头一天就耍嘴，还不快快拜见四爷！"

"是！奴婢喜子叩见四爷，奴婢刚才的无礼之处请四爷恕罪！"

胤禛也还是个孩子，虽然自幼受皇宫烦琐的礼节约束处处小心，但也极不习惯，毕竟童心未泯，也不讲究什么失礼不失礼的。他一见喜子如此活泼可爱，马上喜欢上了她，急忙拉起喜子说："今后都是一家人啦，何必客气呢？在这贝勒府中规矩可以随便些，倘若进入皇宫大内可一定要严守宫规，皇家的礼仪一点儿也不能丢。"

"喜子记住了，请问四爷，奴婢怎样称呼我家小姐最合适呢？"

胤禛淡淡一笑："叫小姐不合适，叫奶奶又太死板，如此年轻就叫奶奶，不老也叫老了，干脆就叫福晋吧！"

喜子头一歪道："四爷，福晋，今天得叫你们新郎新娘才对呢！"

"好吧，随便你叫什么都行。"

"这可是四爷说的，我要叫胤禛呢？"

"喜子，不许无理！"那拉氏脸一板呵斥道。

"奴婢觉得今天是四爷与小姐的大喜之日，故意与四爷逗乐的，四爷您不会怪罪吧！"喜子伸伸舌头嬉笑着说。

"你也太小瞧四爷了，我还没有那么小气，整日待在宫中死气沉沉的，很少有人敢说句笑话，这一个多月的守丧又累得筋疲力尽，难得你今日说句笑话让四爷我开开心，不但不责怪，还重重有赏呢！"

"赏什么？"

胤禛挠挠头："四爷赏你可以称福晋为姐姐，外加一对玉镯。"

"小姐，四爷可比你大方多了，奴婢跟着你这么多年，除小姐生日之外，从来没见小姐赏过奴婢。"喜子又同那拉氏开玩笑说。

那拉氏也装出恼怒的样子说："你这小蹄子太没有心肝了，我对你如同亲姐妹，每次做衣服买首饰全都是双份，有我的就有你的，今天刚认了新主子就想把我给甩啦，早知如此就不该带你来。"

"小姐，你又说假话啦，本来我是不愿意来的，你怕四爷太凶，给你气受，才劝我一起来的，说四爷若打你罚你，让奴婢与你联手对付他。"喜子边说边笑。

"这个小蹄子，真够损的，把我全给出卖了，说句笑话你却当真了，我要和四爷联手打你哪！你个奴才倒骑到主子的头上了。"

不知为何，胤禛却有几分喜欢上这位喜子了。她，活泼可爱，人也长得机灵漂亮，在胤禛心目中，喜子比那拉氏强多啦。

一阵玩笑之后，胤禛问道："喜子，你随小姐来到这里有没有同你父母商量过，你父母同意吗？"

喜子的笑容马上消失了："我无父无母是个孤儿，多亏我家老爷把我收留，视我如亲生。我家老爷就小姐一个掌上明珠，小姐出嫁后，我本打算服侍我家奶奶，可老爷不同意，让我随小姐一同出嫁，等我长大后再由小姐把我嫁出去。"喜子说到这里，抬头苦涩一笑："其实我根本就不想嫁人，只想服侍小姐一辈子。"

胤禛诧异道："哪有女子不想嫁人的！许多女子都希望嫁一位好丈夫，夫荣妻贵，传世留名呢！"

喜子摇摇头："我这给人做奴才的，嫁人又能嫁一个什么样的人，还不是和我一样身份的奴才，都是奴才，何来夫荣妻贵？与其那样还不如不嫁人呢！自己做奴才就够了，怎能让自己的子子孙孙也做奴才！"

胤禛若有所思地说："你为何就不想想你还会有更好的造化呢？比如说也嫁一位皇子什么的？"

那拉氏吃惊地望着胤禛："这可能吗？"

喜子却笑了："我只配当奴才，能够服侍小姐和四爷也算有好造化了，还能再渴求什么，上天该骂我不知足啦。四爷，您说是吗？"

那拉氏抬头望望窗外已经偏南的月亮，又看看放在旁边的酒杯酒坛，迟疑一下说道："别斗嘴了，该休息了，四爷明日还要去宫中叩拜皇上、皇太后呢！"

喜子醒悟过来道："小姐想和四爷喝交杯酒了吧？"喜子取过两个酒杯，斟满酒，双手端给两人，嘻嘻笑道："交杯酒开始……"

胤禛和那拉氏都端起酒杯，轻挽着胳膊，把酒杯放在唇边，胤禛忽然说道："喜子，你也斟一杯，咱们三人共饮交杯。"

那拉氏看一眼胤禛："三人喝交杯酒，这是你们皇室的规矩吗？"

胤禛不在乎地说："规矩都是人定的，我今天就破一次例也未尝不可。喜子是随你一同嫁过来的，我娶了你，也算娶了喜子，咱们三人共同喝个交杯酒是理所当然的。喜子，快斟上一杯！"

喜子的心甜丝丝的，但她瞥见小姐略显不快的表情，淡然一笑，说道："四爷，宫中的规矩还是不要破，万一传出去对四爷影响不好。"

"就是，宫中的规矩哪能四爷一个人说了算，倘若让皇上知道四爷随便破了宫规，视祖训如儿戏，一定会怪罪的。"那拉氏边说边又端起酒杯，"四爷，还是我们两人喝吧！"

"不！我说三人喝就是三人喝，皇上怪罪下来由我一人承担。喜子，快斟满酒！"胤禛一改刚才的嬉笑神色，冷冰冰地说。

喜子看一眼四阿哥，只好倒满一杯酒。

"来，咱们三人共同喝一杯交杯酒！"胤禛率先端起杯子，那拉氏与喜子也只好端了起来。三只胳膊绕在一起，三只酒杯碰在一起，砰……三人各怀心事地饮完一杯交杯酒。

天高云淡，衰草遍野，一条弯曲的土路向遥远的天边延伸着。路的尽头，一辆马车在上下颠簸着，车后跟着四个骑马的随从。

看这些人的装束打扮，像是外出经商，又像是到外地赴任。

天快黑了，一位贵公子模样的人从车中探出头来问道："刘进才，离前面的集镇还有多远，咱可不能在野地里露宿啊！"

"前面就是太平镇，到了太平镇就等于到了五台山脚下，这个镇虽小，但十分繁华，各地往来商旅、游客、信徒都在此歇脚。

四阿哥，咱们先到太平镇上休息几日再上山进香也不迟。"

刘进才刚说完，胤禛就斥道："刘进才，我说过几遍了，这次乔装出京，应叫我四公子或四少爷，如果再称呼错我就要掌嘴了。"

"是，四少爷，奴才记住了。"刘进才躬身答道。

"走！"胤禛猛地放下车帘。

自从那天胤禛接了康熙圣旨，代圣驾往五台山进香拜佛之后，一路上他都是这个脾气，独自坐在车里，很少和随从讲话，偶尔讲几句话也多是训人的口气。四阿哥究竟为什么闷闷不乐，谁也摸不透他的心思。

一路紧走，掌灯时分赶到了太平镇。虽然天已擦黑，街上的行人也不少，有收摊的，也有忙着把夜间的招牌挂上的，更多的人忙着往回赶。这时，旅店的生意最红火。

不待胤禛问话，刘进才就凑到车帘下轻声问道："四少爷，咱今晚住在哪家客栈？"

胤禛伸头看着街两旁挂满的各式客栈招牌，他是头一次出京，什么也不懂，便说道："随你们的便吧，只要舒适，哪家客栈都一样。"

刘进才想了想，说道："那就住醉仙楼客栈吧，那里环境优雅，店主是个老板娘子，待人也和气，又烧得一手好菜。"

"你怎么知道得这么清楚？"胤禛惊奇道。

"回四少爷，皇，不，大老爷每隔上几年都亲自或派人来五台山上香，奴才随从来了几次，所以对这里的情况熟悉。"

胤禛若有所悟，问道："大老爷一般每隔多久派人来或亲自来此进香？"

刘进才算了算说："大概是每三年来此一趟。"

胤禛点点头，指示随从去醉仙楼客栈投宿。

刘进才进入店内一打听，听说客栈已经住满，他觉得奇怪，每次来醉仙楼都有许多空房，从来没有听说醉仙楼住满过人的。

偌大的醉仙楼里里外外上上下下可容纳三百多客人，一般是不会客满的。

刘进才找到老板娘，嚷道："怎么？大爷每次来都是在这里住的，大爷来这里是看得起你们醉仙楼，怕大爷没有钱不成，大爷有的是钱，要多少给多少！今天住也得住，不住也得住！"

老板娘赔笑道："这位大爷息怒，不是不想留你们住店，做生意的哪里有把上门的生意推出去的，我们的店确实住满了。"

"哼，那楼上不是都空着吗？"

"空着是空着，可是已经被人包了，不允许其他客人住进去。"

"嗬，谁这么大的排场？我倒要上去见识见识。"

刘进才刚想上楼，便被老板娘拦住了："大爷请留步，楼上的客人你惹不起，那是本省巡抚年大人的家眷。"

刘进才冷笑一声："不就是山西巡抚年遐龄嘛，有啥了不起的，比我家老爷差多了，就是与我家少爷相比也高不了哪儿去。"

刘进才这一嚷，楼上两个兵丁立即下楼骂道："哪里来的山野王八孙子，竟敢直言提及我家老爷名讳，又在这里撒野，活得不耐烦了？"

刘进才也不示弱："你们才撒野呢！仗着巡抚大人的势力四处招摇撞骗，包下这么一幢楼也不让别人住，是何道理？"

那两个兵丁见刘进才越说越大胆，不问三七二十一，上前就是几巴掌，打得他两眼冒火，嘴角流血。

胤禛的其他几个随从一见刘进才挨了打，都急忙抢上前和那两个兵丁打起来。那两个兵丁哪里是大内侍卫的对手，三拳两脚就被打得哭爹叫娘。如此一吵闹，惊动了楼上的客人。

一个高大魁伟的青年公子一看自己的家丁被打，大喝一声，纵身一跃跳下楼，和两位大内高手对打起来。

胤禛站在旁边观看，大清朝的皇子皇孙都是文武兼修，有专门师傅任教，对各种马步功夫都习，各种门派的武功也都略知一二。功夫有没有，只要看出手，胤禛从对方凌厉的攻势看出两位大内侍卫不是他的敌手。看此人比自己大不了几岁，能练得这么一身好武功真是难得。自己的随从都是大内总管亲自挑选的，哪一位也可同时敌上十几人，而这人能敌上两位大内侍卫的进攻，不愧为少年英雄。

胤禛蓦然想到，自己如今势单力薄，要想与几位哥哥争胜，必须有自己的人马，若能收得此人在自己府中该有多好。

其他随从见两位大内侍卫打不过一个毛头少年，准备同时抢上前制服对方，胤禛喝住了他们："不许无礼，我们两人打人一个已属非礼，怎么能群起攻击对方一人呢？都给我下来，快快向人家赔礼！"

"四少爷，是他们先无礼打奴才。"刘进才红肿着脸说。

"一定是你逞强先得罪了别人，活该！"胤禛斥道。

这时，楼上跑下来一位身穿粉红裙袄的艳丽少女，她拨开人群叫道："哥哥住手，母亲让你手下留情别伤着人，以免父亲又要责怪你。"

那青年纵身跳出圈外，拱手说道："家母有令，在下不打了。二位真是好功夫，能和我过招半个时辰不分胜败，在山西也算是英雄了。"

胤禛拱手说道："这位英雄真是好功夫，请问尊姓大名？"

那青年公子还礼道："在下年羹尧，字亮工，号双峰，本省巡抚便是家父，请问公子如何称呼？"

"在下姓……姓嬴名真，字多罗，号破尘，家住京城，因事外出路过此地，刚才家人出言不恭冒犯年公子，请多多包涵！"

"你也是来投宿的吧？因家母与家妹还有众多女眷，唯恐不便，我们把醉仙楼的上半楼全包租了，实在不好意思。"

"既然如此，我等就到别处投宿也可。"胤禛说着，瞟了一眼站在年羹尧旁边的少女，恰巧那姑娘也用水灵灵的大眼看着胤禛。四目相视，两人心里都是一颤，一种说不出口的感觉在心底荡漾回旋。

不待胤禛开口，那少女拉一下年羹尧的衣襟道："哥哥，既然这位小哥哥也是过路人，天又这么晚了，咱楼上空房很多，让他们两间就是，反正闲着也是闲着。"

年羹尧犹豫一下："母亲会同意吗？"

"她老人家一定会同意的，不信，我上楼询问一声。"少女说着飘上了楼，不多久就从楼上向下喊道："哥哥，母亲同意了。"

胤禛拱手致谢说："多谢年公子和伯母了，刚才这位姑娘……"

"乃是家妹，她是家父家母的掌上明珠，从小娇宠惯了，风风火火的没个大家闺秀的样子，让嬴公子见笑了。"

"年公子言重了，令妹风范巾帼不让须眉，可喜可贺！"胤禛说到这里，上前拉住年羹尧的手："年公子，你我今日一见十分投缘，我做东，咱们两人喝上几杯。"

"好！"两人并肩上楼。酒菜很快摆上来，两人边吃边谈。

年羹尧举杯道："嬴兄弟从京城来，想必令尊也在朝为官吧？"

胤禛淡淡一笑："家父只在京中做个小官，不入品，不说罢了，说了只怕让年兄见笑。"

年羹尧从胤禛的装束打扮和随从估计这位嬴公子的父亲一定是位朝中大官，才有意结识，一听胤禛的话，略感失望。

胤禛也看到年羹尧脸上的变化，故意装作不知说："我可比不上年公子，令尊是一省巡抚，有此后台，将来前途无量啊！"

"嬴兄弟开玩笑了，家父虽是一省大员，在京中也有几位做大官的朋友，但仕途之路哪能依靠父辈，只有自己努力才行。想我年羹尧饱读四书五经，又习得一身好武功，凭本领混个一官半职还是不成问题的，我也没有高要求，只要不辱没家父也就满足了。"

"凭年兄的才学，定然前途无量，只怕要胜过令尊呢！"

年羹尧哈哈一笑："就凭兄弟这句吉利话，我们干一杯！"

年羹尧放下酒杯，问道："嬴兄弟对未来前途有何打算呢？"

这一句话触动了胤禛心中的疼处，他面露伤悲之色，猛地喝光一大杯酒，感慨道："我抵不上年兄有如此雄心大志，就是有此心也只能放在心中无法实现，我是生不逢时啊！"

年羹尧惊道："嬴兄弟何出此言？如今是天朝盛世，人人积极向上，朝廷三年开考，只要胸藏万卷书，还怕仕途无望吗？从嬴兄谈吐可知你也是饱学之人，怎能对自己失去信心呢？"

胤禛依然忧伤道："读书，读书，书读得再多又有何用？满腹经纶又怎敌那些得势的庸才小人，我已无心仕途，倒有遁入空门之想。"

年羹尧道："嬴兄怎么会对前途如此绝望呢？从年龄看，嬴兄才处于弱冠之年，不会受什么太大挫折。如果嬴兄弟没有走读书入仕之心，也可依附某一权贵，同样能够享得一生清福。"

"哪位权贵能够用得着我这样只会夸夸其谈之人呢？反过来说，哪位权贵又值得我信赖依附呢？俗话说'铁打的衙门流水的官'，谁能保证自己永远不倒呢？万一选错了主子，不但享不到清福，只怕惹一身官司呢！"

年羹尧笑道："这就看嬴兄想选谁做主子啦，京中能成为不倒翁的人也是大有人在，嬴兄难道没听说……"

年羹尧压低了声音，说道："京中的大阿哥、皇太子、三阿哥都在暗中培养自己的势力，招募有才学之人呢！他们哪一人不都是好的主子！皇太子不用说了，投到他门下将来出将入相都未可知，就是其他阿哥也一定会封王的，这也是为官入仕的捷径，比闭门十年寒窗苦读还见效呢！"

胤禛呷一口酒说："年兄既然明白其中的好处，为何不走此捷径呢？凭着令尊的职位与威望，再加上年兄的武功才学，投到哪位阿哥门下也会得到重用的，不知年兄中意哪位阿哥？"

年羹尧笑道："不瞒嬴兄弟，真有人找上门让我去做事，但家父不肯，怕我稍一不慎惹来杀身之祸。所以，到现在小弟还一直躲在晋祠书院里奉父严命苦读圣贤书呢！"

"年兄言重了吧，怎么会是杀身之祸呢？"

"嬴兄有所不知，几位阿哥蓄聚势力的目的当然是为了发展各自实力，将来争夺皇位，加入任何一方都难免有死伤，或成为败方，万一不慎也许还会惹来灭门之祸呢！"

胤禛试探着问道："几位阿哥还争什么皇位？二阿哥为皇太子，将来的皇位非他莫属，谁也争不过的。"

年羹尧放下筷子，摇摇头说："赢兄弟，说了你也不会相信，去年从宫中传出信来，皇太子犯了宫规差点被削了皇太子之位呢，有人传说皇后之死都与这事有关呢，当然，这只是谣传。"

胤禛更是心惊，如此机密的宫中大事很快能传到这偏远的地方，真是匪夷所思。他不动声色地说："年兄生在巡抚之家真是好福气，身处山西消息都如此灵通，而我在京城天子脚下却一无所知。依年兄所得消息，万一削去二阿哥的皇太子之位，哪位阿哥有可能获得此位呢？"

年羹尧醉醺醺地说："告诉你吧，我也是听家父说的，太后、皇后都想让四阿哥接替二阿哥的皇太子之位，这，这是去年的事了，自从皇后娘娘薨驾后这事就永远不可……能啦……"年羹尧说着竟睡着了。

胤禛的心陡然凉了下来，刚才的酒意全消了，他看看呼呼睡着的年羹尧，心里如打翻了五味瓶。

深秋的五台山别有一番景致。

霜染的枫林红遍山腰，一处处千年神刹古寺掩映在万山红遍的层林中，极为壮观，又透着几分神秘。那寺院内缭绕不断的香烟袅袅升腾，和山中淡淡的云霞相接相连，分不清哪里是云哪里是烟。

胤禛一行来到一所寺院，先递上拜帖，负责接待的小沙弥一看帖上有皇宫大内字样，哪敢怠慢，立即报与寺院主持方丈，老方丈立即出门相迎，把他们请进内堂禅院。

慧空禅师看过御封信札，上下打量着胤禛一会儿才说道："四阿哥鞍马劳顿，且先休养几日再安排进香祭拜之事。五台山虽然算不上灵山秀水，但既忝列四大名山，倒也有几处风景可观，老衲会派几位向导陪四阿哥到处走走，感悟山中佛气，待心中有佛时再行拜佛献香之礼吧！"

几天静养，胤禛解去一身疲劳，这天早晨吃罢饭，独自走出寺院，随便看看。刚出山门，就看见前面山道上有一红一绿两朵"彩云"缓缓飘来，到得近前一看，不由心中一喜，那红的原来竟是年羹尧的妹妹！

年小姐乍见胤禛也是又惊又喜，忙施礼道："嬴公子也来进香？"

胤禛反问道："这么说，年小姐是来礼佛的喽？"

这位年小姐玉面微微一红，略带几分羞涩地说："嬴公子不必一口一个小姐，我叫年霓裳，如果公子不见外，就直呼我的名字吧。"

年霓裳话音没落，旁边那位绿衣女子已经开了口："嬴公子有所不知，我家老爷让我家少爷护送我家奶奶和小姐来五台山进香只是顺便，主要是让我家小姐来相亲的。"

"红艳……"年小姐见红艳在一个并不太熟悉的人面前提及自己的隐私，顿时觉得十分狼狈，她真的生气了。

胤禛心里酸溜溜的，却又装出随便的样子，笑问道："年小姐相亲怎么来到五台山上呢？这山上都是寺院，住的也都是和尚，传扬出去岂不令人笑话？"

年霓裳的脸唰地一下红了。

红艳马上解释道："嬴公子有所不知，我家小姐要相亲的那位张公子就在这清凉寺内闭门苦读，我家少爷已先来会过此人，对他十分赞赏，说张公子饱读经书，学识渊博，他日赴考定能一举夺魁，小姐仍是不信，便亲自来探视一下，看看是真是假。"

"能让你家少爷钦佩的人一定错不了，他竟是何人？"

"就是当朝太子太傅大学士张英的长子。"

胤禛的脑袋"嗡"的一声响，沉默片刻，才酸溜溜地说道："巡抚大人果然有眼光，年小姐能嫁给张公子，这才叫郎才女貌、门当户对呢！"此时，胤禛方明白年羹尧为什么对宫中隐事十分了解了。

年霓裳隐隐猜出这位嬴公子的心思了，故意淡淡一笑，漠然说道："嬴公子莫把年霓裳当作趋炎附势之人！我来五台山就是要亲自看一看那张公子到底如何。人们都推崇父母之命、媒妁之言，而我年霓裳……"

三人只顾叙谈，不知不觉到了一个高大庙门前，原来这就是清凉寺了。

胤禛转身问道："二位姑娘是否进去？"

年霓裳犹豫一下，红艳说道："小姐，咱们不是去后面的文殊院吗？少爷和张公子正在那里等着呢！说不定已经出来寻找咱们了。"

胤禛见此情景，便向年霓裳和红艳施礼道："嬴某不便陪同了，我在这清凉寺参拜参拜，咱们就此分手吧！"

胤禛径直走上寺庙台阶，刚到庙门，又回头观望一眼，年霓裳她们已经离去。胤禛的心里却不是滋味，想随后追去又没有勇气，只能看着一朵粉红的云霞飘离。

庙门口立了一位中年僧人，见胤禛这般神态，双掌合十道："阿弥陀佛！世上本无情，有心才生情，无情则有情，有情却无情，推也推不去，索也索不回，有缘千里能相会，无缘隔壁不相逢。施主不必伤怀，佛祖最明净，何不入寺叩问？"

"性音，你在同谁唱佛？佛不可言，禅不可解，无心问有心有违佛意，永远得不到佛家真谛，性音，你的尘心难去呀！"

随着几句谶语，一位鹤发皓眉的老僧走了出来。

胤禛打量一下这位得道高僧，不知为何，有一种说不出口的亲近和威严，仿佛在哪里见过，一时又想不起来，也许是梦中吧？

"阿弥陀佛，小施主有佛缘却无佛心，如今内火旺，不合天地之节气，只怕阴阳失调，肌体难逃一劫。"

胤禛一听老僧这似懂非懂的话，心里咯噔一下，急忙跪拜：

"请大师指点迷津！"

"小施主快快请起，有津何能迷，迷则无津也，请到内堂一叙。"

禅房内早有两人坐在那里，左边那人是位中年和尚，与性音和尚截然不同，长得眉清目秀，书卷气十足，只是两目神伤，似乎历经沧桑，身历百难。右边那人却是位风度翩翩的少年公子，儒雅风流，潇洒倜傥。仅这么随便一看，胤禛就有一种莫名其妙的自卑感。

这两人似乎正在谈论写诗填词，见三人进来都同时站了起来，十分恭敬地喊道："慧明大师请坐。"

慧明说道："小施主，今日是佛祖轮生之日，我等在此唱佛，这是性德，又叫楞迦山人，他是生而与佛有缘，性德是其尘世之名，也恰巧为性字辈法号，和性音同为我佛中之人。"

胤禛向几人一一施礼，然后自我介绍说："在下赢真，自号破尘，远路来此进香拜佛。"

那位公子也向他拱手说道："在下张廷玉，字衡臣，安徽桐城人，在清凉寺后的文殊院借读，常来这里听大师讲经论佛，今日在此遇到赢公子也是幸会。"

胤禛一听便知这就是张英的公子了，见张廷玉知书达礼，也不势利，有一个当朝一品的父亲却并不以此做护身符，不像有些人自报家门时首先抬出做大官的父亲，仅这些就让胤禛十分赞赏。只是心中奇怪，他不是要和年羹尧见面嘛，为何不在文殊院却到了这清凉寺？

慧明大师看看两位年轻人，笑道："以星相解之，张公子他日必是朝廷股肱之臣，并且是终生不倒的一品贤相，福分不浅，张公子占尽尘缘，可喜可贺。"

"多谢大师谬奖！"张廷玉躬身说道。

慧明大师上下打量一下胤禛，足有好大一会儿却没有言语，性音急了，问道："师傅也为赢公子卜上一相。"

慧明叹息一声，说道："嬴公子的相格高深莫测，不同于张公子相格明朗易识，只怕师父我也参悟不准。"

"不会吧？"楞迦山人有点不相信地问，"师父是神相，这在整个五台山也是出了名的，怎会参悟不透呢？"

慧明大师道："当初，你随性音上山时为师也曾仔细观察你的相格，你是龙形格，按理应出将入相，贵不可言，可为什么与佛结下不解之缘，我一时参解不透。后来才知道，这与你的命名有关，姓名本身占据了佛缘，故此人生有一劫，铸就了你的佛身。"

一提及身世，楞迦山人黯然神伤，垂首不语。

慧明又认真观看一下胤禛的体态与骨骼，方缓缓说道："嬴施主的相格是极少遇见的一种，叫天一格，生有这种相格的人要么官极人臣，要么一生穷困潦倒，总之，这是一种两极人格。"慧明想说要么贵为天子要么贱为奴才，但他还是没有说出，以免这话给这位嬴公子带来不利。

胤禛一听慧明大师模棱两可的话，油然想起自己在宫中的位置，面露凄凉之色，可自己的一腔凄苦哀怨又无法向他人诉说，胤禛第一次感到孤独的痛苦。

正在这时，有小和尚来报，说有一男两女三位施主来找张公子。

胤禛知道一定是年家兄妹，便对张廷玉说道："张公子，是来找你相亲的，恭喜张公子找到这么一位如花似玉的娘子，何况年家也算大清朝的一豪门望族，这真是门当户对，郎才女貌，天赐良缘。"

张廷玉淡淡说道："我知他们今日要来，才故意躲到此处的。"

胤禛诧异道："难道张兄对这门婚事不满意？"

张廷玉冷冷地说道："年遐龄早有结交家父之心，这次他厚颜无耻地向家父提亲，家父虽然也明白其用意，似乎也有结交年遐龄这样一位地方大员之心，就满口答应了。这不，竟然追到五台山佛家圣地寻亲！也只是他们年家能做得出来，我是坚决不会同意！"

胤禛听了张廷玉的话，喜忧参半，他不动声色地问："也许年小姐不是张兄所说的这种人？"

"哼，有其父必有其女。女孩家不在闺房修身养德，四处乱跑成何体统！就是相亲，也有父母兄长呢。"

这时，年氏兄妹和丫鬟红艳走进室内，年羹尧主动和众人打过招呼后，带有几分责备的口气对张廷玉说："昨日和衡臣兄约好在文殊院相见，你竟跑到这里，让我们好等！你这是什么意思？"

"什么意思还用我解释吗？年公子不会自己斟酌吗？"

"哥哥，咱们走！这趟五台山之行已经够窝囊了，再待下去是自找屈辱！"年霓裳向其余人施礼率先走了出去，走到门口，又回头注视一下胤禛，这才昂然而去。

红艳立即追了出去。

年羹尧也铁青着脸，大踏步走了出去。

"阿弥陀佛！"慧明大师双掌合十喃喃念道。

"师父，这位年公子倒有大将气魄呢！"性音道。

"嗯，此人眼白青黑，圆满宽大，山根断，口阔方，眉婆娑，多须鬓，子出一二，面头方，骨格高，为人心机深远，又心狠手辣，确实是将兵之材。'威镇山河佐主雄，头方额高眉须浓。脑后骨起突天庭，官倾朝野落骂名。'此人将来权柄不在张公子之下，只是没有张公子的福气，将来必然不得善终。张公子，你今日行事未免有些草率了。依老衲观看，那年小姐很有旺夫福相，张公子可以追去赔礼道歉答应这门亲事。这样，张公子未来的前程定会超人一等，说不定能封王封侯呢！"

"好马不吃回头草，我张廷玉宁可终生躬耕陇亩，做一布衣书生也不会与他们年家结为秦晋之好。"

"阿弥陀佛，上世冤孽，今朝无缘，一切随缘吧！"

多日来，胤禛总有点魂不守舍。他十分清楚，年小姐的回眸只是给他一人的，也只有他才能理解年小姐那深情的一个回眸。

胤禛曾派人打探年家母女的下落，回答只有一个：年府的家眷回太原了。这让胤禛十分失望。

接下来的日子几乎就是吃吃睡睡，风景也看得差不多了，身子也一天天养胖了。胤禛多次问起拜佛典礼的事，慧空方丈都说不忙，待择定吉日后再说，胤禛估计这一定与皇阿玛的那封信有关。

也许是耳濡目染吧，渐渐地，胤禛竟对禅产生了兴趣，每天坚持听一个时辰的禅，也学会了打坐与诵经。这样，既能修身养性，又能消磨时光，在听禅学佛之际，也忘却了自己现实的苦恼，真是佛法无边啊！

不知不觉过去了半年，胤禛完全沉浸在禅宗中，忘却了年小姐，忘却了福晋和喜子，也忘却了自己皇子的身份，对于九五之尊的高位也一天天冷漠了。

这天早晨，一个小和尚匆匆走来说："嬴施主，方丈请你去他那里，有要事相商。"

胤禛见过慧空方丈，慧空上下打量一下他，问道："四阿哥来五台山一晃半年有余，不知有何感想？"

"在下已经初步领悟了佛法无边的魅力，更增长了不少智慧，面对佛门至高境界，我只能望而止步，而对于佛家一般禅理，我已经流连忘返了，再住些日子，恐怕要真的皈依佛门了。"

慧空含笑捋须点头："四阿哥悟性极高，是佛中难得的人才，但四阿哥是皇室贵胄，老衲不能背天理而强留四阿哥，希望四阿哥异日崇佛尊佛，对我佛门高看一眼，这已是我佛门之幸事，老衲也就满足了。"顿一顿，慧空又道，"今天就给四阿哥举行祭拜礼仪，请随老衲来。"

两人一前一后来到后院一个十分清幽的禅房，一位老者正在打坐，胤禛仔细一看，竟是那日在清凉寺遇到的慧明大师，胤禛上前拜见。

不知为何，站在慧明大师面前，第一次相见时那种慈祥、威严的感觉再次从心底升起，他心中蓦然升起一个念头，这位老人多像他的祖父，可他从来也没见过祖父是什么样的。皇阿玛八岁继位时皇祖父世祖章皇帝就驾崩了，他怎会见到呢？作为孙子，对祖父应该有一种什么感觉呢？胤禛没有体验过，但他觉得，在慧明大师面前的这种感觉也许正是这样。

慧明大师心中暗暗舒了口气，既然他是我大清爱新觉罗氏的子孙，这多日的担忧也就不必了，一切也就在情理之中。

"嬴施主，"慧明大师说，"老衲曾说过你是两极相格，今后行事一定谨慎，三思而后行，万万不可意气用事或过于莽撞。"

"多谢大师指点！"

"你一生有四大劫，隐忍则可逢凶化吉，有惊无险，虚张则会惹火烧身，甚至死于非命。无欲则刚，多欲是你一生之大忌，切记切记。"

慧明大师停下言语，过了许久才突然问道："御体一向可好？"

胤禛吃了一惊，听此人如此说话，似乎与皇阿玛是旧识，他打量一下慧明大师，疑惑地问道："大师和当今皇上相识？"

慧明答非所问："回京后，如果皇上问起老衲，你推说不知道，更不要说我给你讲的这些。"

胤禛正在疑惑，慧明对慧空说："让他把这封信带回去吧！"

慧空立即从旁边一个小匣内取出一封信交给胤禛说："四阿哥，这是敝寺写给皇上的回书，请四阿哥务必亲手交与圣上，你明日就起程回京吧，那才是你的去处。至于进香献佛之礼，也就不必举行了。心中有佛便是真佛，心中礼佛方为真礼！"

第五章

演俗套小姐救公子
逢奇缘黑牢得宝图

那位白发老者见胤禛按他所说的发过誓，便撕破自己的一件紧身内衣，取出一个小油布袋递给胤禛，刚要说什么，牢门被打开了，上来几人拉着三位老者就走。

巍巍五台山已在身后，回首望去，胤禛真有一丝留恋难舍，更让他怅然若失。这数月的生活让他换了一个人似的，陶渊明说"心远地自偏"，这话反过来说也有道理，"地偏心自远"。胤禛有点讨厌世俗的生活了，特别是京城中阿哥之间为权势而进行的血腥争斗更让他心悸，他已经有些不想回京了。

来到太平镇，胤禛突然果断地对刘进才说："暂不回京，绕道太原府。"

到了太原，机灵的刘进才特地找了家离巡抚府很近的旅店，主仆一行休息一夜，洗去了一路的风尘。

第二天，胤禛手摇一柄檀香扇，宛然一副官宦人家的读书人打扮，他命两个长随把他送到晋祠书院附近，这才徒步而行，直入祠内。

刚入祠内，就听见后院偏西方向传来琅琅读书声，他径直走了过去，却被一个书童拦在了门口。

"这位公子请留步，我家少爷正在读书，任何人不得打扰。"

"我不是来打扰的，我也是来这僻静地方读书的，正好和你家公子一同朗读。"

"你这人好没道理，在哪边读不下你？还说不打扰，你一读书不就打扰了我家公子，我家公子的脾气你又不是不知道！"

刚说到这里，就听见里面传来呵斥声："年新，你同谁饶舌？"

这人边说边踱了出来，抬头一见吃了一惊，急忙拱手说道："是赢兄弟，你怎么知道我在这里？"

"那天在太平镇醉仙楼，兄台亲口说的，难道就忘了？"

"快请屋里坐！"年羹尧做出一个"请"的姿势，"你我五台山匆匆一别，一晃半年有余，今日难得相会，好好叙叙。"

二人坐定，叙了一会儿家常，胤禛辗转说起要寻个清静之所攻读诗书以图明年科场一搏的意思。

年羹尧笑道："兄台何须另寻他处，只这晋祠书院便好，若不嫌弃，兄台便在此处多住些日子有何不可！"

胤禛当日便留宿在晋祠书院内。从此，两人一同读书学习，听师傅讲课，相处得如亲兄弟一般。

这天，一个待从来报说老爷从外地办案回府了，年羹尧十分高兴，立即带了胤禛一道回府，他要给父亲引见自己的这个好朋友。这也是胤禛求之不得的。

在年羹尧的引荐下，胤禛拜见了这位一省大员。按胤禛的阿哥身份，他是不应该给年遐龄行叩拜礼的，但他是隐姓埋名而来，又是以年羹尧好友的身份到此，作为子侄辈理当行叩见之礼。胤禛为了不暴露身份，只好委屈自己行了跪拜之礼。

年遐龄和颜悦色地问道："赢公子令尊在朝中哪部高就？"

"回大人，家父官卑职小，不提也罢。"

年遐龄马上露出傲慢的神色，故意炫耀说："我在京中有几位故交如今都是一品大员，像大学士张英、索额图、李光地，如果你有心在官场交游，我可以给引荐一下。只要不怕花银子，投到谁的门下都不愁弄个四品、五品京官。"

刚一见面父亲就向自己朋友说这些，年羹尧颇为不悦，但又不好直接责备父亲，只好岔开话题说："不要提那张英老儿，他们姓张的都不是什么堂堂正正的人，特别是那个张廷玉，自命不凡，凭他的真本领，若到科场一搏，未必是我和赢兄的敌手。"

年遐龄忙解释说："这事也不能全怪廷玉，霓裳也够任性的，事情既然到了这个地步，什么也不用说，到京之后我再与张英解释，决不能对此耿耿于怀坏了我们两家的交情。"

年遐龄看一眼胤禛，搭讪说："这是我们年家的一些私事，让嬴公子见笑了，你和羹尧是好友，一起好好钻研学问。待明年科考都去试试，早日金榜题名，为家族争光。"

年遐龄正说得得意，一个家人匆匆来报告说："大人，京中来了一名信使在大书房等候，说有要事找大人。"

年遐龄对胤禛道："嬴公子且随小儿往小书房安歇，老夫失陪了！"

年羹尧把胤禛带到小书房后，告辞出去了。

胤禛躺了一会儿，不知为何，心中有一种莫名的烦躁，总觉得要发生什么事似的。

胤禛起身到小书房旁边的花园里走动，冷不防无巧不巧地遇见了丫鬟红艳！

红艳惊喜道："嬴公子！你是来找我家小姐的吧？"

胤禛略一脸红："我……我是和你家少爷一起从晋祠书院来的……"

红艳有点不高兴地说："哼，既然不是找我家小姐，那我走了。"

"红艳姑娘请留步，我……我确实是来找你家小姐的，只是没有借口进入你们府，这才先找到你家少爷。"

红艳见胤禛不像是撒谎，便在胤禛耳边小声嘀咕了几句，二人一前一后直奔西楼。红艳先把胤禛安顿在一间房里饮茶，自己匆匆上了楼。

"小姐，小姐，我来啦！"

"你来有什么大惊小怪的呢？"

红艳嘻嘻一笑："红艳来是没什么，可要是那个人来呀，我看小姐才真的要大惊小怪了！"

年霓裳红了脸道："那个人，他才不会来呢！"

"小姐，只要你敢站在这窗口向外喊三声'嬴公子'，我就是踏遍天涯海角也把他找回来，小姐，你敢吗？"

年霓裳叹息一声，说道："别说喊上三声，就是千声万声我也喊得出来，只是那狠心的人从此一去无踪影，也不知流落到何方了。"

"小姐，如果他真的对你有情有意，只要你深情呼唤，天涯海角也能听见，小姐快喊吧，也许那赢公子会乘云驾雾飞到你的身边呢！"

"我才不信呢！你这死丫头就会骗人！"年霓裳说着，轻轻揪住了红艳的耳朵说，"看你还敢再骗我！"

"小姐，你先松开，你喊三声，如果那赢公子不答应，我的两只耳朵随你拧。"

年霓裳松开了手："这可是你自己说的！"年霓裳依在窗前，四下望了望，羞涩一笑，想喊却又没有勇气。

"小姐，快喊，再不喊就不灵了。"

年霓裳鼓足勇气，轻启朱唇喊道："赢公子，你……你在哪里？"

"小姐，再大点声音！"

"赢……赢公子……"

红艳忍不住哈哈笑了起来。

年霓裳一把揪住红艳的耳朵："这不能怪本姑娘心狠了，是你自己找罪受的。"

"赢公子，赢公子救我！"红艳向楼下喊道。

一阵轻快的脚步声。

年霓裳回过头愣住了。

她朝思暮想的赢公子正站在面前，深情地望着她。

年遐龄来到大书房，京里来的信使躬身施礼："小人康尔巴拜见巡抚大人，太子殿下特派小人来见大人。"

这人从腰里取出一封密札，年遐龄接过一看，上面加盖太子印玺，不像有假，拆开仔细一看吃了一惊，但他毕竟久历官场，马上不动声色地问:"你知道信上内容吗?"

"小的只知送信,其余一概不知。"

年遐龄仔细打量了这人,又仔细盘问一番,问及了太子府的种种情况,见他对答如流,这才放心地说:"你回去告诉殿下,他所托之事我会尽力而为!"

来人离去后,年遐龄把那封信又看了一遍,在书房内来回踱着步,拧眉思索着。

许久,年遐龄才停下脚询问一直站在门口的大管家年立成:"去年你陪大奶奶、少爷和小姐去五台山进香时,可曾看见或听说有宫中的皇子到五台山进香献佛的?"

年立成不知老爷向他问这些的用意,困惑地摇摇头。

年遐龄又问道:"是否有京城来的阔少爷上山进香呢?"

年立成想了想,眼睛一亮,像发现了什么似的说:"老爷,若说从京城来的阔少爷,我家少爷倒结识一位,就是那位嬴公子。"

"什么,这位嬴公子是少爷在五台山结识的?他叫什么名字?"

年立成点点头说:"小的只知他姓嬴,叫什么名字却不知道。"

"速唤少爷前来!"

不多久,年羹尧走了进来,年遐龄屏退年立成,问道:"这位嬴公子,听说是你在五台山结交的,你可知此人底细?"

"他叫嬴真,字多罗,号破尘,京城人士,父亲在京做个小官。"年羹尧看了看父亲,不解地问,"这些父亲不是都已经知道了吗?问这些干什么?难道父亲怀疑他和那江湖匪徒甘凤池是同党?"

年遐龄略加思索,吃惊地问:"他叫什么?嬴真?"接着自言自语地说,"嬴真,胤禛,一定是他!就是他!哈哈!真是'踏破铁鞋无觅处,得来全不费工夫',天赐我也!"

年羹尧被父亲的举动弄糊涂了,十分恐慌地问:"父亲,你说什么?难道我这位姓嬴的朋友真是歹人甘凤池的同党?"

年遐龄看看儿子，不动声色地说："现在还不能确定，不过你要小心，装作什么也不知道，和先前一样与他交往，万万不可打草惊蛇，待我派人查明真相，再将他和那歹人一网打尽。"

年羹尧将信将疑地说："父亲，嬴公子怎会是甘凤池的同党呢？这消息从何处来？可靠吗？"

年遐龄十分不悦地斥道："你下去吧，一切按我吩咐的去做，万万不可泄露机密。如果捕不到叛贼，皇上责怪下来谁担待得起呢？"

年羹尧经父亲这么一呵斥，果然乖乖地退了下去。

年羹尧刚离去，年遐龄就喊来年立成，他吩咐说："你负责监视少爷和那嬴公子的一举一动，随时向我报告，决不能让那姓嬴的小子跑了，他是朝廷捉拿的钦犯！"

年立成眨巴一下眼睛问道："老爷，既是钦犯，何不立即将他捉拿审讯？如果老爷信任，这事就让小的去办吧！"

"捉拿他易如反掌，但传扬出去，人家不说咱年府窝藏钦犯吗？这个罪名可担当不起啊，稍一不慎会弄巧成拙的。二来我还想利用他做诱饵捕获甘凤池呢！有了，过几天是我的五十大寿，届时乡宁县令田文镜会把他捉到的几名案犯解到太原，那时咱再将姓嬴的拿住一同送交朝廷！"

年遐龄回到卧房，心中有事，翻来覆去辗转难眠。年夫人再三追问，他才说道："皇太子密札，说四阿哥来五台山进香一直没有回京，估计仍在山西境内，让我私下查访其行踪，伺机将他处死。"

年夫人吓了一跳："老爷，谋杀皇子，这可是诛灭九族的事！如果让皇上知道了还得了！"年夫人叹息一声，又道，"你官做到今天这个地步也不容易，何必再卷进他们的兄弟相残？日后万一被查出，殿下会把一切责任都推给你的，你还不是替罪羊？干脆不做！"

年遐龄摇摇头："我已经知道了这一秘密，做不做都搅入了太子党。倘若再生二心，殿下知道了，还有我的好吗？何况许多官员想投靠太子都摸不到门，如今殿下主动找我，岂有不做之理？"

　　过了一会儿，年遐龄嘿嘿一笑，自言自语道："你张英能讨得殿下的宠信，我年遐龄就做不到吗？你张英的儿子看不上我家女儿算是他瞎了眼，会有比张英更有权势的人看上我家女儿！"

　　年夫人插话问道："谁？"

　　"皇太子！夫人，我们何不把裳儿献给殿下做福晋？这样，我就是殿下的岳父大人，那张英老儿也得高看我一眼，说不定将来殿下登基坐殿成了皇上，女儿封后封妃，我就是国丈了，皇亲国戚，哈哈！"

　　"这么说你答应皇太子为他杀四阿哥了？"

　　年遐龄轻轻搂住夫人，柔声说道："咱这做臣子的，只是别人手中的一枚棋子，任人拨来拨去，不拉帮结派投靠一个有势力的靠山如何生存呢？我何尝不知道这样做太卑鄙无耻，失去做人的一点人格道义，像猪狗一样看别人眼色行事，任人驱使，到头来也未必有好下场。"

　　"老爷既知这样，为何委屈自己去做不愿做的事情呢？"

　　"回到咱湖北老家耕那几亩薄地，安守贫困，过那种饥寒交迫的农家生活，你愿意吗？咱们的儿女愿意吗？我又甘心吗？十年寒窗不就是为了做官发财、出人头地、封妻荫子、耀祖光宗嘛！"

　　年夫人过了许久才悠悠说道："这些都是你们的事，我也管不了，你看着办吧。不过，千万小心，别偷鸡不成反蚀一把米，把咱女儿赔进去，到头来人财两空。"

　　"夫人放心好了，我会妥善处理一切的，可以先告诉你个好消息，那皇太子让我追杀的四阿哥如今正在咱府上。"

　　年夫人大吃一惊："什么，你是指那位姓嬴的公子？"

　　"小声点儿，这事不可泄露给任何人，包括儿子和女儿，我已经派人暗中监视他了，待我五十大寿之后就立即将他拘捕，交给前来贺寿的乡宁知县田文镜押往京师，然后再派人假扮成江湖大盗半路拦截将他杀死。事后再把责任推给田文镜，说他捕拿逆贼之时误抓了四阿哥，然后处死田文镜，这事就永远没有人知道是我干的了，既讨好了殿下又不留下把柄，殿下必然感激我，接纳咱女儿就不用说了，这不是一举两得的好事吗？"

夜更深了，太原城内一片黑暗，遥远的天际星河也昏暗了许多，东南方向一颗明亮的星星蒙上一层淡淡的薄云。

年府喜庆欢乐、紧张有序的拜寿活动终于结束了，胤禛精疲力竭地回到小书房，准备好好睡一觉。他怎么不累呢？名义上作为年府公子的挚友，暗中又是年家小姐的心上人，他当然要好好表现一番，不仅送上一份可观的寿礼，还和少爷公子一起忙前忙后招待客人，以致许多客人都把他当成了年巡抚的上门女婿呢！这是他最希望成为的角色，听了众人窃窃私语的议论，甭提心中多高兴了。

除此之外，胤禛还认识了许多山西省的地方官员，仔细观察了他们之间的言谈神态，对下层官员的交往又多了一层了解。

胤禛回想着自己一天的表现，连衣服也没有脱就进入了梦乡。

不知过了多久，胤禛突然听到急促的敲门声，开门一看，竟是红艳和年小姐！不待他开口，红艳就催促说："嬴公子快跟我们走，有人要害你。"

三人匆匆来到年霓裳居住的西楼，胤禛禁不住问道："到底是怎么回事？谁要害我？你们快说吧！"

"嬴公子，红艳刚刚得到消息，有人诬告你是朝廷叛贼甘凤池的同党，今晚要将你拘捕审讯。"年霓裳说道。

"可能还要暗中将公子处死！"红艳补充说。

太突然了，胤禛着实吃惊不小："这消息可靠吗？是谁要加害我？"

"消息绝对可靠，至于是谁……"红艳说着，把目光投向年小姐。

年霓裳忙说道："是谁目前还不是太清楚，当务之急是送公子离开这里，赶快逃离此地。"

"那我连夜回旅店，吩咐手下人立即回京。"

"只怕你所居住的旅店早已被监视起来，此去无疑是自投罗网。"

"小姐，这怎么办？得赶快送赢公子出府，他们下半夜就动手了，如果小书房找不到赢公子，一定会四处搜索的！"

年霓裳想了想说："看样子只好让哥哥帮忙了，红艳，你快去找少爷，就说我有急事找他！"

红艳悄悄地下楼去了，屋里只剩下他们两人，年霓裳迫不及待地问："公子你快告诉我，这是怎么回事，到底谁要害你？"

胤禛叹息一声，黯然神伤："这不是一两句话能够说清楚的，你我就要分手了，这一别不知何年何月再能相见，如果我不被害死，我们还会再相见的，到那时我会把一切都告诉你的！"

年霓裳扑到胤禛怀里，抽泣道："公子，我永远等着你，等着与你再相见的那一天，如果生不能在一起，死后也要长相守！"

胤禛被她的话感动了，紧紧把她搂在怀里，动情地说："你真愿意为我这样一位无依无靠的落拓公子做出那么大的牺牲吗？"

年霓裳点点头，擦去眼角的泪水说："有的人夫妻相守终生不过是同床异梦，有的人虽是擦肩而过，彼此一个眼神就达到灵魂的默契，便可以终生不忘，生离死别。秦少游不是说'金风玉露一相逢，便胜却人间无数'吗？你我难道不能这样做吗？"说着，年霓裳从手腕拿下一只玉镯，"这是一对龙凤镯，一只雕龙，另一只刻凤，现在把这只龙镯给你，作为信物，如果将来有机会相见，也是个凭证。"

胤禛接过镯子套在自己手腕上，也从脖子上取下一块如意交给年霓裳说："这是刚出生时母亲套在我脖子上的，上面嵌有'御赏来仪'四字，祝福我一生平安如意，如今把它赠送给你。"

这时，楼下响起了脚步声，年霓裳急忙把胤禛藏到屏风后，叮嘱道："无论发生什么事，我不喊你千万不能出来！"

红艳和年羹尧轻轻走上楼。

年羹尧疑惑地问："妹妹，到底出了什么事，深更半夜把我喊来？"

年霓裳正色说道："哥哥，事到如今我也不再隐瞒，自从太平镇醉仙楼一见，我和嬴公子就一见钟情、心心相印，后来几次相逢更加深了我们的感情，这几日的相处，我们已经是生死相许，不能分开。可现在有人要害嬴公子，污蔑他是江湖匪人甘凤池的同党，今晚就要捉拿他，我没有办法送他到一个安全地方藏身，才让红艳请你来这里。"

年羹尧不相信地说："是谁诬他为甘凤池的同党？我去同他理论，不行就请父亲出面理会。"

"正是父亲要害嬴公子！"

"不可能，父亲为何要陷害嬴公子！莫非他真是江湖逆贼？"

"现在不是讨论这事的时候，日后再同父亲论理，当务之急是把嬴公子送出咱府，找个安全的去处。"

突然，书房那边传来抓贼的喊声，还有十几支火把在晃动着。

"哥哥，事不宜迟，再迟就走不掉了，他们会搜到这里来的，你救是不救？如果嬴公子有个三长两短，我立即碰死在你和父亲面前！"

年羹尧知道妹妹说到就能做到的，略一迟疑，说道："哥哥答应你，一定把嬴公子安置到安全的地方，他人现在哪里？"

胤禛走出屏风，向年羹尧深打一躬："大恩不言谢，嬴某将来一定会报答各位的。"

"既然我妹妹与你两情相悦，你也不必客气，快，随我来！"

两人走下楼去，到了楼下，胤禛又深情回头一望，两人便很快消失在夜幕中，唯有年霓裳望着漆黑的夜幕，泪水夺眶而出。

胤禛在年羹尧安排的一个秘密所在躲避了几天，见外面已经平静，趁着夜晚溜了出来，直奔他投宿的客栈，准备带着刘进才等人赶快回京。

胤禛到了客栈一打听，他的随从都已不知去向，胤禛知道此地不可久留，便准备离开客栈。可刚到门口，就被埋伏在附近的几个捕快抓住了。

胤禛被带到一个临时刑捕房，审讯他的正是在年遐龄五十大寿那天认识的乡宁知县田文镜。此人三十七八岁年龄，个头不高，长得清瘦，却给人干练明快、正直廉洁之感。

田文镜一看是胤禛，愣住了，忙问两位捕快："是否抓错了，这不是年大人的座上客赢公子吗？"

"回大人，抓的就是此人，据年府大管家年立成来报说，此人正是甘凤池的同党，是混进年府伺机刺杀年大人的。"

田文镜一拍惊堂木，喝道："胆大贼子，见了本官为何不跪？"

胤禛知道现在只有亮明身份了，如果亮明身份，年遐龄、田文镜等人仍不放过自己，就说明那日到年府送信的人定是胤礽派来的，他查出了自己的行踪，特意收买年遐龄等人来置自己于死地的。事到如今，就是死也要死得光明磊落。

胤禛冷冷一笑："田文镜，你看我真是甘凤池的同党吗？你是受谁指使要加害我的，你的胆子真不小，竟敢审讯当朝阿哥，难道不怕皇上诛灭你全家吗？"

胤禛这几句话真的唬倒了田文镜，他从椅子上站了起来，从头到脚仔细打量一下胤禛，又结合那天在年府与胤禛的交谈，心里道：这人的确不像是江湖歹人，可年大人为何咬定此人是甘凤池的同党呢？莫非误会了不成？如果真是阿哥，这个祸可闯得不轻，但也要小心谨慎，以防江湖匪人故意冒充阿哥妄想逃脱。

田文镜喝退众人，用平和的口气问："你说你是阿哥，那么你叫什么名字，是哪位阿哥？"

"我叫胤禛，是四阿哥。"胤禛把自己离京后的这段经历简短地讲述了一遍，并讲出了和年霓裳的相爱以及逃出年府的经过。

田文镜信疑参半，又问了皇宫中的许多事，胤禛都对答如流。田文镜不能不信，却又不放心地问："你能拿出表明你身份的东西吗？"

胤禛想到了慧空、慧明两位大师让他带给皇上的信，但他忽然又想到两位大师的话，这封信在没有亲手交给皇上前不能给任何人看。胤禛再也想不到身上还有什么能表明自己身份的东西，只好无可奈何地摇摇头。

田文镜又怀疑地问："你既然没有表明皇子身份的信物，我又如何相信你呢！等我先禀告年大人，让他八百里快骑奏明皇上，查明你的身份后再说，你必须先委屈几天。"

胤禛急忙道："慢着，请田大人万万不可告诉年遐龄，否则我就死定了。他必是已知我的真实身份，才欲将我置于死地的，而且，他怕事发后担当责任，才借你的手处死我！"

田文镜大吃一惊，忙问道："这是为什么？"

胤禛冷冷一笑，悲愤地说："是二阿哥胤礽收买年遐龄加害我的，如果你也想得到皇太子的好处，那就动手吧。"

田文镜在室内来回踱几步，恳切地说："无论你和殿下有什么矛盾，那是你们兄弟之间的事，由皇上处理。如果你真是四阿哥，我拼了这条命也要保护你，将你安全送到京师，但在我没有查明事情真相前，你必须委屈几天，先待在大牢里。不过，请你放心，我不会告诉年巡抚的！"

田文镜一夜没合眼，思前想后觉得这事真棘手，自己只是一个小小县令，放走四阿哥就等于得罪了巡抚大人，得罪了皇太子，甚至留给年遐龄一把柄，说自己放走朝廷钦犯。如果不放走四阿哥，四阿哥必遭毒手，这事只能瞒过一时，早晚要事发的，皇上追究下来，正如四阿哥所说，自己必然成为替罪羊，轻则罢官，重则满门抄斩。

田文镜决定保护四阿哥，宁舍身家性命也不能落下骂名。

次日，田文镜刚刚起来，年遐龄就派人来询问是否抓到甘凤池或其同党嬴真。田文镜从年遐龄的这种迫不及待的态度中，也料到嬴真就是真正的四阿哥胤禛。恰在这时，田文镜接到从年遐龄那里转来的朝廷批奏，为防止路途发生不测，将案犯审讯完毕就地斩首，不必解往京城。

田文镜看罢批奏，心生一计，想出解救四阿哥的办法来。

胤禛被关进一间牢房里，里面住着三位蓬头垢面、衣衫破烂的老者，一个个都像是受了大刑，身上、脸上都留下一道道伤痕。显然，这三人就是他们所说的朝廷要犯江湖匪人甘凤池的同党。

胤禛刚躺在乱草上，一位老者就靠过来问道："这位后生，你是因何罪被抓进大牢的？"

"他们说我是江湖大侠甘凤池的同党。"

三人立即来了兴趣，都围过来问道："你真是甘大侠的朋友？"

胤禛略一思忖，故意说道："只跟甘大侠学了一点儿武功，甘大侠还没正式收我为徒呢！"

一位老者跷起大拇指，说道："你能跟甘大侠学点武功，真是你的造化，甘大侠已二十年不收徒了，你是如何遇到甘大侠的？"

胤禛放低了声音："甘大侠入宫刺杀皇后娘娘时遭到大内高手围攻，他逃出宫时受了点轻伤，就是躲在我家疗伤的，待伤好后我护送他逃离京城，甘大侠便带我来到山西。甘大侠让我在晋祠等他，他说去办点事回来就正式收我为徒，带我闯荡江湖，不知为何，我的藏身之处被官府发觉了，遭到几十名捕快围击，不幸被捕入狱。"

胤禛说到这里，故意看看四周，小声说："甘大侠会来救我的，到时顺便也把你们一同救走，你们是如何入狱的？"

"我们三人都是前明太子永王朱慈焕的随从，十六年前，永王率众夜袭皇宫不幸惨遭毒手，永王的部下从此群龙无首，失去联系。我们听说杨起隆等人就隐居在洪洞县广胜寺内，就来找他商讨反清大计，不想败露了行踪，在乡宁县被捕。"

另一人说道："想不到前年入宫刺杀皇后之人真是甘大侠，甘大侠入宫，一定是想刺杀皇上为永王报仇，没找到皇上，才行刺皇后的。"

又一位老者说道："我们就是仰慕甘大侠的威名，才故意打着甘大侠的旗号四处活动的。其实，我们仅在十六年前元宵节大闹皇宫之时见过一次甘大侠，此后再也没有见过他了……"

几位老者正说得热闹，牢房的门被打开了，狱卒送来一些酒菜，指着三位老者说："朝廷有令，将你们三人就地正法，不必押解京城审讯，这是按规矩赏你们的酒菜，痛痛快快地吃一顿吧，免得做饿死鬼！"

那人说完，又哐当一声把狱门关死。

三位老者你看看我，我看看你，一下子呆住了，谁也没有想到死神会这么快就降临到他们头上。但他们毕竟都是江湖豪杰，走上前拿起酒菜说："我们跟随永王几十年，也算忠义两全了。如今虽未能亲手给永王报仇，但甘大侠也算帮我们做了，还有这位小兄弟，他也算甘大侠的弟子，说明我们反清复明大业后继有人，今日虽死没有什么可遗憾的。来，咱们四人痛饮几杯，就算是这位兄弟给我们饯行吧。"

四人围在一起共同举杯，三位老者都想着心事，很少开口讲话。胤禛更不好开口讲什么。

一位老者放下酒杯说："大清入主中原已经五十年，根基已定，反清复明大业恐难成功，纵有孔明再生、刘伯温复出也无力回天了！"

另一人立即反对说："甘大侠还在，定能把反清复明大业进行下去！我看我们不如把那份图纸交给这位小兄弟，请他转交甘大侠，也免得那些财宝永藏地下！"

那位白发老人沉默片刻说："永王曾让我三人立下重誓，这财物只能为反清复明大业所用，如今要传给外人，泉下如何面见永王殿下？"

"大哥，甘大侠一定会救他出去的，由他转交甘大侠也是为反清复明所用，永王九泉之下有灵，也会赞同我们的做法。"

那老者终于点头道："那好吧，不过必须请这位公子立下重誓！"

胤禛听说有一批前明的财宝被这三位老人收藏，心中十分诧异，又听说他们要把这批财宝交给自己，真是又高兴又害怕。

三位老人让胤禛指天发誓，胤禛犹豫片刻，跪了下来："上天神灵为证，我嬴真接受三位老人转交的前明永王财宝，一定按照永王要求，用于反清复明，永不据为己有，若背此誓言，天诛地灭，不得善终！"

那位白发老者见胤禛按他所说的发过誓，便撕破自己的一件紧身内衣，取出一个小油布袋递给胤禛，刚要说什么，牢门被打开了，上来几人拉着三位老者就走。

"小兄弟，如果能够出去，到……"

"他妈的，死到临头还乱嚼舌头！"

胤禛最想听到的一句话被叫骂声淹没了，他只好把那个油布袋看了看，里面只是一小块羊皮，上面画了个破庙，点了几个圆点，一个字也没写。这可能就是藏宝的地方，可是天下之大，这样的破庙何其多！究竟到何处去寻找呢？胤禛茫然无知。那位老者一定是想告诉自己破庙所在的地方，唉，可惜被那几个狱卒给打断了！

胤禛无可奈何地把那个油布袋揣进怀里。恰在这时，牢门又被打开了，田文镜独自走了进来，他深施一礼："四阿哥，让您受委屈了，我是来救您出去的，快跟我走！"

二人来到旁边一个偏僻的房间里，田文镜这才说道："四阿哥，你的随从被太原府的张大人抓去了，我刚才借口执行朝廷密令才把他们救出来，都在双塔寺呢。我只是乡宁县一个小小县令，也不能再帮你做什么。年遏龄仍在加紧搜捕你，请马上坐我的轿子去双塔寺和随从见面，立即赶回京师。为防意外，南行绕道回京。"

田文镜说着，指着停在门口的一乘小轿说道："他们都是我的心腹，四阿哥快走吧！"

胤禛一鞠躬："多谢田大人舍命相救，日后定当重报！"

第六章

镇燕北太子监国政
讨漠南阿哥披征衣

众人一听这持刀杀人的将领就是四阿哥，都是一怔。这时，隆科多勒马走进人群，扫视一下围在胤禛四周的兵丁说："起什么哄，自古军令如山，这个道理你们不懂吗？违抗军令不加严惩何以威服众人，没有严明的军纪又如何能够冲锋陷阵取得胜仗呢？"

一份十万火急的告急文书用八百里快递送往京师，朝野震惊了。

噶尔丹在乌兰布通发生兵变，率三十万大军进逼京师，离京城只有七百里了。康熙将告急文书重重地摔在御案上，勃然大怒："岂有此理！如此出尔反尔、背信弃义之小人，天地不容！朕将替天行道，诛杀此乱臣贼子！来人，传三阁三殿大学士金殿议事！"

为什么康熙如此盛怒，这话还得从头说起。

中华大地是一个多民族杂居的地方，在北方的蒙古大草原上生活着一支强大的民族，就是蒙古部族。在东起库页岛、外兴安岭，西到伊犁河、帕米尔高原的广大地区，活跃着蒙古族的三个部落。喀尔喀蒙古也叫漠北蒙古，主要有四大集团，是元朝宗室的后裔，当时已经归属大清朝管辖。漠南蒙古更是早就隶属清廷，只有生活在阿尔泰山以南、巴尔喀什湖以东、天山之北的漠西蒙古还没有被清朝统一。

这漠西蒙古又叫厄鲁特蒙古，它所属四部，即和硕特、准噶尔、杜尔伯特和土尔扈特四部，他们也都明确归属清朝，年年入朝进贡，表示臣属。其中的准噶尔部，占有伊犁河流域肥沃的牧场和东西方贸易的交通要道，发展最快，实力也最大。首领噶尔丹野心勃勃而又凶狠残忍，他暗中勾结沙俄，并取得沙俄的支持，妄图控制漠西蒙古部族，并统一漠南、漠北两大部族，从而建立自己的准噶尔汗国。

从康熙十三年起，噶尔丹就多次派小股兵力骚扰漠北蒙古，掠夺牛羊，夺取土地。康熙因为平定南方的三藩叛乱，无暇顾及北方，只是将南逃的漠北蒙古牧民给予妥善安置，对噶尔丹的无理进犯不予理睬。

在噶尔丹肆意进犯的同时，沙俄也频频出兵大清东北。这白山黑水之间的千里沃地是大清江山的根本，爱新觉罗家族就是从这里崛起的，这里埋葬着他们先祖的遗骨。为了保护这片"龙兴之地"，让龙脉不断，康熙亲自率军东征，终于打败了沙俄的进犯，双方签订了《中俄尼布楚条约》，确立了中俄东北边境线。

噶尔丹见靠山都被清朝打败，便也收敛了自己的行为，主动派使节入京朝拜，康熙以天朝大国仁君厚帝风范接见使节并给予了谅解。

谁知好景不长，噶尔丹以打猎为名偷袭了漠北蒙古，打得漠北蒙古首领哲布尊丹巴逃回中原。噶尔丹又以索要哲布尊丹巴为借口，率兵南下，打败了清朝驻边部队。康熙无奈，派皇兄裕亲王福全和皇弟恭亲王常宁各率大军两路包抄噶尔丹叛军，取得乌兰布通大捷。

噶尔丹见自己不是清朝敌手，又派使节入京求和，声称臣服纳贡，永不叛离。康熙接受了噶尔丹的请求，休战言和并召集蒙古各部首领，举行多伦诺尔会盟，对各部首领分别授给亲王、郡王、贝勒、贝子等封号，并派遣官员处理各地事务。

万万没想到，和平的信鸽还在蓝天飞翔，战争的阴云又笼罩在蒙古草原的上空，康熙怎能不震怒呢？

养心殿内会集了三殿三阁的大学士和南书记大臣，康熙见众人到齐，朗声说道："噶尔丹出尔反尔、背信弃义、再度叛乱的消息大家都知道了，不击败叛军，不消灭乱臣贼子，不足以平朕的心头之恨，朕决定亲率大军痛击叛贼，请诸位廷臣商讨一下讨贼方略。"

"皇上，声讨如此叛贼何须劳顿皇上圣驾，派一位亲王代驾出征就可以了。前两次平叛中，裕亲王福全和恭亲王常宁都指挥有方，痛败叛军，这次仍让两位亲王出征好了。"大学士纳兰明珠说道。

康熙摇摇头："噶尔丹此次叛乱获得沙俄暗中相助，还从沙俄购得许多火器。人数也是前两次人数的三倍，可见噶尔丹是有备而来。如今叛军屯兵乌兰布通，早已做好南下的准备，叛军营垒距京师仅有七百余里，万一首战不利，后果不堪设想。"

李光地说道："皇上，如今正值盛夏时令，天气炎热，皇上旅途劳顿有伤圣体。正如皇上所言，叛贼有三十万大军，并且暗中勾结沙俄，他们是有备而来，万一出师不利，惊了圣驾会动摇军心的。皇上可派我朝几位能征善战的老将如费扬古、萨布素等人率军迎敌就可以了。"

康熙挥手止住了李光地说下去："费扬古、萨布素等几位大将是要用上的，为了鼓舞士气，显示我天朝大国神威，朕亲自出征不是更好吗？也让那噶尔丹知道朕的神威。"

张英劝说道："皇上要想鼓舞三军气势，派皇太子挂帅出征就可以了，皇上御体怎好轻易惊动呢？"

"你们不必多言了，朕亲自出征心意已定。让胤礽挂帅朕委实放心不下，他从没有用过兵，只怕对行军用兵之道一窍不通，纸上谈兵罢了。朕决定率几位阿哥一同出征，让他们都去见识一下真杀真砍的场面。朕是经过大场面的，也能舞上几枪，雅克萨之战不就是最好的证明吗？何况还有曹寅、魏子熙、武丹、狼曋几位一等一的贴身侍卫随从左右，你们放心好了，现在议议用兵的方案吧！"

李光地说道："据喀尔喀蒙古科尔沁亲王奏报，叛军约三十万人，为保证我军一举歼敌，至少要派五十万大军，三路出击。皇上率二十万大军从京师出发居中，东西各十五万大军从两翼包抄而去，切断叛军退路，三路大军会集一齐将叛军围住，力争全歼叛军。"

索额图连连摇头："消灭这些乌合之众怎用得着劳师动众派遣五十万大军，就是三十万大军也足够了。派三十万大军北上，仍采用前次进军方式，分东西路夹击便可一举获胜，皇上以为呢？"

康熙认真考虑一下两人的建议说："为了确保万无一失，还是派遣五十万大军为好，借此机会也好对我八旗将士磨炼磨炼，不然，所习的一些兵器技艺就荒疏了。"

佟国维建议道："东路可派吉林将军萨布素率东北三北军队先行一步敌住叛军前锋，西路人马由费扬古老将军指挥，率陕甘兵马出兵宁夏西北，切断叛军退路，皇上所率中路大军由独石口迎敌。只是这三路大军相会何处最为有利呢？"

康熙道："相会地点暂选在克鲁伦河南岸，那里进可攻退可守，也是叛军南下必经之地，正是用兵的好战场。东路军由萨布素指挥，那就派伊桑阿学士做监军，如何？"

伊桑阿一听皇上提到自己，吓得两腿有些发软，他最害怕随军出征，急忙说道："皇上让臣做监军，臣当然乐意，只是东路将军萨布素与臣性格不合，唯恐意见不合影响作战，还是让佟国纲佟大人去吧，臣愿随皇上做监军。"

康熙答应了伊桑阿的要求。

纳兰明珠主动提出要到西路军中当监军，康熙却拒绝了他："老将军年老体衰不必亲上前线了，西路军的监军让陕甘总兵振武将军孙思克担任，老将军就负责后方的粮草供应工作吧。"

佟国维一听伊桑阿要滑头让自己弟弟到东路军中打头阵，心里也不停地盘算着这事，是阻止弟弟去呢，还是听之任之？佟国维认为这打前锋有利也有弊，败了不说，胜了却是难得的一个立功机会，自己不如借此让儿子也去前线历练历练，希望叔侄两人能为佟家立下一份功劳。这样，他们佟家也就可以不单单是因为皇亲国戚的身份才在朝中站住脚跟了。他们佟家对外显赫，名震朝野，当今皇太后是他姐姐，孝懿仁皇后是他女儿，只可惜被那江湖匪贼甘凤池给刺杀了。他们兄弟二人都是一等公、大学士，但佟国维十分清楚，这都是托太后、皇后的福。皇后前年不幸薨驾，老太后又能活几年呢？如果太后再逝去，他们佟家也就失去了靠山，可忧啊！如果能为朝廷立一桩大功，也可为日后佟家创下一些基业。

想到这些，佟国维奏道："启禀皇上，臣想让犬子隆科多也到东路军中杀敌建功、为朝廷出力，同时多向萨将军学习一些军事知识，将来更好地为国出力，请皇上答应老臣的请求！"

康熙点头赞道："佟学士在国家危急关头主动让儿子奔赴前敌战场，此举可嘉，值得满朝文武学习，朕答应你的要求！"

其他几位老大臣见佟国维在皇上面前讨到了好处，心中都不服气，却又不愿让自己儿子上战场冒险，也都只好作罢。

待众大臣离去，康熙又传唤了几位年长的阿哥，皇太子胤礽、大阿哥胤禔、三阿哥胤祉、五阿哥胤祺、七阿哥胤祐、八阿哥胤禩，甚至两位还不到十岁的皇子九阿哥胤禟与十阿哥胤誐也来了。众人一听皇上要亲自出征平叛，一时不知如何是好，是劝阻呢还是赞成？

大阿哥反应较快，急忙说道："炎炎盛夏，又长途跋涉，深入朔漠不毛之地，皇阿玛应以保重龙体为上，噶尔丹小小蛮夷逆贼，伙同一群乌合之众作乱，纵有三十万匪众，何足为惧？这样的叛贼岂能劳顿皇阿玛御驾亲征，派遣几员能征惯战的老将前往，定会马到成功，一举歼灭贼寇！"

皇太子道："噶尔丹一向刁钻，虽不像大阿哥所说的不堪一击，却也不必皇阿玛劳心费神御驾亲征，如果皇阿玛信得过皇儿，就让皇儿代皇阿玛辛苦一趟。皇儿虽然没有带过兵打过仗，但行军布阵的道理也还懂，再派上几位老将随军坐镇，我认为打败叛军还是绰绰有余的。"

康熙连连摇头："你等孝心朕领了，但这次还是朕亲自出征吧。"

三阿哥胤祉不甘落后，见机说道："皇阿玛御驾亲征，孩儿愿侍驾左右，照料皇阿玛的饮食起居，为皇阿玛分忧解难。"

"孩儿也想随皇阿玛出征杀敌。"

一个略带稚气的声音吸引了康熙，他随声望去，是坐在外面的八阿哥胤禩。

康熙拈须笑道："有志气，有志气，皇阿玛会带你到刀光剑影的沙场见识一下的，但这次不行，你还小，等到将来长大了机会有的是，朕只能带领你几位年长的哥哥前往，让他们先历练一下。"

"皇阿玛一言九鼎，可不能偏心，待我长大了，一定也让我到前线战场上杀敌立功，为皇阿玛分忧解难。"

康熙正式宣布："朕决定带胤禔、胤祉、胤祺三人前往，如果胤禛能及时赶到，也让他一同前往。"

胤礽心里冷笑道：胤禛？嘿，只怕永远也回不来了。恰在这时，又听皇上喊他："胤礽，你是愿随朕出征塞外还是留在京师？"

胤礽一时弄不明白皇阿玛的意思，忙道："儿臣听皇阿玛安排！"

康熙沉吟一下："你留在京师代朕处理朝中事务，你同意吗？"

胤礽一听这话，心中大喜，却又不动声色地说："儿臣能得到皇阿玛的如此信任，这是儿臣的福分，岂有不同意之理？"

康熙点点头："作为皇太子，监国处理朝政也是施政练习的大好机会，你一定要把握住这次机会做出些成绩来给众朝臣看一看，免得众人对你产生非议。"

康熙说着，随手从御案上拿起一枚印章："这是朕平日随身所用的'体元主人'印记，今赐予你监国使用，一般事务能自己处理的就自己处置，不能自己决定的就同张英、索额图、马齐等人商讨，朕留下这几人帮助你处理朝务。事体重大而无法裁决的，要快递到朕的大营。"康熙最后又叮嘱道，"国家大事非同儿戏，你要慎重行事！"

胤礽表面上唯唯诺诺，内心却是心花怒放，当听到皇阿玛让他去拿印章时，那兴奋的劲儿就甭提了，似乎身子比往日轻了许多，走起路来如腾云驾雾一般，轻飘飘的。其他几位阿哥看到皇太子这副趾高气扬、踌躇满志的神色，都打心眼里气不过。大阿哥胤禔心中不服，刚要站出来讲话，忽然听到奏事太监来报，说四阿哥胤禛回来了，要见皇上。众人都是一愣，四阿哥离京一晃近一年了，谁也不知去了何处，究竟是赌气私自出京，还是奉旨外出办事，谁也不知道，真是来得凑巧。

胤禛见过皇上及众兄弟，这才说道："听说皇阿玛要亲自出征漠北平定噶尔丹，儿臣愿随皇上出征讨贼。"

"你是听到噶尔丹再次叛乱的消息才匆匆赶回来的吧？"

胤禛是满腹的话无从说起，急忙点点头："儿臣恐怕来晚了错过出征的机会，才日夜兼程赶回京师的。"

胤礽做梦也没想到胤禛竟然活着回来了，真是又气又恼，故意尖酸地说："四阿哥这些日子到哪里发财去了？听老四的口气好像是从数千里外赶回来，身在千里之外就知道皇阿玛要出征讨贼，消息好灵通啊！"

胤禛乜视一下胤礽，内心的怒火几乎要喷出来，在一年前他也许会不顾一切地以牙还牙，但现在他不这样做了。他只是淡淡一笑，装作什么也没发生的样子说："叛贼作乱，就是皇阿玛不御驾亲征，也会派大军出征的，我同样会请求随军讨贼，捍卫我大清江山社稷是我等义不容辞的职责，难道二阿哥不是这个想法？"

"四弟言之有理，我也早有随皇阿玛出征讨逆之心，只是皇阿玛让我留守京师处理朝政，只能把杀敌讨逆的愿望委托给几位兄弟了。"

胤禛仍含笑答道："皇阿玛亲征，必然马到成功，殿下只管在京等候捷报吧！"

胤禔想借这位尖酸刻薄的四阿哥之嘴为自己出出气，谁知老四却似个缩头乌龟，似乎听不懂皇太子的挖苦与讽刺，不但不恼反而笑脸相迎，他再也沉不住气，竟自说道："这里可不是你们谈心的地方，皇阿玛还有军务要交代我等呢！老四，你若想和殿下长谈就请求皇阿玛也留在京师好了，没事时给殿下端个茶倒个水也挺逍遥的，不必到战场冒险。"

胤禛见大阿哥没头没脑地讽刺他，他也不恼，只无言地抬头看看皇阿玛。康熙见胤禛外出一年不但人消瘦了许多，性格也变了，言谈举止比过去沉稳多了，对别人的讽刺话也淡漠多了，暗中点点头，等到胤禔不再多说，这才向众皇子说道："朕决定让胤禔执掌正黄旗大营随朕听令，胤祺执掌正蓝旗大营也随朕出兵。正白旗大营由胤祉执掌，随萨布素到东路军听命，正红旗大营就让胤禛执掌，到西路军费扬古帐下听令。"

康熙话音刚落，胤礽就说："儿臣有个建议，请皇阿玛三思。"

康熙一怔："难道朕这样安排不妥吗？你说说看，不妥在何处？"

胤礽哪敢指责皇阿玛安排不当，只得拐弯抹角说道："皇阿玛如此安排岂有不妥之理，只是皇阿玛一时忘了一些微妙的关系，费扬古是胤禛的岳丈，他们两人在同一处带兵恐怕不好，若让外人知道岂不有损四阿哥的声誉，认为四阿哥无带兵之能，不过是依靠岳丈的声望做做样子罢了。万一四阿哥遭到众人误解，也是皇上被误解啊？请皇阿玛三思！"

康熙一想也有道理，笑道："幸有二阿哥提醒，朕倒忘了这层亲戚关系，就依胤礽之言，让胤禛与胤祉互换一下吧。"

胤礽为何想出这个馊主意呢？

胤礽心中暗想：胤禛和他岳父费扬古同在西路军中，费扬古当然会把许多战绩记在胤禛身上，让他在评比中获胜，以此给女婿树立威信。胤礽当然不能看着胤禛得势，到如今他虽然派人送信给山西巡抚年遐龄，让他加害胤禛并查明胤禛去山西的真正目的，不但没有除掉处处与自己过不去的四阿哥，就连他出京的真实目的也没查清，胤礽一直怀疑他是奉皇上之命外出的，只是没有查实罢了。越是这样，胤礽内心越是恐慌，也就更不愿看到胤禛受皇上的特殊关照。

分拨已定，康熙屏退众阿哥让胤禛单独留下。胤礽心中有一千个不满意却又说不出口，也只好随众阿哥一同怏怏离去。

众阿哥离去后，康熙审视一下黑瘦的胤禛，关切地问道："在京外的这些日子一切还算顺利吧？"

"托皇阿玛的福，一切平安。"

康熙点点头，稍稍停顿片刻问道："朕让你捎带的信交给五台山的方丈了吗？"

胤禛仿佛想到了什么，急忙从怀里掏出一封信说："这是慧空大师所写的回信，请皇阿玛过目。"

康熙接过信，看看封口，又审视一下笔迹，这才小心翼翼地拆开。康熙草草地阅读一遍，嘴角微微动了一下，内心一颤，这细微的表情变化仍让胤禛看在眼里，他寻思道：皇阿玛和五台山到底有什么关系呢？信上又写了些什么？正在疑惑之际，又听皇上说道："你在五台山的这些日子都做了些什么？"

"回皇阿玛，儿臣每天都听禅、练拳、打坐，偶尔也四处看看，陶醉于青山绿水，领略佛家真谛，参悟人生哲理，感悟生命所在。"

康熙又点点头："五台山上几位大师都是佛家得道高僧，洞悉天理玄机，同他们一席话胜读十年书啊。你在五台山这数月来，遇到过哪几位高僧，他们是否同你谈过我朝之中的事，是否提到过朕？"

胤禛想了想说："儿臣和僧人接触的倒不少，至于大师也只和慧空、慧明两位相处得多一些，可从没有听两位大师谈论过朝中之事，更没有提及皇阿玛，只是儿臣离开五台山的前夕，慧明大师单独会见了我，面露悲凄神色，几次都欲言又止，似乎想说些什么，终于没有说。我觉得莫名其妙，曾去询问过慧空大师，他说……"

康熙猛一紧张，神色有些惨白地问道："他说什么……"

"慧空大师只说了一句佛家谶语：'南来北往走西东，看得浮生总是空，天也空，地也空，人生杳杳在其中，纵然生为龙虎身，勘破情缘入佛心。'除此之外，大师什么也没讲。"

康熙这才放下心来，为了掩饰刚才的失态，忽然转换话题说："你刚从山西赶回来，一路上奔波劳苦，先在京师歇息一段时日，再去萨布素那里领兵如何？"

"国家有事，儿臣岂有偷懒之理，儿臣将随皇阿玛一同出征。"

"既然如此，朕也就不再说什么，你如今大了要学会自己照顾自己，千万不能亏了身子。你离京近一年了，快回府上和福晋团圆几日吧，出兵之期尚未决定，也需几日的准备，跪安吧。"

康熙看着胤禛离去的背影，轻轻舒了口气，又把那封信拿出仔细审读一遍，叹息一声陷入了沉思。

三声炮响之后，威武雄壮的大军迤逦走出德胜门，康熙皇上在皇子们的簇拥下告别京师前往漠南平叛。大军行到昌平地带，康熙便下令按原计划进军，兵分三路，胤禔率正黄旗大军做先锋，胤祺执掌正蓝旗大军断后，胤祉率正白旗大军西进会合费扬古的西路军，胤禛率正红旗大军东进，与萨布素的军队会合。

胤禛率正红旗大营军士向东北方向进军。这天，大军到达阿尔善宝力格地带，这是一片荒漠，方圆几十里也见不到一个人，甚至一只野兔也没有。在茫无涯际的大漠中行军，其艰险可想而知，更何况又正值赤日炎炎的盛夏，还不到半天时间，士兵所携带的水就几乎喝光了。在这样的荒漠里行军没有水怎么行？士兵行动迟缓，情绪低落，胤禛看在眼里急在心里。皇阿玛让他率军与萨布素会合，率先赶到克鲁伦河堵截噶尔丹的前锋部队，并挫败叛军锐气，如果以这样的速度行军，何时才能与萨布素的大军会合？万一贻误战机，他和萨布素不能及时赶到克鲁伦河阻截叛军前锋，让叛军南下直冲皇阿玛的中军主力，皇阿玛倘若有一丝闪失，这个罪名实在不小。倒霉的必定是自己，就是皇阿玛不怪罪，坐镇京师的皇太子也会借题发挥严惩自己的，胤禛怎能不着急呢？

胤禛抬头看看略已偏西的烈日，又瞧瞧七零八落的队伍，带着几分怒气对传令官喝道："快传下军令，稍稍休息片刻，吃点干粮喝点水立即行军，力争天黑前走出这片荒漠！"

军令传下后，士兵一听休息，这是他们最希望做的，也顾不得沙地的滚烫烤人，所有的人都往地上一倒胡乱休息起来。几十里沙漠跋涉，士兵早已疲惫不堪，这样一休息就更觉得腿痛腰酸了，当胤禛再次下令让继续行军时，可就难了。传令官连跑几趟，只有少数人站了起来，也都是极不情愿的样子，更多的人仍躺在地上不动。大家都是一个看一个，站起来的人见更多的人仍躺着，有人也索性又躺下了。

胤禛恼了，他纵马蹿到两名躺在地上的士兵面前，用剑一指，喝问道："养兵千日，用兵一时，如此懈怠军令者该当何罪？"

其中一人不知面前之人就是四阿哥，他狡辩道："不是我等不起来，众人都没有起来，如果将军能让众人都站起来，我等决不装孬种。"

胤禛见一名小小的步兵都如此蛮缠难以驯服，冷笑道："如果众人都像你这么说，军令还有何用？"

他说着，猛地一挥剑将躺在地上的两人斩杀了。胤禛这样做的目的是想杀一儆百，起到威慑全军的作用，万万没想到竟惹怒了众人，许多士兵猛地站了起来，一哄而上把胤禛围在中间，有人甚至拔出了腰刀，指着胤禛骂道："这是哪来的狗官，还把咱当兵的看作人不？说杀就杀，说宰就宰，我们别妻离子，不远千里为朝廷卖命，不能死在战场上，却在半途上被无辜斩杀了，值得吗？不给个公道，老子不干了！"

"对，把这个什么鸟官抓住，找四阿哥评理去，看四阿哥怎么说，如果不给兄弟们一个公道，咱自己讨个公道，把他给宰了！"

几人说着，持刀靠近了胤禛，有一人已经挤到胤禛马前，正要伸手把胤禛拖下马，猛然听到圈外一声响亮的呵斥："住手，谁这么大胆敢在四阿哥面前放肆，是活得不耐烦还是脖子痒痒了？"

众人一听这持刀杀人的将领就是四阿哥，都一怔。这时，隆科多勒马走进人群，扫视一下围在胤禛四周的兵丁说："起什么哄，自古军令如山，这个道理你们不懂吗？违抗军令不加严惩，何以威服众人，没有严明的军纪又如何能够冲锋陷阵取得胜仗呢？"

只听人群中有人十分不满地说："四阿哥执法从严没说的，可严也应该有个分寸，如此炎热的酷夏又在沙漠中行军，休息不好也不行呀！"

"是呀，四阿哥身为一旗之主，也应该顾怜我等的死活，行军打仗带兵之道，四阿哥不会不懂吧？如果激怒了众兄弟……"

不待那人说下去，隆科多斥道："休得乱嚼舌头扰乱军心，四阿哥下令快快行军实在是为你们好，这周围都是沙漠秃岭，你等所带用水又少，万一天黑走不出荒漠后果难以想象，四阿哥是爱兵心切，怕你们渴死这里才下令让你们行军的，还不快去准备行军，难道真要死在这里不成？"

众人你看看我，我看看你，还没有走的意思，隆科多又大声斥道："天黑走不出去，就只有死路一条，不想死的都随我快走！"

众人这才纷纷散开，收拾行囊赶路。

隆科多被任命为正红旗大营的参军，协助胤禛处理正红旗大营的军务，这是佟国维一手安排的，他希望儿子能帮助胤禛带好正红旗军马，一举夺个头功，不但树立四阿哥的威信，自己脸上也有光，也算自己对得起死去的女儿。

将士们终于在天黑之前走出那片荒无人烟的沙漠，并寻到游牧的牧民。胤禛下令在一片水草丰美的地方安营扎寨，让早已劳顿不堪的兵将好好休息一下。恰在这时，有探马来报，说吉林将军萨布素率大军前来接应。两军顺利会合一处，胤禛一颗悬着的心终于落了下来。

为了能够准时赶到克鲁伦河堵住南下的叛军，第二天，两支大军就立即出发了。一路上，胤禛同将士们一样晓行夜宿，顶着烈日酷暑赶路，终于比预定日期提前三日赶到克鲁伦河口。据南逃的牧民说，噶尔丹的前锋已经到达克鲁伦河北岸。萨布素下令将清兵分四个方位扎营，他率领的东三省汉蒙军队分作两个营盘，胤禛所掌握的正红旗大营也分为两个营盘，从四个不同方向拦截南下的叛军，并且，这四座大营互为掎角，相互呼应，做好迎敌准备。

北营诸事完备，萨布素立即升帐，召集各营旗主、都统、都尉、总兵等人商讨军务，部署迎敌事宜。待众人聚齐，萨布素正色说道："噶尔丹叛军前锋已经抵达克鲁伦河北岸，据此不足三十里，根据探马报告，前锋部队约十万人，骑兵三万，步军七万，总人数与我先头抵达此地的大军相当，这次来犯的叛军将领是噶尔丹的侄儿策妄阿拉布坦，他们叔侄二人一向狡诈，又骁勇善战，万万不可轻敌。"

萨布素扫视一下众人，继续说道："我让大家匆匆赶来所商讨的是主动渡河袭击叛军前锋，还是在此守住阵脚等待策妄阿拉布坦的到来，然后迎击敌人呢？"

隆科多起身问道："以萨将军之见，是主动出击还是坐以待阵？"

"我想先听听大家的意见后再拿出主张，隆科多是佟相国亲手栽培出来的青年将领，身为将门之后，又是皇亲国戚，陪同四阿哥在此担当大任，一定有什么高见，不妨说出来让大家听听？"

胤禛一听萨布素这番话中明显有一种嘲讽的意思。他担心军中将领之间不和影响作战部署，忙对隆科多说："舅舅，萨将军确实想采众人之长而制订出一个出奇制胜的破敌方案，你就把自己的想法说一说吧！"

隆科多本来想回敬萨布素几句，一听胤禛从中调和，也不再说什么，清理一下嗓子站起来说道："依在下之见，在此坐以待阵犹如守株待兔，不如主动出击渡河北上，直捣叛军前锋大营，打他个措手不及。"

　　隆科多话音未落，伊桑阿就站起来反驳说："叛军如今卷土重来是蓄谋已久的，人力物力充足，他们多是在这蒙古大草原上长大的，精于骑射，熟悉地形，可谓占据地利、人和。至于天时嘛，这么炎热的天气，我们远道而来脚跟尚未站稳，一切情况不明，贸然出兵是行军作战之大忌。依我看，还是坐以待阵为上策，俗话说'兵来将挡，水来土掩'嘛！"

　　隆科多毫不客气地反驳道："皇上令我们东路大军为前锋部队就是要挫敌锐气，待皇上中路大军一到立即灭敌主力，从而取得平叛大捷。如果不抓住战机主动出击，在此坐以待阵其实是坐以待毙，倘若给策妄阿拉布坦抢了先机，我军必败，如何向皇上交代？我军一败，必然给其他几路大军造成不利，会直接影响这次平叛的成败！"

　　伊桑阿慢条斯理地说："隆科多，不必激动嘛！沉着冷静是领兵之将必备修养，军中最忌暴躁和头脑发热。我们分四个方位扎营足以挡住叛军南下的道路，待皇上大军一到，几路人马会合一处共同御敌，还怕打不了胜仗吗？与其冒险出兵还不如坚守阵脚呢！隆科多，你说是吗？"

　　"如此一来，皇上派我们前锋部队还有何用？"隆科多仍不服气。

　　伊桑阿还要说下去，萨布素一挥手止住了他，转身问胤禛道："四阿哥，依你之见呢？"

　　胤禛对隆科多与伊桑阿的争论早已仔细思索过，见萨布素询问，不慌不忙地说："我主张主动出击，挫伤叛军前锋部队锐气，待其他几路大军一到，立即全面出击，彻底打败噶尔丹的叛军。"

　　既然四阿哥如此讲话，其他将领就是有反对意见也不好再说什么，众人你看看我，我看看你，谁也没有发言。

　　萨布素见无人发言，这才轻轻捋一下颚下粗硬的胡须说："根据敌我双方实力比较，我反复考虑觉得坚守四个营盘拖住敌兵等待大军主力到来为上策，取胜的可能性更大。"

　　萨布素看一眼胤禛和隆科多，话锋一转说道："当然，四阿哥和隆科多主张的渡河北上袭击叛军营垒的方略也不无道理，隆科多初次上战场作战，想立个头功给佟相国争光这个心情可以理解。还有四阿哥，皇上早有旨意，令几位阿哥各负责一旗人马随军听令，并奖评几位阿哥的战绩，四阿哥有心得个头彩让皇上高兴是应该的。但四阿哥立功心切，只知其一不知其二，对策妄阿拉布坦的兵力并不了解，我已派人探得详情，叛军人马众多不说，又从沙俄购买了许多火器，还请了一位沙俄官员做军事高参。这一来，我大军火器营所有的优势叛军也同时拥有，论骑兵叛军还略胜我军，更何况我大军是远道而来，论天时、地利、人和都逊于叛军，综合分析不能贸然出兵，若贸然出兵胜还好，若败后果不堪设想，皇上怪罪下来谁担待得起呢？"

　　萨布素话音一落，隆科多就刻薄地说道："过去传闻萨将军是一员虎将，是一只东北猛虎，当年传闻与现实相差太远，如今一见也不过如此，只不过是一只犬将罢了。"

　　萨布素气得胡子直发抖："你，隆科多如此谩骂本帅，大胆！"

　　隆科多继续刻薄道："一听说有沙俄的火器和军事高参就吓软了腿，真是'一朝被蛇咬，十年怕井绳'，当年罗刹一败至今仍心惊肉跳，而我以为萨将军早把当年的一次小败忘到九霄云外了呢！"

　　"住口！"萨布素一听隆科多提及当年罗刹之战败于沙俄的丑事，气得勃然大怒，拍案吼道，"隆科多，你不配教训老夫，我领兵打仗时，你还没出世呢！别说是你，就是你的父亲也不配教训我，皇上对我都不能用这种口气！"

　　萨布素突然意识到自己的话有失，急忙改口道："皇上都从来没揭过我的短处，你何德何能在此指手画脚、评头论足指责老夫？"

胤禛急忙对隆科多道："萨将军以守为攻也有道理，在没有彻底了解敌情前贸然出兵也许对我军不利，等待几日再说吧。"

在胤禛的劝阻下，隆科多没有再做出什么举动，萨布素也没有为难这位初生牛犊不怕虎的青年将领，但彼此的矛盾却由此而生了，这对于随军听令的胤禛十分不利，因为在萨布素心中胤禛是站在隆科多一方的。

一晃多日过去了，丝毫不见策妄阿拉布坦前来进犯的动向，派出的探马报告说叛军在营垒周围布下驼阵，阻挡我大军北进，看形势要在这克鲁伦河北岸与我大军一决雌雄。

萨布素作难了，在这莽莽大草原中没有坚硬的遮蔽物作为安营扎寨两军对垒的屏障，只有极少数善于草原作战的人才懂得使用驼阵，而这驼阵又极难布置。首先要有大批训练有素的骆驼，仅这一点就不容易做到。其次是把骆驼的四条腿捆绑起来卧在地上，并在骆驼身上、头上披带铠甲，然后在骆驼背上设置箱垛，每一只骆驼旁边派遣几名弓箭手和刀斧手，或配上火枪。这样，所有的骆驼相互联结形成一个阵营，形状因作战需要而灵活改变，这就是驼阵，也叫驼城阵，有的甚至在骆驼头上固定尖刀，这种阵进可攻退可守，十分厉害。几天前探马探得叛军尚没有布好驼阵，如果那时进军也许能挫敌锐气，如今战机已经失去，再派兵前往恐怕是必败无疑。萨布素也为自己太过小心而没有接受隆科多与四阿哥的建议而略有后悔，万一皇上到此怪罪起来自己是难脱责任的。怎样才能变被动为主动而推脱责任呢？萨布素在营帐来回踱着步，认真思考着。

正在这时，一名亲兵来报说后方一位信使求见帅爷。萨布素一听从后方赶来的信使，估计是皇上派来探问军情的，十分诧异，昨天才送回前方军情，怎么又来一位信使呢？既然来了，一定有什么要事传递，萨布素令人立即传见。

来人进入帐内纳头便拜，萨布素立即命他起来，来人这才站起说道："小人是从京城赶来的，奉殿下之命前来见萨将军。"

这人说着从怀中取出一封信呈上，萨布素看完信，冷笑一声掷在地上："请告诉你家殿下我恕不奉命！我萨布素是靠真刀真枪在生死场上舍命争来的这个官职，不像某些人靠趋炎附势、溜须拍马爬上去的，我的官也就做这么大了，也不想升迁了，谢谢殿下的好意，他看错人了。"

来人被萨布素呛得满脸通红，略一定神，又厚着脸皮满脸堆笑说："萨将军说自己不想升迁了，做官也就此为止了，小人却认为将军是言不由衷。这次漠北平叛是将军千里飞骑向皇上请缨出战，明知征战有生死，将军为何不在东北坐享清闲而前来冒生命危险呢？"来人见萨布素沉默不语，又哈哈一笑说，"将军这样做还不是为了让官做得再高一些，封妻荫子、光宗耀祖？自古至今，功名利禄几人能看破，将军也是尘世中人，难脱俗念罢了。如果想做官，做大官没有后台是不行的，远的不说，就说佟相国佟国维吧，凭才华、功劳他哪一点能与萨将军相比，他德何能坐到朝中一品卿相之位？而将军呢，出生入死到如今仍不过一个吉林将军！别说佟国维不把萨将军放在眼中，就是他的乳臭未干、胎毛未尽的儿子又何曾把将军放在眼中？他虽在你军中听令，但真的听从将军吗？多日前的那场军中争论隆科多对将军是什么态度，萨将军一定终生不会忘记吧？"

"你……"萨布素十分吃惊地瞪着这人问，"你刚从京师来，怎会知道这里的事？"

"这里的一举一动我们殿下都了如指掌。我们殿下十分欣赏将军的耿直与才华，早有结交将军之意。如今是殿下主动结交将军，这千载难逢的机会将军如果错过实在不明智，难怪殿下不说……"

来人正要说下去，伊桑阿从侧门闪了进来，拾起地上的书信递给萨布素说："将军，这话说得也有道理，送上门的买卖岂有不做之理，成败与否试着看看。"

萨布素一屁股跌坐在椅子上，无力地说道："你看看这信就明白了，这事非同小可，倘若让皇上知道可是满门抄斩之罪，万万做不得！"

伊桑阿把手中的信匆匆浏览一下，略一皱眉附在萨布素耳边说道："将军先把这事答应下来，至于做与不做或如何做则是我们的事。如果将军一口回绝来人，他回去禀告太子，将来对将军恐怕不利。"

萨布素慎重思索片刻，对来人说道："殿下的这封信就放在这里吧，你回去禀告太子，就说这事十分棘手，不能操之过急，容我慢慢思量寻找机会再做，绝不会让太子失望的。"

来人去后，伊桑阿小声问道："将军准备如何处理这封信？"

"依你之见呢？"

伊桑阿嘿嘿一笑："按信中所说的去做，但要留好这封信，这可是钳制太子的一张王牌，事成之后还怕太子不重用将军吗？就是太子将来登基做了皇上，有这封信他也会对将军刮目相看。"

萨布素迟疑地问道："万一事情不成，岂不是引火烧身？"

伊桑阿摇摇头："只要做得天衣无缝，皇上追究下来也无妨！"伊桑阿又上前挪了半步，低声说道，"眼下正好有一个借刀杀人除去四阿哥的机会，将军为何不用呢？"

听罢伊桑阿在耳边的几句嘀咕，萨布素一拍大腿，眉开眼笑地说："嘿，我真是太糊涂了，一箭双雕、一举多得的事怎么没有想到呢？事成之后殿下的赐赏也有你老兄的一半……哈哈哈哈！"

隆科多走进胤禛的营帐，见他正在对着一幅地图发愣，笑了笑问道："四阿哥在思考如何破解驼阵的事吧？"

胤禛点点头："驼阵如此厉害，难道没有什么好的破解法吗？"

"自古以来，再厉害的阵势也有破解之法，驼阵当然也不例外。破阵与布阵要因人而异，不能一概而同，如果布阵者是庸才，那驼阵十分好破。倘若布阵之人通玄机精易理，将八卦阵式融于驼阵之中，这种驼阵以不变应万变，威力无比，破解起来当然十分困难。当然，破解驼阵的基本方法是一样的，就是击毙部分骆驼，攻破一个缺口，从里到外摧毁驼阵阵容。同时还要看敌方所使用的驼阵是用来攻的还是守的，如果对方是用来攻的，可以挖深壕阻断骆驼前进，引诱骆驼落入陷阱之中再击毙它。如果对方是守的，可组织弓箭手敢死队手持朴刀砍断骆驼四蹄而摧毁阵容。"

胤禛听后十分高兴地说："如此说来舅舅是成竹在胸早有破解策妄阿拉布坦所设置的驼阵了，既然如此，何不请求萨将军出兵迎敌呢？"

隆科多摇摇头："事情决不会像说的这么容易，必须亲自到阵前察看地形与阵容后才能组织破敌的器具与人马，不可操之过急。唉，萨布素这个老混蛋胆小谨慎过了头，如今听到叛军布下了驼阵，别说出战，前去观看一眼都不敢，只好坐等皇上大军到此再商讨破阵之法了。"

胤禛忽然想起了什么，忙问道："如果调来红衣大炮轰击不是很容易摧毁驼阵吗？"

"叛军从沙俄那里购买了大批火器，又有俄国人做智囊，他们能想到用驼阵，不会想不到我们的红衣大炮吧？如果叛军驼阵之内也设有大炮，我们的红衣大炮也就不占什么有利条件，可以说火器的威力相当。这周围一带少有屏障，我们的大炮暴露在外，仍然不占便宜。"

隆科多还要说下去，有兵丁来报，说萨布素将军有要事请四阿哥和隆科多都统相商。胤禛和隆科多急忙赶到萨布素帅帐时，帐中已经聚集多人了。

待众人坐定，萨布素正色道："皇上令我东路大军作为先锋部队率先到此，意在阻止叛军南下并挫其锐气，由于我大军四座互为掎角的营垒，令叛军望而生畏，策妄阿拉布坦被迫由攻而守，在克鲁伦河北岸布下驼阵，阻挡我平叛大军北上。尽管驼阵十分厉害，但也不是没有破解之法，昨日我率几名亲兵悄悄前去察看了叛军所布的驼阵，比我想象得简单得多。我原打算等皇上大军到此一同破解驼阵扫平叛军营垒，但现在看来不必了，这个破敌头功就留给我们东路大军吧。"

萨布素说到这里，话锋一转："四阿哥与隆科多一直主张主动出击，由于时机不成熟本将军一直没有应允，如今正是破阵歼敌的大好时机，本将军决定派四阿哥与隆科多率正红旗人马前去对敌。试探一下驼阵应变的威力，倘若一举攻破驼阵，这是本次平叛的奇功一件，皇上一定会龙颜大悦，嘉奖四阿哥与隆科多，就是坐守京师的皇太子也会对四阿哥刮目相看。万一出兵不利，四阿哥立即撤兵回营，由本将军亲自出马破阵。"

萨布素看看胤禛与隆科多，问道："四阿哥不会错过这个立功的机会吧？"

胤禛站起来说道："我愿意带兵前往试探叛军驼阵的威力，并力争推垮叛军阵营为平叛大军扫平道路，请问萨将军何时出兵？"

不待萨布素说话，隆科多阻止说："四阿哥不可操之过急，现在还不是出兵破阵的时候，匆忙迎敌无异以卵击石，此等阵势，等到几路大军会齐后再商讨破阵方案也不迟。"

隆科多话音未落，伊桑阿就轻蔑地站起来说："隆将军一听叛军布下驼阵就畏畏缩缩，胆小如鼠，丝毫也没有将门之后的英雄气概。"

隆科多斜视一眼伊桑阿："你不必用激将法。挫败叛军前锋的机会被你们错过了，如今让我们给你等收拾烂摊子、打头阵？"

伊桑阿冷笑说："我军初来乍到，在没有了解叛军详情之时仓促出兵那才必败无疑呢！隆将军大言不惭地说自己熟读兵法，对这种用兵大忌怎会一无所知呢？"

萨布素显出不耐烦的神态说："隆将军口口声声不了解驼阵虚实，如果不派兵叫阵攻打，只怕永远也无法知道虚实。既然四阿哥与隆将军被叛军阵势吓住，本帅另派他人带兵前往攻打，以便探得详情。"

"萨将军太小看我胤禛了，我愿亲自带兵攻打驼阵，请给个出战日期吧。我心意已决，倒要瞧瞧那驼阵的威力！"

隆科多不好再多说什么，萨布素唯恐胤禛反悔，急忙说道："既然四阿哥有此信心与决心，一定有破阵妙法，那出兵日期就定在明天上午，待四阿哥破了驼阵我一定上疏皇上嘉奖四阿哥！"

隆科多同胤禛一起走回正红旗大营，一路上他只是低头沉思，一句话没说。胤禛以为他对破阵把握不大而不想出兵在生闷气，索性说道："如果舅舅担心初战不利而有所顾虑就留在营中好了，我独自率兵试探虚实，为后方大军破阵探出确实消息。"

隆科多摇摇头："四阿哥误会我的意思了，我并不害怕打仗，更不在乎一场战斗的胜负，我总觉得萨布素这样安排似乎是别有用心。"

"别有用心？"胤禛惊奇地问，"我与他无任何过节，舅舅与他也是首次打交道，他怎会对我等别有用心，定是舅舅多疑了。"

"不，我的怀疑是有根有据的。且不说萨布素对于出战一事的态度前后明显不同，更值得怀疑的是几天前我去萨布素营中办事，迎面碰到走出的一人。当时只觉得这人十分面熟，却一时记不起在哪里见过，后来才想起那人叫吕本堂，是大阿哥手下一名亲信！"

胤禛一听，心中也是一惊，却又装出什么也不懂的样子说："大阿哥执掌正黄旗大营兵马随皇上身边听令，他的属下到此是奉旨而来吧？"

"不可能，倘若皇上有军令到此，自然有传旨太监或传旨大臣，也不会派大阿哥手下的人传旨的。依我看，吕本堂一定奉大阿哥之命与萨布素有什么私人交易，四阿哥不可不防！"

胤禛暗暗思考片刻后问道："舅舅怎么知道那人一定是大阿哥手下的亲信呢？"

"实不相瞒，大阿哥也曾有心拉拢过我，当时前来做说客的就是这吕本堂，父亲十分反对我与大阿哥交往，那事也就不了了之了。这次随四阿哥出征也是父亲一手安排，你毕竟是他的外孙，老人家为给娘娘争口气，更为四阿哥的前程没少费心啊！"

胤禛听了这话，十分动情，又想想自己的身世，忧伤地说："多谢外公与舅舅对我的帮助！"

隆科多也叹息一声："如今几位年长的阿哥谁不拉帮结派暗中培养自己的势力？就是几位年纪尚小的阿哥，像八阿哥、九阿哥也都在私自结交外臣了。"隆科多顿了一下又说道，"四阿哥也应步他人后尘，要想成就宏图大业没有自己的一批能文能武之人是不行的，刘邦、李世民、赵匡胤、朱元璋等人走过的路都是这样。"

胤禛几乎要流出泪："舅舅，我还能有什么宏图大业，一旦太子登上大宝之位能容我活下去就是万幸了。"胤禛知道言多必失，忙岔开话题，"舅舅，咱不谈这令人扫兴的事，说说攻打驼阵的事吧！"

隆科多略为诧异地说："你明知这是萨布素故意安排让你吃败仗的，还要上当吗？现在反悔还来得及。"

胤禛摇摇头："我为人做事就是说一不二，说到做到，既然当着众人的面答应了就坚决做到底，不惜一切！胜败乃兵家常事，不去试试怎知驼阵的厉害呢！真的败了也可以找出败的原因，为皇阿玛大军到此破阵提出意见，败也是值得的！"

第七章

探驼阵胤禛中箭矢
尝禁脔太子乱宫闱

胤禛醒了，看见皇阿玛就坐在身旁关切地望着他，十分感动，鼻子一酸，两行热泪滚了下来："阿玛，我……我太让您失望了，头一次领兵打仗就遭到惨败，阿玛，您处罚儿臣吧！"

胤禛和隆科多率正红旗人马赶到克鲁伦河北岸昭莫多叛军驼阵所在地时，天已近午，在炙热的草原上行军几十里地，人困马乏。隆科多建议休息一会儿再着手攻打驼阵，但被胤禛拒绝了，他主张一鼓作气乘势进攻给叛军来个措手不及。

胤禛一边下令准备红衣大炮轰击，一边组织弓箭手、刀斧手、马队、火器营的人马从四面攻击驼阵，并调派重兵主攻东南方向，准备用红衣大炮轰开缺口。

几番进攻都被打退回来，人马死伤严重，但叛军的驼阵却纹丝不动，进攻的人马根本无法接近驼阵就被里面的弓箭、火器逼了回来。

胤禛见全面进攻不行，又下令改为重点进攻，只在东南一个方向攻击，仍然无法攻破驼阵。这时，红衣大炮早已布好，胤禛下令开炮。

炮弹落入阵内立即引起一片混乱，但清兵攻到阵前时，叛军早已调整好被炮弹击中的地方，新的驼队补充上去，清军仍然攻不上去。接连开了几炮情况都是如此，胤禛便下令停止轰击，改用火枪队、马队硬冲，以节省炮药，等到十分关键的时候再使用。

那时的大炮不像今天的大炮能够连续发射，都是装一炮膛火药发一炮，每装一炮火药都需要好长时间。炮弹的威力也十分有限，安装在炮口内的炮弹也多是铁蛋、石块之类的硬物。由于火药十分紧缺，战场上很少使用这种红衣大炮，一般都是在攻城或其他十分关键的时候使用。

就在胤禛下令停止轰击改为马队与火器进攻时，驼阵内接连向清军阵地上轰出几炮。叛军是居高临下轰出炮弹，杀伤力自然十分厉害，每轰出一炮，清军都倒下一片人马。

隆科多见清兵死伤太重，知道这样相持下去十分不利，让胤禛下令撤兵。清兵刚一撤退，那边叛军的驼阵便由守而攻掩杀过来，清兵又死伤许多。幸而遇到萨布素派来的援兵，胤禛等人才得以逃脱，但人马损伤已近一半，胤禛腿上也中了一箭。

首战兵败的消息传到中军大营，康熙十分震惊，下令东路人马驻扎原地待命，等到几路大军会齐后共商破敌大计。

康熙所率中路大军加快行程，不几日也赶到克鲁伦河南岸。萨布素心中有鬼，早已和伊桑阿密谋协商一大堆借口为自己推脱责任。

萨布素小心翼翼地拜见了康熙，他从康熙冷若冰霜的脸上看出皇上的盛怒，后悔自己一时鬼迷心窍做出不应该做的事，但也暗暗庆幸自己改变了初衷，没有做出原先计划的那种事。

打仗就一定要流血，必定有伤亡，一般百姓子弟能够送死，达官贵人的子弟乃至皇子皇孙又何尝不应该英勇陷阵流血牺牲呢？康熙并没有责备萨布素，只是问及作战的情况，以及叛军兵力的部署。

康熙听说胤禛伤得厉害，便亲自到营中探望。

本来胤禛只是腿上中了一箭，也并不严重，由于天气酷热，一时又没有好的医生治疗，伤口感染化脓引起高热，这才严重起来。

康熙走进营内，胤禛刚刚服过药正在酣睡，隆科多要叫醒他被康熙制止了。康熙低头看看包扎后的伤口，又看看胤禛黑瘦的脸，心中也有一丝愧疚，总觉得胤禛伤成这个样子都是他这个做父亲的错。

康熙询问了攻打驼阵的情况，隆科多做了详细汇报。最后，隆科多很委屈地说："首战失败，四阿哥受伤，这都是萨布素用兵不当坐失战机所造成的，请皇上明察此事，给萨布素治罪。"

康熙不置可否，抬头看看隆科多，过了许久才说道："胜败乃兵家常事，不能因为是四阿哥受伤就治领兵将帅的罪吧？至于你所说的坐失战机，萨布素却不这样认为，用兵之道只能以胜负而论，别无其他标准可言，倘若萨布素说你们指挥不当贻误战机造成首战失败呢？"

隆科多还想争辩几句，康熙挥手止住了他。

这时，胤禛醒了，看见皇阿玛就坐在身旁关切地望着他，十分感动，鼻子一酸，两行热泪滚了下来："阿玛，我……我太让您失望了，头一次领兵打仗就遭到惨败，阿玛，您处罚儿臣吧！"

康熙轻轻抚去胤禛脸上的泪水："你已经尽力了，又伤成这个样子，阿玛怎会责备你呢？安心养伤吧，等伤势痊愈后随朕出征，看看朕是如何打败噶尔丹的。至于那驼阵，朕也有了破解妙计。"

不几日，费扬古所率西路大军也按照约定赶到，康熙召集三路大军将帅商讨破阵之法，费扬古提出利用火攻破解驼阵的方案得到康熙赞许。除了利用火攻外，康熙又主张两翼用兵，东西夹攻，然后用数十门红衣大炮两厢轰击。仍然按照原来的用兵部署，萨布素攻西方位，中军大将军孙思克攻打驼阵东方位，费扬古率军切断叛军退路。

叛军首战取胜，渐露骄纵之情，听说康熙皇帝亲率大军赶来迎战，噶尔丹多少有几分害怕，但策妄阿拉布坦向他叔叔吹嘘："别说康熙所率三路大军，就是六路大军到此也奈何不了我的驼城阵，请叔叔放心好了。"

生性多疑的噶尔丹并没有放心，他分一部分兵马给侄子固守驼城阵，自己则率部西逃到塞鲁特观望战势进展。如果侄子打了胜仗，他立即带兵东进，会同侄儿，一道南下。否则他便逃回准噶尔部等待时机。

这天夜里，策妄阿拉布坦刚躺下不久，就听到东、西两个方向传来震天动地的炮响，接着有亲兵来报，说清军正在猛攻驼城阵。他匆忙披挂整齐出营观看，只见东、西两方无数火把、火箭飞入驼城阵中，并不时有炮弹打来。

策妄阿拉布坦定了定神，对几名六神无主的将官吼道："奶奶的，慌什么，这是清军故意制造出的声势，奈何不了爷的驼城阵！哼，他们有红衣大炮，咱也有，还是俄国造呢！给我架炮轰击清军！"

几个亲兵刚要去传令，策妄阿拉布坦又喊住了他们："慢走，告诉火炮营，哪里火把多火光亮就向哪里狠狠轰击，不惜一切顶住清军进攻，打退清兵有重赏！快通报，就按我的原话传下去！"

双方都使用了当时最先进的火器与火炮，战斗持续到后半夜，在清军大规模轮番攻击下，驼城阵渐渐吃不住了，有些地方被轰开了缺口，火箭也射入阵内，许多地方着了火，火越燃越大，人马骆驼被大火一烧，四处窜逃，叛军的驼城阵内开始骚乱。

尽管策妄阿拉布坦骑着战马在驼城阵内来回巡视，叫骂着制止士兵骚乱，却不起什么作用，他到东边西边乱，他到西边东边乱。

驼城阵终于在清军强大的攻击下出现了缺口，清军人马从缺口杀入，驼城阵被从中拦腰斩断，东南西北无法配合呼应，驼城阵的威力大减。随着清军又一批人马杀入，驼城阵完全崩溃了。

策妄阿拉布坦看见自己辛苦经营多年的驼城阵毁于一旦，失败注定了，悄悄换上普通士兵的服装，带着几名亲兵逃走了。几十万叛军死伤无数，除了小部分逃走外，其余人马全部投降了。

捷报传到康熙大营，他十分欣慰，一边派人清点战利品，一边派人追查叛军首领噶尔丹与策妄阿拉布坦的下落，所有派出的人回来报告，都说没有看见叛军首领的踪影。

康熙估计噶尔丹等人已经潜逃，他根据叛军俘虏的口供知道噶尔丹西逃到塞鲁特地区，立即命令费扬古率人马追赶，一定要捉住噶尔丹，活要见人死要见尸。为了保证费扬古追赶叛军的粮饷供给，康熙立即传谕京师，让监国执政的皇太子胤礽派大学士纳兰明珠负责西路军粮草运送。

康熙一边派人打扫战场，清点死伤人数，准备造册抚恤嘉奖有功之士，一边又着人安顿逃散的蒙古牧民，让他们早日重返家园安居乐业。

康熙毕竟是近五十岁的人了，一路行军劳顿且不说，仅这场昭莫多平叛战役就熬了一天一夜。处理完这些杂事，康熙才和衣而睡。

康熙一觉醒来，只觉得头昏脑涨鼻塞体热。太监冯吉安忙找来御医杜心五给皇上诊治。

杜心五诊断皇上是疲劳过度偶感伤寒，并无大碍，只需吃上几剂药就会好转。没想到几剂药后，康熙不但毫无好转，反而加重了病情，这可忙坏了几位御前大臣及随军出征的皇子。有人主张立即班师回京，有人建议用八百里快递到京师另请高明御医，还有人主张就地聘请名医诊治。众人意见分歧很大，谁也说服不了谁，最后闹到皇上那里，康熙听取众人言论后，决定采取两个措施：几路人马继续留下追击叛军，消灭小股叛军，康熙由少数人马保护返回治疗。另一方面，用八百里飞递到京师另请几名御医。不知为何，返回途中康熙突然改变主意，暂不回京，到五台山避暑治病，让京师所派御医赶到五台山等候。

康熙御驾亲征噶尔丹，让皇太子胤礽留守京师监国，这是胤礽做梦也没想到的，长期以来一颗悬着的心落了下来，这充分说明皇阿玛对他的信任，那些有关太子废立的谣传也就不攻自破，这怎不让胤礽心花怒放？今天以皇太子名义监国理政，明天就可能登上九五之尊成为大清第五代皇上，自己大权在握，想要什么就是什么，那皇宫大内里面如云的美人儿就可以想要谁就是谁，特别是那位陈美人太让人想入非非了，每次见到她时那双勾人夺魂的眼睛，还有给自己频频传情的秋波，都让胤礽抓耳挠腮。可惜自己只能望梅止渴，如果登上大位那就不同了，第一个要的女人就是陈美人。

胤礽正在胡思乱想，太监王得喜悄悄溜进来道："皇上不在京师，爷就是皇上了，想干什么就干什么，还有什么不开心的？"

胤礽白了一眼王得喜："哼，说得轻巧，爷能想干什么就干什么吗？老爷子的亲信大臣都在朝中，佟国维、纳兰明珠、马文等人都瞪着眼睛瞧着爷的一举一动，我敢乱来吗？稍有不慎给他们抓住把柄，向老爷子参一本，我这个太子还能当成不？唉，难呐，像爷这样的人想痛痛快快玩一个自己中意的女人都不行！"

王得喜见胤礽满腹不高兴，小眼珠一转，说道："太子爷，我领你去个地方准让你高兴。"

"什么地方，八大胡同？"

"太子爷，奴才说的可不是秦楼楚馆，是京西有名的白云观。"

"白云观有什么玩头，一帮假仁假义的牛鼻子老道！"

王得喜忙道："观中有一位奇仙异能道士名叫张太虚，通阴阳会五行，前算八百年后算八百年，十分灵验，爷何不让他算算几时才能……才能早登大宝君临天下？"

胤礽哈哈一笑："算不算还都是早晚的事，何必那么心急呢？"

"奴才还听说此人能够破解生辰，打通玄机，让晚发生的事提前发生，让早发生的事推迟发生，并且十分灵验。"

胤礽听到这里，心中一动："果真有此事？得喜，你跟随二爷这么多年，对二爷我的脾气、做法还不明白吗？二爷一向喜好结交江湖异士及有特异之能的人才，既然此人有这等能耐，何不早说呢？"

王得喜急忙向自己脸上打了一巴掌："奴才该死，奴才该死！"

胤礽摆摆手："算啦，算啦，这事就交给你办啦，你亲自带上几人备一份厚礼去请那位张太虚，就说二爷我礼贤下士招揽天下有能之人，把他接到我这毓庆宫居住，二爷我早晚和他切磋法术，也顺便询问一二。"

"嗻!"王得喜转身刚要退出,胤礽又叮嘱道:"这事要尽快办妥,今日就把张太虚请进宫,不过千万别让外大臣知道。"

王得喜果然办事利索,掌灯时分便把张太虚请进了毓庆宫。

张太虚一抖袍袖,上前施礼道:"贫道张太虚拜见殿下!"

"张道长不必客气,快快请坐,久闻道长仙名,本当亲去贵观拜访,无奈监国理政事务缠身,委屈道长了,还请道长海涵。"

张太虚坐下道:"殿下日理万机,怎敢有劳殿下登门相请呢?只要殿下能用得着贫道的,传一声话就可以了。"

胤礽让王得喜等人退下,这才十分谨慎地说道:"我想让道长推断一下我何时才能继承大位?"

张太虚点点头,坐在椅子上垂首静思片刻,这才昂首说道:"殿下获得大位时限太晚,至少还得二十年。"

"二十年?!"胤礽惊得脱口而出,"到那时我已经成半百老翁了,就是当上皇帝又能享几天帝王之福。"语气中流露出一股埋怨之气。

过了片刻,胤礽又将信将疑地问道:"张道长,你算得准不准?"

"回殿下,按数理而论绝对准,殿下须过不惑之年才有望登基大位,这漫长的岁月,殿下要耐得住寂寞。不过……"张太虚说到此,故意停顿一下,察言观色道,"倘若殿下有早登龙廷之想,方法也是有的。只是这种做法有损当今皇上寿数,请殿下三思而行……"

胤礽信疑参半地望着张太虚:"道长果真有这个法力?"

张太虚点点头:"贫道虽有这个法力,但须殿下配合方能奏效。"

"道长需要我做什么,不妨先说来听听,看看我能不能做到!"

"贫道必须知道康熙爷的生辰才行。"张太虚小心翼翼地说。

此话一出,胤礽内心打了一个冷战,皇阿玛的生辰八字别说他这个做儿子的不知道,就是皇后也不知道。但也不是不能知道,只要偷查一下《玉牒》就可以了。《玉牒》是大清皇室的家谱,由专人在景阳宫保管，上面详细记载了每位皇上、皇子、皇孙的八字。

胤礽静静地思考片刻，终于下定了决心，一拍桌子说道："皇阿玛在位已经四十年挂零了，享受天年的时日也不少啦，什么荣华富贵、美女、大权，该享受的全都享受了，没有什么可遗憾的，就是现在宾天也该满足了。我这样做也在情理之中，不能叫谋权篡位。唉，自古至今，为夺皇位以下犯上弑父害兄者不尽胜数，我与他们相比还算仁慈得多。"

胤礽说到这里瞪着张太虚问道："我把你所要的东西全部给你，你万万不可泄露，事成之后封你为国师，要什么给什么，至于你的白云观就不用说了，拨百万两白银重新修建。"胤礽忽然又话锋一转，威胁道，"张道长，你我可是同一根线上的蚂蚱，万一泄露出去被皇上知道，蹦不了这个也飞不了那个。这可是诛灭九族的事啊！"

张太虚轻轻擦去额上的汗珠说："贫道明白，此事你知我知、天知地知，请殿下尽管放心。事成之后，太子不要忘了贫道就是，至于封什么国师那是殿下的心意，而重建白云观的事殿下万万不能食言。"

胤礽故作轻松地说："道长放心，事成之后会让你如愿以偿的。"胤礽嘴里这么说着，心中却暗暗冷笑：事成与否都不能留下你这样的活口，留下你岂不坏了我的大事？

胤礽一夜也没睡安稳，思前想后，尽管心腹之人不少，但这私进景阳宫偷看《玉牒》的事只有自己亲自去做才最合适、最放心。

胤礽心生一计，先暗中派了两名能偷善盗的心腹之人接连几天从宫中偷了几件昂贵东西，弄得宫内人心不安，他便借口整顿宫内秩序，加强大内安全，调整了几个宫的领班侍卫及守门太监，全部换上他自己的人。等到这一切安排妥当，才着手私看《玉牒》

查找皇阿玛生辰的行动。

　　事情进展得很顺利，胤礽神不知鬼不觉地把张太虚所需要的东西取到手，张太虚马上施展他的法术，并向胤礽吹嘘，他这法术多则一年少则三个月便会起作用，让殿下赶快准备登基事宜吧。

　　胤礽喜不自胜，哼着小曲在宫内转悠着，仿佛那皇帝宝座已经到手，这皇宫大内都是他一人的。他不知不觉走出了毓庆宫，又神使鬼差地来到延禧宫。若是平时，胤礽就是有许多正当的借口也必须有人陪同才能入内。今天好像是故意安排的，该他胤礽走运，应了一句俗话：一事顺百事顺。

　　胤礽轻车熟路地从偏门走进延禧宫凤鸣阁，这是陈美人常住的地方。胤礽走进凤鸣阁，四下望了望毫无动静，也没有一个人影，怅然若失地正要离开，忽然听到旁边一个角门里有轻微的撩水声。胤礽走上前从窗格里一看，口水立刻流了下来，嘿，陈美人正在洗澡。

　　胤礽抓耳挠腮地在门外等了一会儿，既不想离去又怕被人发现，最后狠了狠心，轻嗽一声。

　　陈美人吓了一跳，但她马上冷静下来，娇嗔道："哟，是殿下，也不打个招呼！"

　　胤礽见陈美人并没有激烈的反应，胆子放大了，赔笑道："如此炎热的天气，我怕陈美人寂寞难耐，特来陪陪，美人可要我帮什么忙？"

　　"真是孝顺儿子，我的背好久没有人捶了，快来给捶一捶吧。"

　　陈美人说着，故意扭一下身子，身上那件透明的白纱滑了下来……

　　按年龄，陈美人和胤礽相当，两人平日里虽然见面很少，但偶有相遇便相互眉来眼去，心照不宣，今天所发生的事也是理所当然。康熙皇上远征塞外，太子监国理政，胤礽的胆子一天大似一天，由原来的偷偷摸摸到明来明往，那些太监、宫女谁敢多说一句。

这天，胤礽正在凤鸣阁和陈美人打情骂俏。王得喜急匆匆跑来报告，说皇上从塞外送来八百里快递谕旨，几位内阁大臣正在毓庆宫等候太子协商呢！胤礽急匆匆扔下陈美人回到毓庆宫。

几位内阁大臣早已等得不耐烦了，一见面，裕亲王福全就道："快商讨一下皇上的八百里快递谕旨吧！"

胤礽急忙接过展读一遍，心中又喜又忧，暗想道：这张道士果然不是吹牛，施展法术还不到十天就产生效力，只怕皇阿玛这一病就再也好不了了，等到皇阿玛一命归西，我这个皇太子就理所当然地取而代之。而这谕旨提及调派御医之事，哼，除非阎罗王亲自去医治才会有效。

胤礽心里这么想，嘴里却不敢这么说。他看看众人，然后转向裕亲王道："依皇叔之见，是派御医去，还是另派其他名医大夫呢？"

福全略一思忖道："从谕旨看，皇上可能是行军急促疲劳过度，再加上异地水土不服，天气炎热干燥中暑或患了伤寒，一面加派御医携带良药前去医治，另一面就是催皇上提前班师回朝疗养。"

胤礽抖动一下手中的谕旨说："皇阿玛让我等把御医派送到五台山，漠北距五台山较近，皇阿玛到那佛家圣地静养治病也是上策，等到龙体康复之际再转道京师也不迟。"胤礽说到这里，又转向众人，抬高嗓门说道，"我等按皇上谕旨执行吧，暂不奏请皇上直接回京，等到皇上龙体康复之后再另奏请皇上回京，当务之急是选派合适御医去五台山之事。"

"这事由我来做吧。"众人回头一看，是内务府总管马文，都一致赞同，他负责内务府多年，对各个御医的医术十分了解。

众人又细细商量一番才各自散去。

索额图走在最后，他稍稍磨蹭片刻又折了回来。

胤礽会意，屏退侍从人员问道："索大人有何见教尽管直说？"

索额图迟疑片刻问道："二阿哥对皇上之病有何打算？"

胤礽一怔，以为自己和张太虚密谋的事被索额图知道了，略带不安地问道："索大人难道听到什么风声，是不是皇上的病很难治疗？"

索额图不置可否："二阿哥今年已经三十有余，到了而立之年，皇上也已经近五十岁了，到了知天命之年。纵观古今皇帝，皇上在位之日已算是长久的了，二阿哥应该为自己着想了，只怕二阿哥不着急，其他几位阿哥已经跃跃欲试啦。"

胤礽知道索额图对他与张太虚密谋的事一无所知，便松口气说："多谢索大人提醒，我也为此事着急，只是不知从何处下手。"

索额图捻须道："太子若真有此雄心，如今正是绝好机会，趁皇上有此大病之际以迅雷不及掩耳之势谋得大位。等到其他人醒悟过来时，生米做成熟饭，再有人从中作梗就是以下犯上，出兵讨之名正言顺。"

索额图见胤礽仍在那里无动于衷，生气地说："当断不断必有后患，二阿哥既然心存妇人之心，我也没有什么好说的，你好自为之吧，我告辞了。"

胤礽忙站起来阻拦道："索大人请留步，胤礽岂能不理解大人的一片赤诚之心，索大人待我的恩德胤礽永世也不会忘记。"胤礽扶索额图坐下，然后叹口气说道："我的良苦用心索大人也应该理解，不是我对大位无动于衷，而是不敢有所妄动。皇阿玛是何等精明，他眼中揉不了沙粒，倘若让他发觉我怀有二心，这后果……更何况皇阿玛身边还有几位比我聪明几倍的儿子，就是皇阿玛容得下我，只怕那帮兄弟也会置我于死地的。万事需谨慎行之，我如今已是名正言顺的皇太子，一旦皇阿玛龙驭上宾，我会顺理成章登上大宝之位，这是早晚的事，何必那么心急呢？"

索额图见胤礽说得合情合理，也暗暗点头，胤礽做事考虑问题比过去成熟多了，已有帝王心胸，真是士别三日当刮目相看啊！索额图慎重思索一下，又说道："二阿哥所顾虑之事也不是没道理，依老臣之见，二阿哥可在皇上的病上大做文章。"

"索大人指所派去的御医？"

索额图点点头。

"这调派御医之事已由马文负责,我怎好插手呢?马文做事一向认真谨慎,这是出了名的。"

索额图诡秘一笑:"如果太子真有此心意,老臣倒有一计可行。"索额图说着站了起来,又压低声音嘀咕了几句。胤礽一听,心花怒放,连忙称赞道:"此计甚妙!姜还是老的辣!"

盛夏的五台山,别有一番景致。苍松翠柏如华盖一般掩映着山体,流泉飞瀑也躲藏在如茵的丛林中,到处是一片绿的海洋。

胤禛第二次登上五台山,心绪却判若两样,面对这夏日里美不胜收的景致,胤禛提不起一点儿兴趣。皇阿玛躺在病床上,病情时好时坏,京师的御医至今仍不见踪影,一向医术甚佳的杜心五这回却一筹莫展、难施妙手。胤禛是来此专门负责照料皇阿玛的,他怎能不着急呢?

自从他因腿伤从前线退下来照料皇阿玛,就有人说他因祸得福。表面上是来五台山照料皇阿玛的,其实皇阿玛是让他来疗伤的。如今,他的腿伤早已痊愈,可皇阿玛的病却不见转机。

胤禛每天都派人去山下驿站打探消息,但每天都是失望。这天好消息终于来了,京中派来的御医已经到了山上,来人共四人,两名御医两名官员,其他护从人员都在南台顶休息。胤禛接见了来人,走进一看,两位官员是大学士马文和索额图。胤禛急忙上前施礼,马文介绍说:"这两名御医一个叫余世贵,一个叫冯春生,是从众多御医中精选出来的,他们已经根据送往京师的皇上病案仔细研究过,认为皇上只是旅途劳累过度偶感伤寒所致,并无大碍。"

索额图指着冯春生说:"这位冯御医是新近选入宫中的御医,医术特别高明,擅长针灸,有妙手回春之声誉,正如他的名字冯春生,只要经他医治,再难治的顽症也会逢凶化吉得到新生,有他到此,皇上龙体马上就会康复。"

胤禛对索额图本来印象就不好，皱了皱眉听他讲完，打量一下两位御医都不相识。宫中御医那么多，不相识也属正常，何况这位冯春生又是新近选入宫的。胤禛看看马文，问道："送往京城的八百里快递只需三天就可到达京城，为何御医今天才到，前后一月有余，贻误皇上的病情，这个罪责谁能担当得起？这其中到底是何原因？"

胤禛语气冷淡，话语之中充满责备质问之意。索额图看看马文，马文会意，谨慎地说道："四阿哥息怒，这事说来话长，其中的经过等以后再说吧，先请御医给皇上诊视病情吧！"

胤禛本来还想再责备几句，听马文这么说也只好作罢。

康熙熟睡刚刚醒来，马文和索额图拜见了康熙。

马文见皇上龙颜大变，一点儿也看不出出征前红光满面、威武凌人的帝王神采，如今躺在病床上，眼睛暗淡无光，也比往日凹陷许多。面容明显苍老许多，又黄又瘦，眉须也变浓变长了。

马文鼻子一酸，老泪纵横。

康熙向他摆摆手，故作轻松地说："朕只是偶感小疾，死不了，快快起来坐下说话吧。"

索额图见康熙成了这个样子，内心一喜，表面上却做出悲悲切切的样子，关切地问："皇上近日感觉如何？用膳可否下降？"

康熙叹息一声道："唉，病情时好时坏，饮食较往日下降多了。"康熙忽然转换话题问道："朕的谕旨送往京城已一月有余，为何迟迟不见御医到来，这是何道理？"

马文和索额图见皇上突然动怒，都跪了下来："请皇上恕罪！"

康熙半晌不吭声，过了许久才说道："胤礽是如何安排的？他想让朕早死不成？"

索额图急忙为胤礽申辩道："请皇上明察，二阿哥一接到圣上谕旨就立即派人挑选御医，同时命在京官员四处访寻名医为皇上治病。不几天就挑选了四名医术高明的御医，并命人派送五台山，谁知中途出了变故，四名御医及护送人员在蟒石山一带遭到匪寇袭击，全部死于非命。"

康熙一听，十分震惊地问道："果真有这等事？"

马文点点头："等到京中听到此变故已经半月有余，这才重新选派两名御医来此。微臣唯恐再出变故，亲自和索大人一起护送，这才拖延至今到此。"马文说着，又躬身倒地叩拜，"罪臣办事不力，耽搁了圣上的龙体康复，请皇上治罪！"

对索额图的话胤禛不十分相信，但对马文之言他不能不相信，既然事出意外，节外生枝，责怪也没有用，他上前说道："皇阿玛，先诊视你的病情，这事等皇阿玛康复后再另做处置吧！"

余世贵和冯春生被带进房内，先行叩拜礼然后诊视病情。这时，杜心五也来了，他把自己对皇上病情的判断与每天所服用的药向两人汇报一遍。余世贵听后，对杜心五说道："你对皇上病情的判断是对的，但所用的药不对症，这才使圣上御体时好时坏，至今没有痊愈。"

杜心五面红耳赤，极不自在地问道："以余先生之见当用何药？"

"杜先生诊断出皇上是因为疲劳过度，再加热火攻心后着凉引起的伤寒，这是对的，但皇上这伤寒不同于一般的伤寒病，皇上所患疾病为热伤寒病，是体内之元气热极而寒引起的阴阳失调，阴气压住阳气所致。对皇上这病不能采用迫寒出体的办法治疗，只能采用滋阴补阳的办法进行养阳，直到阴阳协调之时，病情自然好转。"

杜心五仍不服气地问道："以余先生高见，皇上之病是热极而寒引起的，先生采用滋阴的办法补阳，滋阴必然导致阴盛，阴盛则抑阳，如何会补阳呢？笑话，笑话！既然皇上体内阴阳失调，阴盛阳衰，直接补阳壮阳即可，何必滋阴呢？只怕按照先生的药方下药皇上的病只会加重罢了。"

余世贵淡淡一笑，解释道："皇上龙体虚弱，直接壮阳补阳不但不能达到阴阳调和治病的目的，只怕阴阳二气由外入体水火不容，造成现有元气损伤加倍，其后果……"

余世贵看看杜心五没有说下去。

索额图急忙转身问冯春生："冯先生以为如何？"

冯春生明白索额图的意思，装作慎重思考的神态说："余先生言之有理，皇上之病应采用滋阴补阳的方法治疗，热极而寒，寒极而热，滋阴生阳，最终达到体内元气调和，方可治好皇上的病。只是……"冯春生故意卖个关子，然后说道，"只是余先生的这个方法生效缓慢，至少需要五味汤剂才能抑制病情，十味汤剂才能见效，二十味汤剂方能病除，照此计算，需三个月的时间才能让皇上龙体康复，未免太久了一些。"

"那么，冯先生一定有更好的办法喽？"索额图问道。

"当然啦！"冯春生略为得意地说，"我对针灸情有独钟，也颇有一番研究，如果用金针打通皇上穴脉，疏通阴阳之气，从而达到阴阳调和，可能比余先生的滋阴补阳见效快。当然，倘若我和余先生同时为皇上治疗，皇上龙体康复指日可待。"

胤禛听他们两人说得玄而又玄，一时不知谁对谁错，看看马文问道："马大人以为呢？"

马文想了想两人对病情的分析，也觉得有道理，究竟是不是如同冯春生所说的这样他也不清楚。他在内务府多年，对余世贵的医术了解一些，由于冯春生是殿下与索额图保荐来的，医术如何马文不知道，但碍于两人情面又无法拒绝。这是给皇上看病，万一余世贵诊不了呢？胤禛会把所有责任推到他头上，到那时丢官是小事，只怕会入狱或被斩首呢！多个医生多些见识，相互比较，协商协商总比一名御医好，就这样，马文才同时带冯春生来此。

马文不了解冯春生，只好问索额图："索大人以为让余先生和冯先生两位御医联手给皇上治病是否合适？"

"怎么不合适？他们是两种不同的方法，但医理相同，一个用药一个用针，一内一外相互配合，这也是殊途同归，定会药到病除、针到病无，请马大人和四阿哥放心好啦，这事我临行前曾请示过二阿哥，让他们二人同时为皇上诊治，这还是二阿哥的主意呢！绝对没有问题！"

胤禛仔细想了想，毕竟不是同时用药会相互抵牾，也许真如他们所说两种方法配合进行见效更快，那岂不是更好？只要能让皇阿玛早一天康复……唉，胤禛在内心深处长叹一声，他不能让皇阿玛死，至少现在不能，如果皇阿玛现在一命归西，他将一无所有。

无论是纯真的父子之情，还是内心深处存有自私与奢望，胤禛都希望皇阿玛早一天康复。

第八章

明学士说通天机密
曹侍卫立盖世功劳

室内传出两声沉闷的惨叫："啊……玄烨，你……你好狠，连父亲也不放过！""曹……寅，你……你不得好死！"胤禛毛骨悚然，不小心碰响了墙角的一块石头，曹寅喝问一声："谁？"便快速追了出来！

康熙的龙体一天天康复起来，不仅饮食明显增加，精神也好多了，清瘦的脸也略为有了一丝红润，在侍从的搀扶下也能下地走动走动了。

皇阿玛龙体渐渐恢复，胤禛不必时时看护左右，他便可以抽出时间在山上走一走，看一看以前去过的地方，拜访一下几位结识的朋友。

胤禛先到文殊院，一打听，张公子已经离开此地半年有余了，至于去了何处无人知晓。难道他回心转意或接受了父亲的安排又去了太原，胤禛不愿想下去，只觉得内心隐隐作痛。

走出文殊院，胤禛不知不觉到了清凉寺，这是他一定要拜访的地方，慧明大师那位慈祥的老人太让他难忘了，他的一举手一投足都使他感到无比亲切，每次走近他都有一种说不出的亲近感。

寺门半掩着，胤禛轻轻敲了几下，许久才出来一个小沙弥，他抬眼看看胤禛，怯怯问道："请问施主找谁？"

"在下是慧明大师的旧相识，麻烦小师父通报一声。"

小沙弥立即显出悲伤的神色，躬身说道："阿弥陀佛，师祖已经圆寂了，这位施主请回吧。"

胤禛大吃一惊，结结巴巴地问道："慧明大师是何时圆寂的？"

"一个月前。"

"一个月前？"胤禛疑惑地问，"一个月前我们来到山上时还听人谈及大师呢？怎会突然圆寂呢？"

　　小沙弥哀声说："就是在施主上山后的几天师祖就圆寂了。"

　　胤禛将信将疑，看着小沙弥闪烁不定的眼色问道："那么性音和性德两位大师是否在寺内？"

　　小沙弥稍稍迟疑片刻说道："性音师父去江南云游了，家师……"

　　"元聪，为师是如何训导你们的？"

　　不待小沙弥说下去，走出一个中年和尚双掌合十道："阿弥陀佛，施主请回吧，敝寺暂不接待外人。"

　　胤禛抬头一看，正是性德大师，忙上前施礼说道："性德大师，你不认识我了？"

　　性德仔细一看，吃惊地说："是你？嬴施主，不，是四……"

　　性德大师犹豫一下，仍把胤禛带入寺内。二人坐定，胤禛伤感地问道："慧明大师一向体格健朗，又已参破禅机，成为得道高僧，怎会突然圆寂了呢？"

　　性德大师木无表情地说："生就是死，死就是生，生生死死无始无终，何须在乎一个界限呢？"

　　胤禛似懂非懂地点点头："我只是觉得慧明大师走得太突然了，物是人非，觉得伤感罢了。"

　　"四阿哥两次来到敝寺，也算与佛门有缘。作为皇室贵胄，四阿哥有享受不尽的荣华富贵，但万事万物都有个劫数，得即失，失即得，阴阳轮回，物物转化，有时也应把心胸放宽广一些，将得失看淡泊一些，这样，在大劫面前才不会因己而悲，在大运到来之时也就不会因物而喜，一切随缘，从容心态静待世变。"性德说着，抬头看着胤禛，"四阿哥印堂发暗，恐怕近日有灾呀，还是多加小心为好。"

　　"敢问大师祸在何处，能否破解？"

　　"祸兮福之所倚，福兮祸之所伏，解祸即是破福，何须破解呢！"

　　胤禛走出清凉寺，若有所失，若有所思，迎面遇到一个侍从向他跑来，上气不接下气地说："四、四阿哥，大、大事不好，皇上……"

胤禛一把抓住侍从的衣领喝问道："慢慢说，皇上到底怎么了？"

"皇上病情突然发作，人事不省，正在抢救，让四阿哥快回去。"

胤禛二话没说，抬脚就向康熙驻跸的龙泉寺奔去，这里是康熙在五台山疗养驻跸的行宫。

胤禛奔到康熙寝宫，康熙的贴身侍卫武丹、曹寅守卫在门口，马文、索额图、都灵阿守候在御榻四周，杜、余、冯三名御医正在抢救。

胤禛一声不响地站立在旁边，注视着三名御医的动作，如木雕泥塑一般。一个时辰过去了，康熙终于从昏迷中苏醒过来，众人都长长舒了一口气。

胤禛跪在床前，轻声喊了一声"皇阿玛"，便泪如雨下。

康熙把手放在胤禛挂满泪水的清瘦脸上，给他擦一下泪水说："阿玛没事，阿玛还不想死，也不会死的。"

胤禛无言地点点头，泪又流了出来。

胤禛安排皇上休息后，立即找人来询问情况。几名侍从人员都说皇上早上起来打了几路拳，休息一会儿便开始吃早饭，饭后独自批阅几份折子，突然觉得有点头晕，便扶案站起来，人还没有站起来就昏倒在地。

胤禛便问几名御医，皇上为何会突然晕倒，究竟是药物所致还是又患了什么疾病，有没有什么危险？

杜心五看看他们二人低头不语，余世贵知道他不能不说，便问冯春生："冯先生，皇上昏迷之中是你用金针将皇上治好的，既然先生能针到病退，也一定知道皇上为何会突然昏倒，你先谈谈？"

冯春生扫一眼索额图，这才说道："四阿哥，不是小人无能，只怕皇上这病……已到了内火攻心的地步，治不好了，立即回京城吧！"

"放屁！如果皇上有什么三长两短我抽了你们的筋！皇上到底患了什么病？近日不是已经好转了，怎会突然加重呢？"

在胤禛咄咄逼人的追问下冯春生有些胆怯，他偷偷乜视一下索额图不知如何回答。索额图上前一步，用冰冷的目光威逼着冯春生说："你实话实说，四阿哥不会为难你的，倘若信口雌黄，造谣中伤，别说四阿哥，我和马大人也不会饶过你的！"

冯春生这才略带不安地说道："皇上之病本来应该痊愈的，却由于余世贵用药不当给皇上造成隐患，恶化了病情。"

余世贵怒不可遏："冯春生，你血口喷人，我怎么用药不当？"

冯春生狞笑道："你用滋阴补阳的方法为皇上治病，本来并不错，可是，你在用药时，药量却比常规剂量加重一倍。我知道你并无恶意，你只是想讨好皇上显示你的医术，才故意这么加大剂量的，希望在极短的时间内让皇上龙体康复。你的愿望是好的，但你犯了药理之大忌，欲速则不达。结果弄巧成拙，致使皇上体内阳火太旺已经攻入心脾，只怕华佗再世也医治不好皇上的病。余世贵你死定了，不，应该满门抄斩！"

"冯春生，你……你是冒牌御医，根本就不懂医术。"

"哼，我不懂医术，你承不承认你的每服药剂量都增加了一倍？"

众人把目光都投向余世贵，他张了张嘴，一句话也说不出来。

胤禛一拍桌子怒喝道："余世贵，你说！"

余世贵耷拉着脑袋看看马文，然后咬咬牙争辩道："我承认加大了一倍的药剂，我这样做并无大害，是根据皇上的病情而定的，东汉张仲景《伤寒杂病论》与晋代葛洪《金匮药方》中都有记载。"

不等余世贵说下去，胤禛怒吼一声："无耻贼子，还强词夺理，皇上若有什么不测，我抄了你余氏满门！"

索额图忙附和道："四阿哥，先把这姓余的庸医绑出去斩了，以免留下来再误人性命。"

"慢！"马文站起来阻拦说，"事情还没有查清以前不能轻率做出判断，草率斩杀无辜，可以先把余世贵关押起来，今后再斩也不迟。冯春生既知余世贵加量用药，为何匿情不报？余世贵罪不可恕，冯春生也应当一同受审。来人，把余世贵和冯春生两人都给我押下去好生看管，没有我和四阿哥的令牌任何人不得接近两人！"

胤禛还没有弄明白为何要关押冯春生时，已有人将他们押走了。

冯春生边走边喊："索大人救我，索大人救我！"

索额图颇为不悦地说："三名御医让马大人关押了两人，剩下一人还是不懂医术的半桶水，如此看来马大人准备亲手给皇上看病了，万一皇上有什么不测，我可无法向太子交差。临来时二阿哥再三叮嘱我一定要照看两名御医把皇上的病治好，一旦皇上龙体康复，立即回銮京城。御医被关，耽搁皇上的病你马文有几个脑袋？"

胤禛也从中说道："马大人，是不是先放出冯春生，让他先给皇上治病，然后再派人查明此中原委？"

马文盯着一直垂首不语的杜心五说："四阿哥尽管放心，老臣自有为皇上治病之人，倘皇上有不测，我愿以身家一百一十九口人头担保！"

胤禛从康熙寝宫回到住所，心里乱糟糟的，只喝了一杯茶水就躺下了，他毫无食欲。

胤禛刚躺下不久，马文就进来了，后面还跟着一位鹤发童颜的僧人。胤禛仔细一看，却是五台山主持方丈慧空禅师，急忙施礼让座。对慧空禅师的突然到来胤禛既感到意外，又觉得蹊跷，他困惑却又不便直问。不等胤禛开口，马文就率先说道："四阿哥对慧空大师突然到此觉得奇怪吧？我来说明一下，是我把大师请来的，这与诊治皇上的病关系重大，只有慧空大师才能解开其中之谜。"

胤禛越听越糊涂了。

马文继续解释说："四阿哥应该想到皇上八百里快速到京中索调御医，一个月后才把御医送到，这其中难道不值得怀疑吗？"

"马大人不是说第一次选派的御医及护送的人遭到歹人袭击全部死了吗？莫非其中有诈？"胤禛问道。

"事实确是这样，我已经派鄂尔泰调查了此事，蟒石山一带根本就没有什么江湖大盗，也没有拦路打劫的草寇。就是一般草寇也不敢拦截朝廷人员，更何况有十几名一等精兵护送呢？"

胤禛蓦地一怔，惊问道："难道朝中有人图谋不轨从中作梗？"

"目前尚未查明，但现在可以断定这其中有着重大的阴谋，正是出于对那起凶杀案的怀疑，我才亲自护送这第二次选派的御医到此。这两名御医中确实有一人有问题，但不是余世贵，而是冯春生。"

胤禛更是吃惊不小："这到底是怎么回事，我被你们搞蒙了！"

马文转向慧空大师："还是让慧空禅师解释其中的原委吧！"

慧空大师道一声阿弥陀佛："老衲曾研习过一些医学针灸方面的书，对针灸医药也粗懂一二，余世贵所开出的每一份药方，马施主都暗中转给我看后才允许抓药给皇上服用，老衲担保绝无疑异。"

"难道冯春生的针灸……"

慧空禅师慈祥地冲着胤禛点点头："事情就出在这里，冯春生给皇上诊断病情时所说的针灸疗法是对的，刚才老衲给皇上把脉才发现冯春生并没有按照他所说的方法去做。"

慧空禅师说着，露出愧疚的神色。

"这也是老衲一时大意，太轻信他人，才让圣上龙体遭此劫难。好歹冯春生有所顾虑，用针也并不是太阴损，目前尚有挽救办法。如果冯春生在皇上病体未愈之时就做起手脚，只怕老衲也无能为力。老衲是出家人，不便抛头露面亲自到皇上御榻前服侍，每天只从马施主的描述中猜测冯春生的用针，起初一段时间冯春生都是老老实实为皇上诊治，不知为何这几日突然起了歹心。老衲只是从马施主的描述中知道冯春生改变了用针方位，也是老衲医术太浅，竟未发觉其中有诈，惭愧，惭愧！阿弥陀佛。"

胤禛恭敬地向慧空大师施礼说："多谢大师及时相救皇阿玛，胤禛先谢过大师，并恳请大师继续给皇上治病。"

慧空立即还礼道："阿弥陀佛，出家之人以善为本，救人一命胜造七级浮屠，更何况是真命天子呢？为圣上扫除病魔，即使四阿哥不开口，老衲也会竭尽全力的。只是老衲只懂看病不会下药，是事后诸葛亮，说出来四阿哥不会相信，出家人不打诳语，这一点马施主明白。"

马文立即点点头："仍让余世贵给皇上诊治，有慧空大师早晚关照一下就可以了。刚才慧空大师已经给皇上诊断过，皇上并无大碍，再服几剂汤药就会慢慢康复起来，请四阿哥不必过虑。"

胤禛不解地问："冯春生为何要害皇上，难道他也与那蟒石山血案有关联吗？"

马文知道冯春生是索额图与皇太子保荐来的，太子坐守京师监国理政，在没有确凿的证据面前他怎敢信口雌黄呢？对于阿哥之间的明争暗斗马文再清楚不过。

马文并不正面回答胤禛的提问，故意岔开话题说："慧空大师出来太久了，也太过疲劳，需要回寺休息了，四阿哥所问之事在没有查明真相前老臣怎能妄自猜测呢？等到以后再说吧。"

胤禛明白马文的意思，也不便再问什么，他现在明白马文刚才同时关押余世贵与冯春生的真正用意了。

费扬古率西路大军乘胜追击噶尔丹叛军，一直追赶到准噶尔境内，噶尔丹见大势已去饮鸩自尽，他的侄儿策妄阿拉布坦不知去向。费扬古安顿了西北边陲的军务布防，便回师中原。

负责西路大军粮草的内阁大臣纳兰明珠，在回师途中正遇到凯旋的大阿哥胤禔，甥舅二人好久没有相见了，这一见面分外亲热。胤禔更是神采飞扬，舅长舅短地叫个不停。在这次的几位随军出征的阿哥中间，胤禔表现最为出色，不仅带兵有方，而且打了几个小小的胜仗。特别是康熙生病退出战场到五台山休养后，中路大军完全交给了胤禔指挥，更充分发挥了他的军事才能。

胤禔自认为这次阿哥评比中他一定能中个头彩，相形之下与皇太子的贡献缩短了距离。更何况作战前夕他又使出一个计策，那妙计已经起到一箭一雕的作用。倘若来点后劲只怕胤礽皇太子的形象定要受损，到那时，众阿哥之中唯有他胤禔地位显赫，最受皇阿玛青睐，说不定……

胤禔一想到前途，心花怒放，他把舅舅请到自己的中军帐内，摆酒设筵，甥舅二人先痛痛快快小饮一场，喝个庆功酒。

纳兰明珠见胤禔一副踌躇满志的样子，提醒说："俗话说：'做得好不如做得巧。'如今阿哥之间谁不眼巴巴望着皇上的位子，哪一个又是省油的灯？你觉得自己精明能干，其他几位阿哥不也挖空心思？年长的阿哥不说，就是几位年幼的阿哥，老八、老九、老十，一个个也都有些跃跃欲试的样子。大阿哥不可不两手准备啊！"

胤禔放下酒杯问道："莫非舅舅听到了什么不利于我的传闻？"

纳兰明珠摇摇头："那倒没有，皇上治病的事大阿哥可听到些什么？"

"我这些日子在漠北带兵打仗，曾派人两次去五台山恭请圣安，得到的消息只是皇上龙体逐渐康复，舅舅听到些什么？"

纳兰明珠压低声音，说道："有人不择手段，图谋不轨，欲置皇上于死地。"

胤禔惊得筷子差点儿掉在桌上，问道："是谁这么大胆？皇阿玛现在怎样？"

"请大阿哥放心，皇上龙体已渐渐康复，至于谋害皇上之人……"

纳兰明珠挥手屏退侍从人员之后，才把御医被杀的经过及冯春生阴谋加害皇上的事讲了一遍，最后说道："究竟是谁在幕后指挥尚没有查清，但我怀疑太子脱不了干系，他如今在京监国理政，一旦皇上被害，他理所当然就可登上皇位。何况调派御医之事是他一手安排的，冯春生也是他派去的。"

胤禔点点头，三阿哥、五阿哥都在军中听令，其他几位阿哥年纪尚小，还没有这个手腕，唯有二阿哥与四阿哥有这个机会。想到此，胤禔问道："会不会是老四干的呢？老四自幼人小鬼大，早有窥视王位之心，只是自从懿皇后死后失去了台柱子才表现出一副对什么都不感兴趣的样子，他不是突然看淡了一切，而是用诵经拜佛掩盖野心、伪装自己，伺机图谋大位才是他的真正用意。依我看，太子的可能性都没有老四的可能性大。"

纳兰明珠放下酒杯，看看胤禔："就按照你的分析真的是胤禛所为，他把皇上害死了，大清国的皇位能由胤禛来坐吗？"

胤禔想了想，摇摇头："他还没有这个德行，更没有这个本领！"

"就目前形势，机会只有两人……"

"谁？"

胤禔一听纳兰明珠说机会只有两人，心怦怦乱跳，目不转睛地盯着纳兰明珠，等待着答案。

纳兰明珠一个字一个字地说："你……与……胤……礽……"

"舅舅，为什么只有我和胤礽才有这个机会？"胤禔涨红了脸问。

纳兰明珠一饮而尽，颇为得意地分析说："能够看透这一点的，满朝文武唯我纳兰明珠一人。大阿哥请想，论资格你为皇长子，按照帝王世家的嫡长子世袭制，理当立你为太子，但由于你不是嫡出才没有被立为太子，但在皇位候选人中，数过太子就应该轮到你。如果现在皇上大病不起龙驭上宾，争起王位来太子也未必是你的敌手。太子虽是御封的皇位继承人，但大阿哥也有你得天独厚的条件，就是你手中的兵权，太子也奈何不了你！"

胤禔想想舅舅的话有道理。如今征讨噶尔丹共派出三路大军，总共兵力近八十万人，占大清全部兵力的一半以上。特别是满洲八旗与蒙古八旗的重兵几乎都派上了战场，遍布南方各地的多是汉军八旗人马，由于驻防分散，更难统一调动。这征战噶尔丹的八十万大军，费扬古所率的西路军有三十万人，自己接替皇阿玛指挥的中路军有三十万人，其余二十万人属萨布素指挥。只要皇阿玛突然归西，我拥兵在外就可控制局面，就是胤礽在京城坐上龙廷也白搭，京城虽有驻防丰台大营的几万人和守卫各大城门的几万人，总共也不足十万，与我的三十万大军相比实在是小巫见大巫。

纳兰明珠见胤禔沉默不语，知道他在想什么，独自斟了一盅酒竟自饮下，这才放下酒杯慢条斯理地说："大阿哥想成大事并不难，关键看你有没有控制全局的胆量与魄力。"

"中路军的三十万人是绝对没有问题，许多中层将领都成了我的人。"

"东路军萨布素那里呢？"

胤禔挠挠头，忽然想起了他的一箭双雕之计，便十分自信地说："萨老鬼那里也没有问题，他有把柄在我手中，有办法让他听我的，至少也能让他中立。只是费扬古那个老浑蛋不好对付，我怕他站在太子一边。"

纳兰明珠笑道："我和费扬古打了多年的交道，了解他的脾气，此人吃软不吃硬，如今由我负责西路军的粮草，万一他有什么对你不利的举动，我倒可以为你分忧。"

胤禔一听这话，咧开厚厚的嘴唇阴笑道："如果舅舅真有办法制住费扬古，让他保持中立也可，我就无所忌讳了。只是现在……唉，空有这么好的机会也白搭，机不可失，时不再来，一旦回到京师交出兵权就什么都完了，千载难逢的机会只能眼睁睁溜走，我胤禔怎么如此不得天时呢？倘若那冯春生害死皇阿玛，这大清的皇位不就是我的了吗？"胤禔说着，把手中的酒杯摔在地上。

纳兰明珠见胤禔沮丧难耐的神情，带着几分醉意说："如果大阿哥真有此雄心壮志，舅舅倒有一个让你如愿以偿的计谋。"

　　胤禔斟上一杯酒，端起来满脸堆笑地递给纳兰明珠："舅舅，有什么妙计你就说出来吧！如果真的像舅舅所说的那样能让我完成大志，我舍了这条命也去做，让天下人知道我胤禔到底是不是能成大器之人。"

　　纳兰明珠仍是摇头："我不能随便说出来，这涉及我朝一个天大的秘密，一旦说出就必须去做，而你又没有这个胆量，还是不说吧。"

　　胤禔看纳兰明珠的神情不像是说假，咬了咬牙，扑通跪在纳兰明珠面前："舅舅，你说吧，需要我干什么，就是去杀皇阿玛我也有这个胆，只要能夺得大位，我什么都敢去做！"

　　纳兰明珠哈哈一笑，带着几分酒性讲出了一个骇人听闻的秘密。

　　胤禔听后，瞪大眼睛说："你说世祖顺治爷还活着？不可能，绝对不可能！我每年都和皇阿玛一起去河北遵化孝陵祭祀，先皇祖陵寝在那里这是人人皆知的事，怎么还会活在世间呢？我是在宫中长大的，怎么从来也没听说过这事？他在哪里？"

　　纳兰明珠冷冷一笑："顺治爷不仅活着，而且活得很自在，遵化孝陵不过一个空陵，用来掩人耳目罢了。据我所知，当年的知情者全部被杀掉了，所以知道这秘密的人除了皇上、皇太后外几乎没有了。"

　　"既然如此，舅舅又怎么会知道呢？倘若皇上知道舅舅知道这个秘密，又怎么能让你活到现在呢？纯粹是杞人说天，舅舅想不出什么妙计来，想用这骇人听闻的胡诌蒙骗我吗？"

　　纳兰明珠也不恼，只淡淡一笑："说实在的，我也是最近才知道这个秘密，听的时候也不相信，但仔细一想就相信了。当年，顺治爷突然驾崩时，内外臣工一律不准瞻仰遗容，只有内务府大臣阿巴泰和几个太监观看了遗容，是他们负责顺治爷的殓检事务。

那时，许多大臣对宫中不许瞻仰遗容一事十分不满，曾有大臣提出抗议，太后派阿巴泰出面解释，说顺治帝患了一种极易传染的病，为了朝中大臣不受感染就免除瞻仰遗容这礼仪。后来，听说给顺治帝负责殓检的人都传染上那种奇怪的病死了，包括阿巴泰在内。如今想来，一定是宫中为了防止秘密外露把他们全部杀掉了。"纳兰明珠忽然转身问胤禔道："大阿哥，你是否觉得皇上对五台山情有独钟？"

胤禔一愣："舅舅的意思是世祖爷顺治帝如今就在五台山？"

纳兰明珠点点头："大阿哥应该相信我的话了吧！"

胤禔仍有所怀疑："舅舅是从哪里听说的？莫非舅舅见过世祖爷？"

"你不必问我是如何知道的，这事千真万确，世祖顺治帝已不再过问世事，他在五台山皈依佛门当了和尚。"

胤禔知道皇阿玛八岁就继位做了皇上，可他十分困惑皇祖父为何放弃帝位去做和尚呢？经书、木鱼、青灯、孤影，这种生活是何等清苦？常人不是迫于生活的困苦都不愿剃度为僧，更何况拥有万乘之尊的帝王呢？

纳兰明珠转换话题说："大阿哥，咱们不谈这些陈年旧账了，还是说一说谋取皇位的大事吧！如果大阿哥有胆有识，便可在顺治爷身上做文章，威逼皇上让位或者加封你为皇太子。"

胤禔一听纳兰明珠让他逼迫皇阿玛让位，打了一个冷战，怯怯说道："皇阿玛是何等精明之人，他八岁登基，到如今已近四十年，什么大风大浪没有见过，鳌拜那样老奸巨猾之人都败在他的手下，更何况……"

纳兰明珠打断了胤禔的话："皇上再英明也有疏漏的地方，他让顺治爷活在世上就是聪明一世糊涂一时。尽管顺治爷在五台山出家为佛，这事极少有人知道，但没有不透风的墙，比如你我都知道了这个秘密，万一顺治爷尚活在世上的消息传扬出去，这对于皇上的声誉及其皇位却十分不利。我把此秘密告诉给大阿哥，就是想让大阿哥利用顺治爷威逼皇上。"

胤禔似乎被纳兰明珠的话打动了,他认真考虑了一会儿,终于狠下心说道:"舅舅,到底如何威逼,你快说出来,我豁出去了,不是鱼死就是网破,痛痛快快地干他一场!"

纳兰明珠把大拇指一竖,称赞道:"这才是好样的,舅舅欣赏的就是大阿哥这样敢说敢做之人,你豁出去了,舅舅也豁出去了!"

又一弯新月从西方山崖间升起,像一把锋利的弯刀从幽暗的天空中直刺下来,仿佛就要插在眼前这片黑黢黢的大殿内。

面对这后半夜的月景,胤禛睡意全无,独自披了件外衣走了出来。这些日子,他经常这样,上半夜还能稍稍睡上一会儿,下半夜却睡意全无,时常是被噩梦惊醒的,醒后只能坐等天亮。

胤禛边走边想,千头万绪的事情却一点儿也理不出个头绪来。皇阿玛的龙体是一天好似一天,回銮京师指日可待。更令人高兴的是平叛战争结束了,噶尔丹自食其果,落个身败名裂的下场,真是罪有应得!三路人马凯旋会集山下,每天前来请安的皇子、大臣络绎不绝,那恰到好处的马屁竟博得皇上眉开眼笑。皇上吉祥是万民之福,胤禛怎能不发自内心高兴呢!但流言蜚语也不时传入胤禛耳中,都说他胤禛因祸得福,借机讨好皇上,也有人说他从中使坏,否则皇上的病怎会反复无常几次呢?更有甚者,说蟒石山血刃御医和冯春生加害皇上之事也与他胤禛脱不了干系。几个阿哥都对他横鼻子竖眼,避之如瘟神。

胤禛没有向任何人询问,更没有向任何人解释,他有满腹的话想对人说,却找不到一个倾诉的对象,只能任一腔委屈在心底霉烂。

胤禛变得更加忧郁、沉闷了,只有在皇阿玛那里他才能稍稍高兴地谈一会儿,其余时间多是沉默,有时半天也不说一句话。尽管如此,胤禛也没有博得众兄弟的同情,反而骂他阴鸷、刻薄、狠毒、虚伪。

虚伪？不错，他承认自己的确虚伪，但只是在心中承认，嘴上是决不会承认的，否则，就不叫虚伪了。无论虚伪也好，伪装也好，胤禛决心虚伪下去，用一副弱者的面孔麻痹对手，并博得皇阿玛的同情，然后悄悄积蓄力量，让所有对手猝不及防，这就是兵法上所说的出奇制胜吧！

胤禛边走边想，不知不觉来到了康熙帝下榻的龙宗寺，猛抬头，胤禛发现寝宫窗口仍然透着光亮，心道：皇阿玛也同我一样睡不着吗？

胤禛七拐八摸悄悄地来到皇上寝宫的后窗下，虽然看不见里面的情形，却能听到有人在悄悄讲话，声音时小时大，有时似乎在争吵。胤禛把耳朵贴近墙缝的石头，终于听清了房内的声音。

"容若，朕让你做的事，你答应不答应？"

"皇上，求您饶过我，更放过家师吧！我们都已心如枯井死水，皇上何必连一个出家之人都不放过呢？更何况他是……"

"住口！你虽然出了家，也还是我大清的子民，这五台山，这龙泉寺，这里的一切一切都是我大清的，都为朕所有！过去，朕视你为最亲近的人，加封你为一等侍卫，随意出入宫苑，你却有负圣望做出天下人不齿之事，孝昭皇后也让你给逼死了。尽管如此，朕都不忍心将你处死，现在朕命你做一件事，你敢抗旨不遵吗？"

"贫僧自知罪孽深重，早有悔死之心。只求皇上放过家师，我愿替家师去死，求求皇上开恩！"

胤禛听到了三声重重的叩头之声，心中觉得奇怪，听语气这人好像是个和尚，皇阿玛威逼一个和尚做什么事呢？这个和尚的声音好熟，这人似乎在哪里见过，却又一时想不起来。正在这时，又听室内有人说道："朕与他的关系你也已经知道，难道朕就愿做大逆不道之人吗？朕对他的态度、感情你应该知道！可是现在不同了，有人以此为条件要挟朕，威逼朕废去胤礽皇太子之位，重新册封太子。"

胤禛大吃一惊，身子猛地哆嗦一下，头碰在石壁上发出一丝声音，他又吓了一跳，幸亏没有被室内人听见。此时，胤禛更加小心，屏住呼吸静听房内的对话。

"谁这么胆大妄为，敢逼迫皇上废立太子之位？"

"还能有谁？是胤褆，这个大逆不道的逆子！"

"既然大阿哥以身试法干预皇权，罪当受惩，皇上为何不将他绳之以法呢？皇上是何等英明之人，怎会被他人所要挟呢？"

"朕也是一时糊涂，被他的花言巧语所骗，再加上朕突然生病，没有细细考虑就把中路大军的兵权交给了他。如今，他兵权在握，大军就驻在山下，万一他利令智昏，做出什么不义之事，动起了刀兵，岂不涂炭生灵，父子兄弟动起了刀兵，岂不让天下人耻笑，朕也会抱憾终生的。胤褆头脑发昏什么事都能做出来，就是不以刀兵相胁，真让那秘密公布于天下，这也是皇室的耻辱，岂不骇人听闻，比父子动刀兵还严重呢！"

胤禛暗想道：大阿哥到底掌握了皇阿玛的什么秘密，能够逼迫阿玛重新废立太子？不待胤禛想下去，他又听到那和尚的声音："皇上，难道必须以世祖的惨死来换取事情的平息吗？"

"别无他法，只有铲除胤褆要挟朕的把柄，使他失去凭证，待回到京师夺去他的兵权后再将他擒拿严惩。"

"先答应胤褆的要求，稳住他，回到京师再夺其兵权如何？"

"他今日逼迫朕立他为皇太子，明天就可能逼朕退位！决不能让他得寸进尺，必须先下手除去隐患！容若，你答应也得答应，不答应也得答应，朕的脾气你是知道的，哼，快去吧！"

沉默了一会儿，一阵慢腾腾的脚步声渐渐远去，接着是康熙凄冷的狂笑："报应，报应！儿子逼迫父亲，儿子逼迫父亲！"

胤禛听得毛骨悚然、惊魂未定，正准备离去，忽然又听到皇阿玛向外喊道："冯吉安……"

许久，才听到冯吉安匆忙走进房内说道："奴才在！"

"这老半天你去了哪里？"声音中充满了不满。

"回主子，主子让奴才退到室外，奴才出去了，谁知一打盹就睡着了，奴才该死，奴才该死。"

"悄悄把曹侍卫找来！"

不多久，曹寅与冯吉安一同进入室内，只听皇上喝道："冯吉安，你先退下，没有朕的旨意不许踏进室内半步！"

"嗻！"

室内一阵静寂之后，康熙叹息一声说道："曹寅，那件事只好这么办了，朕虽不情愿却也别无他法，这也许就是天意，是报应！"

"皇上不必难过，更不必愧疚！世祖在人们心中早已是隔世之人，佛门之人也已不在乎生死，皇上送世祖升天与他本人涅槃并无两样。皇上此举是为大清天下着想，世祖到了极乐世界也会理解的。"

"知朕者曹寅也，你我虽有主仆之名，但朕是把你看作亲兄弟的。过了今晚，明天这个宫中隐藏多年的秘密只为你我两人所有了。对了，还有阿巴泰，他曾是世祖的内务府大臣，后来随世祖到五台山出家，就是山上的主持慧空，当时这样安排一是为了照顾世祖，另一方面也是为了保密。"

"皇上的意思奴才明白，奴才办好这里的事后立即去把他的嘴闭上，只是这里如何做呢？"

"等到容若把他送到极乐世界，你再把容若打发了，让他们师徒二人一同去西天乐土吧！"

秋天的后半夜，天是那样凉，胤禛感觉到手脚都像这耳边的石头一样冰凉。其实他的心更凉，他已经猜出皇阿玛与曹寅准备下毒手的人是谁了，只是不敢相信罢了。

又一阵轻微的脚步声，有两人走进房内，不用猜胤禛也知道是谁。果然，一个苍老而又熟悉的声音传入耳中，声音中充满愤怒："玄烨，自你驻跸五台山就让我诈死不许见外人，我答应了你，可如今为何一定要让洒家去死呢？我一个佛门弟子，早已忘却尘寰，何必斤斤计较呢？你说明其中缘由，也让洒家去得明明白白、痛痛快快。"

"阿玛，儿臣不孝！儿臣如此苦苦逼你，是因为胤禔要用您的存活逼迫我册立他为皇太子。他如今手握重兵，儿臣为了皇家声誉，更为大清天下太平才不能不出此下策，请阿玛原谅儿臣的不忠不孝、不仁不义！"

"洒家早已遁入佛门，视生死如一体，何曾在乎片刻的界限呢？如果洒家的死能换取我大清皇室的这一劫，洒家立即自裁而死，只怕洒家之死也不能平息诸阿哥之间的争斗，这是你的罪过，教子无方，立储太早！"

"儿臣确实难辞其咎！唉，儿臣万万没有想到，一二十个皇子中间竟然没有一个令我满意的，他们都没有帝王之德才，包括皇太子也令我十分失望，只是苦苦寻找不到合适人选才一直没有严惩他，一旦发现具有为君之道的皇子立即将胤礽废去。"

胤禛听到皇阿玛的这几句话，冰冷的心忽然涌上一股暖流，浑身热乎了许多，手脚也都好受多了。

正在这时，又听到了那苍老而亲切的声音："哼，你身为一国之主，履至尊而制六合，却不是伯乐。古人云：'千里马常有而伯乐不常有，故虽有名马，祇辱于奴隶人之手，骈死于槽枥之间。'众多阿哥之间都各有所长也各有所短，怎会没有德才兼备而又合天时之人呢？依洒家看，众阿哥之间最具帝王骨相与心性之人当数四阿哥胤禛……"

不知是感激还是激动，两行热泪不知不觉爬上胤禛的脸庞，世祖顺治爷后来又讲了什么他一句话也没有听见。这时，室内又传出皇祖父的声音："不是洒家不愿死，现在不能，我与董鄂妃约定之期已到，待我去一趟江南，了却一项多年的心愿后立即自裁而死。"

不待顺治帝说下去，康熙就冷冷一笑讥讽道："董鄂妃，董鄂

157

妃，为了她，你几乎糟蹋了江山社稷，这还不够吗？"

"玄烨，皇上！你好威风，竟然教训起我了！你可明白你是如何坐到皇位上去的？那个位子是谁让你坐稳的？"

胤禛听到皇祖父这威严的喝问，他估计皇阿玛一定又会反唇相讥和皇祖父争吵起来，可是没有。片刻，室内出现死一般的寂静。就在胤禛觉得奇怪时，猛然听到室内传出沉闷的惨叫："啊……玄烨，你……你好狠，连父亲也不放过！"

"曹……寅，你……你不得好死！"

接着，是两具尸体的倒地声，胤禛知道皇祖父和性德大师都遭了毒手，事情来得太突然，令他毛骨悚然，浑身打了一个冷战，一不小心碰响了墙角的一块石头，发出一声轻微的响动。曹寅喝问一声："谁？"便快速追了出来。

胤禛知道自己的行踪已经暴露，哪还敢再停留下去，不待曹寅冲出来便飞也似的往回逃。

曹寅追出门外只看到一个黑影，他沿着黑影逃跑的方向追去。此时，那一轮弯月早已不知落入何方，大地一片漆黑，曹寅只是借着微弱的星光追赶一会儿，便失去了目标。但他从那黑影逃走的姿势看好像是四阿哥，可又不敢断定。

曹寅稍稍犹豫一会儿，便来到胤禛的住处，几位守门士兵正在换岗，见曹寅突然来了都急忙施礼。曹寅说自己刚才查岗时发现一个盗贼的身影向这边跑来，问他们几人见到了没有。几人都说什么可疑的情况也没发现。曹寅见问不出什么名堂，想了想说："我有急事要见四阿哥，请你们给我带路。"

曹寅来到胤禛的住房，令守门侍卫把胤禛喊醒，过了好长时间胤禛才打着哈欠走了出来，他一见是曹寅，急忙让座，并说道："曹大人深夜找我，不知有何要事？"

"我奉皇上之命在寝宫外守卫，忽然发现一个刺客，待我追了出来时那刺客便向这个方向逃窜了。为了谨慎，我特来叫醒四阿哥去查岗，以防刺客去而复返。"

曹寅边说边盯着胤禛察言观色，以便看出什么破绽来。胤禛心里骂道：老狐狸果然厉害。但他也装作十分吃惊的样子说："有刺客去了皇阿玛的寝宫？快，我们去看看，别中了刺客的调虎离山之计。"

胤禛边说边做出要夺门而去的样子。曹寅看不出什么，估计自己看走眼了，只好说道："四阿哥还是休息吧，皇上那里的守卫人员我早已布置妥当，就是刺客去而复返也一定是自投罗网，我只是提醒四阿哥自己也多留些神，以免发生不测。"

胤禛也不过分强求去抓刺客，他看着曹寅离去的背影，轻声骂道："老不死的，要和我过不去，我会收拾你的。"

曹寅回到康熙那里，康熙一听没有抓到那人，略有顾虑地说："万一今晚的事泄露出去，不知又会引起什么麻烦呢。真是智者千虑必有一失，快把这两具尸首抬出去暗中火化吧。"

"皇上，世祖爷的尸骨是否要送到遵化孝陵？"

"别再惹麻烦了，就在这山中选个好地方建造一座塔就可以了，一切按照出家人的规矩操办。"

"嗻！"

第二天，胤禛独自一人悄悄来到清凉寺，寺门虚掩着，空无一人，满院枯黄的落叶。胤禛走进那间他曾经多次去过的禅房，此时房内物什依旧，他看见旁边桌子上有一个手抄的本子，拿起一看，上写"通志堂集"几个字，随手翻了一下，上面写满了诗词，最后一页尚带有潮湿的墨香，是新做的一首：

> 德也狂生耳！偶然间，缁尘京国，乌衣门第。有酒惟浇赵州土，谁会成生此意？不信道，遂成知己。青眼高歌俱未老，向尊前，拭尽英雄泪。君不见，月如水。共君此夜须沉醉。且由他，蛾眉谣诼，古今同忌。身世悠悠何足问？冷笑置之而已！寻思起，从头翻悔。一日心期千劫在，后身缘，恐结他生里。然诺重，君须记。

胤禛读罢，泪水潸然而下，洒落在书页上，他悄悄合上书，揣在怀里，他知道这是性德大师一生的心血。

胤禛刚刚走出寺，就听到路边几个小和尚窃窃私语，说五台山住持方丈慧空大师昨夜圆寂了。胤禛的心又蓦地一沉，他再一次明白皇权背后的阴险狠毒，这一切惊醒了他，帝王的宝座是用无数人的尸骨搭起的，为了它，至亲至爱的人也不能怜惜。仁慈、宽厚、和蔼、英明的皇阿玛形象，如今在胤禛心中蒙上了一层阴影。

第九章

主闱场婉言谢说客
报红颜慨然托人情

"为什么不可能与四阿哥有关联呢？"一直沉默不语的曹寅此话一出，令在座的人都十分吃惊，他见人都用异样的目光盯着他，故作轻松地解释说，"我是个粗人，随便说说，你们不必放在心上。"

　　康熙轻轻推开窗户，好一个银色世界！举目望去，畅春园变得更加凝重肃穆。一抹霞光照在皑皑的白雪上，给这雪中的园林又添一道色彩，亭台楼榭、碧树银花在霞光中晶莹剔透，美不胜收。

　　平时最喜爱在雪中散步的康熙，面对今年京城第一场雪营造的杰作却提不起精神。回銮京师已经十天了，他只推说一路劳顿，谢绝任何外臣的拜见与请安，就是皇子也不见。噶尔丹死了，平叛取得了大捷，但这次平叛却引发许多意想不到的事让他坐卧不安。这回京后的几天，康熙一直在考虑这事，究竟如何下手铲除心头之患，他始终拿不定主意。

　　康熙关上了窗户，对传旨太监说："传朕的口谕，令马文、李光地、曹寅立即到畅春园见驾。"

　　不多久，三人都匆匆赶到了，赐座后，康熙淡淡地说道："朕不说，你等也应明白朕让你们来此的目的。"

　　马文与曹寅早已猜出几分，李光地看看他们二人，又揣摩一下皇上的脸色说："皇上一定是为平叛大捷封赏的事吧，仍按我朝老规矩办，论功行赏，奖罚分明。"

　　"李学士只猜对一半，另一半由马文来说吧，他在这次平叛中一直随从朕的左右，对一切都十分清楚。"

马文会意，清理一下嗓子说："皇上让我们三人到此确是讨论平叛封赏之事，论功行赏不假，对一般将士当然可以，而对几位阿哥却不同了。以军功而论，大阿哥当推首功，但他太过骄奢，居功自傲，对皇上也有不恭之举。"

见李光地不相信，康熙插话道："胤禔居功自傲，拥兵逼宫！"

李光地大惊，考虑再三问道："大阿哥是否受了他人的蛊惑，才做出那种不忠不孝的事？凭他的心性，是不会有此举动的。"

"这点我们也考虑过，但查无对证，就是大阿哥逼宫之事也只是皇上一人察觉，如果不是皇上英明，早早识破大阿哥的险恶用心，后果不堪设想。皇上本来想在五台山上就将其拘捕，但考虑到他手握兵权，正屯兵山下才未敢轻举妄动。"

李光地听了马文的叙述，知道问题的棘手，便问道："大阿哥的兵权是否解除？"

马文摇摇头："他已经觉察皇上看出他的野心，拒不交出兵权，为了不打草惊蛇，没有强行解除他的兵权，他如今仍驻扎在密云大营。"

李光地略一思忖道："为防万一，暂不解除兵权，令他进京领赏，然后拘捕惩处，不知皇上意下如何？"

康熙苦恼地说："朕当事者迷，就按照你们商讨的办法做，等到将他拘捕，朕再考虑对他的处罚吧！"

李光地看看康熙，说道："依老臣之见，大阿哥背后一定有怂恿者，也应当查出重惩，即使查不出来也应当将与大阿哥交往甚密的大臣处罚，起到惩一儆百的作用。"

康熙点点头："朕也早有此意，但由于事务繁多忽略了这件事。不仅是胤禔，与其他阿哥过往密切的大臣也要给予警惩。"

康熙说着，抬眼看看马文："朕令你查办的事如今可有个眉目？"

"皇上，冯春生所拘禁的地方只有臣和四阿哥、索额图三人知道，他不明不白地死去。经御医验定为服毒而亡，究竟是谁做的呢？依臣之见索额图的可疑之处最多，冯春生是他和皇太子保荐的，事发后必定存在杀人灭口的可能。还有那批御医被杀的事，尽管死无对证，但疑点很多。"

"为什么不可能与四阿哥有关联呢？"一直沉默不语的曹寅此话一出，令在座的人都十分吃惊，他见大家都用异样的目光盯着他，故作轻松地解释说，"我是个粗人，随便说说，你们不必放在心上。"

康熙知道曹寅突然说此话一定有什么发现，便追问道："曹寅，有什么话尽管直说，姑息养奸会坏了朕的大事。"

曹寅只好这样说道："那天晚上，臣为皇上查岗，发现一名刺客摸向皇上寝宫，臣立即飞身扑去，那人和臣打了个照面就逃窜了，臣虽然没看清那个刺客的脸，但他逃走的身影姿势特别像四阿哥。由于臣没有看清那人，所以皇上问起臣不敢轻易猜测。臣是直性子人，肚里藏不住话，臣几次想说给皇上听却没有合适的机会。"

康熙明白曹寅所说的刺客实际上就是偷听他们谈话的那人，如果真是胤禛，那太可怕了，自己的秘密全部被他掌握了。

曹寅话音刚落，马文立即否定说："不可能！一定是曹侍卫看走了眼，从哪一个角度考虑，四阿哥都没有谋刺皇上的可能！"

曹寅争辩说："四阿哥城府颇深，善于伪装，表面上对权位冷淡，其实心中是如何想的实在难以猜测啊！"

康熙经曹寅这么一提醒，对胤禛也存有一丝芥蒂，很认真地说道："路遥知马力，日久见人心。朕一定要试一试胤禛的心地好坏！"

康熙来到太和殿，内外臣工早已等待多时了，在一片山呼声中康熙登上御座。他伸出清瘦的手抚摸着久违的御座扶手，扫视一下穿戴一新的文武大臣说上几句勉励的话，便开始举行封赏仪式。

执事太监手捧圣旨，扯着嗓子吆喝有功将士前来受封领赏。

排在第一位的是费扬古，提升为满汉步军统领，加封太子太保，赐双眼花翎、黄马褂一件，赏宝刀一把、夜明珠四颗。

排在第二位的是萨布素，加封太子少保，赐双眼花翎、黄马褂一件，赏骏马十匹、翡翠六枚。

其余众将论功行赏，都有所封赐。

佟国维站在朝列之中总算长长舒了一口气，毕竟功夫没有白费，当年付出的代价有所收获，儿子隆科多被封为正蓝旗蒙古副都统，也算皇上还念旧情，对他们佟家多少偏向一些。

站在佟国维两边的索额图与纳兰明珠，这两人心中都是十五只吊桶打水——七上八下。

索额图已从宫中得到消息，皇上对太子的所作所为已经进行暗中访查，他如今只好看皇上对太子的态度，皇上总不会为这点小事废了太子之位吧，这是索额图的侥幸心理。倘若太子受罚，他一定跟着受牵连，这叫一损俱损、一荣俱荣。"城门失火，殃及池鱼"就是这个道理。

纳兰明珠更是心里有苦说不出，暗中打了自己几次嘴巴，恨自己头脑发热，多喝了几杯，说了许多不该说的话。儿子赔进去不说，只怕他本人也要倒霉。大阿哥暗中逼宫不成，康熙表面上满脸堆笑，仿佛什么也没发生似的，暗中却调兵遣将解了大阿哥的兵权。只要大阿哥出事，追究起来一定会查出他这位幕后怂恿者的，皇上不会过分惩处大阿哥的，虎毒不食子嘛，但对他就不同了，连襟的皇亲关系算彻底断绝了。

出乎这两人意料的是，皇上不但没有追究任何一个阿哥的责任，反而都有所加封。封大阿哥胤禔为直郡王，三阿哥胤祉为诚郡王，四阿哥胤禛为雍郡王，五阿哥胤祺为恒郡王。就是两位年龄偏小的七阿哥与八阿哥也分别封为淳郡王与廉郡王。皇太子胤礽不能再加封王位了，但皇上却赐给"体元主人"印章一枚，令其管理国家财政，这比加封什么王位还值得皇太子高兴。

时间过得真快，一转眼就是新年了，宫中又少不得一番热热闹闹。康熙虽然心中憋着气，但表面上依然满面笑容，和皇子皇孙们谈笑风生。过年嘛，普通百姓之家都停下一切农活乐腾儿日，更何况是天下第一家的皇氏家族呢。每天的活动项目除了吃各种名目的宴席，就是打牌、看戏、赛马、斗鸡。几位皇子便借此机会变着法儿取悦皇上，今天你请吃"子孙满堂"饭，明天他请喝"春上皇家"酒，后天又有哪位皇子请吃"福寿喜乐"糕点。不用说几位年长的阿哥，就是年龄较小的皇子也从哥哥们那里学会了讨好皇阿玛。康熙也不点破，乐得他们这样，不管是真孝顺还是假孝顺，每请必到。

　　就在这吃喝玩乐中过了正月，康熙忽然想起这一个月中，只在吃年夜饭时见过一次四皇子，其他几个重要场合只见过他的福晋那拉氏带着小皇孙出现在那里。别的皇子都请自己去府上吃过饭、看过戏，唯独四皇子没有，就是面也很少见上几回。

　　这天，康熙闲着无事，便带着一名长随闲逛到雍郡王府，几名值班太监一见是皇上驾到，都慌忙磕头跪拜，又要去通报，都被康熙制止了。康熙径直来到胤禛的书房，悄悄走了进去，见胤禛正在埋头写着什么，桌子堆满了一摞摞书。康熙低头一看，只见胤禛正在摘抄《醒世录》上的一段文字："南来北往走西东，看得浮生总是空，天也空，地也空，人生杳杳在其中，为名所累心憔悴，为利所驱害亲朋，到头来，名利皆家落骂名，请君早醒悟，与我一同坐下诵佛经。"

　　康熙见儿子还没有觉察到自己的到来，叹口气说："每天都读这些东西，未免太消极了，可不是我皇家子弟所为！"

　　胤禛一听声音，急忙回头，见是皇阿玛，吓得笔也掉在地上，扑通跪在地上，说道："儿臣不知阿玛到来，有失远迎，请阿玛治罪！"

　　胤禛说着，又转身对两名值班太监训斥道："皇阿玛来了，为何不早早通报一声呢？也好让我前去门外恭迎圣驾。"

"快起来吧，是朕不允许他们通报的，朕要看看你们在朕背后都干了些什么，看看你们在朕面前说的与背后做的是否言行一致。"

胤禛站起来搀扶康熙坐下，康熙又顺手拿起一页文稿念道："人生七十古来少，前除幼年后除老。中间光景不多时，又有炎霜和苦恼。"

康熙轻轻放下文稿，略带责备的语气说："你如此年轻，正是发奋向上、有所作为的时候，怎能埋在故纸堆里读这些老气横秋、看破红尘的文章呢？如果朕也像你这样，我大清江山绩业如何发扬光大呢？"

"阿玛教诲得是，只是孩儿在佛门之地待久了，身心也感染了佛门之气，对名利十分淡薄，每天读一些修身养性的文章，不但不觉得寂寞，反而觉得悠然自得。俗话说'人各有志'，众兄弟当中能够担当大任为阿玛分忧解难的人比比皆是，太子自不必说，就是大阿哥、三阿哥都是文武全才，有他们为阿玛分忧解难就足够了，孩儿不是那块料。"

最后这一句话胤禛说得十分低沉，话语是在嗓子里嘟哝。康熙看着胤禛说这话的神情，叹口气说："你们兄弟虽多，但真正能够担当起大任而让朕放心的人有几个？朕的苦心又有几人明白？朕不希望你们每天都看着朕的脸色围绕朕转，想方设法讨好朕，也不希望你们兄弟之间争权夺利、反目成仇，更不希望像你这样的阿哥醉心佛门逃避责任。"

康熙忽然觉得自己又无缘无故发起了火，自嘲地摇摇头："朕的心情不好，动不动就发火，唉，朕是望子成龙心切啊！"

康熙又同胤禛交谈了一会儿，谈得更加有兴致，临走时忽然想起什么，于是说道："今春是三年一度的大考，朕希望从今年的春闱之中选拔一批优秀人才，主考官暂定李光地，马文愿意担任副主考，可是副主考仍缺一人，朕考虑再三，决定由你担任！"

胤禛被皇上任命为副主考的消息传出后，文武大臣颇为诧异，私下议论纷纷，猜度皇上这一做法的用意。但众大臣只是私下里在茶余饭后唠叨几句，谁也不敢在皇上面前说半个"不"字。只有八阿哥胤禩很是不服气，皇上任命胤禛为副主考的谕旨一下，他也想出出风头，当一回副主考。

　　但他又担心自己孤掌难鸣，便去游说其他阿哥，希望找个同伙，万一阿玛不同意，自己也不会太失面子。大阿哥与二阿哥都不愿意与他一同去皇阿玛那里讨官。胤禩无奈，找到了三阿哥，这一次是一拍即合。胤祉对皇上这一决定也不服气，论年龄、论成绩、论学识、论品行，他胤祉哪一点都不比胤禛差，为何皇阿玛却如此偏爱胤禛呢？

　　二人来到畅春园，康熙正在与内廷侍卫穆丹手谈，二人只好耐着性子在旁边观看，一盘终了，数起目来康熙小胜，这才转身问道："你二人是商量好来找阿玛的吧？是不是为了胤禛做副主考的事你们不服气？"

　　胤祉毕竟年长几岁，老练一些，略一思忖说道："儿臣听说今科大考全国举子甚多，考务繁忙，儿臣唯恐人手不够，想为今年春闱做点事，像四弟那样为皇阿玛分忧解难，为国家选拔真才实学之人。"

　　胤禩马上附和说："孩儿只比四阿哥小三岁，四阿哥去年随阿玛领兵出征讨伐叛贼，今年又奉旨为科考出力，儿臣也该为阿玛做点事了！"

　　康熙呷一口碧螺春茶，点头说道："你二人有此心阿玛实在高兴，人生在世就应积极进取，有功于国，将来名垂青史，受后人敬仰。朕点中胤禛监试春闱，也不是朕偏心厚爱于他，朕是不愿他整日醉心佛陀，爱新觉罗氏的子孙是没有权利消极避世的！"康熙放下茶盅，又说："既然你二人主动找事做，阿玛岂有不答应之理？今科春闱分南北两闱应试，南京考场由应天府负责，京城考场由顺天府负责，北闱主考人员已定，南闱主考暂定佟国维，副主考施世纶，还缺一位，就由胤禩出任吧！"

胤禩喜出望外，立即跪下叩首谢恩。胤祉脸上却有些挂不住。康熙扫一眼胤祉，淡淡一笑道："你就一定知道朕不派事给你做吗？"

"儿臣不敢！"胤祉一揖到地。

康熙拍拍胤祉的肩膀："朕让你去做的是一件了不起的大事，可以流芳百世，泽被后人，但做起来十分辛苦，绝非一朝一夕能够完成，可能会耗去你一生的精力和心血，但意义重大。"

胤祉见康熙的话说得如此郑重严肃，不知阿玛到底让自己去做什么，稍稍有些紧张地说："请阿玛放心，就是刀山火海儿臣也愿走一趟。"

康熙见胤祉如此紧张，却笑了："朕想把古往今来的各种类型的书籍搜集起来，重新分类编纂成册，使图书集大成，这个书名就暂定《古今图书集成》。朕既没让你去上刀山，更没让你去下火海，朕只让你去编这套书，能完成吗？这可是许多人想做朕都没有答应的，做这项工作，不仅要有耐心，更要有学识，朕觉得众皇子之中唯有你最合适，知识广博，文学修养深厚，能够担当此大任。"

听了阿玛这一番话，胤祉的眼睛湿润了。

康熙又道："编纂《古今图书集成》可能清苦一些，朕希望你能在太平盛世一片祥和的环境里做出那些逆境中成长之人才能做出的伟业。为了助你完成此事，朕决定让我朝一位大儒协同你一起编纂。"

"敢问阿玛这个人是谁？"

"儒学泰斗陈梦雷。你与他一同交游，早晚之间也可询问左右，几年之后保你受益匪浅。"

胤祉告辞了，他带着一种复杂的心绪走出畅春园，说不出是希望与绝望，这是阿玛对自己的考验，还是彻底把他从政治舞台上踢出去了呢？胤祉猜不透。

雍郡王府。

胤禛刚刚送走几位，守门侍卫又来报告说有人求见。胤禛不耐烦地回答道："一概挡驾！"

胤禛无可奈何叹息一声，走后门都走到他这个一向不善外交的阿哥这里，那其他官员就可想而知了。他才是一个副主考，主考官那里就不用问了。无怪乎朝廷谕旨一下，宣布李光地与马文为主考与副主考的当天，他们两人就借故躲藏起来。这些人就不怕皇上追查起来革了他们的职？在天子脚下的顺天府都这样，那远离京师的南京应天府科场也一定不会比这里好，不知八阿哥那里有没有找他走门子的。

想起八阿哥，胤禛心里隐隐约约有一丝嫉妒。本来，众皇子之中阿玛仅任命他一人作为副主考参与这三年一度的恩科会试。不知为何，又让胤裸到南京参与应天府的南闱科考，等于和他平分秋色，自己的优越之处完全消失了。可见，在皇阿玛的心目中，自己并不比其他阿哥突出。

胤禛自嘲地摇摇头，这样也好，免得自己太暴露又遭他人妒忌，就像当年皇额娘在世时一样。如果不是那时太暴露、太显眼，也许不会有今天的尴尬局面，太子之位也许不是胤礽而是他胤禛了。人啊，心强不如命强，如果老天注定给自己个王爷的命，也只好认了。

胤禛仍在胡思乱想，守门人又进来报告说，那两人一定要见他，胤禛正在心烦，朝那守门人斥道："我不是已经告诉你了吗？任何人不见！他们都是来找我走后门拉关系多照顾他们的亲朋好友，希望能在今年的恩科一举成名，这不是让我违法乱纪吗？"

守门侍卫小心说道："四爷，是柏林寺的文觉大师。"

"既是文觉大师来了，快请他们进来！"

胤禛与朝中众臣交往极少，才落得个"薄情阿哥"的称号。但令人费解的是胤禛却与和尚交往甚好，柏林寺是他早年挂名托身的地方，现在是他最常去的地方，可能是因为柏林寺与他的雍郡王府距离较近，胤禛经常去柏林寺听禅，和柏林寺的主持文觉大师成了忘年之交。文觉大师不仅是雍郡王府的常客，更是胤禛的智囊。

胤禛整理衣服出来迎接时，文觉大师已经走了进来，胤禛合十说道："不知是文觉大师到了，失礼了，告罪，告罪！"

"不知者不罪，四阿哥一定把老衲当作走门子的说客了吧？"

文觉一边说着，一边指着身后的人向胤禛介绍说："四阿哥，向你引荐一位佛门朋友，他是老衲去年在江南云游时结识的，武功十分高强，算是佛门武僧吧。"

胤禛仔细一瞧，啊？不等文觉说下去就走上前施礼道："性音大师，是你？实在想不到。"

"阿弥陀佛，原来赢施主就是四阿哥！想不到，想不到，老衲愚钝，竟猜不出赢真是四阿哥的化名。无怪乎家师当时就称赞赢施主的相貌风采非同寻常，有王侯之气，现在想来也不足为奇了。"

性音说着，神色暗淡下来，胤禛也慨叹道："当时情景犹历历在目，慧明禅师竟已圆寂了，唉，人世间的变故真是难测啊！"

胤禛说着，眼角有些湿润。这并不是做出来给人看的，他确实有些伤感，五台山上的那一幕对他刺激太大了，简直难以置信。

"阿弥陀佛，佛门无生死，家师圆寂也是他的福分。只是我那师弟不知何故也无疾而终了，实在令老衲难以置信。这一趟江南之行回寺后竟是人去楼空。老衲也无心孤守空寺，顺便到京师看望几位老友，不想碰到文觉大师。他今天携贫僧来此，说要带老衲结识一位尘世朋友，想不到竟是当年的赢施主，赫赫有名的四阿哥，真是人生无处不相逢！"

文觉从旁边笑道："我为四阿哥带来新朋友，哪知自己原来才是新朋友，看你们谈得如此投机，把我这位新朋友也给忘了。"

"忘不了，忘不了，这里不是说话的地方，咱们到客厅再详谈吧。"胤禛把二人带到客厅，宾主又叙了会儿离别之情。

文觉像是想起什么，转向性音："你昨天不是向我提及一人，说他学识渊博，三经五典无所不精，文韬武略无所不晓。四阿哥礼贤下士，又是北闱副主考，算是当世伯乐，何不将那人推荐给四阿哥？"

性音会意，立即说道："我在江南云游时，在浙江遇到一位故友，曾在他家小住几天，发现他的儿子十分博学，通读五经四书，我随便拿起书问了几个篇章，他都全部成诵。据他父亲说，他的儿子不仅遍读科考之书，写得一手好文章，而且精读上古兵法，通阴阳解易理，被当地百姓誉为百年不遇之奇才。"

胤禛知道性音武功尚可，但才学欠缺了点。他所赞颂之人也许比一般读书人多读几本书，但决不会像他所说的那样是百年不遇的奇才。胤禛又不好直说，转身问文觉道："大师对此人有何看法？"

文觉早就料到这一点，装作慎重思考的样子说："四阿哥思贤若渴，如今正是用人之际，其他阿哥都不惜一切手段笼络人才，如今有人送上门，岂有拒之门外之理？"

"对性音大师之言我深信不疑，但如今好大喜功、夸夸其谈、自我吹嘘之人实在太多，我担心性音大师被那人言辞所蒙骗。有没有真才实学，让他到考场一试即可见分晓，何须让性音大师为他奔走宣传呢？"

原来，性音推荐的这个邬思道，不是别人，正是前明朱三太子定王的儿子！这朱三太子屡次举事都未得手，费尽心血积聚的一点力量却损失殆尽，连自己也只得隐姓埋名改名叫了张潜斋。复国之心虽然未冷，倒也明白了一个道理：随着清王朝的日益巩固，光靠武力来反清复明是越来越不容易了，必须采用孙悟空钻进铁扇公主肚子里的那种战术，打进官场、打进朝廷，从内部攻破堡垒。定王有两个儿子，长子就是这个邬思道，次子叫作张思遁。定王朱三太子，现在叫张潜斋，意图让他的大儿子通过科举进入朝廷，以图大业。性音受张潜斋之托，先到五台山想让师弟性德给邬思道找门子，谁知事出意外，师父与师弟相继死去，他无法通过纳兰明珠的关系把邬思道推荐出去，恰巧碰到旧相识文觉大师。文觉知道胤禛正暗中寻找人才，便带着性音来到雍郡王府。碰巧胤禛与性音也曾相识，文觉自认为这次举荐一定没问题，没有想到胤禛根本不给面子。

性音道："四阿哥，这人已准备参加应天府春闱，为防止有人作弊把真才实学之人拒在金榜之外，请四阿哥给南闱主考大人打个招呼……"

不待性音说下去，胤禛就哈哈一笑，尖酸地说道："大师果然也是来做说客的，不过比一般人高明罢了。他既然像大师刚才夸赞的那样学识渊博，金榜题名自然不在话下，又何必让大师来做说客呢？一定是有其名无其实之人。"

文觉对胤禛的自信、武断和冷淡十分反感，丝毫不客气地说道："在今年科考中，四阿哥也许能坚守正义、公平取士，其他主考官也一定像四阿哥一样能够主持公道吗？四阿哥主持公道一方面是为朝廷选拔人才，除此之外，也有故意做给皇上看看，以此取悦皇上的心意吧？"

胤禛知道自己的心思逃不过文觉的眼睛，不置可否地说："大师不能只看到官府之中的阴暗面，也应看到有许多刚正不阿、一心为朝廷做事的忠良之臣，像两朝老臣李光地、大学士马文等人。"

文觉叹息一声说："老衲还没有糊涂到忠奸不分的地步，只是像四阿哥所说的这种大臣实在太少。科场丑闻有多少，恐怕谁也说不清吧？"

胤禛低头不语，过了许久才说道："不论别人是怎样做的，我决不能违背皇阿玛的重托，一定严把今秋的科考关，在我所辖范围内决不允许有人营私舞弊，一经查出定当严惩。我相信不仅我会这样做，另外两位主考也会这样做的，至于南闱几位主考也决不会辜负圣上厚望。"

文觉略带生气地说:"四阿哥,说句心里话,我与那浙江书生并不相识,更谈不上朋友,既然四阿哥不领情也就算了,那我们也就告辞了。不过,作为老朋友我再提醒四阿哥一句,如果这人真是奇才,四阿哥不先走一步,只怕就到了其他人手里,八阿哥是求贤若渴呀,今年秋闱恰逢他在南闱任副主考,这是天时地利的好机会,请四阿哥三思。"

胤禛急忙赔笑道:"两位大师请留步,不是我不领二位的情,实在有难言之处,李光地、马文都已经躲了起来,我也要避嫌呀!再者,你们所说的这位书生又值南闱,我也帮不上忙呀,如果我主动写信给佟国维,这事让胤禩知道就会让他抓住我的过失向皇上告我一状。刚才我仔细考虑了一下,想出一个两全齐美的法子,请两位大师看看是否可行?"

胤禛让文觉请隆科多给南闱任主考的父亲写封信举荐一下,事成之后他胤禛也算半个人情,那书生感激佟国维也就算是他胤禛的半个人才,倘若出了点什么麻烦,也找不到他胤禛头上。

文觉知道胤禛的秉性,多说也无益,带着点怨气告辞而去。

科考一天天逼近,入顺天府参加北闱应试的举子也都云集京城。

胤禛自补选副主考后,心中就盘算起来,决定在北闱应试举子中除了为朝廷选拔人才外,也为自己笼络一批人才,早早建立起一个四爷党,当然,这一切只能暗中进行。胤禛比其他阿哥高明的就是做任何事都不声不响,事情没有办成前决不让外人知道,以免对自己不利。

胤禛知道选拔人才仅靠考场上那几篇八股文章是不顶用的,文章写得再好也不能代表这个人就一定有真才实学,特别是他所需求的那种人才,知识只是一个方面,其他能力更重要,他才不要那些只会读死书死读书的书呆子呢。他要的是像自己一样精明能干,有心计会耍手腕善钻营的人。当然,无论这人才能怎样,最重要的是对他忠心不贰，这才是他选人的首要标准。

这天，胤禛闲着无事，独自微服来到考生住宿最多的马蹄街，他沿街边走边看，各家旅店都挂上了客满的招牌。平时冷清的大街也猛地热闹起来，人来人往络绎不断，除了众多的考生之外，做买卖的、占卜算卦的人也增多了，大小铺子一家连着一家。

胤禛正往前走，见前面地摊周围挤满了人，他不知里面是干什么的，也凑上前逗个乐趣。胤禛费了好大劲才挤入人群，嗬，原来是几个应试的举子正在让一位老先生算卦，看看他们今科的运气怎样。

只见一人上前一步坐下说道："人人都说你是赛半仙，我偏不信，如果你能算准我今科能否考中，我李绂给你五十两银子；如果算不准，赶快卷铺盖走吧，以免坑害更多的人。"

赛半仙抬头扫一眼李绂说道："凭你的才气运气，今科考中不在话下，今科对于你来说考中只是小事，只怕你还会有奇遇，说不定将来能出将入相官居一品！只可惜你官运不长，寿命有限，正在官运亨通之际却一命归西。"

李绂哈哈一笑："你在此危言耸听，不过是显示自己有过人之能，但这是若干年以后的事，准不准我也无法找你印证，这科考之事就在眼前，如果不准，别怪我砸你的牌子！"

李绂边说边把五十两银子放在桌上。

"李兄好大方，干脆给我俩的钱也垫上算了！"

李绂刚要走开，猛然听到背后有人说话，回头一看是同住一店的两位诗友戴震和方苞，便笑道："我是来砸牌子的，如果你们二位老兄也有兴趣，就过来凑个热闹吧！"

"我们可不是凑热闹的，的确是想算一算今科运气。"戴震说道。

"如此说来，风九兄也是想算一算今科运气啦？"

方苞冲李绂点点头："不知为何，这几日坐卧不宁，吃睡也不香，夜间也常做噩梦，恐怕今科又要泡汤，特来占上一卦。"

李绂连连摇头："风九兄有'江南第一才子'之称，又写得一手好文章，如果考场发挥正常只怕要一举夺魁，至于考中更是不在话下。考场凭的是八股文章，方兄为何信这些歪理邪说？"

不待方苞开口，戴震坐下说道："我特别相信这个，上科南闱乡试前家人为我算了一卦，那人说我科场无缘，果然，被他言中了，但不知今科能否登榜，想请赛半仙给摇上一卦。"

赛半仙看看戴震与方苞，手按卦盒说道："二位就不必算了，我已从二位的面上相出今科的结果，你们由南而北有违天运，更不占地利与人和，倘若二位到应天府应试定会双高中，只是现在来不及了。"

戴震与方苞被他说得一愣，脸上都露出一丝失望的神色。李绂急忙说道："你们不必听他一派胡言，凭二位的才气怎会不能考中？除非几位主考官都瞎了眼！"

赛半仙扫一眼胤禛说道："这位学生不得出言不逊，只怕你这一句无理话就会丢了功名。"

李绂哈哈一笑，转身对方苞与戴震说道："二位老兄更不必信他满口雌黄了，刚才还说我定能考中呢，现在又变了口气，他纯粹是在蒙骗我等，什么赛半仙，是他自己吹出来的。"

赛半仙也不恼，继续说道："你在说这句话前一定会榜上有名，而现在就难说了，说不定今科北闱的主考大人就在此处听见你的话呢！"

李绂转身向人群中看一下，说道："今科的主考李大人与马大人都是德高望重的老者，你看这些人谁个像？还有一位主考官就是当朝皇子雍郡王四阿哥，他总不会也来请赛半仙算一算该取谁入榜吧？"

赛半仙不去理睬他，对方苞与戴震说道："我赛半仙给人看相打卦有个规矩，事不成者不取，事不幸者不收。对二位也不例外，但我再奉送二位几句话，你二人今科虽然考不中，但将来命运却各不相同。"

赛半仙先转向方苞："这位后生命中与科考无缘，但能够在意想不到之时获得高官厚禄，只是到那时后生心境已到了宠辱不惊的地步。人生就是如此，渴望得到之时偏偏与之无缘，无望之际或者根本不想拥有之时却又飘然而至，'随缘'二字不可丢，望后生切记切记。"

赛半仙看看戴震，说道："这位后生面生酷相，命中注定有牢狱之灾。一切缘于一个'学'字。孔夫子曰：'书中自有黄金屋，书中自有颜如玉。'但他忘了说书中也有牢狱灾，书中也有枷锁带。"

戴震恭敬地回道："敢问先生能否有破解之法？"

"破解之法是有的，只不过你未必能够做到，一切罪恶来自心中的欲望，存天理灭人欲回归田园，永远断绝入仕之念，你愿意吗？"

不等戴震开口说下去，李绂拉起他的手说："走走走，咱们回店饮酒去，别在这里听他哄骗。他定是自己年轻时读书不专心，没能够入仕为官，才生妒忌之心在此造谣惑众，我等哪能受他迷惑！今天我做东，一醉方休解晦气，也为咱兄弟几人今科入考先喝个开场酒。"说着，李绂把戴震和方苞拉出了人群。

胤禛看看不气也不恼的赛半仙，也猜不出他的话是真是假，他觉得刚才那个叫李绂的举子特别有趣，便跟着他们而去。

胤禛走进"春不去"酒楼，见李绂、方苞、戴震三人正在饮酒，也找了一张桌子坐下，随便要了几个小菜自斟自饮，只听邻桌的方苞说道："圣人说'三十而立，四十不惑'，我已过而立之年却没有立，快到不惑之年了，如果今科无望，等到下科就真的到了不惑之年，我还在仕途之上穷奔个啥！干脆回桐城老家耕种几亩薄地，闲里写几句牢骚文章，既不想留名千古，也不愿遗臭万年，只作自娱罢了。"

戴震更是悲观："如果风九兄都与仕途无望，我戴震也只好回桐城当一名穷酸的教书先生了。唉，如果那位算卦先生看得准，我还有牢狱之灾呢！真想不出这牢狱之灾出自哪里？如果真的出自这科举上，只怕是朝廷为了惩戒人心故意拿我们这些书生开刀呢！"

李绂说道："戴兄过虑了，当今圣上够开明的，尊儒学，开科举，任用汉人，整顿吏制，巩固边防，扩大疆域。焚书坑儒是嬴政之所为，当今圣上还没有糊涂，怎会拿我们这些书生做文章呢？"

胤禛听后对李绂又多了几分欣赏。他侧目仔细打量一下那位叫方苞的人，三十六七岁，眉清目秀，敦厚中又有几分书生特有的呆气，此人也许十分博学，但未必懂得官场之道。又看看刚才被那算卦先生称为牢狱之灾的戴震，此人又瘦又高，眼睛深邃，鼻子微微有点鹰钩。胤禛觉得这人怕是桀骜不驯，难以驾驭。

这时，猛然听到另一桌上有人说道："申乔兄，如今机会来了，你只要来一个英雄救美人，那姓年的姑娘感激之下还不以身相许？如果我韩宗龙有你老兄的关系，早就把她弄到手了。"

"宗龙兄，大考之日就要到了，我哪有心思管那些闲事？更何况我赵申乔也没有那个本领帮她哥哥开脱罪状。"

"赵兄真会说笑话！令尊是索大人的门生，临行时不是还给你写了封信，让你去找索大人吗？只要索大人出面，顺天府尹范承勋敢不放了那姓年的小子？"

赵申乔连连摇摇头："我已经去找过索大人了，当然不是为了给那年公子开脱罪状，而是想请索大人通融一下，希望今春科考榜上留名。索大人说如今不同往年，他自己的位子都岌岌可危，实在无能为力。"

"不可能吧，这一定是他的推脱话，说明你没有孝敬到位。"

赵申乔点点头："我只是奉家父之命礼节上拜访一下索大人，并没有什么特别的表示，家父说他信中已经写明，并没有让我特别做什么。"

韩宗龙故作聪明地说："无怪乎索大人说那些推脱话！赵兄，听我奉劝，备一份厚礼再去拜访索大人，也许得到的答复就不同了。"

"那也不见得……"坐在赵申乔、韩宗龙两人旁边一直沉默喝酒的人突然开了口，他放下酒杯对韩宗龙道："韩老弟，人都说你是百事通，深谙官场掌故，我看也未必！你这样的人进入官场，也只能是一个官痞，成不了大事。"

韩宗龙把筷子"啪"的一声放在桌上，恼怒地说："于奉纶，你这话是什么意思？别以为我不知道，你早就对年姑娘动了邪心，只不过碍着我们二人在没有得逞罢了。"

"韩宗龙，你……你血口喷人！"于奉纶站起来说道。周围人都向他们三人望去，于奉纶红着脸坐了下来，赌气地放下筷子要走。赵申乔急忙拉住了他："于兄不必生气，韩宗龙也只是随便说说，绝对没有与你过不去的意思。"

于奉纶仍余气未消："他已经说过一次了，这是第二次了。"

韩宗龙也不示弱："那你为何三番五次与那年姑娘套近乎，还暗中向红艳打听年姑娘的身世，用重金收买红艳？"

胤禛心中一动，不会这么巧吧，莫非年霓裳也来到了京城？年羹尧一个驯服的公子又会出什么事？这时，就听于奉纶争辩说："我于奉纶一介书生，哪有资格占有天香国色？我无意之中结识一人，他是殿下手下当差的，听他说殿下身边正缺少几位有姿色之人，暗中差遣属下给他寻找。我觉得像年姑娘这样才貌双全之人应该到太子身边，那里才是她最好的去处，一来可以救出哥哥脱狱，二来嘛，说不定将来可以封后封妃呢！"

韩宗龙嘿嘿一笑："你于奉纶果然比我等高明，想拿年姑娘讨好殿下，然后换取功名。于兄真是有心人，佩服，佩服！"

"我这样做是为了年姑娘与年公子好，决不像你们俩落井下石打年姑娘的主意！"于奉纶气呼呼地站起来走了。

赵申乔匆匆结过酒钱，叫上韩宗龙一起去追于奉纶。胤禛急忙放下一锭银子也走了出去。

胤禛紧跟着于奉纶三人来到一家十分显赫的旅店，刚要进门，被一个看门的伙计挡住了："这位公子，你是找人还是住店？"

胤禛先是一愣，连忙说道："我找年姑娘。"

小伙计上下打量着胤禛，不相信地问："你找年姑娘？你是她的亲戚还是朋友？你说年姑娘叫什么？从哪里来此？"

胤禛真的被他问住了，他想说叫年霓裳，但又怕不是她，正在尴尬之际，只听楼上有人向下伸头喊道："谁要找我家小姐？"

胤禛抬头一看果然是红艳，年霓裳的贴身丫鬟，急忙冲她说道："红艳姑娘，果然是你们！"

红艳也看清了胤禛，向屋内喊道，"小姐，小姐，嬴公子来了，嬴公子来了。"不等年霓裳走出屋，红艳又向胤禛喊道："嬴公子，快上来，我家小姐天天念叨你呢！"

红艳这么一嚷嚷，众人都出来观看。胤禛走上楼时，年霓裳刚好走出来，二人四目相对一时无语，说不出的意外与惊喜。于奉纶、赵申乔、韩宗龙站在旁边，也不争吵了，十分恼火地看着年霓裳对胤禛含情脉脉的神情，说不出是嫉妒还是不甘心。

年霓裳把胤禛让进屋内，胤禛仔细打量着她，人还像几年前一样漂亮，但举止神态却比过去成熟多了。让胤禛吃惊的是年姑娘脸色有些苍白，眼睛也有一些凹陷，人清瘦了几分，衣着尽管十分大方得体，但不像往昔那样华丽鲜艳，那头上、手上的装饰也不见了。

胤禛怔怔地看着年霓裳，半晌才问道："年姑娘，你怎么住在这里，你的家里人呢？"

年霓裳一时悲从中来，竟"哇"的一声哭了出来，胤禛急忙把她揽在怀里，给她抹眼泪，柔声细语地安慰她。

许久，年霓裳才止住哭泣，抽泣着问道："无论父亲对你怎样，我和哥哥对你却是真心的，为何太原一别你杳无音信？这次来京名义上是陪哥哥进京科考，实际上是为你而来，我们几乎找遍整个京城也没有打听到你的下落，为了找你，哥哥他……"年霓裳说着又呜呜哭了起来。

胤禛知道年霓裳与年羹尧至今仍不知道自己的真实身份，觉得十分奇怪，难道年遐龄事后没有告诉他们兄妹自己就是胤禛？胤禛给年姑娘边擦干泪水边问道："到底出什么事了？"

　　年霓裳还未及开口，红艳就讲述了事情的经过："两年前，我家老爷由山西调任湖北，在赴任的途中老爷不幸中暑身亡，大奶奶悲伤过度不久也离开了人世。调任前老爷已把山西家产变卖殆尽，谁知在赴任中途突遭变故，变卖的家产也花销得差不多了。等少爷和小姐把老爷和大奶奶的尸骨运回山西安葬后，家中财产更是所剩无几。本来老爷还留有部分地契，可少爷、小姐哪里管过账，被府上管账的人蒙骗了。不到一年的工夫，原有的一些地契也散光了。应了一句俗语：'树倒猢狲散。'家中的佣人见大势已去，纷纷借故离开了。唉，如今小姐身边就我一人，少爷连一个书童也没有了。真是世态炎凉！恰逢今春科考，少爷决定来京应试，小姐一个人留在山西还有什么意思，也一同来到京中，一来照应少爷，二来就是寻找公子你。"红艳讲到这里也委屈地哭了起来，年霓裳早已坐在旁边泣不成声。胤禛也没有想到，年家会遭此不幸，他本来对年遐龄十分反感，如今人已辞世还提什么恩怨，更何况他是自己心爱之人的父亲。再说，当年那事也是胤礽从中作梗，年遐龄不过奉命行事而已。

　　红艳终于止住哭泣，继续说道："来京后，我和小姐几乎把京城问了个遍，也没有打听到公子的住处，为了寻找公子，我家少爷还惹了一身官司。"

　　胤禛急忙问道："红艳姑娘，千错万错都是我的错，你快告诉我年公子是怎么出事的，我们好想办法解救他出来。"

　　原来，那天年羹尧和年霓裳与红艳三人一道去打听赢真的下落，不想遇上了一个也是姓赢叫赢森的纨绔无赖子，仗着自己家大业大，竟然想占霓裳的便宜，年羹尧自然不肯罢休，二人先是口角，后来便动起手来，打斗之中，赢府的家丁纷纷助拳，人多手杂，也不知是谁一刀劈下去，不偏不斜，正好砍在赢森头上，赢森当场一命呜呼。

年羹尧和妹妹、红艳乘乱匆忙逃回旅店。可京都乃是天子脚下，出了人命案岂能一走了之？年氏兄妹还没来得及逃走，顺天府巡城衙役就赶到了，不容分说把年羹尧押进了大牢。

这事本来也没有什么，按理说年羹尧又没有伤人，应该无罪释放，伤人的是嬴府家丁。但嬴家暗中花了钱硬说是年羹尧上门滋事出了人命。眼看今春科考之日就到了，哥哥仍关押在狱中，年霓裳怎么不心急呢？误了今科还可以再等上三年，倘若哥哥被判杀人罪，即使不被杀头也要坐上十年八年牢，他们年家就彻底完了，她怎么对得起死去的双亲？这些日子，年霓裳几乎是度日如年，以泪洗面。真是呼天天不应，叫地地不灵。

胤禛听完年霓裳与红艳的讲述，心中愧疚，说道："年妹妹，都是我不好，让你受委屈了。我一定把你哥哥解救出来！"

红艳问："嬴森家挺有钱的，父亲又做官，公子能斗过他吗？"

胤禛冷冷说道："哼，他家有钱有势，我家更有钱有势！"

红艳一听胤禛这口气，来了劲，说道："公子快把小姐接到你家居住吧，这旅店里有几名书生都想打小姐的主意呢！"

胤禛点点头，看一眼年霓裳："小姐如此对我，我岂能负义？这几年我也无时无刻不惦念着你，还写了无数封信。"

"那我怎么一封也没收到呢？"

"可能被你家老爷给藏了起来。"

年霓裳似乎想起了什么，她点头说道："无怪乎爹爹在病逝前曾拉着我和哥哥的手说了两个字'嬴真'就咽气了，他老人家可能是告诉我们兄妹你的信被他匿藏的事，只可惜爹爹没有说完就离开了人世。"

胤禛知道其实年遐龄是想说出自己的真实身份，也不点破，淡淡地说道："我写了许多封信，却一封回信也没有收到，决定死了这份心，也不再给你去信，但思念你的心却一天比一天炽烈。碰巧今年是恩科之年，我想你哥哥一定会进京应试，就四处打听，费了许多周折才找到这里。"

年霓裳十分感动，一腔委屈都被胤禛这几句话说得荡然无存。红艳开玩笑地说道："嬴公子，如果你再不来，只怕我家小姐就名花有主了，楼下一位叫于奉纶的书生要给我家小姐提亲呢！他说当今太子想选一位貌美的妃子，只要我家小姐愿意，他可以从中牵线。如果嬴公子再不把小姐接入府中，一旦太子相中我家小姐，只怕公子想争也没有希望啦……"

红艳还要说下去，被年霓裳呵斥住了。

胤禛知道红艳并没有说假话，他想了想说："你家小姐是名门闺秀，我要用八抬大轿抬进我的府中，何况科考之日就到了，这几天我还要忙着解救你家少爷，让他也参加今年的恩科考试。自古无场外的举人，他不考试如何能够金榜题名呢？你陪你家小姐在此再住上一段日子，等到今科发榜之后，我将热热闹闹地把你家小姐抬入府中！"

"嬴公子也参加恩科考试吧？"年霓裳略带羞涩地问道。

胤禛含糊地应了一声，然后说："我马上去找顺天府尹范承勋，让他立即放人！"胤禛又安慰年霓裳几句才告辞，临走前再三告诫红艳一定要照顾好小姐，他回府之后就派人来此保护她们。

胤禛来到顺天府大堂。

范承勋听说四阿哥突然到此，哪敢怠慢，急忙出门相迎。

范承勋不知道胤禛来此的意图，小心翼翼应酬道："四阿哥为今科同考官，如今入闱之日就到了，四阿哥到此该不会是轻松一下的吧？"

胤禛暗暗佩服，姜是老的辣，这句问话看似平淡实际上是攻守互有，可进可退。胤禛淡淡一笑："为国取士、为皇上分忧解难是我的荣幸，怎敢谈'辛劳'二字？来此轻松倒不敢，只想尽一切可能为朝廷选拔出一批有真才实学之士，也不枉了天下读书人的十年寒窗苦读。"

范承勋是第一次和胤禛交谈，心里道：人人都说四阿哥冷酷，不苟言笑，也不擅辞令，依我之见未必，他话中有话，颇有心计。

　　范承勋估计他此来一定有什么事要做，便开玩笑地说："莫非我这小小的顺天府衙内藏有国家栋梁之材？"

　　胤禛淡淡一笑："范大人不就是一匹千里马吗？如果不是直隶总督格尔古德慧眼识英才直言举荐，也许范大人如今只是一个笔帖式。埋没人才是国家的损失啊！范大人，你说是吗？"

　　范承勋想不到胤禛对自己的过去知道得如此清楚，更坚信他此行是别有所图："四阿哥过奖了，我范承勋承蒙皇恩之重才有今天，我早有以生命回报皇恩之意！"

　　胤禛连连点头道："说得好！听说范大人关押一个叫年羹尧的举子，此人是已逝山西巡抚年遐龄之子，文武全才，众多应考举子对他评价很高，但不知他犯了何法被范大人拘押于此？"

　　范承勋至此才明白胤禛来的目的，便规规矩矩说道："他杀死嬴森，人证、物证俱在，如今仍关押在大牢之中，还没有最后定案。"

　　"范大人说人证、物证俱在，是范大人亲自去现场调查的，还是范大人亲自审讯的？"

　　范承勋知道胤禛已经了解了案情的来龙去脉，只好说道："此案详情我不太清楚，由于科考之日已近，顺天府辖区内诸务烦冗，我正忙于此事，还没来得及正式审理此案呢！如果案中有什么不妥之处，请四阿哥明示！"

　　胤禛认真地说道："明示不敢，只是想请范大人网开一面，让年羹尧先去参加科考，等到科考之后再来此接受狱讼，范大人以为如何？"

　　"这……一旦传扬出去我担不了责任呀？"

　　胤禛正色道："自古无场外的举人，万一后来审理认定年羹尧无罪，耽误人家科考，这个责任范大人能够担负得起吗？"

　　范承勋真的被唬住了，正不知如何是好，又听胤禛说道："范大人把年羹尧释放回去参加科考，出了什么事情由我这个保人担待！"

　　范承勋看出胤禛跟年羹尧的关系非同一般，便彻底放了心，胤禛前脚走，他后脚就把年羹尧释放了。

第十章

遣花轿太子索美女
闹贡院考生砸匾额

胤礽被皇阿玛的目光吓呆了，结结巴巴地说："儿臣不敢有半句假话，阿玛若不信，可以派人到雍郡王府查明。"康熙猛地把手中的杯子摔在地上，十分痛心地说道："上苍啊，为什么朕的儿子没有一个值得我信赖与为之骄傲的？"

今天是发榜的日子。

顺天府贡院门前被围得水泄不通。年羹尧好不容易才挤到黄榜跟前，从上到下寻找自己的名字。嘿，自己排名第十四，他有一种说不出的高兴。尽管这段时间因狱讼案件牵累影响了复习迎考，情绪也不好，科场之内没有得到充分发挥，但这个结果还是令他满意的。有了这个结果，也可告慰九泉之下的双亲了。

年羹尧为把这高兴的事告知妹妹，便转身急速回店。

年羹尧刚到旅店门前，见店内挤满了人，挤进去一看，见红艳正和一个太监争执着什么。

红艳冲着那太监嚷道："别说你们是毓庆宫的，就是皇帝老子要人也应先打个招呼。光天化日之下，你们还讲不讲理，有没有王法？"

"嘿嘿，这位小姑娘的嘴挺厉害的，不错，这是有王法的地方，谁也不敢平白无故抢人。你问问你家小姐，是不是她答应到宫中当宫女的？还托了于奉纶转告王总管，不信你问一问于奉纶啊！"

红艳一把揪住于奉纶的衣领："于奉纶，是不是你从中使坏，私下答应人家让我家小姐去什么玉庆宫、石庆宫做宫女，你说？"

于奉纶十分难堪，边挣脱边说道："做宫女只是权宜而已，凭你家小姐的姿色，一旦被殿下看中马上就可以做妃子，将来说不定还能当上娘娘呢！你家小姐是明白人，不用说一定会同意的，就是你家少爷也会赞成，如果你家小姐成为太子妃，你家少爷就是皇亲国戚了，比他考上状元还光彩呢！实话告诉你吧，那顺天府尹范承勋为何把你家少爷释放出来？全是靠着殿下的面子！"

"你胡说，是赢公子出面把我家少爷保释出来的。"

"赢公子？哪个赢公子？是不是那天来找你家小姐的那缩头鳖脑的瘦猴？你也不打听打听，他有何本领能让府尹大人放人？"

年羹尧刚想上前问个究竟，又听红艳说道："哼，不管我家少爷是谁保释出来的，我家小姐不会同意入宫当宫女的，她早已和赢公子私订终身，这次进京就是专门寻找赢公子的。"

那太监不耐烦了，冷冷地说道："给我硬行拖走！"几名侍从冲上楼去。

这时，猛听旁边屋内走出一人大声喝道："我等奉四阿哥之命在此保护年姑娘，谁敢妄动，我金昆叫他立马回老家。"说着，"锵"的一声亮出手中大刀。接着，又走出四人，每人都握一把明晃晃的钢刀。

为首太监何尚文看看眼前的阵势，知道来硬的会吃亏，走上前一步问道："哦，原来是金昆老弟，大水冲了龙王庙，一家人不认一家人了。怎么，金老弟也是冲年小姐来的？"

何尚文当然知道金昆是何等角色，他是武会元出身，被胤禛收在府中当差，武艺高强，为人狠毒，特别擅长用刀，他的刀以快、准、狠响名，人称"鬼见愁"。

金昆斜视着何尚文，说道："废话，不是为年小姐，谁来这个鬼地方？年小姐是四爷的人，不许任何人动半点念头，否则，先问问我这把刀！"

何尚文真的被他的气势震住了，他想退，在这大庭广众之下又怕失了面子，结结巴巴地说："我是奉殿下之命来接年小姐的，殿下的脾气金老弟也一定有所耳闻，殿下怪罪下来别说你我，就是四阿哥也……"

金昆见何尚文一口一个"殿下"，故意用殿下的头衔压他，甚至显示四阿哥也怯太子，他十分恼火，破口骂道："何尚文，你休拿殿下吓唬我，你只说走不走，不走，大爷立即叫你躺在地上。"

何尚文连声说道："走，走，我们走！"他急忙钻入轿中，出了门才伸出头狠狠说道："金昆，算你有种！我让殿下找四阿哥要人，看你还不乖乖地亲自把这漂亮妞送到我们毓庆宫！"

站在旁边的年羹尧也被眼前这变故搞蒙了，这个叫金昆的人是什么来头？他们所说的四阿哥是谁？难道他们说的四阿哥就是赢公子？

年羹尧正在狐疑，猛然听到门前传来一阵喜庆的唢呐，接着是一队队迎亲的人马，有十几匹骏马和七八乘轿子。为首一人手持符节走进院中向金昆说道："金会元，我等奉命前来迎接年小姐回府。"

这人在金昆的指引下来到年霓裳房门前，跪下施礼道："请年小姐、年公子及红艳姑娘上轿，我家四爷在府中等候几位呢！"

红艳急忙问道："你家四爷是不是赢真赢公子！"

刘进才一怔，马上明白过来："回红艳姑娘，我家主人的名讳我们做下人的怎敢提起，我们都习惯称作四爷、四阿哥，请红艳姑娘也随我等这样称呼，府上的规矩可不能破。"

年羹尧一听刘进才称赢真为四阿哥，猛然一惊，立刻明白了一切，额角也浸出汗来，原来赢公子就是当朝四皇子今科副主考！他立即上前催促妹妹及红艳上轿，房内东西早有随行人员上来打点收拾。

行不多时，轿子住了，年霓裳只见胤禛笑容可掬地走上前挽住她，胤禛今天打扮得异常尊贵，她还从来没见过胤禛如此潇洒倜傥呢！她见胤禛当着众人的面紧紧挽住自己，略带羞涩地深施一躬："赢大哥……"

胤禛笑道："今后再也不许叫我赢大哥，我不姓赢。"

年霓裳吃惊地问道："你……你姓什么？"

胤禛哈哈大笑："我姓爱新觉罗，叫胤禛，就叫我四阿哥好了。"

年霓裳惊得抓住胤禛胳膊半天说不出话来，太令她吃惊了，难怪问遍京城也没打听出一个叫嬴真的人。

这时，年羹尧走上前，十分拘谨地施礼说："请四阿哥恕罪，年羹尧有眼不识泰山，竟和四阿哥称兄道弟，实在……"

胤禛不等他说下去，上前拉起年羹尧说："你不和我称兄道弟，难道要叫我一声老师不成？你如今是我的大舅哥了，还如此客气干什么，今后就是一家人了。"

这时，侍从上前施礼道："酒宴已经摆好，请四爷入席吧！"

胤禛点点头，对年霓裳、年羹尧说："今日开宴痛饮，一是为你们兄妹洗尘压惊，二是为年兄乡试榜上有名祝贺，也让我等一醉方休！"

何尚文回到毓庆宫，把前后经过添油加醋地叙述一遍，可把胤礽气坏了，他拍案骂道："这么多人对付不了一个金昆，都是饭桶！"

胤礽骂过何尚文，又对王得喜训斥道："你多次保荐那姓于的小子，可他连这点小事都做不好，是狗屁人才，也是猪！"

王得喜见胤礽正在火头上，也不吱声，低头随便主子骂，待胤礽骂够了，王得喜才说道："殿下，不是于奉纶做事不力，也不怪何尚文是饭桶，今天碰到的金昆可是全京城有名的硬茬儿！奴才以为这是四阿哥事先安排好的，故意和殿下争夺那美人儿，否则，怎会如此之巧呢？"见胤礽低头不语，王得喜又说道，"四阿哥和殿下争一个臭女人倒没有什么，天下美女多得是，殿下玩过的女人也够多了，让他一个也没有什么。"

胤礽白了王得喜一眼，仍余怒未消地说："让？我要让他死呢！"

王得喜趁机挑拨说："二爷，害人之心不可有，防人之心不可无，还是多留心一点儿为好。有句话奴才不知当讲不当讲？"

胤礽不耐烦地说："有话就说，有屁就放！"

"是，二爷。我私下听说四阿哥向皇上索要北闱副主考之位是另有所图，他准备从中培养一批自己的得力助手，然后建立一个四爷党与二爷的太子党一决雌雄呢！据说那年小姐的哥哥就是四阿哥从顺天府大牢中保释出来的，还给了他个第十四名呢！"

胤礽瞪一眼王得喜，说道："哪有什么太子党？一派胡言！"

王得喜知道皇上最反感众皇子私结外臣形成党派，胤礽也最忌讳人们提及他的太子党，唯恐让皇上查出责备他。自从皇上从五台山回京后，胤礽唯恐康熙责备他，抓住他的过错训斥他，他处处小心，和索额图等关系密切的大臣往来也少了，偶尔往来也都是暗中进行。

胤礽是一个闲不住的人，一段时间不惹点事便心里痒痒，这半年多不敢四处招摇，只好待在府里。几位福晋虽然也都有几分姿色，但毕竟玩腻了，总想找个新鲜的。陈美人倒让他神魂颠倒，在皇上离京后他确实乐了一阵子，自皇上回京后他哪还有胆量再踏入延禧宫半步。最近听王得喜报告说京中新来一位姓年的姑娘美若天仙，并说于奉纶那小子能给他光明正大地弄到身边，但要帮于奉纶向马文说个人情。胤礽为了早日得到年小姐，亲自拜访了马文，但于奉纶却没有把那年小姐给他弄到手，胤礽怎能不恼火呢？

胤礽静静坐了一会儿，消消火气，觉得为了一个女人与胤禛明着争夺传扬出去也有损他太子的形象，但这口气他却咽不了，特别是胤禛处处和他过意不去，更让胤礽恼怒。胤礽忽然听王得喜说年姑娘的哥哥是胤禛从顺天府救出来的，并让他中了第十四名，他暗暗冷笑道：好个胤禛，你不是足智多谋心计过人吗？也为了一个女人失算，让我抓到了把柄，看我怎么收拾你！

胤礽来到畅春园，康熙正在批阅各地送来的奏折，胤礽静静待在旁边一言不发，待康熙批完御案上的奏折，胤礽才怯怯问道："皇阿玛对今科春闱的考卷是否看过？"

康熙一怔，微微抬起头，扶一扶老花眼镜问道："怎么？难道有人从中营私舞弊愚弄朕不成？"

胤礽既不否认也不肯定地说："有没有人从中做假我不敢肯定，但有一件事儿臣却不能不报。否则，知而不奏将犯欺君之罪，也违背阿玛开科选才的意图，更有负天下读书人，如此下去岂不令天下书生寒心？"

康熙十分了解胤礽的秉性，自己没有让他负责科考之事，他一定心中不乐，暗中派人侦察春闱之事，希望从中发现破绽，然后加以攻击，达到自己的目的。康熙也不点破，随便说道："不可能吧，有李光地、马文在，胤禛不敢胡作非为，有胤禛在，马文、李光地也不敢有一点儿私心。朕故意如此安排科考人选，让他们几人各有所忌，从而达到公平的目的，难道他三人相互勾结欺瞒于朕不成？"

"儿臣不是这个意思。马文和李光地都是朝廷重臣，一向德高望重，又身处高位，怎会以身试法做出违法乱纪之事呢？只是揭榜之后，众考生中传出对胤禛的种种怨言，有损朝廷声威！"

"都传言些什么？"

"回皇阿玛，考生传言胤禛从中营私舞弊，说他为了一个女人置大清律于不顾，从顺天府大牢中保出一杀人凶手，后来又让这名凶手中了第十四名，而人人传说必中前三名的安徽考生方苞、戴震却名落孙山，更让考生不服。揭榜那天，有许多考生拥进贡院内质问，后来考生越聚越多，似有聚众闹事之势，儿臣听说后立即派人让巡城御史钱启柱带人把考生驱散，并向考生们声明，一定查清事实给众人一个说法。"

康熙看看胤礽，不动声色地说："方苞、戴震两人朕也曾有所耳闻，他们都是安徽桐城人，文章写得不错，自封桐城派文坛圣手。不过，朕从来没有看过他们这些桐城派的文章，朕以为是文人好高骛远、言过其实、自我吹嘘罢了。国家之大什么样的人才没有，何必选取那些不知天高地厚、放荡狂妄之人呢？朕以为方苞、戴震二人没有中举只可能有两个原因：一是二人没有真才实学，文章做得一塌糊涂；二是三位主考也和朕的想法类似，知道两人的秉性不佳，有才而无行故意不取。"

胤礽待康熙话音一落又急忙说道："皇阿玛，方、戴二人没有考中也许正如皇阿玛所言，但那杀人囚犯中举却是古今奇谈呀，据儿臣查明，那杀人凶犯叫年羹尧，有个妹妹长得有几分姿色，胤禛正是为了她才不惜枉法乱纪解救年羹尧并让他中举的。如今，年家兄妹都被胤禛接入府中居住，听说近日就举行婚礼庆典呢！"

康熙猛地站了起来，锐目盯着胤礽，说道："你所说的事句句是实？"

胤礽被皇阿玛的目光吓呆了，结结巴巴地说："儿臣不敢有半句假话，阿玛若不信，可以派人到雍郡王府查明。"

康熙猛地把手中的杯子摔在地上，十分痛心地说道："上苍啊，为什么朕的儿子没有一个值得我信赖与为之骄傲的？"

雍郡王府。

胤禛正和年羹尧兄妹两人边饮酒谈笑边欣赏曲子，一个太监急匆匆跑进来报告说皇上驾到。胤禛大吃一惊，还没来得及令歌女们退下，康熙就走进大厅。胤禛急忙下跪施礼，年羹尧兄妹只好随胤禛一同跪下。

"儿臣不知皇阿玛到来，迎接来迟，请皇阿玛恕罪！"

康熙冷冷说道："你忙于北闱科考之事，哪有闲心迎接朕？"

胤禛一听皇上话中有话，便赔着小心答道："北闱科考已经揭榜，儿臣准备明日和李大人与马大人一同拜见皇上，奏报科考之事呢！"

康熙哼了一声，说道："都起来吧！"

在胤禛亲自服侍下，康熙坐了下来，他看看年氏兄妹心中猜到八九分，不动声色地问道："为国取士讲究的是'公平'二字，要把有真才实学之人拢入朝中，你认为今科北闱所取之士都秉着'公平'二字吗？有没有营私舞弊之事？"

"回皇阿玛，儿臣敢担保绝无徇私之事。"

"那为何发榜之日有考生拥进贡院内滋事？"

"李中堂已派人查问，乃有人从中挑唆引起的。有的考生自命才高，一旦落选又怨声载道，说朝廷取士不公，这样的人一旦受人挑唆，自然而然会把心中不平发泄出来，寻衅滋事。"

康熙点点头，又问道："有人说安徽桐城两位考生方苞、戴震，博学多才，又写得一手好文章，为何二人榜上无名？"

"回圣上，今科的考卷仍同以往一样，贴名、誊录，儿臣也不知道哪篇场文是他们做的。不过，科举向来以八股取士，有许多文人辞藻虽然华丽，但应制的功力却未必出色，文不对题也是有的，这种人的文章尽管花团锦簇，但多给人以华而不实之感。李中堂、马中堂也有同感，认为这种考生的书卷气太浓，政论不足，甚至于不谙世务，将来入仕为官也未必能替国家效力、为百姓秉政。至于方、戴二人最终因何落榜，儿臣也不敢确定。若不然再调阅一下他们原来的墨卷，以重新决定是否录用？"

康熙摆摆手："那倒不必了，如今浮夸文风日盛，名实不副之人比比皆是，朕最痛恨那些不务实事、只会夸夸其谈的读书人，不录取这样的人正符合朕的心意。"

康熙说着，乜视一下旁边的年羹尧，马上又冷冷地问道："胤禛，听说你保释一名杀人凶犯，并且让他中了第十四名，可有此事？"

胤禛不敢抵赖，只好讷讷说道："回皇阿玛，事情是有的，但儿臣保释的并不是杀人犯，是遭人诬陷而入狱的。儿臣保释他更多的是为国家着想，为朝廷选拔真才实学之人……"

胤禛刚说到这里，康熙"啪"的一声把手中的茶盅顿在桌案上，生气地喝道："以权谋私，为了一个女人胆敢舞弊科场，不知闭门思过、坦白事实，反而强词夺理，真是岂有此理！"

胤禛见皇阿玛生气了，立即扑通一声跪下，泪流满面地争辩道："请阿玛明鉴，儿臣绝没有为了一个女人舞弊科场，更不会为了女人损害皇室声誉和朝廷法纪。儿臣和年姑娘在五台山时就有盟约，她是随哥哥入京应试来寻儿臣的。他们兄妹二人遭人陷害几乎身死大牢，别说是儿臣，就是任何一个有良知的人也会挺身而出解救他们兄妹的。儿臣也只是将这位年公子保释出，令他有机会参加科考，至于他的场文怎样儿臣从没过问。李中堂与马中堂对年公子的文才和学识十分欣赏，本来要点他第七名，儿臣多次从中阻拦这才降为第十四名的，阿玛如果不信，可找他们两人对证。更何况年公子的墨卷仍在贡院封存，皇上也可亲自过目，看看两位中堂有没有偏向之心。"胤禛说着，看看康熙的神色，指着年羹尧道，"年氏兄妹都在这里，皇上可以当面询问事情的来龙去脉，对于年羹尧的才学皇上也可直接考较。"

康熙见胤禛满脸委屈的神色，暗思也许自己真的错怪了他。遂转向年羹尧问道："你到底为何被打入顺天府大牢尽管直说，不得有半句假话。倘若有谁徇私枉法，朕一定严加惩处，还你清白。如果你确有真才实学，朕定会重用于你！"

年羹尧跪下说道："家父在世时经常称赞皇上是百年不遇的明君英主，平三藩、收台湾、开科举、纳贤士，功高盖世，宽厚仁慈。家父多次教导小人要苦读圣贤书，他日为朝廷出力，也好报答皇上对家父的浩荡皇恩，告慰家父在天之灵。谁知入京会考竟遭人陷害，身陷囹圄，多亏四阿哥出面相救才得以生还，小人实在冤屈，请皇上做主！"

康熙虽然也明白年羹尧是在奉承自己，但谁不爱听好话呢？康熙不但没有责怪，而且和颜悦色地问道："你父亲叫什么名字？何处为官？"

"回皇上，小人父亲名叫年遐龄，曾在朝中任兵部主事、刑部郎中、工部侍郎等职，后来调任山西巡抚与湖北巡抚，就在由山西调任湖北的途中，因积劳成疾不治而终。"

康熙点点头，年遐龄他是熟悉的，此人也是进士出身，文武双全，是凭实干被自己一步步提升的，论起资历，当和张英、马文、李光地等人不相上下。由于和太子交往密切曾被自己狠狠训斥过，此人虽然有些势利，但政绩还是出类拔萃的。由京城调任山西，短短几年把山西治理得井然有序。正是这样，才决定把他调任湖北巡抚，因为湖北一带有一股反清复明的民间势力，叫什么白莲教，听说为首之人还是一个女人，朝廷虽然也多次派兵围剿，也曾派大内高手暗中访察，但终无结果，再加上湖北山高路险，巡抚李清春愚蠢无能，致使湖北盗贼四起，财政入不敷出。康熙决定调任年遐龄去湖北上任，希望他能扫平湖北的反清势力，改变湖北的现状，谁知年遐龄不幸中途而亡。这个消息他也曾知道，却没有想到眼前这人竟是年遐龄之子，如今沦落为杀人凶犯。

康熙是十分注重情意的，他仔细听完年羹尧的叙述，看出年氏兄妹都是重情重义之人。

康熙见年霓裳早已泣不成声，他抬头看看胤禛，本来打算阻挠儿子的这种做法，现在放弃了，事情并不像胤礽报告的那样，何况这位年姑娘也算大家闺秀，并不辱没皇室声誉，他们又有盟约在先，如果再从中作梗就不近人情了。唉，年遐龄虽是病亡，也算是为朝廷卖命而死的，让他的儿女有个好去处也算对得起他为朝廷的一片忠心。但虎父未必就有虎子，康熙决定考核一下年羹尧的文韬武略，看看能否大用，同时也就知道胤禛在这次北闱科考中是否有徇私情。

于是康熙当场问了年羹尧几个问题，既有四书五经的题，也有行军作战的题，还有涉及国计民生的所谓经邦济国的"经济"问题。没想到考核的结果让康熙十分满意。毕竟年羹尧文武兼修，又受父亲多年的熏陶，对"经济"也十分纯熟。君臣们越谈越投机，康熙心中暗想，胤禛也称得上是个伯乐吧，从狱中解救此人，并让他参加科考。否则，这样的人才失之交臂甚或如珠埋粪土岂不是国家的损失？如果因为朝廷之故把这样的人才推到江湖上沦为反清的势力，那危害真是难以预料。

康熙决定，即使年羹尧下次不参加春闱的会试他也会起用他的，今天的这番谈话比一甲三名的殿试还要深刻，真是有志不在年高。

康熙还要再考核一下年羹尧的诗词歌赋，恰在这时，传事太监匆匆来报，说南闱副主考施世纶从应天送来八百里夹单密奏，请皇上回宫。

康熙一听着实吃了一惊，急忙起驾回宫。

康熙回到养心殿，曹寅急忙把施世纶的八百里折子递上。康熙匆匆看了一遍，拍案骂道："一群混蛋！"

康熙又把其中的夹单仔细看一下，只见上面写道："南闱科场案佟国维干系不可推卸，且牵连阿哥，吾皇定夺。"

所谓夹单密奏，就是在正式的奏折中夹上一个单子，把所奏之事写上，这样的单子不登记注册存档。通常情况下是上折之人对所奏之事没有确定把握，不奏事发之后难脱责任，奏上去又恐于己不方便，这种情况便采用夹单密奏的形式。

康熙向曹寅说道："南京出现了科场案，数千名举子围攻贡院，施世纶虽然递来折子，但也只是简单地介绍了一下，具体情况不详，至今没见佟国维一张纸片，这次应天科考案的内幕究竟如何，也不能只听他们奏报，朕想派你前往应天调查。这次应天科场案可能比想象得要复杂得多，无论牵连到谁都不要手软，尽管据实奏来，如果有谁与你为难，可以先斩后奏，再大的事由朕为你顶着，放心去吧！"

"嗻！"曹寅领命而去。

曹寅带着两位助手孔庆洋、孙文成，一到南京，顾不上回荣国府省亲问安，决定直接查问科场案的前后经过，先去找了夹单密奏的施世纶。

施世纶为礼部郎中，被皇上任命为今科南闱第一副主考，位在八阿哥胤禩之上，着实令他受宠若惊，在今科南北二闱的所有考官中他的禄位是最低的。龙恩有加，说明皇上的器重与信任，同时也坚定了他的责任心，决心协同主考佟国维与胤禩严明考风考纪，为朝廷选拔出一批有真才实学的栋梁之材。

施世纶确实是本着这一想法去做的，出乎他意料的是竟然发生了大清朝开恩科以来最大的考生暴乱案，把贡院的牌子砸了不算，几位副主考与学政、学道等人也差点挨了打。施世纶事后了解发生暴乱的原因后，彻夜难眠，最终抱定宁可罢官也要把事实真相奏报朝廷，由于对其内幕还不太清楚，便来了一个八百里夹单密奏。

施世纶一见曹寅突然到来，心中已明白几分，不等曹寅提及便主动说道："曹侍卫是受皇命来查南闱科场案的吧？"

曹寅点点头："你是知情者，也是你最先奏报皇上的，请你如实谈谈事件经过，无论关联到何人你都不必隐瞒。"

施世纶凄然一笑："我早已将禄位置之度外，否则也不会夹单密奏了！不过我对其中原委也知之不清，他们似乎故意向我隐瞒了什么。"

"那你就尽自己所知谈一谈吧。"

"今年的南闱恩科还算公平合理，从开考到阅卷都没有发现任何作弊作假现象。名次确定后正准备发榜之时，八阿哥说前十名所定的人有几个是走了后门的，必须重新排定。我道：明日发榜，如今改动还来得及吗？且传扬出去恐遭非议。但八阿哥坚决要求改动，我只好问他：佟中堂什么态度？八阿哥立即没好气地说：就是佟国维营私舞弊，弄虚作假。我问他是哪个考生有假？八阿哥说至少有四个，其中一人名叫邬思道。"

曹寅一怔："就是带头闹事的那人吗？"

施世纶点点头，说道："我一听是邬思道，也十分紧张。此人排在第二名，倘若其中有假，传扬出去岂不令天下人哗然？立即重新调出他的试卷审阅一遍，从时文、策论到词赋都可谓上乘之作。当然，文无定论，诗无达诂，至于名次先后嘛，有些出入也是难免的。前十名的名次都是主考官佟中堂所定，要改动也必须由他改动，我建议八阿哥去找佟中堂，但他坚决不同意。"

曹寅问道："八阿哥为何不愿意找佟国维呢？他是主考，万一出了问题谁担当这个责任？"

"八阿哥说佟中堂既怀有私心，现在去找他也不会同意改动。八阿哥说必须先斩后奏，出了事情由他担待。我一听八阿哥这样说，便同意更改名次。至于如何更改，则由八阿哥和几位阅卷师傅定夺。"施世纶稍稍犹豫片刻又说道，"说心里话，我之所以没有参与更改名次也是存有私心。凭多年的为官经验，我已经感觉到要出事。当时只估计八阿哥与佟中堂之间会有一番激烈的争吵，而我资历如此浅，哪有资格搅在其中呢？"

"后来，发生争执了吗？"

施世纶叹口气，说道："事情万万没有想到会一发不可收拾。发榜之后佟中堂才晓得他排定的名次给更改得面目全非，除了第一名没有改变之外，其余九名全改动了，其中有四名被排除在前十名之外。那位叫邬思道的考生最惨，由第二名降为副榜倒数第二名。"

"考生冲砸贡院、殴打考官是怎么回事？"曹寅又问道。

"发榜三天之后，有数千名考生前来闹事，贡院的牌子都给砸了，领头之人就是邬思道。他得知更动了名次，便煽动滞留在金陵的一千多名考生前来闹事。幸亏江苏巡抚张自德及时带兵赶到驱散考生，才没有酿成大暴动，但贡院已满院狼藉，邬思道及十几名闹得最凶的人全部被抓。"

曹寅沉思片刻问道："发榜之前邬思道如何得知名次更动？"

"曹大人，没有不透风的墙。"

"佟国维有没有收受贿赂从中营私舞弊呢？"

施世纶十分为难，想了想说："在下不敢妄加猜测。"

曹寅又紧逼一句："在八阿哥要求更改名次时，你有没有询问他是如何得知佟国维有受贿行为的？"

"我问了，八阿哥说回京之后向皇上奏报，我也没有执意询问。"

曹寅沉默一会儿，又问道："施大人了解邬思道的底细吗？"

"事发后，我才从江南学政张长庚那里得知，邬思道是浙江人，家境富有，博学多才，在当地小有名气。别的则一概不知。"

"那么，此人现在关押何处？"

"据说在江南学政张长庚那里暂押，事有定论再做处理。"

曹寅又询问了一些细节，便告辞离去。

多日来，佟国维一直坐卧不宁，他知道纸里包不住火，皇上一定会追查南闱考生大闹贡院的事。但他万万没有想到，这钦差会来得如此之快。更令他坐卧不安的是钦差竟是曹寅，这可是一个不好说话的人。现在必须想办法应付曹寅的访查，将大事化小，小事化了。

如何搪塞曹寅呢？佟国维正一筹莫展，忽然下人来报，说门外有两个和尚求见。

佟国维一挥手："不见，让他们快滚！"传事的随从刚转身走开，佟国维又喊住了他，"慢，让他们进来吧。"

文觉和性音进入客厅，见佟国维的神情沮丧，态度也不友好，并不放在心上，径自坐了下来。

文觉率先说道："佟大人，皇上派曹寅来金陵的用意你已经明白了，不可再耽搁下去了，让张长庚放人吧，否则对大家都不利。"

佟国维背着手，来回踱几步，忧心忡忡地说："万一曹寅追问下来怎么办？他向我要人，我给不出人如何向皇上交代？"

文觉答道："佟大人，钱我们花得不少，该赔的也都赔了，该送的也都送了，事情闹到这个后果再不放人，让我如何向朋友交代？"

佟国维气得哼了一声："别说那点东西，宫中的御用品我见得多了，我府也不缺，不是看在四阿哥和我儿子的面子上，说什么也不会收你们的东西。"

"可你毕竟收了。"性音淡淡地顶了一句。

"我也不是没有为你们出力，若不是胤禩从中作梗……唉，如今说这些也没有用了。"佟国维一屁股跌坐在椅子上。

性音看一眼文觉说道："让考生到贡院闹事的主意也是佟大人出的，万一审讯起来邬思道经受不住拷打和盘托出，倒霉的只会是佟大人，请佟大人三思。"

佟国维忽地从椅子上站了起来："我只是让你们煽动一下考生在贡院门前围坐争吵要求重新考试，给胤禩施加压力，然后把邬思道的名次给提进前十名，谁知……"佟国维没有说下去，又缓缓坐了下来。

文觉叹息道："我们并没有把给他疏通关系的事告诉他，他是个心高气傲的人，只想凭个人真才实学挤入龙门。"

"既然他个人那么自信、自负，你们何必多此一举呢？"

性音刚要解释，文觉怕性音言多有失，抢过了话头："佟大人还是把邬思道给放了吧，曹寅问起来你把责任全部推给八阿哥，曹寅纵有天大的本领也查无对证。佟大人怎会被这点小事难倒呢？"

佟国维冷静地考虑了一会儿，对文觉说道："我马上派人去找张长庚，令他放人，但你们也必须答应我一件事……"

"佟大人尽管说……"性音急忙说道。

"你们立即把邬思道带走，最好不要回到他的家乡，找一个偏僻的寺院让他住下来安心读书，等过了风头再出来参加科考。凭他的才华，不求任何人也会榜上有名。"

文觉与性音走后，佟国维踌躇片刻，便喊来心腹吴文山，悄悄告诉他："你立即去找张长庚，传我的口信，先把姓邬的那小子两腿废了，然后派人送到夫子庙，那里有人接应。"

张长庚接到吴文山的密报后，立即派人先废去邬思道的双腿，送往夫子庙交给性音与文觉带走。

为了不引起怀疑，张长庚又从被抓的十几个人中挑选几个罪责轻微的释放几个，如今关押处仅剩下七八个人。

张长庚刚刚派人做好这几件事，就接到属下报告，说佟大人与曹大人前来拜访，张长庚立即把两人迎到府内。

三人分宾主坐定后，佟国维先开口说道："张大人，曹侍卫奉命查访南闱科场案，他想见一见被抓的几个肇事者。"

张长庚会意，急忙说道："回曹大人，所抓的十几个肇事者经过审理，没有一个是主谋，我已经将几个罪责轻微的人给释放了，如今仅剩下几人，如果曹大人想见一见，那就请吧！"

"听说有个姓邬的举子是今科闹事的主谋，我想见他一人就可以，他如今在哪里？"

张长庚故意装作糊涂的样子说："有个姓邬的举子是主谋？下官怎么没有听说？曹大人从何处听说的？下官仅知道所抓的十几人中有姓邬的也有姓吴的，经过几番审讯，下官倒觉得姓邬的年轻不谙世事，只是顺从别人起哄而已，并无多大过错，下官早已着人把他放了。相反，那个姓吴的举子十分刁蛮，砸了许多桌椅，罪责较大仍在关押之中。"

曹寅一听，也蒙了，究竟是姓吴还是姓邬他也没有事先问清。事到如今只好先去见一见这几人，问一问闹事的起因经过。

三人来到关押闹事举子的地方，张长庚派人把那姓吴的举子带上来，曹寅上下打量，见他三十多岁，十分潇洒，只是态度傲慢，令人不悦。

张长庚说道："这位是钦差大臣曹大人，你把闹事经过及主谋者供出来，曹大人会酌情处理，减轻你的罪责的。"

姓吴的举子冷哼一声："今科举子闹事根本没有什么主谋，纯是偶然而发，是考生对科考排定的榜上之名次不服，为什么事前排定的名次在发榜前一天突然更改，这是什么道理，是不是考官收了人家的钱财徇情枉法？国家抡材为何舞弊科场？请钦差大人明察内幕为天下考生讨回公道！"

佟国维转向曹寅："曹大人，你说我委屈不委屈，皇上不知详情一定责怪我办事不力惹出此番风波，下边的这些考生也不明真相，认为我这考官弄虚作假、营私舞弊、收人钱财、改了名次呢！"

曹寅十分失望，他定了定神，一拍桌子说道："大胆刁民，你又如何知道排定的名次在发榜前一天被改动了？"

姓吴的考生哈哈一笑，笑得曹寅莫名其妙，也十分恼火，立即怒喝道："你不如实招供，还笑什么，再笑连命也笑掉了。"

姓吴的考生止住笑说道："钦差大人，天下可有不透风的墙？钦差大人既然身负圣命千里迢迢远来江南，何必斤斤计较我们这些小小考生的过错？请钦差大人认真查一查收受贿赂、随意更改名次、践踏挑才纲纪之人是谁，将这人奏明皇上严加惩处，并诏告天下，让天下读书人明晰真相。否则，天下学士寒心，认为官场腐败，吏治废弛，科场弊窦丛生，再加连年涝灾不断，倘若有人振臂一呼，大清必将重步亡明之后尘。"

"住口！"曹寅哪容他再说下去，大声呵斥道，"狂妄书生，口出狂言，如此危言耸听，煽动人心，聚众滋事，还说不知谁是主谋，我以为你就是主谋，就是这次闹事的策动人。"

姓吴的书生理直气壮地说："莫非大人有意为营私舞弊、弄虚作假之人开脱罪责不成？皇上派大人来查问此事也不过是掩人耳目？"几句话问得曹寅十分狼狈，他本来就不擅长辞令，一紧张，反而无言以对。

佟国维心中暗暗高兴，向张长庚使个眼色，不慌不忙说道："曹大人，这位姓吴的书生说得也有道理，请曹大人认真查询一下为何更改名次的原因吧！如果这样查问下去，只怕是一无所获呀。"

曹寅见佟国维面露得意之色，不想与他纠缠下去，便又对姓吴的书生说道："你等读书之人，虽有满腹经纶，但行事莽撞，审事偏执。难道就不能是发现原先排定的名次有差，及时给予更正吗？"曹寅猛然意识到这样等于指责佟国维营私舞弊，但话已出口就无法收回，立即补充道，"当然，我如此说只是假设而已。你等读书人一定要遇事冷静，万不可受他人鼓动意气用事。否则，一失足成千古恨，葬送了大好前程不说，也可能搭进身家性命，甚至累及家人。"

曹寅让张长庚派人把姓吴的考生带下去，自己也拱手告别，佟国维却冷冷地说道："曹侍卫怀疑佟某营私舞弊，随意排定名次，那好吧，佟某随曹大人去贡院一趟，当场审定那些试卷！不然，我佟国维跳进黄河也洗不清。如此心思与作为也被任命为钦差大臣，只怕有辱钦差之名呀！"

曹寅毫不示弱地说："前后两个前十名的试卷，曹寅都要带回京师请皇上审阅，是非功过自有皇上裁定。我等应该相信皇上的英明吧？"说完转身离去，丢下佟国维在那里把牙咬得咯咯直响。

张长庚有所顾忌地说："曹寅不是庸才，又为皇上所信任，此行只怕不会善罢甘休。"

佟国维为他壮胆说："你不必担心，我佟某任主考也不止一次了，这样的事经历多了，他查不出什么。没有真凭实据，仅凭猜测和蛛丝马迹想扳倒我佟国维还没那么容易！"

胤禵的日子也不好过。这次被皇阿玛任命为南闱副主考是他极力争取才得到的，也是他第一次奉命做事，他希望自己能够在今科的主考工作中做出一些令其他阿哥刮目相看的事，至少不能比四阿哥逊色，以此取悦皇上，树立威望，将来好和其他几位年长的阿哥争锋。最好能抓住几例科场舞弊或行贿受贿的案子，那样就可大做特做文章了。

真是上苍有眼，就在发榜前两天，忽然听属下报告，主考官佟国维收受贿赂为一位姓邬的考生走门子，这考生是四阿哥介绍给佟国维的。

胤禩得知这一消息后，立即仔细审阅邬思道的三份考卷，发现确实做得不错，排在第二也无不可。但胤禩不甘就此罢手，对手一个是威望崇高的权臣，一个是受皇阿玛厚爱的阿哥，扳倒他们，自己就会名声大振，至少也表明自己的过人之处与胆略才华。

主意打定，胤禩才找来施世纶，鼓动他站在自己的立场上更改名次，认定佟国维受贿舞弊。施世纶自己认为个人资历浅、根子软，没有搅进这场纷争。胤禩仍自作主张更改了名次，他相信属下的消息正确，把邬思道由正数第二名降为倒数第二名。胤禩自认为走了一招高棋，万万没有想到竟惹出了考生不服大闹贡院的科场案。

胤禩偷鸡不成反蚀一把米，反而惹火烧身，落个营私舞弊、私改科榜名次的罪名。闹事的考生虽然不知道是他更改的，但矛头指向更改名次之人，显然对他不利。如今，皇阿玛派曹寅为钦差大臣来审理此案，他是满身是嘴也说不清！

胤禩正在发愁，侍从来报，说曹寅前来拜访，胤禩急忙出门相迎。

胤禩开门见山："曹大人如何看待南闱科场事件？"

曹寅见胤禩一副愁眉苦脸的样子，又是心疼又是好气，叹息一声，安慰说："吃一堑，长一智，今后做事再也不许毛手毛脚、漏洞百出，结果是没有抓住黄鼠狼反而沾了一身骚，是不是？"

胤禩一听这话，悬着的心落了下来，问道："曹大人，你相信我私自改动名次是对的？"

曹寅点点头："你要想为自己洗清罪名，就必须和我配合，把所掌握的证据全部给我，不然，我也保不了你。"

胤禩十分为难："曹大人，不是我不配合，我确实拿不出什么确凿的证据。我只是怀疑，怀疑佟国维收取贿赂从中舞弊。"

"哼，怀疑有什么用，对佟国维这样的人，就是有真凭实据也未必动得了他的汗毛，更何况你手中毫无证据呢，你怀疑也应当有点线索呀！"

胤禩讷讷说道："都是这些手下办事的人无用，折腾了多日连一丁点儿证据也没拿到手。"

曹寅忽然想起了什么，说道："你仔细审阅邬思道的考卷了吗？"

胤禩点点头："起初我以为这姓邬的考生走四阿哥与佟国维的门子，一定是个胸无文墨的草包，考卷定会做得一塌糊涂。谁知并非如此，他三篇文章都写得酣畅淋漓、文采飞扬，我怀疑是事前透题请人代写，但又不像，从运题、拆题我一直在场，试题没有丝毫提前拆封的痕迹。"

胤禩看看曹寅又说道："今科南北闱试题是一样的，会不会是胤禛从北闱事先透出了考题呢？"

曹寅明白诸皇子之间的明争暗斗导致的紧张关系，他也隐隐猜中胤禩的真正目的是打击胤禛。曹寅仔细想了想，北闱是李光地、马文二人任主考，胤禛只排第三位，有这二人在，胤禛想透题是不可能的，便摇头说道："四阿哥不会那么蠢的，如果四阿哥真的这么做就不叫四阿哥了。八阿哥头一遭外出做事就惹出这么大的麻烦，产生不好的影响，如此下去对八阿哥不利啊！"

胤禩略有恐慌地说："还请曹大人在皇阿玛面前美言几句，我胤禩一定不会忘记曹大人的恩德。"

曹寅叹息一声，告诫说："今后做事一定三思而行，万万不可莽撞，更不可意气用事，特别是和佟国维这样的人共事，一定记住：姜是老的辣。至于这南闱科场的风波要大事化小，小事化了，我会在皇上面前为你开脱责任的。"

曹寅回到京城后，把查访经过奏报康熙。为了给八阿哥开脱责任，他把科场风波的责任推在落榜的考生身上，这样便查无证据。对于胤禩更改名次一事，曹寅知道无法隐瞒，只好如实奏报，但他也把胤禩对佟国维与胤禛的怀疑一同上奏康熙。

康熙对曹寅的查访很不满意，但他也十分清楚，南闱科场事件与北闱风波一样，都是皇子之间的较量。康熙痛心之余，只好把责任推在这些大臣身上，一旨令下，将佟国维革职永不叙用。不久，又将曹寅赶出京城，到金陵老家任江宁织造。对于几位皇子，也都当面狠狠训斥一顿，令胤禛与胤禩闭门读书，洗心思过。

第十一章

雍郡王筹措赈灾款
张总督解说护官符

张长庚见时机成熟，便说道："曹不曹，白玉为马金作槽。阿房宫，三百里，住不下金陵一个史。东海缺少白玉床，龙王来请金陵王。丰年好大雪，珍珠如土金如铁。四阿哥，您可曾听过这段护官符？"

　　又是阳春三月。胤禛和喜子此刻便沐浴在江南三月的春阳之中，煞是爽快。

　　去年冬日，皇上派胤禛到江南筹粮筹款赈济河南、安徽、山东的水灾，胤禛借口身边缺个女眷，便把喜子带来了。那拉氏与年氏何尝不知道胤禛的心思，却也不点破，同意让喜子一同前往，只要不闹得太出格就行。

　　二人离开京师来到江南这山清水秀之地，真如开笼放鸟一般，纵情山水，一路游一路看，恩恩爱爱，无拘无束。特别是如今正值绿肥红瘦的大好春日，胤禛把筹银办粮之事交给属下督办，自己每日只是陪喜子在南京城周围的山水园林中流连忘返，真的没有辜负这明媚的春光。

　　这日，两人又在卿卿我我，猛然听到身后有人发出两声干咳，急忙回头观看，原来是随从金昆。胤禛急忙推开喜子，转过身来。

　　金昆上前说道："四爷，奴才现已查明，江苏巡抚韩世琦私下囤积大批金银粮饷，根本没有交出来赈济灾民的意思，请四爷定夺。"

　　"难道两江总督张长庚没有给韩世琦打声招呼？"胤禛疑惑地问。

　　"据奴才探到的消息，张长庚与韩世琦是穿一条裤子的，他们狼狈为奸，是一丘之貉，都是贪官污吏……"

胤禛训斥道："休得胡言乱语污蔑朝廷命官！韩世琦这人怎么样我不清楚，张长庚却是政绩显赫，多次受到朝廷表彰，临行前皇上还将他称赞一番呢！让我直接找他商讨筹粮筹款之事。那次会见张长庚时你也在场，他答得十分干脆，说马上给韩世琦下令，让他竭尽所能筹集粮款，他是言出必行之人，韩世琦怎会不买张长庚的账！一定是你办事不力或出言不逊得罪了这些地方官，才惹得他们生气不愿献出钱粮。"

胤禛把金昆训了个狗血喷头。

金昆倒也不恼："四爷可能不相信奴才的话，但有一件事不能耽搁：韩世琦囤积的钱财粮饷都在江阴，必须尽快派人查封，不然，他将这批财物转移了，我们就前功尽弃了！"

胤禛笑道："只要韩世琦有钱有粮他会捐出去的，这是为朝廷办事，他敢不卖力？何况谁不把粉往脸上擦呢？又有张长庚给我们撑腰，他韩世琦不看佛面还要看僧面呢！捐款赈济也是考察政绩的一个标准，韩世琦莫非做官做腻了？"

金昆知道再说也没有用，刚要走开，只听喜子说道："四阿哥，金昆说得也有道理，人心难测，万一韩世琦拒不交出钱粮，这赈灾的第一批款项筹集不到，第二批款项就更难了。如果四阿哥筹集不到钱财，这赈济之事就会泡汤。皇上知道后，是责怪他们不愿上缴呢，还是责怪四阿哥做事不力呢？四爷一定要把这件事做好，不然，皇上另派其他阿哥来办这事，四阿哥脸上无光不说，四阿哥在皇上心目中的形象也就一落千丈了。"

听喜子这么一说，胤禛清醒了许多，心中也敞亮了许多。喜子说得对，在众多阿哥中间，皇上唯独派自己来筹集赈灾粮饷，肯定有考验自己的想法，自己就应该拿出点儿真格的，让皇上知道自己不是废物，也让其他阿哥不敢小瞧自己。

胤禛把几位阿哥所做过的事在心中权衡一下，就数自己最没有成绩。特别是多年前平定噶尔丹叛乱中自己最丢人，吃了败仗不算还负了伤，后来虽然因祸得福在五台山照顾皇上养病，从而落得一个"孝"字，但在众朝臣中不服自己的大有人在。那年主持北闱会试，也给人留下许多抨击之处。如果这次外出做事再办砸了，他胤禛就彻底完蛋了。

我胤禛领兵打仗不行，但敛财赈灾这一点一定要做得光彩一些。胤禛暗暗下定了决心，他猛地站起来，说了一声："走！"

胤禛带着金昆和常赉来到巡抚衙门，大门关得死死的，一打听，韩世琦和江苏布政使苏赫都去扬州视察民情了，回来的时间不定。胤禛急了，这一拖，筹款的日子又不知拖到何时，救灾如救火，如今正值春季，是青黄不接的时候，拖延一天就会有人多挨饿一天，死的人也就会多一些。

胤禛后悔自己把事情估计得太简单了，原先以为自己是皇子的身份，又是打着朝廷的旗号外出敛财赈灾，所到之处必定积极配合，有钱的出钱，有粮的出粮，没钱没粮的出人。哪知道手下人忙活了一两个月也没筹集到多少钱粮，他原先认为是手下人无能，不会做事，如今看来不是这样，是地方官不配合。今天，他第一次亲自出马就吃了个闭门羹，心中好不恼怒。但也只好暂回馆驿，着人打听韩世琦何时回来，再去交涉捐款捐粮之事。

一晃半个月过去了，韩世琦与苏赫还是没有回来。一打听，这两人从扬州又到苏州去了。胤禛有点沉不住气了，决定再去找两江总督张长庚，请他从中周旋。

胤禛来到两江总督府，恰逢张长庚出门刚回来，胤禛暗自谢天谢地。二人分宾主坐下，胤禛就径直说道："张大人，朝廷所派收取赈灾款项的事，你是否给韩世琦说过？"

"这是朝廷所派，又是四阿哥亲自来过问这事，张某人岂能不尽心尽职呢？我不仅通知江苏巡抚韩世琦，也把这个任务分派到江西巡抚白如梅那里，令他们作为头等大事来做，务必筹到钱粮。只是最近看到各地送来的文书，这两江之地虽然较河南、安徽稍稍好一点儿，也是灾情不断，今年这个地方歉收了，明年那个地方又歉收了，旱灾、水灾也是不断，他们也有点儿自顾不暇呀。这不，最近听说扬州、苏州这两个产米的大户之地也发生了饥民抢米的事件，韩世琦与苏赫都下去平定民乱安抚民心去了。"

胤禛有点意外，将信将疑地问："有这种事吗？我听说韩世琦在江阴囤积了大量金银粮饷，不知张大人是否知道？"

张长庚微微一怔，马上摇头笑道："绝无此事，绝无此事！他在我的眼皮底下做事，他的一举一动我都一清二楚，这江苏省的收支能瞒得了别人，还瞒得了我张某人吗？四阿哥万万不可偏听妄言。等到韩世琦回来，我一定再催促他尽快筹款筹粮，多少也不能让四阿哥空手而回，就是江苏再歉收，也要保证四阿哥这次江南之行所筹集的第一批款项，救灾如救火，刻不容缓啊！"

胤禛十分感激地说："张大人不愧为朝廷重臣，处处为国家排忧解难，这催款之事还需张大人多多劳神。"

"应该的，应该的，为朝廷办事乃是我辈的本分。"

"请问张大人，据你估计，韩世琦能够筹集到多少款项或粮饷？"

"这个……卑职实在难以估计，只有等韩世琦到来才能初步有个大概。据我所知不会太多，这近三年的收成江苏还不如江西呢，我可以令白如梅多分担一些。"

胤禛略有些困惑，江西能比江苏收成还好，这实在难以置信，胤禛只是心中猜疑，并没有说出口。无论是谁，只要能够为他筹到钱粮就行。胤禛想了想说："江苏能否集到白银一千万两、粮食十万石？"

张长庚"啧"的一声道："数目有点大，只怕韩世琦难以完成。唉，也不是我这做上司的为属下叫穷，江苏如今也只是个空架子，对外讲肥得流油，实际上也是连年亏空。"

"不会吧，江苏境内仅盐税的收入也不止八千万两银子，怎会如此叫穷呢？"

张长庚连连摇头："四阿哥有所不知，如今黑道上的盐贩猖獗得很，他们和地方官勾结在一起，官商私下交易，大量食盐流入内地，官盐根本销售不出去，更谈不上税收了。"

"既然张大人明晰其中的原因，为何不从上到下，一治到底，还怕不能打击黑道上的盐贩子吗？"

张长庚叹息道："事情不像四阿哥所想象得那么简单，我也曾多次下令惩治贪官污吏和官商相互勾结的赃官与黑商，但每次做起来都是虎头蛇尾，最后是不了了之。"

张长庚心中暗暗冷笑：你虽是皇子，又能如何，你不是想要钱吗？我给你出个主意，让你拿不到钱还碰一鼻子灰，最后灰溜溜地滚蛋！于是张长庚说道："四阿哥，张某人忽然想到一个收取赈灾金的办法，正好可以先着手去做，你们自行收取一部分，等韩世琦回来再令他收取一部分，这样，第一批款项也就差不多了。"

"什么主意？请张大人快说！"

张长庚干咳两声说道："江苏富，富在南京，南京城内有许多达官显贵、巨商暴发户，如果从他们身上略微收取一些，至少也赶上江苏全省的两倍，但不知四阿哥愿不愿这样做？"

向私人要钱，胤禛心里盘算一下，这确实是个好主意。南京城里的商贾富户实在太多了，只要他们出点血，这第一批赈灾款项就足够了。只是向私人要钱，他们乐意给吗？

张长庚见胤禛不说话，故意激他说："向这些人要钱可不是一件容易做的事，必须是有胆有识能够镇住他们的人才行。"张长庚稍停片刻，又自言自语道，"嗨，如果是殿下来就好了，这些人只要听到殿下的威名，他们会乖乖地缴出钱粮。四阿哥，你不如先回京奏报皇上，让皇上派殿下再来收缴赈灾钱物，这样可能见效快些。"

胤禛哪里能够耐住张长庚如此激将，他把茶杯向桌子上一顿："何必往返奔波！就按张大人所说的，趁韩世琦还没有回来，这一段时间也无事可做，就先从南京的大户手中收取一部分，看谁敢抗旨不缴！"

张长庚见胤禛上当了，心中暗暗高兴，但他仍试探着说："四阿哥，如果他们都抱成团拒不捐纳，四阿哥面上也无光，不如再等上一些日子，待韩世琦回来后，问问他府库内还存银存粮多少，能够拿出多少，让官府多出点银饷是应该的，可是向私人要钱就难上加难了，他们可以交，也可以不交。即使四阿哥没有筹集到多少也没有什么。"

"张大人何出此言，这是关系到河南、山东、安徽等地灾民的生死存亡大问题，怎能说筹集到多少并没有什么呢？"

张长庚淡淡一笑，说道："据我得到的消息，皇上已派八阿哥到吉林、辽宁两省筹集粮款，最近又派十三阿哥到山西境内筹集赈灾款项。即使四阿哥筹集不到，还有其他两位阿哥呢！"

这个消息令胤禛感到意外，也足以说明皇上对他办事能力的怀疑。胤禛的心中很不是滋味，他沉默了许久，十分坚定地说道："无论别人筹集到多少银两与粮饷，我这趟江南之行决不能让皇上失望，这金陵城大户的款项筹定了，无论遇到多大的阻力，我胤禛都不放弃，请张大人务必帮忙！"

胤禛派人把捐资赈灾的告示贴满南京城的大街小巷，时间已经过了三天，仍不见一人到两江总督衙门捐献一个铜子和一粒粮食。

胤禛又耐着性子等了两天，仍然不见一人前来捐献，他再也忍耐不住，只好又找到张长庚。

张长庚慢条斯理地说道："俗话说'强龙不压地头蛇'，四阿哥让他们出粮出钱，他们当然不干，对此不理不睬是他们一贯的做法，我早已司空见惯了。"

"张大人，如何才能让他们愿意捐献呢？"胤禛问道。

"如何让他们心甘情愿主动来捐献我也没有办法，但我有一个办法能够让他们非捐不可。四阿哥一定听说过西门豹治邺的故事！"

胤禛豁然开朗，点头说道："张大人的意思是从金陵城内最有影响的大户做起，来个杀一儆百，只要这些有头有脸的贵族侯爷捐献了，其他人就会随着主动献上？"

张长庚随手从桌上拿起一份名单递给胤禛："这是金陵城内所有应该捐资赈灾户籍的名册，以供四阿哥随时备查。"

胤禛接过来，随便看一看："多谢张大人相助，但不知这金陵城内最有影响的门第有哪些？"

张长庚见时机成熟，便说道："四阿哥是否听到金陵城流传一句顺口溜，也有人称它为'护官符'，大意是这样的：曹不曹，白玉为马金作槽。阿房宫，三百里，住不下金陵一个史。东海缺少白玉床，龙王来请金陵王。丰年好大雪，珍珠如土金如铁。"

胤禛听得莫名其妙，不解地问道："这是何意？"

张长庚叹息一声："四阿哥，这说的就是金陵城内最有权有势、极富极贵的四大官宦乡绅的姓氏，如果你触犯了这四大家族的利益，轻则丢官免职，重则家破人亡，性命不保，因此叫'护官符'。"

胤禛气道："想不到金陵城内竟有如此飞扬跋扈的乡绅恶棍！别人怕他们，你这两江总督也不敢铲除他们吗？到底是哪些乡绅大户，我胤禛倒想碰碰他们！"

"即使我不说，四阿哥也会猜出是哪四大家族来！"

胤禛一怔："莫非是曹氏家族？"

张长庚点点头，说道："除了曹家，还有王家、史家、薛家，他们四家互有姻亲关系，彼此相互结交连为一体。其他三家且不说，我张长庚能动了别人，还敢动了曹家一根汗毛？"

胤禛不得不承认，张长庚虽然是两江总督，身为封疆大吏，但和曹家相比，实在不足一提。且不说曹寅如今是江宁织造，专门负责皇室的贡衣，单就曹家和皇室的关系来说，佟国维、纳兰明珠这样的满洲豪门显贵也未必胜过曹家。在胤禛的印象中，他懂事的时候，曹寅就和皇阿玛一同出进，关系亲密如同手足。后来从皇祖母那里才知道，曹寅的母亲是皇阿玛的奶妈，曹寅与皇上是同吃一个人的奶长大的，二人年龄也一般大小，从小就一同在宫中玩耍、读书、练武。皇上八岁登基，智擒鳌拜就是曹寅等人的大力协助，后来曹寅被皇上封为一等侍卫，可以不必通报带刀直接面见皇上，这个特殊的待遇，他们这些做皇子的也享受不到，可见曹寅与皇上关系的密切程度。胤禛更加明白，有许多宫中的秘密就是皇后不知道的事曹寅都知道。比如他在五台山上偷听到的秘密，曹寅不仅知道，而且是主谋人之一。不仅有这些关系，曹家还是皇亲国戚，曹寅的长女是皇上的宠妃，御封僖贵妃。多年前，因南闱科场案皇上派曹寅亲自查访，因那事牵连人太多，曹寅在上报中隐瞒了部分真相后被皇上知道，震怒之下才降职外调，回南京老家任江宁织造。当然，更多的人说是曹寅因年岁偏高自愿回乡任职的。不过，胤禛一想起那次南闱科场案就对曹寅耿耿于怀，因此，这次到南京办事别说去曹府拜访一下，连个招呼也没打。想不到，如今必须和曹家打交道，真是冤家路窄！胤禛打定主意，要想在江苏省内募到赈灾物资，必须在曹家头上开刀，曹家不出头，这个款项是筹集不到的，即使筹集一点，也是寥寥无几。反过来说，只要曹家带个头，这募捐一事也就不在话下了。

胤禛辞别张长庚，直接乘轿去曹府，他决定来个先礼后兵、先软后硬的策略，先礼节性地拜访曹家，探探口风，如果曹家知情达礼顺利缴出钱粮再好不过，万一曹家拒不纳捐，他再来硬的，能否斗倒金陵曹家，胤禛心中没底，他知道在皇上心目中，自己的位置远远抵不上曹寅。但胤禛也有几分自信，他是奉命为朝廷募集救灾物资，理上占先。

胤禛下了轿，举目一望，高大的门楼上有一巨幅匾额，上书"敕造荣国府"五个大字，朱漆大门两旁蹲着两个大石狮子，旁边开着一个偏门，两个带刀兵丁旁若无人地守候在门前。

金昆递上拜帖，那守门兵丁仔细看了看，急忙递了进去。不多久，朱漆大门咯吱吱地打开，走出一位身穿蓝缎子长袍的青年人，这人急忙上前施礼道："不知四阿哥到此，曹颙迎接来迟，请四阿哥见谅。"

胤禛踌躇一下说道："不必客气，我是有事来见曹大人的。"

"回四阿哥，家父不在舍下，有什么事先到寒舍叙谈吧！"

二人来到会客堂，曹颙命人上茶，他们边吃茶边谈。

胤禛问道："曹大人去了哪里？何时回府？"

"家父奉命置办一批龙衣，亲自押运去京城了，至于何时回来并没有讲，少则也要一月两月的，多则就难说了。"

胤禛有心事，忙打断曹颙的话："曹大人何时去京师的？"

"回四阿哥，前天才动身离去。"

胤禛一听，真是气得七窍生烟，好个曹寅，你真够滑头的，逃了和尚跑不了庙，你溜了更好，我来收拾你的家人。胤禛强压心中的怒火道："既然是曹大人不在，只好有劳曹公子啦，我也就直言不讳了。你们府一定收到催缴赈灾物资的知照文书，那上面写得十分明白，按照要求，你们曹家至少要出二十万两银子的物财，请你尽快筹备齐全亲自送到两江总督衙门，我在那里派人清点。"

曹颙对此事早有思想准备，不慌不忙地说道："既然是四阿哥催办，我们曹家当然应该竭尽全力支持，也是为朝廷出力嘛！只是我整日埋头读书，对家事从不过问，家中能否凑足二十万两银子也很难说，这事还是等到家父回来再说吧！"

胤禛不容他推三掩四解释下去，霍地站了起来，冷冷地说："限你五日之内把钱粮送到两江总督衙门，如果不能按期上缴，我胤禛会亲自带人来取，到那时别怪我胤禛为人不讲礼貌，做事不讲情面！"

"五日之内？这……二十万两银子又不是一个小数目，请四阿哥为我们这满府三百多人着想！"

"哼！你不必哭穷了，别说二十万两，就是二百万两银子对你们曹家也是九牛一毛，瞧瞧你们曹府的气派，皇宫大内也不过如此。"

"这样建造与装饰都是为了迎驾的需要，每次皇上南巡都要驻跸这里，还有僖贵妃娘娘的省亲。这些花费都是皇宫拨给的，我们曹家哪有这个费用呀？家父为官清正廉洁，是满朝文武甚至皇上都知道的。"

胤禛冷冷一笑，随口念道："'曹不曹，白玉为堂金作槽。'如果这金陵的曹家也哭起穷来，只怕老百姓讨饭都找不到地方了。五天之内务必上缴二十万两银子！"说完大步走了出去。

"四阿哥，四阿哥请留步，只怕我们曹家倾家荡产也凑不足二十万两银子。"曹颙紧跟着追了出来。

胤禛只作没有听见，头也不回地走了。曹颙把胤禛催逼赈灾款项的事告知母亲，这位御封一品诰命夫人听后只是略微点点头，略带不满地说："他胤禛如今是翅膀硬了，不把我曹家放在眼里，当初不是老爷出手相救，只怕他早就落入那伙入宫行刺的歹人手里，哪还有今天，恩将仇报，逼款逼到我曹家头上了，我随老爷这么多年还从来没见过谁这么撒野、胆大妄为呢！就是皇上对咱曹家也是客客气气，每次巡幸江南驻跸府内总是问寒问暖，赏赐一大批御用器物。"

"奶奶，就五天的期限，必须尽快想办法，要么让奴才乘快马去追老爷回来商讨对策？"曹安从旁边说道。

史夫人轻轻摇摇头，说道："实话告诉你们，老爷押运龙衣上京就是为了躲避四阿哥的讨债。老爷一走，我们把责任全推到老爷身上，就说家中没钱，看他胤禛能够怎样！"

曹颙略带不安地说："四阿哥态度十分强硬，倘若我们五日之内缴不出二十万两银子，他带兵入府来搜呢？"

"胤禛只带一些随从人员，他哪来的人马四处搜查、强取？"

曹安又提醒说："四阿哥没有兵，但两江总督手中却是有兵的，小的以为都是两江总督张长庚出的馊主意，让他向我们曹家要钱要粮，不然，四阿哥对金陵城内的大户怎么了如指掌呢？"

　　史夫人点点头："曹安说得在理，一定是张长庚从中作梗，他想借四阿哥之手扳倒我们曹家。"

　　"张长庚这一招也够狠毒的，我们不如老老实实交出二十万两银子，反正我们家又不缺银子，破财免灾，图个平安也好……"

　　不等曹颙说下去，史夫人打断了儿子的话，有点生气地说："我和你父亲一生争强好胜，怎么就生下你这胆小怕事无用的儿子！我曹家的银子再多，也不能拱手让与他人！我不仅一毛不拔，而且让王家、史家、薛家也都不出一文钱，他胤禛与张长庚能够怎样？"

　　"如果他们带兵来搜抄呢？"曹颙不放心地问。

　　"哼！他们敢！这荣国府是敕造，那几个大字是圣上亲笔御书呢！没有皇上手谕，一兵一卒也不敢进我的家门。别说老爷不同意，贵妃娘娘知道了也不会同意的，有贵妃娘娘撑腰，他四阿哥岂奈我何！"

　　"要不要现在就派人追赶老爷，把这事报告给贵妃娘娘？"

　　"现在还没有这个必要，先派人和王家、史家、薛家通通气再说，根据事态发展寻找对策。俗话说，'兵来将挡，水来土掩'嘛，怕什么！"

　　曹颙犹豫了半晌，最终鼓足勇气问道："母亲，孩儿不明白，咱家与张长庚到底有何冤仇，两家同在一城内竟然闹得那么僵？"

　　史夫人看一眼儿子，悠悠说道："荣国府与两江总督府同在金陵城内，一山不容二虎，两家的主人且不说，就是属下人都互不服气，街头相见如同仇敌，日子一久，自然生出许多事端来。起初只是心中存有芥蒂，但表面上老爷和张长庚还是比较客气的，遇到重大的事相互磋商，逢年遇节相互拜访。直到那次应天科场案发生，你父亲奉皇上之命来应天访查案情，两家矛盾正式由暗而明，结果闹了一个不大不小的争执，一直闹到京城由皇上调停才算完结。"

"父亲负责查访南闱科场案，怎么会与张长庚产生矛盾呢？"

"还不是为了八阿哥，他当时是南闱副主考，那时，张长庚才是江南学政，南闱事件与他有直接关系，他当然从中阻挠你父亲的访查工作，主考佟国维也极力阻挠你父亲的访查活动。据说，还牵扯到这位有爱银癖的皇子胤禩呢。不知什么原因，在那次查访南闱科场事件中，你父亲偏向八阿哥，说了许多不利四阿哥的话。为了那件事，佟国维罢职，张长庚降级，你父亲也因为有过，从京师调任金陵。"

曹颙不解地问："张长庚被降职，怎么如今是两江总督呢？官位可比我父亲大多啦。"

"这还不是因为他那在京做大官的岳父阿灵阿，此人也算当朝一位显赫的权臣，手握兵权，又是皇族至亲。有他从中撺掇，张长庚当时虽然降了职，事隔一年就官复原职，经过这几年的浑水摸鱼，竟升到了两江总督，真是令人难以置信。唉，如今世道就是这样，该兴的按也按不住，该败的扶也扶不起啊！"

江苏巡抚韩世琦刚刚回到南京，就悄悄拜见了张长庚。

"张大人，学生听说四阿哥因为筹集不到赈灾的款项急得如热锅上的蚂蚁，正准备向金陵城内的乡绅大户要钱要粮呢！"

张长庚嘿嘿一笑，说道："不是准备，而是已经开始了，一般乡绅且不说，仅曹、王、史、薛这四家就难以通过，这样拖延一两个月，无论四阿哥筹到筹不到，我就可以向殿下交代了。嘿，我借四阿哥之手整治曹寅的目的也就达到了。你我只管坐在高山观虎斗吧！"

韩世琦跷起大拇指说："张大人就是高，这叫一箭双雕，不，应该是一箭三雕，挑起四阿哥与曹寅的矛盾，又讨好了殿下，嘿嘿，张大人又要升迁了。如果大人升调京城，这两江总督可不能忘了我韩世琦。"

"当然，当然，你我是水涨船高、水涨船高。"张长庚忽然想起了什么，又转身问道，"世琦，江阴的那批货款粮饷处理得怎么样啦？"

"学生按照老师的吩咐全部转移到安全地方了。"

张长庚点点头，说道："四阿哥表面上不声不响，心中却诡计多端，在众皇子之中，是最有心计之人，他这次下江南敛财赈灾也是别有用心的，在皇上面前露一手不说，也有捞银子的意思。"

韩世琦不解地问："这些阿哥们还愁没有钱花吗？要借赈灾的机会敛财？"

"这你就不明白啦！这些皇子哪一个愿意老老实实地待着，谁不窥视着殿下的位置，为了能够博得皇上的欢心，皇子们明争暗斗，拉拢朝中权臣和地方大员，也私自在府中收养一些武林高手和谋士，这些能不需要钱吗？听岳父大人讲，有好几位阿哥都私下经商呢！"

"皇子经商！"韩世琦惊讶地问，"下官从来没有听说过，他们都做些什么买卖？皇上能够容许他们这样做吗？"

"嗨，皇子经商当然不会像一般商人那样直接倒买货物，他们都是雇佣一些人在外从事一些各地禁运的货，从中牟取大钱。有时，也和地方官一起合伙经营，比如我让你转移的这批财物。"

韩世琦一怔，说道："张大人的那批货中莫非有殿下的份？"

张长庚知道自己一高兴说漏了嘴，无法隐瞒了，只好点头说道："实不相瞒，你以为那是我经营的财物，我张长庚哪有这个胆量？那都是殿下的东西，我不过是为殿下看管一下。"

韩世琦这才明白太子手下的人为何经常到张长庚这里来，他原来以为那批财物都是张长庚的呢，原来是殿下的。

其实，张长庚并没有向韩世琦兜底，那批财物是他和太子共同经营的，也有他的一份。这次胤禛到金陵募款赈灾，他是奉命行事，不论谁的财物都敢取，张长庚当然担心胤禛听到什么风声，把他和殿下多年经营的心血拿走，所以让韩世琦外出转移。

韩世琦也不傻，他在帮助张长庚经营的过程中也捞到不少好处，在那批货款中也有他的份子，否则，他为何那么积极主动？当然，他瞒着张长庚私下经营的事张长庚也有所耳闻，但他装作不知。不给韩世琦一点儿好处也不行，张长庚虽是两江总督，但必定在江苏巡抚所直接管辖的地面上，没有他的许可，张长庚的过往货物也不会那么顺畅。

天已近午，韩世琦要告辞离去，张长庚极力挽留说："许久没在一起坐坐了，今日难得这么清闲，痛痛快快畅饮几杯，我还有几件事要交代你呢！"

韩世琦也不推辞，二人边饮边谈。

张长庚提醒说："那批货物虽然转移了，但也不能大意，应告诫手下的人暂时停止经营，以免惹出不必要的麻烦。"

韩世琦不以为然地说："张大人未免太胆小了，不就是四阿哥嘛，他从京师才带来几个人？放开手让他们查，又能查到什么？"

"这些日子你离开了南京，不晓得情况，实话告诉你，四阿哥已经向我提及你在镇江的那些货款粮饷，被我敷衍过去了，这说明他的耳目还是挺灵的，大意不得，你没有与四阿哥打过交道，玩起手腕来你不是他的对手，何况他又打着皇上的旗号，万一出了事，我们也不能太硬，这也是我利用他对付曹寅的原因。"

韩世琦放下酒杯，问道："依张大人之见，下一步该怎么办呢？"

"先观望几天，看看他与四大家族较量的结果，如果四阿哥没有从四大家族中敛出多少财粮，你就从府库内拨一部分给他，既稳住了四阿哥的心，也表明我等支持朝廷赈灾的立场。以防四阿哥在一无所取的情况下不择手段，那时，你转移的货又可能成为他敛财的对象。倘若那批货款出了事，与殿下的交往就算完蛋了，后果你也明白。"

韩世琦连连点头，张长庚又说道："四阿哥手下有个博尔多，有勇有谋，镇江那批货就是他打听到的，这人必须防着点儿。"

"依张大人之见如何做，要不要派人把这个博尔多给干掉？"

张长庚连连摇头，说道："不可莽撞，万一手下人做事不利索，这个祸就闹大了。请你放心，我已经派人去做了，保证让你有好戏看。"

二人正说到兴头上，酒也正喝到二巡，忽然守门人来报，说四阿哥来见。韩世琦起身要走，张长庚拦住了他："已经躲避了多日，再躲他会生疑的。"

张长庚与韩世琦出门去迎，胤禛施礼说道："韩大人好忙呀，刚回到南京，府上都没来得及回就来到张大人这里，害得我跑了半天。"

韩世琦急忙说道："为四阿哥募集赈灾款项的事，我临行前就派人布置了，也不知属下的人办得怎样，我回去后立即查问一下。"

胤禛略带不满地说："据我手下人报告，根本没有任何行动。"

韩世琦边向胤禛赔罪，边解释说："四阿哥放心，我回去后一定亲自过问这件事，赈灾乃是朝廷大事，救灾如救火，岂能拖延下去！"

张长庚把胤禛请到客厅，重新换上酒菜，三人边吃边谈。

张长庚一边向胤禛敬酒，一边说道："刚才我已经同世琦谈过了，江苏的财政再困难，他也会尽力支持四阿哥的，一定多方募集，为四阿哥筹到第一批赈灾的物资，他初步估计了一下，不会太多。"

"据韩大人估计大概能募集到多少呢？"胤禛问道。

韩世琦立即哭丧着脸说："去年江苏虽然没有遭到洪灾，但也有许多府县歉收，产粮重地扬州、苏州的收成也不好，最近这两地还发生灾民闹事呢！除了江苏本省留用外，其余物财尽量全部捐献给四阿哥，至于多少实在难以估计。"

胤禛一听这话，面露失望之色。

张长庚试探着说道："金陵城的乡绅大户都肥得流油，但不知四阿哥是否分派下去了？"

这句话触动了胤禛的心事，他十分恼火地说："一般乡绅就不提了，曹、王、史、薛四大家族都是朝廷命官，不仅不主动捐献为朝廷分忧解难，而且相互串通拖延时间，还以种种原因为借口拒不捐纳。五日期限已到，没有一家主动送上来的，真是岂有此理！"

　　张长庚趁机火上浇油说："只要四阿哥能让曹家捐献出所定的物款，其余的人就会主动送来了。'擒贼先擒王'就是这个道理，关键是看四阿哥能不能镇住曹家。"

　　这时，金昆急匆匆进来附在胤禛身边嘀咕几句，胤禛大吃一惊，急忙站起来说道："二位慢饮，我有要事先行一步，改日待我筹集好赈灾款项，一定请两位大人开怀畅饮。"

　　胤禛走后，张长庚端起酒杯，奸声笑道："嘿嘿，据我估计四阿哥又遇到了头痛之事，恐怕还会有求于你呢！如果真的找到了你，一定要摆摆架子，拖一拖时间。"

　　韩世琦不解地问："张大人，到底是何事，能否先向学生透露一点儿，也让学生心中有个数？"

　　张长庚微微一笑，说道："到时候你自然明白，来，干一杯！"

　　韩世琦见张长庚高兴，故作聪明地说："大人不讲，学生也明白，一定是与那个博尔多有关，哈哈，对不对？"

　　张长庚连连点头，忽然又想起了什么，正色说道："当初我让你携同苏赫一起外出，是为了防止苏赫私自向四阿哥透露什么信息，如今想来也有失误，你和他一同起居，转移货款之时他是否有什么觉察？"

　　"请大人放心，做那样的事学生岂能让他知道，我们根本没有去镇江，他如何知道呢？我只是密令得力之人分头去做的，可以说神不知鬼不觉，苏赫纵有千里眼顺风耳的本领也不会知道。"

　　张长庚这才放心地说："这就好，不过仍然不可大意，苏赫早晚是个祸根，此人不贪财色，为人严谨得很，是个很难收买的角色。"

"张大人何不奏请殿下将苏赫调离金陵呢？最好是将其革职。"

　　"你以为殿下的本领通天？当今圣上是何等人，他怎会给殿下放权，何况其他阿哥也都在窥伺殿下的位置呢！巴不得让二阿哥出事呢，二阿哥怎敢胡作非为，这经商一事都是暗中所为，让皇上与其他阿哥知道那还了得。"张长庚稍稍顿了顿又说道，"你也不必太担心，皇上年事渐高，殿下登基大宝的日子不会太久了，到那时，你我……嘿嘿，干杯！"

　　韩世琦忙举杯道："为殿下早登大宝、张大人早日升迁，干杯！"

第十二章

宿暗娼下属误大事
卖狗肉小厮道真情

胤禛和颜悦色地对李卫道："我可以让你跟随我左右，总比你整日卖狗肉强百倍吧？"李卫急忙跪下叩头道："四爷让奴才去死，奴才要皱一下眉头，天打五雷轰，死后让鹰啄尸！"

胤禛听说博尔多因嫖娼失手打死一名女子被应天府拘押在大牢里，他气得嘴唇发抖。这些不争气的东西，不能为他做事争面子，反而惹是生非、丢人现眼，这事一传出去，金陵的百姓该怎么想？他这赈灾的事还做不做？

生气归生气，但毕竟是自己的手下人，他不能不问。胤禛无奈，带着金昆、常赍二人直奔应天府衙。

常言道："好事不出门，坏事传千里。"事发之后，应天府尹徐春生就接到禀报，说四皇子手下人光天化日之下强奸民女致人死亡。徐春生十分生气，下令捕快将博尔多缉拿归案，打进大牢，专等四阿哥向他要人时再做审理。

徐春生听到禀报说四阿哥求见，这是早就预料到的，他不慌不忙地吩咐属下人按皇子的礼仪出门迎接。

胤禛坐定之后便直接问道："我是为博尔多之事前来询问事情经过的，不知徐大人是否审理过？"

徐春生欠身说道："下官正准备开庭审理呢，没想到四阿哥来了，正好当着四阿哥的面审理。自古有'王子犯法与民同罪'之说，我想四阿哥一定不会因为自己手下之人坏了大清的法纪吧？"

胤禛额头冒汗，他知道这位知府不好讲话，只淡淡地点点头："徐大人的意思我十分明白，我也不是为博尔多讲情的，只想了解一下事情的真相，徐大人尽管秉公断案。"

"那好吧，请四阿哥监督下官审理此案！"

徐春生说着，一拍惊堂木："来人，带凶犯博尔多！"

没多久，博尔多披枷带锁地被推了上来，他一见胤禛坐在旁边，急忙跪倒泣声说道："四爷，奴才辜负了您的栽培，奴才对不起您，奴才给四爷惹麻烦了。"

胤禛气得脸色铁青，厉声喝道："这里不是雍郡王府，这是应天府大堂，快把所犯罪行从实招来！"

博尔多跪着向前挪了两步，高声喊道："四爷，我冤枉，奴才是遭到他人陷害，奴才根本没有杀人，请四爷给我做主。"

胤禛瞪了博尔多一眼，向他使使眼色："有什么冤屈只管向徐大人说来，徐大人会给你主持公道。"

博尔多会意，立即转向徐春生："徐大人，小人是被人陷害，小人根本没有杀人。"

徐春生心里道：我徐某不是见风使舵之人，别说你的主子是四阿哥，就是当今圣上我也决不心慈手软！徐春生喝问道："大胆狂徒，人证物证俱在，还敢抵赖，来！重责五十大板，看他招不招！"

两旁的差役不问三七二十一，上前把博尔多按倒在地，噼里啪啦就打了起来。五十大板把博尔多打得皮开肉绽，起初他还一口一个冤枉，后来连喊冤的力气也没有了。

胤禛坐在旁边也十分心疼，但他什么也没说，紧绷着脸看徐春生审案。

徐春生见博尔多不再喊冤，这才冷冷地问道："博尔多，你还是如实招来，免受皮肉之苦，否则，挨了打还得招出来，不值得啊。只要你如实招来，本府会根据案情轻重酌情从轻处理的，你招是不招？"

博尔多强忍疼痛，咬着牙崩出几个字："我没杀人招什么？"

"如此嘴硬的凶犯真是少见，打，给我再打五十大板！"

博尔多忽然踉跄站了起来，手指徐春生骂道："你不问青红皂白，就是打、打，也不问一问事情经过，想把大爷我屈打成招吗？"

这几句话确实提醒了徐春生，他低声询问站在旁边的捕快头孙四忠："孙捕头，事情经过到底是怎么一回事？"

"回大人，我接到报案后立即带领几个兄弟赶到现场，只见一个女子已死去多时了，小的检验了尸体，那女子三十多岁，人长得挺受看的，身上没有伤疤，但脸发青，鼻孔似有血渍，经验证是中毒而死，我等又在博尔多的身上搜到一包毒药，验明是砒霜，由此推断凶手就是博尔多，同时，旁边也有几人证明人是他杀的。"

徐春生又来了劲，说道："博尔多，你还有什么话可说？"

博尔多不慌不忙地说："徐大人，我博尔多还不至于傻到下过毒后还把砒霜放在身上吧？"

徐春生仔细一想，博尔多所言也有道理，他看看捕头孙四忠。孙四忠会意，立即说道："有人证明那宋姑娘是你杀的。"

"那你们就把证人带上堂来，我要当面和他们对质。"

徐春生唯恐判错了案子，立即命孙四忠和两个衙役一起去带证人。不久，二个证人都到了大堂。徐春生看看二人，朗声说道："博尔多杀人是你们二人亲眼所见还是亲耳所听，尽管从实说来，不得有半点虚假，本大人给你们做主，放心说吧！"

"谢大人。"李六跪下说道，"昨天早上，我和吴七从赌场出来，刚到小街口拐弯处，猛然听到头上的一间房子里发出一声惊叫，我俩急忙跑上楼去，这时，他正开门向外跑。我和吴七正好堵住了他，他连忙说人不是他杀的。我们两人这才知道屋内发生了人命案，进去一看，死的人是宋美红。吴七一看人死了，就急忙大喊救人，四邻八舍赶上来抢救时，才发现她已经早死了，身子都凉了，这才派人报案。小人句句是实，不敢有半点虚假，请大人明察。"

徐春生一听，才知道李六和吴七并不是目击博尔多的作案之人。徐春生扫一眼吴七，又喝问道："吴七，你有什么需要补充的吗？"

吴七磕头说道："回知府大老爷，李六所讲句句是实，小人要补充的是我俩昨晚赌博输了个精光，离赌场后两人一合计，决定到宋美红那里讹点钱，谁知碰到的竟是一桩人命案。"

徐春生一怔，急忙问道："这么说你二人认识那死去的女子？"

吴七又磕头说道："实不相瞒，我俩也经常到宋美红那儿去，小人辛辛苦苦挣点儿钱除了输在赌场上外，差不多都填和她了。"

徐春生明白了几分，又问道："你把这宋姑娘的身世和平日所作所为尽自己所知道的全部讲来！"

吴七结结巴巴地说："是，大人。据小人所知，宋美红父亲早亡，是随母亲流落到南京的，母女俩相依为命，靠给人家缝缝洗洗过日子。两年前母亲一命呜呼，她为了给母亲治病安葬欠下人一笔钱，为了还债就做起了暗门子生意。宋美红说她只是想把债还了，然后挣点钱就回芜湖老家去了。谁知道竟然发生了这样的事。"

徐春生又对博尔多说道："博尔多，把你与宋美红接触的前前后后每一个细节都如实讲来，本府会秉公而断。"

"谢大人。这些天来，我奉四阿哥之命在老皇城街一带督促收集赈灾物资。不知什么原因，那宋姑娘竟跑到我的住处找我，要和我交个朋友，我感到莫名其妙，就把她轰走了。谁知她并不恼，接连几天都打扮得花枝招展来找我，但我一直没有理睬。渐渐地，我发现她并非轻薄女子，也就有了往来，只是没有乱了纲常。昨天晚上，她又来找我，说求我办点事，让我到她家里去，我就答应了。不知何时她在我酒里放了春药，酒劲加上药劲，我们俩人就行了那事。一觉醒来天已大亮，我猛然发现宋姑娘不知何时已经死了，这才知道闯了大祸，正准备报案，刚开门，这两个人恰好赶到，后边的事徐大人已经知道了。"

徐春生冷冷纠正说："你不是去报案，而是准备逃跑，对不对？"

"无论是报案还是逃跑，我根本就没杀人！我和她吃的同样的菜，喝的同样的酒，至少在我睡着前她还没有死去。"

"那你身上的砒霜做何解释呢？"

"这……"博尔多语塞了，但又争辩说，"我从来也没有带过砒霜，甚至连砒霜都没有见过，身上怎会有砒霜呢？我也感到奇怪，这一点四阿哥可以作证。"

不待胤禛开口，徐春生就冷笑道："四阿哥只知道你的表面，怎会知道你的内心呢？一包砒霜那么少，随处都可买到，如果你有杀人之心，又怎么会让别人知道呢？"

博尔多见自己辩白了半天徐春生仍丝毫不为之动，急忙向胤禛叩头说道："四阿哥，奴才冤枉，请四阿哥为奴才做主！奴才死不足惜，奴才也不是贪生怕死之人，但奴才不能这么不明不白地被冤屈而死。"

胤禛知道自己不能再沉默下去了，清理一下嗓子说道："徐大人，我有几个细节要问一下博尔多，你是否同意？"

"四阿哥请问！"

"博尔多，我且问你，你和宋姑娘所吃的酒菜是从何而来？"

"菜是宋姑娘事先做好的，那酒是刚买回来的。"

胤禛点点头："当你入睡时，宋姑娘有没有睡觉？"

"回四阿哥，奴才记得，我们完事后她出去小解，后来我就睡着了，也不知道她何时回来的。"

胤禛又提醒说："你仔细想一想，宋姑娘在和你接触的过程中有没有什么反常的行为，或做出一些不合情理的事？特别是事发的那天晚上，宋姑娘是否有什么可疑的行为，或什么人去找过她？"

博尔多冷静地思索片刻，忽然说道："有，起初我认为宋姑娘是妓女，她这样纠缠我一定是为了钱，为了早早打发走她，不让她再去住处找我，我给了她十两银子，但她分文没要，后来也一直没有提钱的事。如果按照李六、吴七两人所说，宋姑娘是暗娼，为了挣钱才做起这种事来，我给她银子为何不要，后来也一直没有提及钱呢？"

不等胤禛开口，徐春生就反驳说："她那是放长线钓大鱼，她知道你是奉命募集赈灾物资的，在你手中经过的银子何止成千上万，与十两银子相比，谁轻谁重自然明白，这才是她勾引你的真正目的。"

博尔多忽然想起了什么，对胤禛道："四爷，还有一件可疑的事，那天晚上，我正和她喝酒，忽听楼下有人喊了两声宋姑娘，她就急忙下去了，过了足有一盏茶的工夫才上来。我问她去干什么了，她说一个街坊邻居让她帮忙做点事，至于做什么我就没问了。"

"那个喊她下楼的人是男的还是女的？"胤禛立即警惕地问道。

博尔多想了想说："听声音好像是个男人，由于我正喝在兴头上，并没有在意什么人喊她。"

胤禛说道："徐大人，博尔多虽然存在作案的可能，但是，并不能肯定他就是凶手，他只是嫌疑人，你以为呢？"

"下官以为，尽管不能肯定他是凶手，但也不能否定他是凶手，四阿哥以为呢？"

胤禛只好点点头。

徐春生正色说道："此案尚需要进一步调查，然后再做定论。此案未定之前不能放出嫌疑人，四阿哥不会怪罪下官不讲情面吧？"

胤禛只好附和道："徐大人为朝廷办案，秉公而断值得大加提倡和嘉奖，岂有怪罪之理？就请徐大人多方查处，早日定案，如果真是博尔多所为，依法论处，为民除害。如果不是博尔多所为，有劳徐大人尽快放人，我如今募集赈灾物资事务繁多，正在用人之际，请徐大人谅解我的一片心意，海涵海涵。同时，我也恳请徐大人在赈灾一事上也多多关照，救灾如救火呀！"

"请四阿哥放心，徐某一定尽力而为，为朝廷出力是我辈天经地义之事，岂敢有丝毫怠懈之心。"

胤禛告辞离去，徐春生高喊一声："退堂……"

正值绿肥红瘦、莺歌燕舞的大好春光，在这温柔之乡的江南六朝古都，可以说如歌如画、如酒如诗，不是诗人也可张口就是诗，不是词人也能开口就是词。但胤禛却激不起一点诗兴与词致，他独自换了身便服走出门来，想溜达溜达，排解心中郁闷，也顺便到市井中走一走，听听街头百姓对来南京募捐赈灾一事有何反应。

胤禛刚走几步，金昆就追了上来。

"四爷，喜子姑娘对爷独自外出不放心，让奴才跟上。"

胤禛回头斥道："有什么不放心的，我一个七尺男子汉还能让人给生吃了？你回去告诉喜子，我出去走走，中午就回来，没有什么担惊受怕的，又不是上战场入贼窝！你快回去吧！"

金昆讷讷说道："四爷，这金陵城不同于咱京城，乱得很，博尔多不就是个例子，他是遭到别人的暗算，是有人故意陷害他。奴才以为，陷害博尔多的真正目的是对着四爷您的，想阻止咱们募集赈灾的事。"

"有什么值得害怕的，我就是要去找他们，看他们还有什么卑劣手段尽管使来，你们谁都不许跟来，我要独自到街上碰一碰，看看能否再遇到与博尔多类似的事。"

胤禛转身走了，金昆明白他的脾气，也不敢直接跟着，只得偷偷看着他到什么地方去，然后自己也换上便装远远跟着。

胤禛无头苍蝇般在街上转悠了一阵子，更感到愁绪难排，不知不觉来到一个酒楼前，匾额上题了"花映楼"三个字。这时，楼上传来一位歌女脆生生的歌声："原来姹紫嫣红开遍，似这般都付与断井颓垣。良辰美景奈何天，赏心乐事谁家院！恁般景致，我老爷和奶奶再不提起。朝飞暮卷，云霞翠轩；雨丝风片，烟波画船。锦屏人忒看的这韶光贱。"

胤禛在门前只略踌躇了一下，便信步进入店内。

胤禛随便点了四个小菜和一壶酒，自斟自饮，想着心事。猛抬头，两个风度翩翩的公子步入店内。只见两人一样圆顶八块青丝小帽，上身也一样的蓝底紫花小马褂，下身都是开衩白绸长袍子，厚底大红鞋。再看两人的相貌，胤禛不觉一愣，容貌与个头，包括神采气质、举止简直一模一样。哦，原来是一对双胞胎。

戴家兄弟在胤禛旁边不远处的一张桌子旁坐下，也点了四个小菜，边吃边饮边谈论着身边的事，大多都是会朋访友、赋诗填词之类的应酬事，胤禛并不感兴趣。忽然，这戴家兄弟谈论的一句话引起他的注意。

"哥哥，我们刚才从街上经过时，你有没有听到几个孩童在唱这么一句顺口溜：四皇子到金陵，金陵大户要变穷。四阿哥募钱粮，黄河百姓饿死光。"

"弟弟，你也相信这些鬼把戏。依我之见，这是那些别有用心之人为了阻止四阿哥募集赈灾物资故意编造出来的，想借百姓之口给四阿哥出难题，或者说是要逼走四阿哥。"

戴家弟弟说道："四阿哥到了金陵，那些乡绅大户日子不好过，可他们哪里知道四阿哥的日子更不好过。四阿哥坐镇金陵几个月没有筹集到一粮一款，如何向皇上交代，倘若皇上怪罪下来，是驴不走还是磨不转？"

胤禛一听戴家弟弟把他比作驴，气得哭笑不得，但又没有理由发作，又听弟弟说道："皇上当然不会直接责备地方官不配合，也不会责怪金陵的乡绅大户不愿捐纳，只会责怪四阿哥办事不力。"

"唉，人心不古呀，为富不仁。去年洪灾，黄河两岸可谓'白骨露于野，千里无鸡鸣'，从大水中逃出来的黎民百姓如今也是水深火热，挣扎在死亡线上。张养浩《山坡羊》道得好：'兴，百姓苦；亡，百姓苦！'"

"哥哥，把咱父母留下来的那点家业都捐上去算啦，也算咱哥

234

儿俩为那些受冻挨饿的灾民献上一份爱心。"

"弟弟，你没有喝多怎么就说起胡话来？"

"怎么，难道哥哥不同意？"

"唉，不是我吝惜那份庞大的家业，你可知道，这金陵城内想捐献钱粮之人也非只我兄弟二人，大部分人家是想捐而不敢捐。"

"哥哥，你越说我越糊涂了，自家的财产想捐就捐，想送给谁就送给谁，有什么不敢捐的呢？"

胤禛也在旁边听晕了，难道有谁敢出面阻拦他们捐款纳资吗？我怎么没有得到消息呢？

这时，店小二前来上菜，胤禛轻声问道："那坐在旁边的兄弟叫什么名字？是什么来头？"

店小二急忙弯身小声说道："坐在左边的是哥哥叫戴锦，右边的是弟弟叫戴铎，兄弟二人是双胞胎，两年前父母双双病亡。戴家称得上金陵一大旺族，拥有万贯家产。戴员外在世时，乐善好施，是金陵城有名的好人，好人有好报，这哥儿俩也还争气，都知书达理，饱读经书，将来定会考个一官半职的。"

店小二退下，胤禛急忙侧耳倾听戴锦讲话。

"在这金陵城内有金陵第一家的荣国府对待纳捐是什么态度，王、史、薛三家就是什么态度，四大家族是什么态度，整个金陵的乡绅大户、达官贵人就是什么态度，众人唯曹家马首是瞻。无论做什么事，曹家不点个头，其余的人谁敢出风头？除非你不想在金陵待了，有意与曹家作对。你的银子再多能多过曹家吗？你的权势再大能大过曹家吗？如今不是四阿哥亲自坐镇募捐，结果怎样？据说四阿哥还亲自到荣国府拜访曹大人呢！荣国公曹寅连面都没有给见，四阿哥的面子也扫地啦。"

戴铎不解地问："曹寅有的是银子，为何如此吝啬呢？他难道不怕四阿哥回京之后在圣上跟前告他一状吗？"

"顾师傅说，皇上对四阿哥的信任程度只怕还次于对曹寅的信任呢！即使皇上有惩治荣国公的心意，有贵妃娘娘在，也会不了了之。当然，荣国公不愿捐资纳钱并非吝啬，若是换了其他阿哥也许他会主动捐献呢！"

"难道荣国公与四阿哥之间有过节？"

"对这个顾师傅也讲不太清，他只说从那次南闱科场案的处理中就能看出曹寅有偏向八阿哥抵制四阿哥之心。也许其中另有原因吧！"

"哥哥，你认为四阿哥在南京的这次募捐之事能顺利完成吗？"

戴锦沉思片刻说道："现在看来已经不顺利了，至于能否募捐到款项以及募捐的多少要看四阿哥下一步如何采取行动了。"

戴锦说着，轻轻呷了一口酒，继续说道："听顾师傅讲，四阿哥自幼聪明好学、敢作敢为、处事果断，有过人之处，怎么到金陵之后就婆婆妈妈起来，没有一点皇子离京做事的威风与凛利。"

"也许四阿哥有难言之处吧？"

"依我分析，四阿哥是用人不力，也就是手下缺少一批出谋划策、有勇有谋之人。再者，四阿哥是'不识庐山真面目，只缘身在此山中'，他过于相信两江总督大人，岂不知张长庚是在利用四阿哥与曹寅争斗，他从中坐收渔翁之利。"

戴铎碰碰戴锦，小声提醒道："哥哥，这可是两江总督所辖之地，小心隔壁有耳，万一这话传到张长庚那老家伙耳朵中，只怕咱哥儿俩在金陵没有好日子过喽。"

戴锦放下酒杯，坦然一笑："我等只是清议，又是私下谈话，他张长庚在此我也敢讲，大清的例律上没有这一条规定呀。如果张长庚让咱哥儿俩在南京混不下去，我也有办法让他丢了乌纱帽。"

胤禛不知道酒是如何下肚的，菜的味道究竟怎样他也没有品出来，整个心思都在戴氏兄弟身上。听了戴氏兄弟的谈论，胤禛真如醍醐灌顶。特别是对于他和张长庚、曹寅三人之间关系的分析可谓真知灼见，戴锦所言自己手下缺少出谋划策之人更是切中肯綮。识大局统大筹的谋略之人实在重要，无怪乎战国四公子养士，刘玄德三顾茅庐。我手下不是缺少谋略之人，这戴氏兄弟不就是我的卧龙凤雏吗？

胤禛正在想着如何恳请这戴氏兄弟到自己手下当差，忽又听戴铎说道："哥哥，你我都不是理财守家之人，让我们在家坐享清福坐吃山空也非你我之愿，不如把家中财产变卖，留一小部分作为路费盘缠，其余全部捐给四阿哥，也算咱哥儿俩给金陵的乡绅百姓带个头，帮助一下四阿哥早早募集到粮款好去救济灾民，救灾如救火，耽搁不得呀。"

"弟弟准备去哪里？"

"明年又是恩科之年，我俩不如去京城参加北闱会考，凭我们哥弟的学识才华，一举夺魁有点吹嘘，考个举人、进士还是不在话下的。"

戴锦叹息一声："提及科考，我就想起那年南闱科场案，邬师兄如此有才华之人名落孙山不说，结果锒铛入狱终身致残，如今空有满腹经纶，一肚子治国安邦之才却英雄无用武之地，到头来只会苟延残喘，潦倒穷年。你我兄弟不是父亲求人说情不也被抓进监牢。'一朝被蛇咬，十年怕井绳'呀，对于明年的北闱之考，我都没有信心了，科场黑暗、官场腐败，我有看破为官之道的感慨。"

"哥哥一向洞悉事理，了解国家大事，纵论天下是非，有一股出将入相的雄心大志，为何突然有一种失意落魄之感呢？"

戴锦叹息说："当今圣上可称得上大有作为之帝，收台湾、平三藩、定漠北、开拓疆域，但这些大的业绩背后也是千疮百孔，黄淮二河洪灾连年发生，这是水利废弛、河道失修所造成的，皇上不从根本上治涝，只是赈灾能到何年何月。吏治腐败、国库空虚就更不用说了，皇上为何不捡大案要案惩治一二，起到杀一儆百的作用。这些都是枝枝叶叶的事，选派几位得力之臣前去督办，会立马见效。"

"那还有什么不能够改革的时弊呢？"

戴锦警觉地四下看了看，最后把目光落在胤禛身上，小声说道："此人面相非等闲之辈，我们哥儿俩今天说得太多了，只怕言多有失啊。子曰：'三人行必有我师焉。'只怕这'花映楼'上今天贵人光临，七步之内必有藏迹的凤莽。"

胤禛一听这话，唯恐戴锦看出他的真实身份，立即垂下头只顾饮酒吃菜。

只听戴铎哈哈一笑说道："哥哥未免太小心谨慎、疑神疑鬼了，无论是哪方名流高士、帝胄国亲，我们只是清谈，你怕什么，官府怪罪下来我去蹲监坐牢。咱哥儿俩要喝就喝个痛快，要说就说个畅快。当年曹孟德与刘玄德二人能够煮酒论英雄，咱们茶余饭后谈论一下国家大事有何不可呢？哥哥自称狂放率性之人，为何也这么拘谨呢？"

"好，就冲弟弟这句话我也豁出去直说了。"

尽管戴锦说得如此慷慨，话一出口声音仍然比刚才小了许多。

"我所说之事是当今圣上虽然英明，却有一件至关重要的事做得不够英明。"

"到底什么事，你别这么神秘可好？又不是说评书，还要卖关子？"

"说出来你可能不相信，就是皇储处理不好。"

胤禛只是隐隐约约听到了几个字，他想不到戴锦会说这件事，着实吃惊不小。

戴铎却不以为然："我以为什么事呢！顾师傅不也评论过这件事吗？说殿下读书做事华而不实，不求甚解，为人优柔寡断又过于贪恋女色，不是帝王上乘之选。"

戴锦摇摇头："我说的不是这些，这只是其一，我认为皇上立储太早，从而造成众皇子之间的明争暗斗，以至于皇上要耗费大量精力去处理皇子之间的矛盾，从而影响了对政务的处理。"

戴铎连连摇头："不对，不对，如果皇上不立储，只怕如今的皇储争夺战早已由暗而明了。"

戴锦正要再说什么，一声响亮的吆喝打断了他。

"刚出锅的热狗肉来了……"这一声吆喝，把众人的目光都吸引过去了。

进来这人只是一个十五六岁的孩子，个头不高，虎里虎气，长得蛮结实。身上的衣服七零八落、油迹斑斑。也许卖狗肉这特殊的职责，连他的脸上、额上也抹着几块油迹，再加上他把又长又黄的辫子绕在脖子上，给人顽皮滑稽之感。

这卖狗肉少年刚把狗肉篮子放在一张空闲桌子上，店小二就走了过来，一边伸手撕块狗肉往嘴里塞，一边骂道："李卫，你这臭小子今天怎么来这么晚？这里的几位爷都等你的肉呢！"

李卫伸手抽了小二脖梗子一巴掌："等你娘的肉！"看见满堂的客人，李卫也觉得这话有点粗了，立即正经地说道："唉，今天来得晚，是去看那个死鬼宋美红了！"

"你去啦？听说是四阿哥属下人杀的呢！"

"四阿哥手下的人与她无冤无仇怎会随便杀人！徐大人一审就发现了破绽。只可惜作案人是故意栽赃，这个案子就难破了。"

店小二一听李卫这话，忙问道："怎么，莫非你小子知道凶手是谁？我知道你小子就住在那附近，什么事瞒不了你小子的一双鬼眼睛。"

"别胡说，传出去我就没命啦，大爷我才十六岁，还没活够呢！"

店小二刚想再问什么，那边有人喊他拿酒，他匆忙走了。

李卫来到戴家兄弟跟前："二位爷每次来这里都吃我的狗肉，今天也来一斤吧？"

戴铎说道："我们已吃得差不多了，就来半斤吧！"

"好，二位爷慷慨，从不拒小的面子，说半斤，保你九两有余。"

李卫略一迟疑，又走到胤禛桌前，深施一礼说道："这位爷是外地客商吧，来半斤狗肉好不好？保你吃了第一回就想着第二回！"

胤禛微微点点头："我要半斤。"

李卫称好半斤狗肉放在胤禛面前的盘子上，胤禛尝了一块：

"嗯，味道不错！我看你这两手都能去当御厨，给皇上烧狗肉。"

李卫来了劲，嘴一咧，笑道："爷若是金口玉言，我李卫可就会当上御厨了，省得整日挎个破篮子跟讨饭一般。"

胤禛故意找话说："我有个亲戚就在宫中当御厨，我可以为你引荐一下。不过，你得先说说你的身世，宫里可不留没根底的人！"

李卫如实说道："我叫李卫，小名卫儿，老家江苏铜山，黄河涝灾大水把爹给冲走了，娘带我到南京找姑姑，哪知姑姑早死了，姑父续了弦，自然不能收留我们，娘儿俩只得在街头要饭。后来娘病死了，我就跟着一位好心人学卤狗肉，他无儿无女，就认了我当干儿子。干爹也病死了，我便接过他的生计，对了，我干爹姓王，人称'狗肉王'哩！"

胤禛点点头道："'狗肉王'的传授果然不错，我包圆了。"

李卫睁大了眼睛："这位爷，你、你一人怎么吃完？"

"我带回去给我的伙计吃，不过，你得给我送到旅店。"

二人来到华亭馆，李卫才知道这是四阿哥，赶忙跪在地上磕头。

胤禛微微笑道："快快起来吧，我有话要问你呢。"

金昆把李卫拉起来坐在椅子上，胤禛这才问道："你一定知道宋美红被害死的内幕，究竟是谁杀死了她？为什么杀死她？"

李卫看看胤禛又看看金昆，说道："回四爷，小人若说了出来只怕小人就一命呜呼了，小人还不想死。你们终究要离开金陵的，你们一走，我还有活命吗？"

金昆气得就要拔刀，胤禛喝住了他，又和颜悦色地对李卫说道："你不是想进宫吗？我可以带你去，你不会做菜，可以做其他事，还可以卤你的狗肉给皇上、娘娘吃。只要你愿意，我可以让你跟随我左右，像金昆一样当个侍卫或侍从。凭你的这个身材和机灵劲儿，好好培养培养说不定能够当一名武将呢。将来还可以光宗耀祖，总比你整日卖狗肉强百倍吧。至少不愁吃不愁穿。"

李卫急忙跪下叩头道："奴才多谢四爷收留！从此，奴才就是四爷的人了，终生听从四爷的吩咐，决不存一丁点儿私心，四爷让奴才去死，奴才要皱一下眉头，天打五雷轰，死后让鹰啄尸！"

胤禛笑了笑，让李卫坐下来，李卫这才说道："我也住在老皇城街口一带，距离宋美红的住处很近，唉，都是下九流的人物！前不久的一天晚上，我去给宋姑娘送卤肉，正赶上她和一个人在谈论什么，那人还说给宋姑娘一百两银子！一百两银子对我们可不是个小数目。当时只觉得纳闷，放下狗肉就匆匆走了。宋姑娘遇害后我才觉得有点不大对劲！"

"别忙，慢慢说。"胤禛说。

李卫沉思片刻，然后回想："宋姑娘接连几天让我给他送狗肉，一要就是七八斤，说是客人爱吃，我奇怪，南京人哪有这种饭量的！一打听，果然是京师来的，就是四爷手下的博什么来着？"

"博尔多。"金昆提醒道。

"我心想：宋美红可钓上大鱼了，博尔多是来帮四爷募款的，只要手指缝中漏一点儿，宋姑娘就肥了。出事的那天晚上，我生意不好，多卖了些时候，回得很晚。经过宋姑娘楼下时，见有一个人喊她，就是要给她一百两的那人。第二天早晨，我刚起来就听人说宋美红被人弄死了。急忙挤进去，正赶上捕头孙四忠把博尔多带走。起初我也以为是博尔多害死宋姑娘，后来想想不对，没有如此傻蛋的凶手，杀人之后还在那里等着被抓。这事一定跟那个要出一百两银子的人有关！"

胤禛想了想说："你分析得有道理，你知道那人是谁？"

"我虽然不知道那人是谁，但我见了那人一定能够认出他。"

"南京城这么大，你如何那么巧能见到那人，等到你见到那人，只怕博尔多早被徐春生那老小子给宰了。"金昆说道。

"你以前见过那人吗？能否猜猜那人是干什么的？"胤禛问道。

"记不起在哪里见过那人。那人不像是生意人，也不像官府当差的，倒像个在街头上的小混混。"

金昆泄气地说："四爷，我看别费劲了，是博尔多倒霉，也是他太好色了，活该！”

胤禛略有疑虑地说：“博尔多不会有事，徐春生没有确凿证据不能把博尔多怎么样。我倒担心有人借陷害博尔多破坏我的赈灾募捐！”

李卫也急了：“四爷，您说怎么办，奴才能为您做什么？只要小的能做到，刀山敢上，火海敢闯，丢了脑袋我也不在乎！”

胤禛惨然一笑：“这些都不需要你做，你陪我一道去请戴家兄弟，我想请他们到我手下当差，不知他们肯不肯？”

“嘿，能给四爷当差，是他们的造化，哪有不肯的？这点小事不用劳烦四爷大驾，我李卫去传个口信，保证他俩屁颠屁颠就来了！”

胤禛连连摇头：“不行，我如今正是求贤若渴之际，聘请有才能的人哪能让个孩子去传口信，岂不对人不恭？我得亲自登门！”

第十三章

笼贤才雀巢识凤唳
参国丈龙子捋虎须

胤禛的心真的被说动了，他试探着问："邬学士既有这等才华，昔日科考为何还四处托人疏通关系呢？这种做法岂不辱没了他自己的名声？结果弄得身残心冷，还差点入狱为囚。"

戴氏兄弟正在商量变卖家产的事，家人报说门前来了四五个衣着华贵的人，自称是两位少爷的朋友，要见少爷。

二戴来到门前，李卫走上前嘻嘻笑道："两位少爷可好？"

二戴看李卫锦衣锦帽、脚穿缎鞋，脸也白净多了，再也没有半点油腻的痕迹，简直就是个花花公子。

李卫摇头晃脑地介绍说："二位少爷，昨天还在花映楼上一同吃饭呢，怎么今天就不认识了？这是来金陵督办赈灾的四阿哥，四阿哥听说你兄弟二人才华出众，有报效朝廷之心，特来看望二位少爷。"

二戴正在惊魂不定之际，李卫又是微微一笑，平声说道："二位少爷不请我们到内堂一叙，难道要让四阿哥在门外站着不成？"

二戴这才醒过神来，急忙向胤禛深施一礼，把胤禛等人请到客厅。待众人坐定，戴锦再次向胤禛施礼说道："我兄弟草莽之人，平日里散漫惯了，昨日酒后乱语实是无心，四阿哥恕罪。"

胤禛欠身说道："言者无心，听者有意。今日在下便是特来听二位兄弟教诲之言的，请赐教。"

戴铎一边献上茶，一边恭恭敬敬地说道："四阿哥太抬举我兄弟二人了，我兄弟都是目光短浅之人，哪有什么高深之见，只不过说几句别人不敢说的话罢了，四阿哥能够不加责怪，已令我兄弟二人感激涕零。"

胤禛站起来说道："二位戴兄，胤禛之言句句是实！实不相瞒，今日来此的真正目的，就是想让二位屈尊相就，为胤禛出谋划策，鼎力相助胤禛赈灾，不知二位意下如何？"

　　戴锦正色说道："能得到四阿哥的赏识与重用，那是我们戴家的福分，更是我兄弟二人的造化，实在求之不得。只是我兄弟二人毫无功名，怎配在四阿哥手下做事？如果四阿哥真有任用我兄弟二人的心意，请待明年恩科，我兄弟考中后再到四阿哥府中做事也不迟。"

　　李卫跺一下脚说道："嗨，人们都说你兄弟二人聪明有才，见识广、读书多，依我李卫卖狗肉的眼光看，狗屁不如。能到四爷手下做事，不比考什么鸟状元还风光，费神费油还累瘦了身子，四爷直接提拔你们这多省事，不愁吃，不愁穿，有事就做，没事睡觉，快活如神仙。"

　　胤禛瞪了李卫一眼，又转身对戴氏兄弟说："你二人如果愿意，可以先到我身边做事，为我出谋献策，等到明年恩科之日，你兄弟二人同样可以参加恩科考试。"

　　既然胤禛这么说了，再推三阻四就不礼貌啦，戴锦、戴铎这才答应胤禛的请求，再次拜谢胤禛对他们的知遇之恩。

　　胤禛见天已近午，要求戴家兄弟随他们一同回华亭馆，以便设宴为他兄弟二人庆贺。戴锦、戴铎则坚决请四阿哥留在舍下吃顿饭，既是对众人答谢，又当作对自己家庭的告别，他们已经把家产变卖给一个街坊富户，变卖的钱财全部捐献给胤禛赈灾之用。

　　胤禛十分感动，紧紧握住兄弟俩的手说："有戴氏二贤率先垂范，定能掀起募捐热潮！"

　　戴锦谦逊道："我兄弟在金陵影响甚微，四爷若欲毕其功于一役，必须牢牢抓住荣国府这条鱼，只要曹家捐赠了，其他事则迎刃而解。"

　　胤禛十分为难地说："我虽是皇子，来此所带的人手也有限，手中又没有兵，总不能强行让荣国府捐纳吧？何况这荣国府是皇上亲笔手书御命敕造，没有皇上手谕任何人也不得带兵擅自闯入，我有什么办法呢？"

戴锦略一思忖，说道："只要四爷愿意做，办法还是有的。"

胤禛举杯说道："有何妙计尽管讲来，只要可行，我一定照办！"

"四爷奉皇命募集赈灾款项，曹寅再托大，也不能不把皇上放在眼里吧？四爷可写一明折派人送往京师，弹劾曹家阻挠赈灾之事，让上下臣工悉知这事，给曹寅施加压力。即使僖贵妃娘娘知道也会规劝曹寅捐纳的，因为曹家并不缺少银子，他只不过是故意和四爷作对。在多方面压力下，曹寅会做出权衡的，他决不会因为这点事在众人面前失去威信的。"

胤禛点点头，仍有顾虑地说："如此做法，皇上会不会说我办事不力，缺乏决断事理的能力呢？"

戴锦连连摇头："四阿哥事事奏报，皇上不但不会责怪，反而会认为四阿哥处事小心谨慎，没有揽权独裁我行我素的弊病。如果四阿哥准时将大批赈灾物资运往灾区，皇上会大加称颂四爷的。相反，四爷迟迟募集不到粮款，而其他后来行事的阿哥若比四爷还先筹集到钱粮，比较之下，皇上会做何感想呢？"

常赉悠悠说道："戴兄这个办法可行，只是这样做得罪了曹寅和僖贵妃娘娘，如果他们经常在皇上面前说几句不利四阿哥的话，所造成的后果只怕比完不成赈灾任务还要严重。"

戴锦不以为然，反驳说："僖贵妃娘娘的态度和曹寅的态度应该是一致的，而曹寅对四阿哥究竟如何，即使我不说你们也已经明白。无论四阿哥对曹寅怎么百依百顺，只怕也拉不回曹寅的心，反而会造成曹寅更加瞧不起四阿哥。"

金昆不服气地说："戴兄只是两耳不闻窗外事的读书人，如何能知道曹寅对四爷有耿介之心呢？"

戴锦淡淡一笑："常言道：'秀才不出门，便知天下事。'曹寅对四爷的态度从几年前的南闱科场事件就可以看出来，曹寅显然是偏向八阿哥的。四阿哥这次到金陵的情形再次印证了曹寅与四爷的关系不和谐。"

胤禛仔细想想戴锦的分析，决定回去之后就向皇阿玛上一份弹劾曹寅的折子，捅一下这个马蜂窝。打定主意，胤禛又说道："我上书弹劾曹寅，不正中了张长庚一箭双雕之计吗？"

戴锦分析说："四爷以为张、韩等人都十分支持募集之事吗？如果张长庚与韩世琦真心出力，他们一声令下，让各地官府尽其所有捐献就是，我想第一批救援物资已经到了灾民手上。弹劾曹寅也给张长庚敲了警钟，他会以为四爷连曹寅都敢碰，更何况他呢？"

"万一弹劾失败呢？四爷不但面子上无光，得罪曹家不说，对当前赈灾将更加不利。"常赉说道。

戴锦答道："凭四爷一纸奏折参倒曹寅是不可能的，四爷的目的也不在于扳倒曹寅，只是让他顺顺当当出点血罢了，倘若真扳倒曹寅那才是中了张长庚的计呢。说到张长庚，四爷若要想让他多出些力，尽快勒令韩世琦把江苏的官府之资多拿出一些，就必须从他们两人的私人财产上下手，这叫打蛇打七寸。据说，张长庚和韩世琦打着官府旗号经营私盐买卖，还与海外商人勾结，贩卖一些禁运物资，在镇江囤积了一批私货呢！"

胤禛不相信地问："果有此事？哼，张长庚也太大胆了，等我办完赈灾，就奏明皇上派人查处！"

戴锦建议说："四爷不必等到赈灾结束，现在就着手查处张长庚。他心中有鬼，必然巴望四爷早一天离开南京，即使四爷不催他，他也会督促各地方官把赈灾之物主动送来的。"

胤禛连声说好："我回去之后两份折子同时奏上，让皇上尽快派人来查，我们相互配合，让张长庚这个老滑头给我服服帖帖听话。"

戴锦连忙阻止说："四爷不可把查访张长庚的折子递上去，只怕四爷的折子没能到皇上之手，张长庚就得到信息转移货物、遣散人员了。对待张长庚与对待曹寅不同，一个大张旗鼓，声势越大越好；一个则私下进行，越秘密越好，拿到证据再奏明皇上不迟。皇上不但不会怪罪，而且会大加赞赏四爷做事英明果断的。"

金昆不解地问："戴兄，你说四爷的折子不到皇上手里张长庚就会得到消息，这话未必吧？就算他岳父是阿灵阿，也不能拆看密折啊！"

戴锦看看胤禛，说道："四爷，既然金昆老兄问及，我也就直说了，四爷可知张长庚为何如此胆大妄为？那些货款真正的主人是谁？"

胤禛见戴锦说得十分认真，不解地问："这幕后之人到底是什么来头，竟然能使动两江总督这样的一品封疆大吏？"

"只——能——是——殿——下。"戴锦一个字一个字地说。

胤禛问："你从何处得到的消息？可信吗？"

"消息是否可信我也不知道，据我反复揣测分析，可信度极高，我这消息是从东南四省海关手下一位朋友那里听到的。"

金昆又反问道："戴兄身为一介书生，家中也无亲友在朝中为官，为何对朝中诸多事都十分了解呢？"

戴锦苦笑一下，说道："金兄不逼问我也会说的，不然，四爷也会生疑的。说来话长，家父和朝中隐退的顾八代是世交，家父在世时他经常到我家为我兄弟讲学。顾先生授课之余时常谈论朝中的事，也传授我们一些为官之道和官场上的许多掌故。四阿哥的许多事都是顾先生讲给我们听的，从言谈之中可知顾先生十分偏爱四阿哥，他也希望我兄弟能够考取功名，将来到四爷手下做事。只可惜，我兄弟都是愚笨之人，辜负了顾先生的一番苦心调教，让他老人家失望了……"

不等戴锦说下去，胤禛就打断了他的话："顾先生现在在何处？能否找到他？"

戴锦凄然地说："顾先生去年秋天去世了，等我二人得知消息时，顾先生已去世近半年了……"

胤禛一听说顾八代去世了，也黯然神伤。又一想，戴氏兄弟原来竟是顾师傅的门生，胤禛心中的诸多疑点也都消失了。顾师傅不在人世了，能让这兄弟到自己手下做事也让胤禛感到欣慰。

过了半晌，戴锦这才说道："我兄弟才疏智浅，恐怕不堪大用，如果四阿哥果真求贤若渴，能够不拘一格任用人才，我愿为四阿哥推举一人，这人虽然身残，但才智不残，胜我兄弟十倍。"

胤禛笑道："我有二位戴兄在身边就足够了，何必另请人呢？我只是想尽心尽责做好自己应该做的事，做皇上的孝顺儿子，又没有其他大的志向，你兄弟在我身边我都唯恐委屈你们，不能让你兄弟充分展示才华，那些怀有凌云之志的仁人志士，就让他另投高明吧！"

戴锦知道胤禛这话是口是心非，除了挽留自己之意外，也是在掩盖他个人的野心，于是淡淡地说道："如果四阿哥仅仅想当一名普通的皇子或王爷，收留那样有登龙术的人才确实没有多大用处，怕只怕那样足智多谋的人被其他阿哥收留府中，对四阿哥就不利了，我兄弟的才智合起来也抵不上那人十之一二。"

"哥哥是在说邬大哥吧？"戴铎问道。

戴锦无言地点点头。

戴铎立即来了精神，用十分钦佩的口气说："嗬，别说我兄弟赶不上他，只怕当今世人能够抵上邬大哥才华的也绝无仅有，顾师傅时常夸赞他有孔明之才、刘基之智。起初，我还不服气，见面之后才晓得顾师傅的称赞一点儿也不过分！唉，只可惜邬大哥残废了。"

胤禛一听顾八代也十分称赞这人，不免心中痒痒，如果真像戴铎所说，那才是自己所苦苦寻求的辅弼之才。想到此，胤禛问道："不知这位邬学士是何方人士，和顾师傅又有何渊源，能博得顾师傅的盛赞？"

戴锦答道："四爷当年是北闱副主考，对南闱之事可能不知，那年南闱科场事件就与这位邬学士有关联，他的双腿致残也是那时造成的。此人姓邬，名思道，字玉路，号一行，浙江慈溪人，那次科考事件致残后便到福建莆田南少林寺养伤，后来看破红尘，要在南少林寺出家，寺院住持说他尘缘未尽，拒绝他入寺为僧，他就一直留在寺内攻读。"

听戴锦这么一说，胤禛这才想起那年科考之事，因为这邬思道，他差点被皇阿玛削去爵位呢！想不到事隔多年，又有人提及此人，这邬思道究竟是徒有虚名，还是真是一位旷世奇才？别人说邬思道有才，胤禛可以不信，但若顾师傅都对他大加赞赏，胤禛就不能不信了。

胤禛问戴锦："顾师傅和邬思道有何渊源呢？"

"顾师傅和莆田少林寺的方丈是至交，通过方丈顾师傅认识了邬思道。邬思道也经常向顾师傅请教一些问题，久而久之，二人成了忘年交。顾师傅还带我们兄弟去莆田拜会过邬思道呢。顾师傅对邬思道的盛赞并不过分，他确实是一位通天文、懂地理、精兵法、明天机、参玄理的治世之才。墨、儒、法、道、佛各家经典触类旁通，治国之道举一反三，用兵之法熟烂于心，诗词曲赋对于他更是雕虫小技，邬思道不仅有过目成诵的本领，还写得一手飘逸潇洒的好字。四阿哥也许以为我言过其实，将来有机会我一定让四阿哥领教一下他的才华与学识。"

胤禛的心真的被说动了，他试探着问："邬学士既有这等才华，昔日科考为何还四处托人疏通关系呢？这种做法岂不辱没了他自己的名声？结果弄得身残心冷，还差点入狱为囚。"

戴锦解释说："这也是他父亲弄巧成拙，反倒害了儿子。不瞒四阿哥，不是那次事件，我兄弟也早已登上仕途。命运，实难预料啊！"

胤禛也感叹道："何世无奇才，遗之在草泽。能让你兄弟二人为朝廷做事，也算我胤禛为大清江山社稷做了一件有益的事吧。不然，栋梁之材失之交臂，这岂不是国家的损失？可惜邬思道身残不能外出做官，否则我一定冒死举荐他到翰林院。我有心请邬先生到我府中当上宾，不知邬先生可肯屈尊以就？如果不是当前筹集赈灾物资紧迫，我一定亲自去莆田请求邬先生出山，如今有劳戴二先生代劳一趟，二先生不会介意吧？"

胤禛想让戴氏兄弟先去探个口风，又怕二人同往莆田一去不复返，故意让戴铎一人去，而把戴锦留下。

戴锦会意，说道："此去莆田路途遥远，戴铎一人去恐怕不便，我们兄弟俩一向形影不离，我二人同去如何？"

胤禛连忙摇头："贤昆仲同去固然很好，但如今这里也确乎不能缺少戴大先生，这样吧，我另派得力人手陪伴二先生前往莆田如何？"

戴锦、戴铎只好点头同意。

酒宴结束，胤禛便把戴氏兄弟请到华亭馆安顿下来。戴锦留在金陵处理变卖的家产，全部捐作赈灾之用，戴铎则前往福建莆田少林寺。

胤禛的折子递到京城，满朝哗然。康熙也颇感意外，一面认为胤禛未免小题大做，一面却又对他的这种做法有几分赞赏。但康熙并不亮明态度，而是交廷臣议论。众人只好揣测皇上心意，认为皇上若是反对胤禛上折弹劾曹寅，早就大发雷霆。沉默就意味着赞同，也许是皇上碍于曹寅在京的面子不便直言训斥，故意借众臣之口给曹寅敲警钟，何况曹家拒不捐纳，于情于理先都亏着呢。

这样想过之后，众人在廷议中斥责曹寅为富不仁、不仁不义者多，反对胤禛者则寥寥无几。更有甚者，指责曹寅独霸一方，干预地方官办理事务，荣国府的种种恶迹也都一一被捅了出来，什么纵奴为凶、鱼肉百姓、巧取豪夺、结党营私等罪名都有了。

曹寅在京为官多年，上上下下也有一帮结交至深的老关系，这些消息都原原本本灌到曹寅耳朵里，皇上越是不表明态度，曹寅越是担心。若是一般人上折弹劾也就罢了，这是黄带子阿哥，皇上不可能不另眼相看，搞不好，有"不倒翁"之称的曹寅也要倒了，曹寅如坐针毡。没奈何，他不能再坐等下去了，只好打出自己的王牌，让自己的女儿僖贵妃娘娘出面消去后患。

僖贵妃听到曹寅的奏报也吃惊不小，先是把父亲埋怨一番："咱荣国府又不缺银子，何必那么吝啬呢？别说二十万两银子，就是二百万两银子你也应该给，等你出过之后，我再央求皇上从宫中拨给荣国府就是，反正羊毛出在羊身上，花来花去都是花皇上的银子，你何必那么心疼呢？这些阿哥你又不是不清楚，一个个像乌眼鸡似的，恨不得把别人都给吃了，你偏向一个就等于得罪一片，谁好谁坏实在难说得很，何必搅在他们其中呢？如今皇上健在能够给咱顶着，一旦皇上宾天，鹿死谁手还难说呢！"

曹寅听女儿这么一说，也有几分后悔，后悔自己为了几个钱惹得如今的尴尬。事到如今，这钱是非花不可了，至此，曹寅真正知道这帮阿哥没有一个是好对付的。

埋怨归埋怨，父亲出了事做女儿的不能坐视不问。僖贵妃哭哭啼啼地找到康熙，戚戚哀哀讲述她曹家给大清朝立下的汗马功劳。

僖贵妃的又哭又闹，康熙不但不怒，反而被逗乐了，他乐呵呵地说："爱妃，朕还从来没见你哭过呢。爱妃这一哭，粉黛纵横，如雨后桃花，天上彩虹，更加美丽动人，朕倒希望天天看到爱妃这个模样，哈哈哈……"

僖贵妃扭动纤腰撒娇说："皇上，你答应不答应臣妾的请求？"

康熙轻轻揽住僖贵妃，悠然说道："你哪里知道朕的难处，国家之大，人臣之多，一碗水要端平难啊！朕固然不再追究曹寅的责任，众朝臣的口舌也要堵一堵呀，告诉曹寅把摊派的赈灾银两献上，那样，朕向臣工也有个交代呀。"

"请皇上放心，臣妾稍后便晓谕家父，定以双倍份额资助四阿哥的赈灾之举，决不让皇上从中有丝毫的为难，行吗？"

"嗯，还是爱妃通情达理，如果国人都能像爱妃一样，朕要少操多少心啊！"

曹寅收到女儿送来的消息，一颗悬着的心落了下来，连夜派人赶回金陵，告诉家人主动捐献四十万银两作为赈灾之资。这场争斗中，明里胤禛没有弹劾倒曹寅，再次表明了曹寅"不倒翁"的地位，暗里却是曹寅吃了亏。曹寅是打断牙往肚里咽，内心对胤禛的仇视自是加剧了。

荣国府捐资四十万的消息如长了翅膀传遍金陵，史、王、薛三家权衡再三，也都效法荣国府，多少都超出原先规定的数额送上银两物品。一般的乡绅大户对曹家态度的突然转变感到莫名其妙，震惊之余，也都悄悄把应摊之资主动送到指定地点。

胤禛等人原先清闲得看蚂蚁上树，如今却忙得要命。不足一个月，第一批赈灾物资就装上船运往河南、山东。站在江边，看着一艘艘满载重物的货船驶向北岸，胤禛长长出了一口气。

两江总督府。

张长庚对韩世琦说道："四阿哥为人阴鸷、苛刻、古怪是出了名的，他连曹寅这样的"不倒翁"都敢碰，更何况你我，为了早一天打发他滚蛋，还是把钱粮如数拨给他吧！"

韩世琦笑道："张大人是心中不踏实吧？大人何必心虚呢？胤禛不是专门来查禁运物资的，他只是敛财赈灾，要钱给钱、要粮给粮就是。"

张长庚连连摇头："你有所不懂，如果他在南京待久了，难免不闻到风声，这个祖宗岂肯罢休？没事他都想找点事呢！"

"胤禛是想多折腾出几件事在皇上面前讨个笑脸，也把多年前闭门思过的面子挣回来，或者另有所图。不过，他的能耐就那么一点点，除了上折再也没有什么花样，我们把货款尽快给他，让他走人就了事了。"

张长庚点点头，又提醒说："在胤禛未离开南京前，派人监视他的行动，绝对避免他与苏赫的接触。"

"听大人吩咐，我早已将苏赫派往扬州办事去了，也在华亭馆布下了内线，对胤禛的行动也了解个大概。"

张长庚不满地说："不是大概，一定要确实！"

"是，大人，学生明白。"

张长庚正要说下去，守门官来报说四阿哥来见。张长庚与韩世琦互相看了看，嘀咕几句，一齐出门迎接胤禛。

胤禛一见韩世琦也在场，拱手说道："我正说见过张大人就去韩巡抚那里呢，真是幸会，省得我多走一遭了。"

韩世琦还礼说道："我已派人把四阿哥所需物资全部准备齐全，特来向张大人汇报，不想四阿哥也来了，一定为赈灾之款的事吧？"

"正是，正是，多谢两位督抚大人了。"

三人边说边走进客厅。坐下后，张长庚先说道："四阿哥有胆有识，能让曹寅这等守财奴甘愿拿出四十万两银子，真不简单。佩服，佩服。四阿哥年轻有为，在众阿哥中真是出类拔萃、卓尔不群！这第一批货物顺利分发到灾民手中，万民同乐，定会感激皇上的恩德，这是大清之洪福呀，君明民安。皇上也会大加赞赏四阿哥的。"

胤禛掩饰不住内心的喜悦，再次称谢道："这哪里是我的功劳，是皇上洪福高照，也是两位大人的鼎力相助，没有金陵乡绅如此深明大义，怎会在如此短的时日内募集到那么多的物资呢？有了这第一批物资也就可以解除燃眉之急了，这第二批货款还要靠两位大人。等到这批物资齐备我将亲自押送灾区，赈灾完毕，我定向皇上保奏二位督抚大人的功劳，让皇上重重嘉奖二位。"

韩世琦一听胤禛要和第二批物资一同离开金陵，他会意地望一眼张长庚，然后向胤禛说道："说到功劳，我二人哪有什么功劳？四阿哥为赈灾操碎了心，那才是辛劳呢！事毕确实应该回京好好休息休息！"

"多谢韩大人关心，这第二批货物韩大人能够主动备齐，心系灾民之心可嘉，我在此先代表灾民谢过韩大人。"

张长庚听说胤禛要亲自押运第二批赈灾物资，心花怒放，为了向胤禛表功也为了尽快让胤禛离开，他又说道："我早在几个月前已经命令江西巡抚白如梅筹措赈灾物资，如今想必已经备齐，只待货船备齐就可启运了，但不知四阿哥何时装货？"

　　胤禛笑道："当然是越早越好。"

　　"四阿哥说得极是，救灾之事耽搁不得，请四阿哥放心好了，装运之事包在我身上了。"

　　这时，胤禛似乎想起什么，用很随便的口气说道："二位大人，博尔多的案子审得怎么样了？如果已然抓到真凶，我想把他带回京师。"

　　张、韩二人面面相觑，还是韩世琦脑子转得快，眼前最要紧的是送走这位瘟神爷，留一个博尔多不是给人家留个伏笔吗？于是他躬身道："回四阿哥，卑职这就传令徐知府，让他速速结案……"

　　胤禛得理不让人："若真凶并未归案，胤禛倒可再等一等。"

　　张长庚这时也反应过来了，连声道："四阿哥责怪得是，那徐知府办案不力，待卑职督促督促！至于博尔多嘛，先随四阿哥回去就是！"

　　后来，在李卫的协助下，徐春生终于侦破了这个案子，原来是地痞黑三和总督府下人胡成两人勾结，利用宋美红勾引博尔多，并杀死宋美红陷害博尔多。那么胡成陷害博尔多的用意何在？其背后指使人又是谁呢？明眼人自然一猜便中。不过，尽管徐春生对张长庚的种种做法不满，但因没有发现张长庚什么劣迹，估计这事也许是胡成瞒着张长庚为了图财害命或争风吃醋干的。徐春生只好先将黑三关押起来，再去总督府捉拿胡成，不想胡成胆小，竟畏罪自杀了。

　　张长庚做贼心虚，主动把江苏与江西两地赈灾物资装上船等候胤禛运走。胤禛按照戴锦的谋划主动与张长庚、韩世琦等人告别，当着众人的面上大船顺江东去，由大运河北上。

　　张长庚看着胤禛一行人随船离去，这才长长舒了一口气。

胤禛等人押运的船队刚到镇江，戴锦和李卫已在江边等候多时了。他们按约定地点把船停靠岸边，胤禛派金昆、常赉等人押运货物北上，从大运河转入河南灾区，自己则带着喜子、博尔多、李卫等人改乘游船南下，先游苏州再由太湖去杭州，只留戴锦一人悄悄回南京配合沈廷正等人查寻张长庚贩运禁运之物的事。

　　众人计议完毕，各自登程。

　　"上有天堂，下有苏杭。"不到苏杭是无法真正体味这句话的含义。胤禛带着喜子和博尔多、李卫两人游过了苏州又来到杭州。如今要办的事也办得差不多了，一颗塞得满满的心仿佛被掏空了似的，空荡荡的，也正是这样才有心境领略杭州的旖旎风光，抛弃烦神琐事，手摇蒲扇，漫步苏堤，领略西湖美丽的景色，徜徉于茶楼酒肆之间，真是别有一番风味。

　　这天下午，胤禛午睡醒来，信步走下楼到西湖边走一走。

　　走不多远，听身边柳荫里传来一声沙哑的吆喝："算命看相占卜打卦喽！不准不收钱，看风水问吉凶算命运卜前程，非上等卦相不收费，问天之阴晴雨雪不要钱，推地之山川流度不收费，一切凶卦全免！"

　　胤禛觉得这个算卦先生有点古怪，这也不要钱，那也不收费，那什么卦相才要钱呢？不免回头观望一眼，正好和那算命先生四目相对，那先生便道："官人这么一回头，你我就是有缘人，俗话说得好：'浪子回头金不换。'佛门更有'立地成佛，回头是岸'之说法。官人这随随便便一回头，在谶语中包含的玄机可多了，依在下看来官人不久人生将发生转机，从此之后摆在官人面前的将是另一番宏图大业。"

　　胤禛本来就闲着无事，一听他这么说，也不管真真假假，便走上前和他侃上几句："先生刚才所言凶卦不收费，上等卦相才收费，如此说来我这'另一番宏图大业'当属于上等卦相了？请问先生，这上等卦相应该收几个钱？"

算命先生拉下脸来冷冷说道："如果官人如此斤斤计较那身外之物，那就请便吧，在这西湖岸边谁不知道我曾静是有名的'赛半仙'，圈里人称蒲潭先生或蒲潭居士，我为济世救民拯救天下苍生在此布道，为他人诠解玄理，指点迷津。"

　　胤禛莞尔一笑："蒲潭居士自称在此济世救民，拯救天下苍生，这话有点自吹自擂吧？如今正值大清盛世，皇上英明，君臣协力，天下太平，国泰民安。远的不说，就说这西子湖畔，亭台歌榭，风景如画，游人如织，赏景悦心，歌舞升平，处处透露着太平盛世的欣欣景象，敢问先生拯救何处苍生？"

　　曾静只冷冷一笑："官人从北方来，当知黄水决堤，两岸之惨景吧，用'千里无鸡鸣，白骨露于野'形容是不过分的。"

　　不等曾静说下去，胤禛反驳道："黄河之灾自古皆有，历朝历代都进行过大规模根治，均未彻底见成效，黄水泛滥已成为不治天灾。尽管如此，当今圣上登基以来，并未停止对黄河的治理，每当汛期到来之际，朝廷提前疏通河道，迁移百姓，力所能及地减少涝灾。这些也就不提了，仅就今年的涝后处理，朝廷也是费尽心思。派出多位皇子四处募捐调粮，赈济受灾百姓。仅四阿哥一人坐镇南京，先后运出两批赈灾粮饷，以解灾民燃眉之急。如此为国为民着想，心系天下苍生的明君英主古今少有，就是秦皇汉武、唐宗宋祖也不过如此。"

　　曾静哈哈大笑："先生此言差矣，当今皇上能否与唐宗宋祖媲美有待后人评说，我以为，如今的太平盛世不过是粉饰太平，一派繁荣的背后却是吏制腐败，科举靡顿，国库空虚，财政亏空，皇上刚愎自用，官僚鱼肉百姓，诸皇子各怀心态，伺机争夺储位。"

　　胤禛心中暗暗吃惊，江湖之上的一个小小打卦摆摊的术数之士都如此看待朝廷，这样的话语传扬出去于大清江山不利。胤禛仔细打量一下这位算命先生，他忽然心中一动，这"曾静"二字不熟，但"赛半仙"的称号不就是自己在任副主考那年，于京城西市街头见到的那位算命先生吗？他曾给好多举子看过相，算过卦，自称十分灵验。无怪乎此人如此了解朝政，他在京城混迹多年，何时又跑到这杭州繁华闹市里营谋？这曾静果真是普通走江湖测字算命之人，还是另有图谋的反清人士？江浙之地自大清入主中原以来屡屡出现反清叛乱，杭州也就成了反清人士活动出没的场所。尽管朝廷多次派人明察暗访，但一直收效甚微，此人口称在此布道扬法，他布的什么道，宣的什么法？胤禛细细打量一下曾静，年纪也就四十多岁，白净面皮，下颏有几缕稀疏的胡须。淡淡的眉毛下有一双幽深的双眼，高颧骨，露孔鼻，看装束又像读书人，又像卖艺人。

胤禛灵机一动，故意说道："先生，不瞒你说，先祖曾是扬州忠烈公史可法手下名将呢。与忠烈公一道血洒扬州城头。可如今我等英烈义士的后人都早已忘却祖宗遗训，俯首做起大清的顺臣良民了。如今天下已定，人心思定，三藩之乱尚且不能动了大清的根基，其他小股义民聚众滋事不过是飞蛾扑火，自取灭亡。"

曾静连连摇头："先生此言欠佳，以我多年夜观星相推测，最近几年之内将会出现五星连珠、日月合璧的百年不遇奇观，这将预示新君下凡，好世道就要来临。而在新君降生之际，天下必然大乱，有识之士正好可以利用大乱之际揭竿而起，打起……"曾静见左右无人，才小声说道："打起反清复明、驱逐满鞑的旗子，此旗一举，那些暗中活动的反清义士必然云集响应，鹿死谁手还难说呢！"

正在这时，一个年轻人急匆匆跑过来，瞥一眼胤禛，然后就给曾静收拾卦摊，边收拾边说道："师父，严先生回来了，让你回去呢！"

曾静马上面露喜色地问道："是鸿逵吗？"

"是，他把吕义士的《时文评选》也给你带来了呢！"

"太好了，张熙，快帮师父把东西收拾干净，我先行一步。"曾静又向胤禛拱手说道，"这位官人，曾某失陪了，新来了一位要好的朋友等着我回去招待呢。"曾静说完，兴致勃勃地转身走了。

望着他的背影，胤禛一时不知如何是好，有心亮明身份擒住曾静，又怕自己身单力薄吃亏。转念一想，这曾静背后说不定有一个反清复明的秘密组织呢，与其抓他一人打草惊蛇，还不如放长线钓大鱼呢。

这时，张熙收拾好摊点就要走，胤禛急忙上前问道："蒲潭先生匆匆离去，家中到底来了何人他这么心急，看神色像是远道而来的贵宾？"

张熙见这人一口道出师傅的号，又见他刚才同师傅谈得十分投机，估计是师傅的朋友，小声说道："从浙江石门来的严先生，严鸿逵。先生可能不了解严先生的大名，但他的老师'东海夫子'你一定听说过，就是浙江石门的吕留良，号晚村，人称晚村居士的吕义士，此人以学识气节享名，宁死不愿到清朝做官，吐血削发明志，最终出家为僧。"

胤禛想起了吕留良这个人来，他曾是朝中谈论的一个话题呢。据说此人诗文俱佳，隐迹山林。朝中也曾派人请他出山做事，但被拒绝了。皇阿玛十分生气，当时想派兵捉拿，但被大臣们劝阻了。据说吕留良已死去多年，他的《时文评选》是怎样一本书却从来没有听说过。

胤禛继续沿苏堤前行，边走边想着曾静的谈话和吕留良这个人，心里乱糟糟的，一点儿也理不出个头绪。郁积在心头的却是一腔无端愁绪，何愁何绪，他自己也说不清楚。

正当胤禛怅然欲归之时，道旁亭中传来醹醹的歌喉和铮铮琴音。胤禛抬头望去，亭中只有一男一女，男子说不上英俊，倒也风流倜傥。坐在琴边的女人说不上貌美，却也中看。显然，这曲子是她弹奏的。胤禛不免多望一眼。

噫，却是一位孕妇。嗬，原来是一对恩爱小夫妻在此赏景弹曲调解心智，为孕妇逸情舒心开怀。胤禛看看孕妇悠然安闲的神色，想想正在旅店里快要分娩的喜子，多少有几分愧疚。

这时，那男的站了起来，向胤禛招呼道："先生独步苏堤，面有疑虑之色，举步迟缓，踽踽而行，一定有什么不快之事吧？人生不过百年，何必为身外之事烦扰心境，愧对西湖美景呢？先生如不见外，请坐在亭中听内子抚琴，也分享我夫妇的快乐。"

胤禛知道西湖岸边的人都十分好客，也急忙还礼答道："多谢盛邀，恭敬不如从命，打扰你们夫妇的雅兴了。"

那男的边让座边自我介绍说："在下姓陈，名世倌，字元龙，浙江海宁人。请问兄台如何称呼？"

胤禛欠身说道："我姓嬴，名真，自京城而来，想做点买卖。"

"先生是生意场上不得意吧，人生哪有一帆风顺的呢？像我……"

不待陈世倌说下去，他夫人就阻止住他的话，说道："嬴先生刚刚坐下，连一杯茶还未喝呢，你就滔滔不绝说个没完，还不知人家愿不愿听呢？"

陈夫人说着，把一杯沏好的西湖龙井递给胤禛，又赔礼说："嬴先生不必在意，我家夫君心直口快，胸无城府，有什么说什么，刚一见面就说起自己的事，请嬴先生多多谅解。"

陈世倌看一眼夫人道："我还是讲吧，话到嘴边不说憋得慌。"

夫人嘻嘻一笑，叹道："你这毛病是改不了啦！"

原来这陈世倌是进士出身，官至杭州学政，因不谙官场事务，又心直口快，得罪浙江巡抚，被参劾罢官，闲居西湖。

二人品茗侃侃，说得投机，不觉忘了时辰。

这时，李卫一路喊着跑过来，"四、四爷，少奶奶肚子痛得厉害，看样子马上就要临产，而店主说什么也不允许少奶奶住在店里，要赶我们走，请四爷快回去。"

胤禛丈二的和尚摸不着头脑，他十分不解地问道："我们住店给钱，在店里生产有何不可，告诉店主，我付双倍的钱行不行？"

陈世倌解释说："杭州风俗，最忌讳别人家女人在自家生产，他们说那样会给家中带来血灾，甚至灭门之祸。"

陈世倌见胤禛沉思不语，便说道："嬴先生如不嫌弃敝宅简陋，可以让尊夫人到寒舍生产，我家中也有足够的仆从服侍尊夫人衣食起居，请嬴先生尽管放心。"

胤禛知道陈世倌是刚罢官的杭州学政，尽管与他是萍水相逢，但从谈话中可知他们夫妇也都是乐善好施之人，应该十分可信，喜子能够到他家中生产那是再好不过。于是，拱手施礼说："嬴某危难之中承蒙陈兄相帮，实在感激不尽，只是这样太委屈陈兄了。"

陈世倌还礼说道："嬴兄不必客气，一切还是救人要紧！嬴兄快去旅店收拾行囊，我这就回府让家人去车来接。"

陈府虽然不十分大，却玲珑别致，布局摆设倒也雅致，从中见出主人的爱好与修养。

陈世倌把喜子安置在一个优雅的西厢房内，并请来了接生的稳婆，又安排两名侍从人员，一切准备就绪，只等婴儿下生。

客厅里早已摆上酒菜，陈世倌和胤禛吃酒谈天，等候消息。从谈话中胤禛知道陈世倌是浙江海宁人，从前明中叶陈氏家族就日渐兴旺，成为海宁望族，族中代代都有几位外出为官的人，也不乏官至极品之人，只是到陈世倌这一代，陈家就出了他一位进士，仅仅做了几天杭州学政却又罢了官。在谈及身世时，胤禛只说祖籍东北，随父在京做些生意，曾经参加一次科考，因未就从此断绝为官之心。

二人正谈在兴头上，李卫跑来报告，说少奶奶平平安安地生下一位少爷，胤禛喜不自胜。

陈世倌举杯道："恭喜嬴兄喜得贵子！"

胤禛也举杯说道："同喜，同喜，犬子能得陈兄庇护才平安降生，陈兄的大恩大德嬴某终生不忘。俗话说'受人滴水之恩当涌泉相报'，他日一定重谢。待犬子长大成人，一定让他亲自来贵府登门致谢。"

二人一饮而尽，陈世倌放下酒杯说："陈某见嬴兄也是豪爽通达之人，陈某有一事相求，不知嬴兄能否答应？"

"陈兄请讲，只要在下能够做到，愿为兄台死万不辞。"

"赢兄言重了，陈某想说的是：内子十月怀胎，不日也要分娩了，不知是男是女，如果是男，愿与赢兄的公子结为金兰之好；若是女孩，想与赢兄的公子结为秦晋之好！不知赢兄答应与否？"

"这……"

胤禛一愣，他没有想到陈世倌提的是这样的要求，若都是儿子结为金兰之好倒也没有什么，自己的儿子虽是帝室之胄，如今喜子还没有和自己完婚，她是一个婢女的身份，儿子又能高贵到哪里去，何况自己的郡王地位也未必是铁打的。自己与太子一向不睦，一旦太子承袭大宝，如何对待自己还是两可呢，兄弟反目成仇也会拼得你死我活。

倘若陈世倌的夫人生出的是女孩，这秦晋之好就意味着定下婚约，一个是皇室贵胄、亲王贝勒，一个只是一般平民百姓，地位悬殊实在太大，皇阿玛知道也不会同意的。

陈世倌哪知道这瞬间胤禛内心的复杂，他见胤禛迟迟不说话，急忙说道："赢兄不必在意，陈某只是随便说说，并无高攀之意，如果赢兄有难处就算了，来，我们喝酒。"

胤禛忙道："陈兄误会了，赢某一介俗贾，而陈兄是海宁望族、书香门第，如今虽蛰居家中，凭陈兄的才华，不日就会再次入仕为官。能与陈兄结为友好亲家，那是求之不得，在下答应就是。"

陈世倌见胤禛答应了，十分高兴，亲自酌上两杯酒，亲自端给胤禛："来，为我二人结为友好亲家干杯！"

陈世倌一边请胤禛吃菜，一边问道："赢兄何不乘着今日喜庆之气和酒兴为贵公子起个名字，称呼起来也方便。"

胤禛暗想，按照爱新觉罗氏的辈分顺序：福、玄、胤、弘、颙、旻、奕、载、溥，自己儿子这一辈是弘字辈，长子弘晖五岁就夭折了；二子弘昀不满周岁也夭亡了，三子弘时虽然五岁了，不知为何，性情十分怪僻，这几个儿子的名字都带一个"日"字，希望他们获得太阳的光照，健康长寿，这第四子的名字也带上一个"日"字吧。胤禛觉得"曆（历）"字极佳，于是说道："不妨叫'弘历'吧，希望他将来大富大贵，能够有一番宏图远志。"

没过几天，陈世倌夫人也生产了，是一女儿。胤禛只好答应陈世倌的要求，两家正式结为儿女亲家。陈府又是一番热闹。

第十四章

南巡帝单驻荣国府
北来僧双勘藏宝图

众人纷纷道："四爷火速派人去大觉寺里掘宝，宜早不宜迟！"胤禛绷紧面孔，冷冷说道："如今知道内情的就是这里几个人，只要你们不泄露出去就不会有外人知道。有谁泄露半个字，别怪四爷我心狠手毒！"

胤禛每天过得倒也十分逍遥，陈世倌陪他逛遍了杭州城的名山秀水，尝遍了杭州的各种风味小吃，无聊之际二人对弈听曲，要么就是赋诗填词、赏画品茗。但胤禛内心却十分着急，焦急地等待戴锦那边的消息。

这天，胤禛正和陈世倌一同下棋，博尔多走来在胤禛耳边嘀咕几句，胤禛一听，吃惊地问道："消息确实吗？"

"回四爷，绝对可靠，请四爷早回吧！"

胤禛沉思片刻说道："陈兄，一月来蒙兄台盛情款待，也给兄台带来不少麻烦，兄台的这份情赢某他日定会重报。"

"一家人不说两家话！听赢兄的口气，赢兄想走吗？"

"刚才一个伙计传来口信，说南京有一桩大买卖，让我亲自去看看货物，据说买主较多，迟了就会被人从中拦走，让我即刻动身。"

陈世倌笑道："兄台是做什么生意的，多日来也不见兄台到集市上看看货。这里的生意还没做，怎么就突然要走呢？是不是觉得杭州的生意不好做？如果兄台看准什么生意，在下也可帮助一下。要银两，我陈某虽然不多，但做笔生意的钱还是有的，如果需要打通关系，我在杭州为官多年，也有几位官场上的要好朋友，兄台不必客气，尽管说来。"

胤禛一边称谢一边说道："实不相瞒，在下是做金银珠宝玉器古董买卖的，做这样的生意不能心急，也没有时令季节变化，只能等待时机，相准货才能赚大钱。我到南京做成这桩买卖后可能还会来杭州，那时再劳动兄台帮忙，不过，在下有个不情之请，不知陈兄能否帮忙？"

"兄台尽管说与我听，只要能做到，陈某一定尽力相助。"

"行程紧迫，携妻带子恐怕不便，我想把内人及犬子暂寄兄台府上，陈兄以为如何？家人一切花费我自会料理。"

陈世倌连忙打断胤禛的话，说道："兄台尽管放心去吧，尊夫人及令公子我会派人照顾好的，至于衣食我陈某还花得起，别说住上一年半载，就是三年五载我也有的是银子，你我都是儿女亲家了，何必这么客气呢？如果兄台乐意，让弘历长大在我府上读书学习那才好呢！嬴兄要是不嫌杭州偏远，做成这桩买卖回杭州后，我帮你选定一片宅基地，可以在这里造府安家，那时，你我两家来往走动就方便多啦。"

胤禛应付道："下次来杭州再说吧，陈兄有空不妨留意一下，我还真想在此定居呢。"

胤禛安顿好喜子和弘历，便和博尔多一同离开了杭州。

胤禛为何匆匆忙忙撇下娇妻幼子而去？当然不是生意，他本不是买卖人。原来，康熙皇帝南巡到了金陵。

康熙的龙舟沿运河而下，本预备在扬州小憩半日的，不想刚刚停靠在扬州码头上，突然窜出来两个刺客，若不是隆科多飞身护驾挡住了暗箭，康熙的性命在不在还不确定呢！这么一折腾，皇上"烟花三月下扬州"的兴致也就烟消云散了，他抬头看看天尚未过午，就传旨径直去南京。

既是去金陵，自然要住荣国府了。以前五次南巡有三次住在曹家，无论是饮食起居，还是警戒防卫都做得很好，更何况荣国府是僖贵妃的娘家，她当然希望康熙能住在那里。

其实，这次南巡康熙早有安排，准备住进华亭馆，由张长庚负责护驾职责，既然事出偶然，只好把护驾之事交给曹寅全权处理。

曹寅见皇上驻跸荣国府，心中一阵暗喜，当然，他也明白皇上这是看了女儿僖贵妃的面子。前些时候，自己遭到四皇子的弹劾，皇上令群臣廷议这事，虽然女儿出面压下了这件事，但曹寅也隐隐约约感觉到皇上待他大不如前，这次南巡对于驻跸之地的安排便可看出些端倪来。两江总督张长庚、江苏巡抚韩世琦接到皇上驻跸华亭馆的谕旨后自是欣喜非常，提前多日把华亭馆里里外外打扫一新。谁知扬州城闹出一个不大不小的乱子，却让曹寅从中抓住了时机，又把皇上请到自己府上，这样，曹寅下落的地位又可抬升了。

康熙到了南京，直接驻跸荣国府。

胤禛和博尔多一起从杭州出发，晓行夜宿赶回南京。一路上反复揣测皇上突然南巡的用意。当然，在这大灾之年皇上绝不会有闲情雅致游山玩水，那么，皇上南巡的可能性就只能有两个方面，要么是为了赈灾之事亲自赴江南督导各项募捐事宜，倘若这样，表明自己的工作不力，或者是皇阿玛对他的所作所为不满意；要么是为了自己弹劾曹寅的事，皇上想亲到南京了解一下实情，对于曹寅这样的一等公绝不是他胤禛一纸奏折能参倒的，毕竟皇上信赖曹寅远远胜过自己。当然，也许皇上另有什么特别的事，那会是什么事呢？胤禛挖空心思也想不出个所以然。

胤禛带着几分担忧、几分迷惑来到南京时，康熙已经到达南京三天了。胤禛听到皇上在扬州险些遇刺的事十分吃惊，刚到南京连华亭馆也没来得及去就直接到荣国府拜见皇阿玛。

康熙听说胤禛前来拜见，便在稻香村接见了他。父子二人一晃将近一年没有相见，今番异地相逢都显得十分亲切，拜见完毕，康熙立即赐座，叙谈赈灾之事。

康熙夸奖说："你果然不负朕的厚望，接连运出两批大宗粮款，让河南灾情得以缓解，如果胤禩他们也都能像你这样，朕的心也就可以放下了。唉，只是除了胤禔运去一小部分粮食外，胤禩与胤祥却至今毫无进展，令朕十分失望。"

胤禛一听这话，心中的疑团消去了许多，又十分谦逊地说："为国家社稷办事是儿臣分内之事。"

胤禛说着，偷眼看一下康熙的神色，补充说道："几位阿哥至今尚未募集到赈灾之资，并不是他们有意搪塞责任，不愿意出力，许是方法欠佳或力度不够吧？"

康熙含笑点点头，说道："你较往昔成熟多了，也能为朕分担一些忧愁，帮朕做点事，朕十分欣慰。如果你们兄弟几人之间少一些争斗，多一些合作，彼此能够友好相处，朕的后顾之忧也就没有了。"康熙说着，脸上露出一丝忧虑之色，他沉默片刻又缓缓说道，"朕一天天老啦，已经渐渐感到精力不济。我们爱新觉罗氏从先祖开始都没有超过六十岁的，朕今年已近花甲，说不定哪天就一命归西了。朕八岁登基，一生征战南北，平定内乱，开拓疆域，自忖对得起列祖列宗了。朕死而无憾，却不能不顾虑你们兄弟几人在朕死后可能发生的争斗。唉，你们每个人的禀性如何，在朕的背后又干了些什么，瞒得了别人，能够瞒住朕的双眼吗？朕只是狠不下心来罢了，朕总不能把你们一个个都杀光吧！"康熙苍老的脸上流下两行泪水。

胤禛还是第一次见皇阿玛流泪，有点不知所措，特别是听皇阿玛刚才的那几句话，只觉得脊背上直透凉气，他摸不清皇阿玛讲这些话的真正用意，对皇上这次南巡的目的更加迷茫了。

胤禛见皇上流泪，忙跪地垂首道："阿玛福大命大，有上苍庇护，定会长寿的。几位先祖虽然英年早逝，多是死于沙场，而今是太平盛世，请皇阿玛不必过虑，以珍重龙体为上。"

胤禛总觉得皇上这次南巡好像有什么不同寻常的心事，至于什么心事胤禛仍然琢磨不透，他试探着说："阿玛内心的苦痛儿臣也明白，自从那次南闱科场事件后，儿臣闭门思过，已认识到自己以往行为的不足，也尽量与众兄弟和睦相处，以诚相待。特别是二阿哥，儿臣会维护他，听从他，决不再让皇阿玛为此事伤心。"

"朕也知道胤礽平庸，你等瞧不起他，认为朕偏心，这才产生窥取太子之位的心计。说句心里话，朕也颇悔立嗣太早。但胤礽也有他的长处，比如做事稳重，待人谦和，心地也善良。人非圣贤孰能无过，只要知错能及时改过自新就好。其他阿哥有人做事较果断，但也有种种不足之处。比较之下，胤礽也不比其他阿哥逊色，因此，朕反复思量仍不能随意废立，你等兄弟几人不要有丝毫窥取之心，否则，朕杀无赦。"

胤禛的心里如打翻了五味瓶，各种滋味一起涌上心头。胤禛内心涩涩的，心中若隐若现的希望之火再次被皇上浇灭了，他只得垂首听皇阿玛训斥，不停点头答应，内心却不服气。

华亭馆。

戴锦回来了，胤禛立即召见："你可查寻到什么？"

"四爷，我说了您也许不相信，沈廷正出卖了四爷，他把四爷派人查询张长庚与殿下一起贩运私货的事全部捅给了韩世琦！"

胤禛一怔，说道："不可能吧，我待沈廷正不薄，他还不至于如此无情无义吧？你这消息可靠吗？"

"绝对可靠！沈廷正经不住韩世琦的诱惑，把什么事都告诉他了。估计韩世琦也一定转告了张长庚，他们早已做好准备，那批贷物也许已经从镇江转走，是否出手不得而知。"

胤禛气得脸色铁青："立即派人把沈廷正抓来，我亲自灭了他！"

博尔多刚要走，戴锦阻止了他，说道："慢！不如来个将计就计，麻痹他们，把那批私物给诱出来。"

戴锦附在胤禛耳边嘀咕几句，胤禛连连点头说好。过了片刻，胤禛说道："此计好是好，只是到何处寻找这施计之人呢？不要被韩世琦等人看出破绽。"

戴锦想了想说："有一人甚为合适，就是我弟弟去寻找的邬思道，估计他们最近几天就该来了，我们且少安毋躁等他们一等。"

胤禛也只好如此。

去河南赈灾的金昆、常赉等人也回来了，大家虽然分别才几个月，都好像许久没有见面了，十分亲热，互相问好，询问别后情况。胤禛得知此次赈灾十分顺利，高兴异常地夸奖道："你等做得不错，为朝廷办了件好事，也为四爷我露了脸，回京之后一定重赏你们。"

金昆从怀中掏出一封信，说道："四爷，奴才离开河南时碰到十三爷手下的一位心腹之人马计乐，他交给奴才一封书信，让我亲自转交四爷，说十三爷有事请四爷帮助。"

胤禛拆开一看，果然是十三弟胤祥的手迹：

四哥安好：

　　别来无恙，兄勤于赈灾，奔走操劳，脱灾民于水火，功莫大焉！非但万民称颂、百官相许，皇阿玛圣心也是大悦，弟亦窃为兄荣幸欣悦。

　　弟奉旨赴山西筹措赈灾之资，离京半年有余，毫无进展，束手无策。兄长高才自不必说，便是八阿哥也从东北运出一批粮饷，唯小弟空空如也，进退两难之际想到四兄，有劳四哥从江南再征集一些粮饷，助愚弟以完圣命。此事成否望勿外泄，以免宵小借此置愚弟尴尬境也。乞兄鼎力相助！

　　　　　　　　　　　　　　　弟胤祥顿首

胤禛合上信，沉思片刻，把信递给戴锦，候戴锦把信看完，才道："我想先听一听戴先生的分析。"

"十三爷主动找上门求助，这正是四爷笼络十三爷的大好时机。十三爷为人耿直，脾气倔强，爱打抱不平，这样性情的人一旦赢得了他的心，他会和你剖肝沥胆、两肋插刀。四爷应竭力帮助他渡过难关。"

胤禛点点头："胤祥在众兄弟中最憨直，有'拼命十三郎'之

270

称，如果能笼络住他比结交一位朝廷命官还有用处，他能够处处维护我，我也就不再势单力薄啦。只是从这里再筹集一批粮饷恐有困难，何况皇上也正在这里，万一给圣上知道了，十三阿哥挨骂不说，皇上也会认定我是收买人心，这岂不是出力不讨好吗？"

博尔多、金昆也在一旁劝胤禛多一事不如少一事。

戴锦却说道："在下以为，皇上未必就指责四爷是收买人心。皇上不是希望众阿哥相互团结协作吗？四爷这一做法不正合了皇上的心意？"

胤禛疑虑重重地说："我等赶往山西协助十三阿哥如何呢？"

常赉阻止道："使不得，山西的情况我了解，不是十三爷办事不力，是山西确实穷困，无粮可集、无款可征。巧妇难为无米之炊，谁去也不行，硬行逼迫百姓捐资会激起民愤的，还是回绝十三爷吧。"

金昆嘟囔道："如果咱们突然在哪里得到一些金银财宝就好了，这样不但可以解了十三爷的围，也不必整日忧愁开销啦。"

常赉笑道："金大哥整日都做梦想着天上掉下一个大元宝，上街拾到一个漂亮媳妇，可这美梦一直没有实现。如果金大哥学会点石成金之术就好了，只可惜你姓金却与金银无缘，生就的穷命。"

金昆无意中一句笑话却提醒了胤禛，他想起了多年前在山西大牢时，同牢房那三位前明永王的侍从临刑前给过自己一幅藏宝图。回京后虽几经琢磨，却始终猜不出图中所绘出的破庙是哪里，从那以后就把那张图放置起来。一晃多年早已把那事给忘得一干二净，如今金昆这么一提醒才想起来，假如能够找到那批宝藏，定可帮助十三弟解决赈灾的燃眉之急。

胤禛笑道："我还真有个藏宝的所在，至于有多少金银财宝我也不清楚，也许比我大清的国库里储藏的金银还多呢！"

接下来胤禛把获得藏宝图的经过简单说了一下。

众人忙道："四爷还记得那藏宝图吗？快画出来让我等都看看，三个臭皮匠顶一个诸葛亮，也许大家一琢磨真能破解出图纸上的藏宝所在呢！"

"怎会不记得呢？那张图我已经看过上百次了，上面的每一个点、每一条线我都熟烂于心。"

胤禛说着提笔在纸上快速地画了起来，众人围上去七嘴八舌地猜测着，却都猜不出图上的破庙是什么地方。

"阿弥陀佛，有什么好看的也让我老和尚凑凑热闹。"

众人回头一看，是文觉与性音两位大师，大家急忙起身让座。文觉边坐下边说道："洒家到大门口让守门人给四爷通报一声，他们却说不必通报啦，每次通报四爷都是赶快请大师进去，还累得他们白白往返跑动，这次就自作主张放我俩进来了。"

胤禛含笑递过图去："二位大师来得正好，我正有事请教。二位大师见过的庙多，可见过这座庙？"

文觉接过图看了半晌却摇摇头，他去过的庙太多，反倒认不出了。

文觉把草图递给性音，性音接过图一看，内心蓦地一震，从周边山峰河流的走向看，这破庙太像他曾经栖身的妙峰山大觉寺了，大觉寺正是永王秘密活动的一个据点，莫非永王当年的宝藏就在大觉寺？

性音不动声色地问道："四爷，给你藏宝图的人是什么长相，他们没告诉四爷姓什么叫什么？"

"三位老者都年过半百，遍体鳞伤、蓬头垢面，看不清楚原来面目，只记得一人自称叫董什么昌，可惜他声音沙哑，说话声被其他人的叫骂声掩盖了，不然，这批宝藏早已被找到了。"

性音嘴角微微抽搐一下，他知道那人是永王最信任之人董克昌，其余两人是江启保和童正生，他们三人是永王的贴身侍卫。

性音正在寻思，猛听金昆问道："大师认识那姓董的不成？"

"老衲怎会认识这些江湖上的歹人，老衲只是觉得这图……"

"怎么，莫非大师看出这图上的破庙是什么地方？"胤禛问道。

不等性音开口，一直沉思的文觉突然合掌说道："老衲想起来了，图上的破庙不正是大觉寺吗？性音大师，你在大觉寺里呆过，你说呢？"

性音急忙宣一声"阿弥陀佛"，也说道："老衲早年曾在大觉寺避难，在那里小住了一段时间，对大觉寺颇为熟悉，刚看此图时就觉得有些像。四爷所说那董老者确实到过大觉寺，老衲还接待过他呢！当时，他只说寻找一位旧人，哪里知道他是寻宝的。如果老衲没记错，那董老者是个矮胖子，长相也没有什么特别的。"

胤禛点头称对："如此说来，那批财宝定是藏在大觉寺了？是不是京西妙峰山上的大觉寺？"

性音点点头："应当如此，不然，那姓董的不会到那偏僻的大觉寺停留好几天。他当时说是找人，却在寺内外四处转悠。"性音忽然想起了什么，故意装作心不在焉的样子问道，"四爷身居皇宫大内，平日里深居简出，如何也知道那偏僻破旧的大觉寺呢？"

胤禛转向文觉，笑着说道："文觉大师曾给我讲过这大觉寺的来历与兴衰。如果真能在大觉寺内找到宝藏，除了送给十三阿哥用来赈灾之用外，根据数量多少，一部分运回府上备用，一部分用来重修大觉寺，这也算取之于寺用之于寺吧。前明永王的那批财宝也是民脂民膏，他取之于民我用之于民也不为过吧？"

"四爷别只顾高兴，大觉寺虽然残破，但规模也不小，能否找到那批宝藏也很难说呢。倘有捷足先登者，我等岂不是空欢喜一场？"

戴锦也说道："文觉大师提醒得是，四爷应火速派人去大觉寺里勘探挖掘，宜早不宜迟！如果泄露了消息，还可能引得一场夺宝大战呢！"

胤禛说道："如今知道内情的就我等几人，只要你们不泄露出去就不会有外人知道。"胤禛说着，绷紧面孔，冷冷地说道："在座的各位，如果有谁胆敢泄露半个字，别怪我四爷心狠手毒！"

戴锦第一次看到胤禛这样同属下人讲话，也第一次看清胤禛的另一个面孔，心里暗想道：此人可以同苦不可同甘，此人只可顺从不可违逆，为臣是奸雄，为君则是暴君。但这种人的奸与暴不同于秦始皇、隋炀帝，而是外柔内刚、面善心狠之奸暴。戴锦心头扫过一片阴云。

性音更是心惊肉跳，他觉得胤禛这话是专门对他个人说的，他本来想隐瞒藏宝所在，又怕被胤禛看出破绽，犹豫之际被文觉先说了出来，他知道无法隐瞒下去，只得附和着说出一些真真假假的话来打消胤禛的猜疑。性音本打算将藏宝之事通报给张潜斋，一听胤禛这句话，不知如何是好。又听胤禛吩咐道："这寻宝之事就由金昆、常赉、文觉禅师与性音大师四人负责。无论如何，这事不可声张，只能暗中行事。"

胤禛又把金昆叫到内室吩咐道："你就说朝廷准备重修大觉寺，把寺内僧人暂且安顿其他地方，实在没有去处的可以到柏林寺，所有花费直接从府中支出。只要能找到财宝，咱们就真重修大觉寺。"

"万一找不到呢？"

"找不到就说此地不宜建寺，把和尚赶走了事。"

"那十三爷的事呢？"

胤禛犹豫一下才说道："必要时把那笔克扣下来的款子送给胤祥，此外别无他法，你不是说人比财重要吗？咱舍弃这几个月的辛苦费换得胤祥的心，只要四爷有出头之日，保证你们有银子花。"

最后，胤禛又再三叮嘱道："掘宝之事决不能让外人知道，包括十三阿哥。我让私自扣留的那船银子也不能让外人知道，包括性音、文觉、戴锦等人！"

暗蓝的夜空点缀着几颗若隐若现的星星，苍茫的大岚山绵延着，高高低低，层层叠叠，和遥远的天际连接在一起，朦朦胧胧，透着几许神秘。在这静谧的秋夜，偶尔从远山深处传出几声猿啼与狼嗥，更增添了大山的凄凉与忧伤。

张潜斋悄悄走出自己的房间，来到儿子的房门前，犹豫片刻，终于鼓足勇气敲响了房门。"思道，快把门开开，是为父。"

邬思道挪动着双拐把门打开，张潜斋侧身进入房内，重新把门关好，他看看窗外，又急忙放下窗帘，走进内室。

邬思道见父亲这么神秘，不解地问："父亲深夜来找孩儿，一定有什么重要的事告诉孩儿吧，是不是让孩儿出山的事？"

张潜斋点头说："这是千载难逢的机会，你不为自己的前途着想，也为父亲、为祖上着想出山吧，随戴家兄弟到胤禛手下当差，凭你的才学，一定会得到重用的。"

邬思道十分纳闷，自从戴铎到来，父亲显得特别兴奋，一反平常的愁容，做事特别带劲，对戴铎也格外殷勤，难道当今的四皇子要请自己去当幕宾就值得如此高兴吗？当上幕宾就一定会光宗耀祖吗？邬思道对此不屑一顾，说到底，幕宾也不过是一个靠心术吃饭的奴才。

邬思道有几分瞧不起父亲，总感觉他为人不够坦诚，对自己也似乎隐瞒着什么，经常和一些莫名其妙的人往来密切，还经常一出去几个月不回家。父亲不经商也不务农，但家中总有用不完的钱。他隐约知道父亲在撒谎，这撒谎的背后隐藏着什么目的，邬思道一无所知。

戴铎奉四皇子之命到蒲田少林寺请他时，邬思道刚好回到家中，戴铎又赶到大岚山来。若不是父亲再三劝阻，他早就拒绝了戴铎之请，邬思道不明白父亲为何对做官有那么大的兴趣，难道就因为他们姓张的几代人没有一位是做过官的吗？

张潜斋见儿子沉默不语，他也沉默着，静静坐在儿子旁边。屋里静极了，几乎可以听到两人的心跳。

张潜斋终于开口说道："思道，你也许认为为父市侩、庸俗，甚至有些浅薄卑鄙，你可能认为为父有许多事都瞒着你们哥弟俩，认为父亲行为有些神秘古怪。是的，为父并不是一个称职的父亲，更不是一个称职的儿子，谁又知道父亲每天度日如年，活得是多么苦，甚至猪狗不如！要不是为了家仇国恨，不是为了反清复明，为父早就自裁以谢祖宗了。儿呀，你知道我为什么让你姓邬而不姓张，其实我也不姓张，咱姓朱，是大明洪武爷的后代，为父就是朝廷四处通缉捕拿的朱三太子定王朱慈焕！"

邬思道一下子惊呆了，父亲竟是朱三太子，这太令他震惊了。

张潜斋一边擦干眼泪一边说道："我本想早一点告诉你的，但见你双腿已残，无法再从事反清复明大业，就一直瞒着你，想让你活得安稳一些，以免担惊受怕。我和思逵等人成年累月都是在刀尖上活日子，说不定哪一日就会死于非命。为父当时本想让你早入仕途，好打进官府内部，里应外合打击清朝，谁知……"张潜斋老泪纵横、泣不成声。

邬思道什么都明白了，一股从来没有过的热血从残存的双腿涌起，继而说道："不恢复大明江山，我誓不为人！"

张潜斋看着儿子有此信心与决心，十分高兴，握住邬思道的手说："倘若你能到胤禛身边做事，父亲多年来设想的反清复明大计又可以施展了，唉，这也许是苍天有眼，给我大明一线死灰复燃的良机。"

"父亲有什么反清复明的大计快说给孩儿听听，也让孩儿参谋一下，今后咱父子好能协调配合、步调一致。"

"父亲从多年来反清活动中渐渐明白，仅靠行刺打杀推翻满清已不可能，当年的三藩举事规模何等之大，结果仍是一败涂地。如今三藩早平，北疆已定，国家一统，大清国运正昌隆，再加上康熙是一有为之君，这种形势下想以武力推翻清廷已不大可能。"

"那父亲的意思呢？"

"我想采用以柔克刚、以软制硬的办法，像妲己迷乱商纣王，西施毁坏吴王夫差那样。只可惜我朱家后人中没有女儿身，不然……"张潜斋顿了一下，才又说道，"父亲只好把希望寄托在你的身上，让你打入清廷内部，最好能贴近皇上身边，从中施展离间计，让皇室内部兄弟成仇、父子相怨、夫妻不和、君臣不睦，从而朝政废弛、官府腐败、军队涣散，他们内部先斗起来。如果遇上去年这样的灾涝之年，民怨之声载道，那时振臂一呼，打着反清复明的口号，响应者一定众多，也许大事有望。"

邬思道抚摸着自己有残疾的双腿，叹道："我这次出山也只能到四皇子手下做事，据我所知，在众多皇子中四皇子的势力并不强，此人在朝臣中的威信并不好，康熙也不十分欣赏他，把宝押在他身上，成事的机会有多少实在难料，可惜我没有机会到太子帐下。"

张潜斋拍拍儿子的肩膀："谋事在人，成事在天，走一步看一步吧，在胤禛手下已有一位我们的人，他就是性音和尚，今后遇着什么事可与他商量，需要传给我的什么信息也由他代传。此人虽然是个粗人，但做事还是十分仔细的，他曾追随你伯父永王多年，忠心不贰。"

邬思道与性音虽然不曾深交，但此人的为人他还是了解的。当年因为科场事件，就是他和一位叫文觉的和尚把他救出来的，并带到南少林养伤静养，后来也去看望了他几次，虽然没有什么谋略，但武功十分高强。

张潜斋出去了一会儿又回来了，怀里抱着一个小匣子："道儿，这是你皇祖父留下来的传国玉玺，你好好珍藏吧，希望将来复国之日再用，万一永远没有复国之日就作为咱朱家的传家之宝吧，让后世子孙记住自己是大明朱家皇室的后代，世代不忘复国大业。"

邬思道拿起玉玺，仔细看了看，又放回匣中说道："父亲，还是由您老人家保存吧，儿臣这一去也不知是凶多还是吉多，万一被人发现藏有玉玺，岂不暴露了身份？"

"不，还是你收藏起来吧，不能带在身上，找一个合适的地方放着也行。为父整日东奔西走，说不定哪天被捕入狱或一命呜呼，岂不留下遗憾？据说你伯父永王曾留下一大批金银宝藏，专门留作招兵买马反清复明之用，不曾想在入宫行刺中被乱剑击死，那批财宝也就无从寻找，为父总不能让这传国之宝也下落不明吧？"

匣子沉甸甸的，邬思道明白这玉玺的分量，把它紧紧揣在怀中，艰难地上了马车，颠簸着驶向远方……

自从邬思道走后，张潜斋一直心绪不宁，吃不下饭，睡不好觉，总觉得要出什么事似的。会出什么事呢？张潜斋把最近安排的几件事都反复掂量了一遍：派次子张思逷和周昆来一起去京师打探消息，让甘凤池到湖北和那里的白莲教联络共举义旗，再者就是道儿去南京，这几件事都不会有什么差错呀，自己的内心为何如此烦躁呢？多少年的生活阅历锻炼了张潜斋的敏感，只要他有这种预感，一定有什么不好的事情发生。

果然如此。这天，张潜斋还没有入睡，一名家丁就急匆匆来报告说，周昆来回来了，有要事报告他。

张潜斋来到客厅，一见周昆来一人坐在那里，就声音颤抖地问道："昆来，怎么就你一人，逷儿呢？"

周昆来扑通一声跪在地上，满含泪水地说："定王，臣该死，没有保护好小王爷，小王爷他……被清军抓走了！"

张潜斋如遭晴天霹雳，几乎栽倒下来。周昆来急忙扶住张潜斋，让他坐在椅子上，十分痛心地说："都是臣不好，没有照料好小王爷，臣该死，臣后悔让小王爷冒险行刺。"

张潜斋强忍悲痛挥袖擦去满脸的泪水，哽咽道："别再懊恼自己，快坐起来，把事情经过讲与我听，看看有没有救出来的可能。"

"王爷派我和思逷到京城探听消息。刚到半路就听说康熙南巡，我们不知真假，又向北走了几天，果然遇到康熙南巡的龙舟。我和思逷一商量，康熙南巡了，去京城还有什么用，就尾随康熙南巡的船只南下。一路上，我们发现康熙一改往日南巡的做法，不但允许两岸百姓列队观看，而且经常走出船内站在船头和百姓招手致意。我和思逷一商量，决定行刺康熙，给他点颜色看看，搅了他南巡的雅兴。我们从宿迁一直跟踪到扬州，一路上寻找几次下手机会都没有成功。听说康熙要驻跸扬州，再不下手就没有机会了，于是我们商定在康熙上岸的那一瞬间动手。"

"结果如何？"张潜斋插话问道。

"思逷一箭射得特别准，如果不是那名大内侍卫飞身上前阻挡，那一箭准要了康熙老儿的狗命，只可惜功败垂成，只伤了那名侍卫。”

张潜斋连连摇头，说道：“你们太冒险了，也太冲动了，凭你们两人的力量如何能够刺杀得了康熙，我们多少兄弟义士都是因为刺杀康熙而死！”张潜斋说着，又止不住潸然泪下。

周昆来继续说道：“刺杀未成，我和小王爷逃走的时候都受了箭伤，我的伤势较重，小王爷为了掩护我，故意把官兵引开，结果被清军抓去了。”周昆来说着，露出肩膀，左膀和右肩都受了箭伤。

“你打听到遼儿关押在何处了吗？”

“康熙到了南京住在荣国府，估计思遼也可能被关在那里。王爷快召集甘大侠等人商量解救小王爷的事吧，不然，后果不堪设想。”

张潜斋摇摇头：“从官兵大牢里救人谈何容易，稍一不慎会葬送更多的兄弟。”

周昆来急了：“那思遼怎么办？你们不救，我带人去救！”

周昆来起身要走，张潜斋喝住了他：“如此年纪了，还这样毛毛糙糙！我们有多少人马？和官兵硬拼如同以卵击石、白白送死！急有什么用，必须周密布置从长计议，只能智取，不能硬闯。”

“从长计议？救人如救火，耽搁不得啊！”

张潜斋耐心说道：“据我分析，清廷一时不会杀害遼儿，很可能把他当作诱饵。你先静养几天，我派人去摸清关押遼儿的地方。”

张潜斋刚刚安置好周昆来，猛听到院内一声鸽鸣，他急忙走出室内，从翩然落下的信鸽身上取下一个油布管，从中抽出一个纸条，只见上面写道：“永王留下之财宝藏在京西妙峰山大觉寺，胤禛已派人去取，速派人赶到寺内提前取走！”

第十五章

明遗少忍辱事仇寇
清圣祖含羞废储君

"……如今太子事发，众阿哥必定群起而攻之，落井下石之人也未尝没有。倘若皇上再废去太子，势必引起新的储位之争。权衡得失，皇上不如先暂悬太子名位，令其闭门思过，一年后再据实决定废立大事。"

张长庚正为囤积在镇江的那批货找不到买主而心急如焚，韩世琦匆匆赶来报告说，扬州知府崔华联系了一位买主，据说来头不小，是个大户，从那人口气看，差不多能买走积存货物之一半。

张长庚听后十分高兴，只要货物脱手，就查无对证，别说是四阿哥派人去盘查，就是圣上亲自查询他也不怕。张长庚忽然又警觉地问道："那位买主是何许人，是否可靠？他有多大的财力？"

韩世琦以为张长庚怕货被骗走而要不来银子，立即答道："请大人放心，我心中有数，早已密令属下之人一手交钱一手交货，先把银子拿到手才准许他们把货运走。"

张长庚打断他的话："本官不是怕那商人不付银子，一个小小的商贾能有多大势力敢跟我两江总督赖账？我是让你查清那人底细，倘若这人是胤禛派来的，我们把货全都卖给了他，岂不是不打自招？"

韩世琦连忙说道："下官已经派人查访过了，此人姓张，从福州来的，是个双腿残疾的人，从事商业多年了，财力也较雄厚，为人也很坦诚，自称是入仕无望才做起生意的。"

张长庚一听是个拄双拐的瘸子，略略放下心来，又叮嘱道："那也要慎重，先派人接触几次，探探口风，不到必要时万万不可给他看货，一旦谈成，让他先付过银子我们用船给他送走。"

韩世琦连连点头称是，他见张长庚不再说什么，又谨慎地问道："张大人要不要亲自与那人叙谈一次，见见面，再最后定夺交货之事？"

张长庚斥道："如今是什么时候？皇上就在我们眼皮底下，你是想让我卷铺盖回老家不成？不但我不能出面，连你也不能出面，万一出了事，总不能让别人一锅端吧？"

韩世琦唯唯诺诺地退出两江总督府。

韩世琦回到巡抚衙门，立即派自己的师爷陈宏礼前去约定的地点花映楼与姓张的商人洽谈。

在两人的搀扶下，邬思道走进花映楼，刚一进门，陈宏礼就迎了上去："张先生好，久仰，久仰。"

邬思道略一施礼："让陈先生久等了，失敬，失敬。"

二人分宾主坐下，边吃边聊。

陈宏礼问道："听说张先生想要一批稀缺货，不知要些什么货？"

邬思道淡淡一笑："做买卖之人哪有什么固定的生意，只要能赚钱什么货都要，不知陈先生手中都有些什么货？"

"在下同张先生一样都是生意场上的人，也是有什么赚钱的就贩运什么货，每次货物的品种并不固定，来源也不固定，只要能赚钱，哪儿来的货我陈某人都敢要。"

邬思道放下酒杯轻轻拍掌："这么说陈兄与我是志同道合，我买货不讲卖主是公还是私，是官还是民，是内地的还是偏远蛮夷的，甚至东洋倭人与西洋红毛的货我都买过，如今世道谁的钱不能赚？来，为咱们兄弟脾味相投干杯！"

陈宏礼放下酒杯，装作吃惊的样子问："张先生同洋人打过交道，做过交易？"

"我不仅与他们做过生意，我还会说几句洋话呢。比如'狗逮猫'就是'早上好'，这是洋人见面时最常说的一句话，还有'狗腔白'就是'后会有期'。"

陈宏礼被邬思道逗得连嘴里的酒都喷了出来，乐过笑过之后，冷静考虑片刻，仍不放心，故意说道："张先生与洋人做生意一定要小心谨慎，据说洋人经常贩运来许多禁运之货，万一在货中夹带禁运之物，一旦被官府查出来要坐大牢的，说不定还要杀头呢！"

邬思道莞尔一笑："马无夜草不肥，人无横财不富。只要留心点，放活一些，把挣得的钱舍得花出一部分，没有透不通的竹竿打不通的墙。如今年头，谁见了这个不眼开？"邬思道说着，做了一个银元的手势。

陈宏礼连连点头："张兄说得对，像张兄这样做大买卖的人也一定有过硬的后台，不然，也不会如此得心应手畅通无阻。"

"俗话说官商官商，无官不商，无商不和官相联系，否则，你寸步难行，别说赚钱，只怕赔进祖坟也不够赔的。"

"那么张兄一定也有几位靠山喽？"

邬思道很警觉地说道："陈兄这样盘根问底是何用意？如果老兄有诚意做这笔生意就带我去看看货，谈谈价钱，否则也就算啦，我明天就回福州，这里不行我到广州去，拿钱还怕买不到货吗？"

陈宏礼闹了个满脸通红，急忙赔礼道："张先生息怒，张先生息怒，张先生也应理解陈某的苦衷，陈某就曾被一位山西的商人骗过一批货物，弄得我几年没翻过身，差点连本钱也砸进去了。这几年刚有些好转，如今冒险经营这大宗买卖，当然应当小心谨慎了。"

邬思道明白陈宏礼害怕自己是胤禛派来的，所以才多方面套自己的话，希望能看出破绽。邬思道仍装作余气未消的样子说："哟，陈先生是'一朝被蛇咬，十年怕井绳'，小心谨慎是应该，那也要看是对什么人。事前我曾告诉过陈先生手下的人，咱们是一手付钱一手提货，这样不会欺骗陈先生吧，陈先生为何仍不放心张某人呢？"

陈宏礼一边请邬思道吃菜，一边说道："张先生有所不知，我这批货中有部分禁运之物，多是从洋人手中购得的，不摸清先生的底细怎敢轻易把货给先生看，倘若先生出卖了在下，我可是死路一条呀。"

邬思道不冷不热地说:"一个买一个卖,你我是一条绳上的蚂蚱,飞不了你就跑得了我吗?我傻也不会傻到这种地步呀。说起禁运之物,我可能比陈兄更感兴趣,只怕你的货物少了,有多少我要多少。如果你有西洋大烟火器更好,这才是一本万利的买卖呢。"

陈宏礼听邬思道这样一说,知道那批货物脱手有望了,但还多少对邬思道有几分顾虑,毕竟这都是朝廷明文规定不允许私自交易的。

邬思道又道:"陈先生果真有这些货物算我张某人幸运,头一次来南京就能做上这样的大买卖!"

陈宏礼不置可否地问:"张先生能要多少,准备销往何处?"

"陈先生有多少我要多少,至于销往何处,请陈先生放心,决不在南京露面,大部分运往福州,少量销在杭州。敢问陈先生何时看货?"

陈宏礼犹豫片刻,说道:"张先生回客店之后我自会派人与你联系,那时再定看货时间、地点。"

邬思道装作不情愿的样子说:"一桩小买卖何必如此神神秘秘,你们南京人做事太不爽快了。我给你三天,过了三天我立即走人。"邬思道说完一挥手,在两人扶持下拄着双拐下楼而去。

陈宏礼急匆匆赶回江苏巡抚衙门,一五一十地报告了韩世琦。韩世琦道:"先暗中监视他的行踪,如无可疑之处,就带他去看货。一个双腿残疾之人求官无望,经商倒是一个明智的选择,他不像是官府中人,也没有听说四阿哥手下有这号人物。我等切不可错过这样的机会。货物出手后也就无后顾之忧了,大把的银子在手中心里也踏实。此事就由你全权处理吧,一定要处处小心、时时留意,发现疑点随时报告,万勿捅出娄子。四阿哥是有名的尖酸刻薄之人,曹寅他都敢弹劾,更何况是一般人,如果让他抓住了把柄,你就落在阎王手中了!"

一晃两天过去了，陈宏礼的人发现邬思道并没有与其他外人往来，只是在昨天晚上去春香楼宿过一次娼。

陈宏礼淫邪地笑了笑："嘿，这小子腿瘸心不瘸！"

第三天下午，邬思道应约来到玄武湖菊心亭，陈宏礼已经等待多时了，二人一见面，陈宏礼便向湖中心一个游船招招手，那小船立即摇过来，走上一人把一只箱子提进亭内，放在陈宏礼面前。

"打开给张先生看看，验一验真假。"

邬思道从那人手里接过东西嗅一嗅，点点头："这是从印度运来的，正宗的大烟，我要了。"他又接过那人递过来的火器看了看，说道，"这是从英吉利运来的，正宗的洋货，我也要了！"

二人你来我往地又争了一下价格，最后说定三日后一手交钱一手交货，陈宏礼还答应负责用船把货运出江苏地面。提货地点，到时再定。

陈宏礼把看货的事禀报给韩世琦，韩世琦凝思半晌，说道："福建总督魏大人今日传来消息，是有一位做大生意的张姓人家来金陵。但并非双腿残疾之人，此人身份可疑，张大人让你暂缓交货。"

陈宏礼吃惊不小："大人，要不要把此人干掉？"

"暂且不忙，等到摸清他的真实身份再做处理。我们已收买了四阿哥的一个亲信，如果这姓张的是四阿哥派来的，他一定能够探出口风。"

正说着，一名家丁前来报告说："大人，门外有一个自称叫沈廷正的人要见大人，说有要事相告。"

韩世琦立即命人把他带来，沈廷正进来说道："韩大人，四阿哥不知从何处得到一个消息，说大人的这批货已经卖给一位福州的商人，近日内可能交货，为了阻止大人交货，四阿哥派小人给江苏海关鄂尔善送去密信，让鄂尔善严查过往船只，务必扣留这批货物。"

韩世琦接过沈廷正递上的书信一看,果然是胤禛的亲笔信,他把信又递给沈廷正说:"胤禛还说了些什么?"

沈廷正想了想,说道:"小人从戴氏兄弟那里得知,四阿哥派戴铎去过一次福州,据说是找福建总督配合他查寻大人的这批货。从福建总督魏大人那里得知有一个姓张的大商人来南京,四阿哥就从那位姓张的商人口中得知大人要交货的事。"

"那姓张的商人可是双腿残疾?"陈宏礼急忙从旁边问道。

"我见过那人,五十多岁,十分精明,并不是个瘸子。"沈廷正忽然想起了什么,补充道,"听他说,这笔生意是初次打交道,摸不清对方的路,没敢直接出面,让他侄子去的。"

忽然,一个兵丁匆匆进来把陈宏礼喊了出去,过了许久,陈宏礼才走进客厅对韩世琦说道:"盯梢的人报告说,有一个五十多岁的清瘦老人到那姓张的商人房内去了,谈了许久才走。"

韩世琦点点头:"如此说来,那姓张的跟四阿哥没什么关系,你立即和他取得联系,马上交货。"

陈宏礼有所顾虑说:"江苏海关总督鄂尔善那里怎么办?"

韩世琦哈哈一笑:"鄂尔善是咱们自己的人!张大人、鄂尔善,还有我,都是为殿下办差的!"

陈宏礼不解地问:"既然是殿下做的买卖,何必在乎四阿哥呢?"

韩世琦连忙摆手:"你不必多问,只管老实办差吧,好处有你的!只要货物脱手,送出江苏,姓张的被四阿哥扣押咱也不怕!"

邬思道等在旅馆里不见陈宏礼派来接洽的人,稍稍有点心急。这日,刚要走出房门,茶房匆匆过来,递上一张便笺:张先生,今日酉时镇江焦山提货地点。

酉时整,邬思道和四名手下来到镇江焦山,陈宏礼正等在那里。邬思道连船也没下,向两名随从使个眼色,然后说道:"先让我的两名随从清点一下货物再付款也不迟。"

两人上前仔细检查一遍回来报告说:"全是真货,除了大烟与火器外，旁边还有大批食盐之类的物品。"

邬思道点点头，向旁边的两艘船提高声音说道："来人，把陈先生和货一起带走。"

邬思道话音未落，两艘大船箭一般驶来，并停靠在岸边，从船上跳下几十个全副武装的人向陈宏礼逼近。

陈宏礼知道自己上当了，但他并不十分惊慌，冲邬思道冷冷一笑，问道："你是什么人，敢带兵威胁我，我们的后台说出来吓死你们！"

邬思道说道："我不管你的后台是谁，我只是奉命行事，前来提货拿人。给我把陈宏礼拿下！"

两方正在剑拔弩张之际，又一艘大船驶来，胤禛站在船头高喊："我奉旨查封禁运之物，有反抗者格杀勿论。"

这时，大船已靠岸，胤禛手按宝剑看着陈宏礼被锁拿上船。胤禛又指挥手下兵丁把大烟、火器等物运走，大批私盐则就地封存，并派戴铎负责带兵看守。

胤禛向早已上岸的邬思道拱手说道："邬先生辛劳了，请接受胤禛一拜。多谢邬先生大力相助！"

邬思道忙还礼道："实是四阿哥部署有方！"

这是邬思道第一次见胤禛，他只是这么一瞥，内心陡地一惊：此人龙行虎步，燕颔犀颈，眉骨隆起，如日月东升；看气色，伏犀贯顶，紫色笼罩，有天子之像；但二目幽深，为人必定阴鸷，面慈心狠，是个极难侍候的角色。

回到华亭馆，胤禛下令大摆宴席为邬思道接风，为首战告捷庆功。华亭馆灯火通明，笑声不绝。

奉旨监国留守京师的胤礽这天径直走进凤鸣阁。

正在抚琴浅唱的陈美人一见胤礽，多日来委屈的泪水迸了出来。许久，陈美人才抬起头，用泪眼盯着胤礽，说道："你带我离开这儿吧，趁皇上外出不在京城，你我走得远远的，去过世外桃源的生活，行吗？"

　　胤礽什么也没有说，只是怔怔地盯着陈美人红肿的双眼，双手把她搂得紧紧的。

　　陈美人突然挣开胤礽的胳膊，哈哈狂笑几声，然后凄惨地说道："我真傻，大清国皇太子怎会为一个下贱女人断送一统帝业呢？呵呵……"凄厉的笑声从凤鸣阁传出，在延禧宫上空盘旋……

　　胤礽急忙抱住她，大声解释道："你我再耐心等待几年，皇上一宾天，这大清国就是我的，谁也别想干涉我们俩的事，到那时我封你为皇后，让你主持后宫，母仪天下！"

　　"你骗人！我不等，我一天都不等了！我要让天下的人都知道，你这个烝母乱伦的太子，不光无耻，而且无种！"陈美人披头散发、衣衫不整地站在室内乱喊乱叫。

　　胤礽见陈美人丧失了理智，又见她不听劝阻仍在喊叫，"噌"的一声从腰间拔出佩剑，威胁说："你再乱嚷嚷，我一剑宰了你！"

　　胤礽只想用剑吓唬一下迷失心性的陈美人，让她清醒一下，哪知陈美人狂笑一声反向他的剑上扑来！

　　胤礽一时吓得六神无主，不知所措，只听见一声惨叫，一缕鲜血喷向洁白的帏帐。

　　变故太快了，胤礽想都来不及想。胤礽愣愣地站在陈美人的尸体旁，手中仍握着那把滴血的长剑。

　　"太子杀人了，太子杀人了！"

　　"陈美人被杀了，陈美人被杀了！"

　　乱作一团的喊叫惊醒了胤礽，他急忙抛下剑跑出延禧宫。

　　荣国府大观园稻香村内，康熙铁青着脸，颤抖着说道："如此大逆不道之子留之何用，枉费朕的一片心血，贪色贪财，上愧于君，下愧于民，如何担当一统天下之大任？如何惩罚，请几位大臣拿个主意。"

　　马文、曹寅、隆科多、张廷玉四个人，你看看我，我看看你，都沉默不语。

康熙气道："养兵千日，用兵一时，你等为朝廷股肱之臣，在这非常之际，连个主意也不能拿，要尔等有何用？"

马文先揣测一下皇上心意，然后说道："论罪当褫夺二阿哥太子名位，《玉牒》除名，并处以圈禁之刑。但二阿哥被立太子已久，协助皇上处理内外事务，没有功劳也有苦劳。何况二阿哥是初犯，抑或受他人撺掇所致，宜从轻处罚以视后效，曹军门，你以为呢？"

曹寅只好说道："太平天下岂可轻言废立，太子虽有错也不是什么大逆不道之事，废去太子又有何人可为储君？依愚臣之见，不如将太子圈禁起来闭门思过，不夺其太子之位，也许太子闭门反思之后会以耻为鉴，虚心求学，将来成为一代名君英主呢。请皇上三思。"

康熙余怒未消地说："胤礽屡教不改！当年朕在五台山养病，胤礽监国就曾有对朕图谋不轨之心。这多年来他毫无悔过之心，反而奇骄至奢，暴戾不仁，外结交廷臣，内勾引宫监，权势膨胀，利欲熏心。令他监国执政，大事做不来，小事又不做；叫他负责财务，国库空虚，亏耗加倍；让他负责河务，河道连年淤塞，河水泛滥，灾疫遍地。虽为兄长却无爱悌之心，虽是太子却无储君之德，如此无德无才无能无信之人，怎能让天下人心服口服？"

康熙这番有根有据的言辞让马文与曹寅面面相觑，皇上的意思十分明白，看来他们二人保不住胤礽的太子之位了。

康熙转向一直缄默不语的两位新晋大臣："你二位也可谈谈看法，有什么话尽管说来，知无不言，言无不尽，言者无罪，闻者足戒。"

既然皇上问到自己，隆科多当然有权发表见解了。"以微臣之见，二阿哥的太子之位当废。"

此话一出，让马文与曹寅都不免吃了一惊，康熙也颇感意外。

隆科多不管众人对他有什么看法，继续说道："皇上有十七位阿哥，德才兼备者不乏其人，为何一定要放弃有德有才之人而抱残守缺，盯住一个人不放呢？这岂不是一叶障目不见泰山，见树木不见森林？”

马文淡淡地问道："依隆将军之见，哪位阿哥可以立为皇储呢？”

"大阿哥稳重、三阿哥有文采、四阿哥务实、八阿哥机敏、十三阿哥率直、十四阿哥智谋。从治理国家这一点讲，四阿哥、八阿哥、十四阿哥都具有立为太子的资格……”

曹寅冷冷一笑："皇上并没有做出废去二阿哥太子之位的决定，谈什么另立太子。”

康熙十分痛心地说："朕也不想轻言废立，但是，事到如今也由不了朕呀，既然胤礽是扶不起来的刘阿斗，朕只能告祭天地祖宗，废去他的太子之位，上合天意，下顺民心。”康熙从痛心疾首中抬起头，向一直没有发表任何见解的张廷玉问道："衡臣，你的见解呢？”

张廷玉谨慎地说道："太子罪不可恕，但废立不慎则动摇国家根本。如今太子事发，众阿哥必定群起而攻之，落井下石之人也未尝没有。倘若皇上再废去太子，势必引起新的储位之争。权衡得失，皇上不如先暂悬太子名位，令其闭门思过，一年后再据实决定废立大事。”

康熙听了连连颔首说："就按衡臣所说的办吧，你等草拟一个诏告天下的诏书，将太子惩处之事颁告天下。”

康熙话音刚落，曹寅急忙阻止道："皇上，臣有一言进谏。”

"请讲！”

"皇上南巡在外，八旗兵马尽在京畿，万一太子不服起兵滋事，后果不堪设想，依臣之见暂缓诏告天下，等皇上回京后再做惩处也不迟。”

康熙轻蔑地哼了一声："号令八旗子弟造反？谅他既没有这个胆量，更没有这个本事！即使他纠合驻京兵马滋事，不需我动一刀一枪，只要朕在马上一声号令，兵将就会倒戈将他剁成肉酱。”

康熙话音未落，大观园后院就传来士兵的吆喝声，夹杂着叮当碰撞的刀枪声。一名大内侍卫匆匆报告说："后院发现刺客！"

曹寅急忙问道："大约有多少人？"

"雾大看不清楚，据兵丁报告，刺客人马较多，像是有备而来。"

曹寅站起来说道："估计是到后院监牢里劫狱的。大家不必惊慌，隆将军在此护驾，我到后院擒拿刺客！"

浓浓的大雾阻挡了人的视线，只能听到后院刀枪的撞击声和杀喊声。马文与张廷玉多次劝皇上休息，康熙都拒绝了，众人只好一直陪坐到天亮。

大雾渐渐散去，双方的争斗也渐渐停止了。

曹寅回到稻香村给皇上问安，康熙一看曹寅满身血污，受伤不轻，关切地说："曹侍卫快快请起，双方死伤如何？是何方贼寇来此闹事劫狱？"

"兵丁正在打扫，清点人数。至于何方贼寇尚不了解，不过，贼寇死伤惨重，不但没有劫走要犯，而且有一位头领被擒，只要刑审一定会查个水落石出。"

康熙十分满意，说道："一定要从捕获的歹徒中查出贼首贼窝，将所有歹徒一网打尽，斩草除根！"

康熙话音未落，一名大内侍卫就跑来报告说："曹大人，不好，曹公子他，他伤势过重不治而亡。"

曹寅仅知道儿子受伤，但不知伤势如何，如今一听儿子死了，几乎昏厥过去，众人扶住他，曹寅强忍心中的悲痛到后院探视儿子。

康熙略一沉思说道："传朕的旨意，追封曹颙为一等侍卫，葬礼从厚办理，曹家荣国公世袭罔替，其子长大后承袭一等侍卫。"

太子被废的消息诏告天下，举国震惊。

接着，是太子党的瓦解，许多与太子关系密切的官员接二连三被撤职、降职，甚至充军发配。当然，也有人暗自得意，幸灾乐祸。

太子职位空缺，平时那些早就垂涎三尺的阿哥们更是蓄积力量，跃跃欲试，一场新的储君争夺战拉开了序幕。

胤禛从荣国府回到华亭馆，走起路来特别带劲，也特别轻快，脚下生风似的。说起话来也一改往日的尖酸刻薄，柔和多了。胤禛怎能不高兴呢？笼罩在心头的一块浓云消失了，仿佛云散天晴一般，他又看到多日不见的太阳，心中充满阳光，心头升起希望。

胤禛也感到这一年多来造物主似乎特别垂青于他，他所做每一件事都十分顺利。不仅顺利完成赈灾任务，还找到多年困扰心头的宝藏，解救了十三阿哥的困境，让胤祥对他感恩戴德，而且得到几位足智多谋的幕宾。胤禛庆幸自己这次江南之行给他带来的诸多好处。

胤禛来到邬思道所住的华亭馆后院书房，老远就听到一阵纯朴清绝的古韵。

胤禛拊掌道："好一曲《高山流水》，但不知我胤禛可有资格忝列先生知音乎？"

那天晚上，张潜斋带领一帮人马闯入荣国府劫狱，遭到清廷大内侍卫的袭击，不但没有救出张思邈，而且损失惨重。邬思道因此心情十分抑郁。为了平定心情，这才抚琴一曲，不想却引来了胤禛。

"四爷抬举邬某了，我一个乡野草民怎值得四爷当作知音呢？我既被四爷收留，就当尽我所学供四爷驱使，也不辜负顾先生的悉心栽培。"

邬思道故意提及顾八代，胤禛果然正容说道："先生得顾八代真传，胜胤禛多矣！不瞒你说，顾八代还是我的启蒙老师呢！"

邬思道知道胤禛来此绝不是闲聊的，于是转换话题说："真人面前不说假话，邬某身残心智却没有残。邬某与四爷相处时间不长，但四爷的鸿鹄志向我却是知道的，四爷等候多年的机遇来了，四爷想做什么，需要我为你做什么尽管直说。"

"邬先生快言快语，我就直言相告吧。我早就对胤礽不服气，他何德何能占有太子之位，如今被废是上天之意，也是他德才所限，咎由自取。"胤禛说到这里，觉得自己有点太直露，也有点幸灾乐祸了。于是问道："依先生之见，我的想法是否合乎天意？"

"四爷说得对，太子在位三十多年而不能稳固其位，足以说明他无德无才，违逆天志圣心民意。古人云：'天与之弗取反受其咎。'四爷一定要接受上天所赐，抓住机遇，把太子之位夺到手中，不然，四爷将来必遭天怒。"

胤禛思索片刻，问道："先生且试言胤禛有几分把握？"

"天之彩虹，水之皓月，海市之蜃楼，可望而不可即！"

"先生认为我不可即的原因何在？竞争的对手又是谁？"

"四爷的对手仍是被废的太子胤礽。"见胤禛一点也不相信，邬思道解释道，"皇上仅将太子名位废去，令其在府上闭门思过，潜心攻读，历练心志，皇上做出这裁决是在南京所为，也没有举行重大典仪上告天地太庙。我估计皇上只是给胤礽一个警示，将来会重新起用他，恢复他的太子之位。何况，胤礽所犯的两大过错，一个是贪财，一个是贪色，皇上也没有在诏书上明说，只是轻描淡写地说他骄淫不羁，暴戾不仁，有失太子之德。而这两大错与社稷根本并无直接关碍，倘若是谋逆夺位那就另当别论了。皇上不会为了一个普通的女人跟太子反目成仇的。"

胤禛一听邬思道这么分析，才感觉到问题的严重，近日来轻松的心又沉重起来。

邬思道看出胤禛表情的变化，又宽慰说："事在人为，四爷也不必忧虑，皇上已经将太子给废了，这就等于给四爷提供了一个走向太子的梯子，只要四爷用心去做，不让皇上恢复太子之位不就行了。"

胤禛连连摇头："皇上是何等精明之人，他怎会听从别人的劝告与怂恿，做不好会适得其反。"

"四爷不能改变皇上的意志，就不能在胤礽身上打主意吗？"

胤禛眼睛一亮，继而又神色暗淡地说："胤礽又不是我竞争皇位的唯一对手，我在他身上做了手脚，万一被皇上察觉，那才是偷鸡不成反蚀一把米呢。鹬蚌相争，渔翁得利，那不是给其他阿哥制造捷足先登的机会吗？"

　　"四阿哥明白渔人之利的道理，自己为何不做渔人呢？"

　　"请邬先生指点迷津，如何才能坐收渔人之利呢？"

　　邬思道慎重地思考片刻，说道："古今成就大事业者都具备心黑、手辣、无情这三点。因此，才有'无毒不丈夫'之说。李世民不在玄武门政变中杀兄害弟，历史上就没有贞观之治；宋太祖不向柴氏孤儿寡母逼宫，就没有赵家大宋江山。四阿哥要想一举夺取太子之位，也必须效法李世民、赵匡胤，立大志成大业不能存有妇人之仁啊！"

　　胤禛轻声问道："邬先生能否讲得更明白一些，要想成就大业登上太子之位，应该怎样做？"

　　"如果四阿哥下定了决心，邬某人愿为四阿哥奉上雕虫小技，我保证当今圣上宾天之际，登上大宝之位的是四爷！"

　　"哦？邬先生当真有此本领？"

　　邬思道不回答，却反问道："皇上一向最欣赏哪位阿哥呢？"

　　"除了太子之外就是十四弟胤禵，他和我是一母所生，年龄较小，但才思灵敏，尤其擅长用兵，对于各家兵书都能成诵。正是因为皇上也对领兵作战精通，所以才特别厚爱于他，时常召他入宫讨论，谈论兵法。"

　　邬思道笑说："今圣是马上皇帝，征战南北，再加上四周边陲局势未稳，在选定继承人时可能考虑到善于用兵这一点，但这并不是主要条件。并不是所有皇帝都善于用兵，皇上虽然领兵出征，却很少亲临杀场作战，不能用兵只要能用人就行。阿哥中有谁善于用人呢？"

　　胤禛皱眉苦思："至于谁善于用人我还没有发觉呢。不过，八阿哥胤禩为人圆滑，有一副八面玲珑的活菩萨嘴脸，和众阿哥相处都很好，在朝臣与后宫中威信最高。"

邬思道微微摇头："这是他的优点也是他的缺点。因为他为了取悦于任何人，和谁都不会深交，也就没有真正的朋友，关键时候谁都不会帮助他，他这种人最危险，也最没有当太子的希望。皇上如此圣明，怎会任用一个中庸无能的和事佬呢？"

"再者就是两位年长的阿哥，大阿哥与三阿哥，大阿哥因为那年皇阿玛在五台山养病时有图谋不轨之心差点遭到圈禁，皇上虽然没有惩治他，但已经明白地训斥过他，并令他长期在府内闭门思过，潜心读书，修德养性。那以后，皇上再也没有重用过他。三阿哥现在正和陈梦雷、方苞等人修纂《古今图书集成》，尽管他知识渊博，正如先生所言，他已近乎书呆子，读进去了却没有读出来，皇上也训斥过他几次，他却改不掉满身的书卷气，一说话就是'之乎者也'，皇阿玛也不欣赏他，认为他只是一块做学问的料，所以才让他负责编书，也算是知人善任吧。"

邬思道听完胤禛的分析，认真思考了一会儿说："人是多变的，我们所看到的每位阿哥的表现都是表面的，许多事都带有推测与臆想的成分，与真实情况可能相差很大。特别是皇上的心思也难以确切把握，人的心里随时随事而变化，有时带有很大的偶然性与随机性。特别是机遇，不到具体的事情，也难以断定机遇最有利于谁。因此，必须逐步削减与削弱竞争对手，断其十指不如断其一肢，断其一肢不如毁其一身。"

胤禛微微震动一下，做出一个刀砍的动作："邬先生要我将他们一一杀掉，这不太残忍了吗？不是我下不了手，我是担心万一事情败露，不就是弄巧成拙吗？"

邬思道连忙解释说："四阿哥误会我的意思了，断其指、断其肢与毁其身，并不是要你杀害他，而是让他们从竞争对手中排除出去，彻底退出争夺太子之位行列。比如大阿哥与二阿哥，他们虽然受到皇上的惩处，但是，并不能说他们没有争夺储君之心，也不能说他们没有成为太子的可能。"

胤禛这才明白邬思道的意思："那么怎样让几位阿哥退出竞争之列呢？他们是绝不会自动退出的，以武力逼迫势必两败俱伤。先生一定有什么高见吧？"

　　"高见谈不上，旁门左道还是有的，就是我先前所说的坐收渔人之利。当然，这必须经过巧妙设计，引诱其他阿哥中计才行。"

　　邬思道见胤禛仍然脸上露出茫然之色，继续解释说："太子新废，皇上最忌讳有人趁机诽谤二阿哥，做乘人之危、落井下石的事，四爷可从这点入手暗中拨弄是非，让想当太子之人入圈套，受到皇上的惩罚。如果四爷再狠些心，可以借刀杀人毁去废太子，这叫'他山之石，可以攻玉'，就看四爷如何做了。"

　　"邬先生的意思是鼓动其他阿哥害死胤礽？"

　　"不一定是害死，让他再也没有资格成为太子的人选就是。"

　　胤禛微微点头，小声问道："先生能说出这一谋略，也一定有实施的措施了？不妨一起讲出来。"

　　"办法是有，但不知四爷愿不愿做？"

　　"只要可行，并能够达到目的，我怎会不愿做呢？先生快讲吧。"

　　邬思道见周围没有其他人，盯着胤禛说道："这事只能你知我知、天知地知，否则就不灵验了，计策最讲保密，正像诸葛亮当年留下锦囊妙计除去魏延一样，空城计也只能用一次，四阿哥明白其中的奥妙吧？"

　　"请邬先生放心，我不会自己搬石头砸自己的脚，邬先生只管说来。"

　　"我曾研究过几代圣朝的权力机构，他们除了设有三省六部之外，许多帝王都有自己的情报组织，专门负责刺探各地情报，名称也不一样，有的叫外务处，也有的称锦衣处、铁牌坊，等等，因为是帝王的秘密工作机构，因此一般不为外人知道，就是史书上也极少写到。明朝的东厂、西厂，四阿哥一定有所了解吧，就是典型的特务机构。四爷要想成大事也必须有这样一个组织，为四爷刺探众阿哥的行踪，监视他们的活动，甚至要打入皇宫内部，掌握皇上的一言一行，以便根据情报调整策略，寻求对策，只有这样，才能做到'知己知彼，百战不殆'，四爷以为如何？"

胤禛觉得有道理，这一年多来诸多事的成功都归功于情报可靠，消息准确及时。

"可是，这些人员都必须是武艺高强、胆识高人一等的人，从哪里寻找呢？"

"如果四爷有心组织这个机构，邬某愿为四爷组织起这批人马。这些人也不是四爷所要求的那样，一定要武艺高强，能够飞檐走壁，普通人也可以做到，只要四爷肯花钱，可以从江湖上招揽一批侠客异士，也可从皇上身边与几位阿哥府上收买一些太监、宫女，他们近水楼台先得月，收集四爷所需情报比其他人都更得心应手。不是我邬思道吹牛，只要我所提出的条件四爷能答应，我保证给四爷训练出一帮比大明锦衣卫还厉害的谍报人员，以供四爷驱使。"

"好，我答应你，这事就由邬先生全权负责……"

胤禛刚要说下去，一名随从急匆匆进来报告说，杭州来人求见四爷有要事相告。

胤禛起身说道："邬先生拟定个详细方案，也起一个合适的名字，需要什么列出来，我们改日详议。"

"请四爷放心，邬某马上就做！"

胤禛走出书房，邬思道望着他的背影内心一阵心酸，二人都是金枝玉叶的皇室后裔，自己却不得不低首称奴受他驱使，为了光复大明江山，不得不竭尽所能为胤禛谋夺皇位，然后再从他手中夺回自己所要得到的东西，成败与否只能听天由命，正如他自己所说的，尽我所能，不成功则是天意，无愧于己，也无愧于父祖。

国仇家恨只能深埋心底，泪也只能向心里流去。

一阵北风吹来，邬思道打了一个寒噤，抬头远望，紫金山一片火红，又是深秋了。那万木丛中掩映的不是太祖孝陵吗？

康熙的心绪很坏，既然无心赏景，只好回銮京师。

胤禛奉命伴驾，他立即派博尔多将喜子母子从杭州接来，一同回京。康熙听说胤禛没有完婚就生出了孩子，十分生气，又劈头盖脸地训斥了一顿。当他知道喜子是大福晋的陪嫁侍女时，也就不再说什么。这在满洲习俗中是正常的事，自己不也这样做过吗？胤禛之母乌雅氏就是皇后赫舍里氏的侍女。

康熙命人把喜子母子叫到跟前，见喜子人长得并不俊美，但言谈举止都十分大方得体，有大家闺秀之风，与一般侍女大不相同。询问后才知道喜子是阿巴泰之孙凌柱之女，康熙大感意外。他们爱新觉罗氏的江山有四分之一的疆土是喜子的先祖给打下来的，喜子的曾祖额亦都是大清第一开国元勋，用"汗马功劳"这四个字是无法表达的。祖父阿巴泰是顺治皇上最亲信之人，以致顺治皇上五台山出家也是阿巴泰陪伴的。康熙无奈处死父亲的同时，也将化名慧空的阿巴泰赐死。正是因为阿巴泰随顺治皇上一同出家之事，孝庄皇太后唯恐事情泄露，把当事者几乎杀绝。当时，考虑到阿巴泰家族的赫赫功勋，才免去他儿子凌柱一死，把他全家赶回东北老家住皇陵。

这些事迹都是康熙从太后那里听到的，时过境迁，想不到喜子又成为儿子的妻子，唉，这也许是他们两家的前世姻缘吧。

康熙觉得有些对不住凌柱一家，就对胤禛说："回京之后，你正式与喜子举行大婚，朕给你主持婚礼，册封喜子为侧福晋。"

喜子急忙施礼称谢，这时，那边传来婴儿的啼哭声，康熙听说是喜子所生的小皇孙，十分高兴，让她抱来看看。康熙接过喜子抱来的婴儿一看，这孩子长得浓眉大眼、天庭饱满、地阁方圆，哭起来声音洪亮。康熙用长胡须亲亲孩子的小脸，问道："是否已经给我这皇孙起过名字？"

胤禛答道："叫弘历。"

康熙听后点头说道："弘历，既合于我爱新觉罗氏的辈分，又有宏图大历之意，好，就用这个名字吧！"

"谢皇阿玛！"

回到京师之后，择了一个吉日，胤禛与喜子行了婚礼，康熙果然亲临，并当众宣布将圆明园赏赐胤禛以为贺礼。众王子以及文武百官也前来作贺，真是热闹非凡。

曲终人散，胤禛没有去洞房，反倒和邬思道对坐品茗。胤禛道："今天，皇阿玛亲临主婚，并册封喜子为侧福晋，当众赏赐圆明园作为新婚之礼，我在皇上心目中的位置不言自明。值此东宫之位空缺之际，这自然于我大为有利。"

而邬思道却认为这种态势其实弊大于利。他分析道："木秀于林，风必摧之。皇上的这种态度必定使四爷成为众矢之的，必定有人暗中进行诽谤中伤、拨弄是非，以使皇上对四爷产生反感。言行举止稍有差池，定会被抓作把柄加以攻击。四爷目前最好的办法，就是以退为进远离是非之地，让众阿哥互相争斗，自己坐在高山观虎斗，然后在适当的机会回来收取渔人之利。"

胤禛会意："邬先生让我再次离开京城，外出总要有个借口吧？"

邬思道用手一指茶杯，胤禛立即笑道："先生高见，佩服，佩服！只是我这一走，京中的消息闭塞，如果有人捷足先登，我这苦心岂不成了为他人做嫁衣？"

邬思道呷口茶："四爷尽管去吧，这个家我会给四爷守住的，只是四爷临行前一定要协助我把情报机构建立起来，那样，我身居斗室可掌握天下动态，四爷远离京城照样能够遥控这里的局势。"

邬思道说着，从书桌的一本书中取出一张图展示给胤禛看："这就是我为四爷设计的情报机构培训与活动方案，为了方便这组织的活动，必须起一个隐秘的名字，请四爷给这个组织起个合适的名字吧？"

胤禛想了想说："我小时候最喜捉蜻蜓、捕蝉。一根长长的细杆，在杆子一端缚上一个网子，上面布上能够粘住蜻蜓、蝉的翅膀的东西，这样的杆子习惯叫作粘杆，借用这个名字，你所成立的情报组织就叫'粘杆处'吧，对外只说是捕鱼、钓鳖、捉鸟的机构。"

邬思道连声称赞："本来就是为四爷捕鸟、钓鱼的嘛！四爷这个名字既恰当又带有隐秘性，实在妙极了。"

胤禛把活动方案仔细看了一遍，粘杆处实行单线联络方法，阶梯活动方式，最高负责人叫粘杆侍卫，直接向他本人负责，一般成员叫粘杆拜唐，身份不许公开，无特殊情况彼此也不往来，按时汇报工作、论功行赏。

胤禛见方案十分完善，活动范围也很宽广，几乎涉及他所需要的方方面面，较为满意，又建议说："这个组织较为庞大，人员众多，经常出入我这府邸，时间一久难免引起外人怀疑，也不利于各粘杆拜唐展开工作，又容易暴露身份，必须在府邸的其他位置另开一个秘密通道专门供这些人员进进出出，也必须给每人一个有特殊标记的牌子，只要他们有这个牌子，守卫秘密通道的人就可放行。"

邬思道又取出一张图说："四爷，我在南少林时曾见过一种镇寺之宝，名曰'血滴子'，是一种极为厉害的杀人武器，我当时曾绘制了一张图，能否制成也不清楚，四爷可找人按照这图上的尺寸打制，倘若这杀人利器能够制成，将对四爷的大事有帮助。"

胤禛接过图，只见上面绘着一个类似酒壶一样的东西，旁边标明了许多细小文字，十分不解地问道："这种东西看起来像个酒壶，并没有什么特别的地方，怎么说是杀人利器呢？这'血滴子'之名是何含义？"

邬思道指着图解释说："这玩意是把诸葛亮驻守剑阁时制造的诸葛弩改进而成，只不过更加精致小巧罢了。机关装在壶把上，壶肚里装有半寸长利箭，只要按动壶把上的机关，利箭就从壶嘴上射出，射程可达百步以外。它可以连续发出壶肚里所储藏的箭，用完还可以重新装入。它的壶盖上装有一面精密度极高的镜子，直接可以从壶盖上瞄住对手，这种武器可以击近也可以攻远，小巧玲珑，携带方便，由于利箭短小，杀人一般只流一滴血迹，因此叫作'血滴子'。由于制作技巧很高，一般工匠很难打制，所以很少被人使用，外人就极少有人知道这种杀人利器。"

　　胤禛接过图，小心地折叠好放进袖内，内心却有一丝恐怖：这姓邬的年纪不大却有如此心计，并且有那么多的歪才淫技，如果被其他阿哥笼络去后果不堪设想，若流落江湖为反清势力所用，更是大清的不幸。如今拥有此人可谓天助我也，但此人是以邪取胜，不可不用也不可大用，与这等人交往必须多个心眼，以防得罪于他遭到暗算，一旦我能借他之力夺取大位，头一件事就是要铲除此人，免得后患无穷。

第十六章

借巫觋大阿哥弄鬼
上奏折雍郡王投石

"逆子！"康熙走来就是一巴掌，打得大阿哥胤禔嘴角流血。胤禔轻轻用袖子拂去嘴角的鲜血，说道："我今天栽在胤禛之手，要杀要剐随阿玛的便！反正阿玛有的是孝顺儿子，胤禔这就死给阿玛看！"

过了正月十五，胤禛进宫请安的时候，向父皇自告奋勇要去黄淮灾区考察，修正治水方案，并督导治水工程。康熙听他将治河方略说得头头是道，又见他信心十足，便命胤禛与河道总督阿山共同负责河务。偏偏胤祥在一旁也恳请随四阿哥治水，康熙难得见自己的儿子这样热衷治理黄淮河患，一时高兴，便也准奏了。

一转眼，夏季到来了。
最紧张最繁忙的地方莫过于江苏宿迁治水工地，这是胤禛负责治水以来的第一个夏季。为了显示出自己治水的才能与成绩，胤禛采取抓大放小、长短结合的策略，这数月来，他把工作重点转移到固堤堵决与疏通河道方面，目的就是确保今夏不再有往年的决堤现象，否则，又会给其他阿哥留下口舌，自己也落个出力不讨好的坏名。
胤禛刚从工地督查回来，李卫递上一封从京师送来的加急密信，胤禛急忙拆阅，只见上面写着："四爷台启：京中有变，大阿哥以厌胜术骗取圣上欢心，有将其立为太子之意，日前尚在疑虑之中，请速回京商讨对策，切切。阅后付丙。"落款是"粘杆拜唐堂主"，那是邬思道自封的称号。
胤禛看罢信心急如焚，他请命治水的意图不过是远离京师是非之地，坐山观虎斗，如果被人神不知鬼不觉抢了先，岂不是白费心机！

胤禛知道京师事急，但这治水工地也不可忽视，雨季即将来临，万一有什么闪失，某处决口，这个责任也吃罪不起。胤禛考虑再三，找到胤祥，轻描淡写地说要回京探望染病的父皇，回来后再换他进京。胤祥也就答应了。胤禛又把戴锦、戴铎及常赉等人找来，再三交代一番，这才带着金昆与李卫二人赶回京城。

邬思道正在书房闭目养神，思考眼前几桩十分棘手的事，忽然听到一阵熟悉的脚步声，抬眼一看是胤禛回来了，急忙起身相迎："四爷好久没有回府，人瘦多了。"

胤禛一边坐下，一边问道："夏季来临，治水工地到了关键时候，我在京城耽搁不得，请邬先生告诉我，大阿哥是如何蛊惑皇上的？"

原来，康熙前些日到永和宫探望惠妃的病，在那里临幸了一个叫丹儿的侍女，不慎感了"马上风"。虽经杜心五疗治，怎奈总不见好。大阿哥便荐举了一个叫巴汉格隆的人替皇上治病。那人先前也曾给惠妃娘娘治好了病，这回也不知用了什么法术，半医半巫的，几天就解了皇上的病痛。非但如此，还打着被除宫中煞气的旗号，鼓动如簧之舌，撺掇康熙册封皇后以补足正位、确立太子以充实阳气，不知康熙是不是老糊涂了，居然信了这喇嘛的妖言，正在酝酿册皇后、立太子的事情呢！

邬思道把经过简述一遍，最后补充说："皇上目前尚未做出最后决定，必须赶快揭穿大阿哥的阴谋，否则，木已成舟，悔之晚矣！"

胤禛仍有一丝不相信地问："邬先生的消息可靠吗？"

"请四爷尽管放心，我已经在大阿哥府上与畅春园内安插了粘杆拜唐，消息绝对准确。"

"依先生所见，如何尽快揭穿大阿哥的阴谋呢？"

"办法只有一个，四爷就说世子得了一种奇怪的病、不省人事，把巴汉格隆骗到府上，我自有办法处置他。"

胤禛有些为难地说："弘时顽劣愚笨、胸无城府，万一被看出破绽，再想行事就难上加难了。"正在冥思之际，听到院外李卫的声音，心头一亮，"邬先生，让李卫充当弘时如何？这小子虽然不识字，却鬼机灵得很呢！"

邬思道叫来李卫，演习起来，还真有那么个味道，病也装得很像。

一切准备就绪，胤禛先到畅春园拜见皇上，向康熙请安，并把治水的情况向康熙汇报了一下，康熙十分高兴，对他勉励几句。

胤禛装作无心的样子说："儿臣本打算明日就回宿迁治水工地，谁知弘时突然得了一种怪病，昏迷不醒，还经常说些怪话，请了几位医师诊视过都看不出病症，福晋说是中了邪气，儿臣也不知到底怎么回事。"

康熙惊问道："是如何得的怪病？"

"前天大福晋带弘时到宫中给额娘请安，回府就发现弘时神色有异、面红耳赤、两眼发直，后来就昏迷不醒，不时说上几句胡话。"

康熙更加吃惊，心有余悸地说："朕的病也是中了煞气，宫中的御医都诊视过了，就是看不透病症，最终还是巴汉格隆施展法术才医好的。"

"巴汉格隆还在吗？"胤禛故意问道。

"就在畅春园内，让他去给弘时诊断一下，看看是否中了煞气，然后再做治疗，此人不仅懂法术，也深谙医术。"

"儿臣谢过皇阿玛！"胤禛听出皇上对此人十分佩服，这就意味着危险，他一见到巴汉格隆就恨不得将此人碎尸万段，却又装作恭恭敬敬的样子把他请到雍郡王府。

巴汉格隆随胤禛来到书房内，见床上躺着一个十七八岁的少年公子，面色微青，双目紧闭，昏迷不醒，嘴里还不时说着胡话，估计这就是弘时无疑。他走上前翻翻眼皮，掐掐虎口，又把把脉搏，便开始施展法术，吹气、跺脚、洒水、喷酒、念咒语，足足折腾了半个时辰，这才停下来说道："四阿哥，世子也是中了宫中的煞气，但由于他年纪小，抵抗力弱，因此邪气重了一些，必须驱煞与药剂并用方能奏效。"

胤禛忙说道："一切听法师的便，弘时病愈后我会重谢法师，只要我能办到，你要什么我答应什么。"

巴汉格隆心里如吃了蜜一样甜，这次来京得到大阿哥的好处不说，皇上也倍加信任，今番来到四阿哥府上，说不定会得到更大的彩头呢！

巴汉格隆对治好弘时的病十分有信心，他认为弘时是中风。事实上，邬思道早就估计巴汉格隆精通医术，至于法术，那是骗人的鬼把戏，他之所以能够治愈惠妃及皇上的病，凭靠的就是精湛的医术。邬思道暗中派人把他给惠妃及皇上所开的药方全部抄录下来，仔细研究了这些药方，了解到他擅长医治什么病，根据巴汉格隆的治病范围让李卫化装成中风的样子。

聪明反被聪明误，能人背后有能人。巴汉格隆果然中了邬思道的计，他按照中风的病给李卫开了一个药方，着人抓药煎熬，掰开嘴把药灌了下去。根据以往经验，药剂下肚后半个时辰就会起作用，弘时会很快醒来，即使不能彻底医治好，但最近一段时间不会重犯，再接连吃上十几剂药，保证三五年内一切平安，至于以后能否根治，巴汉格隆不去想那么多，能哄骗一时从四阿哥府上再捞上一笔金银珠宝就满足了。

巴汉格隆估计药剂要起作用了，又开始施展起法术来，他估计法术结束时弘时会刚刚醒来，仅凭这一点就可震住雍郡王府的人，然后他再提要求就会无条件答应了。

事情出乎所料，法术就要结束了弘时却一动也不动，刚才还偶尔冒出几句胡话，现在却连胡话也不说了。几十双眼睛盯着巴汉格隆在室内乱折腾，他自己明白这是故意做给人看，真正起作用的是刚才灌下去的药物，一晃近一个时辰了，仍不见弘时醒来，巴汉格隆有点心里发慌，直嘀咕，难道判断错了症状？越是着急越冒汗，又赶上今天是个大热天，巴汉格隆几乎热成了一头水驴。他见弘时还不醒来，凑近一看，一动不动，用手试一试鼻孔，连气息也没有了，心里一紧张，不小心绊倒在地。

邬思道知道是时候了，大喊一声："法师与邪魔拼斗昏倒了！"

早已准备好的几个人上前把巴汉格隆架了起来，突然一人惊叫一声："不得了啦，世子爷死了。"

这一叫把巴汉格隆惊得几乎晕倒过去。胤禛走上前，一把抓住巴汉格隆湿透的衣服喝问道："大胆的鸟人，你用什么法术害死我儿子，快说，不说我一刀宰了你！"

"四爷饶命，小人什么法术也没用。"

不容他说下去，旁边有人厉声呵斥道："这小子还嘴硬！闹腾了一个时辰，把世子爷整死了，还说没用法术！"

又有人说道："快说，你为何要害死我家世子爷？"

众人一迭声地喝问把巴汉格隆给问得晕头转向，不知道回谁的话，再加上有人趁机连打带踢，把他折腾得几乎喘不出气来。胤禛看看差不多了，手一挥喝住众人，然后指着被打得鼻青脸肿的巴汉格隆厉声问道："老实交代，你到底用的什么法术医治弘时？"

巴汉格隆抬眼一看，四周围着几十个手持利器的彪形大汉正怒目而视，那边一群媳妇婆婆围着弘时的尸体哭爹叫娘喊心肝宝贝，知道弘时真的被自己治死了，不老实交代难逃一死，于是哭着哀求说："请四爷明察，小人根本不懂法术，只懂医术，小人见世子爷发病的症状和中风一般无二，就按中风抓的药。如果四爷不信，可将那处方送到宫中请御医鉴定，小人绝没有在药中掺入可以致世子爷死的药物，小人纵有天大的胆子也不敢到四爷府上造次，请四爷高抬贵手，饶小人一命不死！"

胤禛冷哼一声："世子是怎么死的？不是药中有毒，就是法术邪祟致人死亡，快说你用的什么妖术？"

"四爷，小人根本不懂法术，小人的法术是骗人的。"

"大胆，死到临头还嘴硬，你不懂法术是怎么给惠妃娘娘和万岁爷治好病的？现在又说不懂法术，谁信？老实交代，不交代剁了他！"邬思道从旁边冷冷地说道。

巴汉格隆明白今天难逃这一关，委屈地说："小人确实不懂法术，给惠妃娘娘治病与给皇上治病都是假的，小人所施用的法术同这里一样只是蒙骗别人，真正治病的是小人的药剂。"

"你这话实在难以令人置信，你的医术能比得上御医吗？万岁爷的病御医都没有治好，而你治好了，这是为何？"

看着胤禛阴冷而又咄咄逼人的目光，巴汉格隆的心理防线几乎崩溃了，心里喊道：完了，完了，不说恐怕要死，说了也要死。

胤禛不容他细想，冷冷一笑，说道："你不说我也明白，是大阿哥让你装扮法师哄骗皇上的，你的医术也不高明，你能医治皇上的病而众多御医却治不好，是你在皇上的饮食里放了一种特殊的药物致皇上发病，而御医不知道那药是何物，不能对症下药，当然治不好皇上的病。而你自己所下的药，自然明白如何医治，所以才药到病除，又用法术从中掩盖你们的罪行，是不是？说！"

"不，不是我在皇上身上下的毒，小人怎能接触到皇上的饮食呢？小人万死也不敢做出这等灭门的事来。"

"那是谁干的？你老实交代，我担保你只是受了他人的利用，也是受害者，保证皇上赦免你，但要看你是否诚实。"

在胤禛的威逼利诱下，巴汉格隆把什么都倒了出来。原来这是胤禔和惠妃设的苦肉计，惠妃故意吃药致身体有病，骗得皇上到永和宫探视，暗中设下美人计，让丹儿在跟皇上云雨时伺候康熙喝下一碗热奶，奶中已经放入少许苓须花粉。此药无色无味，但致人伤害却十分灵验，量少虽不会马上死亡，但会让人浑身松柔无力，如伤风或伤寒一般，如不及时治疗，会消瘦致死。

胤禛得了巴汉格隆的口供，立即到畅春园面见皇上，康熙听到奏报后不信，直到从巴汉格隆口中听到他的亲自诉说才深信不疑，立即拍案大怒，要派人索拿胤禔与惠妃。

　　胤禛跪地求情说："请皇阿玛息怒，此事纵然是胤禔鬼迷心窍所为，罪当处死，但念在胤禔为阿玛的长子情分上从轻发落。对于惠妃娘娘，她虽有当皇后之心，但出此下下策也是胤禔所逼迫吧，她已是年过半百之人，还能活几天，此事一发，皇阿玛不惩处她，她也会羞愧而死。儿臣恳请阿玛慈悲为怀，从轻发落两人。至于巴汉格隆则必须严惩，斩首都太轻了，应当处于凌迟。"胤禛说着，伏在地上流下泪来。

　　康熙也泪流满面顿足说道："虎毒不食子，朕的儿子再多也是朕的心头肉，可胤禔竟然卑劣到这种地步，让朕如何能咽下这口气呢？"

　　胤禔被带了上来，他不哭也不恼，更不磕头求饶，见胤禛跪在地上泣泣哀哀的样子，冷笑道："猫哭耗子，假慈悲！"

　　"逆子！"康熙走来就是一巴掌，打得胤禔嘴角流血。

　　胤禔轻轻用袖子拭去嘴角的鲜血，说道："我今天栽在胤禛之手，要杀要剐随阿玛的便！反正阿玛有的是孝顺儿子，死在自己的亲阿玛手下也心满意足了。"

　　"住口，你要活活气死朕不成！"康熙怒喝着。

　　胤禔凄然一笑："儿臣以后也许再也没有机会说话了，阿玛就让儿臣把话说完吧。儿臣再提醒阿玛一句，知人知面不知心，阿玛，你将来会后悔的，儿臣去了！"胤禔说着，一头向大殿的廊柱上撞去，两名大内侍卫急忙扑上去抱住了他。

　　胤禔挣扎着嗥叫道："放开我，让我死给阿玛看！"

　　康熙老泪纵横，挥手打翻御案上的奏折，仰天哭喊道："苍天啊，朕造了什么孽，让朕受此折磨与惩罚，你说呀，说呀！"

　　"阿玛息怒，阿玛息怒，阿玛应以龙体为重，都是儿臣等不孝，让阿玛花甲之年备受煎熬。"胤禛伏地哭道。

"呸！"尽管胤禔被两名侍卫死死抱住，仍向胤禛怒斥道，"你巴不得阿玛现在就死呢！那九五之尊就是你的了！"

"滚，滚！都给朕滚！"康熙咆哮着，摇摇晃晃地走回寝宫，冯吉安急忙上前搀住他。

一场风波终于过去，胤禔遭到永久圈禁。惠妃虽然没有受到任何惩处，但她唯一的希望破灭了，没有希望的下半生使她想也不敢去想，她选择了死。她的死是幸运的，康熙是真的有愧还是在体现天子宽容博大的胸怀，这没有人知道，但他用比一般皇贵妃还要隆重的礼仪安葬了她。

对待皇亲国戚康熙是宽容的，皇族以外的人就另当别论了，巴汉格隆被凌迟处死，此事牵连的人也有近百人受到不同程度的惩罚。

有人说这次夺嫡之争的胜利者是四阿哥，胤禛却不这样认为。他知道在京城待下去也无益，再加上雨季已经来临，新修筑的堤坝能否承受住凶猛的洪水还无从知晓，决定明日就回江苏工地。行前与邬思道辞别时，邬思道再三告诫说："四爷这次回京是得失各半，铲除了一个竞争对手，但也暴露了自己的心胸，再加上四爷查处太子贩运私货的事，皇上在钦佩四爷能力的同时，更多的是多了一份戒心，这对四爷是不利的。"

"请问邬先生，有什么好的补救措施吗？"

邬思道沉吟片刻说："据我多方面了解到的信息，皇上可能有恢复胤礽太子之位的想法，四爷不如投石问路，向皇上表明心迹。"

"邬先生是让我递个折子，请求恢复二阿哥太子之位？"

邬思道点点头："亡羊补牢而已，但要把折子写得巧妙一些，让皇上认为四爷亦愚亦智。真真假假藏而不露，退可守，进可攻，既能量出实力，又虚而待发，出奇制胜。"

胤禛会意，又有所顾虑地问："如果皇上借此真的恢复二阿哥太子之位，我不是为他人做嫁衣吗？"

"倘若皇上真要恢复太子之位，四爷能够阻挡得住吗？"

"谢邬先生指点，我明白了。"

　　胤禛回到宿迁治水工地，并没有接受邬思道的建议给皇阿玛上折请求复立太子之位，他认为现在上折的机会不成熟。他把整个心思投入到治水护堤上，直到落秋季节，洪水终于顺利疏通入海，虽然其间有几次险些决堤，都因为防范及时护住了大堤。多年来，黄河、淮河第一次没有发生决堤之灾，胤禛长长舒了口气，这才将两份奏折同时递上。

　　康熙将两份折子反复看了多遍，他第一次怀疑起自己的判断能力。胤禛究竟是怎样一个人？自幼聪明好学，心机过人，由于特殊的原因，他比一般阿哥早熟，也比一般阿哥遭受的磨难多，特别是孝懿仁皇后薨逝，对他打击很大，性格变得孤僻，甚至令人不可思议，自己曾一度认为他无可救药，丝毫不具备做大事的能力。却没有想到，近年来他不但做了几件令人满意的大事，而且也展示了超人一等的领导才能与决断能力。当然，他那压抑多年的对皇权的攫取心又一天天膨胀起来，尽管做得十分隐秘，也做得理直气壮，却逃不出康熙的眼睛。胤禛私自侦查胤礽贩运禁运之物，揭露胤禔的厌胜术，这不能说胤禛做得不对，应该做，而且要大力赞赏，可是，这不也暴露了胤禛的险恶用意吗？抓住对手的把柄，将皇权的竞争者一一铲除，为个人登上皇位铺平道路。因此，康熙在对胤禛的任用上，既用之又处处提防着他。然而，他这份奏请复立太子的折子再次让康熙迷惑了，折子写得如此诚恳真挚，处处说到康熙的心坎上，一片肺腑之言令康熙感动，甚至让他有愧疚之心，知父者莫过于子也，儿子这样为他分忧解难，而自己却处处怀疑儿子，对他妄加猜测，实在有失为君之风，更失为父之范。为君，用人不疑，疑人不用；为父，知子善用，使其成龙成凤。可是自己都没有做到，也许正如胤禔所言，自己太偏心了，这么多的儿子，一碗水能端平吗？康熙这样为自己找借口。

上书房大臣马文、王掞进来了，康熙一边赐座，一边问道："胤禛的折子二卿是否看过？"

二人答道："已经看过，我二人正是为此事来见皇上。"

"唔，快说与朕听听。"

王掞试探着说："皇上，老臣以为四阿哥言之有理，二阿哥经过这一年多的禁闭思过，悔改之心坦诚，老臣不久前去探视过二阿哥，言谈之间见他态度恳切，追悔莫及，临行时执着老臣的手，让老臣代他叩问圣安。佛家有'放下屠刀立地成佛'之说，更何况二阿哥只是偶有小过呢。浪子回头金不换，二阿哥经过这一挫折，一定会铭记圣训。"

康熙沉默不语，王掞向马文递了个眼色，马文会意，立即说道："皇上明鉴，续统之事不可一拖再拖，'前车之覆，后车之鉴'，众阿哥均为龙虎，又都具备承祚的资格，东宫之位空虚，如何不心有所动呢？一旦储君之位确定，众阿哥就不得不收敛其心，约束己为。皇上也可早早训教太子治国方略，使其熟知国事，一旦山陵崩，不致使祚君束手无策呀。众皇子仍以二阿哥最贤，有帝王风，定会绵长大清伟业，光耀祖宗宏志。"

康熙仍然沉默着，又过了许久才长长叹了一口气说："朕也不是没有此意，只是朕只能一错，不能再错了。否则，朕有何脸面去见列祖列宗，如果胤礽能像胤禛一样洞悉朕的心思，朕就可以放心了。"

王掞微微一怔，急忙跪地说道："国祚最忌讳中途改弦易辙，请皇上务必坚定立储之心，万万不可被一些花言巧语所动心。"

康熙突然改变话题问道："你二位认为胤禛与胤礽相比如何？"

王掞惊得一屁股坐在地上："皇上，听老臣之言，储君之位万万不可轻易更动，那样做于国运不利。"

"朕只是让你二人比较一下各自品行才干。"

王掞稍稍冷静片刻说道："四阿哥可以为良臣，可以为佳王，

312

但不足为明君。"

"为什么？"

王掞不紧不忙地奏道："四阿哥为人城府太深，性情乖戾，宁可他负天下人，决不许天下人负他，缺乏仁君之胸怀，不能做到宽厚爱民，可同苦不能同乐。"

"那么，他的这份奏请复立太子的折子如何看待呢？"

马文跪下奏道："微臣斗胆进一言，四阿哥做事雷厉风行、敢作敢为，而且胆识过人。但微臣又似乎觉得四阿哥做事如同演戏一般，是做给皇上及众人看的，不是发自内心地去做事——为天下黎民百姓谋利，为朝廷谋福。"

"依你们之见，胤禛这个折子是在投石问路，试探朕的心思？"

"这……"马文一时语塞。

王掞奏道："四阿哥此折一上，便已自弃立储资格矣！倘若他是投石探路，就说明四阿哥心怀叵测。假如是诚心奏请皇上复立太子，则他已抱定为臣之心，皇上怎可把国统大位交给一个只具备臣心的人呢？"

康熙终于点头说道："朕也没有立胤禛为太子之心，只是朕觉得胤禛的许多做法让人有点摸不透。不过无论如何，他这种踏实肯干的品性还是值得嘉奖的，这是胤礽身上所缺乏的。"

"皇上，也许这是位置的不同，各人所具有的必然选择吧，胤禛必须从一点一滴做起，这是为臣的本分，胤礽只要能把握国家的方向与根本就可以了，这是为君的技巧。"

"好吧，朕接受你二人的建议，复立太子之位。"

王掞与马文各自松了一口气。

忽然，奏事太监来报，说内大臣李光地病逝。三人听了都十分难过，康熙传旨，着人拟定谥号，排名位配享太庙。

康熙看着奏事太监离去喃喃说道："几位老臣都一一去了，身边的几位近日也都身体不好，尔等都离朕而去，何人陪朕聊聊天、忆忆旧，这国家大事都压在朕一人身上，也想让朕早一天离去吗？"

马文俯身奏道："皇上可择一二贤臣补充南书房。"

康熙问道："朕想擢升张廷玉代替李学士一职如何？"

"皇上英明。"马文说道，"张廷玉才思敏捷，记性良好，为人诚实，做事认真，能够胜任。"

"那么隆科多呢？"康熙又问道。

王掞明白皇上的意思，自从康熙南巡回来，一直对隆科多十分赏识，如今正值朝廷用人之际，何不卖个人情呢？于是提议道："隆科多赤胆忠心，智勇双全，又是皇亲国戚，理当重用，依老臣之见，可升任领侍卫内大臣，不知皇上意下如何？"

"朕也有此意，你二人可拟定圣旨报于朕，然后报于吏部。"

对于胤礽而言，这真是一个阳光灿烂的日子。

胤礽在侍从的簇拥下走出禁闭一年有余的所在，来到圜丘，上书房、宗人府、内务府、三殿、三阁、六部九卿的官员以及亲王贝勒都已经来到圜丘内按各自位置站定。胤礽在贴身太监王得喜的服侍下到更衣室换好衣饰，来到最前排的台阶下站好。这时，执奏太监一声高呼："皇上驾到……"

众人全部跪下了，齐声喊道："皇上万岁！万万岁！"

康熙身着祭服走到圜丘内的祭台前，跪了下来，一时间钟磬鼓瑟齐鸣，各种香炉也点燃起来，烟云缭绕，袅袅升腾。

在这凝重的气氛中，告祭天地的仪式一项接一项进行着，康熙叩拜完毕，执事太监扯着公鸭似的嗓子代读祭文。

祭拜完毕，康熙回到养心殿，马文、王掞、张廷玉、阿灵阿等人陪同太子胤礽上殿拜谢皇上。

礼毕，康熙见太子脸色苍白、面容消瘦，眼睛暗淡，心里也不是滋味，一年多的圈禁确实让他吃了不少苦头，作为父亲这样做也是逼不得已吧，恨铁不成钢，希望他能克己为人，引以为戒，不让自己失望。

康熙又告诫说："朕今日复立你为太子，不仅仅是朕的旨意，内外臣工一再请命，希望你不要辜负众人期望。皇室之中为你说情的也不在少数，胤禛在百忙中奏请复立你为太子，望你今后能以太子之身监国辅政，在众阿哥之间做出表率。只要你兄弟和睦相处、精诚团结，朕的心病也就没有了，大清的千秋大业便可后继有人。"

胤礽再次伏地致谢说："儿臣谨记阿玛圣言，一定做到严于律己，宽以待人，不计前嫌，奋发有为，给众阿哥做出榜样，决不使阿玛失望。对阿玛再造之情，儿臣永世不忘！儿臣在这一年的禁闭中，每每想到往昔行为，追悔莫及，痛改之心，天地可鉴，如果儿臣再有什么不轨行为、不合法度的做法，不用阿玛惩治，儿臣自己会自裁于太庙的。"

胤礽说着，呜呜地哭了起来。康熙见状，也悄悄抹眼泪，众人也为胤礽的悔改之心感动，一齐跪了下来，向康熙叩首膜拜。

许久，胤礽才止住哭泣，再次叩首说道："皇阿玛复立儿臣太子之位，儿臣感恩不尽，儿臣还有一事相奏，也请阿玛恩准！"

"何事？直说。"

"儿臣恳请阿玛福佑儿臣的同时，也别冷落了其他阿哥，对众阿哥能够各自晋封一等，同时沐浴阿玛龙恩。"

康熙听后沉思良久，胤礽说的话也有道理，自己能够宽宥胤礽，复立他为皇太子，却丝毫没有想其他阿哥，无怪乎众皇子不服，私下议论自己有私心，自己的一碗水确实没有端平，把整个大清帝业都给了一人，却忽略了其他儿子，特别是胤禛、胤祥这些长年在外为朝廷操劳的儿子，自己的仁爱之心何在？康熙觉得自己的脸微微有些发烫。皇子不睦，相互猜疑，暗中争斗，蓄夺帝位，这种种做法是皇子的不孝，而他这位做父亲的也应当承担责任。康熙第一次认识到他个人也有过错，一定程度上，是他做父亲的没有处理好父子兄弟之间的利益关系所造成的。

唉，清官难断家务事，康熙身为皇帝能摆平天下大事，却处理不好家庭小事，这不能不说是他的遗憾与悲哀。

康熙答应了胤礽的请求，在诏告天下复立太子之位的同时，也诏告天下，封胤祉为诚亲王，胤禛为雍亲王，胤祺为恒亲王。此外，封胤祐为淳郡王，胤禩为廉郡王，胤禟封为贝子，胤䄉封为敦郡王，胤祥封为怡郡王，胤祎封为恂郡王，其他皇子各有封号。

　　此诏一发，天下尽知，胤禛在河南治黄工地接到邸报，在当晚的酒宴上，他把一杯杯的苦酒倾进了愁肠……

第十七章

掩有为听计散亲信
乔无心顺口泄秘方

"老八，还提那些陈年旧账干什么，都是我当初手头紧，贪财心切，也怪不得老四。酒宴已经摆好，咱弟兄入席吧，今天不谈国事，只谈风花雪月，来个开怀畅饮，一醉方休！我先敬各位兄弟一杯！"

又一批治黄工程结束已是腊月初八，按传统习俗，过了腊八就能闻到年味了，正是在这一天胤禛才顶风冒雪回到京城。

胤禛走近府邸，"和硕雍亲王府"六个大字格外醒目，这遒劲的字体再熟悉不过，是皇阿玛亲笔御书。在一般人眼里无疑是最高殊荣，而胤禛却觉得特别刺眼，令他难以忍受。真是滑稽，胤礽因胤禛的那份折子复立为太子，胤禛因胤礽的提议被封为亲王，是胤礽沾了胤禛的光呢，还是胤禛托了胤礽的福呢？也许只有康熙才说得清。

一晃半年没有回府，今番回来又少不得团团圆圆，热热闹闹。但胤禛一点儿也提不起兴致，仅仅入宫拜见了皇上，把要奏之事陈述了一遍就回府了，既没有走访一些老臣旧友，也没有拜会其他亲王贝勒，独自钻进了书房贪婪地阅读起来，要把一腔委屈与苦闷从书本中得到解脱。

这日，胤禛和邬思道在浴兰堂内品茗交谈。邬思道自然明白胤禛内心的苦衷，便开导说："四爷不必悲观失望，易理云：'天下何思何虑？日往则月来，月往则日来，日月相推而明生焉。'人生百年求其平平安安尚且不易，更何况四爷怀有九五之志呢？常人看来，四爷能封王开府则值得满足了，而在四爷看来这只是举手之劳。四爷所图谋的大事如浮云蔽日，虽然一时光芒尽失，而实际上是日日迫近。"

　　胤禛苦笑一下："邬先生不必给我宽心丸吃了。太子废而复立必然吸取昔日教训，这一年多的闭门思过也足以使他警醒，再次入主东宫必然改变往日做法而奋发有为。皇上对大阿哥的严厉打击也足以令争位者心惊胆战，这都为太子当政铺平道路。何况阿玛龙体一年不如一年……"

　　胤禛没有讲下去，沉郁的心情溢于言表，邬思道理解他内心的苦闷，又安慰说："邬某粗懂星相学，据我多次夜观星相所知，紫微金星正主中天，且光亮无比，太白翼星偏东，光芒昏暗，当今圣上三年五载尚不会龙驭上宾，这点请四爷尽管放心。"

　　胤禛有所怀疑地问："邬先生既然懂得星相学，能否看出我有没有天运，倘若命定是个王爷，那就就此偃旗息鼓坐享清福了，求得下半生平平安安合家团圆。"

　　邬思道笑而不答，胤禛急了，催问道："先生为何不言，难道真是天机不可外泄吗？"

　　"不是天机不可外泄，而是说了四爷未必相信。"

　　胤禛一扫刚才的愁眉苦脸来了兴趣："邬先生不妨说说看，可信则信，不可信则不信。"

　　"以相论之，四爷伏犀贯顶，天日之表，有龙凤之姿，龙骧虎步，可君可臣。以星论之，四爷是五魁星主偏位，君也可臣也可。"

　　胤禛连连摇头："先生故弄玄虚，说了也等于没说，即使先生不说，我也明白我是可以为君也可以为臣的命。"

　　"四爷说对了，君臣本为一体，进一步为君，退一步为臣，文王、刘邦、刘备、孙权、李渊、赵匡胤、朱棣都是进一步为君，吕不韦、项羽、韩信、诸葛亮，则是退一步为臣，是退是进天运不定，全在于人谋。四爷也是如此，进一步谋之则为君，安于本分则为臣。"

　　胤禛想想邬思道的话有些道理，没有君何来的臣，没有臣君也不存在，可这君臣之间的进退也是有分寸的，如果所有的臣都进一步，国家岂不乱了套，君臣之理何在？

邬思道见胤禛有所心动，又进一步说道："当然，君臣之间的进退虽然在于人谋，也不是随心所欲、人人都可以谋之的，不合于天道的谋取是妄加谋之，就是叛逆篡位、谋反，王莽、董卓、安禄山、史思明则是不合天道的权欲所迫而进，其后果必然是一个'败'字。四爷的进却不同于这些人，四爷本身为王，居于皇储之列，有君王之才、帝室之统，退为臣是安于现状、违逆天理；进为君则合于天道、求动思变，难道四爷愿意背天理而行吗？据我推测，四爷安于现状违背天理，求得一个'安'字则不可能，只怕臣位也不复存在。"

胤禛见邬思道说得那么严重，有点惊慌地问道："邬先生有些夸大其词吧，难道有谁能够剥夺我这和硕亲王之位吗？"

"四爷太过自信了。第一，四爷安于现状违背天理，上天罚之；第二，四爷安于王位，无论谁为君都不会重用四爷，必然严加打击，夺取四爷王位。"

胤禛猛地站了起来，说道："你说清楚！否则我治你离间我兄弟之罪！"

邬思道明白胤禛自己也知道他将来的命运，只不过不愿意说出来罢了。让自己的想法由他人之口讲出这是胤禛一贯的做法，邬思道正是摸清了他的这种心理，才不紧不慢地说道："四爷本有为君之才却屈居臣位，这样的臣是龙虎之臣，即使再安分守己、藏匿龙虎之心，为君的也放心不下，必然动用君权斩其龙虎之爪，最终使他成为一条死龙或一只毫无威慑力的虎。刘邦剥夺韩信兵权不说，最终仍要处死他，李世民玄武门之变，赵匡胤杯酒释兵权，朱元璋火烧庆功楼，其道理都是一样。论才能、业绩四爷都比太子强出多倍，论声誉四爷也是万民敬仰，这些太子当然知道，他将来怎会让一个各方面都超过自己的人待在身边呢？四爷现在是骑虎难下，进也得进，不进也得进，如果安于现状，后果不堪设想。"

胤禛烦躁地在室内踱来踱去，这是他一直萦绕心头的一块心病，以前只是模模糊糊地意识到这一点，如今经邬思道一点明更觉得心神不安。

邬思道见胤禛焦灼心烦的样子，犹如一只困在谷底的野兽，只要再浇上一些油，一场手足相残的夺宫之战就有了新戏，于是直言说道："如果四爷果真愿意在王的位置上前进一步，在下倒有一个办法，保证四爷将太子之位夺到手，但必须有一个条件，就是四爷要有狠心。"

"你让我向胤礽下毒手？"

"当然不是下毒手，如果太子不明不白突然死去，皇上一定会追查到底，而我的办法却让皇上无从查起。"

胤禛静静地伫立片刻，冷冷地问道："到底是什么办法，你先说说看，我要慎重考虑考虑，不能得不到西瓜连芝麻也给丢了。"

邬思道慢条斯理地讲道："四爷一定听说过，有一种药叫阿肌酥，此药具有滋阴壮阳的妙用，对于那些肾亏之人具有大补的作用，但此药也有一个世人鲜知的副作用，就是能够使人迷失心性，致癫致狂。"

胤禛明白了邬思道的意思，连连摇头说："二阿哥也非等闲之辈，怎会轻易去吃这种药呢？何况此药也非一次二次能够见效，万一皇上觉察出来，罪责不在胤禔之下。"

"四爷是何等聪明之人，做这样的事怎需要四爷亲自动手呢？只要在二阿哥面前丢出一句话，殿下一定会暗中试一试的，这药像鸦片一样有瘾，一旦用上阿肌酥想不用只怕都扔不掉。"

胤禛心里已经盘算好应该如何做，嘴里却连连说道："这等不齿之事我怎能去做，邬先生还是给我想想当务之急应如何安身立命等待时机的事吧！"

邬思道站了起来，挪动着双拐，浴兰堂内回荡着笃笃的拐杖拄地声，节奏很缓，但每一声都铿锵有力。邬思道在室内来回走动几趟，终于停了下来，两眼直直地望着窗外，幽幽地说道："太子复立，名分已定，四爷现在确实需要韬光养晦等待时机，养精蓄锐伺机夺宫。如果再像原来一样拼命做事，不但其他阿哥对四爷有看法，殿下也会妒忌四爷的，众人群起诽谤四爷，四爷就是出力不讨好了，依邬某认为，四爷可以采取三步走的办法。"

"请问邬先生是哪三个步骤？"胤禛急切地问道。

"一、四爷以进为退，向皇上提请做事，假如皇上并不委以重任，四爷正好急流勇退，削去锋芒，退而怡享天伦之乐。"

"倘若皇上委以重任呢？"

"四爷这几年做了几件深得人心的大事，声誉鹊起，万民拥戴，声誉已经超过太子，我想皇上不会再给四爷能够立竿见影出成绩的事做。如果委以重任，估计也是得罪人出力不落好的事。即使这样，四爷也极力推辞，推辞不掉就拉上太子，让皇上感觉到你是委身太子门下的。"

"这是为何？"胤禛不解地问。

"我建议你的第二点就是这个道理，让你外表附庸在太子门下，给人一种错觉，认为四爷胸无大志，只是太子的奴才，指望靠着太子将来做个稳固的亲王。同时，也可以麻痹太子与皇上，使他们觉得四爷所做之事都是为太子所做，干出的成绩是太子的，有了差错，责任则是四爷的。"

"在南京时我抓住太子贩运私货的事牢牢不放，一查到底，现在主动投之门下，他会不会接受呢？"

邬思道哈哈一笑："太子废而复立需要重塑形象树立威信，他会主动拉拢一批德高望重的老臣，也会尽力结交一些像张廷玉、隆科多、方苞这样的年轻有为之臣。对于众阿哥，太子也会尽力拉拢，一是在皇上面前表现出不计前嫌的博大胸怀，二是稳住众皇子的心，把竞争的可能降到最低点，从这几个方面考虑，只要四爷主动投到太子门下，他是求之不得的。四爷别忘了，是你主动上折求皇上复立他的太子之位，这份情胤礽一定会记在心里的，他怎会将你拒之千里呢？"

"邬先生，那第三步呢？"

"解散属下之人，纵情声色犬马。"

胤禛连忙摇头："让我纵情声色犬马做出一种与世无争的样子我很愿意，可是解散属下之人却万万不可，像戴氏兄弟、金昆、常赉、博尔多、马尔齐哈、傅鼐等人虽然不能说是一流人才，但也是各有所长，跟随我多年，都赤胆忠心，忠诚可靠，如果把他们打发走了，一旦到了用人之际到何处寻找。再者说，这些人都多少了解我的一些作为，如果投到他人府中，将我的秘密捅了出去……"

不等胤禛说下去，邬思道又是哈哈一笑："四爷误会了，解散属下之人并不是让四爷赶走众人。四爷请想，众人到四爷手下做事，养家糊口只是一个方面，更重要的是想随四爷有所作为，将来讨个一官半职做。而许多人到四爷府中一晃几年、十几年，他们除随四爷东奔西走四处奔波外又得到了什么。如此下去谁还会给四爷卖命呢？一旦有人重金收买，必然有人经不住金钱的诱惑投到他人门下，暗中为他人做事，甚至出卖四爷。不瞒四爷，粘杆处的一些人就是我派人重金从其他阿哥府中收买过来的。"

胤禛经邬思道这么一说，想到了在南京办事时，沈廷玉就曾被韩世琦所收买，面带难色地问："以邬先生之见如何摆平属下人被收买的事呢？"

"所谓解散他们，就是把这些人一一推荐出去做官，根据他们能力大小和特长推荐到不同的部门、地方。这样做对于四爷实在太必要了，一是给其他阿哥一个假象，以为四爷彻底放弃了夺储之心；二是让属下人都有了一个合适的归宿，多少当上一些小官，从心里说一定对四爷感恩戴德，这样也有利于有更多的有识之士投到四爷门下，他们会认为四爷知人善任、不埋没人才；三是四爷所顾虑的人才流失，四爷请想，这些人都是四爷心腹之人，又被四爷推荐到那么好的位置，对四爷感激还来不及呢，怎会出卖四爷呢？而这些人分散到不同的地方与不同的部门，所得的信息会更宽广也更及时，他们手中有职有权就等于四爷有职有权，一旦时机到来，只要四爷一声令下，众人会从四面八方蜂拥而至。"

邬思道稍稍停顿片刻又说道："四爷只要按照这三步走，表面上可能闲居在家，给人不思进取、无所事事的感觉，而实际上四爷是深居府邸遥控时局，等待时机。"

胤禛紧皱的眉头舒展开来，握住邬思道的手，喜形于色地说："邬先生真是高见，管仲、乐毅、孔明、刘基等人也不过如此，我有先生在身边，倘若大事不成，就是苍天负我。"

胤禛嘴里这么称颂邬思道，心底却泛起一股醋意，实在想不到这样一个跛子竟懂得帝王之术，有登龙之道。此人深不可测，慢待不得，要想稳住此人，必须给他一个女人，成个家，俗话说"英雄难过美人关"。

"邬先生已过不惑之年仍然孤身一人，不知先生要什么条件的女子？先生只管说来，我一定给先生物色一位先生满意之人。"

邬思道哈哈一笑："四爷太小瞧邬某了，如果我有娶妻生子之心，只怕不会到四爷府上了。杜诗云：'飘飘何所似，天地一沙鸥。'我只愿在四爷的天地间做一孤零飞翔的沙鸥就满足了，至于女人，那是身外之物，寂寞无聊之际纵情一二也就可以了，何必系在身边作为一个累赘之物呢？"

胤禛一时弄不清邬思道这话的意思，还来不及细想，李卫来报，说年羹尧回京述职来看望四爷。胤禛吩咐让他到浴兰堂相见。

年羹尧与张廷玉是同科进士中升迁最快的两人，张廷玉除了父亲大学士张英的关系外，也因为自己过人的才干而被破格提升为南书房大臣，这是众人仰慕的官职，虽然职务不高却有实权，全国各地汇集而来的奏折及军务文书，均由南书房大臣递交皇上，皇上的圣旨口谕也由南书房大臣代拟与下发。张廷玉能够入主南书房，当然令人刮目相看。

可与张廷玉相媲美的后起之秀就是年羹尧，他三十岁就当上了四川巡抚，成为一方封疆大吏，除了个人的聪明才智与熟谙为官之道外，胤禛给他出了不少力。再加上他的妹妹年霓裳成为胤禛的侧福晋，这错综复杂的关系，年羹尧每次进京述职叩拜皇上之后，第一个要见的人就是胤禛。没有胤禛哪有年羹尧的今天，"感激"二字是不能涵盖他对胤禛的感情的。

年羹尧来到浴兰堂，拜见过胤禛，便坐在胤禛侧面，他瞟瞟邬思道，心里暗想：众人都说这人有才，我偏不信，一个举试不中的跛子能有何能耐，几句花言巧语骗骗一些不学无术之人罢了，众人一吹捧名声便传扬出去，这种人多是言过其实，故弄玄虚混口饭吃而已。

胤禛刚要介绍，年羹尧主动说道："这位就是大名鼎鼎的邬先生吧？久闻大名，如惊雷贯耳，似皓月当空，几次到雍王府拜会均未相见，甚憾！甚憾！"

邬思道早已看出年羹尧的心思，装作不知地寒暄说："年巡抚谬奖了，邬某浪得虚名耳。年大人年轻有为，有经天纬地之才、安邦定国之谋，百尺竿头更进一步，必然成为朝廷股肱之臣，可敬！可敬！"

年羹尧趁机讽刺道："听邬先生话音，先生定是算命先生出身，那先生有没有给自己相过面、算过命？"

胤禛刚要制止年羹尧，邬思道已经轻蔑一笑，兀自讲道："当年孔子与颜回一道周游列国，在过安徽凤阳时，颜回说这是一块风水宝地，先生死后葬在其中，后代必出几位帝王，孔子笑而不答。在到曲阜时，孔子说这才是我要找的风水宝地，葬于其中，历代皇帝将呼我为师，天下文人以我为祖，难道不比出几位皇帝后人更值得骄傲吗？颜回说这地好是好只是缺水，孔子又说三百年后自有秦人送水，秦始皇一统天下后果真在曲阜开一齐鲁渠。"

邬思道讲至此，侧目问道："年巡抚是否听过这个故事？文王拘而演《周易》，天下算命术源于文王八卦易理，风水术出自圣人孔子，不知年巡抚的巡抚一职出自哪里？"

邬思道也太狂了，这个故事不仅把帝王损了一通，更将年羹尧比作他的学生，使年羹尧十分恼怒。

年羹尧冷笑一声："孔圣人能算出三百年后自有秦人送水以补足他的缺憾，那么，邬先生也能算出何人补足先生缺憾呢？"

年羹尧这句话问得也够阴损的，等于直接戳了邬思道的伤疤，暗示他再能也没人治好他的腿瘸。胤禛本想阻止年羹尧刺伤邬思道的自尊心，一听他如此奚落皇室，故意沉默不语，看着两人斗嘴。

邬思道并不恼，嘻嘻一笑："我不仅算出三年后自有异人将我双腿医好，也算出年巡抚物极必反，身首两离，死相悲惨。"

年羹尧一听邬思道骂他不得好死，勃然大怒，正要发作，邬思道又哈哈一笑说道："年大人不必生气，你刚才称我为算命先生，算命先生自然三句话不离本行了，我刚才是算年大人的将来，对错现在无法证实，如果我算年大人的现在，对错可当场对证，年大人不必动怒吧！"

年羹尧重重地哼一声："好，我就耐着性子听你算一算我的现在。"

邬思道似笑非笑地说："如果我没算错，年大人这次进京述职叩见皇上只是一个次要的方面，更主要的是觐见殿下找一个更加稳定可靠的靠山，将来好能平步青云扶摇直上。"

这话一出，不仅令年羹尧面如土色，连胤禛也吃惊不小。邬思道不管两人如何表情，继续说道："我还算出年巡抚从四川来时带了两支白玉鼻烟壶，昨晚觐见殿下时已送上一只，剩下一只白玉鼻烟壶是送给四爷的，如今正带在身上，现在还不拿出来让四爷欣赏一下。四爷就喜好这个，年大人真有孝心。"

胤禛一看年羹尧的表情，知道邬思道句句是真，马上拉下脸来喝问道："那只鼻烟壶呢？"

年羹尧红着脸从腰中掏出一只白玉鼻烟壶，胤禛一把夺了过来"啪"的一声摔个粉碎，怒斥道："我瞎了眼睛把你捧这么高！"

不等胤禛再训斥下去，邬思道急忙阻止说："四爷错会了年大人的意思，年巡抚绝没有背叛四爷投靠太子之心，我刚才不过是同年巡抚开个小小玩笑，年巡抚送给殿下鼻烟壶也是为了和太子套上关系将来为四爷办事。胳膊肘哪有向外弯的，年大人与四爷的关系岂是金钱、地位能够收买的？这点请四爷放心，年大人决无二心，年大人是吧？"

年羹尧见邬思道给自己说了一番好话，又连打圆场，急忙向邬思道点头说道："邬先生说得对，请四爷放心，我年羹尧能有今天全是托四爷的福，变牛变马也不会背叛四爷的。不说别的，有我妹妹这层关系，刀架脖子我也要向着四爷。"

胤禛明知道邬思道是为年羹尧解围找台阶，也不再说什么，心中的火仍没有消去。

邬思道趁机提议说："四爷，你不是要给李卫找个差使吗？年大人身为四川巡抚交给他办算了。"

胤禛明白邬思道想把李卫安插在年羹尧身边监视他，也顺水推舟地说："你看四川有没有什么位子空缺，让李卫外出历练历练。"

年羹尧哪敢有半个推辞的字，当即答应了。

邬思道估计年羹尧还要同胤禛谈些私事，借故告辞了。年羹尧看着他拄着双拐离去的背影，心中暗暗吃惊，这么一个跛子实在深不可测。那笃笃的拐杖拄地声也令他毛骨悚然，今后再也不敢小瞧邬思道了。

胤禛一边暗中弄到珍贵的阿肌酥，试着寻找机会实施他的夺嫡计划，一边按照三步走战略布下烟幕弹。经过多日奔波，跟随左右的人都被推荐出去了，李卫随年羹尧去了四川，戴锦到吏部做了笔帖式，戴铎去了福建当知府，常赉到隆科多手下谋了个差事，博尔多被安置到了户部，胤禛身边仅留下金昆、傅萧、马尔齐哈等人。

这天，胤禛又来到养心殿西暖阁拜见皇上，询问是否有事让他去做。康熙知道国库空虚，各地官员营私舞弊，欺上瞒下，囤积居奇，急需查处，他也相信胤禛的办事能力，但转念一想，胤禛已经办了几件轰动全国的大事，朝野震动，而太子虽然监国，却毫无政绩，也许是自己没有给他外出办实事的机会吧，决定清查亏空的事由胤礽去做，于是对胤禛说道："几年来你一直在外奔波，替朕做了许多欣慰的事，为朕排忧解难，值得嘉奖，你也为其他阿哥做出了表率，这是朕的福分。多年在风雨中摔打，你也瘦多了，你的身体也不如往年，朕于心不忍。清查亏空一事就不必再劳你的神了，朕决定由胤礽负责查处，这样，你就待在京城好好静养一段日子，待养好了身子朕再委派重任。"

"谢皇阿玛对儿臣的关怀与厚爱，儿臣感激不尽，一定听从皇阿玛咐吩，好好静养，早日恢复健康再为阿玛做事。"

康熙看着胤禛黑瘦的脸，动了真情，哽咽道："手里手面都一样，朕想让你等都好好地服侍在朕的周围，享受儿孙们的祝福，全家美美满满、团团圆圆多令人高兴，就是有人不理解朕的苦心，故意惹是生非让朕生气。"康熙说着，用手轻轻揩去眼角的泪滴。

胤禛抬头望去，阿玛的确老了，两鬓露出丝丝白发，眼角爬满鱼尾纹，脸上已布满一层淡淡的老年斑，往昔咄咄逼人的大眼也昏暗了。胤禛心头一酸，眼睛湿润了，情不自禁地叩头说道："请阿玛保重身体！"

康熙点点头说："朕把圆明园赏赐给你多年了，也不见你有所建造。纵情山水、流连园林也不失人生一大乐事。朕决定把承德避暑山庄西北部的狮子园赏赐给你，你行猎强身时也有个住处。"

胤禛本来想推辞不要，一想到皇阿玛话中所暗示的含意，心中又是一酸，急忙跪下说道："儿臣再谢皇阿玛！"

胤禛躬身退出养心殿，刚一转身，泪水唰地一下夺眶而出，是感激还是委屈，他自己也说不清楚。

胤禛想到皇阿玛的那句话：纵情山水、流连园林也不失人生一大乐事。他明白皇阿玛对自己的态度以及自己面临的处境，必须做一种与世无争、志得意满的姿态，为了迷惑他，也为了自己有一个最后的退路，胤禛把全部精力投入到圆明园的建设上。一方面，他要把圆明园建成一个纵情怡性的皇家园林；另一方面，他又巧妙设计，精心布局，暗中把圆明园建成一个秘密活动的政治中心。

　　圆明园曾是明朝贵族的一座废园，位于武清侯李伟清华园的旧址，是一处水景园，包括前湖、后湖约六百亩地。胤禛请了一位姓雷的建筑师进行勘察设计后，准备先建二十八处景致。经过一番筹备，终于破土动工。

　　改建圆明园的同时，胤禛也把心思花在吃喝玩乐上，热衷于声色犬马，爱好雕虫玩物以及西洋奇巧。鼻烟本是胤禛茶余饭后的一种嗜好，现在却完全作为每天生活的一部分，酒足饭饱之后吸上半个时辰的鼻烟，也经常和一些公子王孙一道吸烟，比拼烟壶的式样。为此，他在府上专门建了一个烟壶贮藏室，几乎社会上所出现的烟壶他都收集了，有时还出高价四处购买，有瓷的、玉的、珐琅的、玻璃的，也有象牙的、金的、银的，奇形怪状、无所不有。

　　除此之外，胤禛还有一个癖好，就是玩狗。他在雍王府万福殿里搭起狗笼、狗篷和狗窝，派出一大批人专门负责伺候他的几十只狗，并为狗缝制了衣帽和狗套，没事的时候就亲自调教所豢养的狗，组织它们撕咬，从中逗趣取乐。他也经常和府上的人一起比赛给狗起名字，看谁起的名字有趣好听就重奖、重赏，他的每一只狗都有一个好听的名字，什么造化狗、百福狗、麒麟狗、贺喜狗，等等，因此，有人背后称他为"狗阿哥"。

　　胤禛还有一个打发时间的活动，就是自己动手制作一些奇巧玩物。他把从西洋进口来的自鸣钟、藏身表、风琴、千里眼（望远镜）、温度计等物件拿来拆开，然后再一点一点装上，根据西洋自鸣钟的原理，改进制造一种定时自动敲响的鼓，命名为自鸣鼓，深受众人称赞。

正是对西洋物件的喜爱，他也经常和一些西方传教士在一起吃酒谈心、了解西洋教义，偶尔也学几句洋话，有时穿上西洋人的服装和洋人一道走在大街上，并请人给他画几幅身穿洋装的画像挂在书房内。渐渐地，"洋阿哥"的臭名又在京城的大街小巷上传开了。

为了让众人看出他早已沉迷灯红酒绿之中，整日过的是一种醉生梦死的生活，他时常进出勾栏瓦肆，并把一些风尘女子带入府中。有时，故意在大庭广众场合酗酒，装作醉酒的样子说一些近似下流的话语。以致许多大臣都扼腕叹息，康熙听说后也训斥了几次，胤禛都当面唯唯诺诺，事后我行我素，康熙估计他是政治无望才走上另一个极端，也不过分责备，只当作不知，任他沉湎于酒色犬马之中。

对胤禛的这些所作所为，有人叹息，有人暗自高兴，当然，也有人怀疑他是故意装出来的。

这天，胤禛正在府中驯狗，门卫来报，说殿下送来帖子，请四爷去毓庆宫吃酒。胤禛接过帖子仔细考虑一番，点头答应了。

胤禛来到毓庆宫，其他阿哥也都陆续到了，原来今天是皇太子的四十岁生日，胤禛埋怨道："太子生辰这等大事也不在帖子中写明，也让我等准备几份像样的礼物，要么改日再让人送来。"

胤祥接过胤禛的话说道："四哥就省了吧，二哥不缺咱兄弟这点东西，二哥四十寿辰只请咱兄们相聚一起乐一乐，其他人根本没请，他是怕这事传扬出去，众朝臣又要破费，传到阿玛那里影响也不好，所以才没有在帖子中写明请客缘由，我是个穷光蛋阿哥，乐意他这么做呢。你也别得了便宜卖乖。"

胤禛哈哈一笑："这叫不吃白不吃，吃了也白吃。你叫穷，我也不比你好多少，为了圆明园的工程我还欠了一屁股债呢。正准备向几位兄弟借上几个呢，我还没提借钱的事，你就叫起穷来，是不准备帮我这个忙了？谁借我钱我就在圆明园里给谁设一处景致。"

"四哥，别说一处景致，就是把圆明园都给我，我也是没钱。你向小哥借吧，他有的是银子。"

胤禩一听胤祥扯到了自己，真以为胤禛背一屁股债向他借钱呢，连忙推辞说："我也和众兄弟一样，靠内务府拨的那点银子过日子，再加上府上佣人太多，年年都是上差下不差凑合着用，哪里有什么闲钱？说句心里话，当初不是四哥为着贩运私货的事捅到阿玛那里让太子挨了整，我也准备经营些买卖，可如今这条路被四哥断了，如今需要用钱了想到了兄弟们，早知如此，何必当初！"

胤禩轻描淡写几句话搪塞了胤禛向他借钱，又和太子套了近乎。

这时，太子刚好走过来说道："老八，还提那些陈年旧账干什么，都是我当初手头紧，贪财心切，也怪不得老四。酒宴已经摆好，咱弟兄入席吧……今天不谈国事，只谈风花雪月，来个开怀畅饮，一醉方休！我先敬各位兄弟一杯！"

接下来众人开始向胤礽敬酒，无论真情还是假义，众兄弟兴致都很高。敬酒之后便是互相对饮与猜拳行令，说笑声、碰杯声不绝于耳。

胤禛知道自己的酒量，他从不主动找谁喝酒，今天更是如此，他看着众兄弟热热闹闹的高兴劲儿，心中不免一阵凄凉。众兄弟都有事做，唯独让他闲居在家，胤禛有点埋怨皇阿玛不公，但埋怨只能放在心中，却不敢在外面有丝毫表示。同时，他也认为自己是栽在胤禩手中，他被皇阿玛圈禁前，如果不说出那番不利于自己的话，也许不会引起皇阿玛对自己的戒备之心，如今算是完了。

胤礽见他一副精神不振的样子，笑着问道："老四这几日都忙些什么，怎么没有一点儿精神？"

胤禛忽然想起邬思道的话来，伸个懒腰说："昨天晚上去'君再来'连泡了两个妞，有点儿累了。"

这话一出立即引起众人的兴趣，十七阿哥胤礼哈哈一笑问道："四哥府上已有几位如花似玉的嫂夫人还不够用的，要去'君再来'？你那瘦瘦的身子骨能吃得消吗？要不要小弟帮忙？"

众人又是一阵大笑。胤禛故意卖个关子说："不是在你们面前吹牛，这几年风流场子去多了还真有些经验了。"

"嘿，快说说，让我等也学一学。"众人一致催促。

胤禛执意不肯："我这法子也是别人传授的，那人再三告诫我他要以此赚大钱呢，决不许泄露给第三者，我也向他保证了。不瞒你们说，为了这秘方我破费了一百两银子呢。"

胤禛越是不说，众人越是想知道，胤禟从腰中掏出一张一千两银子的银票放在桌上，说道："我用这一千两银子买你的那秘方行不行？"

胤禛说着，看看太子，莞尔一笑，众人才知道上了胤禛的当，都一起叫着罚酒，胤禛被逼无奈喝了三大杯，自称不胜酒力，要求提前告辞，众兄弟也都知道他的酒量便答应了。

胤禛走时又看一眼胤礽，胤礽会意把他送到门口，笑着问道："老四，你瞒得了别人可瞒不了我，快告诉我到底是什么秘方？"

胤禛十分谨慎地说："那人确实再三叮嘱不能告诉别人，这是他家祖传秘方，不仅有益于房事，更有益健康，能够促人长寿。我已经违背诺言传于他人，请二哥务必不能传于第三人我才肯告诉你。"

胤礽嘻嘻一笑："老四你放心，我决不外传。"

"既然如此，我就告诉你一人吧，有一罕见的药草叫阿肌酥，此药丸有此神效，二哥不妨一试，妙不可言。"

"既然是罕见的药草，又到哪里买呢？"

"我跑遍京城也没有买到，后来也是经人指点才买到的，京城唯仁和大药房一家有此药，估计也不是太多。"

胤禛再三叮嘱不可告诉他人。胤禛回到府中立即把这事告诉邬思道，并派人与仁和大药房的伙计商定好，专门等待胤礽去买药。

原来这仁和大药房是胤禛私人所开，也是邬思道粘杆处活动的一个秘密点。几天后，粘杆处的人回来报告，殿下派人买走了十丸阿肌酥。胤禛听后又惊又喜，略带不安地问道："万一被皇上觉察出如何是好？"

邬思道安慰说："请四爷放心，事情不成功，这事也不会暴露，你何来的责任？如果事成，则太子必然疯狂，胡言乱语谁人相信。据我估计，太子一旦发疯，心志必乱，他什么都记不住了。"

胤禛仍然有所顾虑地问："万一御医把太子的病给治愈了呢？"

邬思道连连摇头："阿肌酥是世上罕见的奇药，请四爷放心好了。"

今年的七月似乎比往年更热，承德避暑山庄也像个蒸笼。

康熙趿着拖鞋，穿着白绸短裤短褂在烟波致爽殿里和马文对弈，奏事太监何国柱匆匆进来说道："京师送来八百里快递的折子。"

"谁的折子？念！"康熙头也不抬地说。

"嗻！"何国柱急忙念道，"启奏吾皇陛下，太子染病疾，乱语不止，病因未明。张廷玉奏。"

康熙手中的棋子"啪"的一声掉了下来，他不相信地从马文手中接过折子看了一遍，千真万确。康熙的心跳猛地加快了许多，头脑"嗡"的一声几乎栽倒在地，何国柱与马文急忙扶住他，马文一边给康熙擦汗，一边安慰说："请皇上冷静，也许是太子偶感小疾而引起疯话，经御医诊治一定会痊愈的，皇上以龙体为重，不必过虑。"

过了好久，康熙才平静下来，强撑着身子说道："朕临行前就感到太子言谈举止不似往常，因此留张廷玉、王掞辅助太子监国，太子之病决非突然发作，只怕……传朕的旨意，回銮京师！"

马文抬头看看窗外火辣辣的太阳，劝阻道："皇上年事已高，一路奔波，怎能经受住如此炎炎酷暑呢？依微臣之见派一阿哥回京探视，每日奏报太子病情，待到秋高气爽之时再回銮不迟。"

康熙微微摇头说道："太子病得出奇，我怀疑与众皇子有关联，岂能派他们回京探视？稍一不慎，会把太子往死里推的。"

"如果皇上信得过微臣，让奴才回京师探望太子吧？"

康熙看着两鬓银白的马文："你也不比朕年轻，又如何经受这酷暑中的奔波呢？让隆科多去吧，他做事沉稳，年轻身强，也深得朕的信赖。"

马文点点头："隆将军再合适不过，是否要把这事公之于众？"

康熙沉思良久说道："此时密而不传，待隆科多回京了解到详细情况后再做处理。"

马文会意，立即传銮仪使兼步军统领隆科多。不多久，隆科多来到烟波致爽殿见驾，康熙见他汗流浃背赶来，待他稍歇才说道："朕有要事需要你回京一趟。"

"请皇上吩咐，奴才万死不辞！"

隆科多把马文递来的奏折匆匆读了一遍也是大吃一惊，心中明白了七八分。

康熙这才吩咐说："你立即回京了解太子的所作所为以及接触的人，并请张廷玉协助找御医诊断太子病情，问清致疯的原因后火速回来奏报，此事不许向任何人泄露，包括诸皇子。"

"嗻！"隆科多领命而去，立即前往京城。

马文望着隆科多离去的背影，心有所动，揣测着问道："皇上怀疑这事与皇子有关，是否有什么凭证呢？此事一旦事发牵连甚大，可能引起朝野震动，请皇上三思而行，尽量将大事化小，小事化了。"

康熙忽然问道："你觉得胤禛这两年的表现如何？"

马文愣一愣，才道："四阿哥追逐声色犬马，毫无争胜之心。"

康熙连连摆手："知子者莫过于父也，从骨子里讲他不是这样的人，我认为他是故意做给别人看的，因此，我怀疑太子发病与他有关。"

马文吃了一惊，心里想：如果四阿哥真如皇上所说，实在阴险狠毒，城府深不可测。他思前想后，并没有发现胤禛有什么可疑的举动，也许皇上多疑了，只有等待隆科多回来再说了。

第十八章

贪春药太子罹疯病
平西域胤褪统雄兵

康熙忽然又想起了什么，补充道："万一在你征战西疆之际朕不幸一命归天，朕会留下遗诏传位于你。只要你接到奏报说朕有病，不论有何等重要事都委托岳钟琪办理，立即赶回京师……"

避暑山庄的西北部，群山环抱中有一座匠心独具的王宫，草屋灰瓦，俭朴秀丽，这就是康熙赏赐给胤禛的狮子园。

狮子园原名小宫，是康熙巡游木兰围场的行宫，这里山高岭峻，水碧泉清，花繁树茂，鸟唱虫鸣，实在是消闲避暑的好地方。自从胤禛拥有后，他多次以狩猎为名来到这里举行秘密聚会，同粘杆处的人商讨夺宫大计。胤禛知道康熙每年都有秋狝的习惯，而一来都住上几个月，许多军机大事都在避暑山庄商讨，为了掌握皇上的行踪及秋狝时的军机大事，胤禛把狮子园改建成京外的一处粘杆活动点。为掩人耳目，胤禛在改建时均贯以胜景之名，如"片云舒卷""芳兰砌""乐山书屋""水清月意""待月亭""松柏堂""秋水涧""妙高堂""忌言馆"等，并亲自题联："日往月来明至道；花香鸟语露真机。"在这所有的景致中，待月亭东北有三间别具一格的草房在亭台阁榭之间透露出些许古朴厚纯的田园野趣，富丽堂皇中见真纯，这就是粘杆拜唐活动的机枢。

胤禛打猎刚回来，金昆就迎上去说道："邬先生派人送来密信，有要事告知四爷，说殿下已经疯了，皇上派隆科多回京查处这事的真相，并了解太子突患疯病的原因。"

胤禛一边密切关注皇上的一举一动，一边派人打听隆科多的情况。

隆科多带领四名大内侍卫连夜赶回京城，见过了王掞与张廷玉，得知太子已于多日前就患了狂疾，说话疯疯癫癫。

隆科多随二人来到毓庆宫见过太子，才知道胤礽比他所想的还要厉害，内心十分痛苦也毫无办法。叫来御医杜心五等询问诊断病情，却都说不出个所以然，他责令御医细心诊治，又把胤礽的贴身太监王得喜叫来，询问太子近日可有什么反常举动。王得喜告诉隆科多太子早些日子吃过一些药，至于何药他也不知道。

隆科多听后大惊，立即着人寻找太子是否留有吃剩的药，均没有找到，问起从何处得来的药也无从知道，隆科多估计太子疯疾与他所吃的药有关，立即把毓庆宫所有太监逐一审问，最后得知有一名叫康尔巴的太监曾为太子买过药，但康尔巴早已不知去向，据说那药是从仁和大药房买的。

隆科多立即带人到仁和大药房追查，等他赶到时，药房早已不在了，几经打听才知这药房是一个外地人来京开办的，那人已经于半个月前回去了，店内的药早已变卖。

隆科多坚信太子是遭人暗算致狂，但何人暗算却查无结果，隆科多只好回承德向皇上复命。

隆科多先见过马文，把京城所了解到的全部情况讲述了一遍。马文沉思良久，缓缓说道："皇上多日来心绪一直不安，又因天气炎热饮食有碍，龙体欠佳，倘若得知太子遭人陷害致狂，必定雷霆大发，盛怒之下会引起什么不良病症也难以预料，甚至做出一些令国人震惊的事来。因为皇上怀疑太子病发与众阿哥有关联，而一时尚查不出元凶，万一皇上迁怒众人，恐怕几位阿哥都难免遭到惩处。"

马文叹息一声，又幽幽说道："从目前症状分析，太子狂疾恐怕无法治愈，重新确立太子势在必行。如果皇上一时震怒严惩几位阿哥，对于另择储君大为不利，恐怕会动摇大清的国运。"

隆科多知道这位跟随皇上多年的老臣决不会故弄玄虚、危言耸听，惊问道："依马中堂之见应该如何办呢？"

"隆将军可以暗中派人查处这件事，力争早日查出元凶，但向皇上奏报时只说太子是患了狂癫病，并没有外人加害的迹象。其余的事由我来处理，请隆将军尽管放心。"

康熙听说太子是病发至狂并非他人加害，心中仍有所疑虑，但也没有说什么，只是老泪纵横，嗟叹不已。待隆科多退下，康熙命人把十三阿哥找来。胤祥入内拜见皇阿玛，一听说太子在京城得了狂疾也很吃惊，康熙问道："你随太子外出查处亏空，是否了解到有人要加害太子，或做出什么不利于太子的事来？"

康熙本来并不怀疑胤祥，他也知道胤祥并无心机，做不出什么诡秘的事，只是想从他嘴中得出一点线索。胤祥却以为皇阿玛怀疑他加害太子，因为这一年多来他与太子交往最多，胤祥有些委屈，他颇为不满地说："阿玛不必煞费心机怀疑有人加害你的宝贝儿子，我认为这是上天在惩罚胤礽，因为他不得天时，自身也没有当储君的能力。他的疯狂也是上苍昭示阿玛选错了承袭国祚之人。"

马文一听这话早已吓得面如土色，几次示意胤祥不要讲下去，胤祥只顾讲话一点儿也没看见，他哪里知道康熙此时的心情。

康熙嘿嘿一笑，把手中的杯子重重地摔在地上，阴冷地说："朕真是人老眼花对自己的儿子都看走了眼。人不可貌相，海水不可斗量，朕想不到这话会从你嘴里说出来。照你这么说朕瞎了眼睛选错了人，应该立你为太子才对？"

胤祥见皇阿玛咄咄逼人，也不示弱，硬生生地顶了一句："我是不肖之子，不够格承袭大位，但有人够格！"

康熙两眼露出凶光，紧逼一句问道："说，谁够格？"

"四阿哥，四阿哥得天时得人心。"

不容胤祥说下去，康熙狂笑一声，怒吼道："好个四阿哥！你等串通一气图谋不轨，加害太子，快把你等所做的见不得人的事从实招出来，否则，休怪朕心狠手毒，虎毒也食子！"

胤祥是生成的牛脾气，吃软不吃硬，把脖子一拧说道："儿臣本来就是阿玛的血肉，要杀要宰随你的便。"

康熙早已满脸通红，抖动着花白胡子咆哮道："不要逼朕，你以为朕不敢吗？来人，把这个孽障给朕绑起来！"

马文早已跪在地上连连叩头："皇上息怒，皇上息怒，微臣愿以身家性命担保十三阿哥与太子疯疾无关，十三阿哥是怎样的为人，别人不晓，皇上还能不知吗？"

不知何时，胤禛、胤祺、胤祚、胤裸、胤禟、胤祎、胤禵等人都闻讯赶来，一齐跪地为胤祥求情。此外，隆科多、阿灵阿、揆叙等人也都跪下苦苦哀求。

康熙怒视着跪在地上的众阿哥，吼道："别以为朕久居深宫对外面的事不知道，你们所做的那点儿勾当朕全明白，表面上拿出至诚至孝的样子，背后巴不得朕早死呢！太子这次致疯就是你等干的！"

众阿哥一听皇上把陷害太子的罪名栽在他们头上，虽然知道皇上说的是气话，也吓得魂不附体，一个个鸡啄碎米似的磕着响头，有的喊叫冤枉，有的只是哭泣，有的只是傻愣愣地跪着，一声不响。

"滚出去，朕还没死，用不着你们没心没肝的东西在此哭丧！"

康熙又一阵叫骂，众阿哥一个个灰溜溜地退了出去。殿内只剩下胤祥不哭也不叫直直地跪在那里。

马文急忙跪下奏道："皇上明鉴，十三阿哥一向耿直，谅他初犯……"

不等马文说下去，康熙斥道："众阿哥闹到今天这个地步都是你们几个老臣宠溺娇惯的，朕已把纳兰明珠、索额图、佟国维几人给赶走了，如今你又来从中搅稀泥，也想步他几人的后尘吗？"

马文低头不语，康熙向站在旁边的大内侍卫喝道："还愣着干什么，把这孽障捆起来押送回京，囚禁府中闭门思过！"

"嗻！"几名侍卫把胤祥推了出去。

马文泪流满面，哭喊一声："微臣知罪，请皇上以国体为上，万万不可再连累他人，以防伤了国运，瓜多也经不起常扭。"

康熙瘫坐在龙椅上，看着马文满脸热泪苍老的容颜，心里也不是滋味，几位跟随自己多年的老臣死的死、回乡的回乡，身边只剩下马文等寥寥几人，总不能一个叙旧的人也没有吧。

康熙哽咽道："起来吧，朕向来以宽厚仁慈为怀，虎毒不食子，朕这样严惩他们也是被逼的。朕何尝不知道迫害太子之事与胤祥无关，朕这样做也是为了敲山震虎，给其他几人敲响警钟，再这样下去，到朕归天的时候只怕他们就互相残杀殆尽了。朕隐隐约约感到太子致疯与胤禛有关，但朕拿不出证据来，朕想从胤祥口中了解胤禛的所作所为，他反帮着胤禛讲话，可见他已成为胤禛的死党。胤禛是何等狡猾阴险之人，他这样为胤禛卖命只怕最终落个悲惨的下场，朕将胤祥圈禁起来不是要惩罚他，而是救他的性命，他那么一个直肠子人怎会明白朕的一片苦心呢？"

马文道一声谢从地上爬起来，他想不到皇上考虑问题是这样深远，皇上如此英明都摆不平众皇子之间的矛盾，唉，多子未必多福！

尽管天气依然炎热，康熙也没有心境等到秋天去木兰围场秋狝了，他要亲自回京探视太子的病情。

康熙回到京城，不顾旅途劳顿，便派人去毓庆宫把太子带到养心殿。

太子来到殿内不跪也不拜，哈哈一笑，指着康熙说道："你这老人是从哪里来的，怎么待在我们家的殿内不走，来人，给我轰出去。"

康熙见胤礽满口胡话，又生气又心痛，厉声喝道："混账，来到朕的面前也不下跪，满嘴胡话，成何体统！"

"什么？叫我跪下？你来到本太子面前还不磕头，找死！"

胤礽的贴身太监王得喜提醒说："殿下，这是皇上，快下跪请安。"

"皇上？我就是皇上，怎么向他下跪？"

康熙泪如雨下，凄然呼叫一声："礽儿，我是你皇阿玛。"

胤礽忽然有所心动，只是微微一怔，又茫然地盯着康熙："你说什么？你是我皇阿玛？我哪有什么皇阿玛，他早就死啦！"

康熙号啕大哭。

几日后，康熙正式颁诏天下，废去胤礽太子之位。

康熙听从马文的建议，没有追究其他皇子的责任，胤禛悬着的心落了下来。但他多少有一丝歉疚，无论如何，胤礽是毁在他的手中，胤祥也等于为他背黑锅而遭到圈禁，如果不是胤祥被执，事情闹到何种地步实在难以预料，他总觉得自己欠下胤祥一笔人情债，是永远也无法偿还的债务。

歉疚只是暂时的、偶然的，自从太子被废之后，胤禛沉积在心底的希望之火又慢慢燃烧起来，而且越烧越烈，他恨不得立即把皇位夺到手，只要他能够登上九五之尊，一切都将顺理成章，该偿还的他会加倍偿还，该治理的他会一步一步治理，该严惩的他也决不心慈手软。

胤禛几次催邬思道重新给他布置新的夺嫡计划，邬思道都以种种借口一一推辞了。胤禛觉得邬思道有点变了，不如先前那么热情了。

胤禛走进浴兰堂，邬思道正在闭目养神，对于胤禛的脚步邬思道再熟悉不过了，从他踏入门槛到这书房的任何地方需要几步，邬思道都一清二楚。从胤禛踏入室内的脚步轻重缓急，邬思道都能判断出胤禛的心事。

"四爷又是催促那事的吧？"

胤禛还没走进邬思道的书房，就被问个一愣，胤禛不好直说下去，又怕邬思道找借口推辞掉。

"四爷请坐吧，四爷是否明白我为什么三番五次推辞下去？"

"邬先生还没有制订出更加周密的计划吧？"

邬思道哈哈一笑："四爷太小瞧邬某了，我虽无孔明之才，也应有周瑜之智，这点小事如何能难住在下。"

"那邬先生为何以借口相推呢？"

"四爷只要站在皇上的角度思考，就明白我的良苦用心了。"

胤禛沉思片刻，若有所悟地说："邬先生的意思是欲速则不达，心急喝不了热稀饭，性急吃不了热豆腐。"

邬思道拍掌笑道："四爷心有灵犀一点通，把高深之理与通俗之语融为一体，可谓雅俗皆备。皇上二次废去太子之位后朝野并没有太多震惊，也不像第一次那样众朝臣各打算盘纷纷揣测圣意、推举各自的主子，相反，都好像什么事也没发生一样，这是为什么？"

经邬思道一提示，胤禛也觉得反常，猜测说："众人是不是害怕推举的人不合皇上之意而挨骂挨训，都在静观皇上的偏向？"

"四爷说对了一半，这只是其一，更重要的是一部分有先见之明的人估计出皇上不会再立储君之位，谁提出建嗣谁要倒霉，轻则挨骂，重则遭贬，甚至罢官充军。"

胤禛不以为然地问："皇上已成强弩之末，犹如油尽灯干，不立嗣，一旦山陵崩，撒手人寰，国祚何人承袭？"

邬思道连连摇头，认真分析说："四爷看到了立嗣有利的一面，也应该想到这样做的弊端，众阿哥各怀心机争夺了几十年不就是最好的证明吗？太子的下场已经让万岁爷警醒。立谁为嗣谁将成为众矢之的，今天太子遭忌致狂，明天的太子就有可能遭妒被杀，皇上不会眼睁睁看着众阿哥暗中拼个你死我活而置若罔闻。"

胤禛仍不信服地说："不设储君之位，众阿哥之间的争斗也不可免，这是长久积习留下的恩怨，面对东宫之位空缺，争储已如箭在弦，怎会自行消失呢？除非名分已定，让竞争者在优胜劣汰中自行败下阵来。"

邬思道微微摇头道："四爷的意思仍离不开一个'斗'字，而这正是皇上所忌讳的，皇上是'一朝被蛇咬，十年怕井绳'，立储太早是皇上一世英明中的瑕疵，他不会一错再错的。而不立储，众阿哥之间仍然要相互竞争，但谁也不是竞争的焦点，没有明显的目标，争斗自然缓和多了，这背后的竞争方式也绝不是置对方于死地式的，必须是互相比赛着做事以展示各自才干，互相争着在皇上面前献殷勤以显示自己至孝至诚，众阿哥也都会收敛锋芒以表明对大位无奢望的淡泊心境。在一个聪明的人面前尽量表现得愚笨些，这样，他会认为你容易驾驭，当然，也不能太笨，否则，他将不会瞧得起你。而我认为，四爷在皇上面前就应该这样，需要表现自己超群拔萃的时候决不能谦逊，需要糊涂的时候就装得像一些，关键是把握分寸，掌握时机。"

胤禛也约略认为邬思道言之有理，嘘一口气问："这么说，皇上不会再立嗣了，除非大限之期到来之际？"

邬思道轻轻挪动着双拐，来回走动着，忽然停了下来，驻足说道："我以为皇上立嗣的事有两种可能……"

胤禛昏暗的眼睛忽然一亮："哪两种可能？"

"皇上如果提前立嗣，可能会秘密建储，将遗诏放在秘密的地方，等到大限之际公之于众，或提前告诉几个贴心大臣，让他们在皇上龙驭上宾之后取出公布于众。"

胤禛品味着邬思道的话，嗯，这不失是一种好的办法。

"那么另一种可能呢？"

"倘若皇上唯恐遗诏外泄，将会在大限到来之时由贴身大臣在场，将立嗣人选公布于外人，或当即拟定传位诏书。这两种选定皇位承袭人的做法至少有四点好处。"邬思道呷了一口茶，摆弄着手中的书说道，"一、皇上高屋建瓴，对诸皇子长期考查，认真比较，选出最满意人选；二、刚才我已经讲过，就是避免储君成为众矢之的；三、由于储君并不知道自己被皇上选中，必然失去骄纵之心，有利于其修身养性，磨炼意志，锻炼才能；四、避朝臣以阿哥为中心，拉帮结派，结党营私，形成集团势力，将来架空新君。"

胤禛傻乎乎地坐着，邬思道后来讲些什么，他一句话也没听进去，有点莫名其妙，这么一个从来没有居庙堂入仕途的穷酸书生为何深得帝王之心、拥有帝王之术呢？

邬思道又问道："四爷可知皇上心目中的自己是什么样子的？"

胤禛迟疑片刻说："早先是事事必争，处处抢在他人前面，一个精明强干而又有点蛮横刻薄的无赖阿哥形象。这两年呢？又变成了自暴自弃、声色犬马、安于现状的狗阿哥形象。"

邬思道哈哈笑道："这是四爷的自画像，皇上心目中的四爷不是这样的。皇上有孙大圣那样的火眼金睛，只怕四爷的骨子里有什么皇上也能瞧得见，所以我劝四爷装得像一些。四爷这两年的所作所为瞒得了一般阿哥却瞒不了皇上，从皇上派隆科多入京查处太子疯疾一事就可见出端倪，特别是对十三爷的监禁，更说明皇上不相信四爷。"

胤禛又是一惊："何以见得？"

"粘杆处的人汇报，皇上派隆科多回京就是调查四爷与太子的交往，试图查出什么破绽。皇上当然知道太子致疯与十三爷无关，可皇上仍然拘禁十三爷，四爷知道其中的原因吗？"

"那是因为胤祥脾气太犟，缺少圆通，在皇上盛怒之下仍然出言顶撞，并刺伤皇阿玛心中的痛处。"胤禛稍稍缓一下，又说道，"胤祥虽然被执，并没有像胤禔那样受到严厉处罚，他只是闭门读书，其他吃用所需与我等一样。"

邬思道放下茶杯，点点头："这就对了，足以说明皇上并不是真正要惩处十三爷，皇上是杀鸡给猴看，一定程度上讲，是做给四爷看的。同时，也是为了保护十三爷。"

邬思道故意把"保护"二字吐得重一点，胤禛暗吃一惊，忙问道："为什么要保护胤祥，难道皇上有把大位传给胤祥的心思吗？"

"那倒没有，皇上是怕十三爷成为四爷的人，这样，在众阿哥的势力中四爷的实力会更加优胜，对于皇上选定的继承人十分不利。当然，皇上也怕十三爷知道四爷的事太多而最终落个鸟尽弓藏、兔死狗烹的下场，所以才将他圈禁起来，既是对十三爷的保护，又可拆解四爷的实力。"

胤禛惊得半晌也合不拢嘴，他万万没有想到皇上拘禁胤祥藏有这个心思，种种迹象表明邬思道分析得合情合理。此时，胤禛猛地凉到脚跟，多年来自以为城府深、心机过人，自己内心深处的所思所想无人看透，现在想来，自己太嫩了，不仅皇阿玛看透了自己的野心与伎俩，邬思道更看透了自己内心深处那些险恶阴毒的东西，自己拥有的杀人灭口之心从来没有向外表露过，为什么皇阿玛与邬思道都能看出自己的这份心思呢？既然邬思道如此洞悉人心，将来想除掉此人恐怕不可能。

胤禛突然有一种从来没有的失望之心，他哀叹一声："照邬先生说来，无论我做什么也无法取信于皇阿玛，大位于我无望矣！"

邬思道看胤禛伤心失望的神情，心中有一种快感，但他也明白要想真正报复清廷皇室并从内部败坏这个皇室，必须牢牢控制住胤禛，尽一切可能促成他夺得皇位。于是缓缓说道："四爷也不必失望，自古成大事者哪有一帆风顺的，谋事在人，成事在天，我曾多次给四爷相过面、算过命，四爷不得人和而得天时，四爷命中注定大富大贵，以命理推之，四爷是万人中不抽一的万字命，注定有九五之相。当今圣上逆天运而行，才导致殿下疯狂。四爷请想，如果太子是真龙天子，四爷又怎能得手？"

胤禛一想，邬思道说的也有道理，心里宽慰了许多，便问道："根据先生的分析，我应该怎样做才能改变皇阿玛对我的看法呢？"

"道家云'无为无不为'，四爷只要表现出一副无所为的样子去做你应该做的事，就可以改变皇上对你的看法。一句老话，收敛锋芒，由外而内，四爷可以把精力多放在家庭管理上，把几位世子调教好。俗话说'一屋不扫，何以扫天下'，扫一屋和扫天下道理一样，皇上也许会从管理王府中见出管理国家的才能。"

邬思道说到这里，忽然想起了什么，恳求说："四爷，我到京城一晃多年了，近日听性音大师捎来话，说终南山有一世外高人贾道士精医术，他能打通人体内的七经八脉，曾用柳枝接骨术给不少乡人治好了断肢之症，在下想去一趟，能治则治，不能治则作罢。"

胤禛以为邬思道要远走高飞，急忙阻拦说："如果真有这么一位江湖能人，何须劳顿先生跋山涉水，行程万里去访求呢，我派遣几个人到终南山把那贾道士请入府中给邬先生治腿就是。"

"四爷万万使不得，求医讲究一个'诚'字，强人所难刀架脖子也治不了病，曹操不是把华佗杀了吗？终于没有治好头痛病。请四爷让我亲自去终南山拜访贾道长吧！"

胤禛见邬思道说得那样恳切，一时不知如何是好，为难地说："邬先生这一走也不知何时能回，粘杆处的工作将如何进行？"

"四爷放心，我不会在外耽搁多久，也会时常与四爷联系的，至于粘杆处的工作，要根据形势适当放缓一些，万万不可露出破绽，由马尔齐哈代管一下，他做事精细也有经验，不会有什么差错的。一旦京中有异，我会很快赶回来的，请四爷不必多虑。"

胤禛见邬思道执意要走，犹豫片刻说道："此去终南山如此遥远，先生一人前往我实在放心不下，如果先生不反对，让金昆雇车送先生！"

邬思道明白胤禛怕自己一去不复返，也就答应了。

第二天，邬思道在金昆陪同下离京而去。

康熙一觉醒来，天已大亮，又是一个好晴天。

康熙起来，走到窗前推开窗户，伸了个懒腰，望着窗外明媚的阳光。康熙冲龄继位，一晃近一甲子了，这漫长的岁月中，他征战南北、平三藩、收台湾、定漠北，击败噶尔丹，出兵雅克萨与沙俄勘定东北边界条约。六次南巡，七次大规模治黄河。

康熙欣慰地笑了，笑得那么甜，那么纯真，又那么自信。

这时，十四皇子胤禵走过来躬身说道："儿臣给皇阿玛请安！"

康熙看看胤禵眼角已经有了一道道深纹，不免一丝淡淡的伤感，胤禵都已过而立之年了，自己能不老吗？康熙示意他起来。

"你也不必天天来给朕请安，自己也要多注意身体，以后每天早晨自己在府中做功课练身子就可以了，天天跑这么远来请安也吃不消。"

"谢皇阿玛关心，不过儿臣以后还是要天天来给皇阿玛请安的，这是儿臣应该做的，每天早晨骑马来回跑着也是一种锻炼嘛！"

康熙微微一笑："最近军务如何？"

胤禵急忙施礼答道："回阿玛问话，士兵坚持天天操练从不间断，八旗子弟决不会因为国泰民安就疏懒了马步功夫，有儿臣在就保证给阿玛一支进能攻、退能守的强悍军队。"

康熙十分满意地点点头："你能把军务料理好朕就无后顾之忧了，我大清的皇帝都是文武全才、马上皇帝，马上打天下，马上坐天下！"

"儿臣谨记阿玛的教诲。"

胤禵正准备告辞，康熙忽然又想起了什么："最近西北边陲接连送来了几份折子，你多抽些时间钻研一下西北军务，以防万一。"

"嗻！"胤禵躬身站在旁边。

不知何时，胤禛也来到院内，他老远就看见皇上与胤禵一问一答是那样和谐，心中不免泛起一丝醋意。

胤禛紧走几步给康熙施礼："儿臣给皇阿玛请安，祝阿玛圣安！"

康熙示意他起来，胤禛又道："儿臣有一事恳请阿玛准奏！"

"唔，何事？先说与朕听听再答复你。"

"皇阿玛赏赐给儿臣的圆明园，儿臣聘请能工巧匠经过几年整修，改造了二十八景，如今已经完工，许多景致尚没有名称，儿臣不敢妄加拼凑，特请阿玛赏脸观光题名。"

康熙点点头："好哇，如今正值仲春之际，万木葱郁，百花盛开，到处流金溢彩，正是踏青观景的好时光，朕也正有外出游幸的念头呢。边赏景，边吟诗题名，实在是一种高雅的享受。不过，那么多景致也不能朕一个人说了算，可以多带几人一同观赏更加有趣。孟子云：'独乐乐，不如与人乐乐；与少乐乐，不如与众乐乐。'"康熙说着，又转向胤禵，"你也随朕一同前往，不必整日闷在军营里，劳逸结合才更加奏效。"

"儿臣遵命！"胤禵躬身说道。

胤禛更加妒忌胤禵，他从心眼里不想让胤禵一同前往，可是，有皇上发话他又不敢表现出丝毫不满。

第二天，康熙带着马文、张廷玉、隆科多、胤禵等人在圆明园游览了一上午，又是赏景又是命名，忙得不亦乐乎。胤禵这次是出尽了风头，他命名了几处景致，大得康熙的赞赏，同行的众臣都看出康熙对胤禵喜爱有加。胤禛想不到自己费心花钱搞的这个园子，竟成了自己竞争对手展现才华的大舞台，心中的懊恼、沮丧可想而知，幸亏小弘历陪着皇祖父游览，颇得爷爷的欢心，他还吟了几首半通不通的诗，把康熙喜欢得心都乐飞了，才算给胤禛争回了点面子。

午膳前，康熙回到圆明园的正大光明殿刚坐下不久，正在闭目养神，内阁学士阿布兰闯了进来，跪下奏道："西北边陲送来十万火急告急奏折，说准噶尔部头领策妄阿拉布坦派大军杀入青海，青海将军额伦特及其属下兵马全军覆没，青海失陷。"

这一消息对康熙无异于晴天霹雳，过了好大一会儿才醒过神来，急忙接过阿布兰递上的折子从头到尾匆匆看了一遍。

这时，马文、张廷玉、隆科多、胤禵与胤禛也都闻讯赶来。康熙把折子给众人看看，待众人看后，康熙铁青着脸，握紧拳头重重地捶在御案上说道："朕要御驾亲征，不荡平准噶尔部誓不罢休！"

胤禵扑通一声跪下，急忙叩头说道："皇阿玛，你如此年纪怎能再受鞍马之劳，让儿臣去扫平贼寇吧！儿臣虽然没有亲临沙场御敌，但孩儿自幼饱读兵书，又经阿玛悉心调教，如今掌管军务多年，对带兵之道、用兵之法都娴熟于心。儿臣决不会让阿玛失

349

望的！"

康熙正在犹豫，胤禛也跪下奏道："皇阿玛明鉴，领兵打仗之事非同儿戏，老十四虽然掌管几天军务，都是在毫无战事的情况下，他虽懂兵法，也只是纸上谈兵。万一胤禵领兵平叛出师不利，其后果实在难以想象。儿臣保举一人可率军迎敌，定能不负众望荡平逆贼。"

"你保举何人？"

"回皇阿玛，儿臣保举四川总督年羹尧，此人文武双全，精通兵法，又有领兵经验，在西部边陲任职多年，熟悉西部地理风情，实在是平叛最佳人选，望皇阿玛三思！"

胤禵又叩头奏道："请阿玛明示，年羹尧虽为四川总督，领过兵，也只是小规模剿匪拿盗，作战经验未必胜于儿臣，更何况与凶猛残暴的准噶尔叛军对阵。儿臣与年羹尧相比，他只是朝中一臣，儿臣却能以皇子身份兼三军主帅，更有威慑力，也有利于振奋人心。"

康熙见两人所奏都有些道理，一时拿不定主意，挥手说道："领军主帅人选也不是朕一人决定的，回宫后再详议，你二人也不必争执，赶快用膳吧，朕也饿了。"

国泰民安的大清朝又如开了锅似的，人们纷纷议论着西北战事。

这几天又不断有八百里快递将一份份告急文书送往京城，继青海将军额伦特全军覆没后又传来噩耗，青海失陷，藏北沦陷，藏汗第五世达赖喇嘛死难。整个大清王朝的西部半壁江山处于风雨飘摇之中。

准噶尔部这次突然发兵叛乱并非偶然。早在康熙继位之初，准噶尔部首领噶尔丹就不断骚扰蒙古其他各部，对大清王朝进行挑衅，康熙被迫派兵平叛，双方互有胜负。先后派裕亲王福全和恭亲王常宁分两路夹击，终于取得乌兰布通大捷，击败噶尔丹叛军，但噶尔丹贼心不死，多年后再次拥兵南下，康熙亲率大军分三路进军，摧毁叛军驼城阵，取得昭莫多大捷，噶尔丹也在清军的追击下走投无路，最终落个惨死的下场。

噶尔丹死后，他的侄儿策妄阿拉布坦夺取汗位，成为准噶尔部首领。他曾是噶尔丹两次叛乱的前锋元帅，也是驼城阵的设计者，从惨败中吸取了教训，知道自己不是康熙敌手，便上书言和，愿意称臣归顺。表面上唯唯诺诺，年年进贡，岁岁来朝，做出十分恭顺的样子，骗得康熙的信任，暗中却搜集叛军残部，不断扩充实力，并向沙俄购得大批先进武器，以图选准时机东山再起，以决雌雄。

这两年，策妄阿拉布坦探听到大清的一些能征善战的大将都老的老、死的死，康熙本人也无带兵远征的能力，知道时机成熟，便派小规模人马四处骚扰青海、西藏一带的大清领土，伺机抢劫杀戮。

一天，策妄阿拉布坦忽然探得消息：藏汗第五世达赖喇嘛从西藏到青海主持法事。他知道这是一个千载难逢的好机会，立即派遣弟弟策零敦多卜率兵偷袭青海，活捉达赖喇嘛，迫胁他分裂大清归顺准噶尔部。

青海将军额伦特领兵迎战，终于寡不敌众全军覆没，第五世达赖喇嘛被俘后宁死不屈遭到杀害。

从传来的消息看，策妄阿拉布坦叛军已经控制青海、西藏，正在伺机策动陕、甘、川、滇等西北、西南各少数民族地区共同叛乱。本来这些地区的部落首领都是面和心不和，许多人怀有二心，也有部分头领处于观望的状态。一旦策妄阿拉布坦的阴谋得逞，大清将失去西部半壁江山，面对这种严峻形势，整个朝野如何不震动呢？出兵平叛势在必行，由谁带兵出征是一个争论的焦点。

内阁大学士马文府邸。

张廷玉问道："马大人，你随皇上几十年应该了解皇上的心思，明日商讨出征人选推举谁更合圣上心意？"

马文踌躇片刻说："皇上心思忽明忽暗，一时还摸不透，这出征人选一定和太子人选有着关联，从这点考虑，张学士推举何人？"

"马大人以为皇上将立谁为储君？"

马文摇摇头："目前尚难以断定，从皇上对诸皇子的态度看，明显偏向于十四阿哥，那日游幸圆明园的一举一行便可见端倪。"

张廷玉忙插话说道："但皇上对弘历另一番偏爱不也值得深思吗？尽管现在如此繁忙，皇上能在百忙中把弘历主动接入宫中侍养，亲手调教，把接见官员的'万壑松风'殿旁边的三间小殿'鉴始斋'赐给弘历做读书之用，似有亲手调教之意。"

马文不置可否地说："皇上尽管偏爱弘历，也许只是喜爱他多才多艺、活泼可爱的童稚之趣，把他放在身边是填补皇上的寂寞之心，让弘历陪他打趣逗乐罢了，未必有爱屋及乌之意，弘历与皇上之间毕竟隔了一层。皇上也不可能等到弘历长大直接把皇位传给皇孙吧，与理不合。何况皇上御体已不比往年，大限之期也许会突然到来。"

张廷玉反问道："依马学士之见皇上仍然中意的是十四阿哥，这次出征也定会派十四阿哥去了？"

"我顾虑的正是这一点，皇上若有心立十四皇子为嗣就会派他出征，但如果立他为嗣就不应该派他出征！"

张廷玉惊问道："马大人越说我越糊涂了，如果皇上选中十四皇子，理当让他代替皇上出征，成就他将来马上皇帝的威名。同时，让十四皇子建功立业，将来传位于他也能使众人诚服。"

马文淡淡一笑："张大人也应该看到另一点，皇上年事已高，作为守阙太子，岂能远离京师征战边陲？一旦大限到来，太子不能及时赶回，这些早有二心的皇子还不趁机夺宫。"

张廷玉想想又提出异议说："也许皇上觉得平叛一事不会持久，

更何况皇上尚不足七十岁，龙体一向健朗，也许并无大碍。"

马文叹息一声："张学士对准噶尔部族之事并不了解，当年平定噶尔丹叛乱，先后派出六次大军，皇上御驾亲征两次，用兵百万，其他资财所耗更无法统计。这次策妄阿拉布坦叛乱既是为其叔父噶尔丹报仇，也是蓄谋已久的与我大清分庭抗礼，从藏汗被杀、青海将军额伦特全军覆没，青海、西藏陷落这些奏报中可以窥见叛军势力，想很快扫平叛乱是不可能的，更何况是远征荒漠地带作战呢。如果十四皇子出征，胜则好，倘若兵败呢？其威信尽失，如何能够再立为皇储呢？"

马文的顾虑不是没有道理。

多日来，康熙一直辗转难眠，他准备立胤禵为太子，也想让他代替自己远征青海平叛，希望他一举得胜有功于国，再立为储君就名正言顺了。但也不能不考虑到这次远征的最坏可能性，万一失败了，其威名扫地，再立为储君必然遭到其他皇子的反对，众朝臣也将有非议，这是其一。

其二，这场平叛战争能打多久，目前尚难以预料。而自己能活多久也无法估计，倘若胤禵远在青海，自己病危，他能否及时赶到呢？这些留在京中的皇子一个个都不是省油的灯，如果乘虚而入，等到胤禵回京木已成舟，一场皇子夺宫火并也有可能发生。

康熙权衡再三仍拿不定主意。

康熙走出养心殿，漫步在殿前花园内，边想着心事，边毫无目的地走着。贴身太监何国柱走到康熙身边报告说，十四阿哥求见皇上。康熙一听是胤禵，立即让他到西暖阁等候，康熙正想见见他呢！

康熙回到西暖阁，胤禵已经等在那里了。

康熙进门的一刹那，胤禵发现皇阿玛在这几日内苍老多了，人更瘦，胡须更长，脸色略显得苍白，白发更多了。

胤禵鼻子一酸，泪几乎流了下来，急忙跪下说道："儿臣叩见皇阿玛，祝皇阿玛圣安！"

康熙赐他坐下，这才和颜悦色地问道："你有何事，尽管说来。"

胤禵欠身答道："儿臣想知道皇阿玛打算派谁出征西域？"

康熙没有正面回答胤禵的问话："你对西征平叛有多大把握？"

"回皇阿玛，儿臣这几日仔细钻研了准噶尔部的渊源、风土人情及军事实力，也详细了解了策妄阿拉布坦其人的品性及用兵之道，做到了知彼，儿臣有把握取得平叛胜利。"

康熙看着胤禵自信坚毅的神情，满意地点点头，他仿佛从胤禵身上看到年轻时的自己，他就喜欢儿子的自信、果断、坚决，在众多的儿子中，唯有胤禵把自己各个方面的优点全拥有了。

康熙慈祥地问道："你估计需要多少人马？大约要几年的时间？"

"回皇阿玛，我军是远征作战，所去地方多是高寒荒漠地带，至少要四十万大军，大约需要三年的时间。"

四十万大军没有什么，凭大清的实力，百万大军也可很快组成，只是这三年的时间让康熙有点担心。当然，能在三年之内彻底打败叛军收复失地也实在不容易，康熙所担心的并不是这些，他担心自己能不能再活三年，万一胤禵远征期间自己突然宾天，胤禵能及时赶回京师吗？

胤禵忙解释道："第一，策妄阿拉布坦蓄谋已久，不但人多势众，而且从沙俄购得大批精良武器。第二，在策妄阿拉布坦煽动下，西域已有些部族参与叛乱，还有些部族正在观望。第三，我大军深入高原寒带作战，能否适应一时不知。因此，急于求胜欲速则不达。"

康熙略显伤感地说："朕不是说四十万大军太多，也不是觉得三年时间太长，能用四十万人马在三年之内扫平叛贼已经够顺利的。朕当年平叛噶尔丹时用一百万大军断断续续约十年时间才打败叛军，将噶尔丹赶回西域，你若能在这个时间内平定叛乱已经远胜于朕了。"

胤禵急忙俯身说道："皇阿玛太过自谦，儿臣怎敢和阿玛相比，阿玛六次御驾亲征南北、威名响于宇内……"

康熙摆手不让胤禵说下去:"朕所担心的是朕能否再活三年,万一在这三年内朕一病不起,而你又远征在外,这江山社稷托付于谁?"

胤禵完全愣住了,做梦也没有想到自己竟是皇阿玛选定的皇位继承人,这太出乎他的意料之外了。

胤禵急忙重新跪在地上,热泪盈眶地叩着响头说:"谢阿玛对儿臣的信任与厚爱!也请阿玛放心,儿臣不会让皇阿玛失望的!"

康熙点点头:"朕就欣赏你的自信,这个脾气与阿玛一模一样,希望你不要辜负朕对你的厚望!不过,出征西疆之事望你慎重对待。"

胤禵忙答道:"阿玛,儿臣心意已决,就让儿臣领兵出征吧,儿臣不能在皇阿玛的大树下坐享其成,儿臣也要像阿玛一样亲自去征战,早日平定叛乱回京服侍阿玛。"

"好,有志气,朕答应你,望你早日凯旋,到你回京之日,朕一定颁诏天下,正式册封你为皇太子。"

"谢阿玛成全儿臣!"

康熙忽然又想起了什么,补充道:"万一在你征战西疆之际朕不幸一命归天,朕会留下遗诏传位于你。只要你接到奏报说朕有病,不论有何等重要之事都委托岳钟琪办理,立即赶回京师。朕将调派四川将军岳钟琪作为你的副手,此人忠勇厚实,能征善战,军中事和他多商量。"

"儿臣谨记阿玛训教!"

"你回府准备一下征军所需,多注意休息,明日早朝听旨。"

"嗻!"胤禵躬身退下。

次日早朝,康熙迈着硬朗的步子登上御座,众朝臣同时跪下高喊:"皇上万岁!万万岁!"

康熙扫视一下三殿三阁、六部九卿、翰、詹、科、道的官员,平声说道："准噶尔部首领策妄阿拉布坦出尔反尔，背信弃义，贼心不死，再次发动叛乱，掠我疆土，戮我臣民，不出兵平叛不足以解民恨。朕与内阁、上书房、兵部商定，正式决定出兵征讨，经众人一致推举，任命十四皇子胤禵代朕领兵征讨！"

执事太监急忙展开圣旨念道："胤禵接旨……"

胤禵立即出班跪下听旨。

> 今准噶尔部作乱，西疆事危，为救民水火，息烽宁乱，授十四皇子胤禵抚远大将军，着领四十万兵马平叛。十四皇子代朕出征，理当加封，议定，由固山贝子超授王爵，封大将军王，用正黄旗之纛，照依王纛式样。
>
> 钦此

站在旁边的胤禛一听此圣旨心中陡然凉了，这时，又听康熙说道："朕为了粉碎策妄阿拉布坦妄图分裂西藏的阴谋，加封第六世达赖喇嘛为呼必尔汗，由你负责护送入藏，不得有半点差失！"

"嗻！"胤禵一揖到地。

康熙平静地扫视一下众人，朗声说道："朕拟调四川将军岳钟琪为抚远大将军副手，协助胤禵扫平叛乱。同时，擢升四川总督年羹尧为川陕总督兼四川巡抚，负责平叛大军的军饷供给。"

胤禛听到这里心中稍稍有一丝宽慰，自己推荐的人选虽然没有被直接派往战场，但也委以重任，说明自己在皇上心目中还是有一定分量的。胤禛知道平叛之事最能体现一个人的才华，也最容易出成绩，自己虽然不懂军务，管理军需物品还是比较内行的，也想参与进去，将来论功行赏时没有功劳也有苦功吧。

胤禛出班奏道："西部边陲所屯粮饷甚少，不足供大军所需，大批物资仍要从中原内地筹集，儿臣愿意负责内地筹粮筹饷之事，不知皇阿玛意下如何？"

康熙多少也猜中胤禛的心意，点头道："胤禛所虑甚是，朕就将这个重任委派给他，各部官员应同心协助胤禛筹募粮饷，不得有误！"

一切准备就绪，拟定出征佳期已到，康熙率领满朝文武大臣、亲王贝勒为胤禵送行。青海蒙古各部盟长罗卜藏丹津也将同大军一同回西疆，康熙站在阅兵台上高声说道："大将军王是我皇子，尔等均应谨遵大将军王指示。如能诚意奋勉，即与我当面训示无异！"

康熙话音一落，台下呼声雷动："皇上英明，皇上万岁！万万岁！""效忠皇上，听命大将军王！"

胤禵再次拜谢皇上赐恩，亲手接过大印。康熙亲自执酒给胤禵斟了三杯，胤禵跪下接过酒一饮而尽。

三声炮响。胤禵辞别康熙登上战马，就在他跨上战马的一刹那间，瞥见皇上苍老的容颜和随风飘动的白发，胤禵鼻子一酸，泪水潸然而下。他急忙挥袖抹去泪水纵马而去，谁知这竟是最后一别。

康熙也早已老泪纵横，依稀看着胤禵离去的身影，直到只剩下一阵尘土才抹去脸上的泪水。

第十九章

感老至圣祖欲立嗣
乘病危雍王谋逼宫

不等胤禛开口相问，隆科多就把皇上夜晚遇刺的情况简单讲了一下，最后补充道："皇上这一惊吓，加上一摔一冻可能要大病一场，可谓是天赐四阿哥，如果你真有夺宫之心，此时是最好的机会。"

　　秋天的太阳像一只火把点燃了整个终南山，普天遍野都是金黄与火红的色调，远远近近，高高低低。奇彩交映，风光旖旎，美不胜收。

　　邬思道丢下双拐可以走上十来步了，尽管走得并不远，也仍然明显地有摇摆的痕迹，但是，这对于他这样一个往日凭双拐走路的人已是个奇迹了。

　　邬思道正练得满头是汗，门"吱"的一声被推开了，贾士芳走了进来，满意地看着邬思道艰难地练着走步。他看见邬思道全身的衣服都湿透了，关心地说："邬先生坐下歇息一会儿，这也不是一天两天能练好的，必须坚持，有一种持之以恒的精神，你一定会扔掉双拐像常人一样行走。因为你的腿已经十多年没有着地撑重，因此变细了，肌肉筋骨等功能也萎缩了，已经承不住你的体重，只有经过长期练习才能恢复起来。"

　　"请问道长，我这双腿能够像常人一样行走需要多长时间？"

　　贾士芳算了一会儿："多则一年，少则半年，不过按邬先生的这个毅力，再在山上待上一年半载，包你下山时如常人一样步走如飞。"

　　邬思道赞叹说："先生医术实在高深莫测，只怕当今世上独一无二。先生有此医术，如果不出家为道，到宫中做一名御医，不仅可以光宗耀祖，也可以享受不尽的荣华富贵。道长整日待在这深山道观中过一种寂寞清苦的生活不说，埋没了高深的医学才华实在可惜呀！"

贾士芳一听邬思道劝他到宫中当御医，马上生气地说："哼，我就是饿死也不会到宫中当鹰犬人！"

邬思道一怔，忙问道："莫非道长与清廷有什么仇隙吗？"

贾士芳一时语塞，过了许久才长叹一声说："不瞒邬先生，我家与清廷有不共戴天之仇！"

邬思道估计贾士芳也许像自己一样有一段难以启口的悲惨家史，他知道这样的事无法直言相问。

贾士芳伤心地抹去眼角的两滴清泪，喃喃自语道："一晃七十年了，七十年是多么漫长，又是多么仓促。"

不等邬思道询问，贾士芳凄然说道："邬先生也是忠厚之人，我就直言相告吧。我不姓贾，也不叫贾士芳，我曾是朝廷通缉的案犯，过了这许多年早已被人忘记，更何况我已经这么大岁数了，早把生死置之度外，即使被朝廷捕获也没有什么。"

原来贾士芳真名叫李文儒，明朝著名医学家李时珍就是他的曾祖父，李家世代行医，把《本草纲目》一书作为传家宝代代相传。顺治三年，清军攻破湖北蕲春，听说李时珍的后人就在此地行医，而且医术高明，名声远扬。那时孝庄皇太后刚好患了一种十分难治的病，多尔衮为了讨好主子，下令各地人马遍访名医，李家自然成为焦点。然而，李文儒的父亲宁死不从，也不愿交出祖传《本草纲目》一书，结果全家遭到清军惨杀。父亲为防不测，提前让年仅十二岁的李文儒携书潜逃，到终南山找父亲的一位莫逆之交无象道长，这才拣了一条命，无奈清廷下了通缉令，李文儒走投无路，隐姓埋名在终南山出家。

贾士芳讲完自己的身世早已老泪纵横，他颤抖着走进内室拿出一本发黄的书，这就是《本草纲目》原本。

"这几十年来，我把这书上的每一页每一个字都背熟了，不知不觉中成为一名能治百病的郎中。当然，许多医术也不都是从《本草纲目》上学来的，无象道长给了我许多帮助，柳枝接骨法就是他老人家传于我的。"

邬思道听完贾士芳所说的身世，也禁不住留下伤感的泪水，他的身世比贾士芳还要悲惨，可他无法讲出自己的身世，对任何人都不能透露。邬思道忽然心中一亮，试探着问道："道长是否有报仇雪恨之心？"

贾士芳抬头看着邬思道，说道："我手无缚鸡之力，如今又到了耄耋之年，复仇已不可能，又向谁复仇呢？"

"道长应向清廷复仇，如果道长真有报仇雪恨之心，我有一个办法能让道长如愿。"

贾士芳不相信地问："什么办法？"

邬思道诡秘一笑："道长只要按我说的办法做，一定能够为家人报仇，也为大明死难的俊杰豪士报仇。"

邬思道说出自己的办法，贾士芳惊诧地问道："你与皇宫的人有交往吗？不然如何把我推荐入宫呢？"

邬思道并不直接回答贾士芳的问题："贾道长只要愿意下山，我一定能够让你进入皇宫大内，凭道长的医术，只要入宫……"

邬思道还没来得及讲下去，就闯进一名小道士，说有人从京中来找邬先生，有要事相告。

邬思道走出去一看，是金昆，他估计京城出了大事，急忙问道："四爷有什么要紧的事让你千里迢迢赶来找我？"

金昆从腰里掏出一封书信呈上，邬思道见封皮的笔迹正是胤禛亲笔所书，急忙拆开，只见上面写道：

邬先生台鉴：

胤禵奉命西征青海、西藏，打败叛军，将叛军驱逐出境，正拟率三路大军乘胜追击进入准噶尔部落剿灭叛军总部。皇上突然下令停止进剿，可能让胤禵班师回京，我从粘杆处得到消息，皇上可能在胤禵回京后颁诏天下，立他为皇太子。事已急迫，请先生接信后速回京谋之，切切。

胤禛手书

邬思道合上书信，沉思片刻，胤禵代替皇上出征平叛一事他早已知道，从种种迹象表明皇上可能有让胤禵承袭皇位之心，但邬思道没有估计到康熙会在节节胜利之际下令停止进剿伊犁的决定，如果真如胤禛所说，让胤禵回京后立他为皇太子，这可非同小事，胤禛只怕永远没有争夺储位的机会了，此事不可拖延，必须马上回京。

在邬思道的再三劝说下，贾士芳与邬思道一同离开终南山来到京城。邬思道先把贾士芳安置在白云观内，自己才和金昆回到雍亲王府。

胤禛见邬思道丢掉双拐能够慢慢独立行走，十分惊喜地问道："想不到世上竟有如此医术高明的人，真令人难以想象，有机会一定登上终南山拜访一下这样的世外高人。"

邬思道趁机说道："贾道长不但有一手柳枝接骨的绝技，而且精于内医，在养生之道上也颇内行，年过八十耳不聋、眼不花，声如洪钟，面如桃花，看上去也不过六十岁。如果四爷将来能用到此人，我可以出面为四爷去请，这几年的交往中，我二人已成为莫逆之交。"

胤禛摆酒为邬思道洗尘，二人把酒宴设在浴兰堂内，边吃边谈。

邬思道听说康熙把弘历接入宫中居住，并亲自教他读书，称赞道："四爷做得好，也许四爷竞争不过十四阿哥，但由于世子的介入增加了四爷竞争的分量，皇上也许会爱屋及乌，由喜欢弘历而推及四爷，鹿死谁手还难说呢！"

胤禛不信服地问："照先生这么说，我只有托弘历的福才能有望得大位，可是弘历毕竟还小，皇上喜欢弘历，也许只是喜欢他的聪明可爱，让弘历在身边陪他打趣逗乐，未必是将他培养成大清的储君吧。胤禵西征节节胜利，正准备乘胜攻入伊犁扫荡叛军老巢，皇上却突然下令停止进军。我从多方面探听到的消息，皇上想让胤禵回京册封他为东宫太子。"

邬思道停下手中的杯子，认真地问："四爷的消息确实吗？"

"自从皇上下令停止进军伊犁的命令后，京城都在这么谣传。"

邬思道分析说："皇上停止进军伊犁有两种可能：一是四爷所说让胤禵回京册封他为皇太子，早日确定储君之位，这可能与皇上龙体健康有关联，最近皇上龙体如何？"

"皇上近日龙体健康，但皇上这两年因年老有一顽疾，就是对冬季寒冷天气不适应，几乎每年冬月都有几次御体不适的表现，去年还得了一场不大不小的病呢！"胤祺叹息一声，又道，"人过七十古来稀，皇阿玛到今年的万寿节已经六十八岁了，我爱新觉罗氏几位皇帝活过这个岁数的尚无一人！邬先生刚才说的另一个原因呢？"

邬思道十分认真地说："这另一个原因就是皇上的圣明之处。如今即将到了冬季，伊犁地区现在可能已经进入冬季，十四阿哥带领几十万大军深入准噶尔部内地，必然陷入异族军民的包围之中，人生地不熟，孤军深入，倘若供给跟不上，与后援失去联系，大军就危险了，这也是兵家之大忌。皇上带兵征战多年，何尝不明白这个道理呢？与其冒险去战，不如大军压境，以气势威逼敌方，使其溃败来降，兵法云：'不战而屈人之兵，善之善者也。'皇上此举是何等明智的选择！"

胤祺过去只认为邬思道在奇谋淫巧方面有过人之处，想不到他竟然也通兵法，遂又问道："皇上下令停止进军伊犁到底是哪一种原因？"

邬思道轻呷一口酒："也许两者都有。"

"那将如何是好？"

邬思道沉吟一会儿，说道："四爷如果不放心，可以试探一下，四爷如果志在必得，如今正是一个谋宫的好机会。"

　　胤禛吃了一惊，小声问道："请邬先生把话说得明白一些，如何试探，又怎样才能志在必得呢？"

　　"试探很容易，四爷只要暗中买通几位朝臣向皇上提出立嗣之事，最好能提出立谁为嗣，就可根据皇上的反应大致明白皇上选何人。"

　　"那志在必得呢？"胤禛说这话的时候，声音低得只有他自己才能听得见。

　　邬思道明白胤禛有点等得不耐烦了，嘿嘿一笑，故意说道："那就看四爷有没有胆了。"

　　胤禛过了好久才问道："先生不妨先说说看，让我思索几天。"

　　邬思道道："明年春日，十四阿哥就要回师京城，他胜利归来，以大将军王的身份立为太子也顺理成章。即使哪位皇子不服，他兵权在握，何人敢和他抗衡！"

　　经邬思道这么一说，胤禛更明白眼前的险峻形势，他自己斟了一大杯酒，仰面一饮而尽："你说吧，如何才能夺得大位？"

　　邬思道为了进一步试探胤禛的心志，冷笑道："四爷只是借酒说说，以酒壮胆才说出这番话，如果真是行动了，只怕四爷又要退缩。"

　　胤禛嘿嘿一笑："你以为我醉了，我没有醉，我从来没有醉过，往日的醉态只是做给别人看的，包括给你，我清醒得很。说，如何做？我几十年来等待的就是这一天。"

　　邬思道站了起来，歪歪扭扭地在室内来回走动几圈，停下来一字一句地说："四爷果然有帝王气魄，邬某没有投错人，跟随四爷多年，图的也是这么一天！四爷现在必须动用一切力量把在京的势力控制起来，首先必须把隆科多拉拢过来，不笼住此人一切事都将成为泡影。不过，凭四爷与隆科多的交往，应该不成问题。"

胤禛有点意外地问:"邬先生如何知道我与隆科多的关系?"

邬思道嘿嘿一笑:"四爷别忘了我曾是你的粘杆拜唐堂主,四爷早年就与隆科多有交往,这不仅是甥舅关系,更有利益关系。这多年来,外表上四爷与隆科多疏远了,公开场合极少交往,暗地里却日益亲密,四爷,我没说错吧?"

胤禛想不到这些细节邬思道也都了如指掌,他佩服邬思道超人的洞察力,同时也不免产生一丝警惕之心。他曾认为自己和隆科多的秘密交往是没有人知道的,包括邬思道他都没有透露。胤禛之所以这样做也是被环境所逼,佟国维正是由于偏向于他才被皇上借故罢官,索额图也是由于偏向太子,怂恿太子图谋不轨被查处,纳兰明珠也因为是大阿哥的舅舅早早丢了官。胤禛与隆科多吸取教训后才做出疏远的样子,在一般人看来,隆科多讨厌胤禛,与胤禩、胤禟交往密切些,恰恰这些假象为胤禛探听到许多其他皇子的秘密,也正是这样,隆科多才得以步步高升。

胤禛接受邬思道的这条建议,决定亲自去拜访隆科多,探听一下他的口风。除了隆科多之外,就是张廷玉与马文,他两人都是南书房大臣,随从皇上左右,掌管内外奏折,负责传达旨意。张廷玉多少算是胤禛的门生,是他这位副主考选中了他,这多年来许多事都心照不宣,胤禛也觉得能够稳住他,至少让他保持中立。最令胤禛伤脑筋的是马文。

邬思道却不以为然,马文虽是老臣,但这人一向优柔寡断,也没有什么明显偏向,向来以不偏不向自居。邬思道主张必要时干掉他。

分析过几位权臣的倾向,必须仔细研究诸皇子的实力。胤禛觉得众皇子中除了胤禩以外,其他皇子均不足惧,因为八阿哥管理旗务,如果不处置好他的位置可能引起他勾结几位旗主对抗。

邬思道为了鼓动胤禛发动政变,稳住他的心,轻描淡写地说:"四爷放心,八阿哥正是由于执掌旗务,才没有维持住几位旗主,何况几位旗主都远在东北,并不了解京城的情况,只要四爷登上九五之尊，名分已定，这些旗主谁又会不服呢？即使有人不服，拥兵与朝廷抗衡，四爷可以名正言顺地出兵征讨。这一点不足虑，四爷必须在举事时切断八阿哥等人与胤禵的联系，等到大局已定，再把胤禵召回京，他孤身一人回到京城，纵有天大本领又能如何！"

胤禛仍有顾虑："若胤禵不服，拥兵杀入京城怎么办？他这一作乱，其他旗主再从东北拥兵而至，只怕我龙椅没焐热就成刀下鬼了。"

邬思道奸笑一声："四爷怕什么，胤禵带兵进京必走陕甘之地，如今年羹尧为川陕总督，手中拥有大批后援兵马不说，又兼管前线供给，只要令年羹尧切断粮草供给，胤禵再多人马也将被困死西域。"

胤禛一想，这倒有点道理，凭他与年羹尧的关系，年羹尧决不会向着胤禵。更何况为了这抚远大将军一职，年羹尧一直认为是胤禵故意与他过意不去，从他手中抢走的呢！只要自己再从中吹吹风点点火，胤禵休想经过年羹尧这一关。

听了邬思道的分析，胤禛心中有了底，但仍然有所顾虑。这非同小可，万一稍有不慎，全家被杀不说，也将落个千古骂名。自古至今为夺皇位发动政变者不在少数，有成功为王者，也有兵败被杀者，胤禛虽有此心，却没有此胆。他怕万一不成后果实在难料，对于皇阿玛是怎样的人他也十分清楚，胤禔是他的镜子，他可能比胤禔更惨。

胤禛已被封为亲王，可算得上皇恩浩荡，即使不能承袭大宝，只要自己安分守己，仍不失为王。而发动政变，成功当然拥有一统天下，万民敬仰，群臣膜拜。但败了呢？现在拥有的一切将化为乌有。

胤禛渴望奇迹出现，渴望能像宋太祖赵匡胤黄袍加身的奇迹，渴望这种无声的不流血的改变。

胤禛一向信服邬思道的策略，但这次却持几分怀疑态度。

胤禛不置可否地离开浴兰堂，邬思道望着他的背影也是忐忑不安。他想借胤禛之手发动政变，让大清国内乱，再加上西疆准噶尔部的叛乱，烽火四起之时，他便和甘凤池等反清义士取得联系，举起反清复明的义旗，成败与否也算竭尽全力一搏，不成功便成仁，可以无愧于列祖列宗了。

天黑得不见五指，又下着零星小雨。

胤禛乘一普通小轿来到提督九门步军统领兼理藩院尚书隆科多府上。隆科多听说胤禛深夜来访，必有重要事情相商，急忙把他请到密室来，二人坐定，隆科多这才询问胤禛来意。

胤禛踌躇片刻，突然扑通跪在隆科多面前，近似泣声地说："舅舅帮我！"

隆科多见胤禛突然行此大礼，急忙把他扶起来说："四阿哥请起，折杀我了。有话直说，只要我能做到的，我一定会竭尽全力帮你。"

胤禛重新坐起来，伤感地说："舅舅一定获悉皇上下令胤禵停止进军伊犁之事！"

隆科多点点头，心中已猜到八九分，又听胤禛委屈地说道："皇上很快就会让胤禵回京，他一旦回来，必然被册封为皇太子，这是十分明白之事，我费尽心机苦苦等待多年的愿望又要成为泡影，这也是我皇额娘生前遗愿，望舅舅能看在皇额娘的情分上助我登上皇位，舅舅再造之功我终生不忘，将来一定与舅舅共享天下，封舅舅为异姓王爵。"

隆科多一听胤禛提到孝懿仁皇后，心中也一阵心酸，姐姐的惨死也都是为了胤禛能登上东宫之位。正是姐姐的薨逝，他们佟佳氏满门才受到排挤，父亲被解职，几位兄长也受到不同程度的打击。这几年，他虽然受到皇上重用，也是死心塌地干出来的，对于整个大家族的命运并无多大好转。一旦主位易人，自己能否获得重用实在难料，能推举胤禛登上皇位自己将有拥戴之功，胤禛封爵行赏自然不在话下，但这事能够做成还好，倘若不成功，其后果难料。

隆科多沉默不语。

"你应该辅佐四阿哥登上皇位！"

这一苍老的声音让隆科多与胤禛都吃了一惊，不知何时，佟国维已拄着拐杖站在密室门前。二人把他让到屋内坐下，佟国维又说道："皇上早有将大位传十四皇子之意，他明春凯旋，一定被册立为皇太子，因此，必须在年前把四阿哥推上皇位，这也是完成孝懿仁皇后的一桩心愿，对于振兴我佟佳氏家族也不无裨益。"

隆科多十分为难地说："皇上已经留有诏书传位给十四皇子。"

佟国维与胤禛都大吃一惊，他们从来也没听说过这件事。

胤禛疑惑地问："果真有这等事？"

隆科多点点头："在十四皇子西征之后不久，皇上为防止不测，就立好传位诏书，至于藏在何处无从知晓。"

"有几人知道皇上已经立过传位诏书？"胤禛问道。

"只有马文与我知道这事，至于所写的内容是什么却不知道。"

佟国维插话道："如果是这样，四阿哥只有一条路：强行夺宫！"

隆科多吓得面容失色，结结巴巴地说："万万不可，那样做太冒险了，事情不济满门抄斩！"

佟国维骂道："无用的东西，事情还没做呢就说丧气话，一点儿不像爹爹当年，我才十二岁时就曾帮助皇上智擒鳌拜。"

"皇上不同于鳌拜，对于皇上的心智爹爹是领教过的，一着不慎，全盘皆输。"

佟国维不以为然地说："皇上纵然一世英名，如今已经老朽，犹如掉牙的猛虎，虽能咆哮却没有能力伤人，只要谋划得巧妙，一定能够夺宫成功。不知四阿哥有何看法？"

"有人建议我采取三步走的办法：一是强行逼宫；二是弹压京中不服的阿哥；三是夺取胤禵兵权。"

隆科多急忙问道："是不是邬思道？"

胤禛点点头："他建议我请舅舅协助夺宫，派年羹尧控制胤禵带兵回京，年羹尧已经答应负责监控胤禵，只要他稍有行动，立即切断粮草供应，阻止他带兵回京。只要舅舅助我控制京城局面，成功把握极大。"

佟国维也认为邬思道的建议可行，隆科多仍有所顾忌地说："即使事情成功了，胤禵不服，拥兵在西域谋反，八旗旗主倘若也不服，举兵讨伐京师，我手中的这点守城兵能坚持几天？不是你们想得那样简单！"

佟国维见隆科多畏畏缩缩，十分不满地问："依你之见应该如何？就眼睁睁地看着皇位落在胤禵之手？"

隆科多看了一眼父亲，叹息说："夺位时机不成熟，仓促举事成功的机会太小，甚至会引起天下大乱，那四阿哥就是千古罪人了，万万不可听信邬思道之言，一失足而成千古恨。四阿哥如果信得过我就耐心等待，等到皇上大限之日再重新计议。"

胤禛无奈，只好道一声谢离开隆府。

一晃多日过去了，邬思道也不见胤禛提及夺宫之事，知道胤禛并没有接受自己的建议，他的如意算盘落空了。恰在这时，性音从大觉寺赶来询问情况，邬思道无可奈何地摇摇头。

性音急了："甘大侠等人已经从浙江赶来了，一切准备就绪，只等京城乱起来趁机举起义旗，也许少主人就有出头之日了。"

"让他们再忍耐一段日子，我再从中挑唆一下，看看能否鼓动四阿哥早日发动夺宫政变。"

性音有些不耐烦地说："你尽量快一些，众人已经等得不耐烦了，都劝甘大侠杀入皇宫行刺康熙，为主人报仇呢！"

邬思道十分为难地说道："我比你们还急呢！国恨未报，父仇又至，但急有什么用，杀了康熙又能解决什么问题！"

邬思道忽然眼睛一亮，如果现在真的杀了康熙，胤禛必然趁机夺位，同样会引起清廷内部争嗣而相互拼杀，也同样能够引起天下大乱的有利局面。想至此，邬思道诡秘一笑，说道："为了促使四阿哥夺位，早日实施我们的计划，必须让甘大侠暗中配合一下。你告诉甘大侠近日派人去畅春园行刺康熙，力争一击而中！"

性音点点头："那好吧，但不知康熙住在畅春园的什么地方？"

"有两处，一是澹宁居，一是怡然殿，可同时分头行事。"

性音明白邬思道的意思，有所疑虑地问："万一刺杀不成功怎么办？康熙防范甚严，我与甘大侠多次行刺都未成功，而且白白搭进几条人命，这次成功的可能性也不会太大，少主人应做最坏的打算。"

邬思道沉思良久说："如果我太主动劝说胤禛发动夺宫政变又怕引起怀疑，不主动我们的计划又将落空，只有以行刺康熙促使胤禛行动，即使不成功也会吓一吓康熙老儿，他如今已是快七十的人了，不死也会吓出病的，说不定这一吓会一命归天呢！谋事在人，成事在天，果真不能成功，就是上苍不佑我大明皇室，天绝我朱氏子孙，从今往后大家各自谋生，再也不必提及反清复明的大业了。我也将遁迹江湖了此残生了。"邬思道说着，竟呜呜地哭了起来。

康熙迷迷糊糊睡到半夜，忽然听到澹宁居外传来两声沉闷的倒地声，他正在疑惑间，猛然听到有人大喊："抓刺客！抓刺客！"

康熙还没有来得及弄清是怎么回事，一个黑影破门而入，康熙本能地滚到床下，那人一剑刺在床头的被褥上。一剑不中，他就再也没有机会了。不等他挥剑再刺，两名大内侍卫飞身而起，刺客罩在双剑之下，连一声哼都没有就一命归天。这时，其他人也闻讯赶来。

众人把康熙从床下扶到床上，康熙这一吓一冻，浑身如筛糠一样直发抖，也许由于从床上滚下去得太猛，脸也磕青了，胳膊也受了伤。

贴身太监匆忙命人去传御医，这时，九门提督步军统领隆科多也闻讯赶来，他见康熙只受了点轻伤，稍稍放下心来，急忙上前跪奏道："微臣隆科多护驾来迟，请皇上恕罪！"

康熙已惊得说不出话来，连声说冷。隆科多见状，陡然心生一计，一边着人给皇上喂姜汤，一面让其侄子大内侍卫鄂伦岱严守宫门，禁止皇上遇刺的消息外泄。布置停当，派贴身人员去请胤禛。

胤禛正在熟睡，忽然接到密报说隆科多有急事相请，急忙赶到畅春园的约定地点，这时隆科多已经等待多时了。胤禛从隆科多冷峻的脸猜到几分，不等他开口相问，隆科多就把皇上夜晚遇刺的情况简单讲了一下，最后补充道："皇上这一惊吓，加上一摔一冻可能要大病一场，可谓是天赐四阿哥，如果你真有夺宫之心，此时是最好的机会。"

胤禛吃惊地问道："舅舅以为呢？"

"我已派鄂伦岱封锁了宫门，至于如何做就看你自己了。"

胤禛傻愣愣地站了好大一会儿，忽然躬身拜倒："我意已决，请舅舅帮我！"

隆科多扶起胤禛："宫内的事暂且交给我，对外只说皇上昨夜受了点风寒，需要静养斋戒，谢绝一切外廷官员探视。"

"如果马文、张廷玉及诸皇子要求探视呢？"胤禛提出疑问。

"在没有获得诏书前，任何人不得入内，否则，事情必然泄露。"隆科多断然地说，"这几日四阿哥也同样不能入园，你要在三日内尽一切所能控制住丰台大营兵马，并做好登基准备，至于城内兵马你不必担心，全在我掌握之下，没有我的命令谁也别想带一兵一卒入内。"

事情在没有任何思想准备的情况下突然降临，胤禛起初还有点害怕，经隆科多这么一提示，心里大致有了底，辞别隆科多又连夜赶回王府。

就在胤禛赶回王府之时，邬思道也接到甘凤池等人行刺康熙的消息，性音与另外两名高手遇难，甘凤池受伤，皇上生死不明。

邬思道听后伤心至极，事已如此，只能静候事态的进一步发展。这时，胤禛风尘仆仆地赶来，一进门就略带兴奋地招呼道："邬先生快给我拿个主意，皇上大限已到，当务之急要处理好哪几个问题。"

邬思道听说康熙将死，暗自高兴，但他明白必须让胤禛夺得皇位才能施展远大计划，于是建议说："四爷必须先控制内廷，进而再控制京师，着人把兵权抓到手中，确保四爷顺利登基。其次是收买八旗旗主之心，使这些实力人物与四爷站在一起。对带兵在外的十四阿哥，令其交出兵权回京奔丧，只要他回到京中，十四阿哥纵有三头六臂也无济于事。如果他拒不交出兵权，四爷则可治他不忠不孝之罪，令年羹尧出兵讨伐。"

胤禛把隆科多的安排简单说与邬思道，邬思道质疑道："隆科多封闭宫门禁止外臣入宫探视，一日、两日也许不会引起太多猜疑，三日之后呢？一般外臣不准许入内，马文、王掞这些老臣呢？此外，还有张廷玉及众皇子又如何搪塞呢？倘若马文等人有所怀疑，鼓动丰台大营守军提督延信带兵入城勤王护驾怎么办？丰台大营有火器营、健锐营、步兵营三营人马，凭隆科多的那点人马如何支撑起门面？"

邬思道这一提醒，胤禛也害怕起来："如此奈何？"

"让隆科多抓紧逼宫，力争早一天拿到传位诏书，但也不能不放人入园，比如张廷玉，此人一向胆小怕事，为人谨慎，可放其入内，但牢牢控制他外出，廷外官员问及龙体状况均由张廷玉出面答复，比隆科多更令人信服，对于马文，必要时将其干掉，也可假传圣旨将其治罪。为了不引起外人怀疑，也可让隆科多假传圣旨释放大阿哥、二阿哥与十三阿哥，向外臣表明皇上即将宾天，为夺宫做准备。至于丰台大营，四爷可调动博尔多、傅萧等人拉拢延信，陈述利弊，将他纳入四爷手下。"

胤禛对邬思道的几点建议认真思考了一下，觉得释放胤礽实在不妥，他想先释放胤祥，令他为自己守护京城各大要塞，以防不测。

从隆科多的安排与邬思道的建议中，胤禛知道多年来盼望已久的事已如箭在弦，怕也没有用，他反而冷静多了，把所要做的事前前后后仔细想了一遍，拿定主意，立即将府中粘杆处的人召集到浴兰堂集会布置任务。

鹿死谁手在此一举。

昨天还是响晴的天，一夜之间全变了。天阴沉沉的，灰蒙蒙的云彩压着古老的京城，让人说不出的压抑，有一种喘不过气来的感觉。再加上瑟瑟的西北风透骨寒，更让人觉得难受，有一种欲哭不能的感觉。

不用说当差的，就是普通老百姓也感觉到京城要出大事，马队来回不停地穿梭在冷清清的大街上，一乘乘官轿往返在去畅春园的路上。众人都一个念头，康熙的大限来临。

外廷三殿三阁、六部九卿、翰、詹、科、道的官员几乎都来到畅春园外，但园内传出康熙爷的旨意，龙体不适，斋戒静养，众臣心意已领，改日再来探视。众人不得已，只好垂头丧气离去。

马文和张廷玉一直没有走动半步，直到众人走开，二人嘀咕几句要面见皇上，奏事太监传出话来，今天已经晚了，有事明天请二人入园相见。这样，二人才消去疑虑各自回府。

第二天一大早，张廷玉就匆忙赶到畅春园门前候旨，太阳已经有一竿高了，其他官员已经陆续来了许多，仍不见内廷有旨，连马文也不见影儿。张廷玉心里道：哼，这个老马也真是的，见皇上病了自己也懒了起来，明知今日见驾却拖到现在也不见人影。唉，我可没有他那么沉得住气，我是一夜没合眼。

忽然，后来的官员传来消息，马文昨日回府后就觉得身体不适，随便吃了点儿饭就入睡，天明才发现他不知何时已经睡死过去了。

张廷玉听到马文无疾而终的消息，头"嗡"的一声差点栽倒在地，幸亏旁边两人将他扶住，张廷玉才勉强支撑着坐了起来。恰好园内传来旨意，令上书房大臣张廷玉觐见。

张廷玉正了正衣冠，走到门前踌躇一下，想退出来，一位内侍上前施礼说道："张大人请吧，皇上正等着你呢！"

张廷玉只好忐忑不安地走进园内，停留在园外的官员羡慕不已。

不多久，张廷玉出来宣读谕旨："文渊阁大学士马文年事已高，偶遇风寒，不幸病逝，追封辅国公、加封一等阿思哈尼哈番世职，配享太庙，按一等公葬礼丧葬，一切费用由内务府承办。钦此。"

众人见张廷玉面色沉重，都一齐围上来询问龙体健康，张廷玉只淡淡地吐了四个字"仍在静养"，众人如坠云雾，猜不出个所以然，但从张廷玉的神色中，人们也约略估计个八九不离十。

外廷朝臣可以阻挡在外，几位皇室亲王和众皇子却早已等得不耐烦了，叫嚷着要求入园叩问龙体健康。

除了三位监禁的阿哥和带兵在外的十四阿哥，其余的阿哥全来了，争吵着要见皇上。但任凭他们喊破喉咙，畅春园的门一直紧闭着。

傍晚时分，隆科多十分疲倦地来到众阿哥面前，众人都以为隆科多是来传旨的，全都屏住呼吸等候隆科多给他们带来好的消息。也许这一刻就决定了他们的命运，谁不焦灼等待呢？

隆科多把冷漠的目光从每一位阿哥脸上掠过，最后落在胤禛那里，胤禛会意地点点头，这是他与隆科多事先约定好的暗号。隆科多这才从怀里取出圣旨念道："胤禛接旨！"

"臣在！"

胤禛内心一喜，知道大事有望，急忙扑通跪下。

隆科多这才朗声念道："皇长子胤禔、皇十三子胤祥禁闭思过，二人均有悔改之意，今加恩赦免。着皇四子胤禛代朕明日往祈年殿祭天告地，钦此。"

隆科多读完圣旨，又看了胤禛一眼，转身要走，八阿哥胤禩向胤禟与胤䄉使个眼色，两人一个健步上前堵住隆科多的去路。胤禟质问道："隆科多，你安的什么心？皇阿玛病了不准许我们这些做皇子的探视，是何道理，说？"

胤䄉也威胁道："不说明白些，十爷我今天杀了你！"

隆科多冷冷一笑："龙体欠安正在静养，不许任何人探视，这是皇上的旨意，你敢抗旨不从吗？如果你真的敢逞硬，我现在就带你去见皇上，让皇上亲自与你理会。"

胤䄉一听这话还真怯了，隆科多耸耸肩故意讽刺道："九爷、十爷都是皇上的好阿哥，一向孝顺恭敬，难道想大吵大闹畅春园再给皇上的龙体雪上加霜不成？"隆科多说完，转身步入园内。

胤禛一边派十七阿哥胤礼去西直门外西二所释放被囚的胤禔，自己则乘轿来到十三阿哥府解放胤祥。

沉重的铁门当啷一声打开，胤禛直入府内，胤祥正傻愣愣地在书房烤火，见胤禛突然到来，情知有事急忙问道："四哥你怎么来了？到底发生了什么事？"

胤禛也不再宣读圣旨，直接给胤祥看了。胤祥看罢圣旨，上前抱着胤禛哭了起来。

胤禛急忙劝阻他说："十三弟今日获释应当高兴才对，何必如此伤心呢？"

"对，高兴，高兴，四哥陪我喝几杯吧？"

胤禛劝住了胤祥："十三弟，你今日好好休息一夜，明日随我去祈年殿祭天告地，请求上苍福佑阿玛。"

胤禛说至此，戛然而止，胤祥什么都明白了，轻声问道："四哥，承袭大位之人是否定了下来？"

胤禛装作十分伤心地摇摇头，胤祥猛地站了起来："四哥，你说怎么做，需要我干什么，只要我能做到的，就是掉脑袋我也敢，反正我已是死过一次的人了。"

胤禛握住胤祥的手说："十三弟，还没有那么严重，我已从隆科多那里得知皇上已有把大位传给我的圣旨，但我担心老八、老九、老十不服，他们一直管理旗务，和西山健锐营的人相熟，我担心他们谋反。"

胤祥明白了胤禛的意思，一拍胸脯说："这事交给我好啦，这西山健锐营的人马是我曾经管理的镶蓝旗兵马补充而成的，哪个王八羔子敢有所不轨，我撬了他的蹄丫子！"

胤禛率领王公大臣及众皇子来到祈年殿举行了祭天告地大典，以此祈求上苍福佑皇上早日康复。祭典还没结束，天上就纷纷扬扬飘起了大雪，祭典只好草草收场。

祭典刚一结束，众人正待离去，大学士王掞突然拦住众人说："事到如今必须确定储君之位，我们齐到畅春园奏请皇上立嗣！"

监察御史陶彝也附和道："王大人言之有理，立嗣乃国家兴衰之大事，岂可一拖再拖，趁皇上现在头脑清醒，早定储君之位，以免在皇上大限之时被奸人操纵。"

胤禛一听这话似乎是冲着隆科多来的，但他又不好出面阻拦。这时，又有几人一致附和，都要求上折请求立嗣。忽然，礼部侍郎范长发问道："我等不能仅仅上折请求立嗣，应该保奏一个请皇上定夺才对！"

"好主意，保奏谁呢？"

不知谁突然冒出一句，"当然是八阿哥，皇上多次在众朝臣面前称赞八阿哥，早有立为储君之意，我等奏请皇上立八阿哥为储。"

胤禛早对八阿哥恨之入骨，但又不能发作，只当作没听见。

又有人提议保奏十四阿哥，说他现在是大将军王代替皇上在外征战，已经取得平叛大捷，明春将凯旋，皇上必然要立为皇储。胤禛听了更是恼怒，这时，只听大学士尹泰冷冷一笑说道："尔等真是有眼无珠。到这种地步尚看不出皇上之意吗？皇上降旨让四阿哥代为祭天，这是十分明白的事，根本不需要我等操心，只怕皇上早已将储君之位定好，只待大限之时才公布于众呢！"

胤禛感激地看了尹泰一眼。不等尹泰把话说完，又有人反对："皇上也让三阿哥、五阿哥、八阿哥等人代为祭天祭祖呢！不能从这一点推测皇上的心。我等应该立即将奏请立嗣的折子递进畅春园，让皇上定夺。"

众人吵吵闹闹走出祈年殿，王掞与陶彝却直奔畅春园。

第二十章

畅春园群王质遗诏
太和殿雍正做新皇

胤禛双手接过福全递来的遗诏，捧在胸前，泪如泉涌，恸哭道："阿玛，您走得如此匆忙，儿臣还没来得及在榻前服侍几日，您就……阿玛，您把这个担子交给儿臣，儿臣如何担当得了哇……"

畅春园澹宁居。

康熙已经气息微弱，他做梦也没想到自己一世英名竟会落到如此下场，也许是报应吧，康熙想起了五台山的那一幕。

这时，隆科多走了进来，用手捏着一份折子说："主子，你的老大臣王掞与陶彝又递上折子请求皇上立嗣了，不过，保奏的可不是四阿哥，而是胤褆，你听着，我让这样不识时务的人没有好下场。"

隆科多转向张廷玉："大人草拟谕旨，将王掞、陶彝革职充军。"

张廷玉转向康熙，在隆科多的威逼利诱下他不得已提笔写道："王掞、陶彝二人不识时务，妄言立嗣，愧对朕一片厚爱之心，着开去一切职务，命赴乌里雅苏台效力，念王掞年事已高，降恩留京效命，令其长子庶吉士王奕清代父充军效力。钦此。"

康熙听完隆科多念完张廷玉拟定的谕旨，猛地咳嗽两声，沙哑着嗓子骂道："朕有眼无珠，让你留在身边，真是养虎为患，这是报应！"

隆科多嘿嘿一笑："我也不愿这样做，说实在的，我这样做完全是为了忠于皇上。皇上既有心将大位传于十四阿哥，为何又令他远征西域？众多皇子一个个如狼似虎，一旦皇上宾天，就有十个皇位也不会落到胤禵头上。如今皇上只有将皇位传给四皇子，否则将引起一场宫廷血灾。胤禛不仅控制了皇宫大内、畅春园，连整个京城已经在他掌握之中，丰台大营与西山健锐营的兵马也听从了他的指挥。别说十四阿哥得不到皇上大限将至的消息，就是得到了也无济于事。胤禛已令年羹尧切断西征大军东归之路，如果胤禵敢轻举妄动，马上停止军饷供应，四十万大军在冰天雪地之中没有供应将怎样，皇上比奴才更明白。"

　　隆科多见康熙不像前几天直叫骂不止，知道他已经有所心动，又进一步劝导说："皇上向来以慈悲为怀，恩泽天下，如果不想看着皇室内讧，百姓遭殃，就早定大计吧。大清江山在皇上手里能够发扬光大至今实在不容易，不能眼睁睁毁在皇上一人手里吧。只要皇室内部争斗起来，刚刚平定的边疆会重新燃起战火，中原内地潜伏下来的反清复明势力也会趁机揭竿而起。皇上将有何颜面去见列祖列宗？"

　　康熙真的被隆科多的话触动了心事，竟呜呜哭起来，隆科多见时机快要成熟了，也跪下哭诉道："事情闹到今日也是皇上的责任，二次废黜太子之时为何不早定储君之位？更何况皇上做事也存有私心，在众皇子面前没有将一碗水端平。凭良心而论，论智谋、才干、政绩，四皇子都不弱于任何其他皇子，皇上为何视而不见，这才引起他的不满，萌生夺位之心。既然皇上已经猜中胤礽之疯与胤禛有关，皇上为何不将其治罪！四阿哥有君王之相、君王之才，皇上将大位传于他，他也会尽力把大清江山发扬光大的。且不说这些，皇上不欣赏胤禛，应该怜惜他还有一个好儿子，皇上有一个好皇孙吧。皇上将大位传给胤禛实际是传给弘历，凭弘历之才皇上也不枉此选择。前明成祖朱棣因皇孙朱瞻基出类拔萃而立其父朱高炽为太子，皇上何不效此而行？"

　　康熙真的被隆科多这一番长篇宏论打动了，他思前想后觉得隆科多说得虽然冠冕堂皇是为胤禛开脱责任，但也不是没有道理。从治理山河这一点而论，胤禛确实有其他皇子所不具备的才干，唯一的缺憾是他不懂军事，但他善于用人。但康熙痛恨胤禛太阴冷，心狠手毒，不合他看重的宽厚仁慈这一点。正是隆科多所说，他有一个好儿子，自己有一个好孙子，正是为弘历，康熙曾一度动摇过立嗣计划。如今看来，也许真是上天所定。

康熙吃力地说道："隆科多，无论你出于何心，时至今日朕答应你，将大位传给胤禛，不过朕早已立下传位诏书，必须毁去重新立诏。你入宫到正大光明殿后将遗诏取来毁掉，朕再亲自拟定传位诏书。"

隆科多脑子一转，忙跪下说道："请皇上相信奴才一片忠心，决不会抗旨不遵的，为防止意外，请皇上先立下传位诏书吧。"

康熙无奈，让张廷玉传上纸笔，他这才抬起颤抖的胳膊草草拟定一份遗诏，并钤上御玺。

隆科多接过墨迹未干的诏书，仔细阅读一遍，叩头说道："奴才不得已胁迫皇上立此遗诏，但奴才忠心可鉴，都是为了大清江山千秋万代永世流传，如果我隆科多存有私心将不得好死。皇上知道四阿哥是怎样的人，我为他逼宫，他怎会让我活在世上，只怕奴才将随皇上同去呢！"隆科多说着，伏在地上泪流满面。

夜幕刚刚来临，一乘乘暖轿抬进了廉郡王府。胤禩见几位弟兄都来了，这才放下手炉说："召集弟兄们来此，我不说你们也都明白，皇阿玛大限来临，当务之急必须稳住阵脚，决不能让老四抢了先。"

胤禟略带不满地说："事到如今还说不让老四抢先呢！人家把丰台大营与西山健锐营都给掌握了，你没见十三阿哥刚一放出来就像十世单传又生一个儿子似的，跟在老四屁股后面当保镖，如果没有十三阿哥出面，西山健锐营怎会老老实实听他们的？隆科多与他那千刀杀的侄儿鄂伦岱不但控制了皇宫大内，连畅春园与京城也控制了，我们都成了瓮中之鳖，只等着给人做下酒菜了。八哥就是不听我的，否则怎会有今天！"

胤禩连连摆手："老十说得邪乎，隆科多与老四的关系我等也都清楚，他怎么会死心塌地听从老四的呢？京城与皇宫大内和畅春园的戒严只怕是皇阿玛吩咐的，皇阿玛可能害怕有人图谋不轨才这样做的。"

胤禔问道："以老八之见，皇阿玛会将大位传于何人？"

不等胤禩开口，胤祉便缓缓地说道："还能有谁，当然是胤禵，阿玛令其停止进军伊犁等到明春回京就是要封他为太子。唉，只可惜皇阿玛的如意算盘落空了，胤禛可能先下手了。也许阿玛已经看出了老四这份心思，才令隆科多封锁畅春园，等待十四阿哥回京，如此千里迢迢，十四阿哥接到六百里加急快报至少也要半月后才能赶到，皇阿玛能否再挨上十天半个月实在难说。不怕一万就怕万一，倘若胤禛与隆科多狼狈为奸就难说了，他们毕竟有着名义上的甥舅关系。"

胤禩打断胤祉的话："三哥太多虑了，他们是什么甥舅关系，还不是老四硬把膏药向孝懿皇后娘娘身后贴才讨得这点狗咬骆驼不沾耳的亲戚关系，如今孝懿皇后已薨逝多年，佟家随佟国维罢职也完蛋了，老四那样势利的人早就不与佟家来往了。你们放心吧，隆科多不会向着胤禛的。"

胤禟提议说："万一十四阿哥不能及时赶回京怎么办？"

"皇上若真传位十四阿哥，必然会留有遗诏。"胤禔说道。

胤禟看着胤禩说："国不可一日无主，就是有遗诏在也难免胤禛不生夺位之心，为了确保万一，不如先让八哥代为执掌天下，等到十四阿哥来了再让位于他。"

胤祉十分清楚老八的心思，凭他的所作所为皇上是不可能传位于他的，于是打起了胤禵的主意，妄图打着十四阿哥的幌子把大位捞到手，可笑他太痴了，与老四相比，胤禩实在是小巫见大巫。于是他提醒说："现在先不要想得那么美好，只怕老四当皇上的心更切呢！对于马文之死我一直都怀疑，早不死晚不死，恰恰死在皇阿玛要传他入宫的那天晚上，岂不蹊跷！如果这事是老四所干，大位早就定了，我等还在此痴人说梦！"

胤禩不以为然："老四不也同我等一样被挡在园外吗？他有多大本领我不清楚，不能长他人志气灭自家威风，一定要沉住气，谁笑到最后谁笑得最好。明日我等进畅春园，为防止不测可以暗带利刃，这叫'害人之心不可有，防人之心不可无'。"

胤禟干脆说道："畅春园多日来一直禁闭，突然允许我等明日入园探视，定是皇阿玛大限已到。我等明日各自带着利刃入内，看他隆科多、张廷玉葫芦里卖的什么药！如果真的把大位给了老四，不如一刀将隆科多宰了，夺其兵权，擒拿老四与十三阿哥，颁诏天下，拥戴八哥登基。"

胤䄉反对说："万一十四阿哥不服拥兵讨伐呢？依我之见先等一等再说，看皇上把大位传给何人，如果给十四弟或八哥，我等都竭力勤王护驾，倘若好处被老四捞去了再与他论理。"

胤禩瞟了一眼胤祉与胤禵，对胤䄉刚才的话颇为不满："只怕那时就由不得我等做主了，老四是怎样心狠手辣的你不明白？还是老九说得有理，先把皇位控制在我等手中，等十四阿哥回京再与他商量，他坐了皇位也是我等的功劳呀！"

胤禵见胤禩想当皇上之心甚重，暗自叹口气，站起来说："我承蒙皇阿玛不杀之恩，如今到了大限之际尚挂记着我这个不肖之子，怎敢还奢望更多呢？如果再参与其他兄弟的争储活动，也有愧于阿玛的仁慈之心，这多年的禁闭生活早使我心灰意冷。你等商讨吧，我要走了，请你们放心，我保持中立，无论谁承袭大位，对我这样一个罪人，能谅之我感激不尽，不能谅之我是自作自受认命了。"胤禵说完，施礼走了。

胤祉向来主张无为，对大位不图任何奢求，他也不想在这节骨眼上搅一趟浑水，给人留下说不清、道不明的把柄。凭他的直觉，胤禩的如意算盘十之八九要落空，而胤禵也是远水解不了近火，也许是上天厚爱老四吧，他只图个明哲保身算啦，便也告辞了。

胤禩见二人都走了，十分不满，但也没说什么，继续和老九、老十商讨明日入园的行动。

　　此时，夜更深了，雪也更大了。

　　恣肆飘洒了一天一夜的大雪终于停了下来，正如康熙皇上翻腾的心现在坦然了，这是上天所安排的，非人力可挡。

　　雪后天晴，古老的京城变成一个白色的世界，一切丑陋与罪恶都在皑皑白雪的掩盖下荡然无存。

　　禁闭多日的畅春园大门终于打开了，众皇子怀着复杂的心情走进澹宁居。康熙皇上静静躺着，接受众阿哥的叩拜，几位近臣也陪跪在旁边。

　　漏壶里的水冻成了冰，时间仿佛在这里停止了，康熙想坐起来再看一看外面的雪景，只觉得喉头一阵疼痛，胸口憋闷，几乎喘不过气来，他再次想到了胤禵，想到了那份遗诏，泪水无声地滚落在苍白的面颊上。此时，他想把心中的一切告诉众人，但什么也说不出来，康熙知道这是自己最后的时刻了，把平生的力气都用上了，才一字一句迸出五个含混的字："正……大……光……明……殿……"

　　隆科多立即示意鄂伦岱："你在这里守护着，我带鄂尔泰与几位内大臣去正大光明殿，那里一定有皇上的传位遗诏。"

　　等到隆科多及众大臣从正大光明殿赶回畅春园时，好远就听见园内撕心裂肺的干嚎声。隆科多步入澹宁居止住众人："皇上龙驭上宾，国不可一日无主，望众阿哥及各位王公大臣节哀，现在宣读大行皇帝遗诏。"

　　隆科多从金匣内取出遗诏，从容读道：

　　　　太祖太宗世祖，开创基业，所关至重，元良储嗣，
　　不可久虚。朕之子甚众，立储一事劳神费心，几经废立，
　　胤礽因染有狂疾，难承大宝，早经废黜。朕唯储君之事

有负祖宗，昼夜惶恐，恐不慎而酿千古遗恨。遍观诸子，思虑再三，朕晏驾后，传位于四皇子，望其克承宗祧，经纶帝业，以臻上理，不辜负朕凄苦之心，可告慰九泉也。其余诸皇子，勉矢忠荩，保翊嗣君，佐理政务，光大祖业，共享太平，慎之切之。

钦此

隆科多话音刚落，胤禩一改往日的谦恭忍让姿态，突然跃起身来质问道："隆科多，这遗诏分明是你伪造的，皇上从来没有传位于四皇子之意，为何突然冒出一份传位胤禛的诏书？"

隆科多回答："难道皇上有传位于你的意思吗？刚才皇上当众说出遗诏在正大光明殿上，我才率众人去取，你何敢说我伪造？"

胤禩也不示弱："皇上虽然没有传位于我之意，但皇上准备传位于十四皇子，胤禵西征前曾亲口对我讲，等他凯旋皇上就册封他为皇太子……"

不等胤禩说下去，隆科多就冷笑道："准备？皇上还准备传位给胤礽呢，不也废了？如果皇上真准备传位给十四阿哥，怎会在年事已高之时令其带兵在外？此举就表明圣上根本没有传位于他的意思，只是将胤禵作为一位能征惯战的大将使用。"

胤禟早已等得不耐烦了，大吼一声："八哥，别跟他费口舌了，把这个乱臣贼子给废了。"

胤禟说着，从身上掏出准备好的利刃就去捉拿隆科多，这时，胤祥勃然大怒，飞起一脚踢飞利刃，上前擒住他说："皇上遗诏在此，名分已定，你携带凶器入内目的何在？口口声声辱骂别人是乱臣贼子，依我之见你才是乱臣贼子呢！来人，把胤禟给我捆了。"

早已布置好的两大高手将胤禟捆好押在一旁。

裕亲王福全从隆科多手中接过遗诏仔细辨认一下说："此遗诏确系出自大行皇帝之手，决非伪造。"

此言一出，静观事态发展的众王公大臣一齐高呼万岁，俯身跪倒在地。

胤禛双手接过福全递来的遗诏，捧在胸前，泪如泉涌，恸哭道："阿玛，您走得如此匆忙，儿臣还没来得及在榻前服侍几日，您就……阿玛，您把这个担子交给儿臣，儿臣如何担当得了哇……"

"皇上节哀。"张廷玉抽搐着扶起胤禛，"皇上应以龙体为重，许多大事等着皇上做主呢。"

张廷玉把胤禛扶在龙椅上坐下，隆科多对众人说道："国不可一日无主，大行皇帝遗命授大位于四阿哥，君臣名分已定，我等当行大礼。"

隆科多说完，率先跪下行三跪九拜大礼。众臣也都跟着行大礼，隆科多回头见胤禩与胤禵不拜，立即喝问道："尔等为何不拜，想谋反不成？"

胤禵冷笑道："不是我等谋反，是你串通胤禛篡改诏书，偷梁换柱，图谋不轨。大行皇帝诏书明明是传位'十四皇子'，你等将'十'字改为'于'字，这等瞒天过海、欺人灭天的事，瞒得了何人？我等不服！"

众大臣又是一惊，都把目光集中在胤禛身上。

胤禛冷冷地说道："既然有人怀疑大行皇帝遗诏有假，我这皇帝还是暂不忙着做，先验明诏书真伪再做处理。"

胤禛把遗诏交给胤祉："三哥，你对书法最有研究，也最了解阿玛的字体，还是你来验证一下吧？"

胤祉接过诏书仔细辨认一番，跪奏道："正是皇阿玛手迹，绝无一个更改之字，认为此诏书是伪作都是妄说。"

胤禛让胤祉把诏书给胤禵看一看，胤禵也傻眼了，确实没有任何改动之处，他一时愣住了，哭喊道："阿玛，阿玛……"

胤禛收起遗诏怒喝道："胤禵，你妄自猜疑皇阿玛该当何罪，来人，将他给我拿下！"

胤禩早已吓得瘫倒在地，连哭也不敢了。

胤禛缓和一下口气说："皇阿玛将大位托付于我，我一定竭尽全力效阿玛之行，光大祖宗之基业，和众兄弟有福同享、有难同当，争取做皇阿玛那样的一代明君，也不负皇阿玛一片苦心。"

胤禛说着扫视一下众人，眼眶一红，看着几位兄弟，难过地说："我初登大宝主持事务，一时间理不出头绪，更何况诸多事宜急需料理，望众兄弟及内外臣子辛劳一些，朕不胜感激。待朕正式颁诏天下总理山河之时，一定论功行赏，各有加封，现在朕先布置一下当务之急要处理的几件大事。十三弟，你和隆科多舅舅负责京师防务事宜，每日加紧巡逻，严防不测之事，对京畿各大要塞严密防守，不得有误！"

"嗻！"胤祥躬身退出。

"上书房大臣张廷玉！你会同礼部及内务府官员拟定大行皇帝庙号尊谥及朕的帝号，庙号要雅，体现大行皇帝轰轰烈烈业绩及朕的孝诚之心。帝号要吉，体现大清江山万世永昌、繁荣强大之意，不得有误。"

"三哥胤祉，你暂不要去翰林院编纂图书，到上书房任职，协助张廷玉草拟诏告天下文书，拿来与朕过目。"

胤禛又对隆科多说道："舅舅，多日来你一直服侍在大行皇帝身边，实在太操劳，是否需要休息几日再另做安排其他事务？"

隆科多伸伸懒腰："累是累些，但如今正是用人之时，哪能歇着，皇上有何吩咐尽管说吧。"

胤禛点点头："你除了负责京师防务之外，还要负责大行皇帝丧事。大行皇帝梓宫不可停在这僻远之处，应该移到乾清宫办理丧葬，这事可让胤祺、胤祹协助你办理。"

"那好吧。"隆科多带领二人走了出去。

胤禛想了想，对一直守卫在旁边的鄂伦岱说："从今日起你升为大内侍卫总领。"

"嗻！"鄂伦岱想不到胤禛还没有正式登基就提升了自己，受宠若惊，急忙施礼谢恩。

胤禛吩咐完这几件事，看着胤禔一直默默地陪跪旁边，叹息一声："大哥，这多天来你受苦了，先休息几日，朕再对你另做安排。"

胤禔凄然说："承蒙皇阿玛厚爱在宾天之际将我赦免，我已经感恩戴德了，怎敢别有所祈求呢？何况这多年的禁闭生活早已忘却尘世，如果皇上应允，就让我负责宗庙祭祀吧，也算我为新皇登基尽微薄之力。"

胤禛点头答应，胤禔也辞了出去。除了几位较年轻的阿哥，就剩下胤禩了，他的两位帮手早被押走，胤禛特意不处置他，以免让众朝臣认为新皇上刻薄记仇。胤禛仔细欣赏一下胤禩的寒酸劲，带着几分胜利者的口吻说："老八，朕知道你内心不服，但上苍垂青于朕，阿玛厚爱朕，你也就认命吧。你不是为胤禵抱不平吗？朕这就分配给你一个任务，你负责发旨给胤禵，令他把兵权移交给岳钟琪，火速来京奔丧，不得有误！"

胤禛缓缓口气说："你等都是朕的兄弟，只要你等安守本分、勤于事务，朕何不高兴呢？九泉之下的阿玛也会欣慰的。倘若谁再有非分之心，就不能怪朕不讲手足之情了。"

胤禩见胤禛一口一个朕，听起来是那样刺耳，但他只能把不满放在心中，把最后一线希望寄托在远在西域边陲的胤禵身上了。

康熙六十一年十一月十三日（1722 年 12 月 20 日），康熙病逝，终年六十九岁，庙号圣祖，谥号合天弘运文武睿哲恭俭宽裕孝敬诚信功德大成仁皇帝，简称仁皇帝。

康熙六十一年十一月二十日（1722 年 12 月 27 日），四十五岁的胤禛正式登基。御太和殿，年号雍正。胤禛其余兄弟为避圣讳，都将各自名字中的"胤"改为"允"。

新皇登基，为了稳固江山愚民赂臣，大赦天下。雍正也明白皇位是如何得来，为了拉拢人心，贿赂亲臣，采取加封行赏的办法掩人耳目。当然，第一功臣便是隆科多，雍正封他总理事务大臣，袭一等公，授吏部尚书衔，又加封太子太保，赏三眼花翎和黄马褂，并尊称其为"舅舅"。于是，"舅舅隆科多"这个称号响遍朝野。隆科多的儿子玉柱加封刑部侍郎，侄子鄂伦岱早在雍正继位当天便封为大内侍卫总领，另一个侄子顺安颜也封为銮仪使。

其次当数张廷玉，授礼部尚书兼南书房总理事务大臣，权倾于朝。其弟张廷玠也授江南学政一职，另一弟弟张廷璐授户部主事。

鄂尔泰也因站在雍正一边，被破格升为大内侍卫都统。

对于众兄弟，雍正采用两手策略，打击一批，拉拢一批。允禵恢复其一度被剥夺的王爵，仍授直郡王封号。允祉与允祺已经是亲王封爵，则赏赐封地。允祐因为腿残不能外出做事，但他对雍正一直友好，也授其淳亲王封号。对于允祀，雍正本来准备夺其王爵，又怕众臣不服，更主要的是因为他一直负责管理旗务，雍正担心引起旗主不服，才决定采用欲擒故纵的策略麻痹允祀及众人，不但不追究责任，反而晋封为和硕廉亲王。

允祥自不必说，雍正破例直接封他为和硕怡亲王，为了表示对允祥的厚爱，加封世袭罔替，成为大清开国以来第八位铁帽子王，能够代代相传。除此之外，令其执掌军务与户部事务。

除了允禟与允䄉外，其他兄弟也各加封一等。当然，在众兄弟中最令雍正头痛的是允禵，他与自己是同母兄弟，从血缘上较其他兄弟更亲上一等。同时，大行皇帝已经封他为大将军王，用正黄旗之纛，他即将回京奔丧，将如何处理这事呢？雍正一时拿不定主意，这事又不好同朝臣商量，他想起了邬思道。

邬思道在浴兰堂内寂寞地度过了多日，胤禛顺利地登上九五之尊，成为大清国的第五位皇帝。邬思道从心里不服气，他自认为才华胜胤禛十倍，同为帝胄，自己只能做他的奴才。

邬思道把自己的悲剧归为一个"命"字，正是这"命"让他绝望了，真是人谋不如天谋，人算不如天算。他梦想的胤禵夺位所引发的清廷内讧、国家大乱也近乎成为泡影，似乎根本不存在夺宫一事，一切都是那么自然，一切又是那么顺理成章，所有的设想都被那场雪掩盖了。人的力量智谋是有限的，只能俯身听命于"天"。

邬思道正在嗟叹命运不公，太监刘进才告诉他皇上有请，邬思道愣了一下才醒过神来，知道雍正找他，急忙随刘进才来到雍正寝宫。

初登皇位政局不稳，雍正并没有立即迁入皇宫，便将这潜龙邸作为行宫，白天去皇宫守丧处理事务，晚上仍回雍亲王府休息。

邬思道明白现在见胤禛不同于往日那么随和，要行大礼才行。他入内纳头便拜，雍正说道："邬先生请起吧，这里不同于皇宫，你与朕可以随便一些，像先前一样无拘无束地交谈。"

邬思道坐下赔着小心问道："皇上找奴才有事？"

雍正点点头："朕能有今日，多亏邬先生不吝赐教，朕也想加封邬先生，无奈邬先生不是朝廷命官，封之无由，先生有何要求尽管说来，只要不过分，朕一定满足。"

邬思道躬身说道："多谢皇上对奴才的厚爱，奴才承蒙主子不弃收留身边，已经感恩戴德不尽了，怎敢有所奢望呢？奴才只想恳请皇上答应奴才一件事。"

"什么事，你说说看？"

"皇上如今已经承袭大位，有一班子文臣武将出谋划策侍从左右，也用不着奴才，更何况奴才之谋多是淫计鬼谋，既'摆不上桌面'也登不了大雅之堂。奴才想恳请皇上答应我去终南山治病，同时，也规劝那位世外高人贾道长，让他入宫为皇上驱使，此人深得养生之道，年逾八十耳不聋、眼不花，如六十许人。倘若此人入宫，对皇上龙体将大有神益，贾士芳精医术，只怕宫中御医无人能比，这样的人遗在道观内岂不太可惜了。"

雍正早就对贾士芳的养生之道有所渴慕，如今听邬思道再次提及，内心不免有些痒痒，恨不得立即得到此人，学会他的养生术。对于一位富有天下的皇帝，除了奢望养好身子多活几年还渴求什么呢？

雍正点头道："如此烦先生奔波了，但不知他可肯踏入尘世？"

邬思道急忙拜谢说："请皇上放心，凭奴才三寸不烂之舌、两片不僵之唇，保证为皇上请回贾道长。"

"朕还有一事相问，请邬先生给朕指点迷津。"

"皇上请讲，奴才知无不言、言无不尽。"

雍正便把允禵即将到来的顾虑简单说了一下，邬思道沉思半晌，谨慎地说道："十四爷回京犹如虎落平阳，皇上岂有放虎归山之理，皇上可令其守护大行皇帝陵寝，不是囚禁也是囚禁，但此举确实是对十四爷有利。能够保全他的英名和人身安全。倘若再让他回西疆，难免不生出许多不必要的祸端，到那时皇上将如何处置呢，不仅大动干戈，也坏了手足之情、君臣之分，对谁都无益处。皇上以为呢？"

雍正点点头："邬先生言之有理，但不知邬先生何时去终南山治疾，还需要什么尽管说来。"

"谢皇上恩典，奴才明日就动身，力争早日治好病陪贾道长下山服侍皇上。"邬思道忽然又想起了什么，建议说，"奴才临行前还有一事想提醒皇上，隆科多此人不可不用，也不可大用，不可不信，但也不能太信。奴才估计他要对皇上留一手，粘杆处的人报来消息，大行皇上曾有一份传位给十四爷的诏书，而隆科多仅仅给皇上一份诏书，另一份是他找到了没有呈给皇上，还是根本没有找到？皇上要留心一些。"

邬思道说完，道一声安就告退了。雍正望着他一瘸一拐的背影陷入沉思，邬思道的提醒有些道理。

"阿玛……"一声撕心裂肺的号啕大哭在乾清宫内回荡。

允禵面对大行皇帝灵柩扑通跪倒，泪如泉涌，他跪行着爬到康熙朱红棺椁旁边，用手拍打棺壁哭喊着："阿玛，你醒醒，阿玛，你醒醒，孩儿出征前你亲口对孩儿说要等儿臣凯旋，儿臣回来了，你睁开眼睛看看儿臣，阿玛，阿……玛，你要对儿臣说的话为何没有说，你许下儿臣的诺言为何没有兑现，阿……玛……"

心碎肠断的哭声感染了灵柩旁的皇子皇孙、文武大臣及众多嫔妃福晋，众人都跟着哭起来，有真哭的，也有干嚎的，整个灵堂乱作一团。

裕亲王福全走到允禵跟前，拍拍他的肩膀说："禵儿不必伤心过重，应保重身体，人死不能复生，何况有许多事要等着你去做呢？你阿玛生前最疼爱你，宾天之际唯一遗憾的是没有见上你一眼。大行皇帝是喊着你的名字离开人世的，也许因为没有见到你而遗憾，他死不瞑目啊！"

福全这一说，允禵更伤心了，抱住裕亲王又是号啕大哭："皇叔，您老真的老了吗？阿玛的心意难道从来没有给您透露？呜呜……"

福全也老泪纵横，一边给允禵擦眼泪，一边难过地说："禵儿认命吧，皇叔的确老了，谁还把你皇叔放在眼里呢，你要保重，保重！"

福全这句话惹恼了一直在旁边静观事态发展的允祥，他是奉雍正之命专门来灵堂监视允禵的言行的。允禵无论怎么哭怎么说，只要没有什么太出格的话都由着他，这是雍正的吩咐，但福全的几句劝慰话让允祥听了刺耳，这哪里是劝慰，简直是煽风点火。

允祥走到裕亲王福全跟前，冷冷地说："皇叔，您这话就不中听了，不说一般的文武大臣、亲王贝勒敬重您，就是新皇也对您不薄呀，传位遗诏首先让您鉴定真假，新皇登基对您宠爱有加，没少给您封赏，怎么今天却说起没头没脑的话了，是老糊涂了，还是该死啦？"

允祥生性耿直，说话也粗鲁，这几句话惹得老王爷福全气得要死不说，更惹恼了允禵，他正愁一肚子火无处发泄呢！

允禵大吼一声扑上去准备给允祥一巴掌，气呼呼地骂道："你是什么东西，敢来教训皇叔，你配吗？"

允祥上前一把握住允禵打来的巴掌，也气呼呼地骂道："你别给脸不要脸，在西疆打了几场胜仗就想当皇上？"

允禵气得浑身发抖，憋红了脸骂道："你这个直肠子驴，就会跟着别人屁股后面瞎转悠，当吃屎的狗！"

允祥嘿嘿冷笑道："你不要自作聪明，更不要玩火自焚，你的那点伎俩瞒不了别人，新皇仁君之心，宽宏大量不与你斤斤计较罢了。我今天不和你一般见识，是看在皇阿玛尸骨未寒的情分上，也是看在你与新皇手足之情的分上。"

允禵哈哈一阵狂笑："你们眼中还有阿玛？你们还讲手足之情？如果是这样就不该囚禁老九、老十，我看你们是做贼心虚！"

"谁做贼心虚？你把话讲明白些，你敢在大庭广众之下血口喷人，我撬了你的牙！"

允禵一听这话又扑上来要打允祥，允祥也不示弱，二人竟在灵柩前扭打起来。

允祥是天不怕地不怕的愣头青，允禵是有名的犟犊子，这两人打起来谁敢拦，就是拦也拦不住。

允祥的母亲敏皇贵妃章佳氏在旁边哭喊着道："儿啊，他们是嫡亲兄弟，你在里面起什么哄、发什么神经，到头来倒霉的还是你！"

德妃乌雅氏更是欲哭无泪，胤禛与允禵都是她所生，无论哪个儿子做皇上她都会封为太后，但在内心深处她更偏向允禵，一是胤禛从小被抱给别人收养，隔断了母子之情，另一方面，由于乌雅氏出身低贱，胤禛自幼瞧不起母亲，却和佟佳氏皇后娘家更亲近，一度让乌雅氏伤心失望。

德妃知道这么打下去最后倒霉的肯定是允禵，便扑上去死死抱住允禵的腿哭喊着："禵儿，你想让额娘多活几天就快快松手吧！"

允禵见母亲抱住自己的腿，十分恼火地说："额娘，你看儿活着不如死呢！你死吧，你死儿也就随你走了。"

这时雍正闻报来到灵堂，看见这个乱糟糟的场面气得脸色铁青，又听到母亲与允禵的对话更是火从中来，怒喝一声："成何体统！"

允祥这才松手站在一旁，乌雅氏也松手嘤嘤哭起来，允禵瞟一眼龙袍孝服的雍正，根本不把他放在眼里，飞身上前给允祥一巴掌，允祥毫无准备，被打得鼻子嘴巴鲜血直流。

雍正逼视允禵，冷冷进出一句话："大将军王好威风！"

按理不用雍正说话允禵应该上前参拜，允禵不但不拜，反而反唇相讥："大将军王是皇阿玛封的，除了皇阿玛，可以不拜他人！"

雍正的脸色由青变白，厉声道："皇阿玛尸骨未寒，你大闹灵堂，是为不孝；皇额娘规劝你，你不仅不听话，还出言相逼，是为不仁；允祥不与你计较，主动退让，而你乘机殴打兄长，是为不义；见朕不参反而出言相撞，是为不忠。来人，把这不忠不孝不仁不义的狂妄之徒给朕拿下！"

鄂伦岱等人早已对允禵目空一切、狂妄至极的行为看不惯了，几人一齐围上前来拿允禵。

允禵大吼一声："没有先皇圣谕谁敢拿大将军王！"

这话更让雍正窝火："既然如此，可别怪朕无情，这可是你逼的。来人，削去允禵大将军王封爵，将他拿下！"

允禵再硬也犟不过几位大内侍卫之手，被牢牢地押住了，尽管他破口大骂也无济于事。

乌雅氏知道除了自己谁也救不了允禵，急忙跪在雍正面前一把鼻涕一把泪地哀求。

雍正知道仅凭这一点罪名将允禵治罪众朝臣不服，俯身搀起额娘，跺一下脚转身走了。鄂尔岱急忙示意将允禵松开，也随皇上走了出去。

大将军王府。

允禵在母亲的劝阻下回到阔别几年的府中，见房舍失修，布满了灰尘，冷冷清清没有一点儿生机，正如自己此时的心绪，不觉又滚下泪来。

多日旅途奔波没有睡上一天安稳觉，也没有吃上一顿如意饭，吃不下也睡不着，辛劳不说，内心的苦痛与哀伤更是难以名状。今天回到京城，头一遭就给了一个下马威，内心能不气吗？

允禵让膳食房的人随便给炒几个菜，要了两壶酒，菜没吃多少，酒却喝得不少，直到喝得酩酊大醉。

允禵一觉醒来天已黑了，见允祺坐在旁边，气不打一处来，上前揪住他的衣领喝问道："你们在京城是干什么吃的，几个人没看住一个！"

允祺哭丧着脸说："老四是恶人先下手，提前私放十三阿哥，控制丰台大营与西山健锐营，隆科多里应外合，我等纵有天大本领也无济于事。"

"那为何不给我送一封快信，我也好带兵赶回！"

"皇阿玛从生病到晏驾前后才五天的时间，隆科多控制畅春园时我就给你送信了，但是估计信被年羹尧的人马给拦截了。"

允禵跺脚说道："年羹尧怎会拦截给我的信呢？实话告诉你，年羹尧是个见风使舵之人，当年允礽为太子时，他表面归顺老四，暗中却与允礽打得火热。后来，见我被封为大将军王，有被立为储君的迹象，又暗中投靠了我，他给我的那些书信礼品还在呢！临行时从他那里经过时，年羹尧还私下告诉我，如我需要人马他会尽力援助。"

允祺眼睛一亮："既然这样，你为何不带兵回京？我还以为年羹尧从中弹压你的大军过不来呢？"

允禵一拳砸在桌子上："现在后悔也晚了！我本来想带兵回京，但是对京中情况不明，更何况带兵行动迟缓，何时才能赶回？六百里快报只说皇上晏驾，让我回京奔丧，其余只字未提。我还以为皇阿玛留有遗诏，正等着我回来继位呢！"

允禩见十四阿哥说得那么认真，心里想：就是皇阿玛留有遗诏让你继位，只怕也轮不到你。他疑惑地问："你出征前皇阿玛真的给你说过将皇位传给你的话吗？"

"唉，不但说了，还说万一我不能及时赶回来会留下遗诏的，让我接报立即把兵权交给岳钟琪，星夜赶回京城。我正是记起阿玛当年的话才这样做的，如果知道老四在京城做的这一切，我怎会不带兵回京！"

允禩点点头："也许阿玛真的留有遗诏将皇位传给你的，皇阿玛宾天之际一直念叨你的名字，并且死不瞑目，可传位给老四的遗诏也是真的，这是怎么回事，难道有两份遗诏？不可能呀。"

"给老四的遗诏是不是他们威逼阿玛写的呢？"允禵问道。

"这事只有隆科多清楚，但隆科多决不会说出来的，即使有也早已被他们销毁了，有也等于没有。"

允禵生气地说："从种种迹象表明，老四的皇位得来不正，包括皇阿玛的死都可能是老四与隆科多从中做了手脚。还有马文也死得不明白更值得怀疑，估计是马文发现了隆科多与老四的阴谋才遭到杀害而死。"

"依你之见，现在应该如何做呢？"

"总不能老老实实向胤禛俯首称臣，他是乱臣贼子，逼宫夺位的不肖子孙，必须联合众兄弟及各位旗主出兵讨伐，逼迫胤禛说出真相，向列祖列宗认罪并交出皇位。"

允禩为难地说："允裪心灰意冷，允祉接受了老四的封官，允祺中庸，老九、老十被抓，其余众兄弟无职无权，你的兵权也算交了出去，京城之内没有我们的势力，如何威逼老四逊位呢，稍一不慎会被老四一锅端，那时才鸡飞蛋打一场空呢！"

允禵苦笑一声道："老八，你真是没志气的软骨头！老四把你从郡王升为亲王，你就感恩戴德了？既然你也想学允祥当舔屁股的巴儿狗，你现在就走吧！我自己干，大丈夫宁可站着死决不跪着生，我问心无愧！"

允禵红着脸说："好，我便豁出这条性命！你说应该怎样做？"

"你不是一直管理旗务吗？能否与东北五位旗主取得联系，痛陈胤禛夺位的阴谋，让他们配合咱们的行动，愿意出兵讨伐更好，不愿意出兵至少要按兵不动保持中立。这样，八旗部队，下五旗按兵不动，我们就有办法对付胤禛了。上三旗人马已被开赴西疆两旗，都是我的老部下。虽然我把兵权暂时交给了岳钟琪，只要我亲自赶到西疆，讨回兵权易如反掌。再者就是年羹尧所统率的汉营人马，我有把握让年羹尧就范，听从我指挥，至少也能保持中立。从目前情况看，只要我返回西疆拥有兵权，胤禛就是再多做几天皇上也会乖乖地让出来。"

允禵疑惑地问："老四名义上是让你回京奔丧，而实际则是夺你兵权。从今天他对你的态度，他会允许你重返军营吗？纵虎归山，老四不会那么傻吧？"

"我可以先试探一下，倘若老四真的想把我困在京师，正说明他得位不正，做贼心虚，更有讨伐的必要。他不放我回军营，但我可以派人透出密信，令他们带兵勤王清君侧杀奔京城。"

允禵忽然问道："岳钟琪真会听从你的指挥吗？现在不比在西疆时，你是抚远大将军，有实权，而现在却不一样了。岳钟琪知道你与雍正决裂，只要他站稳立场，那抚远大将军的位子就是他的了，我估计岳钟琪很难再听你调遣。"

允禵不以为然地说："我来时只是令岳钟琪临时代管，调兵印信仍在我身上。如果他不答应，我会让我的亲信富宁阿、博尔丹、祁里德等人夺其兵权。现在的关键问题不在兵权上，而是我们起兵要有理由，只有充分的理由才会让各旗主一呼百应，这只能打着讨逆的旗号。"

允禵说道："理由当然有，最好是查明先皇是否留下传给你的那份遗诏，有了那份遗诏就可公之于众，置胤禛于死地。"

"万一那份遗诏被隆科多或胤禛销毁了呢？"

允禵忽然想起了宣读遗诏那天允祯说的那句话，急忙说道："就是找不到遗诏我们起兵也有理由，遗诏上有'传位于四皇子'一句，我们就说那份遗诏本来是写'传位十四皇子'，被胤禛篡改了，他把'十'改成了'于'。这不同样说明胤禛得位不正？我们起兵举事就是勤王护驾。"

　　允禩与允禵又详细商定一番，便各自分头行动，准备把失去的王权夺回来。

第二十一章

隆科多恃功邀帝宠
乌雅氏以死乞君恩

仁寿皇太后知道她一走允禵就死定了，不顾一切地挣脱太监的手，大喊一声："皇上，额娘以死求你放过禵儿了！"一声巨响，众人还没反应过来，皇太后一头撞在殿前的玉柱上，顿时脑浆迸裂，气绝身亡。

张廷玉来到养心殿西暖阁奏报册封后妃之事，猛抬头看见西墙上挂着一副对联：惟以一人治天下；岂为天下奉一人。张廷玉知道这是雍正手书自勉的座右铭，于是赞叹道："皇上胸怀天下，心系黎民百姓，大有效法大行皇帝之心，实行仁政之为，可称为明君英主也。"

雍正叹息一声："朕想用宽仁之策治天下，就怕天下人不以宽仁之心待朕。"

张廷玉估计皇上一定是因为几位王爷不服之事发出的感慨，这几天不断收到东北下五旗的几位旗主对雍正指责的折子，说什么的都有，有的说皇上得位不正，有的对遗诏质疑，也有的说雍正心太狠毒，还没执政就拿亲兄弟显君威。

张廷玉正在寻思如何向皇上奏报册封后妃之事，雍正随手从御案上递过来一张纸："这是朕昨日闲暇信手写的一首诗，赐赠张学士，不知平仄还当否，请你斧正。"

张廷玉见上面写道：

> 峻望三台近，崇班八座尊。
>
> 栋梁才不乏，葵藿志常存。
>
> 大政资经画，讦谟待讨论。

还期作霖雨，为国沛殊恩。

雍正写此诗吹捧张廷玉，也算是与他进行一种心灵的沟通，以此拉拢他，表示对张廷玉的感激之情。

张廷玉急忙跪倒，诚恐地说："微臣只是尽了一个臣子分内之事，皇上如此谬奖微臣，我当之有愧。不过臣一定以此诗自勉，兢兢业业听命皇上吩咐，为朝廷尽微薄之力。"

雍正说道："朕虽然有幸坐到这个位子上，朕的苦心何人知道？阿玛一生英明，拓疆开土，征战南北，可谓业绩煌煌。但在垂暮之年所作所为朕实在不敢苟同。处处宽容，以仁推行天下，致使吏治腐败，贪赃枉法官员不计其数。火耗日盛，财政亏空，国库空虚，加上平定准噶尔部叛乱的连年征战，国库储备所剩无几，倘若遇到歉收之年便入不敷出。朕接下这个烂摊子，等待朕的不是坐享其成，朕生性也不是爱享乐之人。因此在登基之日就准备大刀阔斧地干一场，改革弊制，推行新政。"雍正说至此，看一眼张廷玉，"如果张学士也是不甘安于现状的热血之人，就协助朕完成此宏愿，至于是非成败，就留给后人评定吧！"

张廷玉眼圈一红，哽咽道："皇上有此壮志雄心，微臣纵肝脑涂地有何辞焉！臣愿闻皇上从何处入手改革弊制、推行新政？"

雍正从御案上拿起一份拟定好的方略，一边递给张廷玉，一边说："朕决定改变大行皇帝推行的'宽仁'之策，而以'猛严'代之。以张学士之见，如何才能保证'猛严'之策顺利进行呢？"

张廷玉泰然答道："任何一种新的政策推行都会遭到人的反对，这是古今变法所遇到的共同难题。皇上若推行新政，可以根据反对与支持者的多少而决定此法是否可行。这反对与支持者当然不是仅指一般王公大臣，要取信于民而用之于民。孟子曾提出'民为贵，君为轻'的思想，他主张'保民而王'，唐太宗也说'君为舟，民为水，水能载舟，水也能覆舟'。皇上须视民意而定方略。"

雍正对张廷玉的回答十分满意，又问道："依你之见，当务之急应当从何处抓起呢？"

张廷玉边同雍正讲话，边一目十行地浏览雍正的新政方案，见上面所提到的内容很多，整顿吏治，清查亏空，摊丁入亩，治理黄河，兴修水利，巩固边疆，改革八旗，每一项内容写得都很细致。张廷玉见皇上登基不久就在百忙中制定这么一整套的新政方案，十分钦佩："皇上刚才提及火耗之弊端，臣在南书房看到一份折子，是山西巡抚诺敏所奏，他主张全省实行耗羡归公和养廉银制度，将每年所得耗银提存司库，以二十万两留补无着亏空，其余分给大小官员作为养廉津贴。臣以为这个办法可行，有四点好处。"

雍正也看到了这个折子，但他只是看看，并没放在心上，一听张廷玉说有四点好处，便问道："哪四点好处？快说与朕听听。"

"第一，可减轻百姓的负担；第二，次能够弥补部分钱粮的亏空；第三，增加地方府库收入；第四，限制了官吏的贪污受贿之风。"

"火耗"是正赋钱粮之外的私征，多为各地方官中饱私囊。由于朝廷允许，地方官便明目张胆地任意加增，致使百姓怨声载道。雍正对火耗之事一直深恶痛绝，一听张廷玉分析诺敏的主张有这四点好处很是高兴，当即拍案而起，连声赞道："衡臣分析得在理，可以诏告天下推行诺敏的建议。你回上书房后再拟定一份诏书对山西巡抚诺敏嘉奖，赏双眼花翎和黄马褂，晋升诺敏为山西总督。再下一道谕旨，凡是官吏不论大小都可上疏言事，能给朕提出可行措施者重赏！"

张廷玉急忙把雍正布置的几件事记在随身所携带的簿子上。

这时，隆科多也来到养心殿西暖阁。张廷玉知道他一定也有要事相奏，自己不便久待，忙把折子递给雍正。

雍正一看，结发福晋那拉氏封为皇后理所当然，上徽号为孝敬。年氏侧福晋拟定封为敦肃贵妃，弘历之母钮祜禄氏侧福晋拟定封为熹贵妃，其余几位侧福晋都是妃。

雍正深知张廷玉如此安排的深意，摇头说道："年氏应该封为敦肃皇贵妃更合适一些，而钮祜禄氏暂且封为熹妃吧。"

张廷玉急忙跪下说道："皇上圣明！"

雍正知道此时正需要年羹尧鼎力相助，对他的妹妹岂能怠慢。最近从粘杆处的人得知允禵曾派人与年羹尧接触，在此之前，关于允禵与年羹尧交往过密的奏报也经常听到，对他这样在外带兵的封疆大吏，在自己没有站稳根基前只能抚之，决不能随意得罪，防止政敌乘虚而入。正是基于这样的考虑，雍正才对年氏信爱有加，将她封至仅次于皇后的位置，以此让年羹尧感恩戴德。

张廷玉又问道："对几位皇子及太后的封号请皇上训示。"

雍正沉吟片刻说："弘时、弘历封为贝勒，弘瞻、弘昼封为贝子，至于太后的封号，等一段时间再说吧。"

提及太后封号雍正十分为难，按理说他登上九五之尊，生母德妃乌雅氏应该晋封为皇太后。但是，由于雍正幼年时候曾过继给孝懿仁皇后佟佳氏，他也认佟氏家族为舅家，正是这样才博得以隆科多为首的佟氏满门鼎力相助，从而登上皇位，没有佟家他万万没有可能成为皇上的。正是这样，如果立即册封他的生母乌雅氏为皇太后，势必引起隆科多的不满。在雍正危机四伏、根基未稳之时，他怎敢轻易得罪佟氏家族呢？

张廷玉一听雍正要推迟皇太后的封号急忙奏道："请皇上明鉴，皇上不给太后上徽号势必引起万民猜疑，内外臣工也会提出质问。十四爷便会抓住此把柄肆意诽谤皇上，可能对皇上声誉有损，请皇上三思！"

雍正一想张廷玉言之有理，当着隆科多的面又不好同意张廷玉的奏请，于是侧身问隆科多："舅舅以为衡臣所奏之事是否妥当？"

隆科多当然明白雍正的心意，却故意说道："还是皇上定夺吧，臣怎好过问皇室之事。"

雍正沉默了足足一盏茶的工夫，淡淡说道："就以衡臣所奏，晋额娘为皇太后，上徽号为'仁寿'二字吧。"

"遵旨！"张廷玉躬身退下。

雍正见隆科多神色不悦，忙赔笑说："舅舅有何事尽管说来！"

隆科多不紧不忙地说："皇上登基之后封赏内外臣工及皇亲国戚，如今又将正式册封太后及后妃皇子，不知臣是否在封赏之列？"

雍正笑道："朕怎会忘了舅舅呢？朕已经晋升舅舅为吏部尚书，掌管官员升降，赏一等阿达哈哈番世职及总理事务大臣了。"

隆科多嘿嘿一笑："这是臣应该得到的。"隆科多转向雍正，似笑非笑地说，"皇上好健忘啊！"

雍正一怔，想起自己曾在隆府密室许下的诺言，心一寒，故意装作不知地问："初登大宝，朕诸事缠身，实在忙得不可开交，对舅舅所奏之事从来没有怠慢过，不知舅舅说朕健忘，忘的是什么事？"

"既然皇上真的如此健忘，老臣只有提醒啦。皇上是否记得在臣的府中曾许下的诺言？"

雍正见隆科多果真厚着脸皮提起了那事，心中很不高兴，只好强装笑脸搪塞道："朕并没有忘记，只是现在立即封舅舅为异姓王怕引起众人猜疑。就是现在已有人私下有所非议，认为朕给舅舅的荣誉太高了，几乎达到亲王的地步。舅舅还是耐着性子等上一年半载，过了非常之时，朕再给舅舅封赏也不迟。朕答应的事就一定会做到，请舅舅尽管放心！"

隆科多见雍正故意推脱，马上拉下脸来，冷冷地说："我为皇上所出的力用'汗马功劳'概括并不过分，对有再造之功的人封个异姓王并不过分吧！当年顺治爷不也封了三个异姓王吗？他们还都是汉人呢！"

雍正趁机说道："可那三个异姓王的下场并不太好哇，朕正是考虑到这一点，才不敢轻易封舅舅为异姓王，朕可不想看着舅舅早死，希望舅舅长久地辅佐朕呢。"

雍正故意把话说得轻轻松松，实际上是威吓隆科多，隆科多听出雍正话中的意思，哈哈一笑，说道："人们常说做皇上的都是黑心肠，如今看来果然不假。但皇上也不要忘记一句俗语：狡兔有三窟。老臣也防备皇上卸磨杀驴这一招呢！实不相瞒，允禩已经多次问及老臣关于先帝遗诏的事，当然，我不会轻易告诉他的，我与皇上是一根绳上的蚂蚱。但皇上也应该知道大行皇帝曾留下一份传位给允禵的诏书，先皇立遗诏传位给皇上时，曾命令臣把第一份遗诏毁去，臣当时多了个心眼，在去'正大光明殿'取遗诏时只是换换位，并没有销毁那份遗诏。"

　　雍正一听这话，惊得目瞪口呆，他想起了邬思道的猜疑，果真还有一份遗诏被隆科多私藏起来。如果这份诏书传扬出去，其后果不堪设想，不用说允禵会拥兵谋反，就是东北下五旗的旗主也会打着勤王诛逆的旗号置自己于死地。这份诏书公开之时，就是他皇位坐到头之时。

　　雍正惊魂未定，又听隆科多嘻嘻一笑说道："请皇上放心，老臣不会向外公开那份诏书之事，公开后对我也没有什么好处，老臣还指望把那份诏书作为护身符呢！"

　　雍正一想也有道理，泄露那份诏书的秘密对他确实没有什么益处，怦怦乱跳的心稍稍平静一些。

　　隆科多临走时又扔出一句话："老臣恭候皇上的册封大典呢！"

　　雍正安葬了大行皇帝之后，立即着手推行新政，但粘杆处的人接连不断从各地送来密报，允禟与允禵正联络各位旗主和部分军营都统准备谋反。这些消息给初登大宝的雍正带来一种无形的压迫感，各项改革措施无法进行，到手的帝位还有可能落空，真是山雨欲来风满楼。

　　这天，雍正忽然接到李卫从四川的密奏，说年羹尧已经和允禵的亲信富宁阿秘密接触多次，有拥兵谋反之心。雍正起初不信，不久又接到蔡珽从年羹尧军中送来的密信，再次提到年羹尧有勾结允禵谋反之举动，雍正不能不信了。

　　接下来，岳钟琪也从西疆送来奏报，说允禵旧部傅尔丹、富宁阿、祁里德、都罗等人不服调令，频繁与年羹尧大军接触，有不轨之心。

这一份奏报让雍正触目惊心，为了防患未然，把逆贼一网打尽，雍正在雍王府秘密召见了允祥、鄂尔泰、博尔多，商讨对策。

允祥气得一拍桌子说道："这些忘恩负义的鼠辈，仅靠封官许愿安抚不好他们，皇上，依我的看法，要来点硬的，抓过来咔嚓……"

鄂尔泰也说道："皇上，当断不断必生后患，把涉嫌谋反之人抓起来逐一审讯，该杀的杀，该砍的砍，决不能心慈手软，姑息养奸。"

雍正颇为忧虑地说："朕也想承袭大行皇帝宽仁之策，无奈这宽仁之策推行不下去，不得不狠下心来从严治政，这苛酷心毒之名就留待后人去说吧。你等为朕谋划这事，如何才能将谋逆党徒一网打尽。"

鄂尔泰奏道："皇上要想将逆党一网打尽并不难，可以采用双管齐下的策略，一方面派遣密使奉旨去西北军营面见岳钟琪，责令他将允禵亲信党羽头领捉拿。同时，再派他挥师东进，以带兵回京之名切断年羹尧大军退路，俟机将年羹尧捉拿归案。"

博尔多提议说："要想捉拿年羹尧，仅靠岳钟琪率军弹压不行，年羹尧本身握有重兵，稍一不慎，可能会激起他提前拥兵谋反，必须从年羹尧军中找一可靠之人从中做内应，先夺年羹尧的兵权，再将其缉拿归案，并把党羽一网打尽。"

雍正点点头，想不到博尔多离开王府外出做了几年官，处理问题比过去成熟多了，也干练多了，真是孺子可教。

对于西宁军营捕获允禵逆党十分好办，有正在主持军务的副主帅岳钟琪策应，逐一清查就可以了。但对年羹尧的捉拿就颇费一番周折，必须先夺其兵权。虽然李卫、蔡珽都在年羹尧手下任职，但二人不掌握军权，职务也低，根本无法和年羹尧抗衡。

正当众人为此事冥思苦想之际，允祥忽然想起一人："皇上，我保举一人可担当此任，甘肃将军延信，此人忠勇可嘉，也颇有才华，更主要的是我与他交往密切，他也曾在我手下办过差。此人十分可信。"

雍正一时找不到更合适的人选，只好暂定延信。

只要能够清除允禵在西北军中的势力，京城这边就好办多了，但对于东北的五位旗主雍正十分犯难，他们都拥有旗下兵马，又是世袭亲王，没有特大过错不受皇上惩处。鄂尔泰主张先稳住五位旗主的心，待平定这次谋反后再逐步剥夺旗主的权力。雍正采取了鄂尔泰的建议。

雍正担心铲除允禵、允䄉与年羹尧时，必然引起隆科多的恐慌，害怕他在关键时刻倒向允禵，供出遗诏的秘密，决定一不做二不休，干脆将所有威胁皇权之人全部铲除，宁可错杀千人，决不使一人漏网。

当雍正提出铲除隆科多时，允祥吓了一跳，惊恐地问道："皇上铲除逆党并不过分，为何连拥戴功臣也一并铲除呢？传扬出去，国人岂不要说皇上忘恩负义、过河拆桥，请皇上慎重考虑。"

鄂尔泰估计隆科多一定掌握了皇上的什么秘密，雍正才会在铲除异党中将他也一同铲除，便提醒说："皇上虽然夺了隆科多的兵权，但此人影响仍在，更何况他的儿子与侄子都手握重权，皇上不能不慎重行事。特别是鄂伦岱，他如今是大内侍卫总领，负责皇上的安全，皇上要铲除隆科多，就必须拿下鄂伦岱。"

雍正微微叹息一声说："朕正是考虑到这一点，才在王府召见你们，就是害怕泄密。朕这样做也是不得已，说句心里话，朕并不想整人，更不想妄杀无辜，朕也不想引起朝臣恐慌，落个兔死狗烹、残暴狠毒的千古骂名，但朕不这样做又别无选择，为君难啊！朕过去对世祖除多尔衮、大行皇帝除鳌拜也持有异议，现在却可以理解了。不过，无论何人，只要对朕忠心不贰，踏踏实实做事，本本分分做臣，朕都会宠爱有加，让他封妻荫子，世代享受皇恩。当然，对脚踏两只船、这山望着那山高的人，无论他对朕有多大功劳，与朕有何种关系，朕也决不手软！"

雍正见众人都傻愣愣地坐着，知道众人被自己刚才的话震住了，用和善的口气说："鄂尔泰，擒拿鄂伦岱之事就由你来负责，朕会派人与你配合的，做事务必干净利索！"

"嗻！"鄂尔泰急忙拜倒在地。

"博尔多，擒拿隆科多的事由你来，你自己制定一个方案报于朕，这事可以和鄂尔泰多磋商，在未动手前决不能泄露半点风声。"

"嗻！"博尔多恭敬地一揖到地。

允祥主动说道："捉拿允禩与允禵的事就由我去做吧。"

雍正看看允祥，想说什么，但终于什么也没说，允祥会意，说道："请皇上放心好啦，都是自家兄弟，我会把握住分寸的。"

众人离去，雍正又把这次抄剿逆党的各个细节认真思索一遍，唯恐哪个环节出现失误给逆党可乘之机，从而影响朝廷政局。

一切准备就绪，雍正秘密下达了拘捕命令。为了确保将逆党一网打尽，拘捕行动采用双管齐下、四面开花的方式进行。

川陕总督府。

年羹尧正为起兵响应允禵之事大伤脑筋，他身为国舅，享受皇亲国戚的殊荣，如今又是川陕总督，可谓有权有势。他当然不想造反，更没有拥兵杀往京师之心，他只想安安稳稳当他的西北王。

允禵让年羹尧配合他出兵夺位。年羹尧当然不会同意，他不愿拿身家性命与显赫的爵位冒险。但正由于过去的见风使舵给他埋下了祸根，允禵以公开他赠送的物品及信函为要挟。年羹尧当然明白他给允禵送了什么，在那些信中又写下了什么，只要允禵将那些东西抖了出来，就算雍正看在妹妹的情分上留他一命不死，但一切荣誉职位就失去了。对于年羹尧，他宁愿去死也不愿失去得到的一切。同时，年羹尧也相信，只要允禵的兵马与他的兵马谋反，东北五旗人马按兵不动都足以夺回雍正所得的皇权，更何况允禩已经策动了下五旗旗主同时举兵呢？

年羹尧在幻想中坚定了谋反之心，他梦想着事成之后就有拥戴之功，允禵不封他为异姓王也要封他赞襄大臣，到那时就可从川陕总督一跃成为一品大员。但他也不是无能之辈，他一边静候京城的消息，一边做起兵准备，这毕竟不是小事，对于起兵成功有几分把握他每天都要掂量几遍。

年羹尧正和心腹汪景祺、钱名世商讨起兵的布置事宜，忽然中军进来报告，说钦差大臣金昆与四川巡抚戴铎到来，有要事前来传旨。

年羹尧一听金昆与戴铎突然到此，吃了一惊，难道夺位之事暴露，二人奉旨前来捉拿自己？倘若真是这样，他就一不做二不休，杀死钦差，立即拥兵起事。

年羹尧听说只来了十几个人，心便放了下来。

钦差到此，理应出门迎接，年羹尧率左右亲信出门迎接，礼毕，金昆宣读圣旨："屯兵西宁平叛人马，因主帅大将军王允禵在京守丧，一时无主，着川陕总督年羹尧擢升抚远大将军，接旨后即日起程去西宁赴任，不得有误，川陕总督一职暂由四川巡抚戴铎接任，钦此。"

金昆读完圣旨立即给年羹尧贺喜，也给戴铎贺喜。年羹尧对自己突然被封为抚远大将军一职颇为诧异，但仔细一想并不觉得奇怪，允禵在京守丧，西宁兵马无人过问，虽有岳钟琪代管，但他是什么角色，如何能与自己相比，就是雍正将这抚远大将军的职务给别人，妹妹也会为他讨回来的。年羹尧一想到自己是抚远大将军了，心花怒放，等于整个大清兵马给了他三分之一，此时，允禵不谋反更好，谋反有他参与那是稳操胜券。

年羹尧摆酒宴为金昆接风，顺便从他口中打听京城的消息。他从金昆口中得知京城一切如故，皇上准备推行新政，希望他多为皇上提几点建议。年羹尧知道皇上毫无戒心，更加放心了。

年羹尧为了早一天成为抚远大将军，很快与戴铎办理了交接手续，带着家人、亲信与部分随从去西宁赴任了。

这天，年羹尧一行人刚进入甘肃境内就被甘肃将军延信带兵围住了。

年羹尧破口大骂："延信，你小子有眼不识泰山，年大爷奉旨去西宁接任抚远大将军，你前来磕几个响头我将来提拔提拔你……"

不等年羹尧骂下去，延信坐在马上大声喊道："年羹尧，你的末日到了，本将军奉旨前来捉拿你，已经在此等候多日了。"

延信取出圣旨高声念道："年羹尧身为皇亲国戚，又是川陕总督，自幼受皇恩沐浴，却不思图报，贪赃枉法，骄横僭越，植党营私，心怀叵测，拥兵自重，勾结逆党，图谋不轨，谋反之心日盛，共犯九十二款大罪，不一一列举。着开去一切职务，锁拿进京审理。钦此。"

年羹尧这才知道中了雍正的调虎离山之计，明白谋反一事败露，与其拿回京中是死，不如拼他一下，能否侥幸寻个生路。年羹尧大吼一声，指挥儿子年富及随从亲信拼杀夺路。毕竟所带人马极少，被延信团团围住，最终束手被擒，全家人也一并被缉拿。

与此同时，岳钟琪接到密旨，以聚众饮酒为名把允䄉亲信富宁阿、博尔丹、祁里德等人擒住。

雍正接到年羹尧等谋反党徒被捉拿的密报后，立即也在京城行动起来，令允祥将允禩与允䄉及其在京党羽一并拿获。

为了彻底铲除异己，消去后患，雍正下了狠心，派兵包围了隆府，将隆科多及其子岳兴阿、玉柱、侄子鄂伦岱等人全部捉拿入狱。

几乎是在一夜之间，允禩、允禟被抓，隆科多全家入狱，年羹尧被缉拿入京，其余所牵连的人更是不计其数。消息不胫而走，整个朝野震惊了，人人恐慌，谁也摸不透一向寡言少语的新皇葫芦里卖的什么药。似乎审都没有审，年羹尧押解杭州赐死，其子年富被斩，家人发配广西充军。隆科多以四十一条大罪赐死，雍正因为他手中有一份致命的遗诏没有找到，将他永远圈禁，试图从他口中查出遗诏的下落。其余所牵连的人更是不计其数。东北五位旗主本想等允禵与允禩在京起事，他们拥兵策应，一看势头不对，也都悄悄收敛了兴兵问罪之心。

　　惩处了其他人之后，雍正有些犯难了，对于几位冒犯皇权有谋反之心的兄弟如何惩处呢？雍正并不想做得太绝，"本是同根生，相煎何太急"，大行皇帝对于有谋逆之举的允禵也只是圈禁，在宾天之际都原谅了他，大行皇帝的宽仁之心触动了雍正，他要用胜利者的博大胸怀宽容几位兄弟，让他们感恩戴德，圈禁其身不如感动其心。

　　雍正命允祥将允禩、允禟、允䄉、允禵四人带到养心殿，他见四人都戴着脚镣手铐，立即命人开锁，并赐他们坐下。

　　允禵冷哼一声站在旁边："胜者为王，败者为寇，要杀要剐随你的便，别假惺惺拿出宽仁的姿态，我宁可死也不领你的情！"

　　雍正被允禵的话呛得半晌说不出话来，自从允禵回京后，他没有尊自己一声"皇上"，更不用说下跪了，雍正都以兄长的心宽容了他。谁知雍正的一片好心被允禵的几句话扫个没趣。

　　雍正狠狠地瞪了允禵一眼，什么也没有说，他觉得很伤心，兄弟反目成仇比仇人还仇。

　　允禩见允禵不坐，他也不坐，给刚刚坐下的允禟与允䄉每人一脚，骂道："贱骨头，到了这地步还领他什么情，士可杀不可辱，十八年后又是一条汉子，我仍要来争这皇位。"

　　雍正没恼，坐在旁边的允祥火了，霍地站起来，指着允禩骂道："你也配称'士'，瞧你那份德行！"

　　"少插话！"不等允祥说下去，雍正喝止了他，允祥马上知趣地收住了到嘴边的话。

　　允禟哈哈一笑："做巴儿狗舔屁股，舔到老虎爪子上了！"

　　"嘿，只怕还会舔到老虎嘴里呢！"允䄉接着说道。

　　雍正打定主意，干咳一声说："皇阿玛临终把这份家业给了朕，朕并不想独自享有，朕只想和众兄弟一起有福同享、有难同当，把皇阿玛留下的家业看好、守好，一代代传下去。自阿玛晏驾至今，朕也做了些许日子的皇上，得出的一句话就是：为君难！当皇帝太辛苦了。"

雍正还没有说完，后面的话就被允禩的狂笑声淹没了。允禟、允䄉也都跟着笑了起来，整个养心殿回荡着肆无忌惮的笑声。

雍正怒不可遏，指着允禩用满语骂道："阿其那，阿其那！"

"阿其那"在满语中是"狗"或"畜生"的意思。

允禩见雍正用最卑劣的话辱骂他，气得脸色苍白，也不顾一切地辱骂道："塞思黑，塞思黑！"

"塞思黑"在满语中是"笨猪"的意思。

恰在这时，张廷玉到养心殿送折子，正赶上允禩辱骂雍正，雍正无法忍受这个耻辱，随手抄起御案上的砚台向允禩砸去。允禩转身躲了过去，却打在允禟的身上，允禟跳起来拾起滚落地上的砚要打向雍正，允祥大惊，飞身扑上去把允禟揪住夺下他手中的砚台。

雍正这才明白这些弟兄根本不会信任他，劝说、宽容只能是一厢情愿，换来的只是屈辱，是对皇权的践踏。雍正向大内侍卫喝道："把这些丧尽天良、不知好歹的畜生带回宗人府看管好，朕一定要严惩！"

允禵刚走到门口，雍正喝住他："允禵，你先留下。"

允禵转回身，瞪着雍正问道："皇上还要说什么，难道'阿其那'与'塞思黑'还不解心头之恨吗？干脆把这些称呼都写进《玉牒》，都贴在宗庙上。"

雍正自觉骂得有点过分，叹息一声，用平和的语气说："你就那么仇恨朕吗？你不把朕当作皇上，把朕当作亲兄弟行吗？难道兄弟之间就不能坐下来心平气和地谈谈？"

允禵用嘲弄的口气说："你是皇上，大清国的第五代真龙天子，我等都是'阿其那'与'塞思黑'，不属于同一类，有什么好谈的。"

雍正刚刚平静的心又激荡起来，浑身的血仿佛沸腾一般直向上涌，他涨红了脸，喘着粗气说："允䄄，你不要逼我，你不要逼我！"

允䄄冷笑道："你怎么舍得把'朕'说成'我'啦，你是皇上，应该用'朕'才对，不然，如何显出皇权天威呢？"

雍正冲着畏缩在一旁进退两难的张廷玉吼道："张廷玉，你去景阳宫把《玉牒》拿来，代朕把允禩与允禟的名字删除掉，去宗人府告诉裕亲王福全，允禩改名叫阿其那，允禟改名叫塞思黑，并让他两人游市三天，边走边喊自己的名字。"

张廷玉以为雍正是气昏了头，说几句气话，只"嗯"了两声并没有动，雍正更火了，把张廷玉刚送来的折子抓起来撒在地上，怒斥道："张廷玉，你也敢抗旨不遵吗？你也袒护他们，违抗朕的旨意？朕抄了你全家！"

张廷玉这才知道雍正真的要把允禩与允禟两人的名字从《玉牒》中除去，并让他们改名为阿其那与塞思黑。他哪敢怠慢，急忙上前哆哆嗦嗦说一声"嗻"，便直奔景阳宫。

允䄄见雍正气急败坏的样子，仿佛觉得这是一种酣畅淋漓的报复，轻蔑地笑道："不愧是皇上所为，真是皇阿玛的诚孝之子！你有种把我等的名字全部从《玉牒》上抹去，仅留下你一人的名字那才显示出做皇上的至高无上权力呢！承袭大位更问心无愧了，皇阿玛就你一个孝顺儿子，不把皇位传给你传给谁呢？也不必费尽心机寻找另一份遗诏了。"

雍正的脸色惨白，怔了半晌，阴冷地喊道："来人，把这个毫无人伦之德的乱臣贼子给朕推出去乱棍打死！"

几名侍卫正要上前去推允䄄，仁寿皇太后抢上殿来，说一声"慢"，扑倒在御案前哭喊道："皇上……你两人都是额娘身上掉下的肉，看在额娘的情面上饶过䄄儿吧，他毕竟是你的亲兄弟，千错万错都是他的错，你饶他一命吧！"

雍正余怒未消，冷冷地站在御案后一声不响，也不理不睬，任凭皇太后哭倒在地苦苦哀求。

仁寿皇太后见雍正不发话，估计雍正在找台阶下，只要允禵认个错皇上会放过他的。仁寿皇太后转过身向允禵哀求说："禵儿，你看在额娘这一把老骨头的情分上别这么犟，低个头认个错吧，他是皇上是你兄长，名分已定，君臣之礼已分，你就认命吧！胳膊拧不过大腿。"

　　仁寿皇太后边哭边说，但谁也不听她的。允禵硬了心肠，看也不看仁寿皇太后一眼，把脖子一拧，说道："额娘，你不必费眼泪和口舌了，我与他势不两立，只要他不杀我，我就永远反对他，他能把皇阿玛逼死，我为何不能谋他的反、夺他的位！"

　　雍正刚才虽然动了杀人之心，但并没有真的要杀允禵，经皇太后一哀求心也就软了下来。但现在一听这话，他软下的心突然硬了起来，暴喝道："给朕推下去乱棍打死，狠狠地打！"

　　几名侍卫拉着允禵就向外走，允禵连眉也不皱一下，哈哈一笑，朗声说道："弑父害兄屠弟，千古君王第一人！"

　　仁寿皇太后知道允禵马上就要命赴黄泉，扑通跪在雍正面前哭喊着哀求说："皇上，你饶了禵儿吧，他是你的亲兄弟啊……"

　　雍正也不忍心看着母亲如此伤心，对两旁太监说："快把皇太后送回宫去！"

　　两个太监架起太后就走，仁寿皇太后知道她一走允禵就死定了，不顾一切地挣脱太监的手，大喊一声："皇上，额娘以死求你放过禵儿了。"

　　突然，一声巨响，众人还没反应过来，仁寿皇太后一头撞在殿前的玉柱上，顿时气绝身亡，绛紫的血溅在雍正亲自书写的"孝悌至诚"横匾上。

　　雍正被眼前的惨变吓蒙了，愣了好大一会儿才醒过神来，猛地扑向仁寿皇太后的尸首，恸哭道："额娘……"

　　允禵也挣脱两名侍卫的手，扑倒在太后的尸体旁，哭嚎着："额娘，儿对不起您啊……"

　　整个养心殿哭作一团，"额娘"的呼喊声在皇宫中回荡……

第二十二章

假和尚姑取一风号
迂夫子妄上万言书

"甘大侠，我有一计可使天下大乱！"曾静仿佛胜券在握地说，"岳钟琪既是岳武穆后人，想必心里向着汉人，如果我们向他晓以大义，讲明利害。他必会起兵反清，我等可趁乱起事，恢复大明！"

柳州府辖永兴是个偏远穷苦的小县城。深秋卯时的太阳放射出万道霞光，像一件五彩的霞衣披在鸟笼似的城池上，使它显得更加小巧玲珑。

永兴四面环山。山里人起得早，四乡八村进城办事的人们已经赶了几十里的山路。城外的驿道上车马行人络绎不绝。正值太平盛世，守城门的兵士早将城门打开，赶早的人们已在城里了。

今天守城门的两个小卒，一个叫钱要光，另一叫光要钱。这俩小子在这小小县城也算是小有名气，可那是臭名。方圆三五十里的老百姓都知道他们是贪财敛钱的小鬼，只要这俩小鬼守城门，谁要想不拔根毛就过去，准被找碴抓起来。瞧，这俩小子又在城门口转悠开了，两双眼睛贪婪地在人流中搜寻着。不多时，两人会心地一笑。钱要光用手一指一个正要进城的年轻人叫道："喂，站住！"

那青年虽是山民打扮，却也衣衫整齐，背着一只包裹，身后跟着一位五十多岁的老者，青年听到喊声，止步问道："军爷，您叫我？"

钱要光盯着他背上的包裹一本正经地盘问道："干什么去？"

"家里有病人，进城请大夫。"青年人平静地答道。

青年人身后的老者这时也走到近前，赔着小心说道："军爷，我们真的是请大夫的。"

钱要光皮笑肉不笑地点点头："把包裹打开，我们要检查。"

那青年和老者同声说道："军爷，这包裹里只是些行李盘资。"

"少啰唆，拿过来吧！"光要钱忍耐不住，冷不防抢过包裹。

"你们要干什么？"青年气得虎目圆睁，就要上前争夺。

"山娃子，别莽撞。"老者赶紧拉住青年的手，慌忙赔笑道，"两位军爷辛苦，小民应该有点儿孝敬才是，请军爷高抬贵手，还给我们包裹。"说着，贴身掏出几块散碎银子毕恭毕敬地呈上。

"这还差不多。"俩小鬼一见银子，顿时眉开眼笑。光要钱赶紧扔下包裹，伸手去接银子。可手还没伸到，那银子却被另一只手劈手夺过。

"爹，为什么要给他们银子？"山娃子抢过银子不服气地嚷道。

"傻娃子，别犯倔，快给军爷。"老者叹息着劝道。

"就不给，他们这样欺负人。"山娃子将包裹紧紧抱住。

这时，城门口已聚满了看热闹的人，纷纷表示对山娃子的声援。

"小伙子别怕，我们帮你。"

"他们敢欺负你，就去县衙告他。"

"县里告不倒，就去府里告，去省里，告到皇上那儿去。"

"是呀！听说皇上最恨那些欺压百姓的贪官恶吏。还拿几个朝廷大员开刀呢。"

钱要光和光要钱眼见吃不着鱼，却惹了一身腥，真是倒霉透了。但无论如何不能在众人面前栽了面子，否则以后还怎么混。光要钱一抬头看见城墙上那张只剩半截的通缉告示。顿时，计上心头。便手指众人故作威严地叫道："乱喊什么，想造反吗？我们是执行公务，缉查朝廷通缉要犯甘凤池。"说着手一指那半截字迹皆无的通缉令。

钱要光绝顶聪明，立即上前揪住山娃子，得意地叫道："小子，我看你就像通缉要犯甘凤池，跟我到衙门走一趟吧！"

众人讥笑道："两位军爷真会找碴儿，通缉甘凤池可是康熙年间的事儿，如今已经是雍正五年了。"

"蒙人也太玄了。甘凤池的主子朱三太子早在康熙六十年伏法了。甘凤池被通缉多年，一点儿消息也没有，多半是死了。"有人附和道。

山娃子听见众人帮腔，胆气壮了，猛然用力想挣脱钱要光，却被钱要光死死揪住。光要钱却向众人大声恫吓道："你们晓得啥！如今虽是雍正朝，可还是大清的天下，甘凤池还是朝廷通缉的要犯，通缉令没有撤销。你们还不知道，在大地方通缉得很紧，不像咱们这偏远的小地方，天大的事也像没人知晓似的。"

看热闹的人听光要钱说得正儿八经的，没人再敢多嘴。钱要光乘机一推山娃子喝道："走吧，小子。"

"军爷且慢。凡事好商量，军爷是奔前（钱）程的，小民明白，一定加倍孝敬。"老头说着，从儿子手里取过银子，又从包裹里拿出些许散碎银子，凑在一起，恭恭敬敬地送到俩兵卒的跟前。

得了银子，钱要光和光要钱喜出望外，当即放了"甘凤池"。

围观的人们见事情完结，渐渐地散开了，钱要光和光要钱今日"赚"得大钱，便不再理会进出城的人们，便面对面蹲在城门洞里吹起牛来。

突然光要钱闭上呱呱吹牛的嘴，两眼直直地盯着城门外。钱要光不知所以，忙顺他的目光一看，只见城外一前一后走来一个年轻的姑娘和一个中年和尚。两人显然不是一道的，因为前后相距十几步远。那姑娘走在前头，一张脸长得端庄秀丽，身上虽是布衣荆钗，却也整齐合身，显得体态丰盈。显然，光要钱的目光是被这女子吸引住了。

那女子已走进城门口，正要进城，忽见两名清兵迎面走来，慌忙一侧身想走过去，光要钱早已伸出手臂横在女子胸前，说道："姑娘，且慢。"

"你……你们要干什么？"女子这时已经认出他们是经常在城

门口讹诈百姓的兵痞，吓得哆哆嗦嗦地说，"军爷，我……我身上没有值钱的东西。"

光要钱故作轻松地一笑道："姑娘别怕，我们接上峰指令，在此缉查朝廷通缉钦犯甘凤池。对不起，例行公事，对姑娘也要搜查。"

那女子道："两位军爷，俺家就住在这城东门外二里庄，哪里是什么朝廷钦犯。再说，俺空身一人，搜啥呀！"

"不行，"光要钱存心想占人家便宜，故意正儿八经地说，"虽说你不是钦犯，可谁担保你不会为钦犯通风送信。"

"俺为谁通风送信……"女子涨红了脸辩解道。

光要钱乘机奸笑道："除非你让我们搜身，否则，你就是钦犯同党……"说着，开始对女子动手动脚。

"我……我……"女子有口莫辩，羞愤难当。

站在旁边的钱要光见女子不敢反抗，胆子也壮了，急忙上前帮光要钱抓住女子的双手。光要钱腾出另一只手，淫笑着向女子摸去。

"住手！"突然一声呵斥，像空中打了个炸雷一样，震得两个兵痞耳膜嗡嗡直响，吓得他俩一哆嗦，放开双手。那女子乘机哭着跑开了。

钱要光和光要钱这才看清刚才喊叫的就是那女子后面的那个和尚，此时已站在面前怒目而视，那和尚看上去四十来岁，生得体格高大威武。一对剑眉下，双眸有神，似能洞察人的五脏六腑，甚至像钱要光、光要钱这样经见些世面的兵混混也在他的目光下不寒而栗。可这俩小子还要硬撑住脸面，便不约而同拔刀在手，光要钱怒声骂道："哪里来的秃驴，竟敢妨碍军爷执行公务？"

"执行公务？"和尚不屑一顾地讥笑道，"贫僧看你们是存心调戏民女。"可能是看到那女子已经脱险。和尚也不愿多生事，不再理睬这两个小鬼，抬步就走。

"难道就让这秃驴走了？"钱要光不甘心地看着光要钱。

"秃驴休走。"光要钱当然更不甘心，早已一阵飞跑拦住和尚的去路。钱要光也随后跟上。

"二位有何贵干？"和尚不慌不忙地问道。

"好秃驴，你骗谁也骗不过我们哥儿俩。"光要钱脑筋转得快，怕和尚再提起他们调戏妇女的事，便故意诈道，"你就是朝廷要犯甘凤池，别以为装成和尚，我们就不认识。"

"对，我们早就认得甘凤池。当年在山东擒拿朱三太子时，我们还和甘凤池交过手呢。"钱要光也添油加醋地瞎蒙。其实，这俩小子长这么大也没走出过柳州府，哪里见过甘凤池这样成名的江湖侠士。

那和尚听到他们提到甘凤池，脸上闪过一丝惊异之色，随即恢复了镇定。后来听到他们说的漏洞百出，到底也闹不清他们是不是真的认识甘凤池。最后决定还是以少生事为妙。

钱要光和光要钱见和尚一声不吱，以为他害怕了，便双刀一指，同时说道："秃驴，跟我们去县衙吧！"

和尚毫不理会，抬步就走。

"秃驴，哪里去！"钱要光、光要钱哪里肯放，撒开双脚就追。可奇怪的是，那和尚不慌不忙地在前面走，钱要光、光要钱在后面拼命地追，却总也追不上。他们不知道，和尚怕引人注意，尚未使用轻功。如果稍用轻功，瞬间便没了踪影。

和尚就这样不紧不慢地走着。转瞬便走过几条大街，仍然没能甩掉两个小鬼。便心生一计，舍弃大街，钻进一条胡同，满以为到了转弯处即可甩掉对方。不料，刚到胡同转弯处就见光要钱迎面追来。那钱要光和光要钱地形熟，早料到和尚要走这条胡同，一人便从另一头追过去。

和尚无奈，只得回转身往回走，谁知刚走到胡同的中间，就远远地看见钱要光从胡同口追过来。

和尚这才知道俩小子还真够鬼精的。看来，只有武力解决了。正思谋着，忽然看见墙上有一扇木制小角门，仅容一人通过。便轻轻一推，门开了。和尚急忙闪身进去，回手将门闩死。这才发现原是一处院落，那角门便是这院落的后角门。院子的正前方是一排整齐的房舍，有些破旧。和尚见再无藏身之处。便只好向那排房舍走去。到了房舍的前面，才看清楚原是一家书馆。正思谋着寻个藏身之处，忽见书馆内走出一个五十多岁的老者，一身儒生打扮，大概是这书馆的先生。和尚正要躲藏，那先生已走到跟前，端详着和尚，面露惊异之色，问道："大师来此有何贵干？"

和尚正要回答，忽然后面传来一阵喊声："蒲潭先生，快开门！"

"我们要搜查钦犯，再不开门，就不客气了。"

那先生听到喊声，明白过来。慌忙拉起和尚，边走边说："大师，快随我来。"

和尚只得将信将疑地随他走进一间厢房。厢房正中放着一张八仙桌，八仙桌后面放着书橱。看来这里是先生的书房。那先生轻轻将书橱推开，然后用力一推后面的墙壁，那墙上立刻开出一道小门。先生道："大师在此委屈片刻，我去打发他们。"

和尚只得爬进墙内，先生重又将书橱移回原处。

那夹墙却很宽敞，可容四五个人立身，和尚坐在地上暗忖，一个书馆的先生，房中竟有夹墙，看来绝非良善之辈。

这时，外面传来一阵脚步声，随即传来光要钱的声音。

"明明看见那个秃驴跑进来，怎么会不见了呢？"

先生的声音说道："老夫确实没有看见什么和尚、道士。如果有，恐怕也混在放午学的学子中间跑出去了。两位信不过，可以进去搜查。"

"老兄，我看算了吧。"钱要光的声音道，"一个穷和尚，一个子儿没有，抓到又咋地。你还当他真是钦犯呀！"

"好吧，"光要钱终于说道，"蒲潭先生您是咱永兴做大学问的，我们岂敢在您这儿乱搜，就便宜了那秃驴。"

不多时，书橱被移开，蒲潭先生笑道："大师，他们走了。"

和尚出了夹墙，施礼说道："贫僧谢过先生相救之恩。"

"大师请坐。"蒲潭先生恭敬地说道。待和尚落座，便问道，"不知大师因何被追到此？"

"是这样。"和尚便把经过详说了一遍，最后笑道，"可笑两个官兵硬说贫僧就是钦犯甘凤池。"

蒲潭先生笑道："这么说大师真的不是甘凤池大侠？"

"贫僧哪敢冒甘凤池之名，那岂不要了贫僧的性命。"

"大师此言差矣，"蒲潭先生依然笑吟吟，"甘大侠匡扶正义，一生英名满天下。得睹其颜，虽死犹荣，又有何惧？"

和尚大为惊疑道："这么说，先生非常仰慕甘凤池？"

"仰慕至极。而且数度得睹尊颜，为其风采所折服。"蒲潭先生满面红光，神采飞扬地说道。

和尚突然觉得蒲潭先生有些面熟，便问道："不知先生何曾得睹甘大侠尊颜？"

"二十年前在浙江石门东海夫子之子吕葆中府上，我曾数次见过甘大侠，可惜，我人微言轻无法参与甘大侠的大事，以致甘大侠对我毫无印象。"蒲潭先生说着已是热泪横流。

"先生莫不是曾静？"和尚忽然忆起。

"甘大侠，在下便是永兴的曾静，东海夫子吕留良的弟子。"蒲潭先生突然跪倒在和尚跟前。

和尚正是名满天下的反清复明义士甘凤池。此时见对方一片赤诚，且早已识破自己的身份，忙伸手相搀道："甘某担当不起。"

曾静这才起身，两人正要叙话。这时，一个十五六岁、书童打扮的男孩子跑进来，那书童惊奇地看了和尚一眼，向蒲潭先生恭敬地一礼，道："先生，夫人吩咐，叫您快去用午膳。"

"安子，这位大师是为师的朋友，快来见过。"曾静急忙介绍道。

安子很机灵，立刻走到甘凤池面前，屈膝施礼道："安子见过大师，愿大师万事吉祥。"

甘凤池当即扶起，赞叹道："好一个英俊娃子，将来定有出息。"

曾静道："大师，请到舍下一叙，如何？"

甘凤池见他一片谦恭，且又是东海夫子吕留良的弟子。那吕留良是一代儒学大师，著名的反清复明的思想家。甘凤池一生仰慕至极，吕留良虽然早已过世，但其反清复明的思想在江浙一带颇有影响。甘凤池与其子吕葆中交情甚笃。曾静既是吕留良的弟子，也算是同道中人。于是不再客套，便由安子在前面带路，一行三人走出房间。

曾静的府邸就在书馆的隔壁，原来和书馆是同一院。曾静的祖父在明崇祯年间曾出任过柳州知府，官职虽不高，但在穷山深谷的永兴也算是出了大人物，曾家可谓煊赫一时，所以在永兴城里曾家建起了高大的府第。到了曾静父亲，明朝已亡，科举因战乱取消，曾父虽有满腹经纶，却只能在南明小朝廷的一位将军门下充当幕僚。南明被清廷剿灭，曾父再无音讯，多半已在乱世中死去。唯有这一处大宅地留与子孙。

甘凤池、曾静来到府中。曾静立即吩咐仆从准备酒宴。曾家这时虽有高大的府第，却是外强中干，府中仆从只有三五个，曾静一声吩咐，大家立刻忙活起来，连曾夫人也跟着帮忙料理酒宴。因为甘凤池尚在通缉中，曾静于是笑问道："大师'法号'怎样称呼？"

甘凤池答道："贫僧出家于大岚山西圣寺，法号一风。"

"一风大师"，曾家阖府上下就这样称呼这位神秘客人。

吃罢中午饭，曾静便领甘凤池来到自己的书房。这间书房与书馆的那书房大不相同，不光宽敞明亮，布置得古朴典雅，最主要的是书多字画多。书案正面的墙上，悬挂着"心有开明"四个隶书大字。两旁则是东晋五柳先生陶渊明的诗词和唐诗宋词的上乘之作。书案后面是两个大书柜，占满了整整一面墙，里面摆放得整齐有序，全是书，有《大学》《中庸》《诗经》《尚书》《礼记》《周易》和二十四史等史籍。甘凤池本是武林中人，虽然也略通诗书，却不是以文为要。现在突然置身书香之中，却是别有一番意境在心头，便笑道："蒲潭先生儒学中人，此种书香之气，足以使甘某'放下屠刀，立地从文'，将来也许会科举成名，博个光宗耀祖。"

"博取功名！"曾静苦笑着，"如今是满人的天下，满人在马上得天下，也崇尚武力安天下，哪里还有我们读书人的希望。"

甘凤池摇头道："虽说满人崇尚武功，但科举取士还是沿袭，不是有许多汉人学子通过此途步入朝廷的吗？"

曾静不置可否，脸色凄然道："满清乃夷狄之邦，形同禽兽。我堂堂衣冠汉民岂能为之所用。甘大侠是反清义士，我不妨向大侠剖落心迹，我视满清朝廷如寇仇，早已绝了科举入仕之念。"

甘凤池不禁为之动容，双手抱腕，钦敬地道："蒲潭先生既明大义，甘某万分钦佩。甘某奔波多年，为的就是推翻满清朝廷，恢复我明汉江山。你我也算是同道中人。"

曾静激动不已，忙道："谢大侠抬爱。我一介穷儒，能和义士共议反清复明大事，实是三生有幸。不瞒义士说，我早有反清之心，只是人微言轻，又无缚鸡之力，虽然也联络了几个志同道合的朋友，却都是跟在下一样的儒生，实在不足以起事。今得遇义士，真是永兴人的造化。还望义士能留在我们永兴，以义士的威名，必能振臂一呼，应者如云，则大事可成，明室有望。"

甘凤池听得心潮翻涌，看着曾静说得口沫四溅，脸色通红，心里却越加不是滋味，半晌却不曾吱声。

曾静止住话头，不解地望着脸色凝重的"一风大师"。

好半天，甘凤池才说道："不知蒲潭先生可曾听说朱三太子案？"

曾静应道："永兴地处偏远，信息闭塞。但朱三太子案是康熙年间的事，消息早已传遍天下，在下怎会不知？"

"朱三太子乃前明崇祯皇帝第三子朱慈焕。甘某与其子邬思道、张思逵素有交往。甘某原以为，朱三太子乃前明后裔，以朱明反清为号，必能使天下归心，应者云集。于是，甘某偕同浙江大岚山张念一和尚拥戴朱三太子起兵反清。可是，起事之后，我汉民响应者寥寥。清兵进剿，我反清志士拼死杀敌，浙江民人却闭门不出，不愿助我杀敌，结果可想而知，念一和尚被俘，朱三太子也被抓到京城，康熙钦定谋逆罪处死。"甘凤池一口气说完，泣不成声。

曾静听完，气得胡须乱抖，骂道："真是愚民不可教也。难道他们不是汉人？"

"是啊！"甘凤池稍微平静下心情说，"事败后，我就在想：为什么老百姓对我们的反清行动这样冷漠？清廷通缉令下到各州县，我们这些反清义士的处境越来越困难。原以为康熙皇帝死，清廷天下必乱。可是雍正继位后，依然是清廷的太平盛世。我们在浙江却越加艰难。浙江巡抚李卫虽是雍正藩邸出身，却颇有才能，我反清义士在江、浙的组织尽被他破获。其实李卫也是个难得的好官、清官，他在浙省办理盐务、赋税改革、清查三空、清丈土地、修筑海塘。"

曾静愤然道："李卫既残害我反清义士，他就应该死。以大侠的绝世武功，取其人头易如反掌。"

"不，"甘凤池摇头道，"甘某的武功，要取十个李卫的人头也易如反掌。可是，李卫不同于那些贪官恶吏，甘某钦佩李卫其人。如今正是满清鼎盛时期，杀李卫无助于推倒清廷，却使甘某背上杀清官的恶名。李卫在浙省刷新吏治，惩治贪污，修筑海塘，做了许多有利于民的事。"

两人正说得热烈，门外传来安子的喊声。

"先生，您该去书馆了。"

曾静这才察觉到已是未时，忙起身道："义士，我要去书馆了。义士可在此先看看书。待放晚学，再做叙谈。"说着，用手一指书柜。

甘凤池笑道："甘某一向对四书五经不感兴趣。不过，先生尽管忙去吧，我自会打发时光。"

"实在抱歉得很，"曾静苦笑道，"为生计所迫只得开馆授书。"

曾静突然走到案后，从书柜夹层里拿出几本书道："这里有几本书，义士肯定喜欢。"

甘凤池接过，却是《吕晚村诗集》《吕晚村文集》和一本吕留良的《时文评选》。这几本书都是东海夫子吕留良所著，具有强烈的反清复明思想。甘凤池曾拜读过，非常喜爱。

曾静又吩咐家中仅有的两个丫鬟秋凤、春月侍候好客人，这才告辞离去。

甘凤池坐在桌案边，翻开其中的《吕晚村文集》。虽说都已是早年拜读过的东海夫子的文章，但如今再读一遍，心中确另有一番领悟。这些年为反清复明，一直遭到通缉。东海夫子的著述都是清廷禁书，不便携带。难得有机会悉心阅读，甘凤池暗暗感激曾静。

吕留良，浙江石门人。生于明崇祯二年，卒于清康熙二十二年，少有才名。但不参加科举考试，拒不为清廷服务。他隐逸山林，以评选时文，倡导朱熹学说著称于世，被时人尊为"东海夫子"。他怀念明朝，誓死不入仕清廷，坚辞清廷的威逼利诱，被逼吐血削发以明志，出家做了和尚。

"华夷之分，大于君臣之义。"甘凤池低声咏诵，仿佛看到东海夫子在满腹忧愤地吟唱，"国破山河在，城春草木深。"甘凤池回想自己空有报国之志和绝世武功，却对这清廷天下无可奈何，不禁怅然若失。书，他再也看不进去，便信步走到院内。丫鬟春月、秋凤以为客人有事，慌忙上前听候吩咐。

这时，曾夫人从外面走进来大声道："春月、秋凤备茶，家里来贵客了。"又向甘凤池说声，"对不住，大师。"

时候不大，曾夫人领着三个人走进院内，走在前面的是个四五十岁的男子，穿着件华丽的湖绸夹袄，一条油亮的发辫在脑后晃动，后面两个是长随打扮。那男子一眼瞧见院中站个和尚，便向曾夫人道："嫂夫人，这位大师是……"

"噢，这位是我家先生的朋友。这位是王澍兄弟，我家先生小时的朋友。"

甘凤池客气地双手合十一揖，那王澍也还礼道："不知曾兄家有贵客，多有打扰了。"

曾夫人慌忙道："都是自家兄弟，快别客气。两位请书房里坐。"

众人到书房落座，春月、秋风侍候茶水，王澍的两名长随也被安排到下房休息。

曾夫人开口道："王澍兄弟，你如今做了老太爷，尽享清福了。快说，这一路上都有什么新闻？"

王澍笑道："哪里有什么新闻！人家公家衙门忙得紧，咱闲待着也无聊，还是回咱乡里好。唔，曾兄还在教书吗？"

"他不教书，家里吃啥？"

"嫂子不能这样说。曾兄有学问，又有志气，不会甘居人下的。我和他从小光屁股在一起，当然知道他。"

"休说他，"曾夫人对王澍的话不感兴趣，便转向甘凤池艳羡地道，"一风大师，你不知道这位王兄弟养了个有能耐的儿子，如今做到什么游击啦，听说能带一万兵哩。"

甘凤池趁他们说话的空儿，早已将吕留良的那几本书藏在抽屉里。这时便敷衍道："如今是太平年景，在军中供职极舒服的。"

"是王澍兄弟来了吗？"

随着一阵脚步声，曾静声到人到。他来不及和甘凤池打招呼就上前拉住王澍的手，故作生气地道："你还记得愚兄吗，如今做了老太爷了，脸子也阔了，衣着也光鲜了。一年多没回来了。"

"曾兄说的哪里话，"王澍急忙辩白道，"兄弟无时不在思念曾兄和嫂夫人，而且还有件好事要说与曾兄。"

"什么好事？"曾静夫妇异口同声地问。

"其实，我看也算不上好事，可是我儿子阿灿非要我跟曾兄说不可。"王澍欲言又止。

"兄弟就别卖关子了。"曾夫人焦急地道。

王澍呷了一口茶："原先的川陕总督年羹尧被皇上将下去了，

岳钟琪做了新川陕总督，阿灿就是岳军门的部下，如今也升为参将了。"

"阿灿这孩子真有出息。"曾夫人赞叹道。

"别打岔。"曾静一瞪眼。

"阿灿说，他现在官越做越大了，需要找个人做幕僚，帮着他。他说曾伯伯是咱家乡最有学问的人，想请曾兄做他的幕僚。"

曾静看了甘凤池一眼，向王澍道："兄弟的心意我领了，只是我已是五六十岁的人了，实在不愿做什么幕僚。"

王澍忙道："阿灿还说，要是你不乐意，可叫你的弟子……那个叫张……那个极英俊、极有才华的。"

"张熙。"秋凤在旁提醒道。

"你是说敬卿，"曾静道，"他是我最得意的弟子，学问也好。可惜他到河南赶考去了……秋凤，敬卿去了多少日子了？"

"一个月零八天。"

"算着早该回来了，怎么耽搁这么久？莫不是出了什么事？"曾静自言自语，显得焦躁不安。

停了半晌，曾静突然问道："王兄弟，刚才你说阿灿请我做幕僚，不一定是好事……"

"是啊！"王澍答应着，用眼角瞟瞟甘凤池，欲言又止。

曾静明白其意，爽朗地一笑道："王兄弟放心，一风大师是我的莫逆之友，兄弟能跟我说的话，就可以跟他说。"

王澍这才开口道："兄弟一路听到传言，说岳钟琪本是宋人抗金英雄岳鹏举之后。还说岳军门忧国爱民，敢直谏，惹恼了当今雍正皇帝，岳军门不久也会落得像年羹尧一样的下场。"

甘凤池一直无心听他们的谈话，这时不禁为之一震。

曾静这时也对岳钟琪产生了兴趣，兴奋地追问道："这岳钟琪真的是岳武穆的后人吗？"

"看来是千真万确。"王澍郑重地说，"你和张熙都不要去做幕僚的好。万一岳军门倒了霉，你们也没个好。如今我还要为阿灿担心，这小子就是不相信。"

曾静仔细听着，似乎在思考着什么，半晌没言语。甘凤池看着他发呆的样子，觉得很古怪。

不觉已是掌灯时分，秋凤点亮两根蜡烛。

这时，春月走进书房，垂手道："老爷，酒宴已经备齐。夫人请老爷和客人入席。"

曾静这才惊醒过来，便道："也好，咱们边吃边谈。"

吃完晚饭，三人又在书房叙谈片刻，见天色已晚，王澍起身告辞。

曾静也不挽留，吩咐安子拿来纱灯，亲自送至大门口，望着王澍主仆三人打着灯笼走远，才回到书房。

甘凤池正坐在书案旁低头沉思。听到曾静进门的脚步声，抬头道："甘某在此打扰了。因有要事在身，明日就告辞了。"

"义士，何出此言？"曾静大吃一惊，"莫不是舍下有所慢待。"

甘凤池忙道："尊府待甘某如上宾，甘某感激不尽。只是如今反清大计毫无着落，甘某怎敢在尊府独自逍遥？"

"义士为国忧愤令人钦敬，但曾某也早有举事之心，永兴百姓亦和曾某一样早有反清之心。以义士的英名，何不在此地领我们做一番大事。"曾静目光中充满期待之意。

甘凤池不便拒绝，只得道："如今湖南官丰民富，百姓生活安定。恐怕没有人甘冒杀头的危险跟我们一起反清。"

"不，义士此言差矣。"曾静异常坚定地道，"驱除夷狄，还我汉人江山。此乃天地之大义。曾某为大义而死，虽死犹荣。况且曾某也结交了一些仁人义士，他们平日早有献身大义之意。义士可否在此稍待两日，我可召集这些义士来舍下共议大事。"

甘凤池颇觉可笑，他是当今名满天下的反清义士，多次真刀真枪地与清廷斗过。凡天下知名的反清义士无不知晓。曾静所说的义士，无非是同他一样，空有反清复明思想的儒生，迂腐得可爱，他们哪里晓得流血牺牲的残酷。于是便婉转地说道："蒲潭先生不必操之过急。纵观清廷天下，如今还是清廷鼎盛之时。盲目举事只能是以卵击石，白白牺牲同志的生命。为今之计，只有耐心等待天下有变，寻机发难。方可一举推倒清廷，恢复明室天下。"

"耐心等待，"曾静自顾自地叹息道，"不知要等到何年何月。我曾某年过半百，一事无成。今生还有几个年头？我愧对先人啊！"

"曾兄，"甘凤池有意引开话题，"王澍说岳钟琪升任川陕总督，看来是真有其事。"

"岳钟琪！我有一计可使天下大乱。"曾静目中闪着兴奋的光，仿佛已是胜券在握，"岳钟琪既是岳武穆后人，想必心里向着汉人，如果我们向他晓以大义、讲明利害。他必会起兵反清，雍正天下必乱。我等可趁乱起事，夺取天下，恢复明室。"

甘凤池听得哭笑不得，这位迂夫子竟将反清大事视作演戏，想怎么演就怎么演。

曾静正沉浸在一厢情愿的想象中，异常坚决地说："明日我便动身去西安，亲自上书岳钟琪，劝他起兵反清。"

甘凤池不得不打断他的话道："曾兄，王澍所言只是道听途说，不足为信。据我所知，岳钟琪出身将门，在军中屡立战功。雍正继位时随年羹尧破西藏王罗卜藏丹津于青海，后又率军攻下准噶尔部落。岳钟琪死心塌地为清廷卖命，深受雍正的信任。官职由游击、参将、副将升至川陕甘提督、甘肃巡抚，一直到顶替年羹尧升到川陕总督加兵部尚书衔。雍正的宠臣悍将，他怎么会反叛！"

曾静振振有词地反驳道："岳钟琪手握重兵，一定为雍正疑忌。他也会像前任总督年羹尧一样落得丢官降职，直至被害了性命。只要向他说明利害，他必会举兵反清，以求自保。"

"曾兄，"甘凤池劝道，"做大事不能仅凭自己一厢情愿的想象。岳钟琪以军功升职，不参与宫中储位之争。雍正任用他为川陕总督，无所疑忌，当然不会以待年羹尧的手段待他。岳钟琪屡屡升迁，当然会身感皇恩，誓死效忠皇上，哪里会有反叛之心。曾兄徒以口舌之利劝其反清，岂不是缘木求鱼！"

"不，即便岳钟琪不为雍正疑忌，但他是岳武穆的后人，曾某也会劝导他，夷夏之分大于君臣之伦。今日的满清就是宋时女真人的金国、岳氏祖上岳飞的仇敌。岳钟琪既为忠臣之后，就该替岳氏先祖报不共戴天之仇，岂可以汉人之躯事夷狄禽兽。"

甘凤池想不到这位曾老夫子竟如此倔强，简直不可理喻，只得叹息道："曾兄视大事如儿戏，恐怕枉送了性命。"

曾静朗声道："即便舍了性命，曾某也在所不惜。舍生取义，杀身成仁。曾某也可青史留名，曾氏族中也多了一个仁人志士。"

甘凤池苦口婆心地说了半夜，曾静上书岳钟琪策反的主张不但没有丝毫改变，反而更加坚定。这倒是出乎甘凤池的意料之外。甘凤池一生行走江湖反清复明，结交的仁人志士不计其数。念一和尚、杨启隆、邬思道、张思逴、张云如、周昆松……无不是为大义舍生忘死之士。像曾静这样的"义士"，甘大侠还是第一次遇着。

他们两个谁也说服不了谁，只得互道晚安，各自回房歇息。

第二天，天刚放亮，曾静就直奔甘凤池歇息的房间。原来他一宿没睡，连夜赶写了洋洋万言的上书川陕总督岳钟琪的信。这时正赶着给甘凤池看。

"大师！"

曾静连喊数声，房内无人应声。心中奇怪，用手轻轻一推，房门竟没有拴，只是虚掩着。曾静走到房里，但见那床上被褥整齐，只是没了和尚的踪影。再一看床头枕上放着一封信。曾静急忙拿过取出信纸，只见上面字力遒劲，洋洋数言：

蒲潭先生台鉴：

　多蒙厚待，甘某感激不必言表。然先生欲为之事，吾以为甚为儿戏。你我同志道中人，当殚精竭虑，共为大义。先生将所为，甘某不敢苟同。上书一事，绝不可行，切切为念。恕不辞行。

甘某拜上

曾静看完，很是气恼。自己剖心倾胆反清复明，却不为名满天下的反清义士理解。甘凤池明明是瞧不起自己，我却偏偏要做一件轰动天下的事，给他甘凤池瞧瞧。

曾静决心已定，便奔回卧室，将准备上书岳钟琪的事跟尚未起床的曾夫人说。曾夫人吓了一跳，紧紧拉住丈夫的手叫道："这可是诛灭九族的罪，你莫不是发疯了吗？"

曾静不耐烦地道："你平日不是也讨厌满人，支持反清复明吗？"

"平日只是说说，你怎么当真就去上书造反，明摆去送死呀？"

"舍生取义，杀身成仁，名垂青史，死了也值。"

"名垂青史？"曾夫人讥笑道，"出名、出名，你就知道想出名。屡试不中，出不了名，就恨世道、恨满人。如今，竟要提着脑袋想成名。要知道，人想成名，那是命里注定，含糊不得。"

"胡说八道。"曾静气得一把推开老婆，"你要是怕死，就变卖家产逃到深山老林去。我一定要亲自上书岳钟琪。"

曾夫人一见老头真动了倔劲，要一条道走到黑。只得劝慰道："这么大的事，也不能说去就去。敬卿去开封赴考，也该回来了。我看等他回来，你们再商量商量。"

曾静不再言语，心中也是七上八下。敬卿就是他的最得意弟子张熙。平日尽得老师衣钵真传，很有些学问。在永兴地方也小有名气。因他原籍河南，所以去开封参加科举考试。曾静想到张熙，才止住一颗冲动的心，决定等张熙回来。师徒商议后再做打算。

说来也巧，天刚过午，一位满面风尘的英俊儒生来到曾府，他就是张熙。春月、秋凤一见，欢喜得一齐迎上前去，接行李，掸风尘，问东问西。曾静这时也从学馆回府，听见动静，忙和曾夫人一起走出房来。

张熙看见老师和师娘亲自迎出房来，慌忙磕头施礼。师徒等入室坐定。曾夫人着急地问道："敬卿，考得怎么样？怎么到现在才回来？"

"唉，别提了，今科没指望了。"张熙垂头丧气地说。

曾静不安地问道："难道考得不顺利？是不是又出了偏题、怪题？"

"其实根本就没能考试。全场罢考。"

曾静夫妇吃惊地问道："怎么会出这种事？"

张熙喝了一口茶水，清清嗓子道："说来都是因河南总督田文镜而起。田文镜非科甲出身，因偶然的机会参奏山西巡抚德音匿灾不报而得雍正的赏识，直升至今天河南总督的位置。田文镜因不是科甲出身，对待属吏和读书人尤其苛刻。在豫省竭力推行新政'官绅一体当差纳粮'，使读书文人不愿在豫省做官。这才引起士子们联名罢考。"

"河南学政怎么料理此事？"曾静追问道。

"河南学政张廷璐就是当朝第一宣力之汉臣张廷玉的弟弟。但据同科的士子说，就是他在暗中煽动罢考，想借机把田文镜赶出河南。田文镜集河南军政、民政、财政、文政于一身，这次罢考是开国第一次，后果严重，田文镜当然亲自过问。为首的士子已被总督衙门拿了。凡参加罢考的士子当年不得应考。也有人说田文镜还要向皇上参劾张廷璐。这位雍正皇帝的'模范总督'根本没把张廷玉当回事。"

曾静安慰道："敬卿，不必难过。雍正任用田文镜这样的酷吏，哪里还有咱们读书人的出路。即便这次不罢考，即使你文章做得花团锦簇，以满清官场的黑暗，也未必金榜题名！"

张熙向老师微微一笑，一副全不在意的样子说道："弟子秉承恩师教诲，时时不忘自己是汉民。决不为清廷服务。此次赴豫省考试，无非是想借机打入官场，从其内部推倒清廷，恢复汉人天下。"

"你不忘为师教诲就好。"曾静甚感快慰，便道，"为师正有一事与你商议。"说着，从衣内取出那份策反信，放在张熙面前。

张熙一目十行，匆匆看过，吃惊地问道："恩师，您要做什么？"

"为师要亲自去上书岳军门，劝其起兵反清，报汉人之仇。"

张熙越加惊奇，钦佩地道："恩师真是神人妙算。弟子赴开封赶考，一路听人传言，说岳钟琪本岳鄂王之后，现手握重兵，有朝一日必夺雍正天下，路经长沙岳麓山时，弟子遇见一个白发白须的道人，挑着招牌'云水道人，善观气色'八个字，路人争相请道人看相。道人一一看了，无有不准，临走时，那道人在桥上写了八个字'五星连珠日月合璧'。弟子当时就记下了。"

"会有这样的事？"曾静惊讶不已，低声念道，"'五星连珠，日月合璧'，这是暗喻复明之意。看来是天下将乱，世道将变。"

"恩师所说极是，"张熙兴奋地说，"弟子也是如此看法。我们应该有所行动才是。"

曾夫人一直在听他们师徒说话，原以为张熙会劝阻老师不给岳钟琪上书。现在看来这师徒怕是要一起发疯了。

曾静接着道："为师近日就准备动身去西安，上书岳军门。"

"不，恩师。"张熙忙阻止道，"此去西安路途遥远，您年过半百，哪里经得起长途跋涉，还是由弟子代劳吧！"

曾夫人一听张熙所言，心中暗喜，忙从旁劝道："敬卿说得对。你这么大岁数的人，万一有个闪失，岂不误了大事。"

曾静道："此次上书有杀头的危险，怎好让敬卿代劳。"

"恩师，"张熙见老师如此珍爱自己，激动地纳头便拜，"反清复明本是弟子平生之志，至死不渝。弟子孤身一人，无牵无挂。还是由弟子代您去吧！您要是不答应，弟子就永远不起身。"

曾静无奈，只得答应道："快些起身，为师的答应就是。"

第二天，张熙收拾好行李，藏好书信，便踏上行程，曾静和夫人送了一程又一程，临别的话交代了一遍又一遍。

此时深秋已过，山风吹在脸上，已颇有些寒意。几棵光秃秃的老树无精打采地站在路旁，倾听着小桥下面单调的流水声。

"恩师请留步，弟子就此别过了。"张熙也知此去也许就是从此阴阳两隔，因此，声音哽咽着说道。

曾静无声地望着远处黑黝黝的山，半晌低声吟道："风萧萧兮易水寒，壮士一去兮不复还。"

张熙闻听，精神为之一振，慨然道："弟子如今就是那刺秦王的荆轲，请恩师静候弟子佳音。"说完，毅然转身，向着驿道大步走去。

第二十三章

恃目力痴心说鹰犬
套口供假意结金兰

"岳某早有驱除清虏之心，只是未逢知己不敢稍露，又身在公门，身不由己。今得遇义士和尊师教诲，使岳某茅塞顿开，勒马回首。岳某感激不尽。如蒙不弃，岳某愿与义士结为金兰，不知能否高攀得起？"

立冬刚过，古城西安已是一派严冬景象。驿道两旁的老树光秃的枝丫支挺着，在微微的寒风中冷不丁地颤抖几下。总督府前的清兵还没换上过冬军装，个个袖着双手，怀抱长枪，无可奈何地在寒风中挺立着。

这时，一匹火红的战马挟着寒风飞驰而来，在总督府门前突然打住。马身上跳下一位年轻的军官。门前的清兵一见，慌忙接过马的缰绳。那军官快步如风，进入总督府。

自年羹尧被雍正解除川陕总督的职务后，岳钟琪就顶替他的位置，雍正皇帝为示信任，又加兵部尚书衔，任宁远大将军。此刻，岳钟琪正在小客厅跟陕西巡抚西琳谈论公事。

"岳大帅考虑得甚是周详。"西琳点头道，"陕、甘两省应该早做准备，以免到忙的时候抓瞎。"

"有巡抚大人这句话，陕、甘两省我无忧也。"岳钟琪欣然道。

西琳起身道："下官回去后，就照大帅的意见办，保证陕西省做到平时不闲，战时不乱。告辞了。"

西琳刚刚退出，刚才那位年轻军官走进小客厅，向岳钟琪深施一礼道："王灿叩见大帅。"

岳钟琪用手一指旁边道："坐下说吧，最近西边情况怎样？"

"回大帅，准噶尔王策旺阿拉布坦三天前去世，其子噶尔丹策零继位。噶尔丹策零性行狡诈，野心勃勃。叛贼罗卜藏丹津极有可能投靠噶尔丹。"

王灿又详细禀告了噶尔丹最近军队的动向，岳钟琪细心地听着，不时插话，赞扬王灿几句。

王灿刚刚禀完公事，守门亲兵进来禀道："大帅，府门外有个年轻秀才，说是从南方远道而来，有要事当面呈报岳军门。"

"不见，"岳钟琪没好气道，"又是一个沽名钓誉之辈，故弄玄虚，想欺蒙本帅，本帅再不上当了。"

王灿听说是南方来的秀才，便道："也许人家真有要事呢。"

岳钟琪笑道："将军真是好雅量。既如此，本帅就权当再上一次当。传来人进见。"

时辰不大，一位儒生打扮的青年人来到客厅。这人二十多岁，相貌英俊，虽是一身的风尘，却是精神饱满、虎虎生威，径直走到岳钟琪跟前，深施一礼，朗声道："小民张倬叩见岳军门。"

"张倬，你有何事，尽管说来。"

"谢大帅！"张倬答道，"小民受人之托，有封书信面呈大帅。"张倬就是化名的张熙。

岳钟琪接过书信，展开一看，当时惊得目瞪口呆。

那信的抬头称呼为："南海无主游民夏靓顿首拜上宋鄂王岳元帅武穆公保之后无东元帅东美将军麾下。"

岳钟琪当然知道岳飞是南宋抗金英雄。岳飞精忠报国，汉人气节，光照日月。时下有人传言岳钟琪乃岳飞之后。其实，岳钟琪是四川成都人，字东美，号客斋。其族谱表明成都岳姓与南宋河南汤阴岳飞的岳姓早在西汉时就已分支，根本毫不相干。但这信的称呼显然是应了时下人们的谣传，自然是有着极深的用意。"无主游民"，意即无皇上之民。是表示不承认现今的清朝朝廷。这显然是一封策反信，岳钟琪怎能不胆战心惊？

岳钟琪强压着怒火将书信看下去。

书信很长。首先是称颂岳飞抗击金兵，百折不挠，气贯长虹。

438

可恨遭奸人陷害。如果赵构英明，坚持抗金，倾南宋之力，尽岳飞的将才，哪里会有风波亭的遗恨。其次是历数满人入关后虐杀汉人的种种暴行。称满人为夷狄，形同禽兽，满人立朝，得统不正。更兼当今雍正皇帝矫诏篡位，继统不正。他身犯十大罪恶：害父、逼母、弑兄、屠弟、贪财、好杀、酗酒、淫色、诛忠、任佞。如此无德残暴的人君，人人得而诛之。最后说历代勋臣功高震主，绝不会有好下场。岳将军的前任年羹尧就是兔死狗烹的活生生的例证。劝将军勿要愚忠，况且"夷夏之分大于君臣之伦"。今日的满人，就是当年金国女真、岳氏祖上的仇敌，将军既是衣冠汉人，不可再做夷狄禽兽的臣民。而且将军是忠臣鄂王之后，更应及早改弦更张，替先祖报不共戴天之仇。如果将军能高举义旗，举十万雄兵出三秦讨清，夏靓则一呼可动员江西、湖南、广东、广西、贵州、云南六省响应。那时，沉睡百年的中原之地复苏，岳帅可正位为天下之君或为新朝的功臣。此时天降大任于岳将军，救亿万华夏民人于水火，就在将军一念之间。

岳钟琪一目十行，匆匆扫视来书，越读心情越是沉重，不知不觉头重脚轻，浑身起鸡皮疙瘩，直冒冷汗，颜面失色。这夏靓是何等样人，与我无冤无仇，分明是自己不要命，又写这样发昏的书信陷害我！如今是太平盛世，江山稳固，劝我造反所为何来！造反大逆，灭族之祸。岳钟琪越想越怒，哪里还顾总督的仪态，将书信往地上一扔，随即大声喝道："狂徒大胆！来人！给我抓起来，重枷送入大牢。"

张熙早将生死置之度外，这时反倒神态自若地道："大人何须动怒，你当然可以拿小民向你的主子邀功请赏。可恨大人功利熏心，甘做岳门不肖子孙，又忍睹亿万苍生于水火，你不是人，是满人的走狗。"

两旁的亲兵哪容他多嘴，早冲上前将他擒住。张熙一面大声叫骂，一面被带下去。

参将王灿小心问道："大帅，到底发生了什么事，惹您动怒？"

岳钟琪视王灿为心腹，不用瞒他："你自己看看去。"

王灿捡起书信，粗略地看了一遍，当即忧虑地道："大帅如今地位显赫，深受皇上宠信。在百官中已成众矢之的。不少朝廷大员说您拥兵自重，培植私党，甚至说您密谋造反。民间则盛传大帅是岳鄂王之后，说大帅忧国爱民，敢直谏，触怒了皇帝，地位已岌岌可危。在此君臣关系微妙之际，冒出这个张倬投书，劝大帅造反。这不是授人以柄吗？"

"我正是为此忧虑。"岳钟琪道，"此事关系重大，本帅不便单独审理。还是请陕西巡抚、按察史一同会审为宜。"

第二天，按察史硕色准时来到总督府。巡抚西琳因督察军务暂不能前来。岳钟琪简单地向硕色说明了事情经过。两人便一同来到签押房。

不多时，两名亲兵把张熙从大牢中提出带到堂前。硕色打量了一下人犯，向岳钟琪道："请督帅审案！"

硕色和西琳都是旗人，岳钟琪请他们来会审就是想洗脱嫌疑，堵他们的嘴。因此，他微微一笑道："大人主审吧，本督旁听即可。"

硕色见总督大人如此抬爱，颇为得意。便将案上的惊堂木"啪"地一拍，问道："堂下人犯姓名？"

张熙被惊堂木惊得一震，反倒来了精神，看来自己要做英雄的时候到了。因此将头一扬昂然答道："无主游民张倬。"

"张倬，夏靓是什么人，家居何处，你们为何要造反？"

张熙微微一笑道："夏靓乃是家师。我师徒二人早已立志推翻满人朝廷，恢复汉人江山！"

硕色勃然大怒道："大胆逆贼，你可知造反大逆是灭门之罪吗？"

硕色转向岳钟琪道："督帅，请刑。"

岳钟琪咬牙道："尽管大刑侍候。"

硕色立刻大声命道："来人，重责五十大板。"

五十板子打完，张熙的腰下已是个血屁股，硬是没叫出一声。

"说！"硕色厉声问道，"你家居何处？都有哪些同党？"

张熙忍着疼痛，强笑道："实话说了吧，张倬和夏靓都是化名！"说完，便再也不说一句话。

"你……"硕色气得说不出话来。

岳钟琪按捺不住，叫道："本督今天非撬开你的嘴不可。"

"呸！"张熙一听岳钟琪说话，气得一口唾沫吐向书案，咬牙骂道，"你这个满人的走狗、岳门的孬种。认贼作父，残害同胞。天下汉人恨不能食你的肉、寝你的皮。你等着，你不会有好下场。"

岳钟琪气得大叫："来人，给我拉下去，乱棍打死。"

亲兵架起张熙往外就走。

硕色慌忙劝道："大帅不可性急。如今尚未审清问明就将人犯打死，恐有不妥。"

岳钟琪闻听，心里激灵一下醒悟过来。是啊，要是就这样打死人犯，自己就是跳进黄河也说不清了。于是说道："人犯暂押大牢！"

天将近午的时候，陕西巡抚西琳才赶到总督府。同岳钟琪、硕色见过面后，岳钟琪道："本督今天身体不适，烦请两位大人审理人犯。一定要撬开他的嘴巴，不惜动用大刑。"说完，便由两名亲兵扶着走了。

岳钟琪是在推托，他害怕再听到刚才张熙骂他的话。所以将审讯张熙的工作推给了西琳和硕色。

西琳满怀信心地开堂审讯。但是，几个回合下来，西琳有些撑不住了。无论他软硬兼施，所有的刑具用遍，张熙只是一言不发。西琳只得认输，命人将张熙送回牢房。

黄昏时分，西琳和硕色才走进岳钟琪的客厅。岳钟琪急不可耐地问道："二位大人，审出结果没有？"

西琳摇头道："此逆贼真是冥顽得很，我是没办法了。"

硕色叹道："此人真是一条硬汉，可惜不能为我所用。"

岳钟琪一听毫无结果，像泄了气的皮球，一下子跌坐回座位上。

西琳趋前禀道："大帅，近来噶尔丹放出风声，说是要遣使来我朝讲和。不知是真是假？"

岳钟琪现在最关心的不是这个，便反问道："你看呢？"

"属下以为噶尔丹策零较其父策旺阿拉布坦更为狡诈。觊觎我边地已久，今天突然又要遣使讲和，恐怕另有所图，我们还是提防些为好。"

岳钟琪心不在焉，不知是不是在听，只是点点头。

西琳道："为防噶尔丹策零突然偷袭，我们应在北面阿尔泰山和西面巴里坤增派兵力，加强防守。查廪将军的两万八旗兵可就近进驻阿尔泰山，参将王灿的两万绿营兵可屯巴里坤。"

"你下去布置吧。"岳钟琪终于说了一句话。

西琳和硕色起身告辞，岳钟琪命亲兵送两位大人出府。

张倬上书的事没有审出结果，像是什么东西卡在岳钟琪的喉咙里，扰得他寝食难安。午饭本来就没吃，晚饭也是在夫人的一再督促下，才吃了几块点心。

岳钟琪左思右想，权衡利弊，决定还是尽快推脱责任为好。于是当即展开纸笔给雍正写一份详细的奏折，将张倬如何投书，自己如何与西琳、硕色会审，动了大刑他也死不招供等情由原原本本写出，最后请求皇上准予把张倬押送京城交刑部审理。书写完毕，亲自用火膝封好，吩咐道："快，用六百里加急驿使送往京城，交皇上御览。"

只四五天时间，京中驿使送来雍正亲批御旨：

天下竟有如此可笑、可恨、可恶的逆匪，在当今太平盛世胡言乱语，难道他没有看到朕几年来所施行的善政？此事岳卿谨慎对待，不得有半点玩忽懈怠，不得一推了事。卿乃智者，岂能贸然用刑讯呢？逆贼敢来下书，早已不畏死矣，哪能如此轻易审得结果出来。朕于卿是万分信任，卿就不能辜负了朕。卿无论用什么方法，都要审出实情；卿要慢慢地讲道理，讲我大清立国之政，先帝六十多年文诏武功之盛，讲朕的仁政恩德，再动之以情，劝导逆贼归化本朝，就学岳卿的榜样，干一番事业。只要揭出背后主使，就可将功补罪，不要往死路上走，指派你投书的人，其实是害你的人。岳卿亦可劝道：张倬敢投书策反，犯大逆大罪，真是一条好汉子。你师夏靓更是非凡之人。你师徒皆国家栋梁之材，何不洗心革面，出来为国家做大事，留名青史呢？总之，朕要卿务必审理清楚。

岳钟琪反复将雍正批旨认认真真地看了几遍，心里又是喜又是忧又是惊，喜的是皇上仍然对自己宠信有加；忧的是这张倬软硬不吃，得用什么办法方能审出实情；惊的是雍正皇上这样重视逆匪投书，做了如此具体的批示。自己若是处理不慎，就会受到皇上猜疑。

岳钟琪正在揣度雍正的旨意。这时，王灿拜见。

王灿施礼问安已毕，道："大帅，近日噶尔丹军马调动频繁，末将以为戎狄准噶尔恐生事端。驻巴里坤我军将士高度警戒，以应急变。"

岳钟琪吃了一惊，但很快恢复了自信，道："噶尔丹年少气盛，待我军奋戈一击，打他个下马威，他自然不敢再轻举妄动。"

"大帅，据末将的细作探知，青海叛匪罗卜藏丹津和他残余兵将都被噶尔丹收留，其力量不可小视。我军还是谨慎为好。"

"你说的当然也有道理。但就朝廷的实力来说，打败噶尔丹策零的叛乱，应该不是问题，当年，他的父亲策旺阿拉布坦和罗卜藏丹津相互勾结，反叛朝廷。结果落得十万大兵投降天朝，罗卜藏丹津只身逃往准噶尔。如今，噶尔丹策零在走他老子的旧路。"

王灿知道雍正初年平定青海罗卜藏丹津的叛乱，是由年羹尧做主帅，全面指挥的。岳钟琪当时是川陕甘提督，功劳也不小。但如今年羹尧已是钦定罪人，自然不便提起，于是说道："当年一战而败罗卜藏丹津，当然是皇上英明策划得当，再加上大人您指挥得当，调度有方的结果。"

岳钟琪心中甚是舒帖，口里却道："算啦！好汉不提当年勇嘛！王灿，还有公事吗？"

"没有啦，大帅。"王灿轻轻摇摇头。突然又问道："大帅，那张倬投书的事审得怎样了？"

"你很关心吗？"岳钟琪似有深意地问道。

"不，不。"王灿慌忙摇头，"末将只是觉得事关大帅前程，所以为大帅着急……末将并不认识此人。"

王灿的话明明是此地无银三百两。岳钟琪并没怀疑，只是被他的话提醒，一个主意便在胸中产生，于是说道："张倬冥顽至极，西琳和硕色两位大人用尽酷刑也未审出个子丑寅卯。本帅唯有让你去审。"

"我？"

"对，就是你，王灿将军。"

王灿颇感意外，为难地说道："末将乃一介武夫，升堂问案并非所长。何况，末将还有军务在身，明天就要返回军中。"

"不碍事。"岳钟琪胸有成竹地道，"你的军务可暂由副将纪成斌料理。你只管集中精力去问张倬一案。"

王灿有种被赶鸭子上架的感觉，踌躇道："大帅，我要怎么去做？"

"王灿，听口音，你和张倬都是南方人，本帅教你……"

张熙被西琳严刑拷打，皮开肉绽，体无完肤。身戴重枷，下在死囚牢里，牢里又暗又湿，张熙昏昏迷迷熬了三天三夜，几次差点见了阎王。第四天，突然被去了枷锁，转移到了一处宽敞清洁的宅院。一个温文尔雅的年轻人上前侍奉饮食汤药，关切备至。

张倬认识这个年轻人，此人正是王澍的儿子王灿。他只是不明白王灿身为参将，为什么要来侍奉"逆贼"。也许是岳钟琪命他来套出自己的口供。其实，张熙刚到总督府见岳钟琪的时候，就认出坐在旁边的王灿。因为王灿有几次省亲，排场不小。十里八乡的人见了都认得，张熙也认识他。但王灿却记不起张熙。张熙当时不知道岳钟琪的态度，怕事不成功连累王灿，所以装作不认识他。

一天午饭后，张熙试探道："这位兄台，听口音像是南方人。"

王灿一听，一改往日的官话，用永兴土话说道："咱们不只是同乡，还在故乡见过哩。因为我一见您就眼熟得紧。"

张熙一听乡音，备感亲切，欣喜地道："我一开始就认出了你，你是王灿。只是不知岳钟琪对上书的态度，怕牵连你王家，所以不敢相认。"

王灿一听，激动得热泪直流道："张兄真是倾心为我王家着想，王灿感激不尽。如果张兄相信在下，有什么需要帮忙的只管直说。"

张熙摇头道："我做的事可是犯死罪的事，你帮不了，不过……"

"张兄要做什么，尽管说。"

"我只是想知道，岳钟琪为什么这样不审不问，好生待遇，他究竟在打什么主意？"

"张兄莫急，岳军门只是谨慎行事而已。他是明白人，尊师信中的道理，大帅怎会不懂？他心里非常赞成夏靓先生的主张。但军中皇上的耳目众多，稍有不慎便会引起皇上的猜忌，使得大事难成。为不走漏消息，大帅特命我来侍奉张兄的饮食起居，其余人概不得与张兄相见。"

张熙一听，喜出望外，问道："这是真的吗？"

王灿故作忧虑地说："岳军门虽有叛清之意，却不敢贸然起事。因为不知夏靓先生到底有多少兵力可供使用。"

"岳将军大可放心。"张熙有些得意忘形，便信口说道，"家师蒲潭虽无一兵一卒……"

"你的老师不是夏靓?"王灿惊奇地问道。

"当然不是。"张熙得意地说道,"夏靓是我老师曾静的化名,人称蒲潭先生,张倬也是化名,我真名叫张熙,字敬卿。"

"小弟明白,请张兄继续说下去。"

"家师虽无一兵一卒,但结交了不少仁人志士,只要他振臂一呼,江南数省的百姓即可起而响应,千军万马立刻招至麾下。"

"不知尊师都结交哪些仁人志士?"

"这个……"张熙顿了一下,说道,"我要和岳军门见面后再说。"

"也好。"王灿说道,"我这就去禀明大帅。"

不多时,王灿在前,岳钟琪在后,两人走进张熙住的宅院。

王灿走近张熙道:"张兄,大帅看你来了。"

张熙站起身来,看着走进门的岳钟琪却没有说话。岳钟琪慌忙一拱手道:"义士,岳某让你受苦了。"

张熙略一躬身道:"张熙不敢。"

三人落座,岳钟琪看着张熙脸上的伤痕,不安地道:"岳某惭愧,让义士受此酷刑。也是岳某糊涂,害怕朝廷见疑,竟对义士动用大刑。当看到义士宁死不屈,是个真正的英雄,岳某才由恨到敬,认真地考虑信中所言和自己的前途。"

张熙道:"岳军门能有此转变,实为我汉人的幸事。"

"岳某早有驱除清虏之心,只是未逢知己不敢稍露,又身在公门,身不由己。今得遇义士和尊师教诲,使岳某茅塞顿开,勒马回首。岳某感激不尽。如蒙不弃,岳某愿与义士结为金兰,不知能否高攀得起?"

张熙惊喜道:"张熙从命就是。"

岳钟琪立即吩咐王灿摆设香案。两个人对天盟下誓言。

岳钟琪长张熙近二十岁,当然为兄。当下便道:"贤弟,你我既然是兄弟,便需同心协力共赴大义。请贤弟详细说明曾静先生都有哪些义士相助，愚兄也好心中有数。"

张熙道："如今江西、湖南、广东、广西、贵州、云南六省连年水旱天荒，官府压迫，百姓愁苦，流离逃窜，人心思动，处处欲乱。蒲潭先生结交天下豪杰义士，策划起事，像湖南的有谯中翼、刘之珩，浙江的严赓臣、沈在宽、孙克用……"

"严赓臣、沈在宽也与尊师有交往？"岳钟琪吃惊地问道。严赓臣，字鸿逵，当世大名鼎鼎的人物，当朝大学士朱轼还曾推荐他进国史馆修《明史》，严鸿逵抗旨不就。这事岳钟琪都知道的。

"当然是真的。"张熙同这位新结拜的盟兄聊得越来越投机，说起话来便有些信口开河，便把他所认识的一些读书人的名字说了出来。岳钟琪却在暗中欢喜，默记着一个个人的名字。

两人一直谈到深夜，张熙还意犹未尽，岳钟琪起身告辞。

岳钟琪套出口供，兴奋不已，回到书房。连夜给雍正皇帝写奏折，而且把迫不得已的情节也写进了奏折，表明自己竭力为皇上办事，不惜屈身辱志，与逆贼结拜，求皇上宽恕。第二天，岳钟琪将奏折连同西北军务谍报用六百里加急发往京师。

过新年了，紫禁城内外早已是过节的情景，过年的喜庆的气氛荡漾在人们的心间，使得北方的冬天显得不是那么令人心寒。

雍正皇帝早已退了早朝，回到养心殿，伏案批阅奏折。胤禛继位以来，致力于刷新政治推行新政，诸多事务，千头万绪。每天除了御门听政，接见官员，披览奏章外，最繁重的工作就是朱批这些来自全国各地、各机构的奏折。雍正比历代皇祖都更重视奏折。首先简化了奏折传送的手续，使臣下的奏折直接送达皇上的手中。送达的奏折越来越多，雍正从中掌握了每个臣子的真实情况，且对朱批繁多的密折乐此不疲。

不知何时，雍正感到头有些胀痛，眼前也越来越模糊了。这才意识到自己从早朝到现在已经连续操劳了几个时辰没有休息。便站起身来摘下眼镜，走下御座，活动一下疲劳的筋骨。殿内空无一人。因为雍正吩咐过，所有宫人太监一律在殿外侍候，未经召唤，不得入内。

"吴德才！"雍正突然喊道。

吴德才是雍正的御前太监，听到皇上的喊声，急步躬身进来。

"奴才在，皇上有什么吩咐？"

"去看看衡臣在干什么，要是不太忙，叫他来陪朕说说话。"

"是。"

不一会儿，张廷玉走进殿门。雍正站在御案前，待张廷玉走近，便问道："衡臣，圆明园的工程完工了吗？"

张廷玉躬身答道："已经完工多日了。只等皇上御临。"

雍正轻轻点头，道："朕每日忙于朝政，实在感到太疲劳。宫中枯燥无趣，朕想搬到圆明园去。"

"皇上说的是，国事固然要紧，但龙体更要保重。"

"衡臣，你陪朕去圆明园看看去。"

雍正吩咐吴德才摆驾，便和张廷玉一起走出养心殿，刚到军机房门口，正巧，方苞从房里走出，慌忙躬身道："皇上吉祥。"

雍正面带微笑道："方学士，朕要和衡臣一起去圆明园看看，你要是没什么要紧的事，也一起去吧！"

君臣三人正要走，雍正突然又回过头来，向旁边的太监吩咐道："告诉兵部捷报处，凡有西北军务的奏折随时送到朕的手上。"

雍正一边往前走，一边向两人说着话。

"近来岳钟琪来奏折说，西北准噶尔首领招兵屯粮，蠢蠢欲动。还有一份奏折说，有一个叫张倬的南方人，上书岳钟琪，策动他反叛朝廷。实在是可恨！"

张廷玉道："当年青海罗卜藏丹津兵败逃往准噶尔，就留下了祸患。现在噶尔丹若是和罗卜藏丹津相互勾结，那么势力不小。朝廷应早做防范。至于张倬，岳钟琪为脱嫌疑，一定会问个水落石出，皇上尽可放心。"

君臣之间说着话，已到了乾清门外。车轿早已备齐，三人上了轿。

吴德才喊声："起驾！"三乘轿向紫禁城外走去。

圆明园原是前明朝皇室的一处废园。康熙四十八年，圣祖将此园赏给刚刚被封为雍亲王的胤禛。康熙亲赐园名：圆明园。当时的圆明园只是一处水景园，总共五千多亩，包括前湖、后湖六十亩。胤禛继位后，因喜爱此园，便旨令园中进行大规模兴建，历时一年多，圆明园内建起二十八处各具特色的建筑群。

雍正君臣三乘暖轿来到圆明园门前停下。雍正揭开轿帘道："衡臣、灵皋，咱们就在这儿下轿，边走边看。"

"奴才依着主子的意。"张廷玉说着先下了轿，过来扶着雍正。后面方苞也跟着下了轿。

雍正站在门前，抬头看见康熙亲赐的"圆明园"三个字，心中似有所动道："朕当年独得圣祖皇帝圣眷，圣祖于皇子加封每人赐园一处。朕却分得三处：雍和宫、圆明园、小宫。"

雍正回头见方苞也仰面注视着园名，便道："灵皋，你是饱学之士。这'圆明园'三字到底是什么意思？"

方苞素来慎重，慌忙摇头道："为臣恐怕说不清，不过'圆明园'三字与皇上推行的政策，其意很是贴合。"

"灵皋话虽不多，却是一语中的。"雍正颇为赞许地道，"'圆明园'三字大有深意：圆而入神，君子之时中，旺而普照，达人之睿智也，以此为政，就要符合时宜，既不宽纵废弛，也不严刻满民。"

方苞由衷折服，赞叹道："皇上诠释贴切，寓意深远，臣望尘莫及。"

君臣三人走进园内。

圆明园的内部建筑也和紫禁城一样分为外朝和内朝两大部分。外朝位于园内的南部，是皇帝的施政之所。正中也修建了正大光明殿，由皇上坐朝。东侧的勤政亲贤殿为接见臣僚、披阅奏章之处。正大光明殿之南依次为内阁和六部值班房。雍正对这些似乎不感兴趣，只是匆匆走过，不做一句评断。当看到勤政亲贤殿后的楹栏时，突然吩咐道："吴德才，笔墨伺候。"

吴德才没料到皇上这个时候会要纸笔，慌忙下去，好半天，才找到。张廷玉和方苞，一个忙着研墨，一个铺开宣纸。张廷玉研好墨，将笔送到雍正面前，恭敬地道："皇上，请。"

雍正提笔在手，不假思索，挥笔写下"为君难"三个字。随手将笔一扔，吩咐道："吴德才，叫人做成匾额，挂到楹栏上。"

张廷玉和方苞相互看了一眼，颇为惊疑。雍正看得清楚，苦笑道："朕不想跟你们说什么，这'为君难'只有朕才深有体会，说了你们也不明白。"

圆明园的内朝是皇上和后妃寝息和玩乐的地方。在正大光明殿的北面，前湖和后湖之间，是一处古朴典雅的阁楼式建筑，名九州清晏，意谓四海升平、国泰民安。后湖的对岸有一座观音庙，名慈云普护。主持文觉禅师听闻皇上驾到慌忙出迎。

雍正上前扶起欲行大礼的文觉禅师，道："文觉大师，久违了。"

文觉禅师道："皇上自即大位，便不曾言及佛事。想当年皇上为雍亲王时，对佛学造诣颇深，老衲也甘拜下风。"

"大师所言不差。"雍正喟然道，"当年，朕与佛学颇有渊源，曾想以身事佛。可是，圣祖皇帝将社稷托付于朕，朕不得已，自断佛缘。其实，佛一直在朕的心里。"

从观音庙出来，雍正无心再观赏。君臣回到勤政亲贤殿。那"为君难"三字已做成匾额，高悬在楹栏上，雍正用手一指道："朕少年时性喜佛学，本无意大位。但圣祖既托大位于朕，朕必倾心竭力。为君之难，可见一斑。"

张廷玉知道雍正只要说起"为君难"就没个完，便有意引开话题道："圆明园的工程已经完工，皇上明日就可搬来办公。"

雍正道："朕是为了更好地处理朝政，绝不是贪图享乐。这里比较安静，比嘈杂喧嚣的大内更适宜办理政务。再则，朕喜欢幽雅的环境，有山有水，令朕赏心悦目。公务之余，朕可以放松一下精神。"

张廷玉附和道："明日的朝会就在后园可好？"

雍正点头道："可以通知六部九卿的官员们。"

这时，吴德才走进殿内，躬身道："禀皇上，刚才兵部捷报处送来川陕总督岳钟琪的六百里加急奏折。"说完，将奏折呈上。

雍正接过一看，是两份奏折，便打开第一份，是西北军务的谍报。仔细看了一遍，说道："东美说西北的军务紧急。准噶尔首领和青海叛匪罗卜藏丹津互相勾结，不断向官兵挑衅，并掠我财物，杀戮边民。请朝廷定夺。今天不是朝会，我们先略议一议。衡臣你有什么看法？"

张廷玉道："准噶尔部一直未被我军征服，有损我大清国威，本朝元年的青海罗卜藏丹津叛乱就是在准噶尔王策旺阿拉布坦的支持下发生的。虽然罗卜藏丹津被我军战败，却逃往准噶尔与之结为一体和朝廷为敌。如果准噶尔不被征服，则我西北边境永无宁日。就我朝廷内部来说，此时已与万岁初登大位时不同。随着新政的逐步推行，天下政局稳定，财力充足。完全有条件解决准噶尔的问题。"

雍正点点头，转向方苞道："灵皋，你看呢？"

"臣赞同张相的看法。只是在指挥和部署上要因事因时而宜。与准噶尔人的战争有它自己的特点，远距离的粮草辎重运输就是个难题。准噶尔人以骑战为主，机动灵活，我方要想方设法制服敌手。"

雍正笑道："灵皋的言外之意，朕明白。因为国家安享太平日久，旗人的武功很多被荒废了。现在的议政王大臣都是世袭的贵族，他们大多没有实战经验，早已不熟悉军阵之事。朕早有意选几名股肱之臣，专侍朕的左右，帮朕谋划军机要务，代朕朱批和面谕拟旨。这样，朕的旨意可以直接送达前线将帅。避免人多冗杂，泄露机密。"

张廷玉一听，暗暗赞叹皇上果然精明过人，这样做，那些议政王大臣、内阁大学士形同虚设，一切权力都抓在皇帝一人手中。

雍正见两人没有异议，便又道："具体的事宜，明天的朝会上，朕再和廷臣详细议一议。"说完，又打开岳钟琪的另一份奏折。却是奏张熙、曾静上书策反一案的。

雍正脸色顿时一变，将奏折递到张廷玉手中，怒声道："朕真是做梦也没有想到天下竟有这样丧心病狂的人，逆情之大，匪夷所思。"

张廷玉以极快的速度看完，递给方苞，说道："皇上应该感到欣慰才是，像曾静、张熙这样的逆贼的暴露，说明皇天佑我大清。"

方苞道："岳钟琪为套出逆贼口供，不惜屈身与逆贼结拜，实是难得。"

雍正不假思索地道："岳钟琪一心为国，朕心中明白。逆贼要伏法，勋臣也应褒奖。衡臣，拟旨。着副都统觉罗海兰为钦差大臣往湖南缉捕逆贼曾静等人。行文浙江巡抚李卫，缉拿张熙所供逆犯严鸿逵、沈在宽、孙克用。以上逆犯捕获后，交钦差觉罗海兰、湖南巡抚王国栋审讯，务必深挖细查，究出主使逆贼。审讯结果，随时上奏。"

张廷玉很快拟完旨，盖上雍正玉玺，交付下去。这时，吴德才禀道："皇上，三贝勒来了。"

"叫他来见朕。"雍正扬手道。

吴德才下去。三贝勒弘时走进殿来。弘时是齐妃所生，生得一表人才，面如冠玉，浓眉如漆。只是太消瘦，使颧骨旁的两颊显得深陷发暗，似是破败之相。

弘时行完大礼，雍正道："你十三叔身体怎么样？"

弘时道："儿臣遵皇阿玛的旨意，带着太医去看了。十三叔的身体已经好多了。"

雍政约略放心，向弘时道："弘时，你要多学点你十三叔。他日夜为国事操劳，为朕分忧，是硬生生累垮的。"接着又像是对张廷玉和方苞说道，"允祥为人公正廉明，只知为国效力。位居权力峰巅却从不居功，极其谦抑。不似阿其那、塞思黑之辈，一心谋权夺位，不择手段，置天理人伦于不顾。朕要是多几个像允祥这样的兄弟就好了！"

第二十四章

散忧情空囊赖嫖院
邀恩宠壮胆浑争差

弘时一时手足无措。因为雍正平时对子女管制极严，他从未涉足这种风尘之地。没想到今天借酒泄愤，竟闯到这种地方。想要回去，却被那几个女子连推带拉拥上楼去。

第二天辰时刚到，大内晨阳钟鼓声大作，悠扬沉重的钟鼓之声漫过重重层楼琼宇，越过灰暗高大的五凤楼，直传出午门来。

"万岁爷起驾乾清宫！万岁爷起驾乾清宫……"一声声的传呼由太监们的口里递送出午门。

早已候在午门外的六部九卿的官员、王公大臣，听见喊声，立即整理一下衣冠，由左右掖门鱼贯而入。

太和殿中，官员越进越多，满殿只闻轻微的呼吸和衣带的窸窣声。百官刚一到齐，一个小太监大声道："奏乐。"

立时殿外庑下百余个太监击鼓撞磬，琴瑟筝笙，编钟排律，齐声大作。

在庄严肃穆的歌乐声中，雍正由西阁门迈步走出，缓缓走向御座，他面含微笑，扫视一下黑压压的跪在殿前的王公大臣，方才走到座位前端正坐下，怡亲王允祥、诚亲王允祉、宝亲王弘历、三贝勒弘时、方苞、张廷玉跪伏在御座前。

钟鼓礼乐声止。

执事太监大声喊道："行跪拜大礼！"

"万岁！万岁！万万岁！"满殿大臣伏地跪拜，山呼雷动。

雍正面上含笑，双手摆平道："众卿免礼。"又转向允祥等人道，"各位亲王、王大臣赐座。"

允祥、允祉、允礼、弘历、张廷玉、方苞等人皆入座。只有

455

弘时站在御座前，脸色如猪肝一样难看。他比弘历大十岁，可还是贝勒身份。

雍正这时也看出有些不妥，正要吩咐太监赐座。弘历却站了起来道："皇阿玛，儿臣是小辈，原不应坐着，就让儿臣和三哥一起站着吧！"

雍正还没说话，大殿里立时传来百官啧啧称羡的声音。雍正因见空着一个座位，便用眼扫视一下群臣道："朱轼大学士，你做过朕的师傅，又是有年岁的人，您请这边坐。"

礼部班中一个苍老的声音哽咽着道："臣朱轼谢万岁盛恩！"弘历一见，慌忙迎上前去扶着朱轼到座位前坐下。

"各位爱卿，"雍正一收微笑，显得异常庄重严肃，声音铿锵有力，"朕继位以来，秉承圣祖教谕，推行一系列新政，浙江由李卫推行'摊丁税入田赋'；河南田文镜则推行'火耗归公''官绅一体纳粮'；鄂尔泰在广西、云贵地区推行改土归流。到底成效如何？朕接到奏折，浙江府库收入较推行'摊丁税入田赋'之前增加四成，而且浙省原本是南明小朝廷盘踞之所，社会秩序比较混乱，民间反清复明的盗匪活动猖獗，一直是朝廷的心腹之患，李卫一举破获江宁张云如、甘凤池为匪首的逆犯团伙，甘凤池等人在浙省再无立足之地。田文镜在河南的成效也不错，火耗银子只收到四钱，比别的行省都低……"

雍正正说着，突然，殿下有人高声道："万岁，臣有事要奏。"

雍正被打断了话，面露愠色。

吴德才呵斥道："大胆，有什么事待皇上说完话再奏。"

"皇上刚才说到田文镜治理河南之事，和臣所奏之事有关。"

雍正这时听清楚声音是从刑部班中传来的，便向跪在前头的刑部尚书周鑫明问道："是谁要奏事？"

周鑫明脸上冷汗直冒，哆哆嗦嗦地说："是刑部员外郎陈学海。"

雍正语气温和地道："陈学海，你站起来，到前面来奏。"

"臣谢主子隆恩。"刑部班中走出一个四十多岁、身体矮胖的人，跪伏在雍正面前道："田文镜是奸邪小人，皇上却多次称他为模范督抚。皇上信任这种误国害民的小人，臣恐有碍新政的推行。"

雍正皱眉道："朕说的是国政，不是针对人品。"

"人品卑劣，何来公德。田文镜在河南垦荒，致使饥民四散逃荒。他实行官绅一体当差纳粮，虐视士子，引起开封士子罢考，百姓有谚：'模范不模范，从东往西看，去年吃不上饼，今年喝稀饭。'"

"河南自古民风刁顽，官善民欺，也是常有的。至于士子罢考一事，"雍正转向张廷玉道，"田文镜也上奏了。"

张廷玉脸上一红，道："河南士子罢考一事，皆因臣弟河南学政张廷璐而起，罪不在田文镜。张廷璐已被革职处分。"

下面又有人高声道："臣湖南布政使张井元有奏。"

"说吧！"

"陈学海所说河南饥民四散逃荒是实，湖广乃河南近邻，汉阳三镇的饥民十之八九是河南人，田文镜匿灾不报，反报丰年，而且有嘉禾祥瑞为证，田文镜难逃欺君之罪……"

雍正一声不响，心思却不在张井元身上。田文镜并非科甲出身，没有座师同年的援引，出仕四十年还只是个小吏，是靠皇上的赏识提拔上来的，他感激君恩，图报心切推行新政，手段严厉，措施果断，这正是雍正需要的。但他得罪了大批科甲出身的官员，屡遭攻击和议论。雍正以为，对田文镜的评价，就是对自己用人制度的评价。想到此，便打断张井元的话道："你不要说了，田文镜推行新政，措施严厉，当然会触及一些人的利益。你们所奏均非大节。若是田文镜有失政之处，朕倒是很乐意听听。其实在朕心里，比你们更加关注田文镜。下去吧！"

陈学海和张井元互相看了看，忙谢恩退下殿来。

"弘历，朕更加想知道田文镜在河南到底做得怎么样，朕就命你以亲王身份巡视江南，顺便看看河南的情况。"

"儿臣遵旨。"宝亲王答应着站在一边。

雍正见再无人奏事，便道："宣鄂尔泰进殿述职。"

鄂尔泰就跪在大殿的角落那批进京述职的外官中，闻听皇上召见，慌忙躬身来到御座前，跪拜叩头道："臣云贵总督鄂尔泰见驾。"

雍正面露欣喜之色，起身离座，伸手相扶起："毅庵，你总算回来了，这一去三载，朕无时不在思念，来呀！赐座。"

一个太监慌忙搬来一把椅子，放到鄂尔泰跟前。

"谢主子隆恩。"鄂尔泰在朱轼旁边坐下。

"毅庵，西南改土归流的情形详细跟朕说说。"

"是。奴才赴任之前，就将改土归流的方略同主子商议妥当。到任后奴才深入各地山寨，详细察访，对地方的疆界形势、险要山川、城池、衙署、营汛、兵丁、户政、粮饷、赋役等了然于胸。便按照主子的布置，调兵遣将，推荐官吏，剿抚并重。历经三载，云、贵、广西三省七个土府，六个州十个长官司以及东里宣慰司江内六版纳，全部实行改土归流。"

"毅庵为国立了大功。"雍正笑道，"朕要把你留在京师。"

"改土归流虽完，但仍需奴才善后。"

"朕不是留你在京师安享清福，是有更重要的差事让你做。等一下，你就会知道。云贵的差事仍交给杨名时。"

雍正转向张廷玉道："衡臣，把东美的西北要务的奏折念给大家听。"

张廷玉说声"遵旨"，便滔滔不绝地念了起来。

雍正待他念完，开口道："准噶尔部一向与我朝为敌，始终是我西北边地的隐患。朕意出兵准噶尔，将其一举征服，既扬我天朝国威，又永保西北安定。岳钟琪奏折中亦有'十胜'的把握。你们怎么看？"

鄂尔泰因受皇上恩宠，便率先言道："我大清入主中原以来，安享太平盛世六十余载。臣恐朝廷武事生疏，出兵准噶尔既可历练兵事，又可稳固天朝版图，何乐而不为！"

"老臣没有毅庵那么乐观，"年近七十的大学士朱轼手捻雪白的胡须道，"这打仗岂能儿戏，哪能想历练就历练呢，打胜了固然好，打败了就要损兵折将、劳民伤财的。"

鄂尔泰一听，老大不高兴道："朱师傅怎么尽说丧气话！我天朝国富民丰、兵强马壮，我大兵一到，准噶尔人必望风披靡。"

朱轼不以为然："准噶尔地处边远苦寒之地，朝廷恐怕鞭长莫及。即使我军劳师动众将其征服，也是得不偿失。"

鄂尔泰还要争辩，雍正发话道："朱师傅、毅庵，你们不要争了。"说完转向允祥问道，"十三弟，你有何高见？"

允祥的身体太差了，这时感到有些疲劳，但仍打起精神道："臣弟主张出兵，但朱师傅的话也有道理，准噶尔地处偏远苦寒之地，用兵会有很多困难。皇上应和边将认真谋划，筹措得当，确保一战即胜。"

张廷玉和方苞的意见已经跟皇上说过，雍正不用再问，便道："看来众卿主张开战的居多。朕明日就下旨开战。但是，现在的议政王大臣都是世袭的，没有实际作战经验，也不熟悉军国大事。况且内阁远在太和门外，离天街更近，人员冗杂，极易泄密。朕便想专门设立一个衙门，专侍朕的左右，帮朕谋划军机，处理军务，朕就叫它军机处吧。首任军机大臣就指定为怡亲王、衡臣、毅庵。"

散了早朝，弘时一个人闷闷地走出午门。迎面一个青衣长随慌忙迎上前去："贝勒爷，下朝了，乏了吧！奴才陪您找乐子去。"

弘时好像没听见，只管一个劲儿往前走。

青衣长随赶紧上前拦住道："爷的轿在西华门外。"

弘时醒悟过来，转身向西，来到停轿之处正要上轿，忽听身后有人叫道："三哥！"

弘时听出是弘历的声音，懒得搭理。弘历已赶到跟前，道：

"三哥，要是没什么要紧的事，就到我府上去吧。皇阿玛命我巡视江南，明日就动身，不一定什么时候能回来。咱哥儿俩今晚好好叙叙。"

"对不住，宝亲王，您是大忙人，我还是不打扰您的好。"

弘时不轻不重地说完，向那青衣长随命道："冯荒，起轿。"

弘历不明所以，看着绿呢大轿渐渐远去。

弘时坐在轿子里，越想心里越气。今天在早朝上，面子丢得太大了，以后还有什么脸面见人。同样是皇上的儿子，弘历年纪轻轻就被封为宝亲王，自己年近三十，还是个贝勒。皇阿玛太偏心了！在朝堂上也是有意出自己的丑。论才干、论德行，自己哪一点比弘历差，可是弘历总是样样占先，出尽风头。自己则落于人后，默默无闻。

不觉已到了府内，弘时下了轿，直往卧室走去。四福晋佟氏忙跟上去柔声道："爷怕饿了吧，都晌午了，还是先吃了饭再歇息吧！"

"不吃。"弘时硬邦邦地丢下一句话，便走进卧室，自己胡乱脱了官服，一头扑倒在软榻上。

佟氏也走进房内，躺在弘时身边。因见弘时两眼盯着房顶出神，问道："爷不是乏了嘛，咋睡不着？"边说边用手抚摸弘时的额头。

弘时感觉那小手柔软温暖，十分舒服，便伸手将佟氏拉到身边，另一只手在她光滑柔润的肚皮上抚摸。佟氏啐了一口，飞红着脸，娇嗔道："大天白日的，别这么没出息！"

"没出息，你说谁没出息！"弘时突然暴怒起来，一脚将佟氏踹下床去。佟氏不明弘时因何发怒，只是嘤嘤啼哭。

弘时余怒未息，也不管佟氏，自顾走出房来，府中奴仆哪个敢上前劝阻。弘时便一个人走出府来，到了街上。

那街上人来人往，车水马龙，热闹非凡。弘时心中烦闷，边走边看。看了又走。不知不觉便走远了，这才感到腹中饥饿，便在一家小店要了一壶酒和几个小点，自斟自饮，不觉喝得半醉。起身要走，店家拦住道："客官，您还没给钱呢。"

"钱？"弘时有些明白，便用手去摸衣袋，却是空空如也，竟一个子儿没带。

"爷没钱。"弘时眯着双眼，醉醺醺地道。

"没钱？"店家气恼地叫道，"想白吃白喝呀？"

"你放屁！"弘时醉眼一瞪，一手揪住店家的衣领道，"爷吃饭从来没给过钱。"

店家吓得把头一缩，再也不敢言语，只得自认倒霉。

弘时出了酒店，借着酒兴，哼着俚俗小调在街上横冲直撞。行人一见，像躲瘟神一样闪到一旁。弘时却哈哈大笑，径直走到一处高大的宅院前，见那门口进出的人很多，便也跟着人流走进门去。

"哎哟，这位爷来了。"一个衣着妖艳的半老徐娘走到弘时跟前满脸赔笑道，"爷面生得紧，没来玩过吧？"

弘时摇摇头。

"那么您是要生货，还是要熟货？"

"我要什么货？"弘时莫名其妙地道。他其实并没有醉，所谓七分醉意三分装，只是借酒发泄怨气而已。

那妇人笑道："没想到爷还是个雏，到这儿来当然是要姑娘了。"

弘时这才知道原来是家妓院。抬头一看，那门头上书着"春香楼"三个字。妖艳妇人就是老鸨。

"姑娘们，接客啦！"老鸨发一声喊，楼上立刻跑来三四个花枝招展的女子，牵手勾背，把弘时围住。

弘时一时手足无措。因为雍正平时对子女管制极严，他从未涉足这种风尘之地。没想到今天借酒泄愤，竟闯到这种地方。想要回去，却被那几个女子连推带拉拥上楼去。

老鸨见弘时上楼，也跟着上了楼。进了一间房内，老鸨问弘时道："爷今儿个看上哪个姑娘了，尽管说。"

弘时被那几个女子撩拨得心动神移，早忘了恐惧，见老鸨发问，便用手一指左边长着鹅蛋脸的年轻女子。

"春桃，你真好福气哟，让这位爷看上了。"老鸨哑着嗓子叫道。

春桃满面喜色，上前拉着弘时的手道："爷，您这边请。"

弘时被春桃带到左侧的一间厢房，房内倒也整齐。春桃拉了弘时的手在床边坐下，一双俏丽的眼睛不时投来秋波。弘时顿时局促不安起来。

"敢问爷尊姓大名。"春桃很会来事，想分解客人的紧张心情。

弘时一怔，慌忙诌了个名字："黄加仁。"

"原来是黄大爷，"春桃说着便拉起弘时的手，"侬一见黄大爷，就喜欢上了。"

弘时此时欲火腾腾，再也不顾其他，二人遂成就好事。

弘时穿戴整齐就要往外走，春桃叫道："黄爷，你还没给钱呢。"

弘时一怔，这才想起自己身无分文。他平日外出总有冯荒等奴仆跟随随时付账，自己从不装银子。刚才进来时，忘了这一层。这会儿只得道："爷今儿个没装银子来，明儿个差人送来。"

"那不成，这事儿哪有赊账的。"春桃虎着脸。

"明儿个我加倍奉还还不成吗？"

春桃脑袋摇得像拨浪鼓，连声道："不成，看你穿得挺光鲜的，却是想赖账，我叫妈妈去。"说完，扭着腰肢出去了。

弘时没想到这女人说变脸就变脸，竟傻呆呆地站在那儿。

老鸨听了春桃的汇报，带着两个凶神恶煞的打手走进房来，一见弘时，便问道："这位爷，姑娘您玩了，这银子哪能不给。"

弘时见情势不妙，赶紧赔笑道："不是在下想赖账，实在是匆忙之间，忘了带银子。明日当加倍奉还。"

老鸨顿时气得吼道："没钱到这儿找什么乐子，给我打！"

那两个打手不由分说，冲到弘时跟前，挥拳就打。弘时吓得一闪身，往外就跑。一个打手好像早防着他，一个虎跃扑到前面。弘时一看急了，他小时候在宫中跟谙达（满人武术教师）学过功夫，这时候东一拳西一脚跟两名打手斗起来。居然将两个人打倒，脱身冲到楼下。

老鸹一见，忙向下面喊道："抓住他，别让他跑了。"

弘时正要跑出楼梯，那院子里突然冲出十几个彪形大汉，个个手执木棒向自己冲来。他这时真的感到害怕了，但又不能说出自己的真实身份，只得闭着眼睛往外冲。两个冲在最前面的打手被他打倒了，后面的便一拥而上。弘时哪里招架得住，身上早挨了两棒。老鸹却在楼上叫道："打，打，给我往死里打。"

众打手棍棒齐下，眼见着弘时要被活活打死，突然有人大声叫道："住手！"

打手们闻声停住手中的棍棒，却见左侧厢房檐下站着一个四十多岁的清瘦男子。那中年男子走到弘时跟前，老鸹也从楼上下来了。

中年人问明原委，掏出一块银子，足足有二十两，扔在地上道："这些钱够了吗？"

"够，够，足够了。"老鸹赶紧捡起银子，眯着眼叫道，"快，放了那位爷。"

打手们丢下弘时，四散走开。中年男子俯下身来，将弘时抱起，叫道："这位爷，醒醒。"

弘时没被打中要害，刚才只是被吓昏过去，不多时便苏醒过来。睁开眼睛看见中年男子，大吃一惊。

老鸹指着中年男子道："是这位爷给了银子才救了你。"

弘时故作感激地道："这位兄台，多蒙相救，在下感激涕零。"

中年男人会意一笑道："小事不值一提。快看伤着哪儿没有？"

弘时活动一下，站了起来，看来没伤筋骨只是腰上挨了两棍，有些酸麻地痛。便笑道："还好。邬先生，你怎么也跑到这种地方来了？"

那中年男子正是邬思道。他故作夸张地一笑道："你先说，你怎么到这里来的？"

弘时只得让步，笑道："都别说了，彼此彼此吧。"

邬思道说道："此地不是说话的地方，咱们去找间房子叙一叙。"

弘时跟着邬思道走进一间房子里，叫来两杯茶，两人一人一杯。弘时笑吟吟地问道："听说邬先生早已离开雍和宫，不知在何处高就？"

"一言难尽。"邬思道叹息道，"小人当年原是赴京赶考来到京城，不想名落孙山。无颜回家乡见父老，便投了雍亲王府。如今雍亲王已贵，小人自忖才疏德寡，才乞请离开雍和宫。因无处可去。便在京城到处盘桓寻乐，不想巧遇三爷。"

弘时听了，才知邬思道也是皇阿玛遗弃的人。同病相怜，内心对他便油然而生同情之心。正想着，忽觉他两眼直勾勾地盯着自己，像是见了怪物似的，心中不快道："邬先生为何这样看我？"

邬思道神秘兮兮地笑道："小人有祖传相面之术，刚才发现三爷竟生成少见的富贵之相，故而惊疑。"

"有何种富贵？"

"贵不可言，轻则出将入相，重则……"

"怎么样？"

邬思道迟疑道："在下说出来，请三爷千万不可外传，否则有杀头之罪。三爷的贵相可享九五之尊。"

弘时不禁一愣，随即哈哈大笑道："邬先生真会说笑话。想我弘时已届而立之年，一事无成。哪里来的九五之相。"

"话不能这么说。"邬思道煞有其事地说，"三爷虽生有富贵之相，但须遇贤人辅佐，经自己的努力才可实现。所谓七分天注定，三分靠打拼，即此意也。三爷前半生虽平平淡淡，但如果自己努力争取，再遇贤人辅佐，仍可成就大业。"

一席话说得弘时怦然心动，自己本就生在帝王之家，这将来的皇位，除了弘历，就是自己的。自己以前不存非分之想，是因为看了皇八子党的下场，心里怯了。邬思道说得有理，虽有富贵之相，自己不去争取也是枉然。自己为什么不能振作起来，同弘历斗一斗呢？父皇今天的地位也是靠打拼得来的。

弘时心里这样想着，精神便振作起来，眼前的邬思道就是天降的贤人来辅佐自己成就一番事业的。

"邬先生，请随我到府上，有要事相商！"

弘历天还没亮就起来了，梳洗完毕，太监送上早点，便随便用了些，拿起那本《贞观政要》读了几页，当听到院里奴佣杂役都已经起床的声音，便向身边的太监说道："刘统勋起来后，叫他这边来。"

太监出去，不多时领着一个三十多岁的红脸汉子进来。

"奴才刘统勋给宝亲王请安。"

弘历摆手道："不要拘礼。都准备齐全了吗？"

刘统勋应道："都齐备了，只待爷动身了。"

"不忙，"弘历道，"先去圆明园陛辞，顺便看看皇阿玛还有什么训谕。辰时，我们就动身。

两人出了府门，弘历嫌乘轿太慢，便改乘一匹红色蒙古马，刘统勋也跨上一匹白马，急驰而去。

两匹马很快就到了圆明园门口。弘历老远就看见两旁停放着十几乘绿呢大轿，看来六部九卿的官员已经搬来值班了。

刘统勋道："还是万岁爷圣明！找到这么个地方办理政务，再好不过了。"

弘历下了马，就要进园子，忽听南面有人叫道："四弟。"

回头看时，却是三贝勒弘时大步走来。弘时刚从轿中出来，因被几乘轿挡住，弘历没有看见他，他却看见了弘历。

"四弟，这么早来园里有公务？"弘时一脸的笑容，情绪极好，与昨天愁闷的样子简直判若两人。

弘历见他热情，早忘了昨天的不快。于是答道："我是来陛辞的，听听皇阿玛有什么训谕。三哥，你有什么公务？"

弘时笑道："我哪里有公务？就是来给皇阿玛请安，还有，十三叔也搬进园子里住了。他身子骨不好，我也想看看他。"

刘统勋趁他们说话的缝儿，向弘时请安。

"奴才给贝勒爷请安。"

弘时见过他几次，嬉笑道："四弟将来是做大事的，你跟了他，不怕没有好前程。"

弘历今早第一眼看见弘时，就觉得怪怪的，看他嬉笑着说话，仿佛变了人似的。他努力想弄个明白，却总也不明白。

弟兄两人进了园门，穿过山水相间的前湖，又走了一段长长的甬道，才来到勤政亲贤殿的门前。值班的太监一见，慌忙跪拜行礼。

"皇阿玛在做什么？"弘时问道。

太监讨好地说道："皇上正在生气呢，两位爷进去小心点。"

弘历只是轻轻点点头，举步便进了殿门。弘时心里却有些惴惴不安，他是被父皇训斥怕了，生怕稍有不慎，又要挨骂。但见弘历神态自若的样子，只得稳稳心神，跟随着进去。

"王国栋无德无能！"弘历刚进殿，就听父皇厉声斥骂。见左边鄂尔泰木木地站着，允祥大概身子不太好，坐在躺椅上，用两只胳膊支撑着身子，无声地注视着皇上。张廷玉和方苞在左边站着，一声不响。弘历蹑着脚在方苞的下首站了，弘时也学着站在他的下首。

雍正正值盛怒，显然没有觉察到两位皇子，自顾自骂着："王国栋在湖南当巡抚两年，是怎么当的！出了弥天逆贼全然不知。他如果能尽力宣扬圣心国恩，让愚民懂得君父天伦，哪里会出这等逆案，如今岳钟琪提供了新线索，着他去缉捕，也没审出个子丑寅卯来，一点儿也说不清这些逆犯狂言乱语的根源。"雍正直骂得口干舌燥，才端起奶子茶喝了一口。

弘时、弘历趁空上前跪拜道："儿臣拜见皇阿玛。"

"你们来得正好，也站在边上听听。"雍正等他们站回原处，接着刚才的话题道，"曾静、张熙只不过是偏远地方的村夫野叟，居然也想造反，他们还搜罗了那么多谣言，可见天下毁谤朕的人很多，众口铄金，非同小可，决不能掉以轻心。王国栋偏偏不是这么重视，他以为抓住了曾静和几名从犯就可以完了差事，却不去深究他们骨子里为什么造反，也不去追究谣言的来源。既然办不好，朕就撤他的职。逆犯押回京师，朕另派人审理。衡臣，就照朕的意思拟旨。"

张廷玉不愧为朝廷权臣，很快就拟好了罢免王国栋的旨意，然后说道："这长沙离京城三千多里地，曾静又是逆犯，一路恐怕会有其同党图谋不轨，皇上还是钦点得力官员押解钦犯进京。"

雍正刚才只是一时之气，信口说来，经张廷玉这么一提醒，竟找不出合适人选来。允祥不顾病体，欠身请旨道："皇上，臣弟走一遭吧！"

"不，十三弟，"雍正看着允祥瘦削的脸，心疼地道，"你这样的身子骨哪经得起鞍马劳顿。"

鄂尔泰深感圣恩有加，这会子也赶紧讨好道："既是怡亲王贵体欠安，就让奴才去吧！"

"毅庵，你也去不得。西北战事正急，朕左右哪能缺少谋划之臣。朕已有人选……"

"皇阿玛，"弘时突然进身上前奏道，"儿臣日夜想着为您分忧。可惜，总没有机会。这次押解逆犯进京，就由儿臣去吧！"

"你？"雍正带着疑虑的口吻道，"曾静是朕钦点的逆犯，一路必有其党作乱，你能当此大任吗？"

弘历也从旁劝阻道："三哥，那些逆党武功高强、手段狡诈，令人防不胜防，像你这样未经历过江湖险恶，恐怕不易胜得他们。"

"四弟，"弘时一听弘历的话，气就不打一处来，只是记起邬思道的话，才强忍着把火气压下去道："你又经历过多少险恶江湖，不也照样可以巡视江南吗？凡事事在人为，不让我试一试，怎么知道我不行呢？"

"事在人为，好！"雍正面上含笑，赞赏道，"弘时，朕今天就特别喜欢你这一句话。这么多年，你就从没跟朕这样说过。你们都是朕的皇子，朕看着哪个都一样心疼，看着哪个有出息都高兴。其实，朕即大位以来，就存着一个心思，今儿个不妨当着几位爱卿和两位皇子的面说出来。圣祖皇帝在位的时候，他老人家的二十多位皇子中就有几个为着将来继承皇位不顾天理人伦明争暗斗，气得圣祖将太子位反复立废。朕本无心大位，自小就觉得做皇上是最苦的差事，偏偏圣祖就选中朕继承大业，朕不得不以如履薄冰之心躬对天下，偏有阿其那、塞思黑之流，不甘罢休，屡屡给朕使绊子。其党羽、信徒到处造谣、中伤朕，就连曾静这样一个穷苦偏僻之地的儒生也信其谣言。朕对这皇子党争有着切肤之痛，所以朕就想了一个秘密建储法，就是把立为太子的皇子的名字由朕在龙驭上宾前书写在绢绸上，放入匣内，藏在乾清宫'正大光明'的匾后，待朕归天后，由御前大臣共同启示百官，诏告天下。"

允祥、鄂尔泰、张廷玉、方苞一听，都吃了一惊，想不到雍正此刻竟说出这些话来。无疑，秘密建储法比历代立储法都更加明智，允祥心里一番感叹，道："皇上真是圣明，秘密建储可算是彻底消除皇位之争的根源，实是皇室的大幸。"

鄂尔泰也赞赏道："皇上此举可谓前无古人，皇子们如果有意大位，必须不断地靠自身的努力去赢得皇上的信任。"

弘历一听，心里有些不快，本来自己很是受皇阿玛宠爱，是被当作接班人来培养的，弘时根本就不被皇阿玛注意，弘昼还小，自己做太子是板上钉钉的事。没想到皇阿玛会突然改变主意，弘时又一改往日不问政事的作风，这次表现主动，是有意讨皇阿玛的欢心，岂非无心！看来这皇位属谁，还是指不定的事，自己稍不谨慎就会前功尽弃、功败垂成。因而，弘历面呈钦敬之色道："皇阿玛圣明，解决了天下之根本。"

弘时心里高兴，看来邬先生真是料事如神，自己依着他的话去做，果然就见奇效。看来以后只要有邬先生相助，自己再加把力，鹿死谁手，还很难预料呢。于是便道："皇阿玛，儿臣也和四弟一样的看法。只是儿臣请旨的事……"

"朕准你就是，"雍正今天显得情绪特别好，"不过，你要加倍小心，为防万一，朕准你从大内挑选几名高手，做你的左右助手。"

"儿臣谢皇阿玛盛恩。"弘时答应一声，高兴地退到一边。

雍正看了一眼弘历道："弘历，朕着你巡视江南，也该动身了。"

"是，皇阿玛，儿臣特地来陛辞的，不知皇阿玛还有何训谕？"

"朕命你巡视江南，是因为朕日夜忙于国事，无法亲自去访查下边的吏治民情。你去了，要多了解民生、社情。朕的新政已经全面推行下去，但究竟成效怎样，朕只是从臣子的奏折里知道一些，恐怕不够全面，也不一定真实。田文镜应该说干得不错，朕是非常相信他的，但是，有那么多人弹劾他，朕心里也不踏实。你路过河南的时候，顺便听听，看看那里的情况，直接奏朕。李卫那边，浙江应该是治理得不错喽，但也有文人骂他，说他收秦淮妓院的烟花捐充作官员的养廉银，听起来确实不雅。谢世济是浙江监察御史，浙江的吏治情形他知道得最清楚。李绂，朕调他任直隶总督，广西巡抚一职暂由金珙代理……"

雍正一口气说了这么多的人，弘历一一记在心头，暗想着如何把皇阿玛交代的事一件件一桩桩漂漂亮亮地办好，以讨得皇上的欢心。

"儿臣一定不负皇阿玛的厚望。"

弘时、弘历从圆明园出来，两弟兄虚情假意，互道珍重，便各自回府，准备动身。

弘历带着刘统勋回到府门前。那些随身的长随、侍卫、仆从早已候在门外，只待宝亲王的到来，就可登程赶路，弘历看了一眼其中四大带刀的贴身侍卫，不禁苦笑。想二哥弘时得皇阿玛的准许，不定能从大内挑选怎样的武林高手，自己身边的这几位平时都是府中娇养惯了的，没见过多大阵仗，怕是着急时根本派不上用场。刘统勋似是看出弘历的神色变化，忙问道："王爷，您不满意？"

"如果用他们为本王装点门面，倒也不错，若是带他们行走天下，持刀厮杀，恐怕不是他们保护本王，倒要本王保护他们。"

"以王爷的功夫倒是不假。奴才早为王爷留意了几个用得着的江湖好手。"

弘历大为惊喜，忙问："人在何处？"

刘统勋却不急不躁地道："王爷别着急，用得着的时候他们会来的。"

第二十五章

宿督府惊遇蒙面客
探黑牢哀怜丧心王

话音刚落，一个蒙面人突然一个纵身，从敌手头顶掠过，窜进门去，刘统勋正紧拉弘历到了门口，见那贼人进来，吓得他一下子将弘历扑倒在地。那贼人见门内有人，一伸手将刘统勋抓起，叫道："九王爷在哪里？"

北方的春天来得迟，虽说新年已过去半个月，驿道两旁的杨柳还是光秃秃地挺立在料峭的春风中，广袤的平原显得空旷而沉寂。

突然，一阵阵清脆的"叮当"声打破了平原的沉寂，远远的一队人马从驿道的尽头奔驰过来，到近处，方能看出，走在前面的是刘统勋和四个带刀侍卫骑在马上，中间是两匹黄骠马拉的一辆装饰豪华的暖轿，使人一望便知轿内乘坐的肯定是高官显贵，暖轿的两旁是四个奴仆打扮的人，也骑在马上，紧紧跟随着暖轿。

轿车内乘坐者正是弘历。今年才十六岁，生得英俊儒雅，颇有些女儿像。这是他第一次奉旨出巡，心里自是感到新奇兴奋。不时揭开锦绸的轿帘，欣赏着这北方平原独有的景色。

"来人，叫刘都统过来。"弘历大概是一路上老是看宽旷的大平原，腻味了，便吩咐道。

刘统勋听到吩咐，便放慢了速度，待弘历的轿车来到身边，忙问道："王爷，有何吩咐？"

"本王只是要你陪着说说话。"

刘统勋闻言笑道："这奉旨出巡其实也不是什么享福的差事，王爷您这次要把直隶、河南和江南几省转个遍，至少要半年的时间。"

弘历摇头道："本王不愿花费这么长时间，首次出巡，不游山玩水，只是一味地办差，把皇阿玛交代的差事办妥当就立刻回去……喂，这里离保定还有多远？"

"没多远，还有百十里的路程吧！"

"叫他们快点，今晚就宿在保定府。"

"嗻。"

刘统勋正要传令，忽听身后传来一阵急促的马蹄声，还夹杂着"驾驾"的吆喝声。急忙回头一看，只见身后半里地的地方，五六匹马急驰而来，扬起很高的尘土。刘统勋心里一惊，这马跑得这么快，乘坐之人肯定有急事，难道是针对宝亲王而来。忙道："王爷，快些掩上帘子。"

刘统勋刚把轿帘拉好，那五六匹马已经赶到身后，这时看清楚，马上的人个个生得高大壮实，全是百姓打扮，背后各背一个长形的包裹，最前面的是个三十多岁的黑脸汉子，一双三角眼盯住弘历的轿车，本来按他们原来行进的速度，应从弘历的马车旁一驰而过。可能是黑脸汉子看出轿内乘坐的人非同一般，便放慢速度，与马车并驾而进。刘统勋顿时紧张起来。前面的四名侍卫见此情形，也赶紧四面将弘历护住，双手紧按刀柄。但那黑脸汉子只是打量了轿车一番，便"驾"地吆喝一声加快速度，后面的几匹马也紧随其后，从轿车旁急驰而过。

刘统勋心里的一块石头总算落地，看看那几匹马走远，这才伸头向帘子叫道："王爷。"

弘历揭开轿帘，笑道："刘大人，这帘子可以揭开了？"

刘统勋却余惊未息地道："据奴才观察，刚才那几个人绝非善类。明眼人一看便知是江湖中人，却偏偏寻常百姓打扮，他们身后的包裹里肯定藏着兵刃。"

"你倒是看得仔细，"弘历依然是不惊不慌地道，"本王不管他们是江湖中人还是寻常百姓，只要不跟朝廷和本王作对，便懒得管他。"

"话虽这么说，王爷出巡在外，还是小心为上。奴才看您这辆轿车太扎眼了，还是换一辆平常官宦人家的轿车为好。"

弘历用手一指他，笑骂道："管家婆，本王本来就不愿太过招摇，原是想骑马的，你却偏要本王坐暖轿。这时刻自己又要更改。"

"王爷恕罪。奴才既要您安全，又要您舒服，实在为难。"

"罢了，本王依着你咋办就咋办，管家婆。"

弘历一行，车马前行，八九十里地，两个时辰便到了。太阳落山之前，已经出现在保定城的北门外。保定是府辖所在地，直隶总督衙门也设在城内。所以比起一般府城，城池大，城墙也高。一行车马进了城，直到总督衙门前，派人进去送上公文。保定知府余宝纯恰巧正在总督衙门府，看了公文，慌忙带着一班子师爷、亲兵出来迎接。余宝纯走到轿前，一甩马蹄袖，跪拜叩头。

"奴才保定府余宝纯给宝亲王请安。迎接来迟，请王爷恕罪。"

弘历温和地道："起来吧！怎么没见你们总督大人？"

"李大人初来任上，公务繁忙，没来迎接王爷，请王爷恕罪。"

"算了，"弘历异常随和，"本王奉旨出巡江南，路过保定。也不在意他迎接不迎接，只是本王要在此打尖住上一宿，不知可否？"

余宝纯见这位小王爷温和可亲，便也笑道："王爷您真会说笑话，您能来保定，是保定地方之福。奴才高兴还来不及呢。"说完，起身吩咐道，"来人呀，将衙内正房十八间全部打扫干净，安排王爷歇息。"

余宝纯亲自为弘历等人领路，进了总督衙内。弘历进了房内，便道："余知府，本王自有人侍候，你忙自己的事去吧。"

弘历由刘统勋陪着用过晚饭，便准备歇息，刘统勋因和他感情甚笃，心里有些疑问便说了出来："王爷，您说这李绂有什么要紧公务在这个时候办，连宝亲王来了也不见。"

弘历点点头道："本王也有些奇怪。但人家不来迎接也不好说什么。李绂是皇阿玛的宠信大臣，新近由广西巡抚升任直隶总督，官声很不错的。本王在京里也见过他几次。"

正说着，守门侍卫进来禀道："王爷，直隶总督李绂求见。"

"噢，真是说曹操，曹操到。"弘历笑道，"请李大人进来。"

一位五十多岁的一品大员走进门来，还没来得及跪拜叩头，弘历便笑道："包龙图回衙了。"

李绂见了礼，道："宝亲王取笑老奴才了。"

弘历正儿八经地道："李大人这么晚还在忙什么公务？"

李绂慌忙道："没忙什么，都是些琐碎的细务，不值一提。"便又反问弘历道，"听说王爷此次是奉旨巡视江南？"

弘历点头道："皇上命本王去江南几省看看，访查一下新政推行的成效怎样，顺便也可访察一下直隶、河南等省的情况。"

"河南？"李绂鼻子"哼"了一声，似乎极为不满。

"怎么？李大人有什么看法？说来听听，也许对本王有些用处。"弘历诚恳地说道。

李绂稍事犹豫，便叹息一声说道："说来这河南督抚田文镜和奴才曾经交往甚厚。可是奴才就是看不惯他那一副酷吏加佞臣的嘴脸。抑光（田文镜的字）在河南，对下属官苛刻，对待读书人更甚，百姓不堪其役使，四散逃荒，读书人被逼不得在豫省做官。他因不是科甲出身，对科甲出身的官员横加压制打击，独断专行，搅得河南一片昏天黑地。这样一个佞臣，皇上还称他为'模范督抚'，奴才实在无法理解。"

弘历认真地听着，插话问道："李大人不曾在河南为官，怎么会知道田文镜这么详细？"

李绂讥笑道："抑光官声不佳，恶名远播，缙绅大夫哪个不知，奴才原本也不相信，来直隶任上，途经开封，以为与抑光有旧，便去拜望。亲自探问竟件件属实，气得奴才和他大吵一场，就此掰手了。"

弘历问道："大人所说的话，可敢为证。"

"有何不敢？"李绂红了脸道，"奴才绝非泄自己私愤，实为国家大计社稷江山着想。奴才还准备写奏章向皇上弹劾田抑光。"

弘历正要再问，守门侍卫走进来向李绂道："李大人，您的长随在门外，说有位京城来的客人要见您，叫您快些去。"

李绂闻听，慌忙打断话头，向弘历连连拱手道："对不起，王爷，奴才告退，您也该歇息了。"说完，躬身退出房去。

弘历一言不发，待他退出，向刘统勋一使眼色。刘统勋会意，立刻尾随出去。

不一会儿，刘统勋回来了。弘历忙道："怎么样？"

刘统勋道："李绂进了后衙的一处厢房再没出来。"

"看来那厢房里就是那位京城来客。"

"王爷，看来这位客人来头不小，连直隶总督也可呼来唤去。"

弘历若有所思道："看来，李绂晚饭前不来见本王，也是这位客人的缘故。"

刘统勋心里紧张，问道："王爷，咱们怎么办？"

"什么怎么办？"弘历不经意地一笑，"咱们只管静观其变。那位客人看来不是对着咱们来的，李绂想瞒着本王就由他去。准备歇息吧！"

刘统勋正要退出，守门侍卫进来道："王爷，李大人又回来了。"

弘历大感意外，便道："请李大人进来。"

李绂进来，脸上堆满笑意，道："王爷，您是金枝玉叶之躯，若有个闪失奴才担待不起。所以奴才为了您的安全，在外面加了岗哨。"

弘历一听，故意一惊道："保定城还有人要打本王的主意吗？"

李绂慌忙摇头道："王爷，请别多心，奴才只是为防万一。"

李绂躬身退出，刘统勋也回房歇息去了。

弘历躺在床上却翻来覆去睡不着。李绂的种种反常举动老在跟前晃动。那位京城来的客人到底是什么人？他们这样神神秘秘所为何事？弘历由眼前又想到京城，皇阿玛交代的差事非办好不可。弘时的表现一反往常，难道有人暗中相助他？照此下去，他就是自己最有力的对手。胡思乱想着，迷迷糊糊地听到墙上的金自鸣钟响了十二下。弘时却不知从哪里跑出来，脸上带着笑容，连声叫道："四爷，四爷。"

弘历看他走到跟前，却突然变成一只斑斓猛虎，张开血盆大口，猛扑过来，吓得他叫道："三哥，你怎么吃我，我是老四！"

那猛虎却嗥叫道："我不吃你，你就会吃掉我。这世道就是这样。皇阿玛也是老虎，他要吃掉八叔、九叔。你也变成老虎了。"弘历忙看自己身上，果然也披着斑斓虎皮，嘴里是巨齿獠牙，手上是锋利钢爪。弘时向他扑来，他也张开大口，迎头扑上去撕咬。两只老虎直撕咬得遍体鳞伤，浑身是血，还不罢休。忽听有人大叫道："王爷，王爷！"

弘历惊醒过来，原来是梦，睁开眼睛看时，却见刘统勋站在床头叫道："王爷快起来，外面打起来了。"

弘历这才听到外面已是一片厮杀声和兵器碰击声。忙清醒一下头脑，翻身下床，披上一件夹衣就往外走。

刘统勋一把拉住他的衣袖，叫道："王爷哪里去，门口已被刺客封住了，出不去。"

弘历用力甩开他的手，径直往门口奔去。到了门口一看，吓了一跳。那院中灯火通明。五六个蒙面人手舞钢刀杀得正欢，弘历带来的两个侍卫已被砍倒在门口。其余两个和十几个官兵拼死护住门口。那几个蒙面人显见武功不弱，人数虽少却占尽上风，须臾之间又有两名官兵倒地。这时忽听一个蒙面人叫道："弟兄们，救九王爷要紧，不可恋战。"

话音刚落，一个蒙面人突然钢刀迭进，猛砍几刀，吓得侍卫官兵暴退几步。那蒙面人突然一个纵身，从敌手头顶掠过，窜进门去，刘统勋正紧拉弘历到了门口，见那贼人进来，吓得他一下子将弘历扑倒在地。那贼人一见门内有人，一伸手将刘统勋抓起，叫道："九王爷在哪里？"刘统勋哪里见过这种场面，顿时吓得晕了过去。贼人气得将他扔在地上，伸手又去抓弘历，弘历顿时三魂去了两魄，那贼气得举刀就砍。不料突然一道金光射来，正中那贼面门，立时钢刀跌落在地，一命呜呼了。

弘历劫后余生，看那院中，李绂正和三个青衣人来到，那射中蒙面人的暗器正是青衣人所发。李绂叫道："逆贼当诛，一个不留，杀。"

　　那三个青衣人立刻从腰间抽出兵刃，却都是一色青铜软剑。施展开来，但见三团乌光滚向另外五个蒙面人。霎时将敌手笼在剑光中。五个蒙面人也非庸手。立刻分站五个方位，变作五虎困羊阵反将三个青衣人困在其中。三个青衣人全无惧色，突然同时发出"喋喋"之声，声如啼血，浸人骨髓，令人闻之顿时毛骨悚然，不寒而栗。一个蒙面人失声叫道："怎么？你们是啼血谷的人？"

　　一个青衣人作势应道："既是知道爷们儿名头，还不束手就擒。"

　　"呸！"蒙面人声音铿锵道，"今晚就算舍了性命报答九王爷，也不枉是条汉子。"

　　那青衣人还要说话，忽听圈外有人大声叫道："少给我啰唆，将他们一个不留，全都杀掉。"

　　"遵命。"

　　那三个青衣人立刻施展本领，剑剑进逼敌方。五个蒙面人虽人数占优，但一会儿便呈现败象，只是五人拼命抵敌，才勉强支撑。

　　弘历站在门里，院中灯火通明，看得清楚，那向三个青衣人发令的是站在李绂身边的一个四十多岁的青衣人，也不知何时出现在现场。那人高大身材，白净面皮。弘历乍一看便觉有些面熟，只是想不起是谁。

　　这时场中胜败立判，三个青衣人攻势越加凌厉无比，五个蒙面人虽是拼死招架，却是堪堪不敌。东南方的蒙面人首先被刺中大腿摔倒。五虎阵顿时失去威力，三个青衣人精神大振，又同时发出"喋喋"之声，那四个蒙面人瞬间全部倒地。三个青衣人却不罢休，遵照主人的命令，给那个首先倒地的蒙面人又补上一剑，才跳出圈外。

弘历惊魂甫定，李绂急忙越过地上的死尸来到门内，那白面青衣人也带着三个青衣人过来相见。李绂给弘历掸着身上的尘土，然后跪伏在地道："王爷受惊了，都是奴才考虑不周，护卫不密，求王爷降罪。"

弘历对李绂虽有些生气，但他心中有好多疑问没有解开，这种场合不宜责怪他。当下便释然一笑道："本王只是有惊无险，也就罢了。再说那五个蒙面人都是一流高手，谅你应付不了。若不是这几位侠士相救，本王怕是不能这样说话了。"弘历说着，拿眼瞄了那四个青衣人一眼。

那白面青衣人见宝亲王说到他们，慌忙上前，跪伏叩头。

"奴才粘杆侍卫唐阿炳叩拜宝亲王。"

弘历惊道："你是粘杆处的唐阿炳？你怎么跑到保定来了？"

"回王爷的话，奴才只是因公路过保定，恰巧遇着有人行刺王爷，奴才就过来保护王爷。"

"行刺我？"弘历心里一阵冷笑，知道唐阿炳不肯说实话，便顺势道，"这么说，本王要多谢你相救。"

唐阿炳慌忙又磕了个头道："王爷不要折杀奴才。"

这时，刘统勋已从房内拿来弘历的衣服，侍候着穿上。李绂忙道："王爷快些回房歇息吧！这里由奴才吩咐人清理一下。"

唐阿炳也道："王爷尽管放心歇息，这里有奴才们守着，连只鸟儿也飞不进来。"

弘历长这么大还没见过死这么多人，浓烈的血腥气呛得他一阵阵发晕。只是为了不失王爷身份才硬撑着，这会儿见李绂和唐阿炳这么说，便不再推辞，由刘统勋扶持向房内走去。

弘历进了房内，却没有上床歇息，坐在桌前望着墙上的自鸣钟，此时已是次日丑时，总督府衙门又恢复了宁静，远处不时传来早啼的鸡鸣。

"王爷，今晚的事有些蹊跷。"刘统勋侍立在一旁道。

"当然蹊跷。"弘历摆弄着手中的鼻烟壶，头也不抬地说道，

"本王倒想听听你觉得哪些蹊跷？"

"王爷，奴才刚才揭开那五个蒙面人的面纱，发现其中有一个是我们在路上遇着的黑脸汉子，其余几个恐怕也是我们路上遇着的。"

"是他们？"弘历略有些惊讶道。

"千真万确。"刘统勋肯定地道，"这几个人既是为行刺王爷而来，为什么不在路上动手，却偏偏选在戒备森严的总督衙门。此是蹊跷之一。"

"有道理，"弘历钦佩地道，"那么，其二呢？"

"其二，一个蒙面人来抓奴才时，叫道：'九王爷在哪里？'分明他们要找的不是王爷您，这位九王爷是谁？朝中的王爷们也没有称作九王爷的。"

"九王爷？"弘历脑筋飞转，半晌才道："莫不是九叔塞思黑？"

"不对，"刘统勋摇头道，"他只是贝子级别，没封过王爷。"

"没封过王爷，但有人高兴这么称呼他。"弘历恍然大悟。据谍报说，当年九贝勒允禟被雍正遣往西北军前效力。但他不甘失败，在青海西宁仍大肆活动。他招兵买马，扩张武力，胡作非为，气焰熏天，还用金钱收买当地兵民，鼓动他们称呼只有贝子级别的允禟为九王爷。

弘历心中已断定这位"九王爷"就是九叔允禟，口中却道："这位'九王爷'暂且存疑吧！你再说说蹊跷之三呢？"

"这蹊跷之三，便是那四位青衣人，为首的唐阿炳是雍和宫粘杆处的，其余三人则是江湖上令人闻之胆寒的'啼血谷'的人。粘杆处到底是怎么回事？"刘统勋很是不解地问道。

弘历暗暗赞叹他思维敏捷、虑事细密，将来这个人也许大有用场。便道："这粘杆处说来话长，当初皇阿玛为皇子时，王府内院长有一些高大的树木，每逢盛夏初秋，繁茂枝叶中有鸣蝉聒噪，喜静畏暑的皇阿玛便命门客家丁操杆捕蝉，粘杆处便由此而来，当时唐阿炳便是粘杆处的，那时本王只有几岁，便跟在他身后粘蝉捉蜻蜓玩耍，现在的粘杆处组织庞大，总部设在雍和宫，原来的雍亲王府，专事皇上的保卫事宜。雍和宫也被皇阿玛钦定为'龙潜禁地'。"

刘统勋暗自心惊，他其实早已知道粘杆处是雍正皇帝专门设立的特务机构。在胤禛为皇子时，就招募江湖高手，训练府中家丁，四处刺探情报，帮助他铲除异己。那三名啼血谷的人自然也是粘杆处招募来的。但刘统勋明白，作为皇子的弘历能跟他说出这番话，已是将自己引为心腹。

忽然，房外有人叫道："王爷，李制台求见。"

弘历听出是侍卫李铣的声音，自己从京城带来的四名侍卫已是两死一伤，唯有李铣一人了，当下便向外大声道："请李制台进来。"

房门被推开，第一个进来的果然是李铣，李绂在后，身后还跟着四个健壮的粗使丫鬟。

李绂躬身道："王爷，外面已经清理完毕，奴才另外为您安排了侍卫，还有这四个丫鬟也留下侍候您，敬请王爷安心歇息。"

弘历根本没拿正眼去瞧李绂，鼻子里"哼"了一声道："李制台，本王只是偶然路过保定，借住一晚，就生出这么大的事端！"

李绂一听，慌忙跪倒在地连声道："奴才知罪，求王爷恕罪。"

"恕罪？你知道该当何罪吗？本王怀疑你居心叵测，图谋加害本王，你罪当诛灭九族。"弘历突然提高嗓子，疾言厉色道。

李绂吓得直冒冷汗："王爷若怪奴才保护不力，惊了尊驾，奴才虽死无屈。若说奴才居心叵测，加害王爷，李绂真是天大的冤枉。"

弘历见他诚恐诚惶的样子，便向刘统勋使了个眼色，刘统勋会意，向李铣及四个丫鬟说道："你们都去大门外侍候，没有王爷的吩咐，任何人也不能进来。"

"是！"李铣带着四个丫鬟出去，随手关上房门。

李绂一见这阵势，情知不妙，但此刻也只得听天由命，便绷紧神经听弘历发话。

弘历语气稍缓和一下道："说你有意加害本王，确也冤枉了你。但你欺骗本王是万难逃脱的罪过，你心里明白。本王给你一次机会，看你忠是不忠。不忠本王就办你的欺骗之罪。"

李绂一听，原来这位王爷是揣着明白装糊涂，自己还糊弄个啥，便把心一横道："王爷想知道什么尽管说，奴才一定据实回奏。"

"好。"弘历非常满意，便问道，"唐阿炳到底是来干什么的？"

"奴才不知道。"

"九王爷是谁？"

"奴才也不知道。"

"不知道？"弘历突然一掌击在桌上斥道，"这也不知，那也不晓，你以为本王就是这么好糊弄吗？你既然一无所知，为什么在事前要给本王加派侍卫？本王初来保定，你身为总督为何迟迟才见？那位京城来客为什么能将你呼来唤去？你若再执迷不悟，本王就不客气了。"

李绂见自己再也无法逃脱干系，只得道："王爷且息雷霆之怒，奴才只是无凭无据不敢妄言。但据奴才推测，也明白个七七八八。唐阿炳比王爷早半天到保定，他们一行三十多人全是青衣打扮，奴才一看便知其中多是武林中人。内中押着一辆闷皮子马车。唐阿炳对奴才说马车内押解的是一名江洋大盗，怕此人武功高强，半道上砸破囚车逃走，便用闷皮子车押解，奴才知道他们是内务府粘杆处的。官级虽小但每日跟随皇上左右，炙手可热，哪敢得罪，只得亲自安排住宿，加派侍卫，直忙到天黑才来见王爷。谁知奴才跟王爷刚说上几句话，唐阿炳又派人来叫奴才说，他们有可靠线报，说今晚可能有江洋大盗的同党劫囚车，叫奴才赶紧加强防卫。但唐阿炳不让奴才告诉王爷真相，只是叫奴才也给王爷加派侍卫。夜间，果然有十几名蒙面人闯入总督衙门，大概他们看到王爷房间外面戒备森严、侍卫众多，以为囚犯就关在这里，所以便拼命往王爷房里来，其实囚犯关押在后衙的厢房内。唐阿炳亲自带着二十多个青衣侍卫守在周围，就连奴才也不曾见着犯人的模样。后来，奴才见前院吃紧，去后衙请唐阿炳派几个人前去协助，才将蒙面强人除掉。"

"那么，依你看这位被称作'九王爷'的犯人会是谁呢？"

"这，奴才怎么会知道？"李绂脸色煞白，说话也不利索了。

"大胆地说，这里没有外人，本王绝不让你为难。"

"这位九王爷可能就是塞思黑。"李绂终于鼓足勇气说了出来，满以为弘历和刘统勋会大吃一惊，谁知这两人反应轻淡，似乎早已预料到。

弘历出奇地平静，待李绂说完，便说道："李制台，折腾了一宿，你也乏了，歇息去吧！"

李绂还不相信他会是这样的结局，忐忑不安地道了声谢便退出房来。

弘历站起身，活动一下疲劳的筋骨，向身旁的刘统勋吩咐道："你亲自去传唐阿炳来，就说本王要见他。"

刘统勋答应一声，走了出去，不久便领着唐阿炳走进房来。弘历眼角向外一掠，刘统勋会意，便转身出去，随手将门关上。

唐阿炳见宝亲王深夜召见自己，便知非比寻常，但他自恃有皇上撑腰，弘历也不敢拿他怎样，这样想着，心中镇静，便从容不迫地施礼道："宝亲王深夜召见奴才，不知有何训示？"

弘历慌忙上前伸双手相扶："阿炳，不要多礼，随意些好。"

一声"阿炳"喊得唐阿炳心中顿时涌起一股暖流，热泪竟夺眶而出。弘历见了也眼圈发红道："本王哪里有什么训示，只是因为小时候喜欢跟你一起捕蝉捉蜻蜓，经年之后，乍一相见，感到特别亲切，所以才召见你。记得有一次在雍亲王府跟你一道玩耍，竟忘了去上书房读书，害得你被皇阿玛打了二十板子。本王还偷偷为你哭过呢！"

"难得王爷还记得当年的情形。"唐阿炳声音哽咽着道，"王爷小时候是阿哥们当中最聪明可爱的一个，阖府上下没有人不喜爱的。奴才们若是犯了错，只要央求您在雍亲王跟前说个情，准保万事皆无。"

"是啊！一晃这么多年过去了。如今皇阿玛即了大位，刷新吏治，推行新政。阿炳，你为皇阿玛立了不少功啊！"

"谢王爷夸奖，为主子办差，奴才理当如此。"

弘历见时机成熟，便直入主题道："昨晚真是好险，如果不是你们及时出手，本王就再不能见到皇阿玛了。本王要多谢几位相救之恩。"

唐阿炳暗自得意，嘴上却道："王爷乃大福大贵之人，自是遇难呈祥，奴才只是做了分内的事。"

弘历话题一转道："本王只是感到那几个蒙面人并非为行刺本王而来。他们好像专门为一个'九王爷'而来。阿炳，'九王爷'是谁？"

唐阿炳脸上微变，随即佯笑道："奴才不明白王爷在说什么，他几个蒙面客显然是为行刺王爷而来。"

"阿炳，"弘历含笑的脸上哂然变色，一字一顿地道，"你连本王也信不过吗？就是天大的事，本王也会给你藏着掖着，不会让你作难。"

"是，是，"唐阿炳说话的声音都变了，暗想，宝亲王恐怕就是明日的皇上，别人巴结都来不及呢，自己哪敢得罪，于是嗫嚅着道，"奴才办的是秘差，照着皇上的旨意，就是连您也不能知道。奴才这次是奉旨将九贝勒……不，塞思黑从西宁押解进京。塞思黑在西北多年，党羽众多。就是在朝廷上，皇八子党的人也很多。为防意外，奴才遵照皇上的意思，用闷皮子车将塞思黑押解进京。不料，眼见到了直隶地界，还是走漏了风声，才闹出昨晚几个蒙面人闯入的事。"

弘历虽然早已猜测到是这么回事，但乍听阿炳的话，仍感到一股寒意直透心肺。想不到父辈的党争竟演得如此残酷，皇阿玛已经削除八叔、九叔的宗籍，将他们分别赐名"阿其那""塞思黑"，为什么还要把九叔秘密押解进京，难道非要置之死地才肯罢休！弘历五六岁的时候还不明白党争是怎么回事。只知道八叔、九叔都很喜欢自己，每次见了都要抱一抱、逗一逗，送些小礼物什么的。如今，自己的父辈们竞争到你死我活的地步，弘历的心里无论如何都难以承受。但他面上竭力保持平静，问道："塞思黑现在何处？"

"就在后衙的厢房内。"

"带本王去见他。"

"这……"唐阿炳颇为难地道，"皇上吩咐过，任何人都不能见。王爷去见了，奴才脑袋不要了！"

弘历气咻咻地道："你不说，我不说，皇上怎么会知道！"

"王爷有所不知，皇上耳目灵通得很，休想瞒得过他！"

"你就不能想想办法，本王一定要见他。"

一语提醒了唐阿炳，他一拍双手，喜道："有了，王爷您等着。"说完，他转身跑出房去。

不一会儿，唐阿炳拿着一包衣服回房来，道："王爷，委屈您了，换上这身衣服，我带您去。"说完，便忙着帮弘历换衣服。

弘历一看，自己换了一身青布衣衫，变成了唐阿炳手下的粘杆处侍卫了。

此时天还没亮。两人出了房门，向西走了几十步转入一条往后衙去的甬道。唐阿炳领着弘历在后衙左侧的一处房前停下。

"就在这里。"唐阿炳用手一指北面的一间房低声说，弘历这才发现窗户里发出微弱的灯光，如果不是唐阿炳指点，自己实在不会留意的。

两人踩上台阶，突然眼前人影一闪，也不知从哪里窜出两个人影，黑暗中问道："谁？"

"我。"唐阿炳答应着。

"后面的那位呢？"

"京城来的客人。"

两个人影往边上一闪，唐阿炳和弘历走到门前。弘历这才看清楚那两个人也是青衣打扮。

"把门打开。"唐阿炳命道。

一个青衣人急忙从身上取出钥匙，上前打开锁，将门推开。唐阿炳和弘历进了门内，顺着灯光，拐进右侧的小角门。这时，一股潮湿的霉臭味迎面扑来，呛得弘历直皱鼻子。弘历往角门里伸头一看，只见东北角墙根的半块砖上放着一盏将要燃尽的油灯，地上的乱草里躺着个黑乎乎的东西，仔细辨认，才看出是个人。弘历鼻子发酸，几步跨到那人跟前，不料一脚踩在一堆大便上，一股臭气熏得弘历差点呕吐出来，但他强忍着，俯下身来，用手摇着那肥硕的身体，连声叫道："九叔，九叔。"

允禟好像睡得正香，叫了半天才睁开眼睛抬起头来，嘴里嘟嘟囔囔地叫道："我饿！我要吃东西。"

弘历看他那张脸半边浮肿，污秽不堪，头发又脏又乱，散披在肩上，不由得鼻子一酸，泪珠一个劲儿往下掉。弘历已有几年没有见过他，儿时的记忆中九叔是个风流倜傥、衣冠楚楚的阿哥。这几年听说他和允禩一起互为党援图谋东山再起，争夺大位。皇阿玛极为痛恨，自己也恨他们故意找朝廷的麻烦。但九叔今天落到这种地步，不管他们谁是谁非，总是让人见了难过。

唐阿炳走到允禟跟前，俯下身大声叫道："宝亲王看你来了。"

允禟被他吓得一哆嗦，双手撑地坐了起来，身下传来哗啦的锁链声。弘历听见声音，往他身下一看，允禟的手上、脚上、脖子上竟都锁着铁链。弘历不由得大怒道："他这样子能飞了不成，非要用铁链锁缚吗？"

唐阿炳忙应道："王爷息怒，奴才只是奉命行事。"

弘历觉得皇阿玛做得太过分了，但自己不便说什么，只得说道："先取下刑具，本王有话跟他说。"

唐阿炳见他阴沉着脸，不敢再多嘴，忙转身出去，取了钥匙来，将允禟身上三条铁链全部打开。

允禟浑身轻松了许多，头脑也清醒了些许，便拖着肥胖的身体艰难地扶着墙想站起来，弘历急忙双手扶住他。

允禟一双迷茫的眼睛看着他，嘴里道："我饿，给我东西吃。"

弘历立即命道："快，去弄些吃的来。"

唐阿炳忙又出去，这时，天才蒙蒙亮，总督衙门的人还没起床，到哪儿去弄吃的东西，转悠了半天，才在伙房里找到半碗红烧肉和两个半硬馒头。便忙急匆匆地送到允禟跟前。

允禟一见，抓起一个馒头就往嘴里送。一口就咬去了大半个，两个半馒头眨眼全下肚了，噎得他不停地翻白眼。弘历忙又向唐阿炳叫道："快去弄点开水来。"

唐阿炳只得又去找开水。允禟端起那半碗红烧肉，用脏兮兮的手抓起，三口两口全吃了下去。弘历看了，泪水如涌泉般流出。

允禟吃了点东西，精神好多了，看了看一身青衣打扮的弘历，大咧咧地问道："老四想饿死我，你怎么给我东西吃？"

弘历红着眼，仰脸道："九叔，我是弘历，你仔细看看。"

允禟一怔，凑近弘历脸上仔细看，惊讶地叫道："真的是弘历，几年不见你长成大人了。"话未说完，突然又哈哈大笑道，"弘历，宝亲王，怪不得刚才我听到有人喊宝亲王。老四当上皇上，你这儿子也封了亲王。可惜八哥没那个天子命，连我老九也拐带着落个阶下囚的下场。咱这子孙也跟着倒霉……"

"九叔，孩儿是来看您的。"弘历打断他的话。

"我不是你九叔，"允禟冷笑道，"老四给我和八哥改了名字。阿其那，令人嫌厌的狗；塞思黑，迂俗可恨的猪。成者王侯败者寇嘛。弘历，你不必学那套假惺惺的嘴脸。塞思黑落到今天，无话可说。"

"九叔，"弘历竭力表现得真诚，"弘历不管您和皇阿玛谁是谁非，今儿个是真心实意来看您的，没别的意思。"

"是吗？"允禟摇头叹息道，"看看也好，说不定过不了正午，就见不到这只迂俗可恨的猪了。老四的心黑着呢！"

这时，唐阿炳端着一缸子水走进来。弘历接过来，亲自送到允禟手上，道："九叔，您喝口水。"

允禟毫不客气地接过，仰起脖子，一气喝干。然后把水缸往地上一扔，笑道："弘历，不管怎么说，我还是要谢谢你赐食的恩德。人，你也看了。快点走吧，耐不住我又要说皇上的不是，让你听了难过。"

弘历只得道："九叔，您保重，弘历去了。"

"爷会保重的。"允禟梗着脖子，泪水却滚落在浮肿的半边脸上。

弘历走出后衙，天色已经大亮，三三两两的差役忙着赶去前衙值班。弘历低着头，避开早起的人们，回到自己的住房。

刘统勋正等得焦急，见他这身打扮，忙迎上前去问道："唐阿炳带王爷去哪儿了？"

弘历阴沉着脸，只顾将那身青衣脱下，扔在地上。刘统勋见他这个样子，不敢再问，忙侍候他穿衣服。刚穿好，他却又脱下外套道："一宿没睡，我也乏了。"说完便一头倒在床上，不一会儿便睡着了。

刘统勋也是一夜没合眼，这会儿见弘历睡着了，他的困意也上来了，便趴在桌上也睡着了。

不知睡了多久，弘历忽然听见有人喊道："王爷，快醒醒。"

他急忙睁开眼睛，只见唐阿炳正站在床头，脸上露出紧张、焦急之色。弘历坐起身，抬头看看床头上的自鸣钟，已是午时，便问道："阿炳，出了什么事？"

这时，刘统勋也被惊醒，惊奇地看着不知何时闯进来的唐阿炳。唐阿炳却眼瞅着他，欲说还休，刘统勋是极聪明的人，立刻起身退出房外。唐阿炳这才小声说道："王爷，您可别声张，要装作没事人一般。"

弘历见他神秘兮兮的样子，有些不耐烦地说："阿炳，你以为本王还是三岁小孩，该怎么做用得着你去教？快说！"

"那是，那是，奴才说就是，"唐阿炳急忙说道，然后伏在弘历耳边轻声道，"塞思黑死了！"

"死了！"弘历心里咯噔一下，"什么时候，怎么死的？"

"就是上半晌，京城里来了位神秘的客人，奴才验他的印信，却是皇上亲自指派的粘杆处大侍卫。奴才听他声音耳熟，却不认得，猜想他一定用了易容术，那人进了关押塞思黑的房间，也不要奴才陪同，没多久就出来走了。等奴才进去看时，塞思黑已是七窍流血而死。"

弘历听得毛骨悚然，一股冰冷之气直透心底，呆呆地半晌才说话："阿炳，带我去看看。"

唐阿炳慌得一把拉住他的袍袖阻止道："我的爷，这可使不得。您昨晚去恐怕就被皇上的耳目知道了。这大天白日的岂不更易被人发现。就是现在，奴才的脑袋说掉就掉了。再说，人都死了，您还看什么？"

弘历没再动，是啊，人都死了，自己还去做什么，这世界亲情难道是假的，皇阿玛君临天下力挽颓风，刷新吏治，推行新政曾经令自己多么钦佩、敬仰，但对于政敌，即使是亲弟兄也能下得去手，置之死地，这与每日在朝堂训谕臣子时满口的仁、义、礼、智、信是多么不协调，多么令人难以接受。这九五之尊也不是那么神圣，他也和常人一样有七情六欲，有卑污的一面。皇权就是残酷无情。

"爷，奴才告退。"唐阿炳的讲话声打断了弘历的思绪，他这才意识到自己存在的现实中，不论皇阿玛做了什么，自己都必须维护他的尊严，维护爱新觉罗家族的尊严，自己将来的命运完全掌握在皇阿玛的手中，他必须做好每一件差事，方能讨得父皇的欢心，为日后登大位增加筹码。

唐阿炳刚出去，刘统勋便进来了，弘历不待他开口便吩咐道："快准备车轿，我们未时动身，取道河南。"

刘统勋一愣，这位爷说话怎么没头没脑，保定离河南地界最近也得一千里地，未时动身就是再走上一夜也到不了河南。什么事使这位爷急着离开保定？但他不好多问，只得说道："爷，这刚开春的天还不算长，未时动身到天黑也顶多能到安平。"

　　弘历不耐烦地说："能到哪儿算哪儿吧，哪儿天黑哪儿住。"

　　"是！"刘统勋答应着，赶紧出去派人通知直隶总督李绂。李绂放下公务急匆匆地赶来，他以为宝亲王肯定是昨晚受了惊吓，才急着离开保定，心想如果得罪宝亲王那罪可就大了。因此再三挽留，热情至极。但弘历执意要走，李绂不得已，只得连连告罪。又亲自挑了十名懂武功的亲兵送给弘历做侍卫，选了四个长得还算周正的丫鬟做使唤。诸事齐备，弘历动身，李绂率直隶衙门大小官员，直送到城外十里长亭。弘历从轿中探出头来向众人微微点头做最后辞别。

　　李绂却又紧走几步道："奴才听说王爷要去河南巡视，请王爷督查田文镜营私负国、贪赃不法之事。"

　　弘历微微一笑道："李制台的话，本王记住就是。田文镜为官如何，本王已奉王命，必会用心督查，也自会得出结论。"

　　李绂听他这番不偏不倚的话心里很不是滋味，却道："那是，那是。"忙又挥挥手道，"王爷，一路保重。"

第二十六章

学响马红衣女劫道
告酷吏麻冠男鸣冤

红衣女子双手叉腰，柳眉一竖，双眸一瞪，朗声道："此路是我开，此树是我栽。要想从此过，留下买路财！"弘历禁不住笑出声来，道："太平年景，青天白日的竟有人劫道，真是不可思议！"

　　弘历一队人马离了保定，便往南行。这支队伍比刚离京城时更为壮观。李绂给了十名亲兵和四个丫鬟，再加上弘历原先的侍卫、车夫总计有二十人，李绂另外又送了一辆马车，让四个丫鬟乘坐，侍卫们还骑马。因为弘历催得紧，天刚擦黑就到了安平县城。众人以为今晚就住城里了。谁知弘历却催着赶路，一队人马不做停留从县城十字大街一穿而过。小地方的人并没见过这么阔气的队伍，都挤在路边看热闹，人马好容易才出了城，又赶了二十多里地，天完全黑了下来。弘历才叫停下，人马在一个叫作天宫营的镇子上住下。

　　弘历由四个丫鬟伺候着简单地用了晚饭，便洗脸洗脚歇息。小地方的客栈又脏又乱还有股子霉臭味，但乏极了的弘历一躺下就睡着了。

　　第二天，众人早早吃了早饭，弘历又催着赶路，就这样一路穿州过县又急赶了两天，才过了大名府，进入河南地界。一进河南，弘历便命放慢速度，从车窗往外看。驿道两边全是麦田，麦苗的长势稀稀拉拉还不如河北那边。

　　刘统勋见他直皱眉头，便笑问道："爷，看什么呢？"

　　弘历叹道："民以食为天，皇阿玛命我巡视，我当然先要看看庄稼的长势、农民的收成，才能评判官员的政绩。"

"爷说得是，"刘统勋道，"可看什么都要有个比较。从这儿往南到开封以南是河南有名的黄泛区。通常年景，黄泛区难以生长庄稼，收成自然不会好，即使是好的年景，这里的小麦也比不得河北的那边。王爷若是以庄稼的长势评判当政者的政绩，也是有欠公允。"

　　"你这是为田文镜辩白吧？"弘历笑道。

　　"奴才哪里敢妄自评判朝廷大员。"

　　"不过，你说得有些道理。河南自古是贫荒之地，且民风刁蛮比不得浙江、江苏等富庶之地，田文镜是捡了块硬骨头啃。"

　　"奴才也是这样想。朝中有人说皇上偏袒田文镜，其实，皇上给田文镜的是一份苦差，田大人官做大了，可听说他除了那身官服，连件像样的衣服都没有，如今这样的官不太多。"

　　弘历说说笑笑，情绪似乎好多了。众人见主子高兴，也不急着赶路，感到轻松多了。李铣祖上是河南的，这会儿回到老家，神采飞扬。

　　因为大伙心里轻松，不知不觉半日下来已走到浚县地界。刘统勋抬头看，前面有座小山，虽不大却是树木丛生，山石嶙峋，在这豫北平原上也算得上一道独有的风景。便用手一指对弘历道："王爷，奴才跟您说过要介绍两个江湖朋友供爷驱使，这两位江湖朋友就在此山附近居住，他们若与爷有缘，必会遇着的。"

　　弘历点点头赞叹道："真是一座好山，小巧玲珑，秀而雅、雅而精是也。你的两位朋友真是挑了个好地方居住。"

　　说话间，一行人已到了山下的十字路口，刘统勋看那路旁石碑上刻着"白道口"三个字。弘历也看见了，笑道："'白道口'好名字，看来黑道的朋友难以在此立足了。"

　　刘统勋正要说话，忽然听到马前"当啷"一声响，看着前面，却是一支响箭落在地上，众人大吃一惊，侍卫慌忙抽刀在手，将两辆车轿围在中央。

　　李铣走到最前面，朗声高叫道："道上的朋友听着，是骡子是马拉出来遛遛，是半斤是八两当面较较，为啥藏头露尾让江湖朋友笑话。"

话音刚落，就听"嗖"的一声一支羽箭从半山坡的树丛中飞出，正射中李铣顶戴上的白色珠子，"啪"地落到弘历的车轿前。紧跟从树丛中跳出四个年轻的女子来，打头的一个红衣短打扮，两三个飞跃便跳到山脚，后面三个全是绿色短打扮，也是连跑带跳到了山下。走得近了，看得清楚，那红衣女子十五六岁，长得俊俏娇美可爱，头发束成朝天撅的姿势，俏皮地往上翘着。手中拿一张硬弓，腰里悬着一把宝剑，挂着一壶羽毛箭。李铣一见，刚才那阵子紧张劲儿全没了，嬉皮笑脸地问道："几位姑娘，意欲何为啊？"

红衣女子双手叉腰，柳眉一竖，双眸一瞪，朗声答道："此路是我开，此树是我栽。要想从此过，留下买路财！"

弘历在车轿中听得清楚，禁不住"扑哧"一声笑出声来，道："如今是太平年景，青天白日的竟有人劫道，真是不可思议！"

刘统勋也笑道："她们哪儿是劫道的，分明是唱《响马传》的。"

红衣女子听完，当即把脖子一梗，用弓点着刘统勋喝道："姑奶奶可不是劫道的，姑奶奶这叫作杀富济贫，除暴安良。抢的东西都分给穷人，不信吗？待会儿姑奶奶抓住你们，跟着去看看。"

李铣把嘴一撇，世界上还有这样的强盗，抢了人家东西还说不是劫道的，便笑道："姑娘，你弄错了吧？若说富，我们主子爷倒是有点儿钱，但不是坑、蒙、抢、骗赚来的；若说'暴'，我们爷可不沾边，他从没欺负过人，也没诳过谁，你除的哪门子'暴'？"

红衣女子"哼"了一声，讥笑道："瞧你们这伙子人，这身打扮，能说你们是好人？你休想蒙得过姑奶奶，来人呀，给姑奶奶上。"

那几个绿衣女子闻听，便直奔侍卫们冲过来。李铣见她们个个腰悬宝剑却赤手空拳冲过来，心中奇怪，便也将腰刀收起，迎着冲自己扑过来的高个子绿衣女子走去。高个子女子走到跟前一记仙女推车当面一掌劈来，李铣怀中抱月双手抓住，随即化掌为爪，那女子侧身躲过，右腿一抬，枯树盘根直攻李铣下三路，两人一来一往斗在一处。另两名绿衣女子也和侍卫们纠缠在一起。

弘历也学过武功，一看就懂，那三个绿衣女子的功夫绝对不在这些侍卫之下，侍卫们占着人多的优势，才不至于惨败，而三个绿衣女子却像是比武，根本不像你死我活的争斗。

红衣女子见三个女子不能取胜，气得直跺脚，骂道："死蹄子，收拾不了他们，我扒你们的皮。"

三个绿衣女子听见，突然功力大增，招数依然是原先招数，但招招快猛绝伦，凌厉无比，不一会儿，侍卫们已是败象显现堪堪难敌。与李铣对阵的高个子攻势最猛，只两三个回合，李铣的脸上已挨了两掌，鼻子嘴全部出血。李铣再也顾不得体面，高叫一声："亮兵刃！"

随手抽出腰刀，递招进攻，其余侍卫也被逼纷纷抽出腰刀接战。这样一来双方又成平手。

红衣女子再也捺不住，高叫道："死蹄子们，亮剑！"说完，自己抽出宝剑，一个纵身跳到弘历轿前叫道："姑奶奶收拾你来了。"说着，一剑向轿中刺去。

那帮侍卫此时都在应战三个绿衣女子，弘历身旁只有刘统勋一个，却不会武功。刘统勋情急之下，举起手中的马鞭向红衣女子砸去。红衣女子剑到半空，忽见一件东西袭来，匆忙间也没看清是什么东西，只得抽回宝剑拨打。弘历乘机从轿中跳出。红衣女子恼羞成怒，弃下弘历，转身来战刘统勋，刘统勋哪里敢战，不待她举剑，纵马就跑。红衣女子早飞步赶上，一伸左手，"嘭"地抓住刘统勋的衣带，右手宝剑一下子压在肩上，就要切下去。急听高个子绿衣女子叫道："虎姑娘，杀不得。"

红衣女子怒视道："杀了又怎样？"

高个子女子赤手空拳对李铣单刀仍绰绰有余，边战边劝道："虎姑娘，人命关天，千万杀不得，再说人家也不一定是歹人，老爷要是知道，非气死不可。"

红衣女子只得垂下宝剑。弘历原本打算上前救刘统勋，见她没动杀机，便放心地站在一旁。不料那红衣女子突然又叫道："死蹄子，不抓几个回去，哥哥面前怎么做人。快些退下，我来拿住他们。"

三个绿衣女子遵命，一齐纵身跳出圈外，个个面不改色心不跳。而李铣他们却个个汗流满面，气喘吁吁。正想歇息片刻，突听红衣女子叫道："看姑奶奶收拾你们。"说完一纵身首先直扑李铣，李铣匆忙应战，只两三个回合，便被点了麻穴，低垂双手站在那儿。侍卫们大惊失色正欲联手对敌，红衣女子快如闪电，十几个侍卫瞬间全被点了麻穴，动弹不得。刘统勋见势不妙，拉起弘历就跑。红衣女子哪里肯放，转身来抓弘历。弘历本不想逃，只是被刘统勋拖着走，这时便甩开他的手，回身迎战。因见红衣女子点穴功夫厉害，便诡秘地一笑道："姑娘且住。"

红衣女子见他是个潇洒俊逸的少年郎，本无意下杀手，便停了手笑道："怎么？怕了？"

弘历笑道："我就是死在你这位姣美动人的姑娘手上也心甘情愿，谈何怕字。只是咱们要画个道儿出来。"

"什么道儿？"

"姑娘点穴功夫实在厉害。在下佩服至极。可是点穴算不得硬功夫，姑娘若是硬功夫胜得在下，在下甘拜下风，任凭姑娘处置。如果姑娘输了，也由在下处置。"

"行，你说怎么比试？"

"比摔跤，谁被摔倒就是输。"

红衣女子不知是计，满口答应。弘历是满人，满人的功夫除刀马射骑以外就是摔跤。他从小就在宫中向谙达学过摔跤功夫，同他一块儿的弘昼和其他贝勒没一个胜过他。

两人既已说定，比试便开始。弘历熟门熟路，一上去双手就抓住红衣女子的肩膀。红衣女子的脸羞得通红，因见他生得英俊，也不反抗。弘历见她不动，便叫道："动手吧！开始了。"

红衣女子哪里摔过跤，只得学着弘历的架势，双手抓住他的肩膀。姑娘和他脸对着脸，因为羞怯双手并没抓紧。弘历却叫道："开始。"突然双膀用力，把姑娘扔了起来。红衣女子毫无防备，突然失去重心，忙用千斤坠稳住身形，哪里还来得及，竟被四脚朝天摔倒在地。三个绿衣女子见了，慌忙上去扶她起来。红衣女子又羞又气又急，站起身来，对准弘历当胸就是一拳，弘历忙用双掌接住："姑娘说话还算数吗？"

刘统勋也叫道："言而无信非君子，唯小人与女子难养也。"

红衣女子咬紧嘴唇，脖子一伸道："杀剐存留，悉听尊便。"

弘历却收起笑容，一本正经地道："杀人，我可不干，那是犯王法的事。你说你是除暴安良吗？你弄错了。你才是'暴'，我们是'良'。我就是要把你交给官府，除掉'暴'。来人，带走。"

李铣等人上前就要抓起红衣女子，三名绿衣女子一见，"唰"的一声全抽出宝剑，这回是动真格的了。李铣领教过她们的厉害，吓得往后就躲。红衣女子却把眼一瞪道："你们谁也不许乱来。一人做事一人当，你们都回去吧！"

弘历一见，由衷佩服她一言九鼎如男儿一般，便生怜香惜玉之感。他正要说些宽慰的话，红衣女子已走到李铣跟前让他把自己的双手捆了。

这时山上传来一声怒吼，震得人两耳轰鸣："何人敢欺我虎妹？"

众人大吃一惊，还没反应过来，就见两个人影如飞鸟掠过到了山下，定睛一看，却是两个青年男子，长得出奇：一个高个子，生得豹头环眼，两耳如扇；一个矮胖，生得细眼浓眉，鼻如鹰钩。这两人一到山前，便走到红衣女子身边，见她被捆了双手，齐声吼道："虎妹，是谁欺负你，哥哥给你出气。"

"大哥、二哥，都怪我自己不好。你们不要管我。"

那两人莫名其妙，三名绿衣女子忙上前说明经过。高个子一下子冲到弘历跟前，气恨恨地骂道："你敢耍俺虎妹子，看俺咋个整你。"说着，一掌当头劈下，弘历只觉一阵强劲的掌风袭来，知对方功力深厚，不敢硬接，忙双手并拢，轻接一招侧身躲过，饶是如此，还是被掌风震得倒退三步。高个子见竟被他躲过更加恼怒，忽然双掌合十，打出一记霹雳掌来，红衣女子惊叫道："大哥住手，你要让我失信于人吗？"

高个子只得撤回双掌，矮胖子急叫道："跟这小子讲什么信用？"

"不，小妹一言九鼎，岂可反悔，他要送官，我心甘情愿，你们要陷我于不信不义，我要生气了。"

两个男子只得罢手，干搓着双手，不敢再向弘历逞威。弘历深受感动，忙双拳一抱，笑道："两位兄台但请放心，令妹如此讲信义，在下岂能没有容人之量，令妹的事，在下不追究就是。松绑！"

李铣立刻上前，将红衣女子捆着的双手解开。

弘历笑道："姑娘，你没有失信，但可以回家了。"

红衣女子的脸涨得通红，说道："谢大哥宽恕，小女子得罪了。"

弘历见她娇态动人，心中一动："敢问姑娘芳名？"

红衣女子听他问起自己的名字，心里欢喜，便娇羞地答道："小女复姓东方，名晓。"又把高个子、矮胖子叫过介绍道，"这是我大哥东方龙、二哥东方豹。"

东方龙答道："你不是叫虎妞吗？东方晓这名儿大哥记不得了。"

东方晓娇嗔地摇着哥哥的肩膀道："大哥，东方晓可是爹给取的名字，虎妞是乳名，哪能在客人面前阿猫阿狗地浑叫。"

一直站在旁边不言语的刘统勋闻听，突然走到东方兄妹三人跟前，上下打量着三人，问："请问令尊大人可是东方浩宇大侠？"

东方兄妹闻言一怔，齐齐问道："你怎么知道我爹的名字？"

刘统勋面露喜色，自语道："果真是世侄、世侄女。"

"放屁！"东方豹高声骂道，"你才比我们长几岁，想讨便宜不是。"

刘统勋忙道:"在下刘统勋,令尊大人的忘年之交。"

东方晓瞪着眼睛惊叫道:"你就是刘世叔,我爹天天念叨你呢。"

东方龙、东方豹也慌忙拜道:"刘世叔,得罪了,俺弟兄天天盼着您呢。"

刘统勋笑道:"咋个盼法?"

东方龙道:"俺兄妹从小就跟着叔叔虚无道长在这山上的碧霞宫习学武功。三天前爹来到山上,跟师父说您想请他下山辅佐一位王爷,师父说什么也不乐意,爹只得作罢。我们弟兄偷听了他们的谈话,便央求爹让我们下山,辅佐那位王爷,师父当着爹的面只好答应了我们。今天早晨,我们兄弟正要动身,虎妞妹子却要跟着同去。我们说她是女孩子,不行。她嚷着说她也要杀富济贫、除暴安良、行侠仗义。还说马上就去做一件给我们瞧瞧,就带着三个丫头下山了。不想遇着刘世叔您了。"

刘统勋惊喜道:"东方兄和虚无大师就在山上吗?"

东方兄妹一齐点头。

刘统勋来不及将东方兄妹介绍给弘历,只是走到弘历跟前喜道:"爷,我带您上山去见两位真人。"

弘历已听到他们的谈话,便吩咐众人上山。这时,高个子绿衣女子突然喊道:"看,师傅和师伯来了。"

众人抬头一看,半山坡的石阶路上果然走来一道一俗两个人。到了山下,看清楚了,两人都是五十多岁,高个头,脸庞长得极为相像,一看便知是亲兄弟。

刘统勋老远就认出这两人正是东方浩宇、东方浩翰。忙快步赶上前去,双手拥住东方浩宇喜道:"东方大哥,想不到会在这儿见到您。"

东方浩宇也感意外,惊喜地道:"小老弟,咱们算是有缘人,大哥昨天还想着你,今儿个就见到了。"

刘统勋忙又和东方浩翰见礼:"虚无大师,在下久仰。"

东方浩翰忙还礼,客气地道:"刘施主,贫道也久仰。"

刘统勋一手一个，拉着两人向弘历跟前走来，说道："小弟要向两位介绍一位贵人。"

弘历赶紧走近几步，拱手行礼道："两位前辈，弘历有礼了。"

东方浩宇、虚无大师一听弘历的名字顿时怔住了。

刘统勋忙介绍道："东方大哥、虚无大师，这位就是当今皇上的四阿哥宝亲王弘历。"

东方浩宇醒过神来，忙双手抱拳，一躬到地，说道："原来是宝亲王爷驾到，草民失敬。"

虚无大师也一揖到地，说道："宝亲王爷，贫道有礼了。"

弘历微微一笑道："两位都是长者，不必多礼。"

东方浩宇见弘历温文尔雅、彬彬有礼，且自称晚辈，完全没有旗人的那种骄纵矜持之气，心中颇为感动，便向弘历又施一礼道："草民和王爷虽是初次相逢，但从刘兄弟口中却对王爷仰望甚久。"

东方晓见他们只顾说话，便对她爹不高兴地道："爹，这里岂是说话的地方，还不请客人到山上一叙。"

东方浩宇拍着脑袋道："王爷，请随草民山上叙话。"

虚无大师也道："贵人，请！"

东方三兄妹和三个绿衣女子赶紧帮着整理车马行李上山。弘历弃轿步行，边走边和东方弟兄说着话。不知不觉便到了山上，一座古朴雅致的道观矗立在一块平地上，走到近前，看见那门额上书写着"碧霞宫"三个楷书大字。走进观内，却也宽敞、清静。虚无大师请弘历等人入大厅就座，让童儿献茶。东方晓则忙着吩咐人备办晚宴，东方龙、东方豹安置李铣等侍卫杂仆。

主客四人谈得投机，天文、地理、人情、世故无所不谈。弘历博学多闻，人又谦恭，一席话说完，东方浩宇、虚无大师便将他视为知己。

东方浩宇感慨地说道："不瞒小王爷说，草民和虚无大师早年也曾参加过反清复明的活动，和甘凤池、张云如、杨起隆等都有交往。后来见大清江山稳固，百姓安享太平，就是朱明江山也不及之，也就淡了反清的念头，做了大清的顺民。"

虚无大师也道："贫道也有同感，这天下只要太平，百姓安居乐业，不管是满人做皇帝还是汉人做皇帝都是其次。生灵免遭涂炭，人人乐享天年本是我道教中人刻意所求。"

虚无大师又转向刘统勋道："刘施主，对不起，贫道不能如你所请出山辅佐这位小王爷。江湖上的朋友大多还心存反清复明之志，贫道虽不反清，但也不能和江湖朋友作对。关于阿龙、阿豹他们，贫道不愿约束他们，由他们自去奔个前程才好。"

东方浩宇也表态道："小老弟，虚无大师的话也是大哥我的意思，阿龙、阿豹能为国出力，也是我的心愿。但无论如何不许他们助纣为虐，为祸天下。"说完，极有深意地看了弘历一眼。

刘统勋忙道："大哥放心，宝亲王奉旨南巡，察吏访民，为国为公。阿龙、阿豹只会跟着做利国利民的事，哪里去做坏事？"

弘历坦诚地一笑道："两位是不相信在下，在下不想表白，只待世人自有评判，两位方知在下为人。"

东方浩宇、虚无大师尴尬地一笑道："小王爷，请多包涵。"

说话间已是掌灯时分，东方晓已将酒菜置办齐备，东方浩宇殷勤地请弘历、刘统勋入席，东方三兄妹作陪，虚无大师另去别屋用斋饭。东方晓频频为弘历布菜，对她爹也是殷勤备至，东方龙、东方豹却是挤眉弄眼，不时低头嬉笑。东方浩宇知他三个又要弄鬼，只是当着弘历的面不便发作，倒是弘历有所察觉，便轻笑一声开口道："东方姑娘太客气了，我哪里吃得下去。"

东方晓红了脸，支支吾吾地道："不，不客气，我……"

弘历道："东方姑娘有什么事尽管说，我只要能办到一定去办。"

东方晓就等着这句话呢，也不顾她爹在身边瞪眼，鼓足勇气说道："这事对小王爷来说只是举手之劳，就看你答应不答应。"

"既是举手之劳的事，我就先应下来，你说吧！"

东方晓喜道："真的，我说，我也想像大哥、二哥一样跟随小王爷左右，供您差遣。"

弘历想不到她竟提出这种要求，自己虽是喜欢她，但把她留在身边算怎么回事，是婢女还是侍妾，正感为难，却听东方浩宇斥道："虎妞，怎好跟小王爷提出这种要求，没有规矩！"

东方晓却是一副豁出去的架势，争辩道："爹，我不是虎妞，我长大了，我叫东方晓。大哥、二哥都能去，我为什么不行？"

"你是女孩子，怎好跟他们比？"

"女孩子怎么了，花木兰代父从军，一样建功立业。"

东方浩宇气得发抖，吼道："你太放肆了，还不下去。"

东方晓不理她爹，向弘历道："小王爷，君无戏言。"

弘历一看，只有自己才能平息这父女俩的争执，便开口道："东方姑娘既是执意跟随小王，且小王也答应了，就由她去吧！"

东方晓如获大赦，竟跳起来叫道："宝亲王万岁！"

一句话唬得众人都变了脸色。

刘统勋忙阻止道："世侄女，这可要杀头的，宝亲王只能叫千岁。"

东方浩宇不安地看着弘历。

弘历宽容地一笑，向东方晓道："喊过就算了。不过以后不能这样喊，大礼是不能错的。"

东方晓不好意思地一笑，说道："知道了。"

东方浩宇叹口气道："不是我舍不得女儿，我是怕王爷为难，这样疯疯傻傻的丫头跟在您身边，算什么事儿。"

"算婢女好了。"东方晓倒是干脆，"我愿伺奉爷一辈子。"

晚饭过后，弘历等人便宿在碧霞宫内。

第二天用过早饭，辞了东方浩宇弟兄二人，往开封而来，东方龙、东方豹骑着马跟随，东方晓依着弘历的话，和四个丫鬟坐在后面的马车上，但没走二十里地她便耐不住了，硬是要刘统勋把马让给她，弘历只好让刘统勋上了自己的车。

东方晓紧挨着弘历的车旁，无话找话地说着。

"我说爷，您这一路上挺闷的，想听啥我说给您听。"

弘历笑道："到了河南，当然要听这里的地方戏，来段吧！"

"好咧！"东方晓说唱便唱，便来了一段《铡美案》中包公大审："驸马爷近前看端详，秦香莲告你已婚男儿招东床，将这血泪斑斑的状子压到爷的大堂上……"

东方晓一个甜脆的女儿嗓音却学着男子粗放的唱腔，听起来不伦不类，引得弘历和众人哈哈大笑。

弘历冲车外一摇手笑道："你还是说些逸闻野趣听听吧！"

这倒正对东方晓口味，便道："那就给爷说段'田制台赤膊修河防'的故事吧！"

"田制台？田文镜！"弘历来了兴趣，"快说来听听！"

东方晓见他感兴趣，来了精神，便有板有眼地讲开了。

"话说田制台一到河南就发现黄河水患是老百姓穷苦的主要原因，就准备修一条河防大堤。可是修河堤一要人力，二要钱财。人力可以靠冬闲时老百姓出工，钱财呢，老百姓穷得饭都吃不上，哪里出得起？唯有要富人家出钱。田制台便有了办法：他在全省推行朝廷新政，其中有'官绅一体纳粮当差'。就是说那些当官的，有钱的人家也要像老百姓一样出工，不出工就要加倍出工钱。那帮乡绅官吏一向高高在上惯了，哪里受过这样的委屈，就不阴不阳地干耗着。田制台为说服他们，就从自己做起。他公务忙，家里又无人出工，就出了钱，但七拼八凑还是差几个工的钱。田制台就趁公务之余和民工们一起到河堤上工，民工们见他上工还穿着官服都很奇怪。干活的时候，田制台浑身是汗，那身官服实在不方便，他干脆脱了。大伙儿一看，制台大人竟打着赤膊，这才知道他除了那身官服，竟连件像样的衣服也没有。那帮乡绅官员见制台大人这样清廉，都只好出了河工钱。"

弘历听了深受感动。大清要是多几个田文镜这样的官员，何愁江山不固、吏治不清。为什么京城屡有人弹劾他，却无一人奏其忠直。官场积弊之深，由此可见一斑。皇阿玛说田文镜是孤臣，不避嫌怨，毫不瞻顾，必成众矢之的。这样的孤臣，应当曲加保护。

说完田文镜，东方晓又说起地方上的风土人情，俱是娓娓道来，谐趣横生。弘历听得津津有味，不知不觉已进入开封地界。

行走之间，马车突然停住，前面传来嘈杂之声。

刘统勋忙道："爷稍候，奴才去看看。"

刘统勋刚下车，李铣就赶过来了，向弘历禀道："前面有一伙人，蛮不讲理，非要我们让道。东方两兄弟跟他们吵起来了。"

东方晓叫道："哪里来的山猫野耗子，姑奶奶去收拾他们。"

弘历忙止住她道："算了，本王不和他们争一日之短长，就让他们先过吧！"

李铣答应一声正要往前去，刘统勋却回来了，说道："爷，前面是一帮官家子弟，声言要进京告田文镜的御状。"

"有这种事？带我去看看。"弘历下了车，跟着刘统勋往前走。东方晓赶紧下了马，跟了上去。

前面果然有十几个骑着马的人，衣着华丽，一看便知都是富家子弟。其中一个公子哥模样的人穿着一身孝服，正和东方龙吵得不可开交。

刘统勋到了跟前，先劝住东方龙，然后和颜悦色地道："这位小哥，刚才你说要去京城告御状，告田制台，是吗？"

那年轻公子瞪眼道："当然是真的，你们别误了爷的大事。"

"请问你告田制台什么罪？"

"他的罪名多啦。这河南做官的哪个不知道，田抑光如虎狼，谁家遇着谁遭殃，我爹就是他逼死的。看你也像是官场混过的，外省的吧，没领教过田抑光的厉害。"

"请问小哥可有告田文镜的状子？"

"状子当然有，抄了十几份呢。"

"可否拿来看看？"

那公子哥一脸的讥笑，撇撇嘴道："你看了有屁用，田文镜是一品朝廷大员，你多大的官，也能扳倒他？"

"他若有罪，当然能扳倒。"弘历一脸的严正之色说道。

那公子哥这才注意到旁边还站着衣着豪华、气质尊贵的英俊少年。自己和人家相比，简直是乌鸦比凤凰，顿时气焰矮了半截，忙赔了笑脸道："这位兄弟好气派，不知令尊何处高就？"

弘历不耐烦地说道："少啰唆，既是告状，就把状子呈上。"

刘统勋大声道："这位是宝亲王，你还犹豫什么？"

那公子闻听，大吃一惊，却还是疑惑不语。

弘历喝道："亮印信，换官服。"

刘统勋赶紧去后面车里取出宝亲王朱砂印信，在那公子眼前亮出。李铣等人已取出官服，当着众人的面给弘历换上王爷服饰，刘统勋也换上四品顶戴官服，其余侍卫杂仆除了东方三兄妹也换上各自的服装。顿时一片金碧辉煌，惊得那十几个官宦子弟全都下马跪地，叩头如啄米。

"奴才叩见宝亲王，王爷千岁！千千岁！"

弘历将每个人打量一番，郑重地道："你们不是要告田文镜吗？本王是不是能扳倒他？"

"求王爷为我们做主。"

"王爷为我们申冤啊！"

十几个官家子弟全都将状子呈了上去，刘统勋一一收起。

弘历接着说道："本王奉旨南巡，河南是重点监察之地，田文镜如有不法之事，本王一定秉公而断，不徇私情。你们先回去，到了开封，本王自会查清事实，给你们一个公正的答案。"

十几个官家子弟慌得磕头谢恩，一哄而散。

弘历上了车轿，众人纷纷上马，继续往前行走。这里离开封不足四十里地，过了黄河，开封城已遥遥在望。

不到辰时，弘历一行已到了开封城北门外。

守城的两个清兵见这队人马虽然穿着官服却没打着执事。以为四品顶戴的刘统勋是主子。便迎上前去单膝跪地问道："请问大人是公差还是私事，可有公文？"

刘统勋听他问得奇怪，便道："公差怎样？私事又如何？"

"若是公差，小的理应为大人通禀，总督或抚台衙门也好有个接待，让大人差事办得利索；若是私事，总督和抚台衙门概不接待，小的也没必要为大人跑前跑后。"

刘统勋闻言一笑道："这倒是新鲜，看来我们只能为公事而来，若是私事，恐怕连总督大人的面也见不上。"

"大人说得对极了。我们制台大人一到任就立下这个规矩。"

弘历在轿中听得清清楚楚，便探出头来，笑道："本王当然是为公事而来，若是为私事而来，岂不吃了田制台的闭门羹。"

两个清兵一见弘历头上戴着王冠，吓得慌忙跪倒："奴才不知是王爷驾到，罪该万死！"

弘历毫不在意地说道："你们有什么罪？快起来吧！"

两个清兵起身让开道，弘历的人马进了城沿着北门大街往南走来。大街上人来人往，川流不息，两旁的店铺鳞次栉比，生意红火，丝毫不次于京城。弘历从车窗往外观赏着街景。有的行人看着他王爷打扮，便不停地回头观望。一行人马不知不觉拐上彭楼街，又往西走了一里多路便到了总督衙门。刘统勋下了马，东方晓掀开帘子，半搀着弘历下了马车。

弘历舒展一下疲劳的筋骨，仔细打量着大街两旁。总督衙门和开封府衙门隔街相对，一个在路南，一个在路北，只是令人奇怪的是两个衙门的门前除了守门的兵丁都是空无一人，与刚才喧嚣热闹的大街形成鲜明的对比。弘历正在纳闷，只见总督衙门门前的耳房里走出一名亲兵径直往这边走来。到了弘历跟前，一甩马蹄袖，单膝跪地，问道："奴才张伏根，请问几位大人是……"

刘统勋不待他细问便介绍道："这是当今四阿哥宝亲王。"

张伏根慌忙行了跪叩大礼道："王爷稍候，奴才去禀告钱师爷前来迎接王爷。"

弘历听了一愣，问道："你们制台大人呢？"

"回王爷，田制台带着总督衙门的官员到大堤上去了。"

弘历道："既是如此，你也不必通禀了，就领我们进衙吧！"

"嗻！"

弘历等人进了大门。守门兵丁慌忙跪叩行礼，进了院内。偌大的总督衙门竟只有十几个亲兵、书吏、师爷模样的人来往奔忙，一见弘历等人慌忙跪地叩头行礼。一名师爷模样的中年人叩头问道："奴才钱昌请问王爷要办何差事？"

弘历笑道："本王要办的差事你能做主吗？"

钱昌不亢不卑地道："奴才能办则办，不能办可请制台大人定夺。"

"好！本王正有差事要你去办。"弘历说着向刘统勋要过那十几张状子交给钱昌，"这些状子所说的是真是假，你去核查后回答本王。"

"嗻！"钱昌答应一声，转身向身旁的张伏根命令道，"安置王爷和仆佣歇息。"说完起身退出。

弘历和刘统勋跟张伏根进了正堂客厅，那门两旁站立的四名使女见他们走来，忙齐斩斩地跪地施礼。弘历和刘统勋坐下，回头看那院中，侍仆使佣俱被安置到别处去了。

刘统勋感叹道："想不到偌大个总督衙门竟被十几名小吏管理得井井有条，可见田制台治吏有方。"

弘历见张伏根在门外侍立便朝他招招手。张伏根立刻走到跟前，恭敬地问道："爷有何吩咐？"

"田制台何时回衙？"

"回王爷，这几日是堤防工程的关键时刻，制台大人和各官员都要到工地亲自督查。衙里要是没有要紧的事，制台大人晚上就不回来了。当然，王爷要是有要紧的事，奴才马上通知制台大人回来。"

"堤防工地离这里有多远？"

"五十多里路，在中牟县城北八里段。"

弘历想了想道："让他先忙着吧，本王明天也去工地。"

张伏根看他再无吩咐，便道："奴才去门外侍候，不打扰爷说话了。要是有什么吩咐，奴才随传随到。"

弘历和刘统勋又说了会儿闲话。

张伏根又进来道："钱师爷来了，说是要回王爷的差事。"

弘历一怔，和刘统勋相视一笑道："这位师爷办差够快，却不知办得怎样。叫人进来。"

张伏根刚出去，钱昌就抱着一叠文书进来了，先给弘历行礼。弘历招手道："算了，你怀里抱着文书不方便，不必全礼了。"

"谢王爷！"钱昌站了起来。

弘历和气地道："本王交代的差事办完了？先把文书放下再说。"

钱昌便将文书放在他身旁的桌子上，恭敬地说道："这些状子里提到的多是以往的积案，总督衙门和开封府衙门都做过处理。"说着从文书中抽出第一张状子道："这是原封立知县黄聚才的大公子黄全状告田制台仗势欺人，以大压小，逼死他爹黄知县的。黄全状子上所说完全是颠倒是非，倒打一耙。事实的真相是：田制台初到任上，便厉行新政，做的第一件事就是清理积牍，追交亏空。田大人依照原在山西实施的审追之法，将已查出挪欠钱粮的官员集中于省城开封，逐一严讯。审明他们在任所和原籍的财产，令其变卖赔补。其中封立知县黄聚才挪欠钱粮最多，且大多挥霍一空，折尽其所有财产也难以补齐亏空。田制台便将黄聚才拘于省城不放，勒逼其家属想办法。亏空二十万两者，按律难保性命。黄聚才受了惊吓，在拘押之所咬舌自尽。黄家闻讯，全家出动，到总督衙门闹事。田制台便撤了黄聚才的案子，并抚恤其家属。但黄家仍不罢休，田制台便强行将他们遣送回家。"

弘历听得吃惊，怪不得有人说田文镜待属吏苛刻，追欠亏空，几乎每年都有一次，但谁也没有像他那么认真过。十三叔允祥追欠京城各王公大臣的亏空，可谓公正严明，但还不至于逼死人命。那个黄全所说的"田抑光，如虎狼，谁家遇着谁遭殃"，也是有道理的。

钱昌见宝亲王正襟危坐，一言不发，以为他不相信自己所说，便又道："奴才所言都有真凭实据。"说着伸手从桌上拿过一份案卷来，"这里有府库所列黄聚才挪欠钱粮的账目，看押黄聚才的亲兵的证词、抚台衙门仵作的验尸报告，还有开封府、河南省监察史、巡抚衙门、总督衙门有关黄聚才一案结案的文抄。"

刘统勋赞叹道："钱师爷办差真是快捷老练，短短的一个时辰就调来各衙门的文札案卷，真是难得。"

"谢大人夸奖，"钱昌谦恭地说道，"不过这不全是小人的功劳，是各机构值班的差役办差利索，小人才能办得利索。"

"好，好得很，"弘历连声道，"偌大的省城衙门众多，冗务繁杂，仅仅靠几个师爷、书吏、亲兵就办完这么多差事，真是天下少有。"

"王爷说得是，省内每遇大事、要紧的事，田制台就要各衙门的主要官员都到现场办理，衙门里的日常公务、细务就全交给我们这些末官小吏做。"钱昌说完，又抽出一张状子接着说道，"这是原河南学政张廷璐的内弟陈无文状告田制台虐待士子，擅自除去其举人功名的。这事说起来还和去年秋闱开封士子罢考有关，当时的学政张廷璐祖护其内弟陈无文科举作弊，取为举人第一，引起应试士子的不满，全场罢考。田制台知道后，不顾张廷璐是皇上宠臣张廷玉的弟弟，如实上奏朝廷，使张廷璐受到惩处，陈无文的举人功名也被除去。陈无文不服，串通无赖文人，屡次造谣，中伤制台大人，这次还和黄全纠合在一起，准备进京告御状。"说着也从桌上抽出一份卷宗，接着说道，"这里有罢考士子揭发张廷璐、陈无文串通作弊的证词，皇上处置张廷璐、革去陈无文举人功名的旨意。"

钱昌说完又抽出第三张状子，弘历摆摆手道："你不必一桩桩一件件说给本王听，这些案卷放在这里，本王自己看就行了。你下去吧！"

刘统勋拿过单上的文书，翻了翻说道："爷，这些就让奴才办吧！"

弘历点头说道："好，但要据实给这些告刁状者一个公正的裁决，不妨也学学田制台，苛刻些，不要留情面。都给他们盖上本王的印信，看他们还去京城告御状吗？"

"奴才明白。"刘统勋答应着，低头去看那些卷宗，弘历却用手推开道："这些差事留在夜里做吧！人家衙门上下忙得脚不着地，咱们在这儿坐着也不是样儿，干脆也到堤上去。"

刘统勋道："这里到大堤五十多里地，天黑之前赶不回来。"

"咱们骑马去，只带着张伏根和东方三兄妹就行了。"

"总得吃了饭再走。"

"在街上随便吃些就行了。"

刘统勋不明白这位一向稳重的小王爷怎么突然变得这么性急，只好放下手上的卷宗，走到外面，吩咐张伏根通知东方三兄妹，准备马匹。

一会儿工夫，东方三兄妹准备妥当，弘历和刘统勋换了便装走出总督衙门，然后翻身上马，一行六人打马便往北门外奔去。

弘历正赶得急，张伏根突然用马鞭往前一指，说道："王爷，这是铁塔，再过去那条高高的土龙就是黄河了。"

弘历这才注意到已经来到开封郊外，那条长长的土龙就是黄河河床，简直比河边的麦田地高出一人高，怪不得黄河被称作悬河。

张伏根介绍道："这里是修好的大堤，田制台修堤的地方离这儿还远着呢。"

弘历却跳下马来，沿着台阶登上土堤，又由堤顶走到堤内，看到由堤顶到河床全部由条石、板石包面严严实实地砌了，全部用白灰带缝，他用力抠那小块的石头，竟一点儿也不松动。站在堤顶放眼望，整个大堤像一条逶迤伸去的长龙，守护在高高的河床边。

刘统勋也下了马，仔细地察看大堤，他走到弘历身边，叹道："名不虚传，这才叫真正的大堤，任它黄河水肆虐也休想侵吞农田半步。"

弘历指着大堤道："你们看看，光这条大堤就是田文镜的无量功德。仅此一条他就不愧'模范总督'的称号。有的人做官论道口似悬河，可就是一点实事不做。"

"四爷说得是，奴才见过的河工多了，但大多偷工减料，敷衍一时，像这样花工花钱花大力气筑造可御百年水患的还是第一次。"

弘历走下大堤，看见堤下的麦田里有位老人正在除草，便走到跟前，轻声问道："老人家，这大堤修得好不好？"

老人只顾除草，不提防有人突然问他，吓了一跳，抬头一看，见是几个官府中人，便答道："好，当然好，没这条大堤，我田也不用种了。因为每年麦子还来不及熟，就给河水冲走了。只是……"老人犹豫了一下，见弘历和颜悦色，才道，"只是修这堤恐怕要把我儿子的命搭进去。"

弘历闻言一怔，仍和气地问道："老人家，您儿子叫什么？怎么没到田里来，反倒您来除草？"

"他叫阿根，被田制台抓到中牟修大堤去了。"

弘历听着不是滋味，道："老人家，这修堤是利国利民的事，您儿子为什么不愿意去，反要制台派人来抓？"

"利国利民，这道理老汉懂。"老人嘟囔道，"可是这位制台大人派下工来要把人累死，为了赶进度，他就叫民工没日没夜地干，我儿子阿根累极了偷跑回来，又给抓回去了，我真担心阿根会活活累死。"

弘历还想问下去，老人突然看见亲兵打扮的张伏根向这边走来，吓得赶紧站起身来走开了。

张伏根道："王爷，咱们快些走吧，工地远着呢！"

弘历不悦地看了他一眼，走到自己的马前认镫上马。刘统勋等人忙跟随上去，六匹马沿着大堤下的田间小道向西走，约莫走了半个时辰，到了中牟县境内，远远地就看见河堤上黑压压的人群，走得近了，便可听见石头的敲击声、干活的号子声，夹杂着督工的呵斥声，交织在一起，河滩上异常喧嚣。

弘历策马紧走几步赶到工地上，张伏根慌忙追上去，殷勤地说道："王爷，奴才去禀制台大人，让他来迎您的王驾。"

"不必了，"弘历摆摆手道，"既然来了，还怕见不着他？本王先随便看看。"

工地上民工正干得急，有的两人一组往堤上抬石头，有的挥着大锤砸石块，有的在堤上砌护坡。干活的民工中不时有三两个衙役挥舞着皮鞭督促着，遇着偷懒不用力者便毫不客气地甩过一鞭子。

"爷，这是开封知府李立信大人的工段。"张伏根边走边介绍，用手一指前面河堤的拐弯处。弘历顺他手指方向一看，果然有一个穿着四品顶戴的官员正在拐弯处对着身旁的差役指手画脚地说着什么。

刘统勋紧走几步赶上弘历，说道："四爷，您看这架势，田制台是把修河堤作为压倒一切的差事来办。省城的主要官员恐怕都到这里来了。"

弘历道："早就听说田文镜做事雷厉风行，不瞻前顾后，今天算是见着真人了。"

两人正说着，忽听前面堤上传来一阵斥骂声："妈的，快起来，装什么熊样！"

弘历见前面围着一伙人。挤进人群一看，地上躺着一个身材瘦弱的年轻人，一个差役手握皮鞭，凶神恶煞般地吼叫道："范阿根，老实告诉你，就是累死你也要把今天的活干完，起来。"

瘦弱青年有气无力地说："官爷，求求你，小人实在没有力气了。"

围观的民工议论纷纷：

"阿根一个人干两个人的活，哪里受得了。"

"真是太不像话，这不是把人往死里使吗？"

"阿根真是命苦，身子有病还要做这么重的活。"

差役气得挥着手中的鞭子叫道："你们想造反不成？范阿根他爹干不动，当然要他干两个人的活。这是上头规定的，不干我的事。你们有能耐去找制台大人说去。在我这儿，只有老老实实地干活。"

弘历一听，莫非这瘦弱青年就是那除草老汉的儿子阿根？便向跟在身后的张伏根吩咐道："快，把他扶到旁边歇息，再找个郎中来。"

"嗻！"张伏根答应一声，抱起范阿根就走。

那个差役一看，心里大怒。但见弘历一身富贵打扮，又见张伏根亲兵打扮，知道是官宦人家，于是客气地问道："这位爷，您干什么？小人怎么跟上边交代？"

弘历气愤地说："你没看见范阿根病了，你想逼出人命吗？"

"爷您不知道，上头逼得紧，小的也没有办法。"

正说着，忽听身后有人问道："怎么回事？"

第二十七章

督河工能吏手如砥
恋家小腐儒胆似针

弘时眼睛一瞪，怒斥道："怎么，你也要辱骂本钦差？"曾静脸上冷汗直冒，边磕头边哆哆嗦嗦地说道："犯民一时糊涂，铸成大错，如今追悔莫及。求钦差大人在皇上面前给犯民求条生路。来世做牛做马也要报恩！"

弘历转身一看，是开封知府李立信走过来，那差役像是找到救星似的径直跑到李立信跟前施礼道："李大人，有位爷带范阿根看病去了，小人阻拦不住。"

李立信已经看见弘历，见他气宇轩昂，非同一般，那身后的三男一女也是气质不俗，便和颜悦色地说："这位小兄弟真是菩萨心肠，但小兄弟未经田制台同意就把范阿根带走，恐有不妥。"

弘历微微一笑道："李府台请放心，田抑光那里我自会料理，决不让你为难。"

李立信一听他直呼田文镜的字，便知来头不小，慌忙拱手问道："请问阁下是……"

刘统勋答道："这位是四爷，宝亲王。"

李立信一听，吓了一跳，慌得也顾不得遍地灰尘，就要跪拜。弘历忙拉住他的胳膊道："此地不是行大礼之处，免了。"

这时，几个干活的民工正从跟前经过，听说眼前的英俊少年就是宝亲王，便呼啦一下跪倒在地。顿时一传十、十传百，整个工地全知道了，民工们纷纷放下手中的工具，跑过来给宝亲王磕头。其中有几个胆大的便叫道："王爷千岁，这样没日没夜地干会把我们累死的。"

"王爷，求您跟制台大人说说，给我们一点时间歇息。"

弘历没料到会出现这样的局面，这样下去会耽搁整个工程，田文镜知道了会怎么想，便只好登上一处高地，向跪满大堤的民工大声说道："田制台带着大家修这条大堤是利国利民惠及后世的一件好事，本王问大家一句：愿意为修堤出一份力吗？"

　　弘历话音刚落，民工们齐声答道："愿意出力。"

　　"好！"弘历双手握拳，向空中用力一挥，接着说道，"既是大家都愿意出一份力，本王就答应你们刚才的要求，请田制台给大家一些歇息时间。此外，本王还要请田制台给大家改善一下伙食，这样干起活来才更有力气。大家请各归本位，继续干活吧！"

　　"谢王爷千岁恩典。"

　　"王爷千岁！千千岁！"

　　民工们高兴地欢呼着，向弘历磕个头，四散干活去了。

　　弘历从高地上走下来，刘统勋轻声道："四爷，田文镜来了。"

　　弘历顺着刘统勋的目光往前一看，果然，田文镜不知何时带着一帮省城官员正向自己走来。弘历便高声叫道："田抑光！"

　　田文镜紧走几步，到了跟前，纳头便拜："奴才给王爷请安。"

　　弘历忙伸双手相挽，但见田文镜脸色青黄，发辫被风吹得有些蓬乱，额头和嘴角的皱纹像刀刻一样清晰。摸着他的双手，竟满是老茧，手背像树皮一样粗糙。弘历突然想到东方晓说的"田制台赤膊修河防"的故事，不由鼻子发酸，忙道："抑光不必行此大礼。"

　　那帮省城的官员也跟在田文镜后面和弘历见了礼，田文镜道："四爷何时到的开封？怎么到河堤上来了？"

　　弘历笑道："我们辰时就到了你的总督衙门。可衙门里只有几个办差的小吏，本王待着没意思，就到大堤上找你来了。"

　　"奴才真是该死，怎敢劳驾四爷来这里。"

　　弘历却正色道："来这里好得很，本王不到这里来，怎么能亲眼看到你修的大堤。就凭你这条大堤，以后不管谁在皇上面前参奏你，本王都要为你说话。"

"奴才谢四爷恩宠。"

田文镜回头见那群官员还站在那里，顿时恼怒，斥道："你们还愣着干什么，快到各自的工段去。谁不能如期完工，谁就回家抱娃娃去。"

弘历见他声色俱厉，那群官员畏畏缩缩地散去，想到黄全所说的"田抑光，如虎狼"，便忍俊不禁，竟笑出声来，田文镜不解地问道："四爷，您笑什么？"

弘历正正脸色道："抑光，好多人说你苛酷为政，你知道吗？"

"奴才当然知道。"田文镜泰然说道，"但现在官员散漫，百姓慵懒，奴才不苛酷，能办成什么事？就以修这大堤为例，刚才王爷跟民工说给他们一些歇息时间，改善一下伙食。其实奴才何尝不知百姓之苦。但河南亟待治理，实在没有更多的时间花在河务上。四爷可知道修这条长堤花去多少银子，河南府库所剩钱粮无几，改善民工伙食，钱从哪里来？黄河水患世人皆知，修堤防水，泽及百世。河南人就是要勒紧腰带修大堤，握紧拳头闯难关。奴才就是不相信多出点力气就能累死人。"

弘历想不到一句话竟引出他一番啰唆。

田文镜见弘历低头不语，接着说道："奴才在康熙朝为官二十载，到康熙帝驾崩也不过是六品的刑部郎中。雍正帝继位，奴才奉命去华山祭告，路过山西，参奏天下第一抚臣德音匿灾不报，得圣心恩眷，三年之内由山西布政使晋升为河南巡抚，至特设总督衙门委为总督。奴才受圣恩如此，敢不拼死以报！"

田文镜边走边说，看到地上有一块光滑的大条石，先用袍袖擦去上面的灰尘，向弘历伸手道："四爷，您坐会儿。"

弘历听他说得真诚，心里有些感动，刚才的一丝不快也烟消云散了。弘历轻轻叹息一声道："抑光，一样是做官，李绂、李卫他们就比你轻松得多，江浙、湖广那边权事统一，讲究的是政绩，虽然也有人事干扰，官场之气还算正。你这边怎么就不行。本王看你是性情中人，也给你说掏心窝子的话。你锐意革新政治，图报圣恩，天日可鉴，但又处事僵板，缺乏人情味，一味地霸王硬上弓，弄得自己四面楚歌。"

田文镜被他说得激动起来，脸上的皱纹乱动，干涩着嗓子道："四爷真是说到点子上了。奴才又何尝不知自身的处境？但政事要紧，奴才顾不得许多。四爷刚来，也许还不知道，这河南一省，人人讲的都是'门路'，个个后面都有'后台'。中州之地，物华文明最早，怎么就出了这种陋习，奴才如果不来硬的，他们就官官相护、阳奉阴违，什么事也做不成。噢，四爷刚才说起李绂，奴才和他早前还是患难之交，只是后来政见不同，就疏远了。李绂赴直隶任上，路经开封，和奴才晤面，他不赞同皇上的新政，还和奴才吵了起来。奴才案上还有他向皇上参奏的折子呢。像这样的折子总督衙门里多着呢。"

弘历静静地听他说着，眼睛不时向远处扫视，忽然看见张伏根带着范阿根迎面走来。待他们走得近了，便问道："你怎么又把他带回来了？他的病好了吗？"

张伏根道："他根本就不愿意治病，可能是没钱。只歇息一会儿，吃点东西就要回工地，说是怕再被抓回来，要受到重罚。"说完，用手一拉躲在身后的范阿根道，"还不谢过宝亲王！"

范阿根躲在张伏根身后，一双眼睛怯怯地偷觑着站在弘历身旁的田文镜。谁都能看出来，他怕的是田文镜，不是弘历。

张伏根一拨拉，范阿根才颤着身子走到弘历跟前，跪下磕头。

"小民范阿根给宝亲王，制……制台大人请安。"

弘历看他瘦弱的身材，顿生怜悯之心，对田文镜便有了一分厌恶，但嘴上不便说什么，于是说道："范阿根，你身体有病，家中老父又年老体弱，这大堤上就不用来了。"

"这……"范阿根简直不敢相信这是真的，又怯怯地瞟了田文镜一眼。

弘历微笑道："你只管回去，别的事由本王为你做主。"

"谢王爷宽典。"范阿根脆生生地说道，又给弘历磕了一个头，站起来，临走时竟大胆地朝田文镜翻了个白眼。

田文镜看得清清楚楚，肚子里气鼓鼓的，却没法说，只得干站着。

弘历看范阿根走远，向张伏根道："把刘统勋叫来。"

刘统勋正在堤内和几个官员说话，听说主子传唤，立刻过来了。

"四爷，您找我？"

弘历点了一下头，问道："你身上带着银子没有？"

刘统勋被问得一愣。弘历从来不装钱，没亲手花过钱，花钱的事都由下面的人做。今天怎么突然要银子？再说这河堤上能买什么。

"四爷，银子有一些……"刘统勋愣了半晌才答道。

"都拿出来，交给田大人。"

刘统勋觉得莫名其妙，也不敢多问，只把身上的银子，连碎银全拿了出来，双手捧到田文镜跟前。

田文镜也是莫名其妙，疑惑地问道："四爷，您……您是啥意思？"

弘历笑道："范阿根没出工，得出钱，这工钱就由本王代付了。"

田文镜这才明白过来，哭笑不得地道："他不出工就算了呗，哪儿用得着四爷出工钱。"

"那不成。"弘历一脸的正经，"你是一省之主，有自己的章法、规矩，宽松也罢，苛酷也罢。本王不论，本王只是不愿改了你的规矩，乱了你的章法。"

"四爷，言重了。"田文镜边说边推开刘统勋的双手，"奴才哪敢收四爷的钱。"

"怕什么，这又不是贿赂你的银子，拿去补贴你河南的府库，用不着天天向朝廷哭穷。"

"奴才只有从命了。"田文镜只好喊来书吏将银子收下。

弘时和弘历是同一天离开京城的，但两人差事不同，行进的快慢也不一样。弘时是赶着去湖南提押人犯，一路上马不停蹄，穿州过县走得飞快。弘历是巡视天下，一路走走停停，听听看看，行走缓慢。

与北方相比，二月的江南早已是春暖花开、莺飞草长的景象。烟波浩渺的洞庭湖边绿柳低垂，鸟语花香，引得驿道上的行人驻足不前，流连忘返。弘时也被这青山绿水、花香鸟鸣给吸引了，不知不觉让马儿放慢了脚步，欣赏起风景来。

冯荒赶上来道："三爷这一路催得急，这会儿怎么悠闲起来了？"

弘时眼珠一翻，佯怒骂道："你这个狗奴才，爷是想这里风景不错，作一首诗来。"

"作诗？"冯荒撇撇嘴，心想，就你这样的草包爷，也能作诗，但他嘴上却恭维道，"三爷是风雅之士，一定能做出好诗，流传百世。"

"那是自然。"弘时清清嗓子，做出吟哦的样子。奇怪，刚才看着这山影时，脑袋里好像有种感慨要蹦出来，这会儿怎么又没影了呢？

冯荒看弘时的脸憋得通红也没能憋出一句诗来，暗自好笑，口里却道："三爷的诗一出口都是旷世之作，岂能说吟就吟。"

弘时知他嘲讽自己，气得举起马鞭就抽，骂道："都是你这个狗奴才扰了爷的雅兴。"

冯荒假作惊慌，拨转马头往回跑，正和邬思道顶个对面，忙笑道："邬师爷，快来帮我，三爷发了雷霆之怒。"

邬思道骑着一匹白马，见状紧赶几步，和弘时并驾齐驱，开口道："三爷，不要混闹了，前面就到长沙了，让人家看着不成话。"

弘时收起鞭子，点头道："我听师爷的就是。"

自从弘时和邬思道邂逅春香楼，便将邬思道留在身边，充当师爷，奉若神明。邬思道也真有能耐，弘时按他说的去做，果然管用，皇阿玛对自己已是另眼相看，居然还命为钦差。虽然不及弘历巡视江南那样显赫，但这只是第一步，首战告捷，一切都充满希望。因此，他对邬思道可谓言听计从。

弘时经邬师爷一提醒，马上坐直身子，板起脸，一副郑重其事的样子。听听后面的马蹄声落得远了，便头也不回，威严地叫道："冯荒，叫张千、张万他们四个快点跟上。"

"嗻！"冯荒答应着。他知道弘时的脾气，他认真时，自己也得认真；他不认真，自己就不能当真。

冯荒忙一本正经向后面叫道："后头的四位，三爷叫你们快点儿。"

后面的四个人是弘时经雍正允许，从大内侍卫中挑选出来的高手。其中两个高个的、面目相像的壮汉是亲弟兄，哥哥叫张千，弟弟叫张万。其余两个，红脸中等个头的叫刚泰，紫脸矮胖的叫石柱天。四人听到冯荒的喊声，便一齐打马赶了上来。

七匹马一溜烟地跑开，只半个时辰，长沙城已遥遥在望。弘时是第一次出这么远办差，而且还是钦差身份，心里自是得意。眼见长沙城越来越近，弘时突然停住，说道："邬师爷，马上就要进长沙城了，你看是不是要换上官服？"

邬思道恍然大悟，一路上为了安全方便，几个人全是便服打扮。自己毕竟不是官场中滚出来的，眼见到了长沙城门口，怎么就没想起换上官服呢。于是忙道："三爷说得是，这时候该换官服了。"

冯荒闻命，慌忙跳下马来，从行李包裹中取出弘时的贝勒官服先给已跳下马来的弘时换上，然后取出一身师爷的服饰送到邬思道跟前，最后才换上自己的长随打扮。张千、张万、刚泰、石柱天自己马上带着官服，便都取出换上。

弘时整整衣襟，回头扫视了众人一遍，嚇！果然和刚才不一样，威武多了。弘时心里得意，便向众人大声说道："大家都精神点，要拿出咱京城里爷的做派来，让那些南方人瞧着眼热。"他眼角扫着张千低头抱腕，突然喝道，"张千，抬起头来，瞧着你那熊样儿就给三爷我丢脸。"

张千无端挨了顿斥骂，表面没说什么，心里骂道：神气什么，不就得了个解押犯人的差事吗？一样是皇上的儿子，人家弘历早就封了亲王。如今还是奉旨钦差，巡视天下。丢人吧你！

邬思道看出张千心中的怨恨，忙向弘时劝道："大家一道出来办差，理应互相关照，点滴小事，何必认真。"

弘时住口不再说话，几个人重新上马，往长沙北门驰去。

长沙监狱。

曾静和张熙被单独关押在一间阴暗、潮湿的监牢里。两人的手脚都被锁上了沉重的铁链。因为是朝廷要犯，监牢门外看守三步一岗、五步一哨，戒备森严。其实就是打开牢门，这两个手无缚鸡之力的读书人也没有能力离开这间牢房。曾静在过堂时腿上受的刑伤已经发炎，只要轻轻一动，就撕心透骨地疼。张熙还是西安受审时的伤，早已痊愈。但他内心的伤痛丝毫不亚于恩师的体肤之痛。

曾静躺卧在监牢拐角一堆半湿不干的稻草上，双眼呆呆地盯住南墙上送牢饭的小窗口。此时，外面的世界对他来说是多么珍贵和遥不可及。自己本想建功立业，光宗耀祖，哪料到竟落到身陷囹圄的地步。想到这儿，不无怨恨地看了躺在对面的张熙一眼，重重地叹息一声。

张熙正百无聊赖地数着手上一节一节的铁链，听到师傅的叹息声，便拖着沉重的铁链爬过来道："师傅，您累了吧！我帮您翻一下身。"

曾静半闭着眼没说话，只是轻轻地点点头。像这样一躺半天，一动不动，他怎么能不累。于是张熙用力举起戴着铁链的双手托住曾静的腰，说道："师傅，您用力。"

曾静双臂用力往地上一撑，张熙就势猛地一推，终于把师傅翻过身来。但因用力过猛，震动了曾静的腿伤，疼得"哎哟"一声叫出声来。张熙难过地说："对不起，师傅，都是弟子没用，害得您落到这种地步。"

"别说了，敬卿。"曾静知道责怪他也没用，反倒宽慰他道，"事情已经这样了！只怪咱师徒两个命运不济。"

"都是因为岳钟琪这条清廷走狗。"张熙圆睁双眼，咬牙切齿地骂道，"他骗得我好惨！张熙如有活命之日一定生吃其肉、活寝其皮，洗此奇耻大辱。"

"活命？"曾静喃喃自语道，"我们还能有活命之日吗？活一天算一天吧！"见张熙低头不语，便问道，"敬卿，你说为什么这么多天不过堂？"

张熙还在气愤之中，满不在乎地道："管他过堂不过堂，反正是豁出命去了。"

曾静突然神秘地说道："今早放风的时候，我听见两个看守在议论说王国栋被皇上免职了，新调来一位姓赵的做湖南巡抚。"

张熙想不到恩师此时对这类消息感兴趣，便答非所问地道："谁做了巡抚还不一样是满人的天下，咱们该是什么罪还是什么罪。"

"可是，万一……我是说万一，"曾静强调了两遍，"万一这位赵巡抚宽仁些……我们毕竟只是写了一封策反信，没有命案在身，也许不至于是死罪吧！"他斟酌着词语。

张熙听得一怔，说道："师傅，您大概是想师娘和两个师弟了吧？"

曾静不得不点点头道："他们娘儿三个因我受了牵连，也被抓起来了，这会儿不知怎样呢？"

张熙一阵难过，慨然道："师傅，只要有一线生机，弟子都会帮你，虽死无憾！"

曾静清瘦的脸上掠过一丝多日不见的笑意。

弘时一行七人进了长沙城里，还没到巡抚衙门门口，新任湖南巡抚赵弘恩就得了信，领着新任的布政使、按察使一班子人马到门外迎接。弘时进了衙门里，稍事休息，便捧出雍正圣旨，交给赵弘恩查验。

赵弘恩看过圣旨，喜出望外。因为有曾静、张熙两个钦犯在大牢里，他睡觉都不得安宁。前任巡抚、布政使、按察使被罢官就是前车之鉴。现在圣旨要将人犯押解进京，他就可甩掉这个包袱，正求之不得呢。因此对三贝勒弘时这位钦差大人招待得异常热情，设宴款待可谓丰盛，山珍野味、水陆诸馔应有尽有。临了回驿馆时赵弘恩还送给他两个娇美可爱的湖南妹子，弘时乐得心花怒放。

弘时正睡得香甜，忽然门外有人大声叫道："三爷！三爷！"

弘时被吵醒，一听是冯荒的声音，气得朝着门外骂道："你这狗奴才，大清早嚎什么嚎？"

冯荒在门外答道："邬师爷有事和三爷商量。"

一听说邬思道，弘时慌忙翻身坐起，匆忙穿上衣服，走出门去。

邬思道候在门外，见他出来，急道："三爷昨天就到了长沙，到现在还没见着人犯的面怎么成？咱们应该见见人犯。"

弘时点头道："好吧！我叫人通知赵弘恩。"

早间放风的时候，曾静就感到今天的气氛不对劲。因为监狱里的看守一夜间增加了一倍，有些看守三两个聚在一起低声议论着什么，当他走过时却都停住不说。

"敬卿，今天肯定有事情发生。"曾静一回到监房里就对张熙说。

"事情？"张熙头也不抬一副视死如归的架势，"能有什么事情，大不了要杀人喽！"

曾静脸上一凛，低低的声音道："但愿不是杀人。"

张熙看他那种样子，心里便有些厌恶。平时师傅总是以反清复明的斗士自居，谆谆教导弟子大义为先，杀身成仁，舍生取义。但现在临到他舍生取义时，却是软皮囊一个。正胡思乱想，忽听狱卒在甬道喝叫道："不许说话，待会儿有钦差大人来视察。谁不老实，拉出去砍头。"

张熙不以为然地道："什么狗屁钦差，值得大呼小叫！"

曾静变了脸色道："会不会因我们而来？"

张熙懒得理他，装作没听见。

不一会儿，忽听外面甬道里传来"咚咚"的脚步声，从送牢饭的小窗口里可以看到戴着红顶子的清兵一队队跑过。脚步声过后，就听到有人大声喊道："钦差大人到！"

曾静心里咚咚直跳，正惊慌间，外面又传来一阵杂乱的脚步声，紧跟着传来开动铁锁的声音。

监牢的门被推开，新任巡抚赵弘恩陪着弘时、邬思道、张千等人走进来。赵弘恩接任没几天，还没来得及到监狱巡视，因此还不认识曾静和张熙。于是，他便隔着栅栏问道："谁是曾静？"

曾静吓得一哆嗦，脸色煞白，但头脑还清醒，一看对方的顶戴官服便知是新任的巡抚。忙用手撑起半个身子答道："犯民便是。"

赵弘恩看了曾静一眼，又把目光扫向张熙叫道："你就是张熙？"

"不是大爷，还会是谁？"张熙昂然答道。

"放肆！"赵弘恩气得大叫道，"犯逆死囚，敢对本抚无礼！"

"无礼？"张熙冷笑道，"你不过是满人的一条狗，谈什么礼？"

"你……"赵弘恩脸涨得通红，一时却无可奈何，只得恨恨地道，"告诉你，今天来的这位爷就是奉皇上旨意，专门押解你们进京伏法的钦差大臣……三贝勒爷。"

"哈哈哈……"张熙突然放声大笑，铁链"哗啦啦"地响着挣扎着站了起来。他用手一指门口，骂道，"你们这帮清狗，能得意到几时。我汉人千千万，总有一天，你们会死无葬身之地。趁你们现在还活着，早些杀死大爷。是砍头还是活剐，大爷皱皱眉头不是好汉。"

弘时想不到张熙连捎带着把自己也给骂了，气不打一处来，叫道："来人，把这个狂妄之徒拉出去，打个半死再说。"

赵弘恩见钦差大人发话，正中心意。

两旁的差役往里就闯。

"慢！"邬思道突然喊道。

差役们一时愣住了。

弘时不解地问道："邬师爷，什么事？"

邬思道凑到弘时耳边，低声说道："皇上既是派三爷亲自押解人犯进京，必然另有用处。三爷要是把钦犯给打个好歹，怎么向皇上交差？"

"邬师爷说得对，"弘时用手一拍脑门子道，"我怎么把这茬儿给忘了。算了，便宜这小子一顿打。"说完，转身就要走。

"钦差大人请留步。"

众人回头一看，却见曾静不知何时爬起来跪在地上不停地向门口磕头。不用问，刚才那一嗓子准是他喊的。

弘时眼睛一瞪，怒斥道："怎么，你也要辱骂本钦差？"

曾静脸上冷汗直冒，边磕头边哆哆嗦嗦地说道："犯民哪里敢！只是有些话想向钦差大人讲。"

弘时扫了他一眼，面色严正地说道："你有什么话就说吧！"

曾静用脏兮兮的袍袖擦了一下脸上的冷汗，战战兢兢地说道："犯民知道自己犯了大逆之罪，理应诛戮。但犯民真的是一时糊涂，铸成大错，如今追悔莫及。况且犯民认罪老实，供认不讳。求钦差大人看在犯民年老体弱、老实认罪的分上在皇上跟前给犯民求条生路。"

"老实认罪？"弘时冷笑一声道，"你真的那么老实吗？"

曾静张皇着道："犯民每次过堂，都如实答对，怎么能不老实？"

"你没有供出后台是谁，你又是受谁指使谋反的。"

"后台？"曾静一脸的茫然。

"对，只有供出后台是谁，皇上方会从宽处置你。"

"真的吗？"曾静像是看到一线希望，"如果我供出后台，就可以从轻发落吗？"

"也许可能吧！"弘时的话模棱两可。

曾静却充满着希望，稍加思索便说道："犯民愿供出后台。犯民的后台是甘凤池，就是他指使犯民谋逆的。"

"师傅，你怎么可以胡说？"站在一旁的张熙再也按捺不住，拖着哗啦响的铁锁链挪到曾静跟前，气愤地叫道，"甘凤池是名满天下的侠义之士，怎么会认识你？"

曾静却梗着脖子叫道："敬卿，我没胡说，我真的认识甘凤池。"

邬思道闻听，脸色微变，怒喝道："曾静，这后台有就是有，没有就不能胡乱攀扯一个出来哄骗钦差大人。"

曾静却咬死口道："甘凤池真的是犯民的后台，他还在犯民家里住过几日呢。"

邬思道又是一惊，追问道："甘凤池何时住在你家，详细说来。"

"犯民遵命。"曾静遂把甘凤池路过永兴的经过仔细地说了出来。

弘时听不到一半就急了，说道："你的这些话到了京城再说吧，本钦差是专门押解你们进京的。"

曾静一听，顿时瘫倒在地。

第二十八章

鸡公山凤池劫钦犯
蕙香楼思道会故交

高个子蒙面人乘机赶到囚车跟前。曾静、张熙在囚车关注着这场厮杀，见那人奔来，喜出望外，大声叫道："英雄快来救我！"高个子收剑亮掌就要向曾静的囚车拍去。突然后面有人大叫道："大哥，且慢！"

第二天，弘时办理完一切交接手续，便准备押解钦犯回京。赵弘恩亲自带人把曾静、张熙从监牢里提出，押上两辆囚车。还专门从巡防营挑选出两百名精壮的官兵，由一名千总带队护送钦差到京城。

辰时刚过，人马起程。穿过监牢和巡抚衙门之间的巷道，拐入南北走向的建湖大街，直往北门而去。弘时回头一看，这可比来时壮观多了。因为多了两百名官兵和两辆囚车，队伍拖拖拉拉足有一里多长。这在太平年景可不多见，引得街上的行人驻足观看，不知道是怎么回事。

这支人马出了长沙城，上了官道，逶迤北去。因为押解着囚车，还跟着两百名步兵，所以行动迟缓。辰时动身到了申时，这支人马还在洞庭湖边缓缓爬行。刚开始的时候弘时还没感觉到什么，骑在马上，悠闲地欣赏着两边的山水美景。但半天过去，他就急躁不安起来，因为是按原路返回，那些风景大多都看过了。而且再美的风景也有看厌的时候。邬思道见他一会儿打马飞驰，一会儿又停下，便知他有些急躁。邬思道忙策马追上，跟他并驾齐驱。

弘时叹息道："照这样走下去，何时方能到京城？"

邬思道苦笑道："至少要一个月吧！"

"这么长的时间，还不把三爷憋死。"

"三爷，您这样的急性儿，怎能出来办差事。您看人家宝亲王巡视天下，到江南转一圈回来，就得一年多。"

弘时一听到他提起弘历，满心的不痛快，叫道："休提老四！三爷不跟他比。"

邬思道明白他的心思，一本正经地道："三爷哪点比不得宝亲王，可惜的是没有抓住机会。"

"抓什么机会？"弘时莫名其妙地问。

邬思道故作神秘地说道："机会就在爷的跟前。宝亲王这次出京巡视，至少要一年不在京城，岂不是给三爷极好的机会。只要三爷办好这趟差事，得到皇上的信任，皇上就会把差事交给三爷办。京城的大权就可以一步一步抓到手。"

弘时一听，他说的还真有道理，但自己仍没信心。摇头道："一年？太短了，我能抓到多少权力？"

"那就两年。只要三爷愿意，奴才有办法让宝亲王回不了京师。"

弘时被他说得热血沸腾起来，咬着牙说道："到了那一天，你就是天下第一功臣。"

邬思道明白他说的"那一天"指的是什么，会意地一笑道："三爷，你一定是赢家。"

天色将近黄昏时，总算到了岳阳。岳阳知府带着一班子地方官绅把弘时等人接到城里，安置住宿。弘时虽然没走太多的路，但在马上颠簸了一天，感到十分疲劳，连岳阳知府为他接风洗尘的宴会也没参加，就简单地吃点东西，回驿馆休息了。

次日起程前，弘时跟岳阳知府要了一辆马车，他是被昨天的马上颠簸累怕了。离京城路程远着呢，想快也快不了，干脆换坐马车，人也能舒服些。

岳阳知府为讨好他，特地把马车装饰得富丽堂皇，里面铺着厚厚的棉花。就是路面再差，人坐在里面也不觉得颠簸。

人马出了岳阳城，走了还不到三十里路，弘时一个人坐在马车里又觉得憋得慌，便一掀小窗口上的绸布帘子，向骑着马跟在身边的邬思道一招手叫道："邬师爷，你也乘马车吧！"

邬思道忙摇头，对着窗口说道："三爷的心意奴才领了，但奴才是什么身份，怎好跟主子乘一辆车。"

弘时伸出头来，笑道："少来了，我什么时候拿你当奴才看？快上车吧！"说着，便向车夫叫道，"停车！"

邬思道知他出自真心，而且自己也真的累了。便跳下马来，将马交给后面的清兵，自己上了马车。

有人陪着说话，弘时觉得路上的时光好打发多了。两天过去，已行至湖北、河南交界。

行走之间，马车突然慢了下来，两人往窗外一看，只见山峰耸立。马车正在上坡。弘时问道："这里是什么山？"

邬思道看着窗外答道："快出湖北地界了，肯定是鸡公山。翻过这座山，就是河南信阳府地界。"

两人正说着话，忽听一阵马蹄声到身旁止住，车外传来张千的声音："三爷，奴才觉得不对劲儿。"

邬思道探出头来，不解地问道："出了什么事？"

张千忙道："奴才刚才看见几个行商打扮的人，骑着马越过我们，到前面去了。以奴才的眼力看，那几人都身有功夫，恐怕不是善类。况且这里山势险恶，地形于我不利。又是两省交界处，极易为逆党所乘。所以请三爷倍加小心。"

邬思道这才注意到两旁都是悬崖峭壁，人马走的是两山之间的羊肠小道。如果逆党此时突然发难，后果不堪设想。忙向弘时道："三爷，咱得加点小心着……停车。"

弘时却拉住他，毫不在意地说道："怕什么，爷正想等他们来呢，也要抓几个逆贼带回京城向皇阿玛请功呢！"

邬思道不安地说道："万一逆贼势大，岂不坏事！"

"放心吧！邬师爷，天下承平日久，哪里会有成气候的逆贼！"

邬思道一想也觉得有道理，连甘凤池、杨起隆这样的反清复明斗士都不在江湖露面了，还会有谁能劫走囚犯。

说话间，前头的清兵千总带着百十名兵丁已拐过山嘴，弘时二人乘坐的马车居中，后面是三名侍卫和一百名清兵押着囚车。张千行走江湖多年，一向谨慎小心。这时见地势险恶，早把心提到嗓子眼，一双眼睛不停地扫视着两边山上的一草一木。两只耳朵也竖了起来，留意着轻微的风吹草动。

前面的山路越来越窄，清兵仅能单队通过，弘时的马车通过都极为困难，所以走得很慢。张千跟在车后，不安地看着两边的山崖。但见山上野草青青，树木枝叶繁茂。山风吹过，树枝随风摆动，沙沙作响，似乎藏有千军万马。

张千正在暗自心惊，张万从后面赶了上来，眼瞅着他哥着急地叫道："哥，不对劲，我们来时没走这条道。"

张千面无表情地说："还不是三爷的主意？"

这时张万旁边的一个清兵插话道："两位大人可能不知道。进山之前，我们千总老爷跟几个过路的打听道儿，那几个人说从这条道到信阳要近一半的路程。千总爷就命小的请三爷的示下，三爷说当然走近路，所以就走了这条道。"

张千一听，心头一惊，急问道："是什么样的路人？"

"骑马的行商。"

张千惊道："又是那几个人。不好，快传命停下，原路退回。"

清兵得令，一个接着一个往前面、后面传出口令。但这支两百多人的队伍在羊肠小道上足有二里路长，口令也不能很快传到首尾。不知情的急着打听，队伍乱糟糟的。

正在这时，左边山崖上的草丛中突然扑棱棱飞起一群山鸟。张千眼尖耳灵，惊得大叫道："山上有人，快躲开！"

话音未落，忽然几支响箭飞来，紧跟着从山崖上滚下无数石头，像下雨一般，挟着风声砸向清兵。

清兵毫无防备，遭到突然袭击，一个个吓得抱头乱窜。但路两边全是悬崖峭壁，连个躲闪的地方都没有。一阵石雨下来，清兵死伤过半。

弘时和邬思道乘坐在马车上，张千和张万的说话声他们听见了，心中也感到不对劲，正要下车，忽听张千大叫"山上有人"。弘时心中发慌。这时，一块磨盘大的石头飞来，正好砸在驾车的马身上，马车翻倒在地，弘时和邬思道从车里滚了出来。

张千、张万见石头飞来，无处藏身，只得上蹿下跳、左躲右闪。所幸没多久，石雨就停了。

张千叫道："快，保护三爷！"

弘时和邬思道摔倒在路边，所幸有那辆马车挡着飞来的石头，两人只是擦破点皮。弘时哪见过这种阵仗，吓得趴在地上一动不动。

张千、张万慌忙上前把弘时和邬思道扶起来，见两人无大碍，才放心。忽然，后面传来阵阵喊杀声和刀剑碰击声。四个人忽然想起后面还有囚车。忙往后看，只见身后五十多步远的地方，堆着无数的山石，足有两人多高，把两山之间的小路完全卡死了。石头下面血肉模糊，全是清兵的尸体。石头堆里还不时传来呻吟声，喊杀声就是从石堆后面传来的。

张千、张万知道后面肯定是一场恶战，忙向前面的清兵喊道："快，翻过石堆，保护囚车。"两人身先士卒，施展上乘轻功，几个腾跃便飞过石堆。前面的清兵惊魂甫定，忙跟着向后面冲去，到了石堆跟前，踩着石块往上爬。有不小心的，石头扒拉滚下来，又砸伤几个，折腾半天，总算有几个翻过石堆后面去。

弘时心里惊慌，见张千、张万弃下他不管，气得骂道："该死的狗奴才，保护爷的性命要紧。"

邬思道忙安慰道："三爷不用怕，盗贼是瞄着囚犯来的，不会杀到这儿来。现在是保护钦犯要紧，要有什么差错，爷的差事办砸了，皇上从此不信三爷的本事了。您在这里别乱动，奴才去那边看看要紧不要紧。"

弘时一听也对，第一次出京办差千万不能出差错。忙把身体往翻倒的马车里挪了挪，道："快，你快带人去那边帮忙，不用管我。"

邬思道站起身，快步跑到石堆跟前，见几十名清兵正往上爬，忙叫道："你们别忙，先扶我过去。"

几个清兵见是师爷，赶紧过来，搭成人梯，好不容易把他送到石堆顶上。邬思道往南面一看，那两辆囚车旁有五六个蒙面人跟张千、张万、刚泰、石柱天和几十名官兵正杀得激烈。囚车后面的山路上，也堆着几人高的石头。两堆石头把这支队伍切作三段。首尾的清兵干着急也只能断断续续地翻过石堆增援。

邬思道踩着石头，小心翼翼地往下走。石堆下几个刚翻过来的清兵正要往囚车冲去，忽然从一块巨石后跳出一个蒙面人来，手提鬼头大砍刀，横在山路当中。几个清兵也是训练有素，并不慌张，立刻散开，将蒙面人围在中间，各举刀枪，杀向核心。蒙面人一声长啸声如鬼啼，只将手中大砍刀轻轻一拨，那几名清兵手中的兵刃"悠"的一声全震飞出去。蒙面人又是一声长啸，也不见舞刀，清兵全栽倒在地，再没动弹。

邬思道看得清楚，却是毫不动容。仍一步踩着一块石头下到路上。蒙面人杀了几个清兵，一看来个穿着官服的，便提着砍刀，晃着膀子迎上来。邬思道不等他举刀，忙从衣内掏出一样东西，迎风一展，却是一面绣着白色日月的红色小旗。那蒙面人一看，慌忙收起砍刀，惊疑地问道："阁下是谁？怎么会有日月旗？"

邬思道四下扫视一遍，见那边杀得正酣无人留意这边，忙双手一拱道："在下邬思道，是甘凤池的朋友。请问英雄怎么称呼？"

"青面鬼郭康，南阳五鬼的老三。那边厮杀的是甘大侠、杨大侠和南阳四鬼。"

邬思道大喜："原是甘大哥。郭英雄，阁下身份不方便，请帮在下做件事。"说完忙伏下身来，用手指蘸着地上的血迹在那面红色小旗上写了几个字，交给郭康道，"请转交甘大哥，叫他不要劫

534

走囚车。"

那边，张千、张万已和两个蒙面人厮杀半天，渐感力不从心。刚泰、石柱天和清兵围住另外三个蒙面人，也渐渐不支。正厮杀间，和张万对敌的矮胖蒙面人突然叫道："大哥，救人要紧，这里交给兄弟就是。"

高个子蒙面人闻听，突然撇下张千，一个纵身向囚车飞去。张千大惊，急起直追。不料矮胖蒙面人身手更快，早横在他前面，挥手一剑，张千、张万两人施展平生所学，竟休想前行半步。高个子蒙面人乘机赶到囚车跟前。

曾静、张熙在囚车里关注着这场厮杀，见那人奔来，喜出望外，大声叫道："英雄快来救我！"

高个子收剑亮掌就要向曾静的囚车拍去。突然，后面有人大叫道："大哥，且慢。"

高个子回头一看，就见郭康快步如飞奔来到了跟前，从怀中取出一面红色的日月旗，急道："有位邬先生托小弟转交大哥，并要大哥放下囚犯。他日后会跟大哥说明原委。"

高个子看过日月红旗上的血字，惊问道："那位邬先生在哪里？"

"邬先生身着师爷服饰，像是衙门中人，交代完小弟就走了。"

"唉！"高个子长叹一声，猛地举剑向脚下的石头砍去，顿时金光迸射。恨恨地道："且依着邬先生，叫弟兄们撤。"

郭康遵命，嘴里发出一声呼哨，场中所有蒙面人立刻停止厮杀，一看这边还没救出人来，都愣住了。郭康忙又是一声呼哨，几个蒙面人只得丢开敌手，纵身回山，瞬息之间，踪迹全无。

张千、张万等人眼见贼人就要得手，却突然弃战而走，都觉得奇怪。但也暗自庆幸，贼人虽然人数不多，但布置周密，山路上的两堆石头就是明证。依这几个贼人的能力，绝不可能在片刻之间扔下这么多的石头。肯定是几天前就在山上布置好的石头阵，等囚车人马来到，突然放下，而且这几个贼人，个个武功高强，任务分得清楚，前后有阻截援兵的，当中有抵敌厮杀的，还有专门救人的，绝不是一般的山匪草寇。如果不是贼人自行撤走，今天这盘棋是输定了，恐怕还得搭上几个侍卫的性命。

张千、张万赶紧翻过前面的石头堆，去看弘时和邬思道，他们恐怕贼人另有图谋。石柱天、刚泰则指挥剩下的清兵救护伤兵，清理战场，保护囚犯，还得派人清理那两堆石头，忙得不亦乐乎。

张千、张万赶到马车跟前一看，弘时和邬思道正对面坐着说话呢。弘时一看他俩来到，忙问道："那边怎么样？怎么没动静了？"

张万道："贼人走了。"

弘时一听大喜，夸赞道："几位不愧是大内高手，果然好本事，回到京城，我给你们请功。"

张千却没好声气地说道："贼人是自行退去的，我们几个敌不住人家。可是不知为什么，眼见贼人就要得手，却突然退去了。"

"有这样的便宜事？"弘时张大嘴问道。

邬思道扶弘时站起，掸掸两人身上的灰尘说道："也许外面有官兵赶来增援，贼人得了消息才退走的。"

"不可能，"张千语气坚决地说道，"这里是两省交界处，官兵不可能来这么快。"

邬思道扫视一眼四周，道："先不管这些，赶快收拾一下离开这个是非之地，安知那伙贼会不会再来。"

弘时觉得有道理，便一面派人骑快马先行通知就近的河南信阳府派兵接应，一面着张千、张万带残余的清兵清理路上的石头，以便囚车通过。忙活了好半天，总算清理出山路来。弘时、邬思道和四名侍卫带着没受伤的几十名清兵押解着囚车先行。清兵千总带着伤兵在后慢慢行走，等待信阳府的接应。

弘时的马车被飞石砸坏了，只得骑马。经过这场惊吓，他再也神气不起来了，端坐马上，一言不发地想着心事。邬思道看着他心事重重的样子，就上前搭讪道："三爷，想什么呢？"

弘时回头扫了后面的囚车一眼，蔫蔫地说道："没劲！原想办好差事讨皇阿玛欢心，没想会出事。"

邬思道哂然一笑道:"爷,这算得什么。钦犯不是在您手上吗?只要能平安地到达京城,皇上肯定会说三爷有能耐。"

"可是张千说,贼人是自行退去的,安知他们不是另有图谋。"

"三爷甭管这么多,只说是亲率官兵击退企图劫囚车的盗贼同党,皇上怎么知道底细?"

弘时一想也是,就这么说。只要囚犯能平安到京就成。

鸡公山下的居民不多,且分散居住。所以山里发生了这么大的事,山外的居民竟全然不知。信阳府更没听到任何消息。弘时一行一直走到离信阳还有三十里地的柳林镇,才遇着先行的送信清兵带着五百名信阳府的巡防营官兵前来接应。带兵的是个游击,先给弘时行了个礼说府台大人随后就到。弘时一听,气不打一处来,骂道:"没用的东西,贼人早被爷打跑了,还用得你们这时来帮忙,你们府台大人不用来了。"

邬思道从旁劝解道:"三爷,就让他们去把死伤的兵丁弄来。"

弘时怒喝一声:"滚吧!"那名游击慌得带着部属往鸡公山奔去。

弘时一行继续往前走。刚走几里路,果然遇着信阳知府周学成带着一班子地方官绅前来迎接。弘时懒得理他们,随便敷衍几句,接着赶自己的路。没多久,他们便进了信阳城。周学成亲自安置弘时等人在驿馆住下,并加派官兵巡逻、守卫,确保两名钦犯万无一失。

弘时刚坐下歇息,冯荒便嬉笑着进来说:"三爷,您想不到的事儿,四爷宝亲王来了,就在门外呢!"

弘时一愣,这么巧,他怎么也到这儿了?脸上却表现得异常惊喜,责怪冯荒道:"还不请宝亲王进来,哪能让他在门外候着。"他一边催促道,一边起身往屋外走去。

弘历正是从开封会过田文镜往南来,准备巡视湖北之后,由汉阳顺江而下,前往江浙。因见天色已晚,便在信阳城住宿一晚。不想这么巧竟遇着弘时押解钦犯也赶到信阳。

弘时到了门口一看,果真是弘历和刘统勋站在那儿说话呢。

忙脸上挂着惊喜，快步走到跟前，双手拥住弘历的肩头，异常亲热地叫道："老四，何时到的？也不差人说一声，三哥也早高兴一会儿。"

弘历也被他的热情感染，眼角微潮，说道："我也是今儿个到的，只比三哥早一步，听说三哥来了，就急着赶过来了。"

弘时一听，责骂起周学成来："什么狗屁知府，见着三爷也不告诉一声四爷来了。回头见着他，别怪我臭骂他一顿。"正骂着的时候，猛抬头见周学成已到跟前。

弘历忙岔开话题向周学成道："周府台，三爷的随行都安置妥了吗？"

"四爷放心，全安置好了。"

周学成答应过弘历，又向弘时道："三爷，您刚才骂奴才，奴才可有点冤枉了。您见着奴才时，没容奴才说话。四爷交代过奴才给三爷问安，可奴才没来得及说话呢！"

弘时听他啰唆，心里不耐烦，面色微怒。弘历看得清楚，忙向周学成道："周府台回衙办公去吧。我和三爷好久不见，说说闲话儿。"

周学成施礼退下。

刘统勋觉得也不方便在场，便也告辞回驿馆。

弘时手拉弘历道："老四，屋里说话。"

两人到了屋内坐下，婢女献上茶来。弘时端起，呷了一口，看了弘历一眼道："老四，你是奉旨出巡，这一路看到什么了？"

弘历道："主要就是监察雍正新政推行的情况，有没有不妥当的地方。该改进的改进，该变通的变通，执行不力的要追查主要官员的责任。还有的一时无法解决，就要上奏皇阿玛，请皇上亲自裁决。"说着话，突然想起塞思黑之死，心中一凛。

弘时看出他脸上有变化，便问道："老四，差事办得顺利吗？遇到过麻烦没有？"

"还算顺当。"弘历哪肯向他说出允禟之死的事。

弘时知他有事瞒着自己，便哂然一笑道："还是你的差事称心。奉旨巡视，一路游山玩水，何等快活。我这差事可苦了！天天不敢离开那两个钦犯一步，弄不好还可能搭上性命。我这贝勒爷倒成囚犯的保镖了。"

弘历被他说得笑了起来，说道："我知道，三哥只是发发牢骚而已。心里巴不得多为朝廷出力，为皇阿玛分忧呢。今儿个听说鸡公山那边有钦犯的同党半道上劫囚车也被三哥打跑了。"

弘时一听，心里得意，忍不住吹嘘起来。

"那些盗贼，有好几百人，个个武功高强，全是江湖好手。三哥我一点儿也不慌张，举刀打马先迎了上去，当头砍倒几个逆贼，后面的官兵侍卫跟着我一阵痛杀，盗贼只有几个逃跑，其余全被杀死。老四，你要是看了，非吓晕不可。当时是死尸遍地，血流成河……"

弘历听他吹起来没边没沿，心里反感，便道："三哥真是神勇无敌。只是这一日的厮杀恐怕早乏了吧！小弟不打扰三哥歇息了，告辞！"说完，站起身。

弘时正吹得起劲，被他打断，心中不快，也不挽留，客套几句，便送他出门。

送走弘历，弘时回到屋里。他还沉浸在刚才吹嘘的胜利中，猛地想起应该把这次的胜利经过写成奏章，上奏皇阿玛。于是便叫道："来人！"

冯荒慌得进来问："三爷，有何吩咐？"

"快请邬师爷过来。"

冯荒答应着出去，好半天才回来，说道："三爷，内外都找遍了，不见邬师爷。"

弘时一听，心里奇怪，嘴里嘟囔道："这个牛鼻子，半日见不到，到哪儿去了？"

邬思道没走远，还在信阳城内。他随弘时一道进城。周学成安排住宿的时候，为了安全，他便去驿馆四周转了一圈。刚转到西北角无人处，忽然从对面墙外飞来一样东西，正落在邬思道的脚下。他低头一看，是个纸团。他急忙捡起打开，见里面是一面日月小红旗。小旗的背面写着几行小字，他一下子全明白了，赶紧将小旗藏好。回头见弘时和弘历正在说话，便悄悄出了驿馆的门，换上便装，按照那几行小字所说，穿过驿馆门前的大街，顺着一条窄巷一直往北走。此时天已经黑了下来，巷子内更是漆黑一片。邬思道深一脚浅一脚，有几次差点摔倒，好不容易走出巷子拐向一条东西走向的大街，看到东边五十步开外一处高大的宅院，门前灯光明亮，人流不断。邬思道老远就听见有女人打情骂俏的声音。走近一看，门口有几个花枝招展的女人正和过路的男人拉拉扯扯。抬头见那门额上书着"蕙香楼"三个楷书大字，原来这是一家妓院。邬思道一看正是这里，没错。便一提袍子，往大门里进，门旁一个妖艳的女人赶紧迎上来，媚笑道："哟，还是位斯文爷，就让我伺候您吧！那些丫头野得很，别让她们把您给吓着了。"

邬思道没心思跟她纠缠，忙闪身躲开道："我找老鸨。"

"找妈妈？"那女人一阵浪笑道，"真是，妈妈也有人要？妈妈，快来，这位爷专门找您呢！"

"来啦！来啦！"一个大嗓门高声答应着，从门内左边走出一个胖得水桶似的女人，往邬思道跟前一站，搔首弄姿一番，娇声道："这位爷，您找我？"

邬思道看着一阵恶心，差点把五脏六腑吐出来，强忍了半天才道："老妈妈，我是来找一位姓田的客人。"

"姓田的，有。"老鸨一听，心想，那姓田的说得不错，果然有人来找他。于是一边用手捏捏衣内姓田的赏给的足有五两重的银子，一边满脸堆笑道，"这位爷，您随我来。"

邬思道跟着老鸨上了二楼，在拐角处的房门前停住，老鸨一指房门说道："那位田爷正在里面等您呢，您自个儿进去吧！"

邬思道用手轻轻一推房门，门开了。见对面桌子后面坐着两个富商打扮的人，不由得一愣。两名富商听见门声，抬头看见邬思道微微一笑，邬思道这才认出正是甘凤池和杨起隆两人。他忙回身关上房门，走到桌前。

甘、杨二人赶紧起身行礼道："见过少主人！"

邬思道忙拉起两人，流泪叹息："我不是说过多次嘛！你们都是先父的朋友，就是我的长辈，还有什么主仆之分。老天不可怜我朱家，我朱姓再也享受不起这种尊荣。"

甘凤池、杨起隆只得齐声劝道："少主人，不必难过。"

"别喊我少主人！"邬思道激情难抑，"我愧对朱家先祖，枉为朱氏子孙，从此再不敢姓朱，邬思道才是我的名字，对内对外都是一样，两位前辈就叫我邬先生吧！"

"邬先生！"甘凤池、杨起隆一听，觉得这样称呼也好，不会暴露少主人的真实身份。

甘凤池道："邬先生，咱们谈谈正事吧！你为什么阻止我们在鸡公山劫救曾静二人呢？"

杨起隆也说道："是啊，为了劫囚车，甘大哥是费了不少的力气。请来'南阳五鬼'不说，光摆那石头阵，我们七个人干了两天两夜。也不敢请民工帮忙，怕走漏消息。可眼见就要得手，却被你一句话全毁了。"

邬思道等他们说完，才平静地问道："甘大侠，请问你为什么要冒这么大的风险救曾静？"

甘凤池不知他问这话是什么意思，但还是直言不讳地答道："说起来曾静也算是甘某的朋友，但我冒险相救却是因为他是反清复明的义士，和我们也是同道中人。"

"朋友？义士？"邬思道嘴角露出一丝讥笑道，"想不到名满天下的甘大侠会结交这样的朋友，还会冒险犯难救这样的'义士'。"

甘凤池、杨起隆被他的话弄得莫名其妙。甘凤池不解地问道：

"少主……不，邬先生，我不明白你的话，曾静到底怎么了？我也不了解他的为人。"

"不了解，还说是朋友。"邬思道说起话来毫不客气，"在长沙监牢里，我亲眼看到他跪在弘时面前，像一条癞皮狗一样乞求活命。为推卸罪名，他供称甘大侠是指使他谋逆的后台。"

甘凤池听完如梦方醒，感叹道："没想到他竟卑劣到如此地步。"

杨起隆听两人说完，才插话问道："邬先生，你为何投到弘时门下？那家伙是草包一个。"

"我需要的就是草包。"邬思道目光游弋着说道，"我的行止跟甘大侠有过交代。满清正值鼎盛之时，我等数次举事都遭失败，看来义举大业难成，但我却不甘心朱明天下从此泯灭。昼思夜想，我决定另辟蹊径，毁掉满清江山，我朱明才有望恢复。雍正已过五十，又兼日夜操心政务，必不能长寿。清江山必由弘时、弘历选其一承继。那弘历自小受康熙亲自调教，加之聪慧过人，年纪虽小，却有治国安邦之才，雍正也偏袒于他，有意让他承继大位。而弘时，正如杨大侠所说的草包一个，连其祖、父也不正眼看待。但我们却希望这样的草包能够承继雍正之位，做满清的皇帝。将来借'草包皇帝'的手毁掉满清江山。我现在做的就是帮助弘时跟弘历争夺未来的帝位。如果算计成功，则我朱明恢复有望！"

甘凤池、杨起隆听了眼角湿润，感慨这位朱明后裔，为恢复大明江山，不惜忍辱事仇，可谓用心良苦。但他俩是江湖出身，讲究的是"侠义"二字，对这种使"阴招"的手段一向鄙视。因此甘凤池吞吞吐吐地说："邬先生为匡扶大义，不惜屈身事敌。甘某佩服至极。只是……说来容易，未必能如愿以偿。"

"甘大侠别给我泄气，"邬思道真诚而正色地说道，"只要有两位侠士相助，何愁大事不成。"

"我们相助？"甘凤池惊讶地说道，"我和杨兄弟只会打打杀杀，对你这种'文斗'可是一窍不通。"

"'文斗'有时也需要打打杀杀。鸡公山一战，你们就帮了大忙。弘时既保住囚犯，又杀退了贼逆，上奏皇上，岂不是大功一件？提高弘时在朝廷的地位就是增加他将来登上皇位的筹码。除此外，我还要两位帮忙做一件大事。"

"什么事？还是打打杀杀？"杨起隆急着问。

"说得对，但这次要你们杀的是一个人，就是弘历。"

"杀弘历！"甘凤池吃惊叫道。

"就是要你们杀了弘历。单单文斗，何时才能大功告成？只要你们杀了弘历这个强有力的竞争对手，我就可以帮助弘时继承皇位。待弘时做了皇帝，我就是他的开国功臣，江山就有一半是我朱家的。"

甘、杨二人被他说得热血沸腾，久已破灭的梦想重新燃起希望的光芒。两人齐声说道："为匡扶大义，愿听邬先生差遣。"

邬思道双目闪烁，异常兴奋地说道："愿你们马到成功！"

弘时遍寻邬思道不着，心里焦急，忽然心念一转，暗忖：这种上奏捷报的折子何不交给信阳府来写，这样既可向皇阿玛邀功，也可避自卖自夸之嫌。想至此，便向侍候在门口的冯荒吩咐道："马上去府台衙门把周学成叫来，就说三爷有事和他商量。"

冯荒躬身道："天这么晚了，周学成多半不在衙门内。"

"不在衙门，你就去他府上找，一定尽快把他叫来。"

"嘛！"冯荒答应一声退出屋去。

弘时虽然焦急，也只得耐着性子等下去。半个时辰过后，冯荒才领着周学成来到。

周学成还没来得及施礼，弘时就迎上前去，面带微笑地说道："周府台不必拘礼，坐下说话。"

周学成等他落座，才敢斜欠着身子坐下，恭敬地问道："三爷深夜召奴才前来有何要事？"

弘时轻描淡写地说道："也算不上要事，就是白日里鸡公山上，本钦差率兵杀退劫囚犯的逆贼一事。我想这事非同小可，你信阳府也有责任，周府台还是如实写一份折子上奏皇上的好。"

"只是奴才并没亲临现场，怎好落笔？"

"这个不妨，本钦差自会详细地说给你听。"弘时便将鸡公山一战添油加醋地吹嘘一通。还没说完，周学成就忍不住插话道："三爷，奴才也听到一些有关的消息，和您说的不一样。"

"你听到什么？"弘时吃惊地问。

"奴才听说那伙逆贼是自行退去的。"

"胡说！"弘时突然暴怒地站了起来，手指用力敲着桌子斥骂道，"周学成，你是朝廷官员，竟也相信这些道听途说的消息，诬本差清誉，该当何罪？"

"三爷息怒，"周学成吓得扑通一声跪倒在地，连连叩头道，"奴才依着三爷的吩咐就是。"

第二天天还没亮，弘时睡得正香，被一阵敲门声惊醒，门外传来邬思道的声音叫道："三爷！"

弘时对着门外骂道："你还敢回来，不怕三爷摘下你的脑袋。"

邬思道谦恭的声音说道："奴才知罪就是，三爷息怒。让奴才进去，有要紧的事儿跟三爷讲。"

弘时听说他有事，只得穿衣趿着鞋打开房门。弘时看见邬思道就斥问道："牛鼻子，昨晚到哪里去了？爷急得火烧眉毛似的也抓你不着。老实给爷讲！"

"是……是，三爷。"邬思道诚恐诚惶，一副难为情的样子嗫嚅着说道，"三爷也是知道的，奴才跟着您，连个家室也没有，心里空落落的。所以昨儿个夜里就去了蕙香楼……"

弘时听了忍不住哈哈大笑，好半天才止住笑声，讥讽道："爷原说你是个正人君子，想不到也会去蕙香楼。也怪爷想得不周到，等回到京城也给你正儿八经地娶几房妻妾，安个窝儿。"

"奴才谢三爷美意。只是奴才一向散漫惯了的，怕是受不得家室的约束，您还是饶了奴才吧！"

弘时一想他说得也对，真要是有了家室，牛鼻子还会这样为自己卖力吗？于是微微一笑道："爷就由着你的性儿。只是想要女人的时候跟爷说一声，爷一定给你找个可意儿的。"

邬思道却又说道："其实奴才去蕙香楼也不全为找乐儿，也是为爷打听事儿。所以大清早就来找三爷。"

"你听到什么事儿？"弘时惊问道。

"三爷，您出来看。"邬思道也不管他披着衣服趿着鞋，一手拉着胳膊往外走。

院内的驿丞、差役都奇怪地看着他俩。邬思道全不在乎，一直把弘时拉到驿馆的大门外才放开手说道："三爷，您看！"

弘时往大门两旁和大街上一看，顿时吃了一惊，只见两旁站立着十几个清兵，个个刀出鞘、弓在腰，如临大敌。那大街上，不多时窜过一队清兵，来往巡逻。

弘时忙问："出了什么事？谁搞得这么紧张？"

邬思道闷声不响，又把他拉回房内，才一字一顿地说道："三爷是贝勒身份，又是奉旨的钦差，竟对这信阳城发生的事一无所知，可见有人没把三爷放在眼里。"

弘时被他说得心头火起，忍不住骂道："周学成，这个王八犊子。背着三爷搞什么鬼……"

正骂得起劲，冯荒躬身进来说道："三爷，宝亲王来了。"

弘时一怔，向邬思道投过探询的目光，问道："老四来干啥？"

邬思道闷声道："恐怕是无事不登三宝殿吧？奴才待在这儿不方便，回避吧！"说完，起身向后房走去。

弘时看了看冯荒，本想让他请弘历进来，转念一想，老四是亲王，品级比自己高，还是委屈一下出门相迎吧！便往外走去。到了门口一看，弘历和刘统勋正在门口候着呢，身后站着两男一女，像是保镖。

弘时老远就笑呵呵地打着招呼道："老四，毕竟是巡视天下的钦差，这么早就赶过来了。"

弘历看着天笑道："三哥，这还算早？乡里的农人早在田里干半天活了。我这钦差只能算是慵懒的钦差。"

两人边说笑边往里走，刘统勋也跟着进去，那二男一女就是东方三兄妹，守在门外。

到了房内，两人落座。刘统勋瞅着空子和弘时见过礼。侍女献上茶。弘历开口道："三哥，我来就是想问你一件事儿。你要说真话。"

弘时一听，满心的不痛快，却一本正经地说道："老四，这是什么话？三哥还会蒙你！"

"那好，"弘历问道，"你说鸡公山贼逆劫囚车是怎么回事？"

弘时一听糟了，老四肯定听到信儿，只得含糊其辞地答道："不就是有人劫囚车嘛！没啥好讲的，钦犯不是在这儿吗？"

弘历却不愿糊弄下去，进一步追问道："那些盗贼劫掠囚车，眼见得手，为何突然自行退去？其中有什么阴谋？"

弘时脸上再也挂不住，突然拂袖而起，怒气冲冲地说道："老四，你是在审讯我吗？我怎么知道为什么？不要来问我。"

弘历想不到他会是这种态度，心里也很生气，却强笑道："三哥，我是跟你商量事儿嘛！贼逆敢在光天化日之下劫掠朝廷钦犯，胆量不小，绝不是一般山匪草寇所为。而且逆贼眼见得手，却又自行退去，安知不是另有图谋。如此重要的情况，我们应当慎重对待，而且具实上奏皇阿玛，请旨裁决。为谨防曾静、张熙两名要犯有失，昨晚我已命信阳府全城戒严，盘查可疑人员。今天早晨又忙着来和三哥商议。"

弘时终于弄明白这信阳城里的紧张空气都是眼前这位老四弄出来的。看来老四果然虑事周密，办事果断。只是事情已经做出来，还来商议有什么用。弘历心里不痛快，嘴里揶揄道："你是宝亲王，可以全权决断，跟我商议个啥！"

弘历看出他的心思，知道无法规劝，但仍坚持把要说的话说完，于是又说道："三哥，昨晚你要周府台写的上奏折子还是撤回吧，这边的事恐怕不简单呢！"

弘时一听，知道周学成把自己卖了，心里骂道，王八犊子也是狗眼看人低，瞧不上三爷。弘时心中气愤，面上只得不愠不恼地说道："都由着你们看着办吧！老四，我有些乏了，先歇着去了，失陪！"

弘历不好再说什么，只得起身告辞。

看着弘历走远，弘时才在背后"呸"了一声。

"三爷，好大的火气，别伤着身子骨儿。"邬思道面含微笑从内屋走出来道。

弘时见他出来，一下子找到了倾诉的知心人，毫不掩饰地斥骂："老四欺人太甚，根本不把我这个贝勒爷放在眼里，小小年纪，如此狂妄，只有自己独活，哪容他人偷生。"

"说得好，三爷。"邬思道夸赞道，"您终于明白跟老四是势不两立的对头，这对三爷可是至关重要的。"

"废话！牛鼻子。"弘时又坐下，往邬思道跟前挪挪身子说道，"爷早知道和老四不共戴天，留你在身边，就是要对付他的，你的阴谋诡计，尽管施展吧！"

邬思道正色道："办法总是有的，但不知道三爷到底想怎样？"

弘时脸上阴沉沉的，低声道："附耳上来。"

第二十九章

一席话说退侠士剑
三寸心赢得少女情

那人听弘历竟喊出自己的名字，暗吃一惊，抬手将蒙面黑纱揭去，露出一张中年男子的脸。他轻轻地冷笑着，声音虽小，却透着瘆人的寒意："既然被你认出，就让你做个明白鬼吧。"那人一抖腕，利剑直刺宝亲王！

弘历从弘时房里出来，心里也很生气，边走边和刘统勋说着话："三哥也真是的，出了这么大的事他竟不当回事似的，钦犯由他押解到京城，太让人担心了。"

刘统勋接口问道："爷看这事该怎么办？"

"贼人既然敢光天化日之下劫囚车，必是钦犯同党无疑。"弘历说着，突然停住脚步道，"也许从钦犯嘴里能问出些蛛丝马迹。本王还是亲自见见钦犯再说。"

刘统勋犹豫着说道："三爷是奉旨押解钦犯的钦差，还是跟他打个招呼为好。"

弘历笑道："还是你考虑周到，干脆你去跟他打个招呼吧！"

刘统勋答应一声，转身回去。弘历便到门口和东方三兄妹说着话等他。

一会儿的工夫，刘统勋回来了，答道："三爷说了，一切随四爷的便。只是要四爷甭耽搁久了，三爷还要赶路呢！"

弘历笑道："他还是在跟我斗气吧？谁去管他！"

曾静、张熙就关押在知府衙门后院的两间侧房里。张千、张万、刚泰、石柱天带着一班子清兵轮番在门口守卫、巡视。衙门的外围则由周学成亲自布置信阳府的地方官兵，三步一岗，五步一哨，戒备森严。曾静、张熙还是关在囚车内，吃喝拉撒都有专人过问。

弘历五人来到侧房门口，张千、张万等人赶紧跪倒叩头施礼。弘历先命众人平身，然后说道："本王特来向钦犯问几句话。"

张千忙道："四爷，您请。"说完，亲自搬过一把椅子放在正对着曾静的地方，请弘历坐下。

然后，张千向着囚犯说道："宝亲王有话问你们，必须老实回话。"

曾静一听又来了位宝亲王，强挣着麻木的双臂，哑着嗓子哭叫道："该说的我都说了。你们说话要算数，从轻发落我。"

弘历听了，不再理他，回头问张千道："他都招认过什么？"

张千忙答道："他向三爷招认过甘凤池是指使他谋逆的后台。"

"甘凤池！"弘历重复了一遍，向站在身后的刘统勋低声说道，"暂且记下此人。"随又向曾静平静地说道："甘凤池是江湖中人，你是个落第的秀才，和他偶然相遇倒也可信。但你是读书人，和江湖中人恐难意气相投。你所写逆书，本王也曾看过，内中'夷夏之分大于君臣之伦'之说绝非甘凤池之流江湖人士所能言。你不是说希望得到从轻发落吗？本王当着众人的面告诉你，只要你说出叛逆之论从何而来，本王就为你请求皇上从轻发落。好好想一想，再回答本王。"

弘历短短的几句话，着实击中曾静最痛心之处。这些天的牢狱之苦使他后悔当初太糊涂，竟对吕留良的论著笃信无疑，以致酿成今日的灾祸。这位宝亲王果然非同一般，一语揭出自己谋逆思想的根源。为了救一家大小活命，拿一个死去几十年的人做挡箭牌，太划算。想至此，便开口说道："既然如此，犯民就说出来。犯民实是中吕留良之毒太深，不辨是非曲直，妄发大逆悖论，危害朝廷。而今追悔莫及……"

正说着，另一辆囚车内的张熙突然高声斥骂道："曾静，你真是无耻至极，为苟且偷生，不惜出卖恩师、朋友，猪狗不如。我张熙恨不能食尔肉饮尔血以雪天下士子之耻辱。"

张千呵斥道:"住嘴!"

张熙双手拼命地摇动着囚车,声嘶力竭地叫道:"你们这帮清狗,有种的就杀了爷,爷也痛快一回。"

张千大怒,握紧拳头就要冲过去。

弘历却阻止道:"慢着!把他两人分开关押,严加看管,不要为难钦犯。"

弘历吩咐完毕,起身就往外走。刘统勋、东方三兄妹赶紧跟上。弘历走得很快,也不说一句话,出了知府衙门,还一直往前走。

刘统勋小心翼翼地问道:"四爷,这是去哪儿?"

弘历一怔,方才醒悟过来,还是不说一句话,只是折转身往左转了个圈子走到驿馆门前,进了自己的住房,一屁股坐在椅子上望着房顶出神。刘统勋看他那样子肯定有事,也不敢多问,闷声不响地在旁边候立着。

弘历呆了好半天,突然开口道:"你知道吕留良这个人吗?"

刘统勋搜索着脑中的记忆,赶紧答道:"奴才听说过这个人,很有学问,不过几十年前就死了。"

"死了?这个人不是这么轻易死掉的。尤其在好多士子心中,他恐怕永远也不会死。"

刘统勋听得头皮发麻,瞅着弘历的表情,恍惚间那张脸好像变成了雍正皇帝的笑脸。他吓得差点跪倒在地,口称万岁。猛地一激灵,才回到现实中来。

"吕留良这个人绝不是做学问这么简单,他以自己的名人身份著邪书、立逆说,宣扬反清言论,对我大清的危害远过十个百个甘凤池!可叹朝廷上下竟无一人留意。审讯曾静、张熙的官员,目光短浅,只知追查同党,不知追其逆论由来。皇阿玛严旨究其后台,这后台就是吕留良。"

刘统勋听得暗暗心惊,这位少主子果然想得深远,比其皇父恐怕是有过之而无不及。也许是甘凤池武功高强，难以捕获，便弄个死去几十年的死人做垫背。

"刘统勋，"弘历又叫道，"本王说的话你听明白没有，待会儿写个折子给皇阿玛。"

"奴才遵命，"刘统勋口里应着，却又问道："四爷，甘凤池这个人，折子里怎么写？"

"甘凤池不过一江湖剑客，翻不了我大清这条大船，就不要让他烦扰皇阿玛了。但我们这边却不可小觑他，曾静是个软骨头，为了活命，不惜卖友卖师。鸡公山贼逆劫囚车，得而复去，其奥秘就在于此。贼逆不知从何处得知曾静有意降清，毫无骨气。远非他们想象的铁骨铮铮的反清义士，才弃他于不顾。本王还疑心我们内部有逆贼的内应，这个人恐怕就在三贝勒身边。"

"四爷的剖析甚是得理。"刘统勋由衷地钦佩道。

弘历脸上掠过一丝淡淡的笑意，语气平和地说道："你不要只听本王说，有什么见识也说给爷听听。"

刘统勋忙说道："奴才的想法可能很短浅，老是想那甘凤池恐怕就是鸡公山劫囚车的贼逆。他既弃了曾静，会不会另有图谋呢？"

弘历笑道："曾静都被他弃之不顾，他还会图谋什么？"

"四爷，您！"刘统勋眼睛盯住弘历说道。

"我？"弘历哈哈大笑道，"甘凤池图谋我什么，总不至于要行刺我吧！李卫曾跟我说过他很钦佩甘凤池，说甘凤池虽是反清复明的一代名士，但轻易不会滥杀一个朝廷命官，尤其是像李卫一样的清官。倘非如此，李卫说，以甘凤池的武功他就有十颗脑袋也被摘去了。"

正说着话，驿丞在门口禀道："四爷，三爷押解犯人进京，就要起程，叫奴才过来招呼一声。"

弘历听了，站起身，边往外走边笑道："三哥倒是赶得急，我们出去送送他。"

驿馆门外，弘时叫张千、张万提出两辆囚车，准备起程。周学成和一班地方官吏赶来送行。弘时恨透了这群狗眼看人低的官员，便懒得理他们。回头看张千、张万、刚泰、石柱天各带一队清兵守在两辆囚车的周围，唯独没有师爷邬思道。弘时见没人留意，更没人问起，脸上露出得意之色。

这时，弘历等五人来到队伍前，弘时一见迎上前去，面带笑容道："老四，你是忙人，不必亲自来。"

弘历原以为他还记恨自己，不见得理人呢，现在看他没事人一般，心里也高兴，便上前说些一路小心的话。然后，弘时上马，人马起程，弘历远远地一抱拳道："三哥保重。"

弘时已在马上，望着弘历，脸上似笑非笑也学着弘历双拳一抱："老四，你也珍重。"说完，两腿一夹，胯下马便往前走去。身后的囚车，押解的官兵也一列列远去。

刘统勋望着弘时渐渐远去的身影，愣了半天才回过神来。弘历用眼角一扫他说道："你发什么呆？人家早走远了。"

刘统勋眨眼说道："奴才觉得三爷怪怪的，实在弄不明白。"

"有啥不明白？"弘历边往回走边说。

刘统勋紧紧跟上，说道："奴才以为，三爷昨儿个生四爷的气，今儿个肯定不会搭理您。没想到他起程前还派人跟您打了招呼，刚才和四爷说话时，也像没事似的。三爷的脾气，奴才早就知道，喜怒哀乐像写在脸上似的，竟变得像个极有城府的人。"

弘历却轻描淡写地说道："这也值得你大惊小怪的。三哥现在是奉旨的钦差，当然要显出胸有城府才行。"

这时，周学成过来，给弘历请了安，便要请宝亲王到衙门去商议事。因为信阳府离省城比较远，田文镜太忙，无暇顾及这边，但他对雍正新政推行落实逼得紧。周学成对新政不太了解，一时感到无从下手，便想到请宝亲王亲自指点迷津。

弘历到了知府衙门，先和官员们讲了新政实施的方法措施，又和周学成一道去城外访查具体情况，直到天黑才回到驿馆。

弘历又累又乏，晚饭也没吃，由几个粗使丫鬟伺候着简单地洗漱一下就歇息了。

到了下半夜，弘历醒了，因为浑身酸软，头昏脑胀，他知道肯定是白天受了风寒，这会儿发起烧来。必须马上让郎中来诊治。

"来人！"他嗓子发干，但还是喊出声来，门外的耳房内就有值夜的丫头，随传随到。弘历等了一会儿没有人答应，他又连喊了几声，还是没人应声，心里觉得奇怪，只得强撑着身子坐起来，想自己下去倒点水喝。就在他刚下到床下，忽然一个黑影"唰"地一阵风似的，无声地飘进屋内，挟带的疾风差点把点燃半截的红蜡吹灭，弘历大吃一惊，还没明白怎么回事，一把寒光森森的长剑已指在胸前。

弘历顿时吓出一身冷汗，头脑霎时变得异常清醒，明白自己遇上刺客了。性命交关之际，他竟突然说道："甘大侠，别来无恙吧！"

那人高大的身材，脸上蒙着黑纱，在灯光的照射下身影拉得老长，更显出阴森可怖。那人听到弘历竟喊出自己的名字，暗吃一惊，但宝剑却没有刺下去，而是将蒙面黑纱揭去。露出一张中年男子的脸。那人轻轻地冷笑着，声音虽小，却透着瘆人的寒意："既然被你认出，就让你做个明白鬼吧。"那人一抖腕，利剑直刺弘历。

"慢！"弘历突然叫道，脸上却毫无恐惧之色，竟带着轻微的笑意，"能死在江南名侠甘凤池的剑下，我弘历也不枉此一生。我只是不明白，甘大侠为什么要杀我？"

甘凤池又是一声冷笑道："甘某向来以反清复明为己任，杀皇帝的儿子，还用问为什么吗？"

"不，甘大侠，你休想蒙骗我。我与你虽势同仇敌，却仰慕大侠的侠义之名，知道你虽从事反清复明，却不愿做鸡鸣狗盗式的暗杀勾当，李卫虽为你所恶，却未遭刺杀，就是因此。弘历自知从无作恶于世人，你却为何要刺杀我？说出实情，弘历也不枉做糊涂之鬼。"

甘凤池暗暗佩服，雍正的这个儿子果真是非同一般，利剑之下竟能谈笑自若，巧言善辩。他见弘历目光凝聚看着自己，只得答道："算你说对了，甘某本无意杀你，但如今受人之托，忠人之事，不得不如此。"

"受谁所托？"

"无以相告……"

甘凤池还没说完，弘历不知何时将桌上的砚台抓在手中，乘其不备，突然击出。甘凤池不躲不闪，伸左手将砚台接住，右手的剑立刻刺下，但毕竟慢了一步，弘历早有打算，一个矮身侧肩，那把剑只刺破肩头，他就势钻到桌子底下，甘凤池一时宝剑施展不开，只好用腿扫向桌子下面，就听"哗啦"一声，桌子被击碎，连同弘历一起被踢向墙角。甘凤池长剑在手，又朝墙角刺去。

突然一声娇叱："刺客休走。"同时一道金光由门外激射而入，直刺甘凤池的后心。甘凤池吃了一惊，只得抽回宝剑罩住身后，只听"当"的一声，金光被击落在地。

甘凤池借着烛光低头一看，那暗器却是一个非方非圆、非尖非扁、毫无规则的金黄色的东西。甘凤池俯身拾起，失声叫道："东方金芒！"

"算你有见识！"门外传来男子的声音。

甘凤池见门口站着两男一女，急忙问道："请问三位是东方老前辈的什么人？"

"他是家父，你待怎样？"

甘凤池一怔，昏暗中双手一抱拳道："得罪了几位，在下和东方老前辈曾经有约，江湖上行走，互不为敌。几位既是他的后人，在下岂敢开罪，告辞了。"言毕，纵身跃出窗外，瞬间全无踪影。

那三个正是东方三兄妹。他们住在侧房中，听见弘历的喊声，慌忙赶进来。东方龙见刺客逃走，起身要追。东方晓拦住道："别追了，先看看宝亲王再说。"

三人急忙冲到墙角，弘历已挣扎着坐起来，东方三兄妹将他扶起。东方晓惊慌地问道："四爷，怎么样？伤在哪儿？"

　　弘历挣开东方二兄弟的手，活动一下身体觉得还好，除肩头被甘凤池的长剑刺破了衣服却无大碍。

　　东方晓此时才注意到门旁值夜的丫鬟还直直站在那儿，到了跟前一看，那丫鬟直递眼神，却不能动弹，不能说话。方知被刺客点了穴道。东方晓忙上前运功在掌，打开丫鬟的穴道，那丫鬟才"哇"地哭出声来。

　　这时，刘统勋听见动静，急慌慌地赶来，身上只穿着内衣，鞋子也没顾得上穿，一见弘历，紧紧地拉住，上下左右看个遍，见完好无损，才惊慌地叫道："我的爷，怎么会发生这种事？刺客是什么人？爷看清楚没有？"

　　此时，屋外的仆佣差役都已闻讯赶来，围在门口议论不休，弘历向众人扫视一眼，异常平静地说道："本王有惊无险，你们放心吧！刚才不过是一名窃贼，现在没事了，都回房歇息去吧！"

　　门口的仆佣差役赶紧跪倒叩头请了安，陆续退出去。刘统勋用疑惑的目光望着弘历。弘历低声道："刘统勋，你留下来。"

　　东方龙见众人都退了出去，便向弘历拱手道："四爷，奴才职责所在，就在门外候着，行吗？"

　　弘历宽厚地道："我知道二位是担心本王的安全，其实用不着这么小心。刚才刺客不是说过，他在江湖上行走，永不与东方世家为敌吗？我相信刺客再不会为难本王，自食其言。二位放心地歇息去吧！"

　　东方龙、东方豹兄弟只好道了安，回房去了。东方晓却站着不动，两眼紧盯着弘历不安地说道："四爷，这怎么成？您身边没个人保护怎么行？刚才的事多危险，要是有奴婢在，您哪儿会遭这么大的风险。"

　　弘历见她一脸焦虑，眼泪在眼眶里打着转，心念一动，走到她跟前，用手轻抚乌青的秀发，笑道："你瞧，我这不是好端端的吗？"

"四爷，人家可是担心死了，您却当作没事一样。"东方晓的泪水终于滴落下来。

弘历深为感动，慌忙连声说道："好，好，好，我就依着你，你要我怎样就怎样。"

东方晓吓得跪倒在地，惶然道："四爷是什么身份，怎好听奴婢的？奴婢只有一个请求，请四爷让奴婢留在您身边。平时可以服侍您，遇有险急可以保护您。奴婢总比那些使唤丫鬟强。"

弘历急忙双手相扶。半晌方说出话来："东方姑娘，弘历心里从没把你当奴婢看待。今天依着你，岂不愧对东方老前辈……"

刘统勋见东方晓还跪地不起，也向弘历劝道："四爷，奴才觉得东方姑娘的主意不错。有她在您身边，既可服侍爷，又能随时保护爷，岂非两全其美。"

弘历冲他一翻眼，佯怒道："用不着你多嘴，本王早就答应过她，岂能言而无信。刘统勋，你不是半拉子郎中吗？"

刘统勋一愣，我这半拉子郎中他什么时候知道的，忙答道："奴才略懂医理，对付一些头痛脑热、感冒伤风也还管用，有人说笑称奴才为半拉子郎中。四爷怎么忽然提起这个？"

弘历听他声音发抖，想到他还只穿着内衣，光着脚站在地上。便向东方晓笑道："东方姑娘，做婢女的差事来了，快把爷的衣服、鞋子拿给刘统勋穿上，他这半拉子郎中也抗不住冷。"

"是，四爷。"东方晓高高兴兴地走到里面捣鼓了半天，才给刘统勋找来穿上，又另给弘历拿了件外套披上，弘历道："我说正事儿。今晚多亏这场伤寒扰得我半夜醒来，发现了刺客。这会儿被刺客吓出一场透汗，反倒好了。刘统勋，待天亮你去抓两副治伤寒的药来。"

"四爷，那刺客是什么人？您看清楚没有？"刘统勋问道。

"我就说正题儿。刺客就是甘凤池。"弘历遂将遇刺经过详细说了，刘统勋想了半天才说道："甘凤池是名满天下的侠士，他的话应该是可信的。到底是什么人能请得动他来刺杀四爷呢？"

弘历没有理睬他的问话，自顾自地说道："鸡公山劫囚车的逆贼必是甘凤池等人无疑。为什么他会突然弃曾静于不顾，而专事刺杀本王，这其中必有道道。刘统勋，三贝勒一路顺利，半月可到京城。你代本王写封信给军机大臣鄂尔泰，命他暗中调查跟随三贝勒办差的有哪些人，中途有人离队没有？"

"四爷，您是说三贝勒他……"

"我什么也没说。明日我即取道汉阳，你跪安吧！"

刘统勋心里冷飕飕的，什么也不敢说，忙道了安退出去。

东方晓见弘历还坐在那半张椅子上发愣，柔声说道："四爷，您一宿没睡，身子骨当紧，趁天还没亮，睡一会儿吧！"说完，便去整理乱糟糟的软床。

"爷心里在想事儿，不困。"弘历抬起头，看见她笨手笨脚地整理着被褥，忽然笑道："东方姑娘，你猜我第一次看见你，想到什么？"

"母老虎！"东方晓不假思索地答道。

"你怎么猜得着？"

"很多人都是这么说的，要不，他们怎么会喊我'虎妹子'！"

"虎妹子！"弘历亲切地叫道，"好名字，可是你现在一点儿也不像母老虎，简直是一只温驯可人的小绵羊。"

"四爷。"东方晓被他一声"虎妹子"叫得浑身战栗不止，她放下手上的被褥走过来，双目低垂着，低声怯怯地说道，"见到四爷以后，我也觉得自己是个女子，再不能像哥哥他们一样疯疯癫癫，我自己也吃惊变化咋这么快。"

弘历全身的血一下子涌到脖子上，他不敢看东方晓那张娇艳动人的脸。其实，从第一次和她相识起，弘历就注意到她在关注着自己的一举一动。这一路上，东方晓没说话，只是默默地恪尽职责。弘历天生的多情种子，怎会不明白姑娘无言背后的衷情？但他不敢放任自己。雍正不仅是个冷酷的帝王，也是严慈的父亲，尤其亲历皇子为争夺江山、相煎火并的教训，因此对子女管制极严，尤其对弘历简直近乎苛刻。有这样一位皇阿玛，弘历岂敢有半点孟浪。况且弘时近来锋芒已露，有意争雄，大有咄咄逼人的架势，他怎敢轻易授人以柄，想到此，故意释然一笑，说道："老虎变作小绵羊，那是好事，本王高兴还来不及呢！"

说话的工夫，天已大亮，刘统勋送来治风寒的药，东方晓亲自去厨下煎好端到弘历面前。弘历一闻那股子草药味，便皱着眉头笑道："我这病昨晚让刺客给治愈了，这药也用不着喝了吧！"

东方晓一听，急道："四爷，这风寒哪能说好就好呢，您可不能拿身体不当回事。"

弘历接过她手上的药碗，放在身旁的桌子上，一本正经地道："东方姑娘，你不懂，这种小毛病，只要见好就成，没必要非吃药不可。是药三分毒嘛！"

东方晓没办法，只得把药端下去。弘历却向站在身旁的刘统勋问道："车马都准备好了吗？"

刘统勋道："都准备好了。为了四爷的安全，随行人员全换了便装，而且也没通知周府台。"

弘历赶紧摇手道："我的总管大人，不必这样小心谨慎。随行人员除侍卫长随，一律乘马车，全部官服。通知信阳府送行，但要说本王身体不适，送行官员只对本王车轿跪拜即可。"

刘统勋不知所以，迟疑问道："四爷，那么您……"

"我和东方姑娘便衣快马，从小路直插汉阳，入水路。"

刘统勋这才明白弘历的用意，连声赞叹："四爷妙计，那奸人如何算得过您。"

刘统勋道声"四爷保重"，退出房去，按照弘历的吩咐去做。

东方晓听说弘历要和她一道去汉阳，别提有多高兴了，忙去吩咐人准备早点。不多会儿，早点送到房中。

弘历一招手道："东方姑娘，你也一起吃。完了，还要赶路呢。"

东方晓也不推辞，便在弘历下首坐了。早点很简单，但东方晓觉得从没吃过这么香的饭。

　　吃过早饭，两人换上行商打扮，弘历还特意找来一只斗篷戴在头上，遮住整个面部，东方晓初出江湖，没人认得，只是她的长剑藏在行李中。两人走出门外，就听驿馆外已是沸沸，刘统勋造出的声势果真不小。这时驿丞牵过两匹快马，弘历和东方晓上了马，直往南驰去。

　　信阳距汉阳三镇不过二百多里地，两人又是抄近路，所以在太阳离落山还有一竿子高的时候，就赶到汉阳的龟山脚下。两人都是年轻人，彼此情意相投，一路上说说笑笑无所顾忌，时间过得飞快，两百多里路一口气赶下来，竟没有丝毫疲劳的感觉。

　　东方晓跳下马，看看山脚有一块平坦的石头，便用衣袖拂去灰尘，请弘历坐下歇息。因为这里就是他们和刘统勋、东方兄弟约好碰头的地方，所以不敢胡乱走动，以免对方来人见不着面。弘历并没坐下，而是很有兴致地观赏山景。

　　东方晓抬头看见不远处的山坡上有家酒店，便向弘历道："爷，您在这儿歇着，我去弄些吃的来。"

　　弘历忙一摆手道："不用了，刘统勋他们说不定马上就到。你不是带着干粮嘛！要是饿了就先吃点儿。"

　　"我不饿，"东方晓眼睛里充满关切之情，"我是怕四爷万金之躯受了委屈。"

　　弘历心里涌起一股暖流，亲切地笑道："我是男子，身子骨总比你一个女子强，这点儿委屈算什么。干粮拿出来！咱们一起吃！"

　　东方晓顺从地坐下，从随身的囊中取出馒头、牛肉、凉开水等，弘历拍拍手上的灰尘伸手拿过一个馒头，另一只手抓起一块牛肉，大口大口地吃起来，似乎饿得很急的样子。东方晓却没有吃，只是一双眼睛紧紧地盯住他，看他吃得很香的样子，自己脸上挂着满意的笑容。弘历见她怪怪的，忙咽下一口牛肉，问道："你怎么不吃？怪怪地看什么？"

东方晓赶忙收回目光，痴笑道："四爷，您是宝亲王，平时在宫里头吃的肯定是山珍海味。今儿个恐怕第一次吃这种干粮吧？"

　　弘历被她说得笑了起来，好一会儿才说道："你只说对了一半。皇宫里好吃的东西是不少，但我从没留意，往往忙活起来就忘了用膳，过后随便吃点儿点心什么的就过去了。像今天这样吃点儿干粮，那是常有的事。就是皇上也是如此。"

　　"那么你们宫里岂不是跟老百姓一样生活？"

　　"应该说，很多地方跟老百姓一样，吃、喝、拉、撒、生儿育女……"

　　东方晓忽闪着一双大眼睛，静静地听着弘历说话，突然冒出一句话道："四爷，您要是个寻常百姓该多好！"

　　弘历一怔，想不到她竟说出这种话来，一时不知怎样才好。东方晓意识到自己的失态，赶紧将目光移向山路上，却见大哥东方龙骑着青鬃马飞驰而来，后面是东方豹、刘统勋二人。东方晓忙欢喜得一跃而起叫道："四爷，您看，他们来了。"

　　弘历也听到了马蹄声，忙转过脸来。东方龙已到了跟前，翻身下马向弘历拱手道："四爷，久等了。"

　　弘历忙道："我们也刚到半个时辰。你们路上顺利吗？"

　　东方龙笑道："一路平安，啥事没有。四爷您算是白费心思啦！"

　　"没事就好。"弘历见东方豹和刘统勋也跟了上来，后面却没有马车的影子，面露焦急之色。

　　刘统勋慌忙上前道："四爷放心，那班仆佣杂役都在后面的马车上，奴才几个怕四爷等得着急就先来了，马车随后就到。四爷，咱今晚住哪儿？"

　　"当然住抚台衙门了。"东方晓不假思索地说道。

　　"不！"弘历语气坚决地说道，"我们今晚就顺江而下，直驶金陵。刘统勋，爷吩咐的事办了吗？"

　　"办妥了，四爷，奴才离信阳之前，已令驿丞给江浙总督李卫送信，叫他沿江接应。"

"办妥就成。"弘历满意地笑了，又向刘统勋道，"你和东方龙两个去湖北巡抚衙门要一只官船兼带水手来。我们马上上船。"

"嗻！"

刘统勋答应，便和东方龙遵命而去。他心里明白，弘历表面似乎漫不经心，暗中却十分小心谨慎，每走一步，都在跟暗中的敌手较着劲。

弘历和东方豹、东方晓兄妹留在江边等候。半个时辰后，刘统勋、东方龙回来说湖北巡抚衙门已备好船只、水手，只待起航了。

弘历见一切都按预先的设想顺利地进行，心里非常高兴，只要登上官船，顺江而下，三两日就可到达李卫管辖下的江浙地区。李卫是雍正藩邸旧人，是看着弘历从小长大的，和弘历有着非同一般的感情。只要进入李卫的管辖之内，任何杀手、强盗慑于他的威名都不敢在江浙犯案，就连大侠甘凤池也不例外。可见李卫在剿匪、缉盗方面颇有些手段。

弘历一行五人直接奔汉阳门码头。到了码头一看，这里的船可真多，大多是运送货物做买卖的，也有装饰豪华的富人豪船和官船，船上、岸上全是人，一片嘈杂。汉阳三镇历来有九省通衢之称，这水路和旱路一样一天到晚船来船往，川流不断。

他们几个刚要上船，那几个被刘统勋等人甩在后面的仆佣差役，坐着两辆马车也赶到了。弘历原打算他们要赶不上开船，就让人留下话叫他们回信阳，现在正巧赶上，心里自然更加高兴。

主仆人等登上最大的一艘官船。弘历一看，船上不仅水手齐全，还随船跟着十几个清兵护卫着。弘历由东方晓侍候着住在后舱。前舱由那班仆佣差役住。中间的小空舱内，刘统勋和东方兄弟居住，一方面刘统勋可以随传随到，另一方面也便于东方兄弟保护弘历。

一到船上，刘统勋才感到真正地安全多了。虽然弘历没跟他说什么，但他跟弘历一样清楚目前的处境。自弘时和弘历在信阳相遇后发生的一件件事，都使他意识到这对皇子又像他们的父辈一样为争夺天下最尊贵的皇位拼死相争。现在他只能把自己的命运绑在弘历这条船上，最终会漂向何处，只能听天由命了。

"开船喽！"

随着水手一声雄浑有力的喊声，官船缓缓离岸，在风平浪静的江面上顺流而下。

刘统勋见已开船，便站起身走向后舱。他刚到后舱门口，见弘历正同东方晓对面坐着说笑，便想退回去，却听弘历高声叫道："刘统勋，你鬼鬼祟祟做什么？还不进来。"

刘统勋只好走进去，在门内站着说道："四爷，您赶了一天的路，饿了没有？船上带着够几天吃的酒菜呢，要不要奴才吩咐人弄些来？"

弘历笑道："我这里已经有个管家婆了，被她逼着吃干粮呢。只是这一天也没能吃上一餐安心饭。你既然来了，就陪本王喝几盅吧！东方姑娘，你去吩咐人准备些酒菜来。"

东方晓遵命走出后舱。

刘统勋望着她远去的背影向弘历一拱手笑道："四爷真是好福气，得了东方姑娘这样的贴身知己。"

弘历佯怒道："胡说，东方姑娘只是暂时充作婢女而已。"

刘统勋故作不满地道："四爷这是怎么啦？奴才也没说什么，您发什么怒？这不是此地无银三百两嘛！"

弘历只得说了实话："东方姑娘真的很讨人喜爱，只是，唉！"

"四爷何必烦恼！"刘统勋劝慰道，"您的心思奴才一清二楚。您放心，东方姑娘决不会让您为难。四爷万不可太冷了人家姑娘的心。"

"我明白。"弘历又说道，"还有东方兄弟二人，我总不放心。"

刘统勋吃惊地问道："四爷有什么不放心的？他们二人对四爷一片忠心，天日可鉴……"

"我说的不是这个，"弘历忙解释道，"刘统勋，恐怕什么事也瞒不过你。今儿个在这船里说的话，出了门，我就不承认，明白吗？"

"奴才明白着呢！四爷尽管说。"

弘历瞪着眼，终于说道："这一路上，总有人想置四爷于死地。一连串发生的事都在说明老三是最大的嫌疑。皇阿玛和八叔、九叔、十四叔闹得天下人议论纷纷。如今老三又和我紧张到这种地步。东方浩宇、东方浩翰两位前辈会怎样看我？东方兄弟知道真相，还会留在我身边吗？"

刘统勋一听，弘历的担心绝不是多余的。自己从没有往这方面认真想，如今真需要好好想一想。沉思了半天，终于开口说道："四爷倒也不必多虑，所谓是非自有公理在。奴才看四爷一向仁厚淳正，不曾做过一件伤害天理人伦之事。而三贝勒，竟泯灭天良，勾结逆贼，欲置手足于死地。天下人有目共睹，谁会说爷的不是呢？东方世家，两代义士，岂会不明此大理，责怪四爷呢？"

说话间，东方晓带着两个丫鬟端了酒菜上来。两人便对面坐下，边喝边谈，直至掌灯时分，刘统勋才告退。

后舱里只剩下弘历和东方晓两人。自信阳驿馆遇刺后，那四个粗使丫鬟便没再侍候弘历。东方晓身兼使女、侍卫两职，使弘历备感称心如意。东方晓听见墙上的自鸣钟响了八下，便说道："四爷，您赶了一天的路，早该乏了。歇息吧！"

弘历脸色发黄，低声问道："江上是不是起风了？"

东方晓侧耳听听，果然有呼呼的风声，抬头看见舷窗的纸随风抖动，沙沙作响，忙到门口将舱门关上。她回头看见弘历站起，正要向床边走去，却不料身子一晃，竟摔倒了。

"四爷。"东方晓惊叫一声，一步跃到弘历跟前。她见弘历正用双手撑着舱板想站起来，便伸双手将他拦腰抱起，放到床上。

东方晓惊慌地问道："四爷，您这是怎么啦？我去喊郎中来。"

弘历忙阻拦道："恐怕是晕船，郎中来了也没有好办法。"

"四爷不是也练过武功吗？怎么连晕船也抗不住？"

弘历苦笑道："我们做阿哥学的武功，哪能跟你们这些江湖高手相比。何况我前日风寒刚痊愈，又奔走一天，哪里抗得住？"

东方晓点头道："爷是连日忙碌，体能消耗过大，功力失却太多，所以抗不住晕船。四爷如不嫌弃，奴婢为您增加功力，这晕船之症自是迎刃而解。"

弘历一听，面露喜色，精神微振道："姑娘真有此本领？"

"哪个敢骗王爷！"东方晓说笑道，一边用手将弘历拉起，"爷先坐起，脱去上身衣服。"

"脱衣服？"弘历惶然，红了脸道，"不脱行吗？"

东方晓看他忸怩之态，俨然如女子，心里又多了几分敬爱。脸上却一本正经地说道："奴婢功力有限，隔着衣服恐怕效果不佳。四爷这样推辞，是不是怕奴婢的双眼看污了您的身子？"

"不，不，我哪里是这个意思！"弘历无奈只好答应，不待东方晓动手，自己便将上衣脱了。他顿觉冷气飕飕，禁不住哆嗦起来。

东方晓也脱下靴子上了床，在弘历背后盘腿而坐，吩咐道："平心静气，气沉丹田。"同时将全身的功力运于双掌之上。片刻，弘历便觉背后像是一只火盆烘烤着，忽听东方晓叫声："开始！"

弘历顿觉背上如一块烧红的铁板烙上一样，钻心地疼痛，忍不住"啊，啊……"叫出声来。但只一会儿，那种灼痛感便消失了。随之而来的是一股股温热之气直贯心田，运行于五脏六腑之中，倍觉浑身舒爽，神清眼明。不一会儿，东方晓屏气收掌，那双手才复旧如常。

弘历吸了真力，浑身血脉偾张，光着上身也感觉不到寒冷。回头见东方晓正要下床，竟转过身，双手拉住那双温如羊脂的手，情切切地说："姑娘好神力，我真想你永远这样传功于我。"

东方晓见他光着上身拉住自己，心中如万头小鹿相撞，欲罢不能，只得强抑着躁意，故作不快地笑道："这功力要是永远传下去，我不是要活活累死。"

弘历幡然大悟，仔细看东方晓额上竟布满细细的汗珠，忙从衣内取出香帕，亲自用手揩干，歉疚地道："姑娘为我受累了。"

他这一番怜香惜玉的举动，使得意乱情迷的东方晓浑身酥软，再也把持不住，竟身子一歪，扑倒在弘历光着上身的怀抱中，一双手战栗着紧紧搂抱着弘历的脖子，口里呢喃道："四爷，您喜欢我吗？"

弘历也正值血气方刚的年龄，平日里早喜欢上这位为自己变了性情的姑娘，只是不敢表现而已。现在两人似乎忘了一切，柔声道："喜欢，当然喜欢，虎妹子！"

一声"虎妹子"叫得东方晓泪眼双流，啜泣不已。弘历以为伤了姑娘的心，不安地叫道："你怎么了？"

"没什么，四爷，我是太高兴了。"东方晓轻轻拭去眼泪，动情地说道，"自从见过四爷，我的一颗心就拴在爷身上了。可是您是宝亲王，我怕这尊贵的身份。如果您是位普通的百姓，该有多好。我喜欢爷，不是因为爷是宝亲王，而是因为爷的洒脱、聪慧、体察人意……我最喜欢爷喊'虎妹子'。这时的爷在我眼里不是宝亲王，而是我最心爱的如意情郎，这一刻是今世最美妙的瞬间。"

弘历的心神摇曳，双手捧起她那张娇艳动人的脸，一往情深地注视着那双会说话的大眼睛，真诚地道："虎妹子，你知道吗？当我看见你的时候，也非常讨厌这宝亲王的身份，它束缚着我，使我不敢大胆地喜欢我心爱的女子。可是没办法，我是宝亲王，这是无法改变的事实……"

"爷，你不用说这些。"东方晓含着泪珠儿宽容地笑道，"我不求爷能够名正言顺地娶我，也不企求什么名分。皇宫里的一切我一向憎恶，我希求是跟爷的这份情。即使是短暂的，也可享用一辈子。即使今夜成了爷的人，明日就死去，也觉得一生无憾。"

弘历慌得用手轻轻掩住她的香唇，责怪道："不许说这种不吉利的话！弘历岂是那种为一己之私弃他人于不顾的势利小人？"

"爷当然不是那种人。"东方晓欣然望着他那副着急的样子，伸手拿过床上的衣服给弘历披上，面色突然变得凄然道："爷巡视完江南诸省，就要回京城吧？"

弘历点点头说道："不错，船到金陵，主要是看看李卫新政推行的情况。之后，就要回京城。京城有要紧的事等我去办。"

　　东方晓用心地听着，泪珠儿又落在脸上，微微地叹息一声道："四爷回京城之时，恐怕就是我们缘分到头的时候。"

　　"为什么？"弘历吃惊地问道。

　　"我从来没想跟四爷进京城。大哥、二哥跟着爷是因为他们是男子，为着建功立业。我一个女子执意跟着爷是因为喜欢爷，为着心中的那份情。我师父和爹虽然不再反清，但对满人官府、朝廷都没有好感。耳濡目染，我也生憎恶之情，不愿随爷入京。"

　　"你……你怎会有这种想法？"弘历大失所望，急得泪珠儿险些落下。

　　东方晓赶紧换作笑脸，安慰道："爷别着急，我的心早是爷的了。"

　　一阵疾风撕破舷窗的窗纸吹进舱内，燃着半截的大红蜡烛摇曳几下忽地灭了，后舱一片黑暗。

第三十章

采石矶弘历悲新爱

江宁府李卫审水贼

东方晓一脚踏空，身子倒向船外。惶急中左手金芒骤然打出，正中水癞子腰部。东方晓却失身落入江中，瞬间被汹涌的江水吞没。弘历一脚将舷窗踢开，纵身窜到舱板上向着轰鸣的江水呼叫着："虎妹子！虎妹子！"

　　弘历乘坐的官船因是顺流而下，行驶飞快，第二天夜里已进入安徽境内。这两夜一日弘历和东方晓已是如漆似胶，难舍难分。

　　凌晨子时，官船还在无声地行进着，船上一片寂静。值夜的水鬼一声不响地忙碌着。因是月底，月亮还没有落，毫不吝惜将它微弱的光洒在江面上。远处的行船、岸上的城池依稀可见。

　　"呜……"

　　不知何时起风了，而且越吹越猛，官船不安地在水上摇晃着身子，灰色的船帆猎猎作响。前舱过道上值夜的清兵不由自主地缩紧脖子，将冰冷的长枪丢在身边。

　　一阵疾风吹向后舱，将东方晓白天贴上去的窗户纸撕破，江风灌进舱内，将睡得正香的弘历和东方晓惊醒。

　　"四爷，又起风了。"东方晓紧紧拥着弘历道。

　　弘历感觉到船身在摇动，不安地说道："风好像很大，叫值夜的水鬼小心些。"

　　"爷真是小心，这是天下最大的船，这点风浪算什么。"东方晓嘴里说着，还是披衣起来，也不点亮蜡烛，只是借着月光将吹破的窗户纸封好。她重又回到床上，将弘历拥在怀中。

　　弘历不再说什么，他知道东方晓时时刻刻都想把自己拥在身边，生怕突然失去似的。

"春宵一刻值千金。"弘历突然低声吟道。

突然，东方晓叫了声"不好"，一下子从床上跳起，抓起衣服，胡乱披上，从床头抽出宝剑锦囊，一跃出了舱门。刚到甬道，就听前舱有人叫道："有贼！"

弘历吓了一跳，也胡乱穿上衣服，跟着东方晓，到了前舱一看，东方龙、东方豹正同两个黑影厮杀。东方晓的脚下躺着一人，钢刀扔在一边。片刻工夫，又是两声惨叫，东方龙弟兄将黑影砍翻在地。这时，刘统勋也闻讯起来，一见弘历站在舱板上，慌忙叫道："四爷，您怎么还待在这儿。东方姑娘，快保护四爷去后舱。"

东方晓走到弘历跟前，用手向江面一指道："四爷，您看！"

弘历这才注意到官船的四周围着十几只小船。船上人影晃动，寒光闪闪。方知已被贼人包围，东方三兄妹所杀的显然是刚刚登上船的贼人。

那伙贼人听见大船上的惨叫声，知道已被发觉，便一齐大呼小叫起来。就听一个刁声恶气的声音叫道："水癞子，你先上，那一千两黄金可不是随便拿的。"

一个粗声大气的声音愤愤地骂道："赤水怪，你不仗义。"

弘历听得清楚，知道这帮贼人是专为自己而来。便向船上的一个水鬼问道："这里是什么地方？贼人是些什么人？"

那水鬼答道："四爷，这里是采石矶，离金陵不远了。听他们说话，一个是当地的水匪水癞子，另一个是鄂州的水匪赤水怪，不知为何纠集到了一起。"

弘历暗暗冷笑，老三也真够狠的，居然买通这帮水鬼来截杀，今儿个非抓住你的尾巴不可。于是便向东方龙、东方豹说道："这帮水匪是受人主使，谋杀本王，你们务必生擒一个，也好问出幕后主使。"

东方二弟兄一听，颇感为难。东方龙道："四爷，贼人势重，不容我们手软。要命的是，水匪习惯于水上厮杀如履平地，我们在船上风浪大，摇摆不定，十成武功只能使出四成，万万不可再让水匪上船。"

东方晓却毫不在意，反驳她大哥道："抓个活的，四爷有大用。就是冒点风险也值得。"

东方龙不满地道："虎妹，你有本事自己抓个活的，大哥没能耐。"便向东方豹叫道，"老二，暗器准备好，千万不能让这帮王八羔子上船。"

这时，水癞子和赤水怪已经协商好了。赤水怪大声叫道："弟兄们一齐上，做了这趟买卖，回去就发财了。"

"杀……"水匪们一齐喊叫着，十几只小船直冲向大船。

刘统勋一见，慌忙一拉东方晓的衣襟叫道："东方姑娘，快保护四爷到后舱去。"

东方晓醒悟过来，伸手拉起弘历就往后舱跑去。

水癞子亲自指挥着小船向大船靠近。这时江中风浪越来越大，小船在浪涛中时隐时现，但水匪们如履平地，小船仍顽强地靠近大船，几个水匪借着风浪的起伏，一跃跳上大船。

大船在巨浪中行进，时而被托起老高，时而被抛入谷底。东方龙、东方豹左右摇摆着，双手紧紧扣住东方金芒、保持着身体平衡，双眼如铜铃般盯住舱板。

这时，两名水匪跳上舱板，挥舞着钢刀向前舱扑来。东方龙看得真切，叫声"着"，一只东方金芒尖啸着激射出去，一个水匪惨叫一声栽倒在舱板上。与此同时，东方豹也打出一只金芒，将另一名水匪击毙。

水癞子见状哪里甘心，号叫着命令水匪们继续往大船上跳。东方龙、东方豹索性登上船头，对准前面的小船就是几只金芒，又有几名水匪栽落水中。

水癞子一见不妙，忙向赤水怪叫道："大哥，你从前舱上，我带弟兄从后舱上。"说完，便指挥几只小船向船尾滑去。

东方晓拉了弘历回到后舱，先将舷窗撕破以便观察船尾的动静，但船尾一点儿动静也没有。听着前舱传来水匪的喊叫声和阵阵的惨叫声，东方晓的心里急得猫抓似的，恨不得冲出去杀个痛快。但一想到弘历的安全担负在自己身上，只得强忍着。因见弘历铁青着脸，一动不动地盯着后舱板，便问道："四爷，这帮水匪为什么要杀你？"

弘历不便回答，只得反问道："你说呢？"

"我说嘛，"东方晓笑道，"他们是为财，你是宝亲王，肯定很有钱。"

弘历摇摇头道："有人出他们每人一千两黄金，我身上五百两黄金也没有。"

"那为什么？"

"为了比钱财更重要的东西。"弘历阴沉着脸说道。

他们正说着话，忽听船尾传来一阵喊叫声。

东方晓喜道："这帮水崽子，总算来啦！"

弘历往外一看，已有两名水匪跳上舱板。东方晓纵身就要往舷窗外跳，弘历一把拉住她道："虎妹，小心点，还是用金芒射他吧！"

东方晓一挣，说道："四爷，我抓来活的给您。"

弘历见船身摇晃得厉害，厉声道："虎妹，不能冒险。"

东方晓感觉到他的关切之意，便不再倔强，随手扣住两只金芒。看那两名水匪已近舷窗，忽地用力打出，两道金光直射出去。那两名水匪还没出声便一命呜呼了。

东方晓听到船尾喊叫声更剧，忙伸头往舷窗外看了看道："四爷，这窗口太小，看不到两边的情况。您在这儿待着，我到舱板上去，防备他们从两侧跳上船。"

弘历听她说得有理，只得点头说道："千万小心，风浪大，不要跟他们较力，只用暗器制敌。"

东方晓柔声答道："爷，我记着呢！"说完，一纵身跳出窗外。

这时，水癞子已知后舱亦有人防守，但前头赤水怪正攻得急，自己这边不便先退。只得向水匪们吼叫道："快上！谁上去宰掉一个，老子叫邬爷多赏他五十两黄金。”

水匪精神大振，重又呼叫着跳上船尾。东方晓站在舱板上，看得清楚，早从锦囊中取出东方金芒扣在手中。她见一个打一个，一会儿工夫，又有七八个水匪被打落水中。水癞子一见不妙，急叫手下退走。

东方晓听得清楚，心里着急，水匪一旦退走，哪里去抓活口。她一着急，便站在舱板上大声叫道：“喂，你们这帮水崽子，怎么像孙子似的，告诉你们，姑奶奶暗器打完了。谁有胆量上来跟姑奶奶过两招。”

水癞子一听，是个女子的声音，气得大声骂道：“闹了半天是个娘儿们！大爷要是让个娘儿们给吓走了，以后还怎么在江湖上混。”便又掉转头，向大船靠近，到了跟前，将身一纵，跳上大船舱板。

这时，风浪愈急，大船像只风筝一样不停地盘旋。水癞子从小长在江边，早已习以为常。他跳上大船，双脚站稳，纹丝不动，一只手将钢刀抄在手中。东方晓第一次在船上对敌站都站不稳，只得不停地跳跃，掌握平衡。

弘历在舱内看得清楚，失声叫道：“虎妹子，小心！用金芒取胜，不可力敌。”

“四爷放心。”东方晓摇晃着身子，左手掣剑在手。

东方晓用剑一指水癞子，娇声斥道：“哪里来的山猫水鬼，也敢打四爷的主意，今天非活擒了你不可。”

水癞子借着月光一看是个娇美可人的姑娘，淫笑道：“我说美人，早知道是你，我就不带这么多弟兄来了。来，到我的水寨做个压寨夫人得啦！”

“呸！”东方晓勃然大怒，嘴里骂着，右手宝剑当胸刺去。

水癞子正得意，忽见一道寒光刺来，吓得慌忙用钢刀来挡。东方晓不待他刀到，早变了招式，宝剑突然向下斜刺，往软肋刺去。水癞子想不到她剑法变得这么快，吓得一个大卧身匍伏在地，东方晓的宝剑只把腰间的衣服刺了个洞。

水癞子吓得冷汗直冒。其实他还不知道东方晓不习水战，剑法比平时慢了一半。要在岸上，这小子的一条腿怕是早分家了。

东方晓见接连两剑都被他躲过，心里着急，趋前几步，一个举火撩天式，直刺对方头顶。不料，因抢得急，脚下不稳，一个跟跄，险些跌倒，宝剑刺到半路只得收回。水癞子见她宝剑刺来，吓得直往后退。忽见她宝剑半路收回，方知她不善水战，脚下不稳。于是心机一动，计策顿生。

弘历起初为东方晓担心，见她连刺三剑，水匪竟无还手之力才约略放心。但仍大声叮嘱道："虎妹子，速战速胜，不可与之恋战。"

东方晓几个跳跃，稳住身体，右手宝剑瞬间连续三招刺向敌手。水癞子这次镇定多了，钢刀根本不做进招的打算。他只是一味借着船身摇摆之势闪转腾挪，而且边躲边往后退，以引诱东方晓来攻。

东方晓连刺几剑都没得手，心中便觉不安，左手暗将金芒扣在手中，以便紧急时打出，右手的剑仍是一阵猛攻。

水癞子渐渐退到船尾，东方晓仍是不依不饶，剑剑不离水癞子的胸前、脖颈。有几次差点将水癞子逼下水去。但水癞子凭借绝顶的船上功夫，在船舷边飞腾窜越，得心应手，反将东方晓也诱到船舷。他见时机已到，突然一个大跌身、上半身突然倒向船舷外。东方晓一见大喜，一步欺上，挥剑直刺对方胸前。不料，水癞子突然一个倒身，全身只用双脚倒挂船舷。东方晓一剑刺空，慌得撤身，哪知一脚蹬空，大船倾斜，身子倒向船外，惶急中左手金芒骤然打出。水癞子刚翻身上船，正中腰部，疼得他大叫一声栽倒在舱板上。东方晓却失身落入江中，瞬间被汹涌的江水吞没。

弘历看得真切，顿时心胆俱裂，一脚将舷窗踢开，纵身窜到舱板上向着轰鸣的江水呼叫着："虎妹子！虎妹子！"

这时，前头赤水怪见大船上暗器厉害，自己已有十几名弟兄被击落水中，只得使出最后一记狠招。只听他向身旁的水匪们大声叫道："孩儿们，下水！凿沉大船。"

水匪们听见老大号令，立刻从身上取出准备好的烧酒，一仰脖子，一壶烧酒全部下肚，随后酒壶一扔，一个个跳进冰冷的江水中。

刘统勋听见水匪的喊叫声，吓了一跳，慌忙带着一班官兵水鬼挨着检查舱底。不多时已发现几处舱底被凿通，江水汹涌而入。刘统勋带着人拼命堵漏，但漏水处越来越多，哪里顾得过来，大船开始进水。

东方龙、东方豹在舱板守了一会儿，不见水匪靠近大船。他们听到刘统勋等人的惊呼声，方知水匪另施新招。两人慌忙跑进舱内，见江水已漫出舱底，惊得呆住了。

刘统勋惶急中突然想起弘历，急得向东方二兄弟叫道："快，快去看看四爷。"

三人急匆匆冲进后舱，后舱也被水匪凿通，江水已没至膝下，但不见弘历的踪影。三人正惊疑，忽听船尾舱板上传来弘历凄惨的呼叫："虎妹子，虎妹子……"

东方龙、东方豹一步跳到舱板上，看到弘历万分悲伤的喊声，方知妹妹已跌落江中，忍不住号啕大哭。东方龙一转身看见一个水匪还在舱板上蠕动，忙上前一只手提起，另一只手挥掌就要劈。

"住手！"弘历上前拦住，阴沉着脸说道，"且留他一个活口，好问出受何人指使，抓住主使之人，为虎妹子报仇。"

东方龙只得大叫一声，将水癞子扔下。

刘统勋急得叫道："四爷，这船眼见要沉，怎么办？"

弘历这时方知他们已面临绝境，急得四处张望。这时天已微明，江上情形已清晰可见。突然，他惊喜地叫道："看，有船过来了！"

刘统勋顺他手指的方向一看，果然有五六艘快船排着一字形向大船驶来，几个人惊喜不已。不料那几艘快船突然改变航向，向几只水匪的小船追去。刘统勋隐约看到当头的一条船上悬挂"李"字红旗，高兴地叫道："是官船，李卫的官船！"

弘历急忙命道："快，喊他们过来救本王性命。"

刘统勋双手罩在嘴上大声喊道："宝亲王在此，速来救驾！"

那几艘快船听见喊声，忙弃了水匪小船，向大船靠近。走得近了，方看清当头快船上站着个捕头打扮的中年汉子。中年汉子见大船已没到船舷，不待靠拢，一个纵身跳上大船，高声叫道："宝亲王在哪里？快随奴才走。"

"在这儿呢！"刘统勋慌得拉着弘历迎上前去。这时，几艘快船已靠拢大船。

中年汉子来不及行礼，只说了声："李制台命奴才来迎王爷。"便半扶半背将弘历扶到快船上。东方龙、东方豹拖着半死的水癞子也和刘统勋一道上了船。大船上的仆佣、杂役、官兵、水鬼上了另几艘快船。众人刚离开，大船就沉没了，惊得众人唏嘘不止。

弘历登上快船，虽然脱离了危险，但一想到东方晓葬身江中，悲痛难忍，脸上像是挂了一层严霜。中年汉子以为弘历怪罪自己救助来迟，慌忙上前请罪。

"奴才韩景琦迎接王爷来迟，让王爷受了惊吓。罪该万死。"

弘历一听这人就是李卫手下大名鼎鼎的缉盗能手韩景琦，不由打量了他一番。韩景琦原为金陵的一名镖头，后为李卫起用，查盗枭，缉海盗，屡建奇功。尤其一举破获甘凤池的窝点，使得浙江的混乱秩序得以大治，韩景琦功不可没。但弘历一想到李卫竟不亲自接驾，心中便有气。便问道："李卫现在何处？"

"回王爷，李大人就在前面江宁织造府内恭候您。"

"江宁织造？你说的是曹家？李卫怎么会在那里？"

"回王爷，不光李大人在那儿，两江总督范大人也在。"

弘历一怔，莫非曹家发生了什么事？

江宁曹家是当地的名门望族。曹家现在的主人曹𬤇在其祖曹玺、父曹寅死后继任江宁织造，曹家连续三代任职江宁织造，曹家属汉军正白旗，是皇室的"包衣"，曹𬤇的曾祖母是康熙的乳母，曹𬤇的父亲曹寅则是康熙的奶兄弟。康熙继位时，曹家得以重用，曹玺当上了专办皇帝及官署纺织品等事务的江宁织造，其后两代继任江宁织造。曹玺之子曹寅博学多才，康熙对他特别赏识。康熙六次南巡，有四次都住在曹寅的江宁织造署内。最后两次康熙还带着最宠爱的皇孙弘历，所以弘历对江宁曹家非常熟悉。

采石矶距江宁不过二十里地，韩景琦的快船顺流而下，很快就到了。弘历、刘统勋等人在韩景琦的引领下登上岸。浙江总督李卫、两江总督范时绎带着一班官兵早在岸上等候。一见弘历上岸，李卫、范时绎慌得迎上前去，齐甩马蹄袖，跪地请安。

弘历窝着一肚子愤怒，但碍着两人的面子，不便发作，只说了句"免礼吧"，便让两人引领着直进了江宁织造署内。

弘历刚一坐定，范时绎便迫不及待地说道："四爷，您来得正是时候，奴才有一肚子的委屈无处诉说，您可得给奴才做个主。"

弘历心里烦，懒得理他，坐在那儿一声不吭。范时绎没在意宝亲王的心情，自顾自地诉说道："怡亲王爷查曹家历任亏空钱粮达百万两之多，着奴才查抄曹𬤇家。奴才奉命办差，尚未完结。李又玠（即李卫，字又玠）随后赶到，在曹家夹墙内搜出高六尺的金狮一对。此金狮乃帝王之制才能享用之物，当然不是区区末节。李又玠便借此指责奴才怠渎公差，心存恤念。四爷，奴才不管怎样也是朝廷一品大员，李又玠以下犯上，实是恃宠傲物、粗鄙无礼。"

弘历听说曹家被抄，心念稍为之一动，但东方晓失足落水的一幕顷刻间又填满脑际。耳边，李卫的粗鲁的声音反驳道："老范，你不要在四爷跟前恶人先告状。我李卫是个粗鲁人，只知一意报效圣恩，不像你们读书人做官瞻前顾后，算得算失。你老范身上的脓包，我会挨着个儿地挤。上次甘凤池一窝子从你的眼皮底下开溜，你怎么解释？你以为我不知道你和他们有那么一腿。我老李打开天窗说亮话，这件事我已上奏了皇上。今天你奉怡亲王的命，查抄曹家。人马未到，声势先到。这不是故意给曹家送信，让他们转移钱粮吗？你的心思甭指望瞒我老李。你是同情曹家，觉得圣祖爷南巡住在曹家，曹家的亏空都是迎接圣祖爷的驾造成的。你以为这样做是维护圣祖爷的圣颜，其实万岁爷和怡亲王早将曹家接驾的花销刨去了。就是圣祖爷驭天后，曹頫的亏空还越来越多。值得你老范同情吗？我来曹家是奉旨而来，那对金狮子也是先有人举报才搜出的。老范，什么事都明摆着，就是你的脑筋硬着了……"

弘历听得脑袋都快炸了，霍然站起，怒道："你们尽管吵好了，什么时候吵够了，再来见本王。刘统勋，咱们走。"弘历一边斥骂着，一边拉起刘统勋走进一间侧房，随手将门关上。

李卫和范时绎吓得都跪在地上，磕着头爬到侧房门前，哆哆嗦嗦地叫道：

"四爷息怒，奴才该死！"

"宝亲王，您开门，奴才向您请罪。"

弘历更加恼怒，声嘶力竭地叫道："刘统勋，让他们滚！"

刘统勋慌忙打开门，说道："两位大人，四爷正值盛怒之时，你们还是待会儿再来请罪吧。"

范时绎、李卫慌得磕了头，站起身来，连声道："是……是……"两人忙不迭地走开了。

弘历赶走李、范二人已是泪流满面，东方晓给他的两天两夜的恩爱是那样刻骨铭心。眼前忽而显现她娇嗔的一笑，忽而显现她忘情的拥抱，忽而显现她跌落江中。半个时辰过去了，他终于冷静下来，喃喃地说道："我要为她报仇……"

刘统勋一声不响地站在弘历的身旁，暗暗捏着一把汗。弘历从来没有这样失态过。这会儿稍有不慎惹怒了他，眨眼工夫便会人头落地。他站了半天，听弘历嘴里嘟嘟囔囔，忙赔着小心问道：

"四爷，您有什么吩咐？"

弘历牙齿咬了又咬，一字一顿地说道："把水匪带进来。"

刘统勋瞥见他眼里的仇恨，心里一紧不敢多说，赶紧退出门去。到了大门外，见到东方龙、东方豹弟兄，忙叫他们去带水癞子。

不多会儿，东方二弟兄架着水癞子跟在刘统勋身后来到弘历面前。

刘统勋怒喝道："大胆水匪，见了宝亲王还不下跪。"

水癞子的左腿被东方晓的金芒击断，只能靠右腿站立。一听眼前就是自己要刺杀的宝亲王，知道再无活命，索性将脖子一硬，朗声道："大爷既敢做，就敢当。要杀要剐，随便来，皱皱眉头，不算条汉子。"

"好一条汉子，"弘历仰起脸讥笑道，完全没有了刚才悲愤欲绝的神态，谈笑自如地说道，"可惜你只是为了一千两黄金，就是站着死，也没有人说你是好汉，也还是死得不值。本王给你个明白话：不杀你。"

"不杀我？"水癞子惊奇不已，忽而笑道，"把话说透吧！大爷喜欢痛快。"

"好，痛快。本王放你走，还给你一千两黄金。但你必须说出是受何人指使。"

"行，我说。反正那小子也不地道，大爷没必要给他藏着掖着。"水癞子爽快地说道，"这桩买卖是鄂州赤水怪揽下的，他怕自己做不下，才拉着我来做。我怕这小子耍我，便派人去鄂州打探。赤水怪的手下中有我的内线，经打探才知道是一位京城来的邬先生做的这笔生意，酬金极高的，赤水怪那小子心黑着呢……"

弘历一听，果真是老三。他忙追问道："你可打探到这位邬先生为京城哪位大爷做的生意？"

水癞子摇头道："吃我们这行饭的，只关心酬金，不在意客人。"

弘历知道再问不出新的内容，便向东方二兄弟说道："你们也都乏了，先下去歇息吧！"

东方龙、东方豹不放心地看了水癞子一眼还是起身告退了。

弘历等他俩走出门去，才向水癞子说道："本王说过饶你性命，决不食言。但你必须依着本王，本王叫你怎么说你就怎么说，不必害怕别人。本王是宝亲王，救你一命，易如反掌。"

水癞子听他啰里啰唆，不耐烦地道："你只管说，要我怎么做？"

"待会儿李制台审讯你，你只咬定那位邬先生是京城里的三贝勒爷派他来买通你们谋杀本王即可。"

刘统勋一听，吓了一跳，心想这位四爷也够狠的，不管是真是假，便将罪名扣在弘时身上。

李卫、范时绎去织造署外转了一圈回来，因不知弘历心情好些没有，便忐忑不安地站在门外等候。

不久，刘统勋陪着弘历走出房门。李卫、范时绎慌得跪倒在地，连声说道：

"奴才给王爷请安。"

"奴才特向王爷请罪！"

弘历看也不看他们一眼，大步走过。

刘统勋却停步说道："两位大人，宝亲王在你们管辖境内遭贼人谋刺，你们难辞其咎。屋里的那个水匪务必严加审讯，查出幕后主谋，给四爷一个交代。"

"是……"李卫、范时绎连忙应道。

刘统勋又道："四爷要去金陵，二位大人还待在这儿干什么？"

范时绎忙向李卫道："又玠公，你是缉盗的行家里手，这水匪就由你带去，当着宝亲王的面审讯。曹家的事就交给下官办好了。"

李卫一想，眼前只能先顾宝亲王这头。于是点头同意，带着韩景琦等一班人保护着弘历往金陵来。

府衙设在金陵的江南巡抚尹继善得报宝亲王到来，亲率金陵文武迎出十里，在接官亭设酒宴为弘历洗尘，恭送入巡抚衙旁边的驿馆内。李卫因雍正为他专设浙江总督一职，故在金陵也有临时衙署，当下李卫便将水癞子带回衙署审讯。

弘历在驿馆待了一个时辰，满脑子都在想着东方晓的死。他自己也明白这样的情绪对自己极为不利，必须想办法从失去东方晓的悲伤中解脱出来。于是一个人走出驿馆的大门，看见西面隔壁就是尹继善的江南巡抚衙门，便信步向门前走去。东方龙、东方豹远远地跟着。

尹继善接待完弘历后，回到衙署刚办理完公务，正要起身往后院去。忽有亲兵进来报："禀抚台大人，宝亲王来了，就在门外。"

尹继善吃了一惊，自己刚刚接待过宝亲王，他怎么又来衙署了？莫非有事？忙斥道："既是宝亲王来到，还不快些请进。"他边说边往门外急走，还没到门口，弘历前脚已迈进门内。

尹继善慌忙施礼让座，命人献茶。他谦恭地问道："四爷来奴才衙门，不知有何训谕？"

弘历经这一问，才意识到自己来得突兀，忙轻松地一笑道："本王待在驿馆里有些烦闷，随便过来看看，你不必拘谨礼节。"

尹继善已经知道弘历在采石矶遭水匪袭击失了个女侍，听了他的话，明白过来。他便说道："奴才体察不详，请四爷恕罪。"

弘历宽容地一笑道："你们这些封疆大吏公务繁冗，担子不轻，本王奉旨巡视，要亲自到地方听听看看。要是整天被你们这些地方官围着，还不如待在京城看你们的奏折呢。"

尹继善钦敬地看了这位少年皇子一眼，说道："四爷果真圣明。为政者最忌受人蒙蔽，奴才任上如有失政之处，请王爷当面训示。"

正说着话，驿丞进来，向尹继善禀道："京城鄂相爷有急信托抚台大人转交宝亲王。"说完，双手将信函呈上。

尹继善侧过脸道："宝亲王在此，就面呈吧！"

弘历接过信札，当众撕开。展开信笺一看正是鄂尔泰的亲笔。信中说，已按宝亲王的意旨，察明弘时身边有一可疑的师爷。据侍卫说，这位姓邬的师爷深得弘时信任，一路南下，不离左右。

但在返回途中，突然没有音讯。此人行迹极为可疑。

弘历看完，已知这位邬师爷就是买通水匪截杀自己的那个人，看来一切都由弘时一人所为。于是，弘历不动声色，将信札收起，正要接着原先的话题说下去，亲兵却又进来禀报："两江总督范大人求见宝亲王。"

弘历点头道："请范制台进来，陪本王说说话。"

不一会儿，范时绎低着头进来。他是从江宁办完曹家的案子赶来请罪的。他先去了驿馆听说弘历在巡抚衙门，便赶过来。

范时绎小心翼翼地给弘历磕头谢罪。弘历像是忘了似的，口气温和地说道："你来得正好。本王正想听听你这位朝廷大员的政见呢！"

范时绎看他情绪极好，放下心来，忙殷勤地说道："四爷错爱，奴才一定直言。只是奴才不知说哪一方面？"

"这个不拘。"弘历宽容地一笑道，"大到大政国策，小到百姓生计，但有真知灼见，只管说来。"

"是，"范时绎道，"现今西北战事日非，岳钟琪谎报军功……"

弘历一听，吃了一惊，惊问道："西北战事怎样？"

尹继善不解地看着弘历说道："昨日的邸报四爷不是看了吗？"

弘历恍然大悟，才想起昨天的邸报里确有西北战事，只是当时自己沉浸在痛失东方晓的悲愤中，根本没放在心上。想至此忙掩饰道："西北战事，朝野关注。两位有何见识？"

尹继善叹息一声说道："岳钟琪贻误战机，纵敌逃去。徒然拥兵数万，不能料敌于先，复不能歼敌于后。而谎报军功，尤其可恨。皇上削其公爵，议处斩监候，实不为过。"

弘历暗暗吃惊，想不到不到一个月，西北战事糟糕至此。皇阿玛不是专设军机处，统筹西北事宜吗？十三叔、鄂尔泰、张廷玉这班干国之才也会有失策的时候。弘历正胡思乱想，却听范时绎慨然道："西北兵败，东美罪不可恕，但罪不全在东美。据说准噶尔兵马来袭时，满将查凛不战而逃，致使全线皆溃。东美副将王灿将查凛当场军法处置。东美因曾静一案怕受牵连，遂将满将查凛兵败的事隐匿不报，谎称打了胜仗。皇上初始犒奖，后知实情，龙颜震怒，着满将查郎阿取而代之。阵前易帅，军心不稳，安得不败。"

尹继善听他言语之间，对满人兵将颇有微词，心中不满，便道："岳钟琪乃川陕督帅，不论满将汉将都归其节制。倘若赏罚分明，号令统一，存恤士卒，虚纳善言，断不至于将帅离心，师久无功。"

弘历听他两人争执，便从中说道："东美失策，满将骄横，皆是西北兵败之故，故宜具折上奏，其后用兵，以此为鉴。两位不要为政见不一红了脸。皇上的新政，河南的田文镜一力地推行，直隶的李绂却推三阻四，李绂也并非完全反对新政，只是还没看到新政的好处而已……"

尹继善听弘历扯出了田文镜和李绂，观其话音，可知他真没看昨日的邸报，于是便说道："四爷，您休说田文镜和李绂。这两个倔头已顶出个你死我活了，还捎带着监察御史谢世济。"

弘历愕然不解，问道："元长（尹继善，字元长），怎么回事？"

尹继善道："李绂不满田文镜在河南所为，在赴直隶总督任上，途经开封还和田文镜对面争吵过。到了京城，便具折参奏田文镜，但田文镜已先奏密折，皇上未做表示。谁知这时杀出个御史谢世济，他刚上任不久，也上了一道弹劾田文镜的奏折，所讲竟与李绂一一吻合，丝丝入扣。皇上由此推论谢世济是受了李绂的指使，李绂和谢世济被列为'朋党'。皇上一贯痛恨科甲出身的官员私结朋党，互为庇护，腐败吏治。一怒之下，将李绂、谢世济革职待问。这事儿恐怕还不能完。"

范时绎不屑地说道："田文镜非科甲出身，一向以耿介自诩，其实他的花花肠子比及第的进士都多得多。他参奏李绂的折子里，无端诬称李绂结党营私，把圣上的注意力引向一向痛恨的朋党上。谢世济也赶得正是时候，便被皇上对号入座了。田文镜以言辞左右圣意比任何读书人都高明，权术高明到家了。"

弘历听他言辞之间，对皇上颇有怨意，面露愠色道："皇上于君臣之礼一向推崇'公诚'二字。何为'诚'？《礼记·乐记》云：'著诚去伪，礼之经也。'诚，即天道在人间的现实体现，是臣事君的基本准则；诚即忠也，坦诚相待才是处理君臣关系之根本。皇阿玛常训谕臣下，君臣之分，最亲最近，只要你们事君同心一德，偶有错误，为君者必洞鉴其情，不加责备。田文镜得获异宠即在于他唯知有君，忠心耿耿。诚贪若浇，疾恶如仇，虽有小节不淑，皇阿玛亦不为罪。李绂、谢世济，究其苦心，徇私排陷实为维护科甲人既得之私利，他们获罪也是咎由自取。"

尹继善是满洲镶黄旗人，一向对汉人官僚拉帮结派、互为党援深恶而痛绝之。他便附和着说道："四爷训谕的是，科甲官员侈谈道学，不务实政，只能因循守旧，博安静持重之虚名。前次各地整顿吏治，清查亏空，所遇最大阻碍就是官员们的偏徇庇护。奴才任内，钻营势利之徒，也是广通声气，投拜门生，一拜师生，遂成朋党，求分说情，每每以直为曲，偏徇庇护，不顾纲纪。此陋习自隋唐科举以来相沿多年，难以易移。我圣主洞悉其奸，抑压科甲朋党，实属必要。"

范时绎只是对田文镜得雍正异宠心怀不满，并不反对皇上打击科甲朋党，没想几句牢骚话引起宝亲王和尹继善的一番议论，自己倒像豆腐掉进灰堆里——吹打不干净，竟闷声不响半天没有说话。

这时，驿丞引着一个太监直入中厅，高呼："有谕旨！"

弘历、尹继善、范时绎慌得离座起身，跪伏在地。弘历眼角扫去，认得正是奏事处的太监王太平。

王太平尖声细气的嗓音高声念道："范时绎协同浙江巡抚李卫缉贼不力，致使逆酋甘凤池漏于法网，为祸朝廷。着即革去两江总督之职，交部议处。两江之职着江南巡抚尹继善署理，克日进京陛见。钦此！"

弘历、尹继善不约而同地看着呆若木鸡的范时绎。这道谕旨来得太不是时候，倒像是有意捉弄范时绎，两人都有些不自然。尹继善不安地说道："范大人，不要着急。下官回京陛见时，一定跟皇上做些解释。"

范时绎醒悟过来，谢过圣恩。他轻松地一笑，向弘历说道："四爷，奴才打心眼里感谢皇上的这道谕旨，这两江总督的任上实在难为，圣上总算卸了奴才的担子。谢主隆恩，谢主隆恩！"

弘历因为看见李卫、尹继善对待范时绎的态度，所以一下就听出他话中有话。范时绎是两江总督，官位比李卫、尹继善都高。但李卫深受雍正宠信，皇上还专为他设置了浙江总督一职，他因经常缉盗而插手江南几省的事务。尹继善是大学士尹泰之子，是旗人中最年轻博学的才子，不到三十继位列封疆，深得雍正信任。这两位宠臣硬生生将两江总督范时绎架空了。范时绎故心有怨言，早有离任之心。

尹继善见范时绎不理睬自己，不便再说什么。便站起来欲向弘历告退，却听范时绎说道："尹大人，待会儿请到总督衙门办理印信文牍案卷交接手续。下官先行告退。"说完又向弘历拱手一揖，退出大厅。

弘历觉得这时是出巡以来最乏味无聊的一刻，正想回去，却见驿丞进来禀道："王爷，李大人正在驿馆恭候。"

尹继善起身送弘历到衙门外，却见李卫正同刘统勋赶到门外迎接。

弘历进了驿馆，向跟在身后的李卫问道："又玠，你有什么事？"

李卫扫视四周，迟疑着说道："四爷，还是去您房间说吧！"

弘历已猜到他要说什么，便向身旁的刘统勋示意一下。刘统勋立刻告假说道："四爷，奴才有点私事要办，先行告退。"

待刘统勋走后，弘历带李卫进了房间，还没坐定，故意大声说道："又玠，什么事神神秘秘的？"

李卫神色庄重低声说道:"四爷,奴才刚才审了那个水匪,他供说是受一位邬先生买通谋害四爷,而邬先生又是受京城的一位显贵所托。"

"京城的显贵,是谁?"弘历故作惊奇地问。

"是……是三贝勒!"李卫努了努嘴,终于说出口。

"三阿哥!"弘历失声叫道,"他怎么会……"

"如果真是三贝勒所为,此事非同小可。是否奏明皇上?"

弘历显得异常震怒道:"想不到三哥竟会对本王下此毒手。人心不古啊!皇阿玛如果知晓会怎么想?他老人家身历皇储之争的痛苦,一定会迁怒于三阿哥。三阿哥难道也是为争大位谋害于本王?"

李卫愤懑地说道:"不是为此,那是为什么!奴才眼里揉不得沙子,这件事一定要弄个水落石出。三贝勒押解钦犯遭贼逆半路拦截,贼逆眼见得手却自行退去,其中必有缘故。从信阳到金陵,四爷两遭劫难也绝非偶然。甘凤池其人,奴才知之甚详,此人虽是贼逆,行事却光明磊落,决不会以暗杀的手段对付四爷,奴才怀疑那个邬先生是个比甘凤池阴险十倍的逆贼。"

"那个邬先生也是逆贼?"弘历吃惊地问道,这倒真出乎他的意料。

"四爷当然不知道。圣祖爷时,前明朱三太子隐匿民间,为逆贼念一和尚、甘凤池等奉为明主,蛊惑民人在浙省大岚山举旗造反,被圣祖爷剿灭,念一被诛,朱三太子也被押解到京城伏法。但其二子为甘凤池等残余逆匪搜走,至今下落不明。奴才在浙省查获甘凤池等人窝点,倒也缉捕不少贼逆,但甘凤池和朱三太子之遗子仍然未获。甘凤池不足为患,但朱氏后裔恐为乱民所乘,贻害我朝。奴才日夜不安。今图谋四爷的逆贼是不是朱氏后裔,奴才一定要弄个水落石出。"

弘历听着,倒吸冷气。原只想到老三和自己在皇阿玛跟前争宠才下此毒手。经李卫这么一点拨,恐怕有人借老三之手,另有图谋。但无论怎样,老三这个敌手非扳倒不可,东方晓的仇一定要报。弘历是个极有心计的人,对李卫施欲擒故纵之计,于是说道:"又玠,亏你提醒,我原是只怪三哥下手狠,想不到当中还可能有曲折。此事还需你这缉贼能手详细查明,再做结论。况且皇阿玛身受皇子争储之苦,对竞争一向深恶而痛绝之。又玠你要谨慎,不要惹怒他老人家,毁了自己的前程。"

李卫性格豪放粗疏,做事从不瞻前顾后,听了弘历的话连连摇头道:"四爷这么说是小看李卫了。皇上对奴才宠信有加,奴才应该以死报效圣恩才是正理,怎么可以为保一己之私,隐匿匪情不报,不管皇上信与不信,还是有其他的猜疑,奴才愿承担一切后果,与四爷无关。"

弘历满意地点点头,却说道:"刚刚有谕旨到来,范时绎被革去总督之职,尹继善署理两江总督。"

李卫并不感到意外,笑笑说道:"皇上给奴才朱批谕旨早透出风来了。"一会儿又收了笑容道,"四爷的安全比什么都重要,奴才想奏请皇上结束四爷的巡视,亲自护送四爷回京。正巧,奴才也该回京述职了。四爷以为怎样?"

弘历点点头。此次出巡,江南几省基本上也看过了。李卫的政绩不错,浙江治理得井井有条,府库充盈,百姓乐业。而且还设了义仓,即使遇上灾荒年,也可从容应付。最重要的是李卫忠勇可信,能保护自己安全回京,便说道:"如果皇阿玛恩准,本王即刻回京。尹继善也要回京陛见,正好同路。"

第三十一章

究逆案清主蕴深远
救春闺老道弄玄虚

邬思道扯住弘时的袍袖,不依不饶地道:"三爷,你以为四爷是那么容易对付的吗?你跟他一起长大,胜过他几次?奴才这次失算了,以后还有机会。只要有三爷这座靠山在,奴才一定有办法扳倒他。奴才有一位朋友……"

弘时押解着曾静、张熙离了信阳,一路晓行夜宿,还算顺利,经过二十多个日夜,终于到了京城地界。

还没到丰台,弘时就派人骑快马往宫里送信,他的意思是第一次奉旨出京办差圆满完成任务。皇阿玛要是一高兴,派个一品大员出城迎接,自己可就风光到家了。但是好事不是想想就来的。

人马过了丰台,也没见着一个人来迎他,只得自己带着人马囚车进永定门,到了城门口,总算见个大内太监,传皇上口谕,叫弘时先行将钦犯交由刑部看押,然后去朝房等候陛见。

弘时将曾静、张熙押解到刑部衙门门口,自己进去,办妥人犯交接手续,亲眼看着刑部来人提走人犯,才不顾一路劳乏往朝房等候陛见。

今天不是朝会的日子,但宫里的人特别忙。弘时远远地看见军机房和养心殿之间太监、书吏抱着文牍卷宗来回穿梭,忙个不停。当中还夹着不少二、三品的官员出出进进,一片繁忙的景象。也有进出宫的官员和太监不时从弘时身旁走过,有认识的,忙着施礼问安,之后又都匆匆离去。

弘时等了一个时辰,也不见有人来宣召。他还是早上在丰台吃的点心,到现在已经两个多时辰了,早已饥肠辘辘,便有些耐不住,见里面走出一个兵部的官员,忙过去一把拉住问道:"喂,皇上在忙什么呢？"

那官员一看，见是三贝勒，慌忙施了礼说道："皇上这阵儿正忙着呢。贝勒爷您还不知道，西北战事不利，岳钟琪谎报军功，皇上动了怒，夺了他的兵权，派查郎阿署理西路军务。此路的傅尔丹也是有勇无谋，中了大、小策零敦多卜的计，两万大军只有两千人逃回。皇上无奈，降了傅尔丹的军职，以顺录郡王锡保代为靖边大将军。但我官军仍连吃败仗。皇上在一个月之内三易主帅，仍不见战局转机。这阵儿，怡亲王、鄂相爷、张相爷都没日没夜地守在军机处。"

弘时一听，傻眼了。照这样不一定何时才能召见呢。想回府去，又不敢。因为是奉旨召见，自己哪能等得着急就走呢，眼见着日头西沉，弘时实在耐不住。看见一个小太监走过来，急忙喊住。

小太监一见是三贝勒，慌忙施了礼。

弘时道："烦请小公公进去跟皇阿玛说一声，我在这儿等候陛见快一天了。"

小太监连忙摇头道："皇上这时候心里烦着呢，奴才可不敢拿脑袋开玩笑。"

弘时急了，忙从身上摸出一块银锭塞进小太监的宽大衣袖里，央求道："小公公，帮帮忙。机灵点，瞅准机会。"

小太监只好点头同意。小太监去了好久，才回来说："皇上说了，今儿个太忙了，明天再来吧。"

弘时像泄了气的皮球，跌坐在地，心里好生怨恨。如果换了宝亲王弘历，皇阿玛决不会这样对待他。

怨恨归怨恨，第二天弘时还得早早赶到朝房等候陛见，今儿个他是耐着性子等下去。还好，天刚巳时，便有执事太监来传旨召见。

弘时整理一下衣袍冠带，大步走进养心殿，见殿内只有皇阿玛和十三叔允祥。雍正自是端坐在御座上，允祥却是半躺躺椅。

弘时到了御座前，跪倒施礼道："儿臣给皇阿玛、十三叔请安！"

雍正面色温和地说道："起来说话吧！"

弘时站起身，允祥用和蔼的目光看着他，声音虚弱地说道："弘时，你这次差事办得不错，有长进、有出息了。昨儿个你皇阿玛太忙，没能召见你，你不要有什么想法。"

"哪能呢！十三叔。"弘时谦恭地一笑说道，他从小就喜欢十三叔脾性好，讲信用，比起一向凶巴巴的皇阿玛，他更喜欢接近十三叔。当看到允祥脸色枯黄的时候，弘时走到跟前，显得很难过地说道："十三叔，您身体不好，就不要太操劳了。"

雍正十分满意地看着弘时，觉得他变得越来越懂事，也许是他人近中年的缘故吧。自己觉得从前那样待他太不公平，此刻心中涌起一种慈爱之情，脸上挂着慈祥的笑容说道："弘时，你十三叔刚才请求朕赐封你为盛郡王，朕答应他，明日就在朝会上宣布。同时为示朕不偏袒于你，敕封弘昼为和亲王。"

"谢皇阿玛恩典，谢十三叔恩典。"弘时意想不到的高兴，连忙磕头谢恩。虽说盛郡王比不得宝亲王、和亲王级别高。但毕竟圆了自己的王爷梦，今后在人前也抬得起头来。看来依着邬师爷的话做，果真见成效。几年以后说不定比老四更得皇阿玛的宠爱呢！

雍正又道："你押解钦犯平安抵京，也算大功一件。曾静一案，非同小可。朕做梦也没想到天下竟有人这样诬蔑朕！其逆情之大，在本朝前所未有。其所诬朕十大罪状，朕当一一辩白于天下。"

允祥左手在躺椅的扶手上无力地抬了抬，粗喘了一口气说道："皇上乃万乘之尊，怎好与区区逆匪同堂对质。依臣弟之见，莫若遣一得力大臣先审讯，再做他计。"

雍正叹息道："朕也想省心，却难如愿。前次遣海兰、杭奕禄会同湖南地方审讯逆犯，均未得到预期的结果。杭奕禄、王国栋等人鼠目寸光，他们只看到逆犯赤裸裸地造反，不能看到隐藏在逆犯身后无形的主谋。曾静逆书中语涉朕继位以来所有重大事件。

他一个穷山僻谷的儒生，何以知之甚详，谣言由何而来？前日宝亲王弘历由信阳递来折子，奏称曾静谋逆受惑于浙江名儒吕留良。吕是圣祖朝理学名家，一贯仇恨我朝，在士林中影响相当大。虽然他已死去几十年，逆犯曾静仍奉为宗师，承其反清复明之衣钵，心存谋逆之念。朕自圣祖皇帝之后承继大统，即致力改革，铲除积弊，清查钱粮，推行耗羡归公和养廉银制度，整饬吏治，追赃、抄家、惩贪、打击不法绅缙，抑压科甲，摊丁入亩，毫不手软，才有今日的政治稳定，百姓乐业，国库充盈。但朕心里清楚，也得罪了不少人，官僚、绅缙、士子当中反对朕的大有人在。至于塞思黑、阿其那之流自不必说。这些人心怀不满，恶意造谣惑众，诋毁朕躬。加之吕留良流毒在世，汉人仍有强烈的反满情绪。此等舆论，干系我大清江山社稷的稳固。所谓千里之堤，溃于蚁穴，不可不防微杜渐。但朝野非议，朕不便指明，公开论辩也不便追诘造谣者，只好隐而不发。曾静现在自己跳出来，对朕来说未尝不是件好事。"

雍正的这一番发自肺腑之言也只有在自己最宠信的弟弟允祥面前才肯说出来。允祥听得连声慨叹不已。曾静一案，不过一个小小的痴人说梦的政治案件，高明的皇上却将它当作抨击政敌、肃清反满流毒的绝妙武器加以淋漓尽致地应用。怪不得当年他在争储战中能力挫群雄、一击成功。

慨叹之余，允祥决定自己拣重担子挑，便说道："如此说来曾静一案的审理非同小可，还是由臣弟亲自主审吧！"

"不，十三弟。"雍正摇摇左手关切地说道，"这些日子西北战事扰得朕头痛，你也受累不少，这样的身子骨，再也经不起折腾了。朕就不相信满朝的大臣竟无人理解朕意，不能审理好曾静一案。朕已决定交由刑部尚书达哈维会同九卿翰詹科道主要官员公开审理，不管涉及任何人事都不许隐讳，包括朕在内，有什么难以决断的事，可直接问朕。"雍正又转向弘时道，"你十三叔有好些天没回府了。你陪他回府歇息吧，身子骨儿要紧。朕已命各地督抚注意访寻名医给你十三叔治病。弘时，你也留意点儿。那班子御医太没用了。"雍正边说边又叹息着骂几句。

弘时道："儿臣日夜挂记着十三叔，只是还没遇着能医好十三叔的人。"说完，走到允祥跟前，双手扶着他起来。雍正也亲自站起，送允祥出了养心殿，才回到御座准备拟旨。

弘时送允祥到午门外，亲自扶着他上轿，然后骑着马跟在轿后，护送进怡亲王府。允祥由他搀扶着进了卧房歇息，弘时还没有离去的意思，孝敬地为叔叔揉搓着肩头和后背。允祥从没见过他这样孝顺，心里舒帖极了，惨淡的脸上显出欣慰的笑容，说道："弘时，你也乏了，歇会儿吧！三十大几的人了，直到今儿个才像长大的样儿。不是十三叔说你，你没有弘历懂事儿早，不过也不要紧，你只要照你皇阿玛的训谕去做，你皇阿玛也会喜欢你的，今儿个封你个盛郡王那就是证明。"

弘时听他说到弘历，忙关切地问道："十三叔，四弟最近有消息到京城没有？他第一次出巡天下，我也为他担着心哪！"

允祥赞叹道："难为你们手足情深。你皇阿玛常跟我说，他再不愿看到你们弟兄像父辈一样为争权夺利没了手足之情。塞思黑、阿其那谋逆之心不死，你皇阿玛不得不把他们圈禁起来，以绝天下祸患，这都是无可奈何的事。噢，忘了回答你，弘历还没有消息传到京城，算着他也该到了江浙二省。"

弘时约略放了心，又陪着说了会儿闲话，见怡亲王妃带着两个丫鬟进来，忙上前见过礼然后向允祥道："十三叔，您老可要保重身体。皇阿玛不能没有您，大清国不能没有您。"

允祥挥挥手笑道："你就放心地走吧！你十三叔死不了！再说我也不像你说得那么重要。离了我，太阳还是东升西落。"

弘时又向怡亲王妃揖了一揖，告辞出府去。这时已知弘历没给皇阿玛递折子，心里略安定些。

弘时到了怡亲王府外，两个亲兵正牵马等候，正要上马，却见一乘绿呢大轿在门前停下，一名朝廷一品大员从轿中走出。弘时一看，认识来人是刑部尚书达哈维。达哈维一抬头见是三贝勒，慌忙上前施礼道："是贝勒爷，您也在怡王爷府上？"

弘时猜想他是找怡亲王有事。这段时间，他在邬思道的调教下，开始对政事关注起来，也就多了些心眼儿。当下便脸色一沉道："达哈维，你有什么事非来烦怡王爷，难道不知道他老人家的身体经不起折腾！告诉你皇上可是有口谕，命怡王爷在府里好好歇息，言外之意就是叫你们少去烦他，明白吗？"

"奴才明白，"达哈维脸上汗涔涔的，堆着笑脸恭敬地说道，"贝勒爷训谕的是，其实奴才的事儿跟贝勒爷说也是一样，求贝勒爷赐教。"

弘时正中心意，便一本正经地问道："什么事儿？你说吧！"

"皇上降旨，叫奴才会同九卿科道官员审讯钦犯曾静、张熙二人，贝勒爷您是知道的，这两名钦犯刁悍无比，王国栋、杭奕禄审讯的结果，皇上都不满意，王国栋还丢了巡抚的职位。奴才自觉揣摩不准圣意，特来求怡王爷指教，没想到在这儿遇着贝勒爷。奴才想您即是押解钦犯的钦差，想必知道其中奥妙，恳请贝勒爷不吝赐教。"

弘时心里有了底，便一手拉着达哈维走到旁边，得意地说道："你这狗奴才，算你问对了人。恐怕怡王爷也没我摸得准皇上的意思。告诉你，审讯钦犯时要引诱他们供出皇上需要的口供。那个曾静是个软骨头，还不是听任你拨弄。你要他供出是受浙江名儒吕留良流毒所害而生谋逆之心的。其中那些悖逆狂妄的消息来源要供出是塞思恩、阿其那众犯流放经过湖南时散布出来的，你得了这两方面的口供，保证皇上不会降罪于你。"

达哈维一听，幡然醒悟，感激得跪倒在地连声道："多谢贝勒爷指点迷津。今后爷有用得着奴才的地方，肝脑涂地，在所不辞。"

"算了吧！"弘时故作大度地道，"以后的事以后再说吧！爷先走了。"说完，几步走到马前上了马，带着几个亲兵回府去了。

达哈维这会儿也不想进去找怡王爷了，向着弘时远去的方向揖了一揖，吩咐人掉转方向，回刑部去了。

弘时回到贝勒府，天色已晚。他便直往后院佟氏的房里去，谁知刚到甬道口，便被从大厅走过来的邬思道拦住去路。弘时一见四下无人，生气地道："牛鼻子，你事儿办砸了，本爷还没问罪呢，少来烦我。"

邬思道扯住他的袍袖，不依不饶地道："三爷，你以为四爷是那么容易对付的吗？你跟他一起长大，胜过他几次？奴才这次失算了，以后还有机会。只要有三爷这座靠山在，奴才一定有办法扳倒他。奴才有一位朋友……"

"牛鼻子，少提你的那帮朋友。"弘时极不耐烦地道，"你的那帮酒囊饭袋的朋友不给带来麻烦就算是万幸。告诉你，以后这种招数少用，弄得不好，连三爷我也得搭进去。你想好别的高招再来找我。"说完，他也不管邬思道再说什么，硬是挣脱开，往佟氏房中走来。

佟氏平日最得弘时的宠爱，她是雍正原御前一等侍卫玉柱之女、隆科多的孙女，自隆科多被囚禁，玉柱被罢职后，佟家从位极人臣一下跌为阶下囚。但就是这时，弘时不顾雍正的反对，纳玉柱之女佟氏为妾。因为佟家已经败落，佟氏进府后仅一侍妾而已。但佟氏自幼受过良好的家庭教育，琴棋书画、针黹女红无所不通，而且年轻貌美，进府一年尽得专房之宠。

佟氏自母家失势以后，便郁郁寡欢。但她是个极精明的女子，从不在弘时面前有所表露，总是竭力使他开心，以固其宠。佟氏见弘时进来，忙一扫脸上的忧戚之色，笑脸相迎。

"三爷回来了，还没用过晚膳吧！丫头们，快些为三爷弄些可口的点心来。"佟氏一边吩咐一边亲自为弘时端上茗茶。

弘时却不饮茶，拉住佟氏温柔细嫩的小手，嬉笑道："佟儿，你想我吗？我可是一整天都在想着你。"

佟氏用羊脂般的手指指着他的额头，娇嗔地道："男人都会说这种话，我才不相信呢，你要是一整天都在想我，怎么到这时候才回来？"

"我是郡王爷，公事这么多，抽不开身嘛！"弘时一边拉着佟氏在身旁坐下，一边解释道。这时丫头们献上晚膳，弘时亲自为佟氏斟上一杯酒，自己先端起酒杯道："佟儿，来，为咱们久别重逢干了此杯。"

佟氏媚笑道："三爷尽说浑话，昨儿个咱们不是见过面了嘛。"

弘时感叹道："佟儿你不明白，我的感觉还像昨儿个一样，久别重逢，兴奋而激动。"

佟氏羞红了脸，向着门口一努嘴道："三爷小心些，让这帮丫头听见，背后不知怎样嚼舌头。"佟氏嘴里说着，还是举起酒杯陪弘时饮了。

两人说笑着，又饮了几杯，佟氏的脸儿俨如三月桃花越发娇艳动人。弘时看了，心荡神摇，见她已有醉意，推辞不饮，便匆匆用了晚膳，扶着她进了后面的卧房。弘时越来越觉得佟氏不对劲儿，慌得用手一摸她鼻息，竟气息全无。弘时慌了手脚，胡乱披上衣服，又给佟氏穿上内衣，才惶然喊道："来人啊！快来人！"

守候在门外的丫鬟、婆子闻声一拥而入，见此情景，慌得齐声叫道："少夫人！少夫人怎么啦？"

弘时吼道："快，快喊御医来。"

腿脚利索的丫鬟忙着跑出去。没多大工夫领着两名御医跑进来。两名御医又是把脉，又是针灸，折腾了半天，无可奈何地道："三爷，少夫人脉息越来越弱，怕是没救了。"

"放屁！"弘时气得跳起来，一脚一个将两名御医踹倒在地，吼道，"废物！统统是废物！"

这时，门吏跑进来，禀道："三爷，门口来了个道人，说是专救危难之人。是不是请来一试？"

"混账！"弘时一个耳光打过去骂道，"一个臭道士，胡吹八撂你也相信。快去大内请太医来。"

门吏慌得连声答道："是，是。"然后捂着火辣辣的腮帮子跑出去。

一个老婆子摸着佟氏的脉搏，惶急地道："三爷，大内离这儿太远，怕是来不及了。"

弘时急得踱来踱去，脸上青筋暴起。

这时，一个丫鬟进来道："邬师爷来了。"

弘时一向把邬思道奉若神明，此时一见，更如救命稻草一般，一把拉住他，急道："老邬，快些想想办法救佟儿。"

邬思道摇头道："奴才哪有这个本事，门外那位道人口称能救人危难，三爷何不招来一试？"

弘时一想也对，反正死马当作活马医吧！在大内御医到来之前，在这儿干耗着也不是办法，忙吩咐道："快请那位仙长进府来。"

邬思道却道："三爷，您这是求人家救人，依奴才看，还是您屈尊到门口去请为好。"

弘时此时只盼救得佟氏活命，哪里还顾得上自己的身份，忙连声道："三爷我亲自去就是。"

弘时说完，也顾不得换衣服，只穿着一身内衣领着一班有头脸的奴仆杂役亲往府门外迎接道人。

到了门口，却不见有什么道人，弘时急问道："仙人在哪里？"

门吏忙用手往东一指道："那道人只喊三声'救人危难，不取分文'便往东去了。"

"快，备马。"弘时慌忙和邬思道上了马，举起马鞭用力一抽，两匹马如飞而去，亲兵侍卫提着灯笼慌忙追上，追了一里多地，借着街道两旁店铺的灯光，隐约可见前面有个身穿道袍的人。弘时救人心切，双腿一夹，马儿如飞赶到那人前面，弘时跳下马，借着路旁酒店的灯笼看得清楚，眼前的道人白头发白胡子，恐怕有九十多岁，一件道袍虽然陈旧，却是灰尘不染，一身整齐，大有仙风道骨的味道。弘时慌忙一揖，双目流泪道："仙长救命！"

道人手捻胡须，轻轻摇头道："贫道救人，仅凭一时之念，彼时能救，此时却不能救。官爷莫要为难贫道。"

弘时一听，竟双膝跪倒求道："贱内命在旦夕，仙长有好生之德，救她一命，可添多年修为。"

邬思道这时也赶到跟前跳下马揖手道："仙长，这位爷一片虔诚之心，天日可鉴。适才不识真人，多有冒犯，还请仙长见谅。"

道人无可奈何地说道："贫道只得一试，如果官爷造化好，令夫人也许有救。"

弘时闻听大喜，亲自牵过马来谦恭地道："仙长，请上马。"

道人微微一笑道："官爷请上马先回府上，贫道随后就到。"

弘时怕他行走迟缓，误了佟氏的性命。想再催促，却怕恼了道人，只得和邬思道一起上马先走。不多会儿到了府门口，门吏迎上来说道："三爷，那位道长已进府去了。"

弘时一愣，怎么没看见他超过自己，况且也没有便道可走，众人全惊异不已，只有邬思道处之泰然。

弘时走进后宅佟氏卧房，却见道人正坐在佟氏跟前的椅子上，双目紧闭口中念念有词，只是声音太低，众人听不清楚。弘时正惊异，道人却微睁开眼睛，对着弘时道："令夫人真好造化，居然还有救。"说完，从贴身衣内取出一颗黄豆大小的药丸，叫人端来半碗水，将药丸化了，然后亲自送到佟氏嘴边服下。不久，便听佟氏喉内咕噜作响，弘时慌忙伏在佟氏脸上，听见有力的呼吸声，喜得他连声叫道："佟儿有救了，佟儿有救了。"

这时，佟氏慢慢睁开眼睛，看着满屋子的人，吃惊地道："怎么回事？我怎么会在这儿？"

弘时流着泪道："佟儿，是这位仙人的神药救了你的命。"

佟氏疑惑地看着跟前的道人。

道人淡然一笑道："非是贫道的药丹灵验，乃是夫人大限未到。适才不过是夫人和令尊大人阴间一晤，半道上贫道喊夫人回来，夫人才回转阳世。"

佟氏惨淡一笑道："仙长真神人也。刚才我梦中和家父晤面，家父说他已是另世为人，只求我能救祖父一命。"

弘时闻言，吃了一惊道："佟儿不可胡说。泰山只是流放，并无生命之虞，令祖虽被囚禁，待遇尚好，也无性命之忧。"

道人站起道："人已经救了，贫道也该告辞了。"

佟氏忙撑起身子感激地道："仙长救命大恩，理当厚报。三爷，怎么报答仙人才是？"

弘时忙吩咐道："快，取一千两黄金送与仙人。"

道人双手一拂道："财色于贫道都是空的，要它何用！"

弘时忙问道："仙人要什么，尽管说，在下无不应下。"

"贫道什么也不要，告辞了。"

道人说完，不顾众人阻拦，自顾往外走。弘时固执地拉住道人的袍袖道："仙人请留下道号，也好心存感激。"

道人没办法，只得道："贫道贾士芳，白云观修行。"

第三十二章

勘帝陵皇与王同去
杀御驾弟共兄齐亡

吴守义得意地叫道："允祥，我既杀了胤祯，已报八爷知遇之恩。此生还有何求？"说完，突然转身往墙上撞去，却被大内侍卫一手拦住。允祥冷冷一笑道："就凭你也能行刺皇上？来人，给他看看杀的是谁！"

四宜书屋是圆明园九州清晏建筑群中极不起眼的一座小殿，只是因为临溪而建，隔溪野花繁盛而受雍正青睐，并亲书御匾"四宜书屋"。何谓四宜？雍正曾向近臣张廷玉解释道：春宜花，夏宜风，秋宜月，冬宜雪。此时此刻，正在四宜书屋批阅奏章的雍正皇帝却无心观赏窗外如画的美景。西北战事的失利、新政推行的波折、汉人排满的强烈情绪等关乎大清江山社稷的重大问题时刻纠缠着雍正，使他不敢有丝毫的懈怠，御案上的奏折越来越少。

熹贵妃钮祜禄氏悄然来到御案前，柔声叫道："皇上！"

雍正闻声抬起头，略显惊奇地问道："熹贵妃，怎么是你？"

钮祜禄氏笑道："臣妾擅自闯入皇上勤政之地，是不是有干政之嫌，请皇上降罪。"

雍正站起身，活动一下酸麻的腰，温和地一笑道："爱妃没问朕一句话，哪里有干政之嫌，不过，朕想知道你为什么到这儿来。"

"还不是吴德才那个奴才。"钮祜禄氏解释道，"他见皇上日夜勤政，怕伤了龙体，自己劝谏几次，皇上都不听，就去把臣妾请来，还让臣妾求皇上不要怪罪。臣妾其实也心疼皇上，没推辞就来了。"

"难得吴德才一片孝心。"雍正感叹道。他走下御座，拉着钮祜禄氏的手一同坐在御案旁的椅子上。

钮祜禄氏原是孝敬皇后那拉氏入雍正府时带来的一个侍女。

当时虽只十三岁，但天资聪颖，生得也美，深得胤禛的宠爱，后来钮祜禄氏生了弘历得康熙皇帝激赏，被册封为雍亲王侧福晋，雍正继位后，即封为贵妃。宠爱仅次于敦肃皇贵妃年氏。年氏死后，钮祜禄氏得雍正专宠，特许留圆明园伴驾，这其中得益于其子宝亲王弘历在皇上心中的地位。

钮祜禄氏看着雍正显得苍老的脸，心疼地说道："皇上，您要当心身子，保重龙体要紧，大清江山靠你支撑着呢。"

雍正不经意笑道："怎么？你是不是看朕老了？"

"不，"钮祜禄氏慌忙摇头道，"皇上怎会老呢？您是万岁嘛！"

"万岁？"雍正叹息道，"古来人君都称万岁，但长命百岁者尚无一人，何况万岁。朕不想奢望长寿，但倒想多活几年。因为朕想做的事还很多，是为大清江山，为天下臣民，而非为朕一己之私。朕很清楚自己的身子骨儿，算不上康健，那班御医也全是废物，没能耐让朕多活几年。所以朕不分昼夜，勤于政务，就是想治出个太平盛世，也不负圣祖爷所托和天下臣民的期望。宫里上下都能看到，朕做这个皇上，实在是苦差事，苦不堪言呀，可是偏偏就有人为争着做皇上斗得头破血流，朕如果不怕有负先祖所托，真想把大位让给那些想做皇上的人。"

钮祜禄氏想不到皇上竟在她跟前说出这番话，心里知道皇上相信自己，但雍正平时性格急躁，喜怒无常。所以她仍是小心翼翼地说道："臣妾不懂国政，也不敢干政。却知道皇上日夜操劳，不利龙体康健。皇上既想多为大清江山和天下黎民施行仁政，就应该保重龙体，公务之间，不妨歇息，所谓一张一弛，相得益彰。"

雍正站起身，爽快地笑道："好吧！今儿个朕就依着爱妃，也来个一张一弛。"遂向门外叫道，"吴德才，吩咐下去，摆驾怡亲王府。"

雍正其实是对十三弟允祥的病情放心不下，早有打算亲自过府探视。怡亲王为国事终日操劳，积劳成疾，皇上怎能不牵挂在心。钮祜禄氏毕竟是女人，以为皇上真的听从自己的话，放下了政务。心中满意，向着准备外出的雍正施礼道："臣妾恭送皇上。"

雍正由太监侍候着更衣完毕，走出养心殿。执事太监早准备齐备。吴德才搀扶着皇上登上杏黄大轿。

"起驾！"随着执事太监一声高呼，轿夫们抬起大轿一行人大摇大摆出了皇宫。

怡亲王府离大内并不远，出了宫门往东二里多地再往北一转弯，朝阳门大街第一座高大的宅院就是。

雍正的车驾还没转弯，允祥已得了通报，带着福晋、儿子和府上有头脸的下人在府门外等候着。待杏黄大轿到了门口，允祥和府上人等跪倒一片。吴德才等轿子落稳，忙着上前扶皇上下轿。雍正却一把推开他从轿中走出，径自来到允祥面前，双手搀起道："十三弟，你是朕第一宠臣，何须多礼！"

允祥感动地道："皇上恩宠，臣弟明白。但君臣大礼不可少。"

雍正微微叹息道："难得十三弟如此忠心。可惜朕的兄弟不能都跟你一样。假如他们都能像十三弟一样辅佐朕，省却烦恼，大清江山何愁不兴盛。年羹尧、隆科多不顾君臣大义，结党图私、贪赃不法，使朕不得不处置他们。"

雍正说着话见允祥之子弘晓跪在旁边，便伸手拉起，和蔼地说道："弘晓，书读得怎样？要好好地读，有了学问、本事，朕将来要重用你，像你父王一样做一代忠臣、名臣。"

弘晓已经十多岁，极懂事地回答道："孩儿谨记皇伯伯训谕，学好本事，为皇伯伯分忧。"

"好好，"雍正激动地流出热泪连声道，"朕封你父王为世袭怡亲王，弘晓，你就是小怡亲王。"

允祥一家慌忙又跪地谢了圣恩。

允祥再次站起道："皇上，此地不是说话的地方，请入府吧！"

雍正点点头，随着他进了府门，因见他步履轻快，精神饱满，便道："十三弟，你身子恢复得不错嘛！"

允祥边走边答道:"托皇上的福,臣弟这几日安心在家调养,总算恢复得不错,这会儿正想进宫入值,不想皇上竟亲自来了。"

雍正笑道:"朕也和你一样的想法。你是朕的左右手,须臾离不了。但是朕真怕把你累垮了。"

说着话已进了大厅,君臣落座,侍从献茶。允祥叹口气道:"臣弟的身子原本就虚弱,根底差。这会儿恢复成这样,也算是奇迹了。臣弟只想抓紧时间多为朝廷做些事,也算是变相延长了寿命。总担心哪天突然追随圣祖爷去了,就是想做也做不成了。"

雍正被他说得有些伤感,也叹息道:"你我真算是兄弟相知了。朕枉称万岁,也知有天命,总想在有生之年治理出一个太平盛世,也不负圣祖爷重托,奈何朕躬常觉违和不得已为计。"

允祥大吃一惊,忙问道:"皇上为何出此不吉之言?"

"不为什么。"雍正见他一脸的紧张之色,轻松地一笑说道,"朕只是想到日后陵寝之地,特来和十三弟商议。"

允祥明白过来,郑重地道:"皇上思虑的是,陵寝乃积世大计,宜早做安排,不知皇上有意选址何处?"

"朕的陵寝当与父祖陵寝建于一地。孝陵、景陵皆在遵化,朕之陵寝也宜选址遵化。数日前,白云观道长姜近垣说遵化九凤朝阳山风水最佳,朕有意选址于此,只是不曾亲做勘验,放心不下。"

允祥道:"陵寝大事皇上宜早做决断,以便动工修建。臣弟愿陪皇上前往遵化,亲做勘验,顺便拜祭圣祖爷。"

雍正点点头道:"朕也有此意,只是御弟身体欠佳,是否经得起车马颠簸,还是留在京城代朕办理政务吧!"

"皇上不必为臣弟担心。陵址大事,臣弟不亲赴勘验,心实不安。臣弟一向以为生死由命,富贵在天。大限不到,想死怕也死不了,大限既到,就是躲在家中,小鬼照样索命。至于京城政事可交给盛郡王代为办理,也可历练弘时。"

雍正笑道:"真是知朕者唯御弟也,朕也有意交弘时一些政事办理。就这么定了，咱们明日就动身。"

允祥沉思一会儿，不缓不急地说道："勘查陵址不宜张扬，还是秘密进行为好，而陵址未必拘于遵化。汉唐诸陵虽都建于陕西，但汉高祖、文帝、景帝、武帝诸陵分别在咸阳、长安等地；唐高祖、太宗、高宗、玄宗之陵分别在三原、醴泉等四处。因此，易地设陵与古礼不为不合。"

"御弟所言固然有理，但易地建陵恐为奸人所乘，造谣惑众。朝野原有非议，谓朕矫诏篡位，曾静更为恶毒，竟诬蔑朕为夺大位谋害圣祖。朕若易地建陵，奸人岂不以为朕不敢面先皇圣灵吗？"

允祥心里一动，皇上的忧虑绝不是多余的，其实自己刚才的话只是想拓宽选陵址的范围，根本没考虑得太过复杂。

允祥望着雍正一脸的悲愤之色，只得劝慰道："皇上不必为奸人谣言耿耿于怀。推行新政、处理允禩党人、诛戮年羹尧，朝野均有非议。但这都是英主所为，有利于江山社稷，有利于黎民百姓，皇上将圣祖开创的一代盛世更加发扬光大，天下有目共睹。奸人构陷，岂能颠倒乾坤。皇上大可付之一笑。"

雍正苦笑道："朕枉为人君，恐怕不能像御弟说的这般大度。曾静恶毒之至，子虚乌有为朕罗列了十大罪状：谋父、逼母、杀兄、屠弟、贪财、好杀、酗酒、淫色、怀疑诛忠、好谀任佞。曾静凭空捏造罪名，天下臣民不明真相，以为朕无德。朕岂不要受不白之冤。朕不甘心受奸人摆弄，朕之心可以对上天，可以对皇考，可以共白于天下亿万臣民。"雍正说到最后，简直是站起来狂呼怒吼。大厅内外的太监一个个吓得面如土色，体似筛糠。

允祥知道雍正为皇子时性格急躁，继位后，性情稳定了许多，极少失去理智。但这次显然是郁怒在心，在自己知心的御弟面前，暴躁的性情暴露无遗。当下便站起身双手拉住雍正坐下，劝慰道："四哥，您是曾经沧海难为水的人，怎么还没定性呢。圣祖在世时，送您'戒急用忍'四字，不是悬在养心殿的墙上吗？咱们今儿个说的是选陵址的事儿，其他事放在以后说。"

允祥突然不称"皇上"，改称"四哥"，使雍正一下子想到为皇子时兄弟二人患难与共的情景。不禁潸然泪下，一手拥过允祥，凄然道："好兄弟，朕只有在你跟前才可一泄无余地发出心中的郁闷，现在好多了。来人，准备酒菜，朕要和御弟痛饮几杯！"

第二天，雍正将弘时、张廷玉、鄂尔泰召进宫内，告知欲往遵化勘查陵址一事，旨命张廷玉、鄂尔泰辅助弘时料理京城事务。言明圣驾外出京城，只限他三人知道。

诸事交代完毕，雍正和允祥开始动身。因为是秘密出京，所以没有官员相送。两人换上便装，只带着贴身太监、侍卫和道士姜近垣，他们也是便装打扮。允祥身体孱弱，坐在一辆马车里。雍正不顾众人的反对，执意骑马，只是为着安全加了一副浓黑的假胡须。加上那一身便装，连允祥乍一看也认不出是当今天子。雍正这一装扮，全然没了往日的雍容尊贵之气，倒像是放了外任的京官赶着赴任似的。

遵化距京城不过两三百里地。雍正一行轻装简从，驰驱飞快，第一日便到了蓟州。允祥吩咐不必惊扰地方，命人随便找了一家干净的客栈歇息。太监、侍卫则轮班休息，保护皇上和怡亲王的安全。

晚膳过后，雍正客房里的灯光亮了没多会儿就熄灭了。显然，皇上经过一天的鞍马劳顿也乏了，又不是在京城，有那么多的奏折要批。今日改了往日勤政的惯例，早些歇息了。值班的太监松了口气，揉揉有些发涩的双眼，半躺在墙根下，迷迷糊糊地睡着了。

更深夜静，因为阴着天，客房笼罩在黑漆漆的夜幕中，显得阴森可怖。突然，几个黑影从黑暗中蹿出，悄无声息地扑向客栈。寒光在黑影的手上闪烁，显然持着钢刀利刃。黑影到了客栈墙根下，黑影分成几拨，扑向各个房间。雍正的客房在楼上，有个黑影娴熟地抛出飞抓，只听轻微的一声"叭"，飞抓便抓住了窗口。黑影抓住绳子，"嗖嗖"几声便爬上二楼窗户，然后腰间拽出一道寒光，跳进房内。

"啊……"一声凄厉的惨叫在寂静漆黑的夜色中传出老远，令人毛骨悚然。

"抓强盗……"客栈里外顿时灯火通明，雍正和允祥的太监、侍卫突然从各个角落冲出来。几个黑影一下子全暴露在灯火中。行刺雍正的黑影听到惨叫声，已知得手，正要跃窗而出，不料，房门口一个人影飞身而入，挡在面前。黑影丝毫不慌，抢起钢刀，照头就砍。那人在黑暗中像长着夜视眼似的，身影不动，却躲开贼人的钢刀。黑影情知碰到高手，忙着抢攻一招，突然撤身后退，想夺门而逃。可是那人身手更快，怒喝一声："逆贼哪里走！"已是到了门外。黑影收势不住，被他一个空中霹雳掌打倒在地。

这时，几个太监高举着火把拥着允祥飞跑过来，几支火把齐集到搏斗着的两人面前。那一掌击倒贼人的正是雍正的贴身侍卫——大内高手余一掌，人称"漠北第一掌"。那逆贼如何是他的敌手。

余一掌见允祥来到，忙揖手道："怡王爷，逆贼已被奴才拿下，请王爷处置。"

允祥看着那逆贼扑倒在地，手脚挣扎着，像是忍受着巨大的疼痛，却不叫出声来，便命道："拉起来！"

余一掌一伸手，像抓小鸡似的将那人抓起，嘴里笑骂道："就这样的熊包也敢来行刺皇上。我只用了二成的力，若不是王爷吩咐，一掌下去，你小子也用不着挣扎了。"余一掌见那人脸上还蒙着黑纱，便一伸手撕下。

允祥一看，失声叫道："怎么是你这个狗奴才？"

那人正是允禩的太监吴守义。吴守义咬牙切齿，忍住疼痛，一字一顿地说道："怎么？想不到吧！俺吴守义今儿个会在这里。"

允祥斥道："你不过是阿其那的奴才，皇上加恩，留你性命，流放广西。不想你勾结当地奸吏，买通看管的兵卒，私逃回京。还敢行刺皇上，既被拿获，且等王法加身吧！"

"哈哈哈……"吴守义突然放声大笑，好久才止住笑声，得意地叫道，"允祥，我既杀了胤禛已报八爷知遇之恩，此生还有何求？"说完，突然转身往墙上撞去。

余一掌手疾眼快，一手抓住他的肩头，稍一用力，吴守义便原地返回。

允祥冷冷一笑道："狗奴才，就凭你也能行刺皇上？来人，给他看看杀的是谁！"

余一掌一手拎着吴守义走进客房，几个太监举着火把跟着进去。一个太监走到床边伸手揭开血迹斑斑的被子，吴守义仔细一看，那床上血肉模糊的尸体竟是太监吴德才。顿时，他如五雷轰顶，挣开余一掌的手，突然扑到尸体上号啕大哭道："兄弟，怎……怎么会是你！"

允祥便是一愣，问道："吴守义，吴德才是你什么人？"

吴守义只顾抚尸痛哭，好半天才止住哭声，慢慢站起，一步一步走向允祥。余一掌怕他伤着怡亲王，伸手就要拿下。

允祥却命道："放开他，本王听他说什么。"

吴守义怒视着允祥，厉声道："是你害死了我兄弟！"

一个太监讥诮道："王爷早有安排，皇上只在这房里稍坐片刻就另寻别处歇息。吴公公是自个儿乐意假充皇上在房中歇息。除了皇上和王爷，大伙儿都在暗处盯着呢。是你自己着了道儿，也别叫屈了。"

吴守义如梦方醒，转身看着吴德才的尸首，又抱头痛哭。

允祥见他手足情深，心中感慨，便近前一步，口气温和地说道："吴守义，八爷待你不薄，你知德报恩也是人之常情。但如今君臣名分已定，你再一条道走到黑就是谋逆犯上，天理不容。"

允祥的话字字铿锵有力，叩击着吴守义伤碎的心，渐渐地他止住哭声，仰起脸望着允祥，完全没有了敌对的情绪，叹息一声道："怡王爷，奴才弟兄是穷人家的孩子，自小缺衣少食，受尽饥寒。后来，父亲为了不让我们弟兄饿死，就托人引荐为奴才们净了身送进宫中。弟弟一直留在大内，而奴才后来分到八阿哥府上。

再后来，阿哥们明争暗斗，为着皇帝宝座拼死拼活。奴才自是跟着主子一边。可怜我们兄弟虽同在京城，却因侍奉各自的主子不敢相认。说起来奴才弟兄只是为了一餐饱饭才净身进宫的。阿哥们争储，与奴才这样的穷人家孩子何干。但八爷待奴才恩重如山，奴才虽是阉人，也知道知恩报主的道理，所以拼着性命也在所不惜。想不到为了主子之间的恩怨，奴才弟兄竟自相残杀，老天有眼，也该睁开看看这不平的世道才是。"

允祥听得唏嘘不止，太监侍卫们也悚然动容，也许是同病相怜吧。有个太监竟嘤嘤哭出声来。

允祥转身叫道："朱儿，哭什么，还不快去叫人安放好吴德才的尸首，准备运回京城厚葬。"

朱儿就是那个哭出声的太监，听了怡亲王的吩咐，慌忙止住哭声，出去叫人去了。允祥转向吴守义道："吴守义，本王看你也是个明白人，跟你说句掏心窝子的话，如今皇上励精图治，一心要创出一个清平盛世。允禩执迷不悟，继续党争活动，就是逆天而行，逆势而行，天理人情皆不容。你不要一棵树上吊死。你一个奴才，本王苦口婆心劝你，全是看在死去的吴德才的份上。如果你答应本王从此与允禩决绝，效忠朝廷。本王可以在皇上面前为你求情，免去死罪，给你再生之路。"

"十三爷，"吴守义感动地给允祥连磕两个头，流着泪道："您也是个体谅下人的好主子，可惜奴才今世无缘服侍您，十三爷的恩情奴才心里记下了。只是奴才深受八爷大恩，怎可背信弃主。十三爷说的道理奴才也明白，但效忠四爷就是背叛八爷，这种事奴才如何做得出。奴才已是无路可走，还是追随弟弟而去，向他认个错才可安心。奴才也告诉十三爷一句掏心的话，皇上身边有人图谋不轨……"吴守义话未说完，已是满嘴鲜血，扑倒在地，惊得允祥慌忙叫人抢救。几个太监掰开嘴巴一看，竟已咬断舌头，眼见着没救了。

允祥命人收起吴守义的尸首，便和余一掌等侍卫到楼下来。

楼下的四名刺客已被侍卫们当场解决掉，允祥叫人提着灯笼仔细地挨着尸首查看，发现其中一个竟是允禵的太监马起云。看来允禩、允禵的太监纠合起来，共同参与了这次行刺。

小小客栈一夜之间竟出了数条人命，血流遍地。老板和伙计早吓得没了踪影。允祥一边吩咐人打扫干净，一边走向客栈后面一间极不起眼的破旧房子。雍正和道士姜近垣及几名侍卫就躲在这里。虽然刺客没有到后面来，但客栈里阵阵的厮杀声和刀剑碰击声仍惊得侍卫们变了脸色，他们真担心这小小的客栈会突然冒出无数刺客，扑向雍正。

允祥一走进房内，雍正急不可耐地问道："御弟，哪里来的逆贼竟敢行刺朕？"

允祥把客栈里发生的一切说了一遍，雍正听说吴德才已死，霍然站起，咬牙切齿道："吴德才跟随朕多年，忠心不贰，今日竟遭其兄毒手。看来塞思黑、阿其那害人不浅，余孽不除，天下不安，来人！速往京师传朕口谕，着将阿其那严加看管，不得使其再有行动。"

雍正说到"不得使其再有行动"时，故意加重语气，同时一双蜂目冷森森透出寒意。听命的那个小太监领会了旨意，浑身哆嗦了一下，慌忙答应一声退出房去。

允祥坐得贴近，看得清楚，他深知这位四哥的禀性，必是致允禩于死地。他心中一阵悚惊想规劝几句，但碍着侍卫、道士都在，一时无法开口，只得眼睁睁地看着小太监离去。

经过这一夜的折腾，天已大亮。蓟州知县已得了消息，派来捕头差役勘验现场。允祥知道，隐瞒住雍正身份要紧，便亮明自己的身份。那班蓟州差役听说是怡亲王，慌得跪倒一片，哪里还敢勘验现场，忙抬着几具尸体回衙交差。

允祥没想到刚离开京城就会遇到刺客，这前面的路谁能担保没有刺客，想到此，忧虑地向雍正道："臣弟担心的就是皇上的安全。这次出京非常秘密，只有弘时、张廷玉、鄂尔泰几个人知道。

奴才都是贴身靠得住的，他们也不敢泄漏。阿其那、塞思黑的太监是从何处得的信儿？"

雍正冷笑道："御弟不必细察了。朕心里明白，朝廷上下图谋朕的大有人在，从王公大臣到使唤奴才，你怎么一个个去查。吴守义一伙行刺朕，必是阿其那死党提供消息无疑。老八能耐大着呢，这上上下下的官员，表面臣服朕，背地里不知有多少人和他勾着手脚，等机置朕于死地，但朕的江山铁桶般结实不怕他们。有胆量的大可跳出来，省去朕费尽心机逐个查访。"

允祥听他越说越远，拉回话题道："吴守义自尽前告诉臣弟一句话：皇上身边有人图谋不轨。"

雍正愕然一愣，旋即释然一笑道："朕身边的人朕信得过，用人不疑是朕的用人准则。鄂尔泰、张廷玉、御弟你，还有朕的几个皇子，外任的李卫、田文镜等朕信之不疑。这些贴身的知心的臣子岂会图谋朕。至于下头的奴才，即便有这个胆，也掀不起多大风浪。吴守义居心险恶，临死前还要离间朕和宠臣的关系，可恶至极。"

"臣弟为着皇上的安全，宁可信其有，不可信其无。"允祥直言不讳说出与雍正相反的见解，"吴守义虽然只是个奴才，但知恩图报，誓死效主。臣弟钦佩的就是这种人。人之将死其言也善。吴守义死时说的话，臣弟信之不疑。臣弟想，向吴守义、马起云泄漏皇上行止的人就是皇上身边图谋不轨的人。皇上的一举一动恐怕都在人家的掌握之中。"

雍正看他紧张兮兮的样子，轻松地一笑，伸手接过小太监递过的热毛巾，擦了一把脸，道："朕心里有数。你是朕的总管家，大可照着自己的思路去做，朕不会干涉。但前头马兰峪还有几十里地，你和朕总得去景陵拜祭圣祖爷。如果朕被几个刺客吓住，岂不为阿其那之流耻笑！"

"皇上放心，这马兰峪、凤凰山一定要去的。臣弟自会安排，保证皇上安然无恙。"

说话的工夫，客栈里已经打扫干净。允祥陪着雍正走出后房，来到一间干净的客房，一边吩咐人端来早点，一边派人给马兰峪总兵范时缬送信。吃饭的工夫，小太监跑进来禀道："王爷，蓟州知县前来拜见，还请王爷示下是否要地方上帮忙。"

允祥一怔，用眼睛看着雍正。雍正只管吃着点心，见他盯住自己半晌，才开口笑道："现在外面的人只知道你怡亲王驾临蓟州，朕只好委屈做你的跟班。还愣着干什么，自己做主吧！"

允祥抿嘴一笑道："好吧！"

允祥转向小太监道："告诉他，就说本王公差在身，没工夫见他。昨晚的事就说是强盗抢劫，那几具尸体扔掉算了。"

小太监答应着出去。雍正这时已用完早点，接过下面送来的热毛巾，擦擦手道："御弟，是不是可以动身了？"

允祥道："臣弟已派人往马兰峪送了信，范时缬很快就会带人来接应圣驾。还是等他们到了再动身吧！"

雍正有些性急，道："那要等到何时？朕还要等着回京处理国政呢，耽搁不起啊，朕就是不相信阿其那还能掀起多大的风浪，连区区的几十里路也不让朕过去。"雍正回头见道士姜近垣站在身后，便一招手道，"姜半仙，昨晚的事儿不是你算得准，叫怡王爷布置的吗？你再给朕算一算，前面还有没有人行刺朕？"

姜近垣慌忙走上前来，应声"遵旨"，便就身上取出卦筒，摇了几摇，抽出卦签，仔细看过，大喜叫道："皇上，这是泰卦，主大吉大利。皇上只管放心上路，诸神皆在庇佑圣驾。"

允祥看了，约略放心，便叫人准备车马动身，又叫人给客栈留下二百两银子，算是赔偿昨晚损坏的东西。雍正还是便装打扮，只是改乘马车。允祥已露了身份，便命换了王爷官服，怡王府的人也换上官服。

这支队伍离了客栈，出了蓟州县城，往东而行。走不到十多里地，便和马兰峪总兵范时缬相遇。

范时缬老远就跳下马，快步走到前面的马车前，正要跪倒施礼，却听后面有人叫道："没长眼的奴才，十三爷在这儿呢！"

范时绎抬头一看，允祥正从后面的马车上走出，笑眯眯地看着自己。他忙走到跟前，看看允祥，又回头看看前头的马车。

允祥笑喝道："你看什么？难道认不得十三爷！"

范时绎忙跪倒施礼，赔笑道："哪能呢，奴才是十三爷带出来的兵，时刻记挂着您。奴才只是不知前面车上是哪位贵人，也好以礼相待。"

"知道是位贵人就好。你带来多少兵，好生保护贵人。"

范时绎不明白这位比怡亲王身份还尊贵的人到底是谁，但语气坚决地答道："回王爷，奴才只带了两百名兵，但个个都是奴才军中拔尖儿的。绝对保证贵人和王爷安然无恙。"他说完，走到前面的马车前，深施一礼。然后起身走到那两百名官兵面前吩咐下去。两百名官兵立刻分成扇形，将这支小队伍围在中间。范时绎骑马走在最前面。

又走了三四十里地，远远可以看见马兰峪大营的帐篷和营房。范时绎忽然听到身后马车里传来一个威严的声音："停下！"

车把式慌忙勒住缰绳，马车停住。旁边的太监慌忙上前，一个跪伏在门前，一个伸手撩开丝绸帘子，雍正踩着太监的身上走下马车。

范时绎回头一看，惊得跳下马来，转身连走几步，来到雍正面前，双膝跪地，低低地叫道："奴才范时绎给贵人请安。"

雍正已扯掉假须淡然一笑道："什么贵人，朕就是当今的天子。这儿是你的驻军大营，用得着藏首露尾吗？起来吧！"

范时绎谢恩起身，雍正和蔼地道："朕认识你，你和范时绎是一母同胞。你在怡亲王手下当过差，是吧？"

范时绎点头称"是"。

雍正又道："你长兄范时绎被朕刚刚免去两江总督的职位。不过只是差事上的原因，朕以为他不宜担任两江总督之职，可另做任用。"

范时绎想不到皇上会这么耐心地解释哥哥被免职的事，感动得再次跪倒，哽咽着道："做奴才的本应受主子驱使，主子调度得宜，本是常理。奴才长兄必能领会圣意，心存精忠报国之志。"

这时，允祥也走下马车，来到跟前。雍正笑道："十三弟，朕一路上受你约束不少，这会儿也该轻松一下了，快些还我旧时裳。"

允祥立刻吩咐道："快给皇上更衣。"

太监们慌忙取过龙袍皇冠，就在马车前为雍正穿戴起来。片刻工夫，一个尊贵威严的大清天子出现在众人面前。唬得那两百名马兰峪的官兵跪倒一片，山呼万岁。

雍正双手平摊，说道"平身"，然后抬头看着连绵起伏的群山。颇为感慨地说道："这里就是汤山吧，再往北就是马兰峪大营。朕为皇子时，曾经随圣祖爷来过，算来已有三十年了。那时景陵刚刚完工，圣祖爷一处处地看了，很满意。如今山水依旧，圣祖爷却龙驭上宾了。"说着眼中流下几滴清泪。

允祥拉着劝慰道："过去的事皇上还想它干什么！"

范时绎忙道："奴才去找两乘轿子来，叫人抬着皇上和王爷上山。"

"朕步行上山，给御弟找乘轿子就行了。"雍正道。

"得，我也陪皇上步行上去吧！"允祥拦住范时绎，拉着雍正的手向山脚走去。那山路上早有范时绎安排的清兵，三步一岗、五步一哨，戒备森严。范时绎见他两人执意步行，只好带着十几个亲兵和几个太监远远地跟在后面。

雍正继位后，终日勤于政务，极少出宫，更没爬过山，五十多岁的人了，走不多远就已气喘吁吁。允祥虽说小几岁，但身体素来孱弱，比雍正强不到哪里去。两人互相搀扶着走走停停。雍正用袍袖擦了一把汗，苦笑道："朕真是老了。当年随圣祖爷来时，朕一口气跑到山顶，心不跳、气不喘，现在竟是这副狼狈相，岁月无情啊！"

允祥拉着雍正在一块干净的山石上坐下，喘着气道："皇上那时不过二十多岁，黄金一样的年龄，这种小山还不是如走泥丸。"

"人要是永远年轻该有多好。"雍正自顾自地说着。突然又向允祥问道，"十三弟，你说天下真有使人长生不老的仙丹吗？"

"难说，"允祥不知雍正突然发问是何意图，斟酌着词句说道，"圣祖爷在世时，不信炼丹之说，却享国六十一载。有些史书对炼丹之术言之凿凿，僧道两门更是说得神乎其神，令人难辨虚实。臣弟想炼丹使人长生不老未必可信，但使人长寿却是真的。康熙朝时，湖南有一农妇，吃了一位道士的仙丹，长寿一百三十四载。"

雍正看出他脸上的犹疑，不经意地一笑道："朕也不是要长生不老，只是想多活几年。虽说朕的新政已铺陈开来，大清江山正如日中天。但朕不满足，还想把这河山治理得更好。朕还有一整套的计划要施行。"

"皇上雄才大略，是大清的福分。臣弟会命下面的人留意有懂长寿之术的人，荐进宫去。"

"莫要只为朕。御弟的身子一向孱弱，朕时刻牵挂在心，已命人寻访名医为御弟诊治。你要自己保重。"

汤山并不太高，山路上全铺地青石板，走上去并不十分吃力。即便如此，两人走到山顶，都已热汗淋淋，气喘如牛。

雍正面向北俯瞰山下，连绵数十里星罗棋布的军队营房尽收眼底。山下背靠山脚处一面大纛旗迎风摆动，隐约可见上书一个"范"字，显见是范时缙的中军大营。这里就是和丰台大营、密云大营齐称三大主力御林军的马兰峪大营。

允祥一指山下，无限仰慕地道："马兰峪大营的布置还是前朝名将周培公所为。不管是各营之间的相互策应，还是粮道、水道的护卫都安排得天衣无缝。范时缙熟读兵书，仰慕周培公，仍按其旧制，只稍做充实。"

允祥说着话，发现雍正并没有听，只是低头沉思。他便止住话头，看了半晌才叫道："皇上！"

雍正仍旧一动不动，半晌才轻声问道："十四弟还在这儿吗？"

"应该在这儿！"允祥嗫嚅着应道。想不到雍正会突然问起允禵。离京时，允祥就考虑到是否要见守卫景陵的允禵，但雍正只是一字不提，自己也不便提起。想不到到了跟前，皇上还是提出来了。

"不知他还好吗？"雍正幽幽地问道。

"臣弟叫范时缠过来问问。"允祥说着，看雍正点点头，便向身后招招手。

范时缠远远地看见，忙紧赶一阵到了跟前，恭敬地问道："十三爷，有什么吩咐？"

允祥还没开口，雍正冰冷的声音问道："你十四爷还好吗？"

范时缠小心翼翼地答道："十四爷身子骨儿还算好，只是睡眠不太好，吃饭不香。"

"是下人故意怠慢，伺候不周？"雍正的话透着寒气，阴森可怖。

范时缠打了个寒噤，嘴上哆嗦着道："奴才哪里敢让下人怠慢。不管怎样，十四爷还是固山贝子，就是没有了王爵，也是金枝玉叶。况且皇上还有旨叫奴才厚待十四爷，奴才不敢不尽心。"

"十四爷每天都做些什么？"雍正的口气缓和了许多。

"有时打打布库，也打太极拳。多数时候都是散步，只是从来不跟人说话。"

"你下去吧！"

允祥揣摩着圣意，试探着问道："皇上是不是想见一见十四弟？"

雍正眯着双眼，面如止水，嘴角动了动，却没有说话。允祥知道他左右为难，便道："十四弟对皇上积怨太深，恐一时难泄其愤。皇上有什么话交代给臣弟，由臣弟去见他。"

"算了吧，十四弟难道就不恨你？还是先到中军大营再说吧！"

两人顺着青石板铺成的台阶山路一步步走下山。范时缠早率着军中大小头目在营房前迎接，雍正虽觉劳乏，却不愿在将士们跟前显出疲劳的样子。他振作精神，脸上挂着慈祥的笑容，向跪地叩头的兵将频频挥手致意。允祥也打起精神，关切地询问着军中的布防、粮水供应等情况。随后，范时绎在中军大帐摆开酒宴，为皇上和怡亲王洗尘。

酒宴过后，范时绎亲自陪雍正和允祥到中军中最奢华的房间歇息。安排完毕，正要退出，雍正突然问道："你十四爷用过午膳没有？"

范时绎跪倒在地，哆哆嗦嗦地道："奴才该死！这就给十四爷送饭菜去。刚才没有皇上的旨意，奴才不敢请十四爷入席。"

雍正并没发怒，只是平静地说道："起来吧！朕不怪罪你。你十四爷气性大，他不入席也好，省得搅得你们都吃不好，你不是说要给十四爷送饭菜吗？快去吧！等十四爷用完膳，你过来告诉朕一声。"

"嗻！"范时绎答应一声，躬身就要退出。

"等一下，先不要告诉他朕和怡亲王来了。"

"嗻！"

过了好半天，范时绎才回来，一进门便禀道："十四爷不在房中，奴才带人到处寻找，发现十四爷在后山太后陵前。奴才们不敢惊扰，忙着赶来回禀皇上。"

允祥看了雍正一眼道："十四弟是去拜祭仁寿皇太后？"

雍正沉思半晌没说话，最后像是下了决心似的，自言自语地道："朕也去后山！"

范时绎一听，忙道："奴才这就带人护送皇上去后山。"

雍正一挥手道："不必，朕一个人去。"

允祥知道他要去见允禵，但允禵性格高傲，脾气又倔强，和雍正积怨太深，难保不会发生意外。因此他诚恳地道："皇上，就让臣弟陪你一起去吧！"

雍正知道他担心自己的安全，不忍拒绝，只得点头道："就由御弟陪朕一起去。"

第三十三章

捆凤子问母命何在
折龙旗岂父灵有知

吉时已到，整个景陵一片肃静，唯有杏黄龙凤旗在风中猎猎作响。雍正对着陵碑三叩头，站起再跪拜三叩头。当第三次跪下时，忽听身后"咔"的一声，雍正回头去看，却见那面杏黄龙凤旗竟拦腰折断！

雍正生母仁寿皇太后乌雅氏的陵寝就在康熙景陵的下方。一条青石铺就的山路从中军大营一个盘旋斜向西北，直通仁寿皇太后的陵前。范时绎为保证雍正的安全，派了清兵隐藏山路两旁的草丛中，暗中保护。雍正和允祥换了便服，沿着山路而上。两人都是熟路，允祥边走边不无忧虑地道："允禵生就的倔骨头，宁折不弯的主儿，对皇上又抱着成见，说话怕不中听，皇上要担待些。"

雍正宽容地笑道："朕并不是没有容人之量。允禵的禀性朕也一清二楚。但要看他在什么事上犯倔。过去的事朕一概不究。如今朕和他君臣名分已定，如果他还和阿其那一样图谋朕，就是大逆不道。朕就是能饶恕他，奈何上边还有天理呢。除此之外，朕大可由他。今儿个给你透个底，朕这次来见允禵，实在是有求于他。西北战事失利，岳钟琪谎报战功，朕苦恼不已，思量着允禵在西北带兵打过仗，召回京师可以帮朕参襄军务；再则他和朕是一母同胞，朕着实不忍心就这样把他囚着。"

允祥心里一阵轻松，说道："皇上既这样想，不愧为仁厚之君。"

两个人说着话儿，已是到了仁寿太后陵前。允祥眼尖，老远就看到一人青布衣衫跪在那儿，猜想必定是允禵无疑。雍正走到允禵身后，眼望着生母的陵碑，脸上有着说不出的复杂表情。允祥见允禵毫无反应，便往他跟前探头细看，见地上摆着几碟点心和两盏水酒，回头见雍正已是不声不响地跪下，忙回到下首也对着陵碑跪下。却听到允禵沙哑的嗓音冷冷地说道："雍正，你要杀我，在哪儿不行，难道非要在额娘的陵前？"

雍正、允祥这才知道允禵早知道他俩来到，允祥耐不住性儿问道："十四弟，你怎么一见面就这么个话，哪个要杀你？"

允禵猛地站起转身，一双虎目怒视着雍正大声道："老四，现在你赢了，你是皇帝，雍正皇帝。我是臣子。君要臣死，臣不得不死，不死就是不忠了。杀了我，你就省心了。省得担心我和哪个王爷联手对付你，也不用害怕哪个劫持我去做傀儡皇帝。我输了，当然要输得起，要杀要剐我毫无怨言。只是不能在这里。雍正你积点阴德，成吗？"

雍正的脸青一阵、白一阵，阴晴雨雪，瞬息万变，但他始终没说一句话。允祥害怕他真的动起怒来，不顾一切，真能杀了允禵，慌忙向允禵说道："干吗这么神经兮兮的，过去的事已经过去了。还说它干什么，皇上和我只不过来看看你，哪个要杀你？"

允禵一脸的讥讽，说道："不杀我？树林里埋伏人做什么？"

雍正、允祥听得一愣，转身看身旁丛林中果然有人影晃动。雍正怒极，厉声喝道："哪个奴才，在此鬼鬼祟祟？"

树枝晃动，范时绎带着几个清军头目畏畏缩缩地走了出来，来到雍正跟前，跪倒在地："奴才们该死，惊了皇上和两位爷的驾。"

雍正斥问道："你们在那儿干什么？"

"奴才担心皇上和怡王爷的安全，特地暗中保护。"

雍正冷笑道："树丛中还有多少人？"

范时绎向身后一名清兵头目挥挥手，那清兵头目站起，向着树丛一声呼哨，但见山上山下树丛一齐晃动，走出无数全副武装的清兵。

雍正微微一笑道："范时绎，难为你对朕一片忠心。你要朕如何褒奖你？"

"奴才不敢领赏，保护圣驾安全乃奴才职责。"

雍正突然变了脸色，说道："朕不是要赏你们，朕是要杀你们，朕早就有口谕，不准任何人尾随上山。你们是有意抗旨不遵！"

范时绣吓得面如土色："皇上饶命，奴才知罪了。"

"朕在这儿杀你们，怕是污了太后的陵寝。听着，回营后自裁谢罪，也算朕从轻发落了。"

范时绣等人哪里肯起，只管拼命叩头，乞求饶命。

雍正咬牙道："范时绣，你敢抗旨吗？"

允祥想不到会弄成这样。范时绣是他亲自调教出来的将军，这会儿好心办了坏事，丢了皇上的面子。雍正当着允禵的面多半要挥泪斩马谡，允祥只得硬着头皮求情。

"皇上，范时绣也是初犯，可否从轻发落，或革职或流放……"

"不成。"雍正铁青着脸道，"不是朕不给御弟情面。范时绣身为总兵，抗旨不遵，朕将来何以立威。"

允祥还想再说什么。范时绣长叹一声道："十三爷，别说了，奴才领情了。"说完，又对着雍正磕了个头道："奴才遵旨就是。"

允禵自始至终看着跟前发生的一切一言不发，见范时绣一脸的愤懑，万念俱灰而去，才微觉意外，想想范时绣待自己一向谦恭有礼，从来没有半点不恭的表现。雍正如果因为自己的原因而杀了他倒是着实不忍。于是，允禵双眼冷漠地一扫雍正，平静地说道："皇上是不是以为自己杀的人还不算多？范时绣这样的奴才也要杀，天下人不会寒心吗？"

雍正清清楚楚地听见他称呼自己为"皇上"，心中颇为受用。但他不形于色，只是平淡地道："朕并非要杀人。范时绣之生死在于十四弟一念之间。"

"救人一命胜造七级浮屠。我这样的人，还在乎什么。"允禵说完，向着雍正微微低头道，"请皇上饶恕范时绣之罪。"

雍正要的就是这个，忙向不远处正往山下走的范时绣大声道："范时绣，十四爷为你求情，朕赦免你。还不快回来谢过十四爷。"

范时绎万念俱灰，只管低头走路，忽听皇上喊叫自己，顿时惊喜交加，一扫满面愁容转身快步跑到雍正和允䄉面前，连连叩头谢恩："奴才谢过万岁不杀之恩，多谢十四爷救命之恩。"

允祥也转忧为喜，笑道："范时绎，你十三爷没面子，没求下这个情，你就不来谢！"

范时绎忙又过来给允祥叩头道："奴才也多谢十三爷的求情之恩。虽说皇上没准您所请，奴才也会记在心上的。"

允祥道："你十三爷不看重这些。既逃了性命，就快些下去。记住以后要听皇上的话。"

范时绎一场虚惊，忙答应一声"嗻"，忙又向三人各叩了一个头，满心欢喜地退去了。

经过这场误会，允祥自觉三弟兄之间的气氛缓和了许多，便看了看雍正和允䄉道："咱们一起给太后上炷香吧！"

雍正点点头，移步站在上首。不料允䄉却走到陵碑前，以手抚摸上面雕刻的文字，悲怆地道："额娘，您瞧，如今您不在了，有人就给您上了这么尊贵的谥号：孝恭宣惠温肃定裕赞天承圣仁皇后。可是这个人却活活逼死您，儿子无能，连您最后一面都不能见。您若泉下有知，就显显神灵，惩治恶人吧！"

允祥吃了一惊，看看雍正脸上青一阵、白一阵，正要上前劝阻允䄉，却听雍正冰冷的声音问道："你说谁逼死皇太后？"

允䄉全然不惧，用手一指雍正愤怒地说道："就是你，雍正。你谋父逼母，丧尽天良。我胤䄉再无能，也还有一丝血性天良。大不了你像对待八哥、九哥一样惩治我。来吧，是明杀还是暗鸩，悉听尊便。"

雍正仰望景陵，一声长叹道："皇考有灵，胤禛之心，天地可鉴。兄弟逐鹿，自然有输家赢家。十四弟，既然输了，就要输得起。老八、老九也输不起，他们不甘心我做皇帝，就命人四处散布谣言，说我继位不正，谋害父皇，诋毁我。如今我是皇帝，君臣名分已定，他们这么做就是悖逆犯上。我不能一而再，再而三地容忍他们。就在我和十三弟来马兰峪的途中，老八、老九的太监还在半道上行刺呢。老八居心叵测，手段阴险。十四弟，你不过被他当枪使，却还稀里糊涂。允裪、允䄉、允礼也是他摇旗呐喊的角色，被父皇称作稀里糊涂的'梁山泊好汉'。所以，老八不除，国无宁日。实话告诉你，阿其那恐怕活不过明日。"

允祥听罢，心中一凛，顿时明白昨日雍正交代小太监的那句'不使其再有行动'的话的含义。想想允禩虽说其罪当诛，但都是皇室弟兄，弄到你死我活的地步总不能算光彩的事情，便也有些兔死狐悲的感觉，不觉眼角有些发潮。

允䄉也是心里一惊，想不到雍正果真对亲兄弟下得去手，允禩的今天未必不是自己的明天。但允䄉傲骨不改，仍讥讽道："新皇帝果然好狠的手段，连自家弟兄也能置之死地。但这些怕是吓不倒我，要我俯首听命万不可能，要我低眉顺眼、摇尾乞怜更不必去想。不过，老八都死了，再没有哪个王爷敢来和我联手对付皇上，也没有谁有能耐劫持我去做傀儡皇帝，我可以陪着圣祖爷参禅悟道了。"

雍正冷哼道："朕是一国之君，不做妇人之仁，究吏苛民乃是为国谋正，阿其那之流不顾大体，为逞其一己之私欲，不惜悖逆犯上，为害社稷。朕诛他乃是顺应天理民情。凡罪不当诛者，朕也不会滥行杀戮。"

允䄉哈哈大笑道："罪不当诛者，莫不是我吗？这么说我倒是要谢谢雍正皇帝不杀之恩了。我就是不明白我这种人留着到底有什么用。"

允祥见他夹七夹八地说着，恐怕再惹起雍正大怒，忙从中周旋道："皇上的意思够明白的了，过去的事儿，咱们谁也别追究，为着祖宗传下来的江山，咱们爱新觉罗的子孙都应该出把力。"

"为江山社稷出力，我何曾含糊？康熙五十六年，策妄阿拉布坦举兵叛乱，父皇命我代为征讨。整整三年，我没能下马睡过一个囫囵觉，没能安安稳稳地吃过一餐饭。叛乱平息了，可是父皇驭天了。我这个平叛的将军不但无功，反被革去王爵，拘禁在此为圣祖守陵。十三哥，兄弟的眼珠子没有你瞅得准，若是也瞅准了主子，恐怕今日也不在你之下吧！"

允祥没想到他连带着自己一番挖苦，心中怒火顿起，脸上一阵狂风暴雨，正欲发作。忽见雍正一步跃到允禵面前，抡起右手，就是一记响亮的耳光，口中斥道："你逐鹿败北，内心失落，发些牢骚，朕可以不管，但你无端侮辱十三弟，朕岂能容你！这一记耳光算是警告你。"

允禵一边捂着火辣辣的半边脸一边破口大骂："雍正，你这个凶残不仁的暴君，不讲人伦的畜生，你为什么不杀了我？为什么？！……"

允祥再也忍耐不住，招手就往上冲，却被雍正一把拉住，转身就走，边走边道："御弟，咱们不和他斗气，让他折腾去吧！走，回营去。"

允祥哪得解气，边走边不甘心地道："你的脾气哪儿去了？他这样骂你，你也忍得下去！"

雍正嘴角抽搐着道："为着仁寿皇太后，朕还要接他回京呢！"

回到范时绎中军大营，天色已晚，范时绎忙着吩咐人备办酒菜，为皇上和怡亲王接风。雍正因为和允禵争吵过，心情不太好，但是为了表示对范时绎等将士的恩宠，还是满面笑容地入了酒席，允祥也陪坐在他身旁。

酒宴完毕，范时绎等将官送雍正回到行宫便请安退出。允祥道："皇上，明日是吉日，宜拜祭景陵。"

雍正点头道："朕也想选在明日，但拜祭景陵是大事，需要慎重，还是请姜半仙占卜一番为妥。"

允祥表示赞同，便吩咐人去叫姜近垣。没多大工夫，姜近垣来到，先给两人请了安，问了缘由。便从身上取出卦筒，摇了几摇，让雍正抽出一支卦签。姜半仙接过卦签，仔细查看一番，欢喜道："皇上放心，明日就是黄道吉日，宜拜祭祖陵。"

雍正终于放下心来，叫人立刻去通知范时绎，做好一切准备。

第二天，天还没亮，马兰峪大营的官兵就吃过早饭。卯时刚到，中军大营里"轰隆隆"二十四声礼炮响过。雍正皇帝着龙袍皇冠，由怡亲王允祥和贴身内侍护卫着骑马出了营门。范时绎率一千名官兵簇拥两旁。十几里夹山驿道上三步一哨、五步一岗，全是范时绎昨天夜里安排好的。

走了大约半个时辰，范时绎紧赶几步来到雍正马前道："回皇上，前头就是圣祖爷陵寝，请皇上和十三爷下马走几步吧！"

雍正点点头，早有太监伏在马身旁，雍正踩着下了马，允祥和其他兵将也全下了马。范时绎的一千名官兵井然有序，各自走到自己的哨位。他本人则带着十几名亲兵在雍正左右跟着。

雍正向北望去，从马兰峪山口出去约一箭之地，一片宽阔地带坐落着寂寥无人的康熙陵寝。高大的景陵背山而起，依山而下是巍峨的拜殿，环绕着长城的下面，是老得发黑的古松柏，当中是一座座飞檐斗拱的屋宇。陵寝正门是三座一块整石刻的石坊，鹅卵石通道从当中穿过。甬道两旁也是郁郁葱葱的松柏，掩映着一对对石象、石马、石翁仲、天禄、辟邪……每一处都打扫得纤尘不染。正门前的陵碑上镌刻着：合天弘运文武睿哲恭俭宽裕孝敬诚信功德大成仁皇帝之灵位。陵碑前摆设香案，上有长明烛、三牲供品，只见青烟缭绕。

吉时已到，雍正正冠整衣，双手接过司礼太监奉上的香烛，向着景陵陵碑跪倒。允祥也在下首接过香烛跪下。两旁侍立的太监、侍卫、清兵将士齐斩斩跪倒一片，整个景陵一片肃静，唯有雍正身后的杏黄龙凤旗在风中猎猎作响。雍正对着陵碑三叩头，站起再跪拜三叩头。当第三次跪下时，忽听身后"咔"的一声，接着一片惊呼声："啊……"

雍正吃了一惊，回头去看，却见掌旗太监手中的杏黄龙凤旗竟拦腰折断，太监手中只拿着根旗杆，傻呆呆地站在那儿。允祥也听出异响，回头看见，惊得面如土色，然后不顾一切冲到掌旗太监跟前，夺过半截旗杆，扔在地上，一扬手"啪啪"两记响亮的耳光打过去，声音恐怖地叫道："怎么回事？"

拜祭祖陵，龙旗折断乃是大不吉利之兆。在场的宫监、侍卫、清兵无不惊恐失色，景陵前顿时一片骚动。

允祥忙上前扶住雍正，只见他脸色煞白、双目呆滞。允祥顿时怒极，一边吩咐人侍候雍正，一边吼道："来人，把这个没用的东西拖下去，乱棍打死。"

掌旗太监早已吓得瘫软在地，闻听允祥的吩咐，吓得只顾拼命叩头，语不成声地叫道："王爷饶……饶命……"

范时绎也吓了一跳，但他毕竟经历得多，慌忙吩咐清兵将雍正围在当中，严密保护。当听到允祥的吩咐时，立刻命几个清兵上前，拖起掌旗太监就往下走。

那太监拼命嚎叫道："皇上饶命，皇上饶命……"

"慢！"雍正突然神志清醒，推开身边的人大声叫道，"放开他，朕自有道理。……来人，将折断的龙旗交朕验看。"

早有人捡来折断的龙旗，听见皇上的吩咐赶紧呈上来。雍正面色平静，接过龙旗和旗杆仔细查看，突然勃然大怒大声叫道："分明是有人蓄意图谋朕，提前折伤旗杆，怡亲王，你看这断痕，一望而知。"

允祥正不知所措，听了他一番话，顿时明白，暗暗佩服老四果然有些手段。当下便装模作样验看一番，说道："皇上圣明，旗杆果然先有折痕，分明有奸人施诈。掌旗太监押解回京，查明真相，再做处置。"

一个可怕的突发事件就这样被雍正轻描淡写的几句话化为乌有，众人心里一阵轻松。拜祭景陵还在按部就班地进行着，气氛依然肃穆庄重，神圣的感情从每个人的心底涌起，仿佛刚才的事根本没有发生过。

拜祭完景陵，雍正由贴身太监扶着回到行宫，允祥放心不下，紧紧跟在身后。

两个太监架着雍正进了寝房，说道："皇上歇着吧！"

不料，两个太监刚一松手，雍正就歪倒在卧榻上，吓得他们尖声叫道："主子怎么啦？"

"皇上晕过去啦！"

允祥也慌了，但心里明白，皇上肯定被龙旗突然折断吓坏了。他忙着上前又是掐人中，又是揉后背，又叫人去范时绎军中请军医来。

少顷，雍正悠悠醒转，口中喃喃地道："父皇，你不要这样……"

允祥急忙说道："皇上醒醒，臣弟在这儿陪着您呢！"

雍正睁开眼睛，看见允祥，一把紧紧抓住，神情紧张地说道："御弟，朕害怕极了。"

允祥扶雍正靠在床头，故意轻松地一笑道："皇上还是为圣祖陵前折断龙旗的事。您不是说那是有人故意折断旗杆，恐吓皇上的吗？"

雍正叹息一声道："真人面前不说假话，那不过是朕的一时权宜之计，旨在稳住众人的心。拜祭圣陵，龙旗折断，此大不吉之兆，鬼神之事，即天地之理，不可以偶忽也。凡小而山陵，大而川岳莫不有神焉主之，故皆当敬信而尊事，景陵乃皇考灵柩所在，莫不是圣祖爷有怨怒迁怒于朕，稍示薄惩。"

允祥也是敬天命、信鬼神之人，发生这样的不吉之兆也是惶恐至极，只是为着安慰雍正不敢形于颜色而已。现在听了雍正的话，竟惊慌失措，问道："皇上，现在怎么办？"

"叫下面人只说是有人故意折断龙旗，图谋不轨。对外不许泄漏朕身体有恙的消息。姜半仙占卜失灵，徒有虚名，但朕不愿再开杀戒，不究其罪，赶出宫去。还有那个掌旗太监也一并饶过吧！"

正说着，太监朱儿进来道："禀皇上、怡亲王爷，范时绎带着军医来了。"

雍正觉得莫名其妙，望着允祥，允祥忙道："臣弟刚才见皇上昏迷不醒，特地吩咐人去请军医来。"

雍正听明白了，微微欠身，向朱儿吩咐道："朕现在没事，要安心歇息，叫范时绎带人回去吧！"

"嗻。"朱儿应着，躬身就要退出。

"慢着，"雍正突然叫道，"刚才朕和怡亲王的话你都听到了？"

朱儿极伶俐，听出雍正话里的意思，爽快地答道："奴才听到了，请皇上放心，奴才知道规矩，不会乱嚼舌头的。自打去年秦少义口无遮拦，被主子活活蒸死，宫里的太监宫侍规矩多了。"

"知道规矩就好。"雍正安定了许多，但脸上仍无血色。

这时侍女端过一碗参汤来，雍正看也不看，说道："给怡王爷吧！"

允祥也只喝了半碗。他看着雍正疲惫不堪的样子，不安地说道："皇上，您龙体要紧，还是叫军医看看吧！"

"朕没有病。"雍正显得极不耐烦，一手抓住允祥的手，虚弱的声音不容置疑地道，"御弟，马上陪朕离开这里，快，马上就走。"

允祥感到那只手冰冷冰冷的，心里又惊又怕。此行的最终目的——勘查陵址，还没有进行，难道就这样回去？于是他迟疑着问道："皇上陵址还没勘查呢！"

"顾不得这么多了，朕要现在就离开。"雍正狂躁极了。

"嗻，臣弟遵旨。"

允祥不明白雍正为什么急着要离开马兰峪，莫非和景陵前折断龙旗有关。但此刻不容他细想，他叫人照顾好皇上，然后亲自出去吩咐人准备车轿，另命人通知范时绎带一千名清兵护送。

一切准备妥当。允祥便回到雍正室内，命人搀扶着皇上上了一辆华丽的马车。允祥不放心，自己和皇上同乘一车，也好一路上照应。

范时绎稀里糊涂被允祥召来，大营的军务也来不及交代，要见皇上也不准，只得遵命莫名其妙地带着一千名清兵护卫左右。

马车沿着山路盘旋而下。因为山路崎岖难行，所以行走缓慢，雍正脸色煞白，靠在允祥身上，不停地催促车夫，车夫不停地甩着响鞭，吆喝着健壮的蒙古马。雍正仍然嫌慢，不停地吼着。车夫吓得头冒冷汗，小心翼翼地赶着。允祥不明白皇上今天为什么这样失态，看着他喷火的眼睛，又不敢问，只得婉言劝慰，这队人马一个劲儿往西赶，一路上的行人看见皇上的执事急驰而过，不知道发生了什么事，互相打听探问。

　　眼看天已过午，人马过了蓟州。雍正丝毫没有歇息的意思，允祥只得传令下去，叫人马行走之中随便吃些干粮。范时绎带了多年的兵，从来没有这么紧张过，心知必有不寻常的事发生。

　　雍正、允祥乘坐的马车因为赶得急，一路颠簸。雍正不时发出呻吟之声，苍白的脸上冷汗直冒。

　　允祥大惊道："皇上，您龙体欠安，应该马上请医生疗治，不可如此奔波。我真后悔没带太医来。"

　　雍正努力张口道："太医在也没用，朕心里明白，也许朕的大限就在今天。听天由命吧，朕现在只想马上回到京城。"

　　允祥害怕极了，再次传命加紧赶路。一边又命范时绎派快马先去京城请太医接应。人马急行，再不停留。

　　经过一夜的兼程，次日寅时已过通州。因为京城没有接到驿报，也没有人来迎，通州知县倒是听到差役的禀报，穿戴齐整，带着一班县丞等赶到驿道时，皇上早已急驰而过。

　　雍正半睡半醒，听到外面人声嘈杂，慢慢睁开眼睛，低声问道："到了京城没有？"

　　"已经过了通州，马上就进城了。"允祥答应着，突觉雍正身子一歪，几乎从自己身上瘫倒下来，吓得允祥失声大叫："皇上！皇上……"

　　跟随左右的宫监侍从听到喊叫，慌忙喝叫停车。范时绎听到喊叫，慌忙赶到跟前，才知雍正龙体有恙。允祥急得捶胸顿足，狂呼乱叫道:"太医呢,太医怎么还不来?"

范时绎倒是带了军医来,慌忙叫过来。几个军医围着雍正,号脉、翻眼皮、掐人中,雍正依旧脸色煞白,昏迷不醒。军中郎中都是外科好,治疗跌打损伤不在话下,于内科都是外行,有说是痰涌的,有说是中风的,有说是虚脱的,乱糟糟吵成一片。范时绎见允祥急得直敲脑袋,忙道:"十三爷,太医们没到,咱们也别干等着,先进城吧!"

允祥没办法,只能这样,范时绎带着几名亲兵在前面开道,车夫小心翼翼地赶着马车,因为怕颠着皇上,不敢走得太快。

进了城,才遇着弘时带着张廷玉、鄂尔泰等人和几个太医来到。范时绎一见,如遇救星,也来不及施礼,慌得在马上叫道:"皇上龙体有恙,救人要紧。"

弘时等人吓得变了脸色,慌忙拥到马车前,允祥早已探出头来,叫道:"快叫太医来。"

几位太医早已上前,只是被弘时、张廷玉等人挡住,近不得前。弘时顾不得上前探视,忙着让太医近前。众人都是一片慌乱,小小的马车被围得水泄不通。

毕竟张廷玉遇事沉着,大声说道:"大伙这样乱作一团,于万岁龙体无助,前面就是驿馆,先把皇上送到那儿医治。"

允祥觉得有理,首先点头同意,弘时亲自上前把雍正抱下马车,太监们找来一只软床让皇上躺在上面,然后抬起,拼命往驿馆跑,允祥一路紧张惊吓,刚下马车就晕倒了,慌得众人一阵忙乱方清醒过来,叫人背着往驿馆来。

鄂尔泰早带着人来驿馆安排妥当。驿丞哪见过这阵势,慌成一团。雍正被抬进一间上房,太医们赶忙围上前去,仔细检查救护。允祥由太监搀扶着坐在旁边守着,弘时等人神色紧张地站在一边。

突然,院内传来一个粗大嗓门的哭叫声:"主子啊!您这是怎么啦?"

众人惊得往门外看，却是李卫和尹继善慌张地赶来，李卫只穿着睡服趿着鞋，扯着大嗓门叫着。

"主子啊！您好歹和奴才说句话，咋能就这么不声响就……"

允祥气得强挣着站起，走前几步，吼道："李卫，你嚎得什么丧？皇上还有气息呢！"

尹继善也是衣冠不整，来不及给允祥施礼就急火火地问道："万岁爷怎么啦？"

弘时拦住他们，说道："都别吵吵，太医正要救治。"

允祥听见他说话，气咻咻地道："弘时，我早就派快马来宫中请太医，你为什么迟迟不到？"

弘时委屈地道："十三叔，我哪敢耽搁，得了信儿就带人赶过来了。许是你派的人半夜里找人耽搁了时辰。"

张廷玉劝说道："盛郡王说得有理。十三爷，现在怪罪谁都没用，还是等皇上醒过来要紧。"

李卫耐不住性子，抹着泪珠子叫道："主子咋这么长时间醒不过来，这班太医干什么吃的？"

尹继善忙着劝慰他。

这时，一个太医走到允祥跟前，躬身道："王爷，奴才们无能，看不出皇上有什么要紧的病，虽说受了点风寒，也不至于昏迷……"

允祥瞪着双眼，喘息着骂道："一群废物，难道皇上没救了？"

几个太医吓得跪伏在地，连连叩头。其中一个战战兢兢地答道："皇上气息均匀，一时不会有生命之忧。"

"就是这样昏迷着也急死人了。"李卫大声叫着，挤开众人，跪倒在雍正旁边，号哭起来。允祥、弘时等人急得干搓手，嘴里反复念着一句话："这可怎么办？"

这时，一名驿丞来到允祥跟前，双手递上一张道箓，说道："王爷，外面有一道士求见，声言能救人危难！"

"不见。"允祥气得骂道，"你瞎了眼，我顾得着见什么道士！"

驿丞吓得唯唯连声，正欲退下。

弘时却近前问道："什么样的道士？"

"白头发、白胡须，慈眉善目的样子。"

"快快请来。"弘时如遇救星，连忙道，"十三叔，这道士有些道儿，侄儿见识过。"他一边说着，也不管允祥同意不同意，就大步走出，亲自迎接去了。

允祥、张廷玉等人半信半疑。

不多时，弘时引着一个白发皓首的道士进来，态度极为谦恭。

那道士正是贾士芳。弘时指着允祥等人一一介绍，贾士芳只是对着允祥一揖道："贫道贾士芳给怡亲王爷请安。"

允祥虽说将信将疑，但此刻却把希望寄托在这个道士身上，所以谦和地还了一揖道："仙长，皇上蒙难，还请援手相救。"

贾士芳平静地说道："不劳王爷吩咐，贫道知道贵人有难，特来结缘。"说完，分开众人，来到雍正卧榻前。

李卫一把拉住道袍，可怜兮兮地求道："好道士，你显显道法救救皇上。我李卫给你修殿宇、塑金身，下辈子做牛做马都成……"

李卫杂七杂八地混说一通，众人觉得好笑又不敢笑出来。弘时伸手把他拉开道："又玠，大伙跟你一样着急，你耐心等着，贾道长会救皇上的。"

贾士芳走近雍正，不知何时手中竟多了一根细细的柳条，吩咐道："取水来！"

宫女慌忙端过来一碗水，贾士芳用柳条蘸着水，轻轻往雍正脸上扑洒，然后从贴身药葫芦里倒出一粒黄豆大小的白色药丸放入雍正口中。他做完这一切，面向众人，微笑道："贵人无大碍，稍待即会醒转过来。"

允祥不相信他有这么大的能耐，眼角不安地扫着依然昏迷的雍正。贾士芳像是猜中了他的心思，似笑不笑地说道："怡亲王爷，信不过小道吧？其实您根基也很虚，恐怕撑不得多久就会晕倒。贫道这里有丹药一粒，服下即可无妨。"

允祥本就半信半疑，哪里肯吃他的丹药，说道："本王自料无妨，还是先看看皇上再说。"

众人一齐盯着床榻上的雍正皇帝，不多时便见雍正蠕动了一下身躯，翻身坐了起来。李卫第一个冲上去，也不顾君臣礼仪，只管上上下下打量着雍正。

雍正的双目中带着少许的迷茫，像是刚刚从梦中回来。他看了一眼李卫，有些惊奇地问道："怎么是你这个奴才？这是在哪儿？"

允祥见皇上醒过来，惊喜得流出了眼泪，挣扎着身子站起来，说道："皇上不是和臣弟一起从马兰峪急赶着回京吗？谁知刚过通州您就昏迷不醒，若不是这位道长……"他话未说完，竟身子一歪，瘫倒下去，幸亏两个太监扶得快，才不致摔倒，雍正和众人又唬得失声大叫。

弘时忙向贾士芳一揖，谦恭地道："请仙长再结善缘，救怡亲王于危难。"

"贫道早有意相助，奈何王爷信不过贫道。"贾士芳嘴里说道，还是从葫芦内取出一粒黄色药粒，放入允祥口中，片刻，允祥醒转过来，开口第一句话便道："惭愧，惭愧，本王对仙长失礼了，该着有此一劫。"

贾士芳淡淡一笑道："是王爷命中该有此劫。不是因不信贫道才有此劫。"

雍正像是大梦初醒，上下审视着贾士芳，说道："朕想明白了，是这位仙长救了朕。"

李卫接口道："主子终于明白了。不是这位仙长还会是谁？真把奴才们吓得够呛。奴才还答应为仙长修殿宇、塑金身呢！"

"朕不听你啰唆。"雍正依旧打量着贾士芳像是熟识很久似的，说道："朕和怡亲王都亏得道长相救，朕应该厚厚赏赐道长才是。"

贾士芳无所谓地一笑道："贫道也没为皇上做什么，皇上只是和圣祖爷晤得久了，贫道给召回来而已。至于怡亲王，只是疲劳过度，体质虚弱所致，并无大碍。贫道只为结缘而来，无意于赏赐。"

"结缘？"雍正目光灵动，像是对着贾士芳又像是对着满屋的人，说道："朕自幼便和佛法有缘。为皇子时，曾随柏林寺主持性音大师参禅悟道，感悟颇深，自号'破尘居士'。可是，圣祖却将江山托付于朕，朕岂敢稍事懈怠？遗憾朕只是个不穿僧服的野盘僧，无有闲暇为众生走奔四方，在这一点上，朕很羡慕贾道长。"

雍正像是遇着知音，当着众人的面，和贾士芳大谈佛道。允祥也是信教极虔诚的，曾被雍正视为道士，这时加入谈佛论道之中。

雍正似乎十分投入，边说边连发感慨。最后，淡然一笑道："贾仙长道学渊博，朕有意请教一二。你们先退下吧！"

众人一愣，想不到皇上竟要和一个不曾相识的道士单独晤谈，但皇上的话就是圣旨，谁敢抗旨。

张廷玉对着允祥附耳道："这贾道士说不定是妖人，魇镇皇上也未可知，十三爷您要防着点。"

允祥会意，点点头，看着众人一个个躬身退出，便向雍正道："臣弟一向信教极虔诚的，这会儿也想和皇上一起聆听仙长圣教，请皇上恩准。"

雍正脸上一丝不悦之色闪过，随即一笑道："御弟的心思，朕明白，且把心装到肚里去，退下吧！"

允祥从未被雍正冷遇过，这会儿折了面子，满心不痛快，但也只得闷声不响地退下了。

房内只剩下雍正和贾士芳两人。贾士芳哂然一笑道："皇上，私晤贫道，恐怕是冒天下之大不韪。"

雍正道："仙长果然看得明白。朕的这几个近臣，都是忠勇可敬之臣，为着朕的安全担忧，他们信不过仙长。"

"皇上怎么就信得过贫道，还要私晤贫道？"

"仙长若有不轨之心，何须救朕！"雍正面色微变道，"朕一向还算康健，此次拜祭景陵却突然病倒，不知为何？"

贾士芳笑而不语。

雍正颜色愈恭："请仙长赐教。"

贾士芳正容道："皇上虽为九五之尊，但乐善事佛，慧根深厚。其实已是心知肚明，何烦小道聒噪。"

从来没有人敢在雍正面前说这种不软不硬的话，但雍正一反常态，异常谦恭道："仙长所言极是。只是朕不知怎么做才可以平息圣祖爷之怒。"

"解铃还须系铃人。"

雍正顿时脸色煞白，惶然道："难道还要朕再上景陵，向圣祖爷告罪？"

"这倒未必。"贾士芳语气轻松地道，"圣祖爷只是有些生气而已，不会降罪于皇上，不管怎么说，四爷做了皇上，把大清治理得国富民强，连圣祖爷也自叹弗如。圣祖爷生气的是四爷心太切，大位继承得不光彩。"

"这个，其实不关朕的事。"雍正心虚地辩解道，"都是隆科多那个狗奴才，为着讨朕的恩宠，故意威吓圣祖爷。如今，朕已经治了他的罪，圣祖爷若是还不满意，朕就处斩他。"

"这都是王室家事，贫道焉敢妄加议论。该说的话儿，圣祖爷昨儿个一夜也和皇上说了，皇上好自为之就是。圣祖爷那边，贫道自会为皇上说些好话，请皇上放心。"

雍正约略放心，亲自走下卧榻，称谢道："多谢仙长美言。"

贾士芳慌忙揌手道："折煞贫道了。皇上还有政事在身，贫道也该告退了。"

"请问仙长仙居何处，有事也好早晚请教。"

"贫道一向在白云观修行。皇上有事，自会前来。"贾士芳说完，又是躬身一揖。

第三十四章

沦贱籍皆因先祖罪
封诰命全赖圣君恩

弘历笑道："皇阿玛决意开豁天下所有贱民贱籍，准予贱民改为良人。""真的？"徐氏惊喜得泪花翻涌，口中连念阿弥陀佛。尹继善为母亲擦着眼泪道："娘，是万岁为天下贱民脱了籍，您要感谢万岁爷！"

允祥被雍正赶出房来，满心不痛快。瞧见弘时、李卫等人都在院子里坐着，只好叫人搀扶着走过来。驿馆并不算小，但一下子来了这么多的王公大臣、宫监侍卫，显得拥挤不堪。范时绎带来的一千名马兰峪大营的清兵还待在外面。李卫瞧着院中的阳光温煦，便招呼众人干脆就待在院子当中，宫女、太监赶忙找来杯子、大板凳，请各位大人就座。李卫见允祥过来，急不可耐地说道："十三爷，皇上到底怎么啦？跟个牛鼻子道士搅在一起，像什么话！"

允祥心里窝着火，却无处发泄，气咻咻地道："李卫，你见着十三爷就这个礼？当初不是十三爷抬举你，你能混成这样？"

李卫这才意识到忘了给怡亲王行礼，慌忙跪倒，边磕头边道："奴才只顾欢喜给忘了，求十三爷多担待。"

"起来吧！"允祥自知不该拿他做出气筒，便温和地问道，"何时到京的？是进京述职吗？"

"奴才是昨儿个到的，进京述职。今儿个才知道皇上和十三爷都不在京里。"

尹继善也忙过来行礼，允祥亲手拉起道："听说皇上升你为两江总督，这会儿是回京陛见的吧？"一边又向李卫道："李卫，你瞧瞧人家元长（尹继善字），到底是有学问的人，举手投足皆是礼。如今三十岁不到就做了两江总督，了不得。"

李卫只是涎着脸，一声不响。尹继善瞅空子回答允祥的话："奴才是进京陛见，碰巧和宝亲王、李大人同路。"

"弘历也回来了？"允祥一脸的惊喜，"你们怎么不早说，他人在哪儿？"

李卫答道："宝亲王在京里有府邸，当然不会住驿馆，这会儿当然在他府上。"

"那是自然之理。"允祥自知问得多余，自己打着圆场。

允祥看着尹继善，忽然想起什么似的问道："元长，你府上在京城，怎么也住在驿馆？"

尹继善面色一暗，半晌才说道："奴才瞧着驿馆清静，也便于陛见，就没到家里去。"

"那哪成？"允祥摇着手道，"你出居外任多年，难得回京一次，也该尽些孝道，难道你爹尹泰不生气吗？"

尹继善低头不语。

李卫忍不住说道："元长，你也别瞒着十三爷了，说出来也许十三爷能帮你。"

尹继善摇头道："李大人，怡亲王刚刚消停些，还是别拿这些芝麻大的小事烦他了。"

允祥跺着脚，说道："到底什么事儿，神秘兮兮的？李卫，你说！"

李卫看了尹继善一眼，说道："十三爷，是这么回事：元长的生母是老尹泰的侍妾，在府中地位卑微，虽然儿子官位显要，还得青衣侍候主母。元长早有意接母亲到任上，以尽孝心。可是碍于父亲的面子，一直不敢提出。这次回京陛见，元长本该住到家里，可是他怕看到母亲受尽委屈的样子，更怕和父亲争吵，索性住在驿馆里了。"

允祥听完，鼻子里哼了声道："尹泰真是太不像话，有这样出息的儿子，高兴还来不及，怎么尽给儿子出难题。待我抽空儿，非教训他一顿不可。”

这时，众人已围坐过来，听允祥说话。鄂尔泰第一个吧嗒着嘴说道："真是想不到，尹泰是翰林殿大学士、有名的理学家，在外头待人接物极有涵养的，一回到家里，竟如此霸道。十三爷，您要是不教训他，元长母亲永无出头之日。"

弘时道："尹大学士多半是惧内的，所以不敢厚待元长母子。"

"……"

众人一阵乱七八糟的议论。尹继善被说得面红耳赤，只是低头不语。

张廷玉止住众人道："都别说了。所谓家丑不可外扬，元长的心里恐怕不好受。虽说老尹有些不对，但归根结底还是元长母亲没有名分。怡亲王就是教训老尹一顿，恐怕他多半表面应承，回到府上依然故我，怡亲王总不能天天待到他府上……"

正说着，院外忽传来一阵嘈杂声，众人正惊愕间，只见从门外走进来果亲王允礼、恒亲王允祺等人，后面跟着弘历、弘昼、弘晓和几位贝子、王室近族。允礼、弘历等人来不及给允祥行礼，就忙着询问皇上的情况。众人详细做了回答，允礼等人才放下心来。大家互相见过，拉着各自的熟人说着话儿。

弘历双目如利箭，直逼弘时。弘时正偷眼看他，目光相撞，弘时心虚，慌忙转过脸。

这时，太监朱儿从里面出来，高声喊道："皇上有旨，各位王爷和大人可以进去了。"

众人一听，慌忙拥着允祥往房子里去。因为人多，挤得满满一屋子，有几个贝勒和宗室只得站在门边。允祥一见只有雍正一人，惊奇地问道："皇上，那位贾道士呢？"

雍正道："仙长已经离去了。"

允祥一惊。

"怪事！我们这么多人就坐在院子里，怎么没见有道士出去？"

李卫也是一惊一乍地叫道："是啊！难道他会遁地术，从地下出去的？我看这个道士有点儿邪门，皇上要小心点儿。"

雍正没理这个茬，看看满屋子乱哄哄的人，说道："对不住，让大家虚惊一场。朕现在没事了。你们牵挂着朕，朕心里明白。但差事重要，你们全来了，宫里的事怎么办？朝廷上的事怎么办？所以请大家都回去吧！弘历、李卫、元长和怡亲王留下陪朕说说话，朕歇息一会儿也回宫去。"

允礼、张廷玉、弘时等人请了安陆续退下。

李卫往雍正跟前凑了凑，躬着身嬉笑着道："主子爷，难得您还记挂着奴才。奴才有千言万语要和主子说，这会儿算是有了机会。"

雍正随手摸了把纸扇，敲了敲他低垂的头，正色道："李卫，你也争口气，别在朕面前这么没规矩。朕听说你在浙江任内也学会了文人附庸风雅那一套，还为浙江名族吕家送去匾额表示亲近士人，有这回事吗？"

李卫瞧着不妙，结巴着嘴道："有……有这回事，主子不是说奴才粗猪狂纵……"

弘历在旁边纠正道："是粗卒狂纵。"

"啊，是粗卒狂纵。皇上还要奴才多识字、多读书、长学问。奴才照着旨意做，想那吕家出了个吕留良，虽然人死了几十年了，文人士子还奉若圣贤，必是有学问的人。奴才就叫人送去一块匾，以示褒扬。"

"够了，李卫。"雍正看着他，无可奈何地摇摇头道，"也许是朕错了。不该让你去识字读书。你还是大老粗一个好。弘历，告诉他，吕留良是什么样的读书人。"

"儿臣遵旨。"弘历答应一声道，"吕留良确实有学问，堪称儒学大师。但此人骨子里装满反清排满情绪，誓死不从我大清，多次拒绝地方官员的推荐。而且著逆书、立邪说，利用他在士林中的名望，散布反清复明的流毒，在江浙一带很有影响，致使江浙叛逆不断。吕留良死后，文人士子中仍有人藏逆书、信邪说……"

李卫正听着就气咻咻地骂开了："他奶奶的，吕留良他为啥要反清复明？明朝皇帝给他家什么好处……"

　　雍正哈哈一笑，说道："朕是性情中人，大悲大喜从不掩饰，最是喜欢这种毫无矫饰的谩骂。朕保证以后不逼你去读书识字了，念你这几年把浙江治理得不错，朕不追究你的过失。但浙江巡抚一职，你不适宜再任……"

　　李卫不忧反喜道："谢主子恩典。无官一身轻，奴才正好搬回京师，也能常和主子见面……"

　　"你想得倒美。朕还要你出任直隶总督，休想清闲。"雍正微微叹息一声道，"李绂，朕本来也很宠信他，但他和谢世济私结朋党，朕岂能容他。你们也知道，朕对于朋党，一向深恶痛绝。汉人官僚大部分都是科甲出身，他们很多人往往讲假道学，不务实政，只图虚名。"

　　允祥一听，不胜感慨："臣弟对科甲朋党感触颇深。前次奉旨清查亏空，臣弟所遇最大阻力也是官员之间的偏徇庇护。凡钻营势利之徒，皆互通声气，投拜师门，一成师生，遂成朋党，求分说情，常常以直为曲，偏徇庇护，不顾纲纪。官员挪移亏空的原因多半是为了应付'打秋风'。'打秋风'，皇上知道是什么意思吗？"允祥看看雍正，又看看李卫、尹继善、弘历三人问道。

　　雍正摇头道："朕没听过'打秋风'一词。"

　　弘历笑道："儿臣这一番出巡，倒是有所耳闻。'打秋风'就是一人升职，老师、世兄、同年、故旧都要上门送礼。人情的名目很多，又没有来源，必定剥削民脂，贪污亏空。科举场下的师生关系，自隋唐而今日，相沿千年，难以易移。"

　　允祥道："弘历所言，可谓入木三分。"

　　雍正叹道："朋党为祸不浅。前朝就有一批官员私下聚集在废太子允礽和阿其那门下，图谋不轨，其势可倾朝倾国，连圣祖爷也要让他们三分，朕也深受其累。本朝的年羹尧、阿其那、隆科多也是私结朋党，为祸社稷，朕不得不处治他们。如今又出李绂、

641

谢世济。看来科甲之习一日不革，则天下公理一日不彰。朕一定要彻底荡涤这种累朝积习，就算是废掉科举也在所不惜。明日的朝会上，朕就向朝野颁布诏书，严禁私结朋党。李绂是真正有学问的人，朕非常怜惜这样的人才，不会把他等同于年羹尧、隆科多，对于他，朕是一手打一手拉。"一边说着，一边眼角扫着弘历，问道，"弘历，这一番出巡，看到些什么，有何收益呢？"

弘历见问，脸色一暗，旋即一笑道："儿臣一路，见闻颇多，一言难尽。皇阿玛龙体有恙，还是明日朝会上再说吧。"

李卫也说道："主子这番遭际不同寻常，还是早些回宫请太医调治为正理，不能尽信那牛鼻子道士。"

雍正点点头笑道："朕依着你们，回宫就是。李卫，你也不必住驿馆。和怡亲王一起住宫里，早晚也陪朕说说话儿。你是朕的老奴才了，不必讲究太多的规矩。"

李卫正求之不得，高兴得连连给雍正磕了三个头。

雍正眼角一扫，看见尹继善，关切地问道："元长，你也该回府上住，一年没来京了，也该回家尽些孝心了。政务上的事，明日朝会上朕再跟你说。"

尹继善低垂着头，半晌才答道："奴才遵旨。"

允祥知道他的心事，站起身，走到跟前，安慰道："元长，放心回府吧！你爹那里有本王担着。"

"谢王爷。"尹继善一动不动，低声答道。

雍正莫名其妙，问道："十三弟，你们说什么呢？"

"皇上，您别管，回到宫中，臣弟自会跟您说。"允祥一边说着，一边吩咐人准备起驾回宫。

尹府距驿馆并不远，穿过西大街往东一拐弯四五里地便是。尹继善带着两个书童足足用了小半个时辰。他这样迟疑不前，就是怕见到父亲像呵斥下人一样对待母亲。虽然自己和父亲长谈过几次，但他惧怕大太太，依然故我。这次来京，尹继善原打算住在驿馆不回家，也好给父亲点儿压力。没想到弄得满朝皆知，连皇上也要他回府尽孝心。他哪里敢违旨，只得畏畏缩缩地往家里去。

"老爷，到府门口了。"书童小六子见老爷到了家门口还低头想心事，忍不住提醒道。

尹继善抬头看看高大的门楣，脚步迟疑着，思量着见到父亲该怎么说。

这时府里跑出个家丁来。小六子忙大声叫道："五哥。"那家丁正是尹府中的小五子，和小六子是同胞兄弟。

小五子听见喊声，忙跑过来惊喜地叫道："小六子，是你们。尹老爷也回来了，瞧你们这阔气劲儿，不仔细瞧还认不出来呢。"小五子边说边给尹继善行礼。

小六子知道主子发怵，故意打听尹泰的情况。便问道："五哥，老太爷、大太奶奶都在府上吗？"

"都在呢，老太爷为着大老爷的事刚从刑部张大人那儿来，正和大太奶奶说这事呢！"

尹继善一听便知父亲为着大哥尹继厚的事到处投门路、说人情。尹继厚是尹泰嫡生的儿子，年近五十只做个道台。大太太梁氏因为亲生的儿子名位不显，偏偏要压制尹继善的生母徐氏，生怕徐氏倚仗儿子的势力压倒自己，竭力撺掇老尹泰运用自己的名分地位抬高尹继厚，无奈尹继厚才能平庸，政绩一般，尹泰用尽全力也难以如愿。

"二老爷，进府吧！奴才先去禀明太老爷和大太奶奶。"小五子一边说着，一边飞跑进去。

尹继善只得硬着头皮，亦步亦趋地进去，完全没有了平时干练利索的劲儿，走了好半天也没有一个人来迎。当穿过一道篱笆花墙时，便听到北书房内有人说话。尹继善心里一惊，竟站住了。这时书房里跑出小五子，对他一揖道："二老爷，太老爷请您进去呢。小六子，你们两个这边来。"

两个书童跟着小五子去了。尹继善只得一个人进去，却见父亲和梁氏对面坐着，父亲的背后生母徐氏恭敬地侍立着。尹继善立刻双膝跪地毕恭毕敬地说道："儿子给爹、大娘请安。"一边叩头，一边拿眼瞅着徐氏。徐氏一眼瞧见儿子，脸上闪过一丝惊喜，嘴角动了动，随即又恭恭敬敬地侍立不动。

尹泰觉察到徐氏的细微变化，冷漠地说道："徐氏，这里不需你侍候了，下去吧！"

徐氏盯住儿子，好半天才恋恋不舍地走开。尹继善心如刀绞，泪如泉涌，却只能在心底呼唤着娘。

梁氏看着徐氏走出，才说道："起来说话吧！"

尹继善站起来，尹泰也不看他一眼，面对影壁墙问道："听说你是昨儿个回京的，是吗？"

"是！"

"为什么不到府上住，要住驿馆呢？"

"儿子为着大哥的事，想请李制台和怡亲王帮忙。"

"李卫和怡亲王怎么说？"

"他们说，大哥政绩平平，恐怕不好办。"

"当然不会好办。"尹泰突然发怒道，"你根本就没尽心去办，还想骗你爹。在驿馆你都说了些什么，弄得满城风雨，你是要看你爹的好看。"

梁氏在一旁帮腔道："元长，这可是你的不对了。俗话说得好，家丑不可外扬。自家里的事，哪能在王公大臣跟前说呢！有什么话不可以在家里慢慢地说呢？"

尹继善血往上涌，拼命压着怒气，一字一顿地说道："儿子说过多少次了？管用吗？儿子不明白，爹在外面待人接物温厚亲切，多么有度量涵养，为什么一回到家里就变了样，除了大娘，什么人都是奴才。"

梁氏一听，脸上挂不住了。她是尹泰随康熙西征时半道结识的将门之女，一身的好武艺，随夫立下赫赫战功，被康熙钦封为一品诰命夫人。可惜这位巾帼英雄养了个才能平庸的儿子，年近五十才做到道台，还得尹泰舍着老脸皮托人情找门路。偏偏徐氏的儿子不到三十，一路做到两江总督，连老尹泰的侯爵也是沾了尹继善的光封的。梁氏怎会甘心，当时便使开了火暴性子，指着尹继善骂道："你这不知礼义的东西，也配做到封疆大吏，居然说你爹在家里变了样。你说他变成什么了，是土皇帝还是太上皇？你就不怕犯逆！我在他眼里也能算上人吗？我也是他的奴才。"

尹泰跺着脚道："你吵什么！这里还有老爷我在。"

梁氏这才有所收敛，住口坐在一旁。尹泰看着儿子，嘴唇哆嗦着说道："好，好，你今天终于说出要说的话了。你娘受了委屈不是？你看着难过，要尽孝心不是？其实爹心里也为她抱着冤屈。你和你大哥，无论嫡出庶出，爹都是一样疼爱。只是现在你官位显赫，位居封疆，而你大哥只做到道台，做爹娘的自然偏心于他、操心于他。关于你娘，她是乐户出身，是贱民。爹有什么办法，总不能为她去求皇上开豁贱籍吧！"

梁氏听着，得意地一笑道："这会儿你该明白了。你娘是吹鼓手出身上不得台面，只能永远做奴才。"

尹继善心头抽搐一下。母亲是贱籍，自己有什么本领能为她脱籍，但无论如何，这次一定要把母亲接到自己任上去，尽尽孝心。他正要说话，忽见母亲端着茶盘进来，口里说道："老爷、夫人请用茶。"

母亲将茶先端给尹泰，而后梁氏，最后递给尹继善。尹继善忙起身一揖，又长跪在地，双手接过，母子已是泪眼相向。却听梁氏一声冷笑道："不就是儿子来了嘛！又不是客人，用得着过来献茶吗？不管怎么说，元长也是老爷的儿子，难道老爷能把他吃了！"

尹泰看了看徐氏，威严地道："这儿不需要你侍候，还不快些退下去。"

"是！老爷。"徐氏从儿子手中接过茶盅，眼含着泪，转身欲走。尹继善一把拉过他娘紧紧拥住，咬牙道："娘，不要走。儿子有胆气、有声势、有学问，这会儿就带你回南京享福，任谁也休想阻拦。"

尹泰气得一阵发昏，嘴唇动了动，却只说了句"你们母子好自为之"，一甩手，夺门而去。梁氏呆住了，狠狠地瞪了尹继善一眼，哭喊一声"老爷"，追尹泰去了。

徐氏哪见过这么大的乱子，流着泪埋怨儿子道："儿啊，娘知道你心疼娘，可是也用不着这么说这么做啊！娘只要能看上你一眼，心里就踏实了。不管到了哪里，娘都是乐户，是贱民，对你的前程不利啊！还不如让娘待在这儿，也不挨饿受冻的……"

"不，娘，儿子一定把您带到南京去。没有娘，哪来儿子的今天。外面人任他们说去，儿子官位再高，也还是您的儿子。走，去您房内收拾东西，儿子这就带您走。"亲母子拉着手到了徐氏居住的小房间里。尹继善帮着胡乱收拾一下，便往外走。迎面却见小五子飞跑过来，气喘吁吁地道："尹老爷，有旨意。"

尹继善不知旨意何事，提着包裹有些慌乱。徐氏接过来推着他道："儿子，快去接旨，娘自己能行。"

小五子忙道："不只二老爷一人接旨。老太爷、大太奶奶、二姨奶奶都要去接旨。"

徐氏愕然："还有我？"

"就是您，没错，快些去吧！"小五子一边说，一边夺过徐氏手里的包裹。

母子二人你看我、我看你，愣了半天，徐氏才忙着去翻衣服。尹继善按住她的手道："娘，您甭打扮了，就这样去吧。"

徐氏一阵心酸，只得随着儿子往前头大厅走，却见满院都点着灯烛，照得一片雪亮，那台阶上内务府的人站得到处都是。尹府的仆佣忙着燃放爆竹、置办酒席，一片忙碌。尹继善扶着母亲进了正堂，见香案早已摆好。尹泰袍冠整齐，梁氏霞帔锦冠站立在一旁。两人看见他母子进来，面无表情。尹泰良久才轻声道："你们也一起站过来吧。"

尹继善忙扶着母亲在梁氏下首站了。徐氏何时见过这种场面，吓得瑟瑟发抖，站立不稳，尹继善双手扶着她才站稳，一抬头才看见是宝亲王弘历前来传旨。

弘历一脸的严正，目光由尹泰而梁氏、徐氏换个儿打量个遍。直到小太监喊道："接旨人已齐。"才点点头，向身后轻轻一挥手。

转眼之间，一个小太监上来，双手托着一只金盘，金盘里放着一套金光辉煌的一品诰命服饰，边上两个鸡蛋大的金元宝，诰命服上压着镶金花座的朝冠，三颗朝珠围着一粒红宝石，颤突突熠熠生辉。此时，大厅外的廊下早已站满仆佣，黑压压一片，一看这套行头都知道是大太太梁氏独有的，却不知怎么又送来一套。尹泰一家四口也目不转睛地看着，整个大厅静得连一根针落地都能听出声音。

弘历这才移步到香案前，面南而立，取出圣旨，高声叫道："尹泰、尹继善、尹夫人、尹徐氏听宣！"

"万岁！万岁！万万岁！"四人慌忙跪下叩头。

弘历朗声念道："尹泰累朝老臣，卓有功绩，且教子有方，其子尹继善忠诚事主，清廉爱民，位居封疆以来于军国政务办理殊为妥善，可谓一代名臣，父子同为柱石之臣，乃朝廷之幸，亦乃汝家之福也，然继善之生母尹徐氏相夫教子之功亦不可泯。今继善名显，而其母仍屈列青衣，实有悖于母以子贵之礼。着即遣宝亲王弘历亲往宣诏，开豁尹徐氏乐户贱籍，加恩抬入镶黄旗，封一品诰命夫人，赐一品诰命服饰。尹徐氏受封可随子赴任，勿负朕望。钦此！"

四人一齐愣在那里。

弘历双手捧着圣旨，对尹泰嘻嘻一笑道："尹相爷，想不到吧！还不快快谢过圣恩。"

尹泰如梦方醒，慌忙连叩三个头，声音哽咽着道："老臣谢恩！"

尹继善三人也慌忙叩头谢恩领旨，弘历看着他们，说道："这可是天大的喜事，本王也特别高兴，想讨杯喜酒吃，不为过分吧！"

尹泰、尹继善慌忙站起，却见徐氏和梁氏两个瘫软在地，站不起来。尹泰涨红着脸，忙扶起面条似的徐氏。尹继善极机灵的人，忙着扶起梁氏。四人各自有不同的心情。尹泰按捺住激动的心情拉过弘历的手道："四爷这杯喜酒是吃定了。来人，准备酒宴。"

徐氏一听，慌忙往外走，道："老爷，我去吩咐下去。"

弘历上前拦住，笑道："这些让下人去做，你现在是一品诰命夫人了。来人，为夫人更衣。"

徐氏一阵迷惘无措，却被四个丫头扶着进了内间。不一会儿，四个丫头又扶着出来。一个凤冠霞帔、光彩照人的贵妇人出现在众人面前，真个把梁氏给比下去了。

少顷，酒席抬上来了。尹泰躬请弘历入席，弘历极谦逊、诚恳地道："尹相累朝老臣，小王岂敢僭越，还请相爷上座。"

尹泰不再推辞，便坐了主席，两个一品诰命夫人分坐两旁。弘历坐了客座，尹继善则转着圈儿斟酒。

几杯酒下肚，尹泰的脸更红了，一边喝酒一边摇头叹息道："不怕小王爷笑话，尹泰枉称理学大师，于贱内徐氏甚是有愧，倒不是我有意冷遇她，实在是她那乐户的贱籍令人望而生畏。继善有意带她到任上尽孝，我也是知道的，但不能由她去，怕的就是误了继善的前程。现在好了，万岁恩宠有加，开豁了她的乐户贱籍，治好我们全家的一块心病。尹泰深感皇恩浩荡，敢不以死效命。"说着，站起对着紫禁城深深一揖。

弘历笑道："皇恩浩荡，岂止相爷一家沐浴甘霖。皇阿玛决意开豁天下所有贱民贱籍，准予贱民改为良人。"

"真的？"

一直拘谨不言的徐氏惊喜得泪花翻涌，口中连念阿弥陀佛。尹继善为母亲擦着眼泪道："娘，不是菩萨有灵，是万岁为天下贱民脱了籍，您要感谢的是万岁爷。"

"对，对，是万岁爷。"徐氏拉着儿子的手连声道，"儿啊！万岁爷的大恩，娘没本事报答。你现在官做大了，一定多为皇上排忧解难，替娘报答他老人家的再生之恩。"

尹继善点头道："娘，您放心，儿子一定不负圣恩。"

弘历看着，也是鼻子发酸。他双手端起酒杯，送到徐氏面前，说道："二夫人一生卑贱，受尽屈辱，还教养出元长这样的好儿子，实在可钦可敬。本王敬你一杯。"

徐氏见他身为皇子，态度谦和，激动地站起身，恭恭敬敬地接过酒杯，热泪潜潜地道："小王爷折煞奴家了，敢不饮干。"说完一饮而尽。她本不会饮酒，再加上一天的情绪波动，一杯酒下肚，人已有些站立不稳。尹继善慌忙扶住道："娘，您歇息一会儿吧！"

徐氏却还头脑清醒，推开儿子的手道："儿啊！宝亲王在座，娘哪能失礼呢。"一边说，一边坐下。

徐氏对弘历说道："王爷是皇室贵胄，自然不知道乐户贱民的苦难。奴先祖乃前明翰林侍读徐有贞。景泰八年，帮助在'土木之变'中失去皇位的英宗皇帝发动宫廷政变，扶持英宗再次登上皇帝宝座。然而，兔死狗烹，英宗登基后，即把杀死景帝和兵部尚书于谦的罪名推加在先祖头上。徐有贞当市腰斩，其妻女后人被罚入教坊司，充作乐户，世代相传，至今二百余载，不容乐户跳出火坑。奴不论先祖徐有贞功罪是非，然其后人绵延二百载，蒙垢忍辱，何罪之有？"

弘历凝神听着，唏嘘不止。尹泰、梁氏、尹继善从未听她说过这些事。徐氏一向对自己的身世讳莫如深，连尹泰面前也不曾提起。这时细细道来，听得三人心如锥刺，泪如细雨。梁氏想起自己平日对她的嫉妒和压制，又羞又愧，走到徐氏跟前，搂抱着失声痛哭，边哭边歉疚地说道："苦命的妹妹，我对不起你。"

弘历偷偷抹了一把眼泪，换上笑脸道："两位诰命夫人，今天是大喜的日子，不许哭哭啼啼的。来，本王陪你们满饮此杯。"

众人破涕为笑，一齐举起酒杯，一饮而尽，弘历看了看尹继善道："元长今日去了一块心病，回去还不写份谢恩的折子？"

尹继善热泪潜潜道："我已经想好了，回去就动笔写。"

第三十五章

有所感朝堂论朋党
无其妙金殿救师徒

雍正清咳一声道："曾静、张熙大逆不道，虽凌迟处死也不足以赎其罪。但是，朕以为二逆贼尚有可赦之情由。留之不杀，于朝廷功莫大焉。"李卫一下子站起来叫道："主子您是怎么啦？这种人也能饶他！"

紫禁城击鼓撞磬，乐声大作。雍正帝出乾清门，御太和殿。

御座前，允祥、允祉、允祺、允礼、弘时、弘历、弘昼、方苞、张廷玉、鄂尔泰哈腰撑袖趋步而入依次跪下。他们身后，六部九卿翰詹科道的官员，各归本部，依序黑压压跪倒一片。李卫、尹继善等进京的外官单独在大殿的左侧跪侍。整座大殿但闻一片呼吸声，话语咳嗽一概不闻。

雍正端坐在御座上，努力睁大有些发涩的双眼。每晚批阅奏折至深夜，使他严重失觉。但他是个性情刚强的人，既定要做的事，一定要毫厘不爽地完成。于是，他端起御案上的奶子茶，呷了一口，润润喉咙，清声道："诸爱卿，朕登基以来，致力推行雍正新政，刷新吏治，均平赋税，沿圣祖爷文治武功之威烈，弘扬我朝列祖列宗之圣德，振累朝之颓风，造一代之盛世。而今丁口繁盛，政治修明，生业繁荣，仰赖内外臣悉心辅弼，忠心事主，始有今日。然新政役大投艰，仍须君臣文武同心同德，始有成效。"

雍正口风一转道："今天，朕还想说说'朋党'，朋友本是人之常伦。但作为朝廷官员之间交往情厚，只可对于私事。至于朝廷公事，就要讲究'公正'二字，万不可把平日的私情掺入公事中。朕无论是御门听政，还是朱批谕旨，都曾谆谆告诫臣下要以'朋党'为戒。宋之欧阳修作《朋党论》，说什么君子认同道为朋友。他说的'同道'，是什么？是结党怀奸、夤缘请托、欺罔蒙蔽、阳奉阴违、假公济私、面是背非。自古朝廷闹朋党，欧阳修难辞其咎，他的《朋党论》是祸患之源，倘若欧阳修生在当代，朕不会放过他，一定会拿他开刀，但本朝也真的出了个欧阳修一样的朋党分子。"

雍正的话立刻引起轻微的骚动，有人立即猜测出皇上说的是谁，心里一阵发紧，也有人不知所措，小声嘀咕着，向身边的同僚打听。

雍正清咳一声，阶下立刻一片肃静。他脸色一凛道："这个人也是朕的宠臣，他和欧阳修一样的有学识。朕钦佩的正是这一点，但朕正是因为宠他，才会抓他朋党的过失。朕是一手打一手拉，全然恨铁不成钢的心情。达哈维！"

跪在刑部班首的达哈维听见皇上点自己的名字，吓得双腿打战，应道："奴才在。"

"你到前面来，当着众卿的面说说李绂的事。"

"奴才遵旨！"达哈维跪爬到丹墀下，先给雍正叩头，然后面东而跪，脸转向群臣，清了清嗓子高声说道，"臣奉旨查李绂、田文镜互参案，谢世济参田文镜案。经查李绂参奏田文镜'任用金刑，贤否倒置'不实。黄振国、张玢、邵言论、汪减都和李绂一样是康熙四十八年进士。黄、张、邵、汪四人在河南私结朋党，形成一股不可小觑的势力，到处传播田中丞无端排斥士人、不容读书人在豫首做官的流言。另外，黄振国参奏田中丞经查不实。由此可见，李绂与黄、张、邵、汪四人朋党为奸，构陷耿臣。另有原浙江监察谢世济参奏田文镜，所言竟与李绂一一吻合，丝丝入扣，经查李绂、谢世济也是同年，私结朋党，昭然若揭。"

达哈维一口气说完，转身面向雍正重新跪好。

雍正双目如箭，射向大殿，语气冰冷地说道："朋党之议，乃是老话题，今日重提，就是因为除恶未尽。朋党之徒无君父国法，唯有其一己之私利。不是其同党就攻讦构陷，是其一党则百般庇护，犯了国法也不顾。这是个大事。每个人都要思量清楚，不可阳奉阴违。李绂这个人，朕主张严办，具体交由刑部议处。诸卿有什么不同的意见也可奏来，言者无罪嘛！不要在下头议论。"

大殿内顿时一片嗡嗡之声，但许久也没有人敢当出头鸟。雍正正要说起下一个议题，忽听礼部班中有人高声道："万岁！臣有话说。"

雍正目光在礼部班中搜寻："有话到前面来奏。"

满殿文武大臣一阵紧张，偷眼看时，却见一名一品文官来到御座前跪倒。

"臣翰林院编修陈梦雷！"

雍正知道，陈梦雷是当代著名学者，现在正和诚亲王允祉、方苞一起主持修纂《律历渊源》和《古今图书集成》大型类书。因此他和颜悦色地说道："陈学士，有话尽管说，朕洗耳恭听。"

"谢万岁！臣不想说李绂、田文镜互参案究竟谁是谁非。臣是专做学问的，于政事一窍不通，但世间总有一些事，且不论是非，总让人如鲠在喉，非发不可，臣的意思是，李绂乃当代著名学者，身上有着一股读书人的耿介之气。也许田中丞施政有偏颇之处，李绂也是如鲠在喉不吐不快。至于存心植党营私，未必是实。"

雍正听完，微微一笑道："陈学士的话真有意思。看来读书太多的人都有一种耿介之气，但看事情未必就深刻。李绂结党营私，证据确凿，是板上钉钉的事，朕不会冤屈他。陈学士，你退下吧！"

陈梦雷不敢再多说，只得悻悻退下。

雍正面向群臣，疾言厉色道："朋党为祸日久，朕今日亲书《御制朋党论》颁诏朝野，晓谕内外臣工，务以'朋党'为戒，公诚事主，公正为国。刑部也要制出具体条例，任命给事中、御史、吏部司官要变通旧例，不一定非从科举出身的人中选拔，知府知县师生要回避，师生随习徇私庇护要处分。朱儿，把朕的《御制朋党论》宣示群臣。"

"嘁！"

太监朱儿双手捧旨，尖声高诵："宋欧阳修朋党论创为邪说，曰君子以同道为朋。夫罔上行私，安得谓道？修之所谓道，亦小人之道耳，自有此论，而小人之为朋者，皆得假同道之名，以济其同利之实，朕以为君子无朋，惟小人则有之，且如修之论，将使修其党者，则为君子，解散而不终于党者，反为小人乎？朋党之风至于流极而不可挽，实修阶之厉也。设修在今日而为此论，朕必诛之以正其惑世之罪。

"…… ……

"朕惟天尊地卑，而君臣之分定。为人臣者，义当惟知有君，惟知有君则其情团结不可解，而能与君同好恶，夫是之谓一德一心而上下。乃有心怀二三，不能与君同好恶，以至于上下之情睽，而尊卑之分逆，则皆朋党之习为之害也。

"夫人君主好恶，惟求其圣公而已矣。……人臣乃敢溺私心，树朋党，各徇其好恶以为是非，至使人君惩偏听之生奸，谓反不如独见公也，朋党之罪，可胜诛乎？"

朱儿念完，躬身退到一边。雍正看着一直跪在丹墀上的达哈维道："达哈维，朕还有事问你，朕交代你的差事办得怎样了？"

达哈维结巴着问道："皇上是说审理曾静谋逆一案吗？"

雍正轻轻点点头。

"臣会同六部九卿的主要官员经过一个月的审讯调查，已将曾静谋逆一案审清问明，审讯的结果，都已整理成文，请皇上过目。"达哈维说完，掏出一份折子恭恭敬敬地双手呈上。朱儿接过，呈送到御案上。

不料，雍正看也不看，说道："朕命你会同六部九卿公开审理，就是要让天下人都知道此案的真相。今天在朝堂上，你不妨当着文武百官的面叙说审理此案的经过，有一说一，不必多虑。"

"奴才遵旨。"达哈维想起被罢职的湖南巡抚王国栋，不知自

654

己的审讯结果是否让皇上满意，是福是祸不得而知。他用袍袖擦擦额上的冷汗，再一次面向东而跪，怯怯地说道："臣谨遵圣训，不对逆犯用刑，而是晓以大义，臣讲我朝立国之正，先帝六十年文治武功之盛，讲皇上的仁政恩德，再动之以情，劝导逆贼归化我朝。所谓'精诚所至，金石为开'。逆犯终于幡然醒悟，愿意将功折罪，供出其叛逆思想皆是受浙江名儒吕留良蛊惑所发。其逆书中那些荒诞离奇的谣言皆是听路过湖南的几名钦犯太监所说。臣录供后即调阅从湖南查抄来的逆犯藏书，其中果然有吕留良评选时文数篇，内容大多有反清思明倾向，实为大逆不道。逆犯所言不虚。臣又据逆犯所供，行文广西、湖南，将近几年流放广西的犯人一一查清。经查，近五年流放广西路经湖南的犯人共五案八名：有马守柱、蔡登科、耿桑格、吴守义、霍成、耿六格、达哈链和儿子达成德。其中蔡登科和耿桑格已死。其余六人经查：达哈链，原大内茶叶库大使，人还老实，儿子达成德少不更事。吴守义，原阿其那太监，流放一路，心怀反叛，谣言惑众，恶贯满盈，到广西后，暗中买通看守脱逃。马守柱，塞思黑太监，充军路上发牢骚造谣惑众，和吴守义同时脱逃。其余两太监霍成、耿六格认罪较好，仍在广西服法。据此，臣敢断言，曾静逆贼的那些昏热胡话就是阿其那、塞思黑的太监吴守义、马守柱等发配重犯散布的。"

达哈维说完，正面跪好，请旨定夺。

雍正似笑不笑地说道："散布谣言的不是他们还会是谁？这两个狗奴才从广西私逃回京。几天前，朕和怡亲王去遵化拜祭景陵，半道还遇着他们行刺朕。可是苍天有眼，他们不但没伤到朕一根毫发，反丧了自己性命，真是善恶有报。看来阿其那、塞思黑余孽未尽。朕不诛他们，天也难饶他们。前日宫人来报，阿其那、塞思黑先后生恶病而殁。但朕对这种丧心病狂之手足实在难生骨肉之惜。"

雍正一言既出，百官中立刻引起轻微的骚动，许多人还不知道允禩、允禟之死，惊闻之下，愕然相顾。知情的低头不语。

弘历亲眼看见允禟之死，不觉鼻子发酸，但他是聪明人，强抑住悲愤，保持脸上的平静，往前跪爬几步，说道："皇上，儿臣以为阿其那、塞思黑已遭天诛，虽然罪大恶极，也可弃之不究。"

"宝亲王所言极是。人已经不在，朕还计较什么。"雍正旋即脸上乌云迭起，咬牙道，"但是有一个人即便死去几十年，朕也饶他不得。"

"皇上说的是吕留良！"弘历极伶俐，脱口而出。

"吕留良凶恶狠毒、好乱乐祸，蔑视纲常天伦，辄敢私著黑书，立逆说，胡说宋之灭亡，无人入主，天昏地暗，空前绝后，诬我朝入主中原是第二次地陷天崩，其门徒严鸿逵等逆犯承其衣钵，恶毒攻讦，叛逆气焰，甚是嚣张。在逆毒蛊惑之下，曾静等人中毒极深，竟谋逆策反朝廷命官，实为大逆不道。达哈维，按我大清律令，此等逆贼，当做何处置？"

达哈维正在暗自庆幸，看来皇上对审讯结果还算满意，自己大概不会像王国栋一样被罢职，看来弘时的指点不会错。忽听皇上又问到自己，他赶紧大声答道："按我《大清律》，吕留良及其子、门徒犯十恶不赦谋逆之罪。吕留良处凌迟，其子、门徒处斩立决，其余吕氏族人按律坐，处发配充军。吕氏家产全部充公。吕留良所著一切文集、诗集、日记均应列为禁书，民间所藏收缴焚毁，匿藏不交者从重处治。"

雍正点点头道："你退下吧！"

达哈维如蒙大赦，慌忙叩头谢恩，躬身膝行，回到本位，方觉全身冰凉，那两重内衣，竟全部被汗水湿透了。

雍正扫视满朝文武，语气严正地说道："达哈维乃刑部尚书，于《大清律》自是熟稔，定罪也有根据。但朕想请今日朝会的诸位爱卿一起讨论定罪，朕对此案不自专，也好让逆犯明白其逆行乃人神共愤，天理不容，非朕一人之成见。言者无罪，朕虚心纳谏从善如流。"

雍正话音刚落，便有一群见风使舵的大臣揣摸准了圣意，纷纷上前跪奏，请旨按律惩治吕氏一家，也有顺承雍正之意，力主严惩的，雍正面带慈祥的笑容，一一表示准奏，张廷玉是极精明的人，看出雍正把自己的乾断意志，以集体讨论的名义强加于臣下，手腕可算高明到家。

但也有逆圣意直言上奏的，刑部侍郎陈学海就是一个。他上前奏道："吕留良乃前朝名儒，倚声名立逆说、著逆书，散布反清复明之流毒，其罪当诛，但吕氏终归只是停留在著书立说上，并未将其言论付诸行为。皇上却说吕氏比曾静恶十倍，臣不敢苟同。况且吕留良与其长子吕葆中已死，凌迟之罪如何加之？"

"浅薄之词！"雍正微怒道，"似你等目光短浅，只能看到曾静表面赤裸裸的造反，却看不到一个死去几十年的人仍在兴风作浪。王国栋就是跟你一样的人，所以朕要革他的巡抚之职。朕居高临远，看得清楚。我朝立国已近百年，天下承平日久，但汉人还有如此强烈的排满反清情绪，千里之堤，溃于蚁穴，不可不防微杜渐。但如何去防，仅仅处斩几个像曾静一样在表面蹦跶的臭虫是远远不够的。秦始皇焚书坑儒，落下千载骂名。朕不可能效法他，但朕也不会有妇人之仁。既然众卿公论当按律惩治，朕即照准，这就是国法难容。陈学海，你逆公论而谏，本该有罪，但朕说过言者无罪，你退下吧！"

陈学海一脸的惶惑，不敢多说，慌忙谢恩。满朝大臣众口一词，再无人敢做仗马之鸣。

雍正似乎颇为满意地扫视一片群臣，又道："朕还有一事也请诸位爱卿一同议处。曾静谋逆案经由达哈维会同六部九卿的审理已审清问明，再无可疑之处。曾静、张熙两名逆犯该做何处置，请大家议一议。"

大殿上，立刻响起一片嗡嗡的议论声。群臣依着刚才皇上在吕留良案上的态度揣测着圣意，大多认定曾静、张熙必被按律严惩。有几个大臣竟不顾朝堂礼仪，慷慨激昂地述数曾静、张熙的大逆罪。雍正只是半睁着眼睛，倾听着大臣们的争论声。过了一会儿，他才轻轻一摆手，朱儿立刻走到阶前，大声喊道："肃静！一个个奏来。"

达哈维今天的心情特别好，看来皇上对他的差事很满意，连处置吕留良一案也依从了他的意见。曾静一案是自己亲自审理的，如果不在朝堂上奏明自己处置此案的意见，似乎于理不合。为着再次讨雍正的欢心，达哈维第一个高声叫道："臣达哈维有本奏！"

雍正欠身扫了他一眼，说道："你就在那儿说吧，朕听得见。"

"臣亲自审理此案，万分震惊。曾静、张熙所犯谋逆之罪，逆情之大，为历朝不曾有。其逆书满纸呓语，荒谬而恶毒，此等大逆不道之徒，非按律严惩而不得立国威、倡圣德。按我《大清律》，臣以为当如此治罪：一、将曾静、张熙凌迟处死；二、曾、张之祖父、父、子、孙、兄弟及伯叔父、兄弟之子，男丁十六岁以上，依律斩立决；三、两家男丁十五岁以下，及母、女、妻、妾、姐、妹、子、女，解送刑部发配功臣之家为奴。臣启奏完毕，请皇上照准。"

雍正点点头道："你是刑部尚书，按律而奏，自然是正理。诸卿有不同意见，也可奏来。"

话音刚落，礼部班中有人叫道："臣有话说。"

雍正欠身看了看，却没看见是谁说话，朱儿近前一步喊道："请到前面来奏。"

礼部班中立刻走出一名二品朝官，来到丹墀前，叩头道："臣礼部侍郎阿克里。"

雍正道："说吧！"

"臣参加过曾静一案的会审。曾静谋反大逆，历朝未有，臣审讯之下，无时不切齿恨愤此等逆贼，虽食肉寝皮，难消臣恨，臣请旨立斩曾静、张熙及两家男女、仆佣，以儆效尤。"

雍正打断他的话道："你的意思是比达哈维所奏还要严惩？"

"是！"

"朕知道了。退下吧！"

阿克里一腔的愤恨，本来还想多说几句，被皇上一句话给打发了，只得悻悻退下。

雍正面带微笑，扫视群臣道："达哈维和阿克里所见略同。曾静谋逆之罪，乃板上钉钉，毋庸置疑。你们当中持相同看法的人肯定不少，但是朕想听听是不是有不同的意见，同一件事，从不同的角度看，就会得出不同的看法。陈学海敢于逆公论而奏，虽然荒唐浅薄，朕还是欣赏他的胆识。朕说过，言者无罪。有什么看法，大胆地讲。"

大臣们你看看我，我看看你，弄不明白皇上到底是什么意思。虽然雍正一再声称言者无罪，但陈学海刚刚遭到申斥，就是有不同意见，谁还敢再做出头鸟。何况曾静一案也如皇上所说，板上钉钉，毋庸怀疑。

雍正见半天没有人出来说话，笑道："看来大家对处置曾静、张熙一案没有异议，但是朕有不同的看法，不妨今儿个当众说一说。"

群臣中立刻出现一阵骚动，大家面面相觑，不知道皇上葫芦里到底卖的什么药。允祥、张廷玉等一班近臣素知雍正处事不拘常理，随心所欲，猜测这一次他肯定又有别出心裁的料理。于是，一个个凝神侧目，洗耳恭听。

果然，雍正清咳一声道："达哈维所奏，对曾静、张熙的量刑不为过分。二逆犯大逆不道，虽凌迟处死也不足以赎其罪。但是，朕以为二逆贼尚有可赦之情由。留之不杀，于朝廷功莫大焉。"

雍正一语既出，满朝皆惊，群臣一时交头接耳，议论纷纷。连允祥、张廷玉、弘历、鄂尔泰等人也惊讶不已。李卫是个急性子人，一下子从东屏风下站起来，大声叫道："主子您是怎么啦？这种人也能饶他！"

文武百官从未见过有人敢在朝堂上对皇上这么说话，又是一阵骚动。尹继善用手一拉李卫的袍袖，着急地说："李大人，皇上自有道理，你也跪下听听再说。"

李卫不听，索性躬着腰，大步走到雍正御座前，跪倒叩头道："皇上，说什么也不能饶了那两个混球。"

雍正一看是他，气不打一处来，虽说李卫是自己的藩邸宠臣，但是当着满朝文武的面，竟如此无礼，自己若不严加申斥，臣子会怎么看。因此，他把脸一沉，怒道："李卫，该着叫你，朕自会叫你，如此无礼，成何体统，快些退下。"

"皇上！"

"莫要以为功绩卓著便如此张狂，再不退下，看朕怎么砍下你的狗头。"

"是……"李卫见雍正脸色铁青，心里害怕了，再不敢说什么，灰溜溜地退下去了。群臣中立刻响起一阵轻轻的讥笑声。

雍正缓和一下脸上的怒气道："朕若不念他一片公忠之心，定不饶他。朕接着说，去岁张熙给川陕总督岳钟琪投书，严刑拷打，逆犯至死都不肯说出实情。岳钟琪没办法，只得上奏。朕批示他多动动脑筋，岳钟琪不负朕望，不惜屈尊降贵与逆犯义结金兰，骗出实情。岳卿虽是假意，但结拜已成事实。三尺之地皆神明。朕如果杀了曾静、张熙，岂不令岳钟琪违背誓言，陷他于不义？为着岳钟琪是朕不杀此二逆贼的第一个原因。曾静，一个穷乡僻谷的穷教书先生，居然也想到造反，而且还搜集到这么多诋毁朕躬的谣言。可见天下诋毁朕躬的不知还有多少人。唾沫星子也能淹死人，这是很严重的问题，朕岂敢掉以轻心？必竭力塞其源而截其流，方为根本，如今达哈维已经查明，恶言诽谤诋毁朕躬的就是阿其那、塞思黑之流。其太监在流放途中，到处散布谣言，为曾静搜集情报。如果不是曾静、张熙投书案的发生，朕恐怕永远也无从知道民间有如此恶毒的流言。没有曾静，也暴露不了吕留良的大奸大恶。单就这一点，曾静还算有功呢，他既然幡然悔悟，朕何必一定要治他的死罪呢。当年圣祖爷平息三藩之乱，那么大的逆情，只要真正悔过，也尽数不加罪。曾静、张熙又算什么？严格地说，他们只是吕留良的从犯，受吕留良的蛊惑才犯逆的。首恶元凶是吕留良。曾静满纸呓语，辱及朕躬的全是荒诞不经、无凭无据的谣言，朕光明磊落，心胸坦荡，此等小人谣言，朕容得下，也就从轻发落他们。诸位臣工也知道朕，一向无妇人之仁，也不想博取仁君的虚名。宽赦曾静、张熙，实在是有利于大清的江山社稷。朕意已决，将曾静受审的全部供词，朕逐条驳斥逆书长文特谕和其他有关谕旨，一并刊刻，朕亲题书名《大义觉迷录》。书成即通行颁布天下各府州县远乡僻壤，使读书士子及乡曲小民共知之，并且各地书馆、学宫必收藏一册，备将来后进新学之士，人人观览知悉。如有未见此书、未闻朕旨者，经朕随时察出，一定将该省学政及该县教官从重治罪。宣诚亲王、方苞、陈梦雷！"

允祉和方苞就在丹墀下，两人早已听见雍正亲口宣他们，慌忙往御座前跪爬几步。"臣允祉见驾！""臣方苞见驾！"

陈梦雷在礼部班中，忙膝行到方苞下首跪了，说道："臣陈梦雷见驾！"

雍正一脸严正之色道："你三个也算是学界泰斗。朕今日就把《大义觉迷录》交由你们编纂刊刻，务必使出全力，像编纂《律历渊源》一书一样认真，不得有误。"

对于允祉、方苞、陈梦雷三人来说，编这种书还不是小菜一碟？只是他们这样的学界泰斗来编这种小儿书一样的东西，未免有些屈尊，但这是圣旨，圣命谁敢违抗。于是三人一齐叩头道："臣遵旨！"

允祉、方苞、陈梦雷刚退下，朱儿又高声喊道："刑部左侍郎杭奕禄、户部尚书史贻直听宣！"

杭奕禄在刑部班中正跪得双腿发麻，忽听喊到自己的名字，顿觉浑身发软，头皮发炸。当初在湖南审讯曾静、张熙时，就遭到雍正申斥，还险些像王国栋一样被革职。这次又喊到自己，不知是福是祸。他这么一犹豫，户部尚书已到了御座前跪好，朱儿以为他没听见，又高喊一声："刑部左侍郎杭奕禄听宣！"

"奴才在！"杭奕禄忙答应一声，连滚带爬地到了御座前，在史贻直身边跪好。

雍正看着他的狼狈相，半嗔半怒地说道："杭奕禄，当初曾静、张熙案发时，朕命你为钦差大臣，会同王国栋审理，竟没有问出任何结果来，王国栋因而被罢职。朕念你祖上有功，只加申斥，未曾降罪。今日朕给你一个立功补过的机会，朕命你为南路观风整俗使钦差大臣，携曾静沿江苏官道，往浙江、江西、湖南一路。史贻直！"

"臣在！"

"朕命你为西路观风整俗使钦差大臣，携张熙沿西安官道往山西、陕西、湖北、湖南一路。曾静、张熙由朕特赦，不再是朝廷钦犯，而是随行的观风整俗使成员。你们两人记住，要一路缓慢行走，沿路让曾静、张熙巡回演讲，现身说法，宣扬《大义觉迷录》，让他们讲我大清立国之正，讲圣祖皇帝六十年文治武功之盛，讲朕的仁政恩德。抵湖南后，可将二人留在巡抚衙门听从观风整俗使调用，也可听随其便。总之，朕就是要让天下人知道，朕的恩德无物不可化悔。曾静、张熙虽冥顽不化、大逆不道，犹为朕恩德所化。"

杭奕禄、史贻直惶惑不解，只知叩头领旨。

雍正这一番出奇料理，不仅杭奕禄、史贻直和满朝文武大为惊奇，就是允祥、张廷玉等一班近臣、宠臣也始料不及。张廷玉是宦海中滚久了的人，至此才明白，案发伊始，皇上就定下了"出奇料理"的方针。利用曾静一案小题大做，揪后台、惩朋党。雍正莫测高深，工于心计，非历代为君者所能比。

满朝文武正在惊愕之际，忽听朱儿又叫道：

"李卫、尹继善进前见驾！"

李卫、尹继善忙不迭地跪爬到阶前。雍正看着自己的两位宠臣，略显得意之色道："你们两个，一个是进京述职，一个是陛见，这些不是紧要的。李卫散朝后向怡亲王述职即可。朕叫你们过来，有两件事：一是李卫补直隶总督的缺，明日走马上任，家眷可派人接来。浙江巡抚之职交由程元章署理；二是元长署两江总督，明日即刻赴任。朕已命兵部捷报处行文浙江杭州将军鄂弥达，缉拿吕留良全家。元长抵任后，即将吕氏全家就地正法，不必押解至京。朕有特旨给元长。朱儿，宣旨！"

朱儿躬身取过圣旨，走到阶前站定，尖嗓高声念道："浙省逆儒吕留良者，悍戾凶顽，好乱乐祸，自附明代王府仪宾之孙，追思旧国，愤懑诋讥。著邪书、立逆说，丧心病狂，肆无忌惮，辄敢于对圣祖仁皇帝任意指斥，公然骂诅，以毫无影响之事，凭空撰造，诋毁圣朝，实为大逆不道。今吕留良虽死，其后子弟仍承其衣钵，敌视天朝，逆情之大，亘古罕有。不惩将律历不行，朝威不立。特旨两江总督按律惩治：一、着吕留良及长子吕葆中二人已死，开棺戮尸；二、充没吕氏家产；三、着将吕留良之九子吕毅中斩立决；吕氏族人按律坐罪，流放荒漠；四、吕留良所著文字，凡文集、诗集、日志皆为禁书，民间收藏，收缴焚毁，匿藏不交者以重治罪。"

朱儿刚读完，朝堂上又是一阵骚动。雍正赦免造反主犯曾静本已出人意料，现在又拉了个死人戮尸灭门，更是奇上加奇。尹继善一下子就看出皇上"出奇料理"，棋高一着，忙双手接过圣旨道："臣领旨！"

雍正面色温和笑道："元长，此次赴任，一身轻松吧？"

尹继善连叩三个头，感激得涕泪交流道："皇恩浩荡，臣敢不以死报效圣上。"

"朕今日就当廷颁诏，开豁天下所有贱民的贱籍。"

"万岁！万岁！万万岁！"

临罢朝时，雍正又亲颁赦宥曾静、张熙的特谕，交付达哈维往刑部大狱宣示。达哈维接过旨意，心里却七上八下。因为曾静、张熙两个人的认罪态度，天上地下，相差太远。曾静是个软骨头，为着活命，任由主审官员的摆布。达哈维为迎合雍正的意图，引诱曾静把罪责推在吕留良和阿其那、塞思黑的太监身上。张熙从案发开始就抱定必死之心，任凭主审官员走马灯似的乱换，软硬不吃。达哈维为了交差，自造一份供词，叫几个人硬按着张熙画押。原本想案子审清问明后，这两个钦犯肯定被押到西市口，凌迟处死。没料到雍正突然来了个"出奇料理"，不但赦免了两个人的死罪，还命他们为观风整俗使成员，游历天下，宣扬皇恩圣德。张熙一旦被赦免出狱，不定会闹出什么乱子。到时候主审此案的达哈维罪责难逃，丢官罢职倒在其次，丢了性命也难说。

达哈维越想越害怕，只觉得头皮发炸，两腿发麻。直到散朝还神不守舍，迷迷糊糊地跟着其他官员走出大殿。

刚到朝房门口，看见弘时走在前面，慌忙紧跑几步，追到跟前，谦恭地叫道："三爷！"

弘时正跟身旁的一个官员说话，听他一叫转过身来道："尚书大人，什么事？"

"不敢当，三爷，奴才有事请教。"

跟弘时说话的官员见他们有事，忙一拱手告辞了。达哈维看着他走远，才低声说道："三爷，奴才亏得您的指点，审下曾静的案子，皇上很满意。可是那个张熙没真正服罪，皇上赦免他，将来他若闹出点事来，奴才恐怕罪责难逃。求三爷再给想个办法。"

弘时想也没想，鼻子里"哼"了一声道："那个张熙难道是铁石心肠，不是血肉之躯。你只需……"

达哈维连连摇头道："不成，不成，奴才试过，他不吃这一套。"

"这次有皇上的宽宥特谕，准成！"

达哈维半信半疑，谢了恩。出了午门，上了轿，也不回府，直往刑部大狱而去。

曾静、张熙押解到京后，刑部遵照雍正意旨，优厚礼遇。两人虽说还是被关押在大牢里，但不上镣链，房间也干爽清洁，洗漱铺盖一应俱全，而且有人专门送饭，餐餐有鱼有肉。曾静起初以为是"上路饭"，吓得哭哭啼啼，吃不下去。张熙早抱必死之心，反倒一身轻松，又吃又喝。天天如此，曾静才约略放心，开始进食。半个月过去，开始过堂。达哈维会同六部九卿的主要官员共同审理，把偌大个刑部大堂挤得满满的，曾静一看这阵势，就吓晕过去了。但达哈维既不用刑，也不呵斥，只是走过场似的过堂两次。只是在一天夜里，达哈维突然一个人来到两人的牢室，拿出一张拟好的供词，声称只要按照这张供词招供，便可免其死罪。曾静如遇救星，二话不说，当场誊抄一份，签字画押。张熙却是连连冷笑，继而破口大骂，拒死不招供。达哈维恼羞成怒，命人把他打晕按着手在拟好的供词上画了押。张熙醒来，达哈维已走。他再也不依师礼待曾静，当着狱卒的面，羞辱、责骂这个没有骨气的老师。狱卒怕闹出事，只好请示达哈维将两人分开囚禁。

达哈维的大轿在刑部大狱门前停住。达哈维下了轿，带着几个亲兵差役就要往里走。偶尔一回头，忽见一乘绿呢大轿急急而来，在达哈维的轿后停住，轿内走出户部尚书史贻直。史贻直一看他直愣愣地看着自己，爽朗地一笑道："达哈维，不认识咋地？"

达哈维有些慌乱，忙迎上前去赔笑道："我只是奇怪，史大人下了朝不回府，跑到这儿做什么？"

史贻直笑道："我还没问你呢，你倒先审起我了。"

"下官还有一些细务没有完，思量着明日交代事宜，怕是来不及，就忙着过来了。"

"下官也一样。皇上旨令明日就动身，所以就赶早过来了。"

达哈维怕他看出破绽，忙道："请史大人先去西客厅稍坐，下官有些细务要办理，稍事即可。"

说完，达哈维一边吩咐人陪着史贻直去西客厅，一边带着亲兵往曾静、张熙的牢室来。

曾静自不必说。达哈维来到张熙的牢室门外，那牢门也没上锁，只有两名狱卒看守着。达哈维推开门，张熙正坐在床边看书，见他进来，头也不抬。达哈维故作严正地说道："张熙，你的案子已经审结，钦命已经下来了。"

张熙放下书，讥讽道："尚书大人，你用怎样的手段审结此案的，跟皇上说了吗？其实，我也是多此一问，不管你是怎么审的，我这个谋逆之罪是逃脱不掉的。横竖一个死，大爷早想好了。说吧，皇上怎么说？"

"皇上说，你大逆不道，按律凌迟处死。"

张熙只是淡然一笑，无动于衷。

"皇上还说，你张家男丁十六岁以上依律斩立决；男丁十五岁以下，及母、妻、女、姊、妹解送刑部发配功臣之家为奴。"

张熙浑身抽搐了一下，两滴清泪无声地滚落下来。达哈维看得清楚，故作同情地道："下官钦佩你是条汉子，有骨气，不似曾静那条癞皮狗。可惜你死了不要紧，还要连累年迈老母和娇弱的妻儿为你送命，这岂是一个七尺男儿能容忍的。"

"清狗，不要说了。"张熙突然暴怒起来，一下子扑到门口，遥望南方跪倒在地，声泪俱下道："娘，儿不孝，让您老人家遭罪了。"

达哈维不急不怒，走到他身后，讥诮道："说你是条汉子，因为你不怕死。可是，堂堂七尺汉子，不能在母亲跟前尽孝，还要她老人家受尽牵连，你也算得上英雄吗？如有一线希望，你还让老母为你而死吗？"

"希望？"张熙惶然无措，挥舞着双手仰天长叹道："大逆之罪，诛灭九族，历朝皆然。一人做事一人当，为什么要株连我娘亲、妻、儿，天道不公啊！"

达哈维知时机已到，从身后取出雍正特谕，高声叫道："有旨，赦曾静、张熙免诛。"

张熙茫然地看着他手中的金色圣旨。

　　蒙上天皇考俯垂默佑，令神明驱使曾静自行投于总
督岳钟琪之前，俾造书造谤之奸人一一呈露，朕方得知
若辈残忍之情形，明目张胆将平日之居心行事，遍谕荒

陬僻壤之民，而不为浮言所惑于万一。亦可知阿其那、塞思黑等蓄心之惨毒，不忠不孝，为天祖之所不容，国法之所难宥处。天下后世，亦得谅朕不得已之苦衷矣。此朕不幸之大幸，非人力之所能为者。即此则曾静不为无功，即此可以宽其诛矣。……除造作布散流言之逆党，另行审明正法外，着将曾静、张熙免罪释放，并将伊之逆书及前后审讯结问之语，与伊口供，一一刊刻颁布，使天下人共知之。曾静等系朕特旨赦宥之人，彼本地之人，若以其贻羞桑梓有嫉恶暗伤者，其治罪亦然。即朕之子孙，将来亦不得以其诋毁朕躬，而追究诛戮之。

钦此

张熙如被梦魇，半晌说不出话来，自投书岳钟琪案发，他即抱必死之心，因为像这样的大逆之罪，历朝历代也不曾宽宥过。既然必死不如死得轰轰烈烈、堂堂正正，也好成就自己一生的英名。可是没想到，清朝皇帝竟有如此容人之量，真的赦免自己的死罪，家里妻、儿、老母也不必惨遭株连。不可思议，恐怕任何一个汉人皇帝也不可能赦免自己这样的大逆之罪，以后还侈言什么反清复明呢？

达哈维见他干瞪眼跪着不说话，以为他还是一条道走到黑，只得施展出最后一招，威吓道："张熙，你一个名不见朝野的穷乡儒生，下官看得起你，多方为你周旋，也是皇上圣德宽仁，免你死罪。你若还是执迷不悟，也好办。下官只要将你冥顽不化的真相奏明圣上，这张宽宥你的圣旨立刻就变成废纸一张。你和妻儿、老母只有在菜市口相见了。"

"不，不，大人！"张熙第一次软了骨头，爬到达哈维跟前长出一口气道，"为着我一家老小性命，张熙再不反清，谢皇上法外施恩，谢大人从中保全。"张熙一边说，一边连连叩头。

达哈维哈哈大笑，立刻吩咐道："来人，请史大人！"

第三十六章

旧幕宾巧舌慰旧主
新宫女痴心盼新郎

"你们对弘历图谋不轨，休想欺瞒朕。""冤枉，皇阿玛。儿臣怎么会对弘历图谋不轨。这是何人造谣诬陷儿臣？"弘时一边说着，一边用眼角扫着李卫和弘历。

弘时这几天一直心神不安，好像总有双犀利的眼睛盯在背后似的。早晨上朝时，总是心惊肉跳地左顾右盼，一会儿看看皇上，一会儿又瞅着弘历，就连李卫进见时，他也不放心地多看了几眼。

"王爷，想谁呢？"爱妾佟儿不知何时走进来，挨着身边坐下。

弘时躺在睡椅上，伸了伸慵懒的腰，面无表情地说道："我没想谁，想事情呢！"

佟儿看了两个给弘时捶着腿的丫头一眼，说道："你们下去吧！"

等两个丫头走出门，她才柔声问道："我说的事儿，你问了吗？"

"什么事儿？"

"你……你怎么忘了？"佟儿有些生气，但还得忍住气，"我说过很多遍了，让你求求皇上能不能赦免我祖父的罪。"

"又是隆科多。"弘时肚子里都是气，没好气地道，"你们女人不懂。他和皇阿玛之间谁也弄不清楚的事，我敢问吗？"

佟儿一阵子难过，流了泪哭泣道："都怪我命苦，爹死了，祖父不知会怎样，让爹多次托梦我，可是，我怎么办……"

弘时只好坐起身，好言安慰道："别哭了，小娇娇，邬先生是个有办法的人，把他叫过来商量一下不就成了。"

佟儿破涕为笑，扑到他怀里撒娇道："谢王爷！"

两人正说着话，一个丫头进来道："王爷，邬先生来了。"

"请他进来吧！"弘时边用手捏着佟儿的脸蛋边说，"你看，他不是来了吗？"

邬思道走进来，一撒手道："王爷、佟儿奶奶都在。"

佟儿一指桌子旁的凳子说："邬先生，请坐，我和王爷正有事儿跟你说呢。"

"什么事儿？"

弘时接过话头答道："佟儿要我求皇阿玛赦免隆科多的罪。邬先生，你说我有这个胆子吗？"

邬思道双眉一展，用手摸了摸颏下稀稀落落的几根胡须道："隆科多原是皇上宠臣，权重而矜，赏多而骄，因而获罪。但外界传闻，隆科多和皇上之间有说不清楚的事，王爷贸然求情，恐怕要引起皇上的猜疑。"

弘时看了佟儿一眼道："我也是这么看，可是佟儿……"

"佟儿奶奶是重情理之人，为祖父忧虑也是人之常情，王爷应该想办法帮她。"

弘时差点儿把鼻子气歪了，没好气地道："你这个牛鼻子，有理无理都是你说的，要想办法，你去想。"

邬思道莞尔一笑道："办法由奴才想。请佟儿奶奶暂且回避，我和王爷商议一下。"

邬思道以奴才身份竟敢让主子的侍妾回避，真算是狂妄至极，但因他曾做过雍正的幕宾，弘时也只是看了他一眼，佟儿因有求于他也不见怪，便站起身来，冲二人一个微笑，袅娜而出。

弘时躺下身来，用脚尖轻轻敲着地面，说道："牛鼻子，有什么鬼主意尽可以说了。我就是不明白你为什么要帮佟儿说话。"

邬思道微微一笑道："奴才自有道理。前次王爷故意向吴守义、马守柱透露皇上行踪，行一箭双雕之计……"

弘时吓得一下子从躺椅上跳起来，伸手捂住他的嘴巴，惊慌地道："邬思道，你作死吗，这种话也能说出口？"

邬思道推开他的手，放低了声音道："王爷放心，外面的丫头早被我打发去了。奴才今儿个要告诉您一件大好事。"

"什么事儿？"

"隆科多被皇上以四十八大罪囚禁起来，却为什么迟迟不杀？"

"也许是隆科多罪不当诛，也许是皇阿玛仁厚，曾静、张熙大逆之罪尚可宽宥免诛，何况隆科多。"

"王爷此言差矣！"邬思道以谆谆教导的架势道，"皇上是一代明主，宽宥曾静、张熙，无非是让这两个逆犯感激圣德，到处为皇上呐喊，颂扬皇上的圣德，这比杀他们更有利。隆科多则不同，他是拥立皇上登基的人，知道许多不利于皇上的秘密，皇上必欲置之死地而后快。但是现在皇上只是囚而不杀他，说明隆科多手上掌握着不利于皇上的重大物证。一旦物证落到皇上手中，隆科多就是有十条命也休想再活着。"

弘时听得目瞪口呆，半晌才疑惑着问道："皇阿玛登基时，真的像外面传言的那样对圣祖爷做了什么？"

"外面的传言大多捕风捉影，无根无据，不足以信。据奴才推测，圣祖爷崩逝前，隆科多肯定按照皇上的意图在圣祖爷跟前做了手脚。具体怎么做的，隆科多连皇上也隐瞒不说，致使皇上不敢轻易杀他。"

弘时似信非信地点点头，却又道："你说的这些和外面的传言也差不多，对我来说，也算不上什么好事。"

"当然是好事。"邬思道神采飞扬地说道，"王爷可以请求皇上准许你带着佟儿奶奶探视隆科多。那时，隆科多看见他的孙女，说不定会把那个重要物证交给或告诉佟儿奶奶。王爷再从佟儿奶奶那里得到物证。以物证做要挟，不怕皇上驭天后不把大位传给王爷。"

弘时脸色微变，胆怯地说："皇阿玛如此圣明，岂能容我得逞。"

"哈哈哈……"邬思道突然站起来，来回踱着方步，说道，"前次皇上秘密出宫，往遵化拜祭景陵，交王爷总理京城事务，王爷便忘乎所以，几乎轻举妄动，亏得奴才想出一箭双雕之计，故意向吴守义、马守柱泄漏皇上行踪，让他们去做王爷想做的事，王爷今日才安然无恙。当时王爷有那种胆量,今天怎么反而胆怯了?欲成大事者,必须有胆有识、有勇有谋。皇上当年在众阿哥当中夺嫡成功,十分清楚地说明了这个道理。"

弘时受到鼓舞,精神一振,从躺椅上站了起来,向邬思道一躬身道:"邬先生,本王就听你的,大事成功之日少不了你的好处。"

邬思道正要坐下,忽见冯荒跑进门来,大声叫道:"王爷、邬先生,宫里来人了,叫王爷和邬先生快去。"

弘时眼角一跳,有些慌乱,问道:"天这么晚,宫里来人做什么?"

邬思道一手扶着他,平静地道:"王爷,不必担心,有奴才在,不会有事的。"

弘时约略安了心,两人由冯荒带路来到大厅,却见太监朱儿正坐在大厅里品茶。弘时、邬思道忙迎上前去。

朱儿先给弘时请了安,又看了看邬思道,尖着嗓子笑问道:"邬先生,好久不见了,什么时候端了盛郡王爷的饭碗?"

邬思道显出无奈的样子,苦笑道:"反正是做奴才的,在哪儿也是一样干活吃饭。"

"说得也是。"朱儿似乎很是同情,又向弘时说道,"皇上有旨,宣盛郡王和邬先生见驾!"

弘时一怔,问道:"皇上这么晚召见我和邬先生,有什么事?"

"做奴才的哪能知道,反正去了就明白了。"

邬思道若无其事地道:"王爷,既是万岁有旨,咱们就动身吧!"

朱儿道:"皇上在圆明园,王爷和邬先生最好骑马去。"

冯荒慌忙吩咐备马,弘时和邬思道跟着朱儿,出了王府大门,上了马,冯荒带了两个亲兵打着灯笼,几匹马向着茫茫黑夜驰去。

弘时的王府离圆明园有十几里,但在马身上,也只是一哈腰的工夫。几个人到了圆明园门前下马,冯荒和两个亲兵在外面等着。朱儿引着弘时和邬思道两个人往里走。园里所有的通道都点着灯笼，所以走得很快。没多大工夫，几个人便到了九州清晏大门的台阶前。朱儿手一指当中灯光通明的大厅，说道："皇上在那儿等着呢，王爷和邬先生自己进去吧！"

弘时不安地看着邬思道，邬思道一拉他的手低声嘱咐道："王爷别怕，就按奴才平时教的说。"

弘时稳稳心神，深呼一口气，迈步走进大厅。进去一看，却见雍正坐在正中的香机上，李卫和弘历一左一右，分坐两旁陪着说话。弘时一见李卫、弘历也在，心里一惊。他竭力保持镇静，先给父皇施礼。李卫和弘历看着他进来只是略一欠身，拱手一揖，算作见礼。邬思道跟在弘时后面进来，跪倒在地，一一叩头施礼。

"奴才邬思道给皇上请安，皇上万岁万万岁！给宝亲王请安，王爷千岁千千岁！给李大人请安！"

弘历稍微欠身，轻轻一笑点点头，算作还礼。李卫和邬思道算是旧人了，知道他当年和自己一样，在雍亲王府极得宠的。但是李卫面无表情，只是点点头算作还礼，身子竟动也不动。

雍正打量着两人，良久才用冰冷的声音说："你们也该知道，朕黉夜召见，为着什么事。"

弘时慌忙答道："皇阿玛，到底什么事，儿臣一点儿也不知道。"

"不知道？"雍正冷笑道，"朕问你，邬思道怎么会到你府中，他帮你做了什么？"

弘时顿时浑身直冒冷汗，一时不知做何回答。正在慌乱，忽听身旁的邬思道不慌不忙地说："皇上，奴才的事，由奴才回答，行吗？"

雍正似笑非笑，点点头道："邬思道，你说吧！"

"像奴才这种科举不第的穷儒生，仕途无望，又肩不能扛，手不能提。为了果腹，只能用自己浅薄的才识，投身王侯将相府中充当幕宾。奴才有幸，充当过皇上的幕宾，但皇上登基后，处理的都是军国大事，奴才自觉才疏学浅，无能赞襄主子，才乞请离府，皇上也是恩准的。奴才无处栖身，在京城漂泊，一个偶然的机会，奴才得遇盛郡王，素知王爷性情爽直、宽和仁厚，蒙王爷不弃，收留奴才于左右。"

弘时听他镇定自若，答对如流，也心安下来，应道："邬先生说的句句是实。儿臣生性愚钝，幸亏邬先生赞襄辅佐，才对诸政国事从容料理。求皇阿玛不要怪罪邬先生。"

"朕不是怪罪他赞襄你政务。"雍正依然阴沉着脸，"你们对弘历图谋不轨，休想欺瞒朕。"

"冤枉，皇阿玛，儿臣怎么会对弘历图谋不轨！这是何人造谣诬陷儿臣？"弘时一边说着，一边用眼角扫着李卫和弘历。

邬思道显示出久经历练的样子，不慌不忙地问道："皇上，到底是怎么回事，王爷和奴才都是如坠雾中。可否给奴才一个明白？"

弘历站起身来，走到两人身边，不冷不热地道："三哥、邬先生，我们弟兄在信阳相遇后就发生了一些令人费解的事。先是当晚就有江湖侠士甘凤池行刺本王。再次，当本王沿江而下途经采石矶时，又有水匪劫船。亏得本王的贴身侍卫舍命相救，本王才死里逃生。可惜的是本王失去了几位心腹侍卫。所幸有一名水匪被本王拿住，经李卫亲自讯问，此贼供称是受一位邬姓的京城来客的买通，劫杀本王的，而这位姓邬的人又称受京城一位人称'三爷'的人主使。本王原本不相信是三哥和邬先生所为，但水匪言之凿凿，实在令人费解。"

李卫也站起来说道："宝亲王说的话句句是实。下官亲自审讯落网的水匪，所供正像宝亲王说的那样。也是下官派人沿江接应宝亲王的，确有水匪劫杀一事。"

弘时跪在地上，不敢抬头，嘴里念叨着："怎么会这样……"

邬思道双眉上扬，轻笑一声道："这就奇怪了，奴才和王爷一路押解钦犯进京，怎么可能去劫杀宝亲王。更令人费解的是，那买通水匪的人居然言明自己和主子的身份。如果真的是奴才，断不至于蠢到如此地步。奴才请问李大人，落网的水匪现在何处？"

"这……"

李卫一时不知如何回答，下意识地看了雍正和弘历一眼，雍正道："李卫，既然那水匪供称曾见过邬先生，不如就把他带过来和邬先生当面对质，也省许多口舌之争。"

　　李卫道声"遵旨"，起身走出去。不多时，他亲自带着两个亲兵押着水匪来到。邬思道突然站起来，快步走到水匪跟前，厉声喝问道："大胆逆贼，你可要认清楚，哪一个人是买通你们劫杀宝亲王的邬先生。快说！"

　　水匪吓得跪趴在地上，小眼睛怯生生地打量着大厅里的每一个人，他见人人都衣着华贵气宇不凡，哪敢胡乱攀认，因见弘时跪在地上，便用手一指，叫道："是他，他就是邬先生。"

　　弘时又是一惊，忽见邬思道又回到原地跪下道："皇上，请恕奴才刚才失礼之罪。奴才若不这样做，必被那水贼认作邬姓人。现在很明白了，分明是有人要买通水匪，一则刺杀宝亲王，二则诬陷盛郡王，一箭双雕，其计可谓毒也。"

　　雍正看着眼前的藩邸旧人，不能不佩服邬思道是个鬼才、奇才。当年自己和诸位阿哥逐鹿时，邬思道鼎力相助，奇计、诡计百出，使原本势单力薄的自己从容周旋于强敌之中，自己能够登基九五大位，邬思道功不可没，但是他也是自己最感到心惊肉跳的人。

　　比之年羹尧、隆科多，邬思道虽然位卑名贱，却更加高深莫测，令人难以把握，作为主子的雍正皇帝，时时感到他的威胁在逼近自己，却又想不出这种威胁的来由。

　　邬思道的辩解入情入理，任谁也找不出反驳的理由，何况那名水匪竟当场认错"邬先生"，雍正的脸色缓和了许多，说道："邬思道，以你的精明之处，能否说出图谋弘历的到底是什么人？"

　　邬思道摇摇头，谦恭地答道："奴才不像皇上所誉的精明，奴才只是一介寒儒，没有未卜先知之能。图谋宝亲王的到底是什么人，还需李大人和宝亲王多方详查，才能水落石出。"

　　弘历听得清楚，心中恼怒，却不形于色，向父皇一躬身，爽朗地说道："皇阿玛，邬先生所言句句在理，看来图谋儿臣的绝不是三哥和邬先生。"

弘历说完，站起身走到弘时跟前，躬身揖手，惭愧地道："三哥，委屈你了。小弟根本不相信是你所为，可是那水匪胡乱咬人，李卫为查明真相特地请父王召见你，小弟不得不走走过场。"

弘时这会儿得了理，长跪不起，抑郁道："老四，你是有才能的人，人又精明，朝野皆知，三哥一直自愧不如，什么事都甘居你后，怎么会图谋你呢？"

雍正看着这一对儿子，似乎心头一块石头落了地，面色和蔼地说："既然是误会，朕就安心了。弘时、邬先生，坐下说话吧！"

弘时、邬思道这才站起，退到左侧的凳子前，斜签着坐下。

雍正长叹一声道："朕初听李卫说弘历遇刺牵连弘时，整个心都碎了。弟兄争储，手足相残，朕是过来人，无时不有切肤之痛。圣祖朝，皇子争储，私党林立，使得官员趋炎附势，不以国事为要，唯私党之利为先，搅得朝廷乌烟瘴气，圣祖爷也忧郁成疾。前事不忘，后事之师。朕心里再容不得你们手足相残。因而，朕登基之后，即召集御前王公大臣等宣布密建储位之法……由朕秘密选好皇子中将来谁继承大统，将谕旨封在建储匣内，放置在宫中最高处乾清宫'正大光明'匾额的后面，又另写同样的密旨藏在内府，作为日后核对。所以，只要是朕的皇子，好自为之，都有可能承继大统。密建储位之法传之子孙后代，不得更改。"

弘历叹道："皇阿玛圣明，立储乃国之根本，密建储位之法彻底消除承继大统的祸患波折，是国家之福、黎民之幸。"

李卫揉揉发涩的眼睛，说道："主子，都是奴才多事，让您为着这点小事不得安寝。请主子放心，奴才一定查明真相汇报给您。天太晚了，主子明天还要处理国事，早些歇着吧！"

雍正苦笑道："没办法，怡亲王去了易县勘查陵址，朕只有亲身过问此事才能放心，既然这事与弘时无关，朕也放心了！天太晚了，你们跪安吧！"

"嗻！"弘历、弘时四人一齐起身叩头跪安，便退出大殿。

李卫悄悄拉了弘历落在后面，低声道："四爷，您今儿个怎么了？平日的能言善辩到哪儿去了？弘时明摆着心存歹意，就这么便宜他？"

弘历不理，只是大步往前走。李卫耐不住心里的疙瘩，死追不放。弘历被缠得没办法，只得叹了一口气道："我能怎样，现在证据不足。皇阿玛也不会相信他真能对亲兄弟下毒手。皇阿玛是从亲兄弟手足相残中过来的，他不会容忍我们再次发生手足相残的事，不论谁是谁非，我们都会受到惩处。"

李卫轻笑一声道："如果两次行刺四爷，都是弘时所为，难道四爷也这样坐以待毙吗？"

弘历一声冷笑道："只要他有不轨之心，总会有所举动。心急吃不得热豆腐，你就等着大鱼露出水面吧！"

雍正由朱儿扶着出了九州清晏大厅的北门，回静宜殿歇息，两名宫女慌忙迎上去，服侍雍正在御榻边坐下，一名宫女慌忙端来热水，服侍皇上洗脚，另一名宫女站在身后，用一双柔嫩的小手在雍正肩上轻轻按摩。

雍正日理万机，又累又乏，经这宫女轻轻一按，顿觉舒爽无比，不禁龙颜大悦，笑问道："兰儿，你何时学会这一手？"

那宫女格格一笑，边轻轻揉搓边答道："万岁爷，奴婢不是兰儿。您不是说兰儿手脚粗笨吗？总管就让奴婢换下兰儿，来服侍万岁爷。"

雍正恍然大悟，说道："朕每天事儿多。也许说过，兰儿也不错的，就是不爱笑，老板着脸。朕一天的国事忙下来，骨头架都散了，还要面对她那张长脸，你说朕高兴得起来吗？你叫什么名字？何时进宫的？"

"奴婢叫蕙儿，进宫一年多了。"

雍正眯着眼，享受着蕙儿一双小手的温柔，肩上的酸麻渐渐消失，双腿双脚还有些酸痛，于是，叫道："蕙儿，给朕揉揉脚。"

"奴婢遵命。"

给雍正洗脚的宫女慌忙让开。蕙儿蹲在雍正脚前，双手把雍正的双脚放在大腿上，然后顺着足踝神经轻轻揉搓。雍正这时看到她正面，蕙儿十五六岁，鹅蛋脸白里透红，洋溢着少女的青春气息，乌黑的长发挽了个朝天髻俏皮极了。蕙儿发现皇上在眯着眼睛，一动不动地盯住自己，便莞尔一笑。雍正似乎被笑声惊醒，微睁双眼，伸出一只手轻轻抚摸着蕙儿的长发，慢慢由长发到脖颈，最后伸进蕙儿衣内。蕙儿心中窃喜，今晚若是被皇上临幸了，说不定明年就能生个龙子凤孙出来，自己一夜之间身价倍增，封妃、封后也未可知。她想得痴了，竟把脸儿轻轻贴在雍正脚上。

忽然她发觉皇上的大手停住不动了。慌忙抬起头来，只见雍正在凝神沉思，蕙儿轻轻地叫道："皇上！"

雍正一怔，突然叫道："朱儿！"

朱儿正在外间侍候，慌忙跑进去。蕙儿见雍正的手还没拿开，一时羞臊难当，又不敢挣开。朱儿一见此景，慌忙把头低下，怯怯地应道："奴才在，万岁有何示下？"

雍正这才意识到自己的那只手，忙缩回来威严地清咳一声道："叫博尔多来见朕。"

"这……"朱儿迟疑着道，"都三更天了，雍和宫怕是上门栓了。"

雍正勃然大怒，斥道："上门栓你不会叫开？朕要是有军国要事，这三更天就不能办了吗？"

朱儿吓得一哆嗦，连声道："万岁爷息怒，奴才就去。"一边说，一边退出去。

蕙儿这才明白，雍正刚才摸着她的时候，心里想的却不是她，而是别的事，不由一阵寒心。

雍正看她呆呆的样子，明白她的心思，便一把把她拥在怀中，笑道："生朕的气，是吗？"

蕙儿忙嫣然一笑道："奴婢不敢。皇上是一国之主，日夜忙于国事，哪有时间亲近女色？"

"说得好！"雍正仍把她放回原地坐好，说道，"曾静骂朕的十大罪过，其中之一便是淫色。宫中上下都知道朕勤政，极少翻牌子御幸后妃。曾静这样骂朕，朕太冤枉了。"

蕙儿为雍正轻轻捶着背道："是啊，皇上天天忙于国事，一定又累又乏，皇后和贵妃娘娘也该侍候皇上舒服一些。"

"别说她们，"雍正轻轻摇头道，"朕是九五之尊，也没有她们娇贵。她们要的是朕的宠幸，不是侍候朕舒服，更不会像你这样给朕捶捶背、按按肩。"

"不会吧！皇上，您是一国之君，让谁怎样谁就得怎样。"

"朕不愿强人所难嘛，她们不乐意侍候朕，朕何必强求呢。蕙儿，你是京城人？"

"皇上圣明！"

"不是朕圣明，是你的口音告诉了朕。"

"奴婢生在京城长在京城。去年选秀女的时候，被选进来的。"

"父母都是干什么的？"

"奴婢的爹，皇上认识的。就是刑部尚书达哈维。"

雍正一怔，想不到刑部尚书的女儿竟在宫中做一名宫女。便问道："你家是官宦之家，又是旗人，你为什么要进宫做秀女呢？"

蕙儿一笑道："宫中按例选秀女，奴婢在应选之列，岂敢违旨！"

"据朕所知，很多富家或官宦之家的女子不愿进宫。其父母为不使女儿进宫，或找贫家之女代替，或买通经办官员落选。你爹身为尚书，应付这类事只消举手之劳。莫不是你乐意进宫？你说真心话。"

蕙儿愣住了，半晌才羞怯地道："奴婢就是想看看皇上是什么样儿，还想侍候皇上一辈子，为皇上生……生一群龙子凤孙。"

雍正听了，哈哈大笑，说道："朕难得遇着你这样率直的女子。朕也跟你说实话，朕勤于政事，无暇顾及后宫，若不是怕违了祖制，朕甚至想废去选秀女之制。蕙儿，朕老了。你还是个宫女，再过几年，朕把你指给哪个王公贝勒配婚，也不屈了你青春年少。"

蕙儿激动地抱住雍正的胳膊道："奴婢谢皇上一番好意，可是奴婢只想侍候皇上一辈子。"

雍正正想安慰她，忽听一阵脚步声传来，朱儿引领着博尔多大步走进来。

博尔多跪倒叩头："奴才给皇上请安。"

雍正推开蕙儿，说道："这里是内府，不必拘礼，站起来说话吧！"

"嗻！"博尔多站起身来，谦恭地问道："万岁爷深夜召奴才来，有何训谕？"

"朕没有训谕，只问你，张千还在弘时府上吗？"

"回万岁爷，他还在那儿呢，自打万岁爷派他帮着盛郡王去湖南押解曾静回来，他就一直留在盛郡王府。"

"那就好。你马上通知张千，要他注意弘时和邬思道的行踪，有可疑之处直接告诉朕。"

"嗻！"

雍正站起身，来回踱着步，忽然又问道："隆科多最近怎么样？"

"回皇上，隆科多还是老样子，能吃能睡爱打呼噜。"

"朕不是问你这个，朕问你，他说了什么话没有？"

博尔多皱着眉头，想了半天才答道："他说要奴才小心点，说皇上说不定哪天就杀了奴才。还说皇上不敢杀他。"

"一派胡言！"雍正突然暴怒起来，用力跺着地面道，"不要听他胡说，你们忠心事主，朕怎么会杀你们。隆科多十恶不赦，朕总有一天会收拾他。"

博尔多浑身一寒，嘴唇抖了几抖，说道："奴才怎么会相信他的话。皇上有什么吩咐，奴才赴汤蹈火，在所不辞。"

弘时觉得这几天佟儿似乎特别忙，有时一整天都见不到她的人影儿。佟儿到了晚上才回到府里，对弘时理也不理。偏偏弘时对府上的福晋、侧福晋、侍女看也懒得看，而对她独宠。

一天，弘时直等到掌灯时分才见佟儿回来，不由一阵恼怒，伸手抓住她的手问道："佟儿，你一天到晚不在府上，干什么去了？"

佟儿一动不动，一仰脸，面无表情地答道："爷，奴婢不是说过，你这位王爷帮不上忙。"

"你是说隆科多的事？"

佟儿挣开他的手，一屁股坐到床榻上，一双美目噙满泪水，长叹道："奴婢求你多少次了，可是你这位皇子就是不敢在皇上面前提，奴婢只有靠自己，可是……"

弘时顿觉气短了许多，忙坐到她身边，搂着她的香肩，柔声道："佟儿，你一个弱女子能做什么！再说你是本王的人，整日在外面疯疯癫癫地跑，成什么样子！"

"奴婢不管这些，奴婢只恨这世态炎凉，人情如纸薄，那些祖父的旧人见我佟家失了势，一个个如避瘟疫，奴婢恨不得一个个杀了他们。"

弘时灯下看她，如雨打桃花，更加娇艳可爱，忍不住一把将她拥在怀中，口里安慰道："佟儿，别管这些了。只要本王宠爱你，让你一辈子享尽荣华富贵，不就行了。"

佟儿挣开他，冷笑一声道："荣华富贵？哼，奴婢侍候爷这么多年，还是一个没有名分的侍妾，这荣华富贵从何说起？"

"佟儿，你听我说，本王早想立你为福晋，可是皇阿玛说你是佟氏之女，就是不答应。等皇阿玛龙驭上宾之后，本王封你为妃、为后。"

"哈……"佟儿听了，一阵大笑，然后说道，"我的爷，好像老皇帝死了，这皇位就非你莫属似的，奴婢眼拙，看不出爷的帝王之相。"

弘时涨红了脸，说道："有邬先生相助，本王一定如愿以偿。"

佟儿却从床榻上立起身道："爷歇息吧！奴婢去阿菊房里歇息。"

弘时哪肯放她走，死乞白赖地说道："佟儿，我好想你，陪本王一夜如何？"

"可是佟儿没心情，侍候不好王爷。"

"好，好，本王给你好心情。来人，请邬先生过来。"

冯荒就在外间侍候，慌忙答应一声，跑出房去。

佟儿只好原地坐下，闷声不响。弘时一时也找不出安慰她的话，只得干看着。房间里一片寂静，唯有墙上的自鸣钟嘀嘀嗒嗒地响着，敲得人烦躁不安。弘时耐着性子，不时看看钟。佟儿似乎对邬思道的到来寄予着希望，很安静地坐在那儿。

小半个时辰过去了，院子里终于传来脚步声，冯荒引领着青衣儒雅的邬思道走进来。弘时迎上前去，对着屈膝施礼的冯荒责骂道："没用的东西，叫你去请邬先生，怎么这时候才请来？"

冯荒吓得跪在地上，诺诺连声。

邬思道一摆手道："王爷不要责怪他。是我出去拜访一位朋友，回来得迟了，冯荒在我房里等着呢。"

弘时消了气，喝道："滚！"

冯荒忙不迭地爬出去。

佟儿看见邬思道，精神一振，娇声道："邬先生，请坐下说话。"

"佟儿奶奶也在。"邬思道一边说话，一边施礼坐下。

弘时一边走到佟儿身边坐下，一边说道："邬先生，本王急着找你，就是佟儿有事请你帮着出个主意。"

邬思道笑道："佟儿奶奶这几天挺忙的，难道没想出办法？"

佟儿红了脸，不好意思地说："不怕邬先生笑话，奴婢这几天吃的闭门羹不少。那些没良心的东西，见我们佟家失了势，一个个像避瘟疫一样躲着我，倒是有一家不一样。"

"这一家怎么样？"邬思道似乎很有兴趣。

"这一家倒是没给我吃闭门羹。可是也没有指望。"

"请佟儿奶奶仔细说来听听，也许对奴才有用。"

"这家就是刑部尚书达哈维府上。达哈维的小女名蕙儿，一年前被选秀女选进宫内，奴婢自幼和蕙儿私交甚好，打听到她就在御前侍候皇上。今儿个早间，蕙儿乞假回府探视双亲，奴婢就去了尚书府，求蕙儿在皇上跟前为祖父美言。可是蕙儿说，皇上是勤政之君，不好女色，她费尽心机，也不能引起皇上的注意，像她这样不得宠的宫女贸然提起朝政之事，只会招来杀身之祸。"

邬思道凝神听着，微微一笑道："蕙儿不敢在皇上面前说话，是因为她不得宠？"

"蕙儿如果得宠，一定会帮我佟家说话。可是……"她脸上一红，鼓足勇气道，"她进宫一年多，还没被临幸过……"

弘时不以为然地笑道："不足为奇，不足为奇。历朝历代都是后宫佳丽三千多，很多宫人一辈子老死宫中也没被皇上临幸过。"

邬思道莫名其妙地一笑道："三爷，佟儿奶奶，奴才倒有一个办法让蕙儿在皇上跟前得宠。只是有些不雅，难登大雅之堂。"

弘时见他神色诡秘的样子，哑然一笑道："牛鼻子，又是下九流的道道儿？"

佟儿随和地说："邬先生，咱们也不分主子奴才的，这种情分上，有什么不好意思说的。"

邬思道一边伸手从衣内掏出一本书来，一边笑道："孔圣人曾言'食色，性也'。男女性事本是自然之理，追求最佳妙境更是君子所求。可是世人总耻于言色，背地里却是人人乐道。皇上虽然位尊九五，也有七情六欲。只不过勤于政事，无暇亲近女色而已。"

弘时接过来，仔细一看，却是一本房中术秘籍，他如获至宝，随手打开，看得津津有味。

佟儿红着脸，一把夺过来，扔到地上，嗔怪道："我的爷，瞧你那份出息，还想将来承继大统做皇上呢。"

弘时尴尬地笑道："邬先生不是说'食色，性也'嘛！本王不过随手翻翻。"他一边说，一边偷偷瞅着扔在地上的秘籍，却不敢去捡。

邬思道俯身拾起秘籍，掸掸上面的尘土，正色道："佟儿奶奶，蕙儿若是依着此书所说的去做，一定会得到皇上宠幸，为令祖求情免罪的事也会有希望。"他一边说，一边将秘籍送到佟儿手里。

佟儿半信半疑，红着脸接过，说道："奴婢全当信了，这书待寻个机会交给蕙儿。"

邬思道看看弘时，意味深长地说："蕙儿那头，未必就能成功。佟儿奶奶思念祖父心切，依奴才之见，三爷可借巡察为名带佟儿奶奶见上隆科多一面。"

佟儿听说能见到祖父，一下子跳到地上，双手摇着弘时的肩膀，娇声求道："爷，邬先生说得对，奴婢自小受祖父宠爱，祖孙情深似海，求爷成全奴婢的孝心。"

弘时耐不住她的诱惑，说道："本王可以借巡察之名，探视隆科多，只是不方便带着你去。"

佟儿扑哧一笑道："爷，这还不容易，奴婢扮作爷的贴身侍儿，神不知，鬼不觉，就成了。"

邬思道欠身站起，说道："佟儿奶奶果然聪慧过人。可是这次相见也许就是你祖孙最后一次会面，佟儿奶奶要细心询问令祖，有什么要交代的话。"

弘时心领神会，也从旁说道："佟儿，本王实在无能救令祖性命。你祖孙此次会面就是生离死别，务必询问令祖有何要交代的话。"

佟儿被他两人一番郑重其事的叮嘱说得悲伤起来，流着泪点头道："奴婢记下了。"

邬思道扫了弘时一眼，似笑非笑，拱手一揖道："三爷，佟儿奶奶，没有别的事，奴才告退了。"

邬思道刚跨出房门，弘时就急不可耐地拉过佟儿，拥在怀里笑道："佟儿，我的心肝娇娇，这回该满意了吧！"

佟儿收了泪，勉强装出笑脸道："奴婢本来就是爷的人，爷想怎么着就怎么着吧！"她边说边脱去外罩绸衫，仰面躺在软榻上。

弘时却没有急着上床，从床头拿过那本房中术秘籍在她脸上一晃，笑道："邬思道这个牛鼻子，把这本书说得如此玄乎，你难道不想试一试？"

佟儿心中一动，这秘籍是不是真的管用，蕙儿真能靠它得到皇上的宠爱吗？她脸一红接过那本书，翻开细细读来。刚看完两页，便羞得面红耳赤，把书扔了，嗔骂道："这个邬思道，不知从哪儿弄来这种下流不堪的东西。他恐怕也不是什么好东西。"

弘时忙又把书捡起，脱了靴子、外套上了床，一手把佟儿拥在怀里，一手打开书，指点着笑道："你看，这是说女人如何撩拨男人的情欲的。我念给你听：'足下球部纹、足跟区纹交会有穴，以指轻按缓柔，久之可令男亢奋也。'佟儿，这法子蕙儿肯定用得上。在给皇上洗脚的时候，神不知鬼不觉就让皇上兴奋起来。既不落下诱惑皇上贪恋女色的恶名，又能让皇上宠幸她。真是太妙了！只是不知这法子灵不灵？"

佟儿被他说得动心，夺过书来，细细读过。脸一红，羞怯地说道："不妨让奴婢在爷身上试一试。"

弘时巴不得她这样，连声道："你就放心大胆地试吧！爷今儿个就交给你了。"

第三十七章

卫正统重申禁教令
定边陲再遣平叛臣

雍正恢复了常态，斥责道："朕岂能容忍攻击我天朝教义的西洋教任意传播？如果朕也派一帮和尚、道士到你们西洋去，对你们的国事指手画脚、说三道四，你们的女王能答应吗？你们的天主能答应吗？"

天还蒙蒙亮，弘历就醒了，为了不吵醒福晋富察氏，他自己轻手轻脚地拿过衣服穿上。富察氏还是被惊醒了，一只胳膊抱住丈夫道："天还早着，再睡一会儿吧！"

"不成，"弘历一边扣上内衣一边说，"十三叔在易县太忙，他手上的差事都交给我了。这会儿皇阿玛早起来了，我要赶着去聆听圣谕。"

富察氏只好松开他。弘历穿好衣服，走到外间，两个丫头慌忙迎上去侍候着梳洗。弘历接过热毛巾，边洗脸边吩咐道："叫东方龙、东方豹陪本王入宫，刘统勋留在府里另有差事做。"

绿呢大轿出了宝亲王府沿着大街往北走。因为季节已近初夏，即使是清早，天气也不冷。大轿的帘子没拉上，弘历坐在轿内能看到街景。此时天已大亮，街上的行人多起来，见到亲王的执事，都慌忙回避。

从宝亲王府到宫中，这是唯一一条大街，弘历不知走过多少遍，街旁有哪几家王公大臣的府邸，有哪几家有名的酒店，他都一清二楚，这街景也实在没有什么看头。于是他开始想今天去宫中该议的事：首先是苏努诸子入洋教一案。苏努是太祖努尔哈赤的四世孙，康熙朝曾任辅国公、镇国公、都统、宗人府左宗人。康熙末年，苏努参加皇八子党支持阿其那谋夺皇位。雍正继位后赦免了他的罪，并加恩封他为贝勒，授其六子勒什亨为领侍卫内大臣。勒什亨冥顽不化，不感圣恩，仍和阿其那私结朋党。雍正一怒之下将勒什亨革职，流放西宁，随允禵效力。其弟乌尔陈也一并前往。谁知兄弟二人到达西宁后，加入了天主教，还与允禵一起捐资修建教堂。雍正闻奏后，以苏努毫无悔改之意，革去贝勒，着其同在京诸子流放右卫。苏努已老，抵右卫后不久染病，临死前接受了天主教洗礼。其诸子不畏天威，纷纷效法其父入了教。雍正又惊又怒，着宗人府查抄苏努及其诸子家，并追夺其宗籍，降为红带子。内务府查抄时竟抄出被苏努涂改过的康熙御旨。是可忍孰不可忍！雍正立刻严旨令将苏努就地开棺戮尸，其诸子重罪押解回京，但在京的传教士闻之，大为震动，到处宣扬天主教义在亲王苏努一家取得大进展。苏努诸子苏尔金、乌尔陈等人辗转于昨日被押解到京，监禁在刑部大牢。京教著名传教士苏霖、戴进贤、雷孝恩、宋君荣等上书朝廷，请宽其罪。雍正命达哈维连夜审讯苏努诸子，今日当廷议处。

一阵吵闹声突然打断了弘历的思绪，他探出头来，知道路南便是十三叔允祥的府邸，那吵闹声就是从怡亲王府前传来的。弘历心里一怔，难道十三叔府上出了什么事？十三叔不在家，自己这个侄儿理当过问。因此，他忙叫道："停轿！"

轿夫们不知怎么回事，慌忙放下轿子。弘历走出轿子，往南一看，怡亲王府门前聚集了不少人。他立刻举步走去，东方兄弟慌忙跟上去。不多时到了跟前，只见人群中跑过来怡王府管家哈朗。哈朗拱手打揖道："四爷，您来得正是时候，怡王爷不在家，奴才真不知怎么办才好。"

弘历温和地问道："出了什么事？"

"四爷看了就知道。"

哈朗一边说，一边过去驱散围观的人群。只见一个身穿重孝的女子带着一对刚满周岁的孩子，跪在台阶前。弘历看那两个孩子长相一模一样，又都穿着孝服，怎么看也没有分别，必是一对双胞胎无疑。哈朗一指女子和孩子对弘历道:"四爷,您看,这娘儿仨昨儿个午后就到这儿来了。说是从南方来的,找怡亲王申冤来了。奴才跟她说,怡亲王不在,可是她不信,今儿个一大早又来了。"

"她不是一大早来的。"忽然远处有人大声说道。

弘历一抬头,却见不远处站着一位老妇人,可能是哈朗赶开没走远。弘历一招手道:"老人家,怎么回事?"

老妇人听见宝亲王叫,语气谦和,便走过来,先朝哈朗扔过一个白眼,又给弘历施了礼道:"王爷,这女子在这儿跪了一夜。老身看她一对孩子可怜,就把两个孩子抱回家中过了一夜,早起喂饱了饭送过来的,要不然这两个可怜的孩子非冻病不可。"

弘历深深感动,对着老妇一揖道:"老人家,您是好心人,本王代她们娘仨谢谢您。"

老妇吓了一跳,慌忙跪倒,连声道:"使不得,使不得,王爷折煞老婆子了。"

弘历将老妇扶起。那女子听见说话声,转过身来,望着弘历,迟疑着问道:"请问您是怡亲王吗?"

弘历看她面容憔悴,双目忧郁,忙走到跟前,和颜悦色地说:"我不是怡亲王,怡亲王正在易县督造皇陵,不在府内。我是宝亲王,当今皇上的四阿哥,你有什么事跟我说也是一样。"

那女子两眼一动不动地盯着弘历,半信半疑,口中喃喃道:"宝亲王?四阿哥?民妇家的案子你能管吗?"

哈朗有些耐不住,嚷道:"你这个人,这可是宝亲王,当今四阿哥,你还信不过,莫非你还要找皇上不成?"

那女子像是刚刚弄明白"宝亲王、四阿哥"的身份似的,慌忙磕头,连声道:"民妇信得过,民妇有冤情,求宝亲王给民妇做主。"

弘历扶她站起来。哈朗不知何时搬来只凳子,请弘历坐下。弘历道:"别着急,有什么冤情尽管说。"

"民妇陈刘氏……"那妇人未曾开口泪先流，好容易才止住悲泣，继续说道，"民妇陈刘氏，福建漳州人，相公陈远是个商人，在漳州开了一家药铺。半年前，一位江西的客商来到我家的药铺，说要买一批药用鸦片，问我相公有没有货。相公觉得这是笔大买卖，便告诉那位江西客商说，店里的货不多，但他可以很快搞到大批的货。客商答应了，并支付了订金，我相公第二天便从港脚商人手中购得一批鸦片，只等江西商人次日取货。不料，当日夜里，漳州知府李治国带着一班差役突然前来查抄，将所有的货全部没收入官，我相公也被他捉拿枷锁，定以充军之罪。相公是个老实巴交的商人，从来不敢做违法的生意。经过这场惊吓，竟在牢中切脉自尽了。民妇痛不欲生，带着一对儿女告到巡抚衙门。巡抚刘世明开始时将鸦片送药店鉴别，说是药品，可是……"

　　陈刘氏突然脸色绯红，一阵慌乱，弘历以为她心里害怕，便鼓励道："不要怕，本王为你做主，即便他是封疆大吏，本王依旧治他的罪。"

　　陈刘氏稳稳心神，终于说道："可是第二天，刘世明又说是毒品，我相公是罪有应得，还威吓民妇不许到处告状。民妇不甘心，回到漳州，变卖了家产，带着孩子决心告到京城，找皇上辩一辩曲直。漳州离京城几千里路，我孤儿寡母，一路晓行夜宿，饥餐渴饮，何等艰难！总算辗转来到京城，可是到了皇宫门口，守门的军爷却说皇上忙，不能见民妇，要告状找刑部去。到了刑部，刑部却不接民妇的状子。民妇告状无门，求死不能。一位官爷又指点民妇来找怡亲王爷。民妇在这儿等了一宿，也没见着怡亲王是什么样子。"

　　陈刘氏说完，已是哭得瘫软在地，两个孩子也吓得哇哇大哭。好在旁边的老妇上前扶起一番劝慰，才渐渐止住悲声。弘历也是鼻子发酸，强忍着不让眼泪掉下来，说道："陈刘氏，只要你所言属实，本王一定为你申冤。可有状子吗？"

　　"有！"陈刘氏慌忙从身上取出折叠得方方正正的状子，恭恭敬敬地双手呈上。

弘历接过状子谨慎地收起，然后站起身，双手扶起陈刘氏道："陈刘氏，状子本王接了，你该放心了吧！本王还要进宫议政。你母子先到本王府上暂住几日。待本王议事回来，就过问你的案子。"说完，一招手叫过身边一名长随，吩咐道，"好生护送她母子回府，叫两个丫头给她们浴洗一番，换换衣服，好生招待。"

"嗻！"那长随答应一声，便来招呼陈刘氏。陈刘氏连连叩头，感激流涕道："民妇谢宝亲王、四阿哥大恩大德。"

弘历辞了陈刘氏，回身上轿，匆匆赶往宫中。

今儿个虽不是朝会的日子，但进宫面圣的官员还是很多。弘历赶到午门时，旁边的空地已停放着很多轿子。经过陈刘氏一事的耽搁，他显然来得迟了。弘历下了轿，只身一人进了午门往后宫来。他因为来得迟了，只顾匆忙赶路。当经过朝房门口时，忽听有人喊道："宝亲王先生，请等一等。"

弘历一听这称呼甚怪，惊奇地往左边一看。只见朝房门口一个黄卷发、蓝眼睛的高个子洋人正向自己招手。他一看，认得这位洋人就是上次来京面见雍正的葡萄牙使臣麦德乐。麦德乐见弘历走过来，忙躬身揖手行了个中国礼问道："宝亲王，你是去见皇上吗？"

弘历点点头。

"那好，麻烦宝亲王给皇上说一声，请他尽快接见我们，我们有要紧的事跟他谈，等不及的。"

弘历这才注意到朝房内还有二十多个传教士，其中就有经常到宫中来的苏霖、戴进贤、雷孝恩、宋君荣等人。他猜测着，这帮洋教士来肯定与苏努一家有关，便冲麦德乐礼仪性地一笑，不软不硬地道："对不起，麦德乐先生，皇上这会儿肯定很忙，该召见你们时，自然有人通知，用不着本王跟他说。"说完，继续往里走去。麦德乐碰了钉子，遗憾地耸耸肩，只得耐心等候。

弘历穿过乾清门，来到乾清宫门外，太监朱儿迎上前来边施礼边责怪道："王爷怎么这时候才来？"

弘历来不及跟他解释，急忙走进殿内，只见张廷玉、鄂尔泰、方苞、弘时、弘昼、允禄、允礼等和六部九卿的主要官员分列两旁站在大殿内。他赶紧轻手轻脚走到方苞的下首站好。这时，司礼太监高声喊道："万岁爷驾临乾清宫！"

众人侧目看去，只见雍正走进殿来，在御座前站定。众人赶紧跪下叩头，齐呼万岁。

雍正在御座上坐下，扫视众人一眼，双手平起，温和地说："今天不是朝会的日子，大家不必太拘礼，平身吧！"

"谢万岁！"

雍正待大家站起，继续说道："今天不是朝会的日子，朕却把你们这些王公大臣召来，就是要议一议苏努一家入西洋邪教的事。苏努诸子昨日已押解至京，朕命达哈维连夜审讯，结果怎么样？达哈维！"

达哈维熬了一夜，到现在还未曾合眼，因此双眼通红。听到皇上叫他，慌忙跪倒，膝行上前，恭恭敬敬地答道："回万岁爷，奴才方法用尽，可是苏努一家像是中了邪似的，笃信洋教，誓死不移。乌尔陈甚至说他本就是天主教徒，但愿为皇上效力，同时亦崇拜天主。"

"一派胡言！"雍正龙颜大怒，扫视众人一眼，斥道，"乌尔陈之词，昏聩糊涂。他一家乃是我旗人，理应与朕同俗。如今竟图谋不轨，弃我朝法俗，入洋人邪教。依其理论，岂不是有两个上天在其心中？天下之大，只共有一个上天。一国之中岂有二主？此种大逆，当如何处置？朕请你们议一议。达哈维，退下吧！"

雍正话音刚落，众人立刻交头接耳，纷纷议论起来，乾清宫立刻响起一片嗡嗡声。过了一会儿，只听雍正清咳一声，众人立刻安静下来。雍正扫视众人一遍，谦和地说："今天畅所欲言，言者无罪。有什么看法当着朕的面说，不要在下面瞎议论。谁先说？"

"奴才先说！"只见鄂尔泰从张廷玉身边迈出一步，朝御座前跪下。

雍正一挥手道："毅庵（鄂尔泰字）不必拘礼，站着说就行了！"

"谢万岁！"鄂尔泰重新站起，愤然道，"苏努一家本是阿其那一党。乌尔陈、勒什亨与阿其那结党乱政，大逆不道，按律当诛其一族。但我皇万岁宽泽仁厚，赦免其罪，令其悔悟，苏努一家才苟延至今。如今苏努诸子不仅不思悔悟，反而加入洋人邪教，变本加厉，仇视朝廷。此种大恶，天理不容，当按律治罪，处苏努诸子凌迟之刑。"

雍正听他说完，把双眼微闭，痛苦地摇摇头道："毅庵说得对。当初朕就不该赦免他一家的罪，否则怎么会有这种事发生？但当时朕的初衷是想以圣德化其冥顽。没想到这家人竟如此冥顽不化。算了，朕说这些话也没用，还有谁要说？"

"儿臣说说！"弘历喊道。雍正也准他站着说。

弘历躬身说道："鄂相爷主要说的是苏努一家结党乱政之罪，儿臣说说他们信奉洋人邪教之罪恶。苏努一家身为旗人却加入天主教，按律应是罪上加罪。尤其可恨的是，京城的天主教士公然站在苏努家族一边，对其表示异常的同情和关心，不但在舆论上支持，而且在金钱上给予赞助。京城内，一时谣言四起，视听混淆。天主教公然插手我皇室内部事务，苏努家族难逃其罪。"

弘历刚说完，雍正就高兴地赞叹道："说得好，说出了朕想说的话。多年来，朕待天主教甚是宽仁，没想到洋教士不但不感激圣恩，反而横行不法，使我天朝之民轻信误听，人心渐被煽惑。朕岂能容他？今天，朝房内还有一班子洋教士等着朕召见，待咱们议完，朕就宣他们进来，做一番料理。衡臣、弘时、十六弟、十七弟你们有什么要说的吗？"

张廷玉、允礼等人齐声答道："我等赞同鄂相和宝亲王的意见。"

雍正轻轻点头道:"好,朕也赞同他们二人的意见。看来苏努一家按律当凌迟处死,但是当年他们与阿其那结党乱政、图谋大逆,朕尚且饶过。今天仅以入天主教之罪处之以极刑,西洋人必定以为他们是因为加入天主教而遭杀戮,反而使他们在西洋扬了名。朕以为不如处以终身监禁,既惩其罪,又足以塞西洋人之口。"

众人一听,初时一怔,仔细一想,皇上的见解的确高人一等,便齐声称道:"皇上高瞻远瞩,圣虑周详,臣等不及也。"

雍正哈哈一笑道:"苏努一案就这么定了。那帮洋教士恐怕早在朝房里等急了,传他们进来吧!"

朝房内麦德乐早已等得不耐烦了。但是他还要耐着性子劝慰那些不停地叫嚷的传教士。因为他明白,他这一次只是以一名普通传教士的身份接受大清国的皇帝召见的,所享受的礼遇自然与三天前不同。三天前,他是作为身肩重任的葡萄牙使者,来京城朝见雍正皇帝的。雍正很看重天朝作为礼仪之邦的大国风范,以最高的礼遇接见葡国使臣麦德乐。接见时,麦德乐向皇帝提出葡萄牙的两项请求,一是请清朝归还被没收的天主教堂;二是请求对天主教在中国传教开禁。雍正根据前朝成例,一律不予照准,但是因为麦德乐是西洋使者,他依然礼遇有加,当廷赐给麦德乐人参、瓷器、漆器、纸墨、字画、香囊等物,并命监察御史常保柱安排麦德乐去江南浙江、江西等富庶发达地区观光旅游。可是麦德乐还没有动身,恰逢苏努诸子被押解至京。京城的洋教士苏霖、戴进贤、雷孝恩、宋君荣等人,为了表示对已成为天主教徒的苏努诸子的同情和支持,以教会的名义向紫禁城提出抗议,为增加对雍正的压力,他们把麦德乐请来,作为代表请求皇帝召见。雍正答应召见,但麦德乐只能以一名传教士的身份进宫。身份变了,礼遇自然有些悬殊。麦德乐今天深切地体会到了这一点。

正当众洋教士等得着急的时候,乾清门突然跑出一个太监,高声叫道:"万岁有旨,传麦德乐等西洋教士进见!"

众洋教士一听,雍正终于召见了,便一齐拥出朝房。麦德乐在澳门经商多年，知道中国人最看重礼仪，何况在皇帝家里。他忙拦住众人，让他们排成一队，自己打头，学着清朝官员的样子，鱼贯而入。进了乾清宫，麦德乐学着上次朝见的样子，双腿屈膝，躬身揖手道："葡国传教士麦德乐朝见陛下！"

其他传教士也学着他的样子，一齐给雍正施礼。

张廷玉、弘历、允礼等人一见大惊失色。这帮传教士竟如此大胆，见了皇上也不下跪。弘历忍不住厉声呵斥道："你们好大胆子，见了皇上竟然不行三跪九叩之礼。难道不知道我天朝的礼仪吗？"

雍正双目微睁，脸色越来越阴沉。

麦德乐见中国皇帝要动怒，心里有些害怕却辩解道："尊敬的陛下，前日朝见您，也是这样行礼的。"

雍正额上青筋一跳，冷冷地道："前日你是一朝使臣，朕念你们夷邦小国，不知天朝礼仪，加恩让你免跪。今天你是西洋教士，还敢如此无礼吗？苏霖、戴进贤、雷孝恩、宋君荣！"

麦德乐身后的四个传教士突然听见皇帝冰冷威严的声音点到他们的名字，不由自主地一齐跪倒在地。

雍正冷笑一声道："你们也算得上京城有名的传教士了。朕或公或私不止一次召见过你们，就是现在，朕的养心殿里还有你们送的西洋假发。你们自己说，每次见朕都是什么样的礼仪。今天怎么突然见朕不下跪了？是不是仗着人多，要挟众压朕呢？"

苏、戴、雷、宋四人吓得面如土色，连连叩头道："陛下息怒，我等知罪了。"

麦德乐见他们这样，不敢一人硬撑下去，他两腿一弯，跪倒在地，学着清朝官员的样子撅着屁股给雍正磕了个头，说道："尊敬的陛下，您不要生气，我给您磕头还不行吗？"其他洋教士见麦德乐都跪下了，便一齐跪倒，给雍正磕头。

麦德乐怪模怪样、洋腔洋调引得众人哄堂大笑。弘时讥笑道："有人说，洋人的腿不会打弯儿，跪不下来，今天怎么就跪下了？"

雍正也忍不住笑了起来，乾清宫的气氛顿时缓和了许多。洋教士们稍微放了心，只听皇帝又道："我天朝乃礼仪之邦，也不计较你们外夷小国的礼仪得失，所以朕不治你们的罪。但是朕正告你们，苏努一家乃我天朝要犯，按律治罪，理所应当。如果天主教再敢公然干涉，朕决不轻饶。"

麦德乐听雍正提到正题，忘了害怕，乘机说道："尊敬的陛下，我们不会过问您的政事，但是，苏努全家已接受天主的洗礼，他们是天主的孩子，不再是您的臣民，您不能治他们的罪。"

"无稽之谈！"雍正勃然大怒道，"苏努家族乃朕的臣民，而且还是旗人，他们犯了王法，朕作为天朝之主，按律治罪，理所应当。"

"不，尊敬的陛下，您错了。天主才是最至高无上的神，他无处不在，无所不能。您惩罚他的孩子，他要惩罚您的。"

麦德乐一言既出，在场的王公大臣无不大惊失色。这个不知深浅的洋人，狂妄至极，竟敢对皇帝说这种大不敬的话。

弘历按捺不住一腔怒火，近前一步，厉声斥道："荒唐！莫非你国就是这样无君无父，只信奉一个天主吗？竟敢以西洋之天主无视我天朝君父。若按我大清律历，你就是有十个脑袋也要全部砍了。"

麦德乐一看皇帝和皇子都发起怒来，有些心慌了，但只是缓和了一下口气道："我不敢惹尊贵的陛下和王子生气。可是苏努曾经是陛下的王爷，他的家族接受了天主的洗礼，足以说明天主的爱会泽及每一个人的，苏努不惧陛下的王法，献身于天主，是天主最虔诚的儿子。天主教徒将以他为楷模，敬仰他。他的儿子也是天主最优秀的孩子，天主一定会保佑他们的。"

雍正一听，不但不怒，反而哈哈一笑道："麦德尔，你口口声声称天主，天主到底在哪儿，你看见过吗？……朕明白地告诉你，苏努一家，朕就是不杀。杀了他们，你们会说，天主接他们去了天堂。朕让他们终身监禁，就在刑部大牢内，看你们的天主能不能救走他们。"

雍正说到得意时，忽然看见张廷玉一个劲儿地努嘴使眼色，他突然醒悟，自己那一番话实在不适合九五之尊的身份。雍正顿觉说走了口，立刻闭嘴不言，乾清宫陷入一片难堪的寂静。

弘历也听出皇阿玛失了口，见他突然闭口不言，赶紧上前，躬身道："西洋之教与我儒家思想相距甚远。有些西洋教士还攻讦理学，规定天朝教徒不准祭天、尊孔、祭祖，圣祖爷反感之极，才颁布了禁教令。"

雍正恢复了常态，接过弘历的话头斥责道："宝亲王说得再明白不过了。朕岂能帮你们洋人引进谴责我天朝教义的西洋教义；岂能容忍攻击儒教的西洋教在天朝任意传播？如果朕也派一帮和尚、道士到你们西洋去，对你们的国事指手画脚、说三道四，你们的女王能答应吗？你们的天主能答应吗？"

雍正这一番话有理有据、入情入理，有着强有力的说服力。任凭这班西洋教士再有"天主"也无反驳之力，麦德乐等人无言答对。但是他得知苏努一家没有被处死，已颇感意外。按他们既定的目标，能说服中国皇帝不处死苏努一家就行。至于要求清朝政府解除天主教禁令，则根本没抱多大希望。既然目标已经达到，还有必要惹中国皇帝发怒吗！麦德乐于是又叩了个头，恭恭敬敬地说道："尊贵的中国皇帝，您的训谕非常有道理，作为敝国使臣，我一定向女王陛下转告您的话。"

雍正见这几个洋人终于服软了，十分得意。但除恶务尽，他还要出一出最后一口恶气，便道："念你们是远邦小民，朕法外施恩，不追究今日之罪。但天主教决不能在天朝存在，西洋教士尽数驱逐。张廷玉，拟诏！"

张廷玉赶紧走到御案前，铺开诏纸，提笔等候。

雍正一字一顿地说道："西洋之天主教，蛊惑民心，混淆视听，攻讦政令。着各省即将大小圣堂拆毁尽净。其教堂之房屋院落，或改为仓廒，或改为书院，一所不留。京师顺天府之文安县、古北口、宣化府等处教堂，均改为官所。京师之北教堂，可改为病院。凡教堂之圣像、圣龛，尽行焚毁，西洋教士尽皆驱逐。天朝子民不得信奉西洋之教。钦此！"

张延玉一听，这诏旨也太过琐细了。但毕竟出自皇帝之口，他不敢更改一字，照雍正所说，一字不差地书写好，盖上皇帝印信。雍正看出他的心事似的，笑道："这诏旨是否太过琐细了？朕想那班西洋教士没为我大清做过一件有益的事，唯有教堂房舍可为我所用，所以朕不厌其烦，详加说明。"

众人一听，这一纸禁教令还包含着皇帝的精打细算。雍正一向训谕臣民节俭戒奢，但对几间教堂也斤斤计较，未免太小家子气。

洋教士们没想到雍正非但没解除禁令，反而严厉打击天主教，一个个面露愤恨之色，但慑于皇帝的威严，又不敢多说，便一齐把目光投向他们的代表麦德乐。麦德乐只好鼓起勇气，先给雍正磕了个头道："尊敬的陛下，也许我们有些教徒做出了使您不高兴的事，可是这与整个天主教无关。您的这个诏令太残酷了，贵国的康熙皇帝对天主教一向很宽容的，您却反其道而行之，太不可思议了。"

雍正看也不看他，扫视一遍他的王公大臣，笑道："看来洋人还是不服气，要与朕理论。哪位爱卿能驳倒他们？"

张廷玉谦恭地一笑，说道："万岁，就让奴才跟他们理论吧！"

他向麦德乐走近两步，很有礼节地一拱手，不急不缓地道："麦德乐先生，你说的不错，岂止康熙爷对天主教很宽容，前明皇帝对天主教也是不加干涉。因为那时的洋人传教士尊重我天朝固有的礼仪风俗和儒家理学，谦恭地自称为'海外鄙儒'。我天朝乃礼仪之邦，自然容得下礼义之教。但是到康熙朝末年，西洋几次遣使来朝，蛮横地规定我朝天主教徒不准祀天、尊孔、祭祖，违令的教徒要由教会处以极刑。康熙爷看了你们的告示，极为愤怒，才颁布了禁教令。及至我朝,禁教令虽仍在执行,但万岁宅心仁厚,禁教甚是宽松。即便有西洋教士横行不法使愚民轻信误听,万岁爷也多是息事宁人,不予深究。但西洋却屡屡遣使来朝,向皇上施压,要求解禁,且屡反禁令,公然不许教徒祀天。天主教这样做,分明是煽惑人心、背离儒家纲常大义。万岁爷即便宽仁,也容忍不得。苏努一案,西洋教士更是狂妄至极,公然阻断我皇乾断朝纲。是可忍,孰不可忍!皇上今日颁此禁令,势所必然。非此而何?"

张廷玉说古论今,有理有据,义正词严,铿锵有力。麦德乐等洋教士面面相觑,无言以对,戴进贤、宋君荣都是从康熙朝过来的,他们知道那时的天主教和康熙朝廷相互尊重,关系极为融洽。康熙朝前期,比利时传教士南怀仁还被康熙晋封为钦天监,官至二品,成为一代名人。可惜的是教士们越来越不尊重中国的礼仪风俗和传统思想,导致京城天主教会和清政府的关系越来越紧张。张廷玉没有说错,造成今天这种局面的责任不在清朝朝廷。但是,这种话只能埋在心里,作为京城天主教的教士,戴进贤、宋君荣决不能说出口来。

麦德乐回头看他们低着头,一副服输的样子,只得硬着头皮,开口道:"尊贵的陛下和各位王公大臣,你们赢了,我们收回请求。可是,我们真诚地希望能再次来中国,天主教会给你们的国家带来和平、幸福和仁爱。我们可以走了吗?"

"当然可以,"雍正笑容可掬,完全没有了刚才的阴沉和威严,"麦德乐先生,你还是朕的贵宾,还可以去江南等地观光旅游。"

"谢谢尊贵的陛下。"麦德乐感激地又给雍正磕了个头,才站起来说:"再见了,陛下!"

戴进贤、宋君荣等洋教士也纷纷给雍正磕了个头,站起来和张廷玉等王公大臣一一告别后,才排着长队走出乾清宫。

洋教士们刚走出门外,雍正便哈哈一笑道:"看来这些西洋教士也不是不可理喻。天下之事莫过于一个'理'字,所谓'有理走遍天下，无理寸步难行'。好了，这洋教的事总算过去了。你们还有事要奏朕的吗？"

张廷玉忙道："万岁，湖南巡抚赵弘恩递来奏折说，曾静、张熙被送回湖南，长沙省城像炸开了锅，喧闹起来。一夜之间，全城贴出了传单。传单说，曾静、张熙是两只癞皮狗，有志之士要把他们从官府里抢出来，沉入深潭处死。故而请旨将他们送回京师。"

雍正鼻子里哼了一声，脸色不悦道："赵弘恩怕承担责任，朕偏要把他们留在湖南，朕就是不相信那些逆民能掀起多大的风浪。衡臣就照这个意思拟旨。叫赵弘恩小心点就是了。"

弘历见再没有人奏事，想起早上接的状子，不如递上去，给皇阿玛看看，虽说还没有审清问明，但总可以听听皇上的训谕，也会受益。因此，他进前一步，躬身道："皇阿玛，儿臣今早接到一份状子，恳请皇阿玛指点。"他一边说，一边将状子呈上。

雍正快速看了一遍，眼睛盯住达哈维问道："达哈维，昨日有一民妇去刑部告状，你知道吗？"

达哈维心头一惊，慌忙跪倒，答道："奴才听刑部郎中高冰说，确有一民妇告状。但是那民妇的案子已由漳州知府、福建巡抚两级审结，因而刑部没有受理。"

雍正脸色一沉道："人家既然千里迢迢告到刑部，你就应该详细询问，多方核查，看看是否真有冤情。"

"奴才知罪！"

"起来吧！"雍正又看着弘历道，"你十三叔忙着在易县督造皇陵，你就在朕的身边赞襄政务。陈刘氏的案子还是交归刑部审理。"弘历忙答道："儿臣遵旨！"

雍正又看了一遍状子，扫了达哈维一眼道："这是一桩与贩卖鸦片有关的案子。鸦片久食成瘾，对人体危害极大。我大清子民万不可沾染此恶习。朕两年前就颁布了严禁吸食和贩卖鸦片的禁令。此案虽说尚未审理，朕还是可以提出一些指导性的意见。一是贩卖毒品鸦片的，严惩不贷；二是严格区分药用鸦片和毒品鸦片的用途，毒品严禁，药用则不必干涉；三是对小本商人的财产要保护。达哈维！"

达哈维忙又跪下，答道："奴才在！"

"你务必要审清问清，秉公处置，完了奏知宝亲王知道。诸位爱卿有事奏来，无事就跪安吧！"

"嗻！"

众人跪安后退出乾清宫，达哈维见弘历已到台阶下，忙紧赶几步叫道："四爷，请留步。"

弘历放慢脚步，达哈维恭恭敬敬地说："奴才觉得陈刘氏的案子并不大，有必要由刑部发传票传李治国和刘世明吗？"

弘历一想，他说的也有道理，陈远的案子谁也拿不准就是冤案，仅凭陈刘氏的一纸状子就把地方上官员千里迢迢拘来刑部似乎有些小题大做，有损朝廷的尊严不说，也耽误地方上的公事。但这样一桩小案，总不至于请旨派钦差去福建审理吧。弘历思谋良久，终于道："巡抚刘世明算着也该来京述职了。就由军机处行文，命刘世明即刻进京述职，顺便命他将李治国查获的鸦片样品带来京师鉴别。"

达哈维钦佩极了，躬身笑道："王爷谋事真是滴水不漏。军机处那边，还要请王爷出面。待刘世明到了京城，刑部就传他来讯问。奴才先行谢过，告辞了。"

"等一等，"弘历见他迈步走开，忙道，"陈刘氏母子三人还在本王府上，你派人接回刑部好生安置。"

"奴才就马上派人去王爷府上！奴才告退。"

弘历回府后，顾不得用午膳便命人带来陈刘氏母子。那陈刘氏因住进宝亲王府，不便再穿孝服，已由府里的丫头翠红侍候着浴洗，换上一身荷花色衣裙。经过这一番打理，她竟像变了个人似的，俨然一位美艳少妇，连弘历和福晋富察氏也赞叹不止。那一对双胞胎孩子浑身上下也收拾得干干净净，显得越加精神，呀呀儿语，令人怜爱。

陈刘氏一见弘历夫妇，赶忙跪地叩头，感激地说道："王爷大恩大德，民妇只有来世做牛做马报答了。"

弘历无所谓地一笑道："先不要想这些，养好身子，带好两个孩子要紧。你的状子已交刑部，很快就会审理。待会儿刑部来人接你们去。翠红，带他们下去用膳。"

陈刘氏又磕了个头，领着两个孩子跟着翠红下去。

富察氏吩咐道："侍候王爷用膳。"

两个丫头赶紧端上来四小碟精巧的小菜、一碗莲子汤和一盘小馒头。弘历接过热毛巾洗了手，便坐在桌旁正要吃饭。忽见太监朱儿急匆匆地直闯进来，气喘吁吁地说："宝亲王，皇上召您立刻进宫！"

"朱公公可知道为着什么事？"

"奴才哪儿知道！就看见皇上用午膳前看了两份折子，立刻龙颜大怒，命奴才马上请宝亲王和鄂相爷。鄂相爷今天在军机房当值，这会儿早到皇上跟前了。"

弘历一听，叫道："来人，备马！"抬步便往外走。

富察氏心疼地说："王爷，用了午膳再走。"

弘历理也不理，到了院内，接过仆佣递过的缰绳，纵身上马，直往府外驰去。朱儿哪里能跟上弘历，等他到了府外，翻身上马时，弘历已跑出一里多地了。

弘历在午门外跳下马，也不用通报便直奔养心殿。宫女蕙儿见他来到，忙施礼道："皇上在御书房呢！"

弘历走进御书房，只见雍正阴沉着脸正面对房门坐着，跟前的御书案上摆着一摞折子、两碟精致的小菜和一碗鸡汤，鄂尔泰躬身站在左侧。雍正见他进来，一招手道："弘历，你先在旁边听着。"

"是，皇阿玛。"

弘历施了礼，在对面站着。

只听雍正用手中的银羹点着御书案，语气沉重地说道："西南地方长期处在土流混杂、体制混乱之中，其弊端，实有乖于我大清极盛之世。改土归流，役大投艰，朕不是没有想到过，先是多次召开御前会议，征求朝臣的意见，继而制定章程、措施、步骤。朕步步小心，处处谨慎，多方挑选，才选中毅庵来担此重任。毅庵不负朕望，历时四载，终将西南地区全部改土归流。朕以为，在我大清版图之内再也不存在那些不听号令、不服管理的独立王国，完全可以高枕无忧了。没想到叛乱再起，朕阅此奏折，怎么能不如块垒在胸！"

弘历边听边用目光瞟着那上面的一份折子，虽然看到的是倒字，但他聪明绝顶，很快就对折子的内容了然于胸。那折子原来是贵州巡抚石礼哈写的，奏称黔东南的岑映宸、刀瀚，不服当地流官管束，煽惑叛乱，杀死朝臣流宦，正蠢蠢欲动，攻州掠府，请皇上速做决断。

鄂尔泰也颇感意外，他在改土归流的全过程中，时时处处小心谨慎、处置周详。针对各地居民所持的不同态度，分别采用和平招抚和武力剿灭两种手段。方针、方法应该算稳妥，很受拥护，改土归流才势如破竹，得以顺利完成。没想到几年过去了，岑映宸、刀瀚这两人竟再次挑起叛乱。究竟是当地流官处事不当引起的，还是土府不甘心失去世袭的小王国而存心挑起事端呢？

鄂尔泰看着皇上忧心忡忡的样子自责道："黔东南土府叛乱，臣难辞其咎。都是为臣当初布置未妥，筹虑未周之过。请皇上治罪。"

雍正看了自己的"模范总督"一眼，阴沉的脸色缓和了许多，强笑道："毅庵，朕没有责怪你，也不是召你来问罪的。当年朕信赖你，给了你广西、云南、贵州三省的总督之权，你以改土归流为己任，改土归流势如破竹，朕感到非常自豪。爱卿功不可没，岂能有罪？朕召你来，是要听听你的见解，叛乱如何处置？"

鄂尔泰深受感动，躬身道："谢主子恩典。臣以为，石礼哈的奏折没有讲清楚岑映宸、刀瀚因何聚众叛乱。臣在西南四年，熟知当地民情。土府骄恣暴戾，横行不法，对于土民，可以任取其牛马，夺其子女，生杀任情，土民受其鱼肉，敢怒而不敢言。因而我大兵所到之处，土民无不箪食壶浆，列路相迎。改土归流，自然受到土民的拥戴。如今的叛乱，臣恐多半是地方流官处事不当，激起民愤，土府乘机煽惑人心而引起的。解铃还须系铃人。臣以为，应先查清叛乱的起因，如果是地方流官处事不当引起的，就予以更正，按律治流官之罪，以收拾人心，叛民必自行散去。对于土府及其死党，则重兵督剿，就地正法。"

雍正凝神听着，脸上渐渐有了笑容，以手击案，赞叹道："好极了！毅庵剖析，果真一针见血，不愧为改土归流的宿臣。朕就依你说的办，可是派哪个将军去呢？离石礼哈近的是张广泗……"

"不，皇上！臣说过解铃还须系铃人，还是由臣亲自去处置为好。"

"朕何尝不知你最合适，但你是朕的股肱之臣，还要赞襄政务。此去贵州几千里地，一往一返，耗去多少时日。不如就近派石礼哈或张广泗。小小叛乱，用得着鄂爱卿亲自去吗？"

鄂尔泰还是坚持己见，激动地说："改土归流乃是臣亲手推行，其中的艰辛只有臣自己最清楚。叛乱规模虽小，但千里之堤，溃于蚁穴，不可不防微杜渐。如稍有差失，西南的改土归流将前功尽弃，臣也会心痛而死。"

弘历也被他一片赤诚之心深深打动了，向雍正道："皇阿玛，鄂相心系西南，留在朝廷也会食不甘味、夜不成寝，您就让他去吧！"

雍正只好松了口，答道："朕只好依了你。但这次朕不能给你三省总督之职。朕要你速去速归，就命你为钦差大臣，总理西南改土归流善后事宜。"

其实职权还是一样。只不过，钦差大臣不能常留在地方，办完了差事就回京了。雍正对鄂尔泰倚重之心，溢于言表。

鄂尔泰深受感动，跪倒在地，说了声"臣领旨"，又笑道："皇上身边有宝亲王这样的干国之材，强过臣十倍，何必非揪住臣不放。"

雍正让他起来，说道："弘历自然是有点儿才能的。朕犹嫌不足，恨不能将天下的干国之才全聚到朕的身边。"他一边说，一边将御案上最上面的两份奏折扔到弘历面前，脸色又阴沉起来，"弘历，你先把这两份折子看看。"

弘历双手接过，那第一份折子的内容他已经知道了，只扫视一遍就放到一边去。打开第二份折子，仔细一看，竟是左都御史李云佩参奏户部右侍郎沈近思贪污挪用钱粮二十余万两的折子。李云佩言之凿凿，有根有据，似乎不会有假。弘历大吃一惊，自新皇登基以来，清查亏空，刷新吏治，雷厉风行。一批贪污、挪用亏空大案一桩桩被清查出来。河南学政俞鸿图因贪处斩刑，其妻先自尽，幼儿惊吓而死；苏州织造胡凤翠被查出，全家同时悬梁自尽；山东学政陈沂震、翰林院侍讲廖赓漠……几乎一年就查出几十宗大案，革职锁拿抄家追赃，就是皇亲国戚也不例外。几年下来，吏治开始澄清，查处的大案一年比一年少，近两年已没有大案出现。想不到今天还会有如此之巨的贪污亏空案发生。

雍正见他看完，恨恨地道："当初朕决定推行耗羡归公时，曾召近臣讨论。沈近思第一个站出来说，耗羡归公不是善法。朕问他：'你做过县令，是否也收火耗？'他毫不隐讳地说：'收。'朕责问他还是为一己之私吗？他理直气壮地说，妻子儿女不能够不养，否则，岂不绝了人伦？朕当时就说：'耗羡归公后，朕给你养廉银，足以养家糊口及公差补助，从此不许贪污，你做得到吗？'他回答说保证做得到，但不是所有的官员都能做得到。朕当时以为他说得也有道理，想不到他竟自己打了自己的嘴巴，朕岂能不生气？"

弘历见他气得嘴角发抖，脸色煞白，忙安慰道："皇阿玛，您千万不能因为出了这件案子气坏了身体。应该说，这么多年您的新政取得很大的成效。吏治明显好转，府库也逐渐充盈，您刚继位时，国库存银仅八百万两，不够打一次大仗的。到了雍正五年，府库已存银五千万两。其后西北用兵花去大半，至今库存仍有三千多万两。因为吏治的澄清，这两年已经没有较大的贪污亏空案发生。今天出了沈近思的案子，也不会造成太大的损失，皇阿玛大可平心静气地处置。"

弘历的一番话说到了雍正的心里。他不是个穷奢极欲的皇帝，也没有滥杀过人。可是据他的那些耳目说，朝野中有人给他起了两个绰号："爱银癖"和"抄家皇帝"。为了给国家敛财，竟落下这样的声名，他内心受到的伤害，只有在看到大清的强盛之时才能得到安慰。

"库存三千万两！"雍正脸上的阴沉之色虽然有些缓和，仍咬着嘴唇道，"朕一向痛恨的就是沈近思这种人，阳奉阴违，欺上瞒下，毫无忠公事主之心，唯有一己之私利。弘历，你马上吩咐下去，照老规矩将沈近思的官衙、原籍同时抄检，以防他转移赃物。"

弘历感到有些太突然、太冒失了，迟疑着道："还是由儿臣先查清真相再抄检不迟，仅凭李云佩一纸奏折，如果出了差错怎么办？"

"出了差错有朕顶着呢！"雍正突然暴怒起来，两只手剧烈地抖动着，"李云佩的折子说得有根有据，十之八九是真的。你只管照旨执行就是，如果真冤枉了他，朕亲自给他赔罪。"

弘历不敢多说，恭恭敬敬地说道："儿臣遵旨。"便躬身退了出去。

雍正见鄂尔泰还站在那里，收起怒容，和颜悦色地说道："毅庵，还没用膳吧，陪朕一起吃。"

鄂尔泰忙躬身说道："谢万岁恩典，只是臣已吃过了。叛乱在即，救兵如救火，臣想回府收拾一下，明日就起程。"

雍正只得道："朕不留你，先回府跟夫人告别，回头朕叫衡臣拟了旨给你送去。"

鄂尔泰又躬身一揖，慢慢退出御书房，这时蕙儿、菊儿进来，换上新的饭菜。雍正吃着饭还在想着刚才的事，那碟子里菜已吃完了，他还在用筷子去夹。蕙儿扑哧笑出了声，忙把另一个碟子推到他跟前。雍正抬起头，发觉她笑得很美，也冲她笑了笑，蕙儿见皇上心情好，便大着胆子笑道："奴婢自小儿听书看戏，没听说有像万岁爷这样的皇帝，从早忙到晚，一刻也不得消停，奴才们光站着怕是也累了，何况万岁爷还要想那么多的事。"

雍正听她说得有趣，住了筷子问道："你那戏里书里的皇帝都是什么样子？"

菊儿见主子少有的好脾性，也大着胆子抢先答道："那书里戏里的皇帝吃的是山珍海味，穿的是绫罗绸缎，身边总是美女如云。上朝一句话：'有事出班早奏，无事卷帘退朝。'然后就去花天酒地，听歌看舞。"

雍正忍不住哈哈大笑，说道："朕何尝不知道享乐，可是没办法，你们瞧这一摞摞的折子，压得朕喘不过气来，还有什么闲心去听歌舞。用过膳，午后恐怕还有大臣来见朕。"

蕙儿笑着："说不定这会儿就有人在乾清门外候着呢。"

她话音刚落，就见朱儿快步走进来，说道："万岁爷，博尔多带着张千来了，说有急事见您。"

蕙儿不无得意地说："万岁爷，让奴婢说上了吧！"

雍正听说博尔多带着张千来了，顾不得蕙儿说什么，忙道："快，叫他两个进来。"

朱儿出去，不多时，博尔多、张千两人快步走进门来，见了雍正，跪倒施礼："万岁爷！"

雍正忙问："什么事？"

博尔多看看蕙儿和菊儿，蕙儿极聪明，忙收拾起碗碟，拉着菊儿跑出去。

博尔多才道:"昨天午后,盛郡王去广化寺巡视,跟隆科多见了面。"

雍正一怔,想不出弘时巡视有什么不妥之处,弘时见隆科多也不会有什么对自己不利,博尔多何至于急匆匆地进宫?便问道:"难道隆科多跟弘时说了什么?"

"奴才不知道。盛郡王巡视到广化寺,看了隆科多,奴才当时也没看出有什么不妥,只是今天张千跑去跟奴才说,奴才才害怕起来。"

"张千,你说了什么?"

张千忙答道:"前次皇上让博尔多大人转告奴才好生监视邬思道和盛郡王,奴才就留意了,可是没发现他们有什么异常之处。昨天午后,奴才见盛郡王乘轿子出去,便暗中跟踪,到了无人之处,却见盛郡王轿子里下来一个青衣长随打扮的俊美少年,奴才一见那人好眼熟,仔细一想才明白,那不是盛郡王的侍妾佟儿奶奶吗?她女扮男装做什么?盛郡王他们顺着一条小道往北去了。那条道路窄人稀,奴才怕被他们发现,没敢再跟踪下去。到了晚上,盛郡王他们才回来,和邬思道一起在书房说了半夜的话。奴才想想,总觉得他们有事儿。因此一大早就去雍和宫找博尔多大人,方知道盛郡王他们是去了广化寺。奴才这时突然想起佟儿奶奶是隆科多的孙女,隆科多会不会对佟儿奶奶说了什么话……"

雍正听到这里,脑袋里"嗡"地一下才明白过来。弘时确实有一个侍妾是玉柱岳兴阿的女儿、隆科多的孙女,他还多次求自己给这个侍妾封为福晋,自己都因为隆科多的原因没有答应他。问题很明白,隆科多将那个秘密的东西给了佟儿,或者告诉了佟儿那个东西的藏身之处。那么弘时呢?弘时是什么角色?雍正只觉血往上涌,暴躁易怒的毛病再次在他身上显现出来,只见他嘴角不停地抽动着,脸上的表情越来越可怕,一双蜂目闪着冷森森的光。他在书房里踱来踱去,快速思考着应变的办法,时不时冒出一句问话。

"隆科多跟弘时、佟儿说了什么？"

这是他问过多少遍的话了。博尔多还得战战兢兢地重复一遍。

"盛郡王带着装扮成侍从的佟儿进了隆科多的院子，盛郡王就把奴才支开了。他们在里面说了什么、做了什么，奴才一点儿也不知道。"

"废物！"雍正气得一脚把他踢开。

"张千，邬思道和弘时会不会怀疑你什么？"

张千忙答道："奴才想，他们是不会的。"

"你自己想有屁用！弘时没用你做贴身侍卫，就是怀疑你。"

张千吓得往后退了退，不敢再吱声，他真怕皇上再上一脚踢过来。

雍正终于做出决断，立刻吩咐道："张千！"

"奴才在！"

"朕任你为副都统，带朕口旨去盛郡王府，将弘时、邬思道、佟儿一并拿下，秘密押进雍和宫。注意不要带太多人，一切秘密进行，如有张扬，朕砍了你的狗头。"

"奴才遵……旨！"

张千升了官，却没有惊喜，自己一个奴才去拿主子，这叫他怎么去拿。所幸是奉了皇上的旨意，提着脑袋一试吧！他答应一声，忙躬身退下。

雍正又一踢博尔多道："快，带朕去广化寺！"

第三十八章

忧遗诏忍赐囚臣死
记前仇狠绝亲兄生

博尔多一看，顿时大吃一惊，只见隆科多双目圆睁，口喷鲜血，直挺挺地躺在地上。他战战兢兢，用手掰开隆科多的嘴，才发现舌头少了半截。隆科多，这位当年一跺脚京城乱颤的权臣，就这样咬舌自尽了。

广化寺在紫禁城北五里处，原是一座香火极盛的寺庙，上自王公大臣，下至乞丐、流氓都可以来寺里参禅拜佛。自打隆科多被雍正押回京城，以四十一条大罪永远圈禁在广化寺后面的院子里，广化寺一时戒备森严。博尔多以都统之职带着巡防营的两百名官兵日夜守卫在四周。不用任何禁令，再也没有人来寺里上香拜佛。寺里的和尚还依然照旧吃斋念佛，不受干扰。因为有内务府供给寺里日常杂佣的开支，这些和尚也不在乎香火的盛衰。雍正为什么要把隆科多关在这里？据说这是隆科多唯一的请求，他自知罪孽深重，想在佛祖面前多烧烧香、念念佛，为自己赎罪。

雍正銮驾突然来到广化寺，吓坏了寺里的和尚和守卫的官兵。顿时，和尚、兵丁忙成一团，乱糟糟地拥出来迎接圣驾，跪满了寺前的空地。雍正下了轿，看也不看他们一眼，由博尔多引领着，穿过大雄宝殿，直奔后院。博尔多明为都统之职，暗中兼着粘杆处侍卫。那十几名看守一见主子来到，慌忙跪地迎接。博尔多厉声喝道："快打开门，主子要进去。"

一个看守慌忙爬起来，掏出钥匙，将长锁打开，再推开两扇门。顿时一股轻风扑面吹来，这是一处十几亩地的大院子，是寺里的和尚种菜的，除了两间青砖红瓦的小屋，便是菜地。雍正不止一次来过，也不用博尔多引路，自己径直往那两间小屋走去。

离门还有两三步远，便看见隆科多背对着门跪在房子当中，靠墙的长条桌子上供着如来佛祖，烧着香。两个太监一左一右坐在小凳上打着盹儿。

雍正没说话，站在屋前轻咳一声，那两个太监惊醒过来，突见皇上从天而降，吓得扑通一声跪倒在地，哆哆嗦嗦地爬到屋外，连连叩头道："奴……奴才该死，不知道主子驾到……"

隆科多听见动静，回头一看是雍正，脸上掠过一丝惊讶之色，随即恢复了平静，转身膝行到雍正面前，叩头道："罪臣隆科多叩见皇上，伏愿吾皇万岁！万岁！万万岁！"

雍正看着这位曾经权倾朝野的"舅舅"，见他衣衫干净，胡须、头发梳理得纤尘不染，上宽下窄的脸庞好像还胖了些。他心里顿时如打翻了的五味瓶，什么滋味都有。雍正转身对博尔多说道："叫他们都退下去！"

博尔多说了声"遵旨"，便将自己的亲兵和两个太监赶了出去。因为担心皇上的安全，他自己在离雍正十几步远的地方站着。

"你也退下！"雍正大声叫道，声音带着愤怒。

博尔多不敢再停留，赶紧跑出院子，将大门关上。

空荡荡的院子里，只有这一对相处多年的主奴、君臣二人。雍正目光扫视着满院长势喜人的青菜，冷冷一笑道："隆科多，这里好惬意，赶得上五柳先生笔下的桃花源了。"

隆科多忽然一笑道："罪臣哪敢奢望五柳先生的桃花源。皇上的这点恩典，足以令臣感恩不尽。"

雍正听出他话里的刺，额上的青筋跳动了一下，但仍强忍着说道："你是侍候过朕的，朕给你的恩典何止于这些，封爵、尊称、总理事务大臣，三大头衔作为你拥立之功的酬谢，你是本朝第一臣。朕是那种薄恩寡义之人吗？"

"皇上给奴才的恩典确实够多的，可惜奴才命苦，无福消受。而今，能做一愚公，便是最大的奢望了。"隆科多说着话，眼泪就流出来了。

雍正瞧他那副可怜相，打心里感到恶心，便毫不动容地说："隆科多，这里没有第三个人，你先不必装这副可怜相，其实你很清楚，不是你怕朕，而是朕现在怕你。"

隆科多哈哈大笑道："你是君，我是臣；你是主子，我是奴才，天下哪有君怕臣、主怕奴的道理。如果真是这样，隆科多欺主挟君，岂不是诛灭九族之罪，皇上为什么还要让隆科多苟活于世上？"

"你以为朕不敢杀你？"雍正额上的青筋跳了三跳，阴恻恻地道。

"你是君，我是臣，君要臣死，臣不得不死，君臣大义奴才死也不敢违，奴才只是不明白，皇上还顾忌什么？是怕天下人说'飞鸟尽，良弓藏；狡兔死，走狗烹'吗？"

"你也配！"雍正铁青着脸，自己找了个凳子坐下道，"你贪赃欺诈，揽权树党，擅作威福，朝野切齿，仅凭这些，朕也有十二分的理由办你个凌迟处死的罪。但是朕念你卓有功勋，年纪也大了，不追究你的罪。只要你忠心事主，真心悔过，朕还可以还你自由之身。"

隆科多活动一下跪麻的双腿，一会儿点点头，一会儿又摇摇头，似乎茫然无措的样子，说道："奴才听不明白皇上的话，在此囚禁之所，奴才如何忠心事主？怎么样才算真心悔过？"

雍正迟疑了一会儿，鼓起勇气道："这里只有你我二人，朕也不给你兜圈子，你老实告诉朕，圣祖皇帝驾崩前，那张传位诏书在哪里？"

"传位诏书？"隆科多脸上闪过一丝惊喜，但很快变为惊奇，茫然的样子，"不是藏在内务府吗？"

"朕不是说那一份，朕说的是圣祖爷传位于十四阿哥允禵的诏书。圣祖皇帝崩逝时，你一直在榻前侍候，诏书不是被你藏匿，又在何处？"

隆科多听罢，突然身体一转，平坐在地上，哈哈大笑道："胤禛，你终于肯说出这句话了。圣祖崩逝前，明眼人谁都看得出，圣祖爷要把皇位传于十四阿哥。可是你暗使奸计，一方面命年羹尧的驻军截住允禵回京的道路，一方面命我在圣祖病榻前伺机为你夺位。胤禛，你算是真正的人君吗？骨肉相残，泯灭人伦，天道当杀的就是这个伪君！"

雍正又恐又怒，像是被什么东西蜇了一下，突然从凳子上跳起来。胤禛，这个久违了的名字，似乎不再属于他。今天突然被人叫起，是那么陌生，那么刺耳。怒火在胸中燃烧，他努力用"人君度量"压了压，还是忍不住。雍正一步上前伸手揪住隆科多的胸襟，将他拉了起来，声嘶力竭地吼道："你再胡说八道，朕就要你去死，老实说，那份诏书在哪儿？"

隆科多被他揪着，衣领勒住了脖子，憋得脸色通红，半天说不出话，待雍正稍一松手，他才缓过气来，只是冷笑一声道："如果我告诉你，根本就没有那份诏书，你会信吗？圣祖爷根本没打算传位于十四阿哥而是传位于你。这是多么让人高兴的事，你何必自寻烦恼呢？"

"我不信，"雍正忘记了帝王的身份，跳着脚咆哮道，"你到底藏到哪儿去了？交给了佟儿，还是弘时？不说出来，今日就是你的死期。"

隆科多饶有兴致地看着这位疯狂的"人君"，似乎很快意。他笑嘻嘻地说："万岁爷，您太不圣明，那东西我会交给你儿子吗？除非您的儿子也和您一样，想夺他老子的位。"

雍正更觉心惊肉跳，自己有夺父王之位的心，儿子岂会没有夺他皇位的心。天下事都一样。隆科多垂死之人，焉知不会将诏书交于弘时，让自己父子相残。他越想越害怕，最后一狠心，用力将隆科多摔倒在地，又连踢两脚，恨恨地骂道："老匹夫，去死！"他边骂边往外走。

博尔多倒提着一颗心站在门外候着，偶尔听见里面传来一两句吵骂声，他本想带人冲进去救驾，但一想起皇上那张阴沉沉的脸，就不寒而栗，只好在门外干着急没办法。

终于，皇上开门出来了，脸上更加阴森可怖，博尔多不敢多问，只是在后面跟着，忽听雍正冰冷的声音叫道："博尔多！"

"奴才在！"

"把这里所有的东西收拾掉，兵丁、看守全部撤走，明白吗？"

博尔多心领神会，却觉一股冰冷之气自脚底直透全身，他不由自主地打了个寒噤，答应道："奴才明白！"

"明白了就去办，跟着朕干什么？"

博尔多这才醒悟，心里连骂自己该死。他转身向一名拜阿唐道："快，取爷的血滴子来！"

拜阿唐知道又要杀人，忙答应一声，转身跑去。没多大工夫，将那壶状的杀人宝贝取了来，双手捧到博尔多跟前。

博尔多扣在手中，也不带一人，转身进了院中，边走边在心里念叨着："隆科多，休怪我心狠手辣。你得罪了皇上，我也没办法。不这么做，我就没命了。"

他只顾在心里念叨，不防着突然被什么东西绊了一脚，一下子摔倒在地，那杀人利器血滴子也摔出老远。等到他爬起来一看，顿时大吃一惊，只见隆科多双目圆睁，口喷鲜血，直挺挺地躺在地上。博尔多战战兢兢，用手掰开隆科多的嘴，才发现舌头少了半截。隆科多，这位当年在府中跺一跺脚，京城都乱颤的权臣就这样咬舌自尽了。

雍正走出了广化寺，在寺前上了轿。侍卫、宫女、太监见皇上脸上阴沉沉的，也不敢多问，抬起轿子，顺着什刹海往南走。没走出几步远，忽听雍正在轿中骂道："瞎了你们的狗眼，朕要去雍和宫。"

抬轿的太监吓得出了一身的冷汗，慌忙折转向东。

雍和宫没多远，小半个时辰便到了。

张千穿一身崭新的副都统官服，带着几个拜阿唐正在门前等候。一见皇上的轿子来到，慌忙跪倒接驾。

雍正走出轿子，直接走到张千跟前，双目如剑，盯住他问道："朕要你办的差事怎么样？"

张千低着头，颤抖着身子答道："回主子的话，盛郡王和佟儿奶奶都被奴才请来了。可是邬先生，不，邬思道不知去向。"

雍正大吃一惊，邬思道是个深藏不露的人，他跟了自己这么多年，自己都吃不准他的底细。一连串发生的事情证明，这是个包藏祸心、有大企图的人。现在竟让他逃了，怎能甘心。雍正气得一跺脚，骂道："废物，连个文弱的儒生都抓不住，有没有通知九门提督派人在城内搜捕？"

"没有，奴才怕张扬出去，没敢通知九门提督。"

"混账，你不会找个借口吗？"

张千全身抖得更厉害了，结结巴巴地道："奴……奴才马上去！"他一边说，一边爬起来，忙往外跑去。

"站住！"雍正突然又叫道，见张千像木桩似的呆在那里，他缓和了一下口气说，"你现在是副都统，这种差事交给下边的人就行了。"

张千受宠若惊，连忙叫过一个小拜阿唐，叮嘱了几句，那小拜阿唐遵命而去。

雍正冲张千一瞪眼道："弘时现在何处，快带朕去看看。"

"盛郡王在万福阁，佟儿奶奶在永康阁。"张千一边答话，一边在前头引路。

万福阁在雍和宫的最后端，穿过两座大殿才能到。张千见皇上虽然总阴着脸，但对自己还是很宠信的，胆子便大了，话也多起来，边走边说道："万岁爷让奴才去拿盛郡王，奴才思来想去，以奴才去拿主子，总有些心悬。若是带人直接去府上抓人，又怕张扬了出去。奴才就想了个法儿，叫小拜阿唐去盛郡王府上说，皇上在雍和宫，叫盛郡王来见。盛郡王果然来了。奴才就把他骗到万福阁，一把锁把门锁上了。回头带着两个人穿了便衣直接把佟儿奶奶拿了来，只是可惜逃了邬思道。"

雍正似听没听，也不阻止他，不多时就到了永佑殿，刚进殿门就听到女人的啼哭声和弘时的叫骂声："开门！张千你这个奴才，敢关押本王，看我出去不砍了你的狗头！"

雍正脸上抽动了一下，越来越阴森可怖，脚下越来越快，离万福阁还有十几步远的时候，弘时显然看见了他，门被撞得咣当响，惊喜地叫道："皇阿玛，您真的来了。快治张千的死罪，他矫诏骗儿臣，还把儿臣锁在屋里。"

雍正已到门跟前，冷冷地说道："你先不要乱叫，朕进去慢慢给你说。……张千，把门打开。"

张千忙取出钥匙，将门打开。弘时看见他，心头火起，一步蹿出门外，抓住他的衣领，抬手就是一巴掌。

"住手！"雍正突然怒声斥道，"逆子，还不滚到里边去。"

弘时受尽了委屈，却不明白皇阿玛为什么偏向一个奴才，但当他看见雍正眼里好像要喷出火来时，不敢再动手，慢慢放开张千，回到那张长条凳子边，跪下。

雍正走到屋里，张千忙搬过一只凳子让皇上坐下。

雍正一挥手道："张千，去守住后院大门，不许任何人进来。"

"嗻！"张千答应一声，躬身退去。

弘时跪在地上，见雍正的双眼像利剑一样刺遍自己全身，他想起了两次劫杀弘历，一次借马起云、吴守义之手行刺雍正，心里一阵阵害怕。看今天这个情势，皇阿玛可能查明了真相，自己凶多吉少！

雍正看着自己的这个亲骨肉，百感交集。同样是亲骨肉，弘历和他却是一个天上，一个地下。原本想他只是才能不及弘历，没料到他还图谋自己的亲老子。想到图谋亲老子，雍正一阵脸热心跳，莫不是自己作的孽，上天要报应，才出了这样不肖的儿子。这样想来，他便缓和了一下心头的怒气道："是朕叫人把你和佟儿带到这里来的，为着什么事，你自己明白。这里只有你我父子，你只要老实告诉朕，朕不会让你太为难。"

弘时一听，皇阿玛果然知道了真相，这会儿再没有邬思道来帮忙。看来，不说真话不行了。说出来，也许皇上会念在父子情分上，饶自己一命。这样想他便嗫嚅地道："儿臣知罪。那都是四年前的事了。"

　　"四年前？"雍正心里一惊，这小子还做过什么恶事，他不动声色地道，"朕只要你自己说出来就行。"

　　弘时低着头，一字一句地说道："四年前，儿臣奉旨去湖南长沙押解钦犯到京；四弟奉旨出巡……"遂将在河南信阳和长江采石矶邬思道两次设计劫杀弘历的经过全说了出来。

　　雍正大感意外，想不到弘时竟这样狠毒，一而再地劫杀手足兄弟，这种人还有半点儿人性吗？他那刚刚压下去的怒火再次被点燃，右手抖了几抖才举起来，一指弘时，结结巴巴地骂道："逆子，你……你真行啊！可是朕问的不是这个，还……还有，你说，你说！"

　　"儿……儿臣说！"弘时吓得脸色煞白，看来事情全露馅儿了，索性全说了吧！于是，他又断断续续地说，"还有，皇阿玛和十三叔去遵化拜祭景陵。是儿臣向吴守义、马起云泄漏了皇阿玛的行止……"

　　雍正越听越气，整个人像是被抛进冰冷的河里，手脚都冰凉了。这样的孽子，不但不念手足之情，连皇阿玛也想图谋，比起自己是有过之而无不及。这样的人还能叫作人吗？简直比畜生不如。但是气归气，问了半天，弘时还没有说到正题，雍正还得耐着性子问。

　　"朕问的也不是这个，你作的孽一件件说出来。"

　　"儿臣除此之外，再没做过什么恶事了。"弘时觉得有些委屈，提高了声音说道。

　　"没有？"雍正一脸的讥讽，"非得朕提醒你吗？朕问你，昨儿个午后，你带着佟儿去广化寺干了什么？"

　　弘时一听，完了，全露馅儿了。他把头一低长叹一声道："这一次不能怪儿臣，是佟儿想念祖父，求儿臣带着她去的。"

"朕不关心这些，只问你隆科多交给你们的东西呢？"

弘时面露惊奇之色，连连摇头道："儿臣不敢欺骗皇阿玛，隆科多真的没有东西交给儿臣。"

"你不说是吗？"雍正站起来，围着弘时不急不慢地踱着步，额上的青筋可怕地跳动着，半眯半睁的双眼射出摄人魂魄的光，嘴角不停地抖动着，发出像是从地狱里传来的声音，"朕明白地告诉你，这件东西对朕来说至关紧要，朕志在必得。隆科多是个精明人，他以为藏着这个东西就可以要挟朕，使朕不敢杀他。可惜他打错了算盘，朕不怕他要挟，照样杀了他。今天你也学他以此要挟朕吗？隆科多的下场就是前车之辙。"

弘时听说隆科多已死，顿时吓得瘫软在地，他何尝不知雍正说的是什么东西。邬思道明白地告诉过他，并要他用这个东西要挟皇阿玛立自己为太子。可惜，隆科多没有把这个宝贝交给他和佟儿，无论他和佟儿再三地追问，隆科多都是摇头不语，笑而不答。眼下自己被逼得走投无路，雍正既能杀亲兄弟，就能杀亲生的儿子，保命要紧，自己如果真知道这个东西藏在哪儿一定会迫不及待地说出来。突然，他想起一件事，像是抓住一根救命的稻草似的，一下子直起腰来，跪爬到雍正脚下，双手抓住皇阿玛的衣摆，惊喜地说道："皇阿玛，儿臣想起来了，隆科多见到佟儿时说他恐怕活不了几天。就写了一首诗送给佟儿，作为永别的留念……"

雍正如获至宝，俯身抓住他的衣领追问道："那首怎么写的？念来朕听听。"

"好像是：'遗恨牢狱半生缘，图报龙恩夜不眠。清风不解……儿臣以为只是他祖孙生离死别的纪念，当时没留意，下边的诗句记不得了。"

"废物一个。快说，那首诗现在何处？"

"在佟儿身上。"

雍正一把将儿子推倒在地，转身就往外走，弘时爬起来，抓住他的袍角哭叫着哀求道："皇阿玛，求您看在父子情分上，饶了儿臣一条命吧！"

"饶你？"雍正冷笑道，"你杀弟弟，又杀父亲，算得上天底下最狠毒的衣冠禽兽，即使朕饶过你，天能饶你吗？落到这种地步，还不如自行了断来得省心。"雍正说完，一脚将儿子踢开，往外就走。

弘时像是中了魔似的，再次爬起来，直往外冲。这时，张千在大门口见皇上出来，慌忙迎上前去。雍正一指跑到门外的弘时，叫道："快，把他关进去，没有朕的旨意，任何人不能放他出来。"

"奴才遵旨！"

张千一步跳到他们两人之间，拦住弘时的去路。弘时像个疯子似的，对他又踢又打。张千奉了旨意，不管他是王爷还是皇子，毫不客气地抓住他的袍带，像老鹰抓小鸡似的提起来，扔进屋子里，不管他哭叫连天，迅速把门锁上。

佟儿被关在万福阁西侧的延绥阁内。张千把她从府里抓来时，她还以为是这帮奴才吃错了药，斗胆管起主子来，一路骂声不绝。等进了雍和宫听到弘时的叫骂声，才知丈夫也被抓进来了，才觉得不对劲儿，吓得哭叫起来。雍正来时，她在延绥阁从门缝里看得清清楚楚，以为皇帝是来救儿子的，她这个"儿媳"自然很快就会放出去。可是安心地等了半天，听到的却是弘时的哭叫声。佟儿才真正害怕起来。正惶恐无助时，忽听一阵脚步声传来，紧接着是开锁开门的声音，房门打开了，雍正和张千出现在门口。佟儿从来没见过皇帝的脸色如此阴森可怕。想起刚才弘时的哭叫声，她一下子瘫软在地，口里喃喃地叫道："皇……上！"

雍正知道她吓坏了，便努力缓和一下脸上的表情，俯身拉起佟儿，说道："佟儿，你不用怕，朕只是来跟你要一样东西。"

佟儿听皇上说话还算温和，稍微定了定神，恭恭敬敬地说道："奴婢不知道什么东西值得万岁爷亲自来要。"

"也不是什么要紧的东西，隆科多毕竟是朕的奴才，听说他写过一首诗给你，朕也想看看。"

佟儿放了心，忙从衣内取出祖父题的那首诗，双手呈上，说道："奴婢送给皇上就是。只求皇上放王爷和奴婢出去。"

雍正顾不得听她说些什么，接过那张折叠得整整齐齐的宣纸，打开一看，只见上面四行隶书题道：

> 遗恨牢狱半生缘，
> 图报君恩夜不眠。
> 清风不解伴君苦，
> 招来罪祸归黄泉。

他反复吟诵几遍，目光停留在"遗""清""风""诏"四个字上。心里默念道："'遗、清、风、招'，遗诏清风。"他恍然大悟，心中窃喜。雍正对隆科多的府邸是极熟悉的，知道他的书房名为"清风斋"。隆科多的这首绝命诗分明暗示那份他朝思暮想的康熙遗诏就藏在清风斋里。

雍正不动声色地将那首诗收起，回头向张千喊道："快，随朕去隆相府。"

佟儿见皇上一句话没说就要走，慌忙爬到门口，哭叫道："万岁爷，王爷和奴婢有什么罪？为什么不放我们出去？"

张千见她快爬到门外，不知如何处置，他为难地看着皇上，问道："万岁爷，怎么办？"

雍正头也不回，冷冰冰地扔下一句话："乱棍打死，扔去喂狗！"

佟儿听得清清楚楚，只觉眼前一黑……

隆科多的府邸坐落在什刹海西岸，和广化寺隔海相望。

雍正御辇在厚厚的落叶上停下，张千忙上前扶着皇上下了车辇。雍正扫量着这个门可罗雀的高大府邸，心中顿生感慨，当年每天从这儿出入的高官显贵不知有多少，就是自己的御辇、銮驾也经常光临。那一对威武的石狮和那棵苍翠欲滴的松柏树还是那样熟悉。而今物是人非，留下的是污垢，消逝的是风流。

"张千，叫门！"雍正沉思良久，才说道。

"嗻！"张千答应一声，腿脚利索地踏上石阶，用力狠狠地敲门。敲了半天，才有一个苍老的声音问道："谁呀？"

张千斥骂道："少啰唆，快把门打开！"

里面人一听口气，知道惹不起，不敢再问，慢慢将大门打开。张千一看，是一个五十多岁的老管家。便问道："府里还有什么人？都叫出来迎接圣驾。"

老管家听说皇上来了，吓了一跳，往门外一看，真的，皇上正登上台阶呢，吓得他扑通一声，跪在门口。雍正认得他，和蔼地问道："你是隆顺吧！府里还有谁？"

"回皇上的话，府里只有老爷的一个远房本家和四个看家护院的奴才。奴才这就去叫他们迎接圣驾。"

"不必了，你带朕去隆科多的书房看看。你们老爷虽说有罪，朕还是想来他府邸看看。"

"奴才遵旨。"

隆顺爬起来，在前头引路，雍正、张千跟着往里走。府里的四个看家的和隆科多的那个远房本家听见动静，才知道是皇上来了，慌忙跪在通道两旁，迎接圣驾。

雍正无心细看两旁的亭台楼阁，只管跟着隆顺往后面走，这座府邸他不知来过多少次了，闭着眼睛也不会走错道。隆府很大，走了好久，隆顺才在一座小巧别致的阁楼前停下，雍正抬头看那门楣上的匾额，还是"清风斋"三个楷书大字，只是上面积了厚厚一层灰尘，字迹有些模糊罢了。他看了一眼门上的长锁，吩咐道："隆顺，把门打开！"

隆顺慌忙取出钥匙，颤巍巍好容易才把锁打开，用力推开两扇门，顿时一股霉臭味扑面而来。雍正舒了一口气，打量了一下摆放得凌乱不堪的书柜、书案，向张千吩咐道："带几个人进去搜，凡有书信、御旨、奏折之类，一律拿来给朕看。"

"嗻！"张千一挥手，立刻有四五个粘杆处侍卫跟着他进去，翻箱倒柜，把凡写有文字的东西一一送到雍正跟前验看。折腾了半天，天色已经渐渐黑了下来，还没有找出皇上要找的东西，雍正不甘心，命人取来十几支大烛点亮，将屋里屋外照得亮如白昼。张千和侍卫们仍不厌其烦，仔细搜寻。突然，张千惊喜地叫道："奴才找到了。"

雍正闻听大喜，立刻叫道："快交给朕！"

张千从屋子里跑出来，边走边举起一本金册子兴奋地道："万岁爷，这是内府的东西。"

雍正接过来一看，竟是内府的玉牒，口中骂道："隆科多果然包藏祸心，私藏玉牒，图谋不轨，仅此一条，也够砍头之罪。"因没有找到自己要找的东西，便向愣在一旁的张千和四个侍卫斥道："愣在那里干什么？继续查找。"

张千五人这才知道皇上要找的不是玉牒，只得又进到房里，将那拐角旮旯搜个遍，凡有字的纸条都拿给皇上，雍正还是摇摇头。最后，张千走出来，说道："万岁爷，奴才们已找了八遍了。连只虱子也没放过，恐怕您要找的东西不在这儿。"

"不，肯定在清风斋。"雍正想想那首绝命诗，暗暗着急，隆科多明明暗示遗诏就藏在清风斋，怎么会找不到呢？他心里一急，抬头看见门楣上写着"清风斋"三个字的匾额，恍然大悟，急忙命道："张千，上去搜一搜这匾额的后面有无可疑的东西。"

张千只好叫人找来一个梯子，靠在匾额下，自己一手提着灯笼，一手抓住梯子，攀缘而上，把那匾额后仔仔细细找了个遍，还是一无所有，只得如实禀道："万岁爷，什么东西也没有！"

"不可能。"雍正的语气不容置疑，"你仔细察看，找到有用的东西，朕重重赏你。"

张千只好暗叹一口气，一分一寸地细看，那匾额被他搜寻了十多遍，还是找不出什么有用的东西。突然，他的目光停留在匾额后面墙上的一块松头的砖头上，用手轻轻一抽，那块砖便被抽了出来，他心中一阵狂喜，忙用手伸到砖洞里仔细摸，却是空空如也，什么也没有摸到，他顿时泄了气，但还是如实禀告皇上。

"皇上，匾额后有一块砖像是被人抽动过，可是里面什么东西也没有。"

雍正心头一惊，逼视着隆顺问道："有人到这间房子来过吗？"

隆顺吓得头皮发麻，连连叩头道："万岁爷府上的邬先生来过。刚才奴才不知道出了什么事，不敢乱说。"他是隆府的老奴才，邬思道在雍亲王府做幕僚时，隆顺见过。

"邬思道？"雍正咬着牙，一字一顿地问道，"难道你不知道他已是朝廷通缉要犯？"

"老奴天天就在这院子里，从没出去过，哪里知道邬先生变成了通缉要犯。他来的时候奴才还以为他是皇上的人。"

"他是什么时候来的？"

"昨个夜里。"

"哼，谅他也逃不出京城！张千，知会九门提督图里琛在全城进行大搜捕，务必将邬思道缉拿归案！"

沈近思的案子没费多大周折。弘历遵照雍正旨意，亲自布置沈近思府衙和原籍的两地抄检，着内务府护卫营都经常贵带领护卫营官兵抄检其衙署。而在其原籍江苏吴江，则由弘历亲自行文江苏巡抚、监察御史会同抄检。常贵办得很利索，仅半天的工夫，就将沈近思府上的钱粮财物清查一遍，登记造册。真是不看不知道，一看吓一跳。一个朝廷二品官员，府中财产竟有五十余万两。这已经明摆着是贪赃枉法聚敛的不义之财，不用深究细查，就知道准是个贪污大案。何况其原籍的抄检结果还没有报上来。弘历看了抄检的财产清单，也吃了一惊。自己堂堂的宝亲王，论起家产和这位户部侍郎相比简直是小巫见大巫。怪不得皇阿玛气得连一顿饭也吃不下去。他当即命常贵将沈近思拘押起来，等候审理。

这桩近两年没发过的贪污大案基本上算是板上钉钉，更改不了了。弘历也算放下心了。放心什么呢？他怕仓促之间出了差错，冤枉了沈近思，皇阿玛真的去给沈近思赔罪。想想皇阿玛气得吃不下饭的样子，他突然觉得还是早些告诉皇阿玛抄检的结果，也让他早些安心。

弘历转过身来，看见身后张廷玉、方苞和一群章京、笔帖式交代着什么，看来今天没有什么大事烦劳他这位宝亲王。他便向跟前的太监道："告诉张相爷，本王有事去见圣驾，他要有事，待会儿找我。"

小太监脆生生地答道："四爷放心去吧！奴才会跟张相爷说的。"

弘历走出军机房，沿着御道穿过隆宗门，直奔养心殿，刚到门外，就看见蕙儿、菊儿两个闲聊。

两人一看宝亲王来到，慌忙跪倒施礼道："四爷来了！四爷吉祥！"

弘历笑道："你们倒是清闲，皇阿玛太放纵你们了。"

蕙儿道："四爷是真不知道，还是装不知道，皇上早出宫去了。"

弘历一愣："皇阿玛何时出宫的？本王和军机处的几位大臣都在前面，怎么一点儿也不知道？"

蕙儿道："皇上午时就出去了。那时，你们军机处还没轮值呢。"

弘历吃了一惊，皇阿玛为何事出宫？竟连军机处大臣也来不及通知，他追问道："皇阿玛去哪儿了？"

"皇上去……"菊儿嘴快，正要说出来却被蕙儿用眼色阻止了。

弘历更是放心不下，虎着脸，怒视着蕙儿道："好你个狗奴才，竟敢连本王也瞒住不说，就不怕本王扒了你的皮。"

蕙儿吓得连连叩头。

"四爷息怒，不是奴才欺瞒您，实在是奴婢担不起这个罪责。"

"什么罪责？"弘历换作笑脸，温和地道，"只要本王不说是你们说的，谁会知道？本王不会让你们受到牵连，放心地说吧！"

蕙儿扇了自己一个嘴巴道："奴婢该死，皇上和博尔多说的话偏偏让奴婢两个听到了。皇上他们去了广化寺。"

"广化寺？"

弘历的脑筋迅速转开了，广化寺是囚禁隆科多的地方，皇阿玛莫非……他顿觉脊梁骨冷气森森，渐渐地全身冰冷。隆科多其罪当诛，但皇阿玛却一直囚而不杀，所为何事？难道那些谣传都是真的？不行，作为皇阿玛最宠爱的皇子，他必须分担父亲那些不为人知的痛苦。

蕙儿见他好半天傻愣愣地站着不说话，忙着解释道："奴婢别的什么也没听见，求四爷体谅下人的难处……"

弘历根本没听见她在说什么，转身就走，也不给张廷玉他们打个招呼，穿过后宫，到了顺贞门，命守门的护卫营旗兵找来一匹马，单人独骑，出神武门，往北急驰。

一会儿就到了广化寺门前。博尔多正命令那两百名官兵收拾东西，准备拔营起寨，忽见宝亲王飞马来到，慌忙从里面跑出来，施礼道："四爷，您怎么来了？"

弘历没理他，看着官兵忙碌着来回奔跑，他不解地问道："博尔多，你们这是要开拔吗？"

"四爷您说对了，奴才们就是要开拔了。"

"那隆科多呢？他不是囚禁在这里吗？"

博尔多看看四周没人，才低声说道："老东西咬舌自尽了，尸体刚烧成灰。"

弘历却觉手脚冰冷，面无表情地问道："皇阿玛不是来了吗？怎么看不见銮驾？"

博尔多答道："皇上早已走了。"

"去哪里了？"

"这……奴才不知道，"博尔多当时只顾取血滴子去杀隆科多，根本没送雍正出来，所以他不知道。但是为了讨好宝亲王，他向门口的兵丁大声问道："孩儿们，你们谁看见皇上的銮驾往哪个方向去了？告诉四爷，老子有赏。"

立刻有几个官兵跑过来，跪在弘历马前，争着答道：

"奴才看见銮驾沿着什刹海往南去，皇上八成回宫去了。"

"不对，銮驾到了前海折向东去了，奴才看得清清楚楚，皇上八成去了雍和宫。"

"没错，皇上准是去雍和宫，奴才也看见了。"

弘历自己猜测，皇阿玛极有可能去了雍和宫。他掉转马头，两腿一夹，蒙古马便撒开四蹄，往东驰来。转眼之间他又来到雍和宫门前。守门的小拜阿唐慌忙跪地施礼。

弘历见门前冷冷清清，不见皇上銮驾的影子，不解地问道："皇阿玛来过没有？"

"回王爷的话，皇上来过，又走了。"

"可知銮驾去了哪里？"

"小人不知道。"

弘历暗暗吃惊，皇阿玛忽而广化寺，忽而雍和宫，行踪不定，一定有重大的事情发生，可是现在不知銮驾在何处，怎么办？他急得心头冒火，勒住马缰团团转。

正在这时，忽听有人叫道："四爷！"

弘历循声望去，只见从雍和宫大门里走过来一个粘杆处侍卫，到了马前，恭恭敬敬地施礼道："四爷，您来得太好了。"

弘历一看认识，正是张千的兄弟张万，便道："张万，什么事？"

"四爷，三爷不知为何被皇上关在万福阁里，哭叫个不停，奴才怎么劝说也不行。求四爷进去劝劝，奴才今儿个夜里也安生些。"

弘历大惊，想不到皇阿玛忙碌了一天就是因为老三。到底发生了什么事，恐怕张万也不会知道，这会儿又不知銮驾在何处，只有从老三身上能打听到发生了什么事。想到这儿，他跳下马故作勉强地说："本王权且帮你一次，不知他因何被皇阿玛关起来，叫我怎么劝说他？"

张万接过缰绳，把马拴在柱子上，摇头道："做奴才的哪里知道。刚才盛郡王的一个侍妾被乱棍活活打死，扔到外面去了，是皇上的旨意。"

弘历又是一惊，看来事情非同小可，老三到底做了什么事惹得皇阿玛连他的侍妾也不放过？他一声不响，跟着张万往里面走，那些粘杆处的拜阿唐看见宝亲王来到，呼啦一声，跪倒一片，弘历只顾想着弘时的事也不理他们。不多时，便过了永佑殿，刚进后院大门，便听到弘时像狼一样的嚎叫声。

"放我出去，我不想死，我要见皇阿玛，我……不想死……"

弘历刚踏上万福阁的台阶，弘时可能看见了他，拼命地叫着："四弟，快救我出去……我要见皇阿玛。"

弘历走到窗前。弘时双手拼命地摇着窗户的木档，惊喜地叫道："四弟，我求求你，快去找皇阿玛，帮我求求情，我该死，我不是人，可我不想死。"

弘历抓住他的手，安慰道："你先不要着急，我进去咱们慢慢地谈。"他一边说，一边命张万打开房门。

张万取出钥匙，把房门打开，弘时一下子冲了出来，把两人吓了一跳。张万慌忙一把抓住弘时的手道："三爷，皇上有旨，您不得迈出这间房子半步。您还是老实在里头待着吧，别让做奴才的为难。"

"混账！"弘时挥舞着双手张口就骂，"你是什么东西，也敢对我吆三喝四，爷就是犯了法，也犯不着奴才来管。"

张万其实已明白他犯了重罪，只是看着他是个皇子的分上，还客气点，现在见他如此狂妄，顿时大怒，斥道："你现在算什么东西？能比得上我们做奴才的吗？对不起，你还是进去吧！"他一边说，一边用力把弘时推到房子里。

弘时摔倒在地，不敢再放肆，一双眼睛可怜巴巴地盯着弘历，哀求道："四弟，我求你了，在父皇面前求条性命。"

弘历看他一副可怜相，竟不觉得值得同情，反倒有些恶心。就是这样一位手足阿哥，为着储位之争，竟不念手足之情，两次设毒计劫杀自己。虽说他没有得逞，可是自己最心爱的姑娘东方晓为保护自己竟丧身江中。想起东方晓，弘历内心又是一阵阵的剧痛，她是一个多么难得的红颜知己，不慕荣华，不贪富贵，仅仅因为情系于己，而苦苦追随左右，为了她喜爱的男人，她宁愿舍弃一切，包括她的生命。弘历慢慢走进屋里，面上看似平静，内心却是电闪雷鸣，东方晓坠落江中的那一幕一遍又一遍地显现在眼前，他要为她报仇，这是他曾经立下的誓言。杀死东方晓的凶手就在眼前，怒火在弘历的心头点燃，他开始思谋着报仇的步骤。一切都在心中无声地进行着，他的面上还是静如止水。

弘时还以为他在思考着救自己的办法，便顾不得自己年长的身份，竟生生地给弘历跪下，连叩三个头，哀求道："四弟，只要你能救我一命，我什么都给你，金银、珠宝、美女……"

弘历像是无动于衷，看也不看他一眼，只是向张万一挥手道："你去大门守着，不许任何人进来。我慢慢地劝说三爷。"

张万高兴地答应道："谢四爷！"转身便出去了。

弘历等张万走远，才看了一眼弘时，拉过长条板凳在他面前坐下，不慌不忙地说道："三哥，不是兄弟不替你说话，我不明白你到底做错了什么，皇阿玛一夜之间就把你关到这里弄成这样。"

"我……我该死，我不是人，"弘时声泪俱下，悔恨交加，用手狠狠地扇了自己两个耳光，才慢慢地把自己所做的恶事一五一十地说了出来。

弘历不动声色地倾听着，弘时所做的恶事大都在他的意料之中，但是听他亲口讲来，仍感到触目惊心，好像跟前跪着的不是一个人，而是一个毫无人性的畜生。这畜生留在世上只会害人，不除掉它就是天大的罪孽。

弘时终于讲完了自己的罪恶，跪在地上一动也不敢动，像是等待着弘历的宣判。

弘历思谋良久，已是成竹在胸，只见他面露怒色，冷笑一声道："三哥，我不好说什么。你自己说，凭你那些罪孽，按《大清律》该怎样处置？"

弘时的头低得更低，半天才低声说道："该凌迟处死……"

"恐怕你死十次也不足以赎其罪。皇阿玛既然将你密捕在此，就没有交刑部处置的意思，他老人家丢不起这个人，再说朝廷也经不起大案迭起，处置你，只会秘密进行……"

弘时吓得脸色煞白，哆哆嗦嗦地问道："怎么……处置？"

弘历却不急着回答他，反而问道："皇阿玛没跟你说过？"

"说……说过。"弘时顿觉一阵惊惶，"皇阿玛说，让……让我自……自行了断。"

"皇阿玛圣明。"弘历面上似悲似喜，长叹道，"你的罪他没法判，自行了断也许是给你的最轻的惩罚。"

"不，我不想死！我还想活下去……"弘时害怕极了，声嘶力竭地叫喊着。

弘历等他没有了力气，声音渐渐微弱了，才洒下几滴清泪道："我也不想要你死，可是你根本没有活命的希望，皇阿玛的手段你是知道的，年羹尧、隆科多他要杀，八叔、九叔是他亲弟弟照样下得了手去。你的罪孽在他心里比八叔、九叔是有过之而无不及。九叔死在保定，我亲眼所见，皇阿玛原是赐他自行了断，可是九叔贪求活命不肯自尽，粘杆处的几个拜阿唐就给他强行灌下了断肠散。那药性发作起来，九叔痛得满屋子打滚，嚎叫声传出老远，半个多时辰才毙命，还不如自裁来得痛快。"

弘历只顾自己说话，半天没听见弘时说话才低头打量他。只见弘时双目呆呆地盯着自己腰间，面上毫无表情。弘历正要叫喊，忽见他长舒一口气，翻身坐了起来，异常平静地说道："老四，谢谢你的提醒，想想长这么大事事都落在你后，如今又落到这种地步，真的生不如死。"正说着，他突然站起，伸出手来，冷不防将弘历腰间的短刀抢到手中，惨然一笑道："他要我死……我有罪……我该死……我不要吃断肠散……我得死得像条汉子，不能让他看不起……"

弘历没防着他会突然夺自己的刀，吓得后退了几步。听他喃喃自语，才知道自己的话起到了作用，使他有了自尽之意。虽然这是自己处心积虑，渴望看到的结果，但当这一幕真实地出现在自己面前时，自己的良知仿佛突然苏醒过来，一下子吞噬了整个心，令人痛苦不堪。

"三哥，不要……"弘历终于从心底发出最真诚的声音，他在这一瞬间领悟到血浓于水的真正内涵。不管弘时身上有多少罪恶，可是毕竟是他的亲哥哥。他害怕极了，往前试探一步，想夺下弘时手中的刀子。可是弘时已经提防他了，将刀尖对准自己的胸前，大声叫道："你不要过来，不然我就……老四，你赢了，皇帝的宝座终于归你了。可是奇怪，这一刻，我觉得那宝座一点儿也没有吸引力，就像你跟前的长板凳。哈哈哈……"

"三哥，千万别……"弘历搜寻着能使他放下刀子的词句。"我刚才的话是跟你闹着玩儿的，你千万别信，皇阿玛那里，我去说……"

"别说了，老四，你看我是不是一个男子汉，哈哈哈……"弘时一阵大笑后，手里的刀子猛地刺向胸前。

"三哥……"弘历惨叫一声，扑向前去，一只手将弘时扶住，另一只手惶然地抚摸着自己的那把短刀，血，像喷泉一样涌出，任他怎样用手去捂也止不住。

张万站在门外，还担心着弘历的安全，一直倾听着里面的动静，刚开始时传来弘时的哭叫声和哀求声，他已经习惯了，没放在心上。后来忽听里面传来一声惨叫，像是弘历的声音，可把他吓坏了。宝亲王是他叫来劝慰弘时的，万一有个三长两短，自己就是有十个脑袋也不够砍的。因此，他立刻施展出上乘轻功，只一纵跃，已从后院门窜到万福阁门前，往里一看，弘时倒在地上，胸前插着一把刀，血流到地上，弘历茫然无措地干抖着双手。

张万一步上前，把弘时抱起，弘历看见他，才叫出声来。

"快……快，叫太医来……"

　　张万自知闯了大祸，弘时是他看守的，出了这种事，首先就得治他的罪。这时，他顾不得多想，抱起弘时，施展开轻功，直向前院奔去，边跑边叫道："太医……快……救命！"

第三十九章

悼逆子雍正帝染恙
听毒药邬思道动心

雍正心中一动，觉得贾士芳说得有根有据，不像那些故弄玄虚的道士胡乱吹嘘。便故意问道："想不到仙长还有如此本领。仙长炼的长寿丹药可否让朕一见？"

雍正回到宫里的时候，天已酉时。蕙儿、菊儿见皇上这么晚才回来，慌忙端了几个雍正喜欢吃的点心上来。雍正只是看了一眼，竟毫无食欲。今儿个一天发生的事，件件不如意。他就这么围着广化寺、雍和宫、隆科多府，整整转了一个圈子，竟没有找到那份时刻让人心惊肉跳的遗诏。另一件让他揪心的是弘时这个逆子，竟背着他做了那么多的恶事，连亲爹老子也不放过。还有邬思道，这个人的居心到这时候才被自己完全看明白似乎晚了些。那份诏书如果真被他拿了去，后果自己想也不敢想。

雍正越想越心烦，坐在御案前不时长吁短叹，蕙儿、菊儿也不敢上前劝慰，只是站在两边侍候着。这时，朱儿捧着一摞奏折进来，恭恭敬敬地放在御书案上，说道："皇上，这是今天刚递上来的折子。"

雍正突然龙颜大怒，一抬袍袖将奏折扫到地上，吼道："朕今天不批折子，全给朕拿下去。"

朱儿吓得脸色煞白，慌忙跪在地上捡起那些折子，不明白皇上为什么莫名其妙发这么大的火。皇上一向以勤政自豪，规定每日晚膳后，都要把当天递上来的折子送到御书房里。有几次自己送晚了一会儿，皇上还狠狠训斥了他一顿。

蕙儿因为会几手推拿按摩的功夫，总是把雍正侍候得舒舒服服，因而在皇帝面前就容易说话。这时，她见雍正心情极坏，知道是朝廷上的事不顺心，便决心冒一次险，讨皇上的欢心。因而，她大着胆子，走到雍正跟前，柔声道："万岁爷，您这么做就对了。心里不痛快就不去看那些烦人的折子。等心里痛快了，再看也不迟。您现在啥也不要想，只想着怎样开心就行。平日里，您总喜欢奴婢给您捶捶肩、按按脚什么的，奴婢就给您捶一捶、按一按，成吗？"

雍正正在烦心之时，蕙儿这番温柔体贴的话无疑是雪中送炭，久旱逢雨，说得他心里舒帖多了。他长叹一口气道："蕙儿，还是你知道朕的心啊！朕就依了你，先给朕烫烫脚吧！"

菊儿听见，忙去打了热水端来，放在雍正脚前，又为蕙儿拿过一只小凳子，让她坐着给皇上洗脚。

蕙儿给雍正脱了靴子、袜子，顿时一股臭脚味在房子里散发开来。蕙儿一边把那一双龙足浸在水里，一边笑道："万岁爷，您的龙足怎么也会有臭味呢，奴婢的脚就不臭。"

雍正的双脚在热水中一泡，顿觉舒爽无比，心情也好多了，便道："朕是男子，半天没闲着走路，这脚自然会臭的。朕贵为天子，活得却不如你们这些奴才自在。比如蕙儿，只要把朕侍候好就算尽职尽责了。天子就不成，天天有没完没了的折子要批，有那么多的政事要办，还要防着是不是有人图谋不轨，为君难，难于上青天啊！"

蕙儿为雍正轻轻搓着脚，想起上次探视双亲时，佟儿交给她的那本书，心里怦怦直跳。佟儿说，那书上的足底按摩之法对男人果然有奇效，她在盛郡王身上试过的，说的时候脸还红呢。

"蕙儿，想什么呢？"雍正见她一双大眼睛呆呆的，便问道。

蕙儿惊醒过来，忙用手擦搓着，答道："奴婢没想什么！"

她本想按佟儿所说，在皇上身上试试，但想想皇上今天心绪不佳，到底没敢冒险。

雍正知道她没说实话，心中不悦，正要再问，忽见朱儿慌慌张张地跑进来，结结巴巴地说道："不……不好了，三……三阿哥自杀了。"

雍正吃了一惊，他不相信自己的耳朵，追问道："你说什么？"

"三阿哥自杀了。"

雍正只觉得脑袋"嗡"的一声，眼前一黑。朱儿一见皇上要晕倒，慌忙上前扶住，蕙儿、菊儿也吓坏了，干转圈子不知怎么办。到底是朱儿历练过，忙叫道："快，传太医来。"

在外面侍候的宫女、太监慌忙去喊太医，太医还没来，雍正却悠悠醒转来，一睁开眼睛就叫道："弘时在哪里？快带朕去看看他。"

"已送往盛郡王府！"

朱儿不敢怠慢，慌忙跑出去吩咐准备车辇，蕙儿忙着给雍正穿上袜子、靴子，雍正强挣着站起来，见几个御医堵在门口，茫然无措地望着自己，便一挥袖子道："朕没事，你们下去吧！"雍正一边说一边摇晃着身子往外走，蕙儿、菊儿慌忙一边一个搀扶着走到养心殿外。正见朱儿走进来，道："銮驾已准备好了，请万岁爷起驾。"

雍正被扶进车辇，立刻叫道："快，去盛郡王府！"

雍正到了弘时的府前，等不及通报，便由两个太监架着就往里走，刚进大门就听到一片哭声。府里的奴仆杂佣一见皇上来到，慌忙跪倒，哭成一团。可能是弘时的尸体刚被送来，府里人还没来得及穿孝。雍正一见，悲从心生，也跟着众人掉眼泪。两条腿再也迈不得半步，全凭太监架着才没有瘫倒在地。正难过时，忽听一阵女人的哭声传来，从王府大殿里哭哭啼啼奔出弘时的福晋、侧福晋、小妾来，到了雍正跟前，又是一阵痛哭。朱儿一见这阵势，皇上哪能受得了，忙道："快，先架着皇上去大厅。"

太监们顾不得许多，架起雍正就走，到了大厅门口，只见弘历、张万从大厅里出来，先给雍正磕头施礼，然后弘历亲自搀着雍正走进大厅。

弘时的尸体停放在大厅正中，用一块黄丝绸布盖着。雍正一见，顿时心头一酸，泪水再次模糊了眼睛，他颤抖着双手，慢慢揭开弘时脸上的黄绸布。只见弘时双目圆睁，似乎在仇恨地瞪着自己。

"弘时，朕的儿……"雍正只喊了一声，就觉天旋地转，渐渐地一片黑暗。

弘历一见，慌忙双手抱住，叫道："快，快叫太医来。"他一边叫一边把雍正抱进西侧房。

朱儿虑事周到，早防着这些，叫了两名太医跟着銮驾来了。两名太医慌忙跑进来，号脉、翻眼皮、掐人中，又开了一服药灌下去。折腾了半天，也没见皇上醒过来。弘历又急又怒，骂道："没用的东西，连这点毛病也治不得。"

两名太医吓得跪倒在地，哆哆嗦嗦地说道："奴才看症状，皇上是悲伤过度昏迷，可是服了药就是不顶用，奴才们实在无能为力了。"

弘历气得大吼一声："滚！"两名太医吓得爬着出去，他又急得团团转，叫道，"快，再去请太医！"

正在这时，弘时府里的一个长随飞跑进来道："张相爷、几位军机大臣和几位王爷都来了。"

他刚说完，就见大厅门口，仆佣们往两边一闪，张廷玉、方苞、允禄、允礼、允秘、弘昼、弘晓等人一齐拥进来，围着弘时的尸首又惊又悲。

弘历从西侧房跑过来叫道："快，先顾着皇上要紧。"

张廷玉等人这才想起雍正也来了，忙着奔过来，见皇上昏迷不醒，吓得一齐围上来呼叫不止。

弘历急道："不要喊了，没有用，大家赶忙想办法救皇上要紧。"

允禄忽然叫道："快，派人去请贾士芳。万岁爷上次得病就是此人相救的。"

弘历摇头道："皇阿玛是忧郁成疾，延名医医治才是正道，贾士芳邪魔妖术，不可以尽信。"

张廷玉忙打圆场道："救命要紧。不管邪魔还是正道，只要能救人就成。不妨双管齐下，一边去请贾士芳，一边另寻太医医治。如何？"

和亲王弘昼亲眼看见过贾士芳出神入化的医术，立刻自告奋勇地道："贾士芳就由小王亲自去请。"他见弘历和张廷玉都点点头，便快步奔出大厅，到了院里，喊起几个亲兵，打着灯笼飞身上马，向着黑沉沉的夜色中驰去。

弘昼刚走，弘历突然看见雍正的嘴角动了一下，他惊喜地叫道："皇阿玛醒了！"已是扑到卧榻前。众人一听，心中大喜，一齐往皇上床头挤。雍正慢慢地睁开眼睛，看见弘历和张廷玉，吃惊地问道："朕这是在哪里？"

弘历答道："皇阿玛，这是三哥的府上，您来看他，昏倒了。"

"朕想起来了，弘时不在了，朕过来看他。"

允礼站在他脚前，安慰道："皇上，弘时已是不在了。您不要太为他悲伤，节哀顺变吧！保重龙体比什么都要紧。"

雍正轻轻地摇摇头，冷笑一声，用低沉的声音说道："朕为他悲伤？他也配？他做的孽，自食其果罢了，好在他死得还算是好汉，朕仅仅可怜他这一点。"

众人听他这一番话都吃了一惊。因为弘时做的恶事他们一点儿消息也没有听到。张廷玉听李卫提起过，因为没有证据，也不敢乱说。他见雍正说话的时候喘着粗气，忙道："万岁这时候最紧要的是养息身子，不要多说话。四爷、庄亲王爷、果亲王爷，咱们出去说话。"

弘历、允礼、允禄等人一齐点头。雍正却吃力叫道："不！"

弘历忙问："皇阿玛，您要说什么？"

雍正用低沉的声音说道："弘时朕也见过了，算对得住他了。庄亲王留下料理他的丧事，其余人随朕回宫。"

弘历担心地说道:"您的身子太虚弱,还是养息一夜再走吧!"

　　"不。"雍正声音很低,但很坚决地道,"朕一刻也不要待在这里,快送朕回宫。"

　　张廷玉看看弘历道:"万岁爷说得是。这里办丧事,他如何安心静养。"

　　弘历只得同意,吩咐朱儿准备轿子。允禄见雍正眼角扫着自己,心知其意,庄重地说道:"皇上只管安心回宫,弘时的事,臣弟一定妥善料理。"

　　雍正眯上眼睛,不再说话。朱儿几个太监过来,小心翼翼地把雍正抬下卧榻。朱儿一个人背着,两个太监在两边托着,把雍正背到院内,安卧在轿中。八个身强体壮的太监轻轻抬起,小心翼翼地高抬腿走,生怕颠着皇上。弘历、张廷玉、允礼等人都是仓促之间骑马赶来的,便都又骑上各自的马,跟在雍正轿子的后面。

　　好容易到了宫中,大轿在养心殿门前轻轻落下。朱儿几个太监又依着刚才的办法把雍正背到御书房御榻上。雍正经过一路的养息,精神好多了,脸上有了一丝血色。蕙儿端来一碗莲子汤,站在床头用小匙一口一口往他嘴里喂,居然吃了一小碗。弘历、张廷玉等人见了,略微放了心。张廷玉往御榻前靠近一步道:"万岁爷,天太晚了,您安心歇着吧!明日的朝政有宝亲王呢,奴才们告退了。"

　　雍正点点头道:"这几天的事儿对朕的刺激太大,朕突然觉得老了,真的想过几天不用操心的日子,趁你们几个都在,朕决定从明天起一应朝政交由宝亲王办理,你们几个好生辅佐他,遇到难决之事就来问朕。怡亲王、鄂尔泰都不在,你们几个的责任就更大了。弘历,朕知道你聪慧过人,但毕竟历练得少,朕今天做出这个决定也是为历练你,凡事都要谨慎,考虑周详,多向衡臣他们请教。"

弘历惶然道："儿臣一定尽心尽力地去做，皇阿玛只管养病，龙体康泰自然还可以总理朝政。"

张廷玉、方苞、允礼一齐道："请皇上放心，臣等一定尽心尽力辅佐宝亲王。"

雍正脸上露出笑容，抬起左手，用力一挥道："弘历留在宫里陪朕说话，你们几个都跪安吧！"

弘历听说只留他一人，心里一惊，莫非皇阿玛从老三之死上看出了什么？他心里一阵不安，但转念一想，不管怎样自己没有动手杀弘时，何况在弘时抢过他腰间的短刀时，自己也真心地劝阻过他。

雍正半坐半躺着，眯着双目养了一会儿神，说道："弘历，你十三叔去遵化督建皇陵有两个多月了吧？"

弘历屈指算来，答道："有两个半月了。"

"朕最挂心的就是你十三叔，他这个人办起差来不要命，身子骨儿也不好。每次递折子来都说身子不错，能吃能睡的。朕怀疑他在欺骗朕，明天你派人去易县传朕旨意，叫他来京一趟，反正弘时的事也要让他知道。"

"皇阿玛放心，儿臣明日一早就派人去。"

"还有你十四叔，来京后还好吗？下人是不是狗眼看人，侍候不周，给朕留下恶名。他心里还怀恨朕，抽空儿你代朕去看看他。"

"儿臣一定依着皇阿玛的嘱咐去看十四叔。"

雍正翻了一下身子，睁开眼睛，看了弘历一眼，说道："邬思道一定要缉拿住，弘时做的孽都是他唆使的。朕后悔没有早点除掉他，留下今天的祸患。图里琛是个废物，连这样一个大活人都抓不到。"

弘历道："皇阿玛尽管放心，邬思道逃不了。儿臣打算派张千、张万暗中打探。一有邬思道的行踪，就能把他抓住。"

雍正一听到张万的名字突然道："张万看押弘时，却让弘时寻机自尽，难逃失职之罪，应交内务府治罪。"

"不，皇阿玛。"弘历突然跪下，声泪俱下道，"三哥之死罪不在张万，是儿臣一时不慎，被三哥抢走身上短刀，三哥才……"

"这么说那把刀是你的？"雍正吃惊地问道。

"正是儿臣的！"

"罪孽啊！罪孽……"雍正喃喃自语道，他觉得一切都是冥冥之中早有注定似的。

父子两个正说着话，朱儿忽然走进来，禀道："万岁爷，和亲王带着贾士芳到宫里来了。"

雍正一听"贾士芳"三个字，顿觉精神一振，正要请他们进来。弘历已抢先道："皇阿玛，您现在不是很好吗？还把他叫进来做什么，还是让朱儿赏他点东西打发他走吧！"

雍正笑道："朕明白你的意思，你是为着朕的安全，怕贾士芳对朕使妖术。"

"皇阿玛不可不防。贾士芳行踪诡秘，和邬思道也有来往，还给他医好了双腿，安知他是不是包藏祸心。"

雍正自信地说："我儿放心，朕自然会防着他。朱儿，请弘昼和贾道长进来见朕。"

没多久，弘昼引着贾士芳走进殿来。贾士芳见到雍正和弘历，忙收起拂尘，躬身拱手道："万岁爷、宝亲王，贫道有礼了。"

弘历只是点了一下头，算作还礼。雍正却异常的热情，命朱儿给贾士芳赐座。

贾士芳刚一落座便道："贫道看万岁爷的气色想必圣躬已安，看来贫道虚此一行。"

雍正忙道："不，朕正有事烦劳仙长，请仙长不吝赐教。"

"万岁爷有话请讲，且莫折了贫道的寿。"

雍正笑道："仙长位列仙班，也有寿数吗？"

贾士芳郑重地答道："贫道祖上是医学世家，自然对医术也略通一二。偶尔救人危难也是依着医理，断无妖魔邪术。所以贫道只是一俗人，无缘位列仙班。"

"请问道长高寿几何？"

"贫道虚度九十一载。"

雍正、弘历、弘昼都惊讶不已。看他那长长的银须银发，想来不虚。

雍正感叹地问道："仙长如此高寿，莫非服了长生不老仙丹？"

贾士芳微微一笑道："贫道只相信人能长寿，不相信长生不老。当然也不相信世间有长生不老仙丹。"

弘昼惊奇地问道："照你这么说，世间那些炼丹的道士全是骗人的？"

"那倒未必。"贾士芳解释道，"道家炼丹，也是依着医理，由药石、草药提炼而成。虽不是长生不老的丹药，但如果配制合乎医理，为人增寿倒也不假。贫道苟活至今，多半是服了自制的丹药的缘故。"

雍正心中一动，觉得贾士芳说得有根有据，不像那些故弄玄虚的道士胡乱吹嘘。

他便故意问道："想不到仙长还有如此本领。仙长炼的长寿丹药可否让朕一见？"

贾士芳摇摇头道："真是不巧，贫道观中还有一粒，只是不曾带在身上。贫道今晚是专程给皇上看病的，只带来治病的药。"说完，他从道袍里取出一个纸包，放在御书案上。

弘昼伸手拿过来，打开纸包一看，是两粒白色的药丸，便笑道："皇阿玛的病已经好了。吃了你这药，也说不准是你的药管用，还是皇阿玛根本就没有病。"

雍正把眼一瞪，斥道："弘昼，不得对道长无礼，还不代朕谢过道长赠药之恩。"

弘昼嘻嘻一笑，向贾士芳略一躬身道："仙长，小王刚才跟您闹着玩呢，千万别放在心上。"

贾士芳无所谓地笑道："所谓真金不怕火炼。贫道的药效如何，待万岁服用之后，自然会有公论。"

雍正感叹道："仙长妙手回春，朕早已见识过。只是刚才仙长所说自炼的长寿丹药，朕还没有见识过，岂非一件憾事。"

"这个容易。"贾士芳道，"待贫道回到观中采集药石，提炼出丹药，送进宫中就是。万岁爷，您也该安歇了，贫道告辞。"

雍正也不留他，吩咐弘昼派几个亲兵护送到白云观。

贾士芳走后，雍正便命朱儿拿过贾士芳送来的药。

弘历一见，伸手阻拦道："皇阿玛，儿臣不明白您为什么这么相信贾士芳，如果他和邬思道串通一气，图谋不轨岂不是害了您。"

雍正没有搭理，反而向朱儿命令道："朱儿，把贾士芳的那两粒药服下去。"

朱儿感到莫名其妙，手拿着小纸包，呆了半天才说："万岁爷，这药可是贾士芳给您服用的，奴才吃下去有什么用？"

"少废话，朕要你吃下去你就吃下去。"

"好，奴才遵旨！"

朱儿不敢多说，把那纸包里的两粒药丸全部倒进嘴里，也不用水冲服，他一仰脖儿便吞了下去。完了，还故意张开嘴巴给雍正和弘历看。

弘历眼睛不眨地盯着朱儿，一声不响。雍正才道："贾士芳和邬思道交往甚厚，朕不是不知道，可是他医术高超，名满京城。如果朕能把他留在身边，充作太医，岂不是好事一件。而且此人精通炼丹术，如果真能使朕长寿，岂不是我大清之福。当然，朕也有防他施奸的办法。凡他要朕服用药，必先由御前太监服用，确信无碍，朕才服用。"

弘历这才明白雍正是一心要求长寿，才宠信起贾士芳。想想弘时已死，虽然将来承继大统的非他莫属，但雍正一心想长寿，就注定自己这个储君不知要等到何年何月才能变为人君。

弘历极聪明，他知道自己不宜在长寿这个问题上跟皇阿玛多说。因为那样做极易引起生性多疑的父亲的猜疑，于是他岔开话题道："皇阿玛刚才说贾士芳跟邬思道交往甚厚，儿臣突然想到邬思道会不会就藏身在白云观，明日儿臣就派人去搜。"

"不必了，"雍正摇摇左手道，"邬思道知道朕很清楚他和贾士芳的交情，当然不敢去白云观。何况，朕已派人暗中搜过两次。"

弘历一听，皇阿玛果然虑事周到，处处想到自己前边，他由衷地感叹道："皇阿玛，您不愧为一代圣明之主。"

贾士芳由弘昼的两个亲兵护送出了紫禁城往南走不到二里地，贾士芳便道："两位军爷请回吧！"

两个亲兵知道他是神医，又是皇上看重的人，不敢怠慢，忙道："这黑灯瞎火的，仙长一个人走道儿我们哪能放心，再说，王爷的命令我们也不敢不从。"

贾士芳一摆手道："不妨，贫道不告诉你们王爷就是，二位放心地回去吧。"

两个亲兵求之不得，忙把一个灯笼送到贾士芳手里，说声"道长走好"，已是往回走出多远。

贾士芳是走惯了夜道的人，便把灯笼一扔径直往白云观走去。他虽然是九十多的老人，但脚步却比年轻人还快。不过半个时辰，便到了山门前。此时已是更深夜静，白云观内除了一两声钟声，一片寂静。贾士芳轻轻一敲山门，里面传出一个道童的声音："谁呀？"

"我！"

山门打开，贾士芳走进去，责怪道："妙空，为师不是让你早些睡觉吗？明日还要做早课呢！"

"师父，"妙空声音低低地道，"邬先生来了，在三清阁呢！"

贾士芳吓了一跳，忙道："快，带师父去见他。"

三清阁在邱祖殿的后头。贾士芳刚穿过邱祖殿，便看见三清阁里亮着灯。灯光下，一个人影正在不慌不慢地舞着剑，贾士芳一步跨到门前，轻轻地敲门。

"谁？"

"邬先生！"

黑影立刻收势，走到门前，把门打开，惊喜地叫道："贾道长，你总算回来了。"

两人手牵手在蒲团上坐下，妙空献上茶。

贾士芳一手端着茶杯，来不及品茶忙问道："邬先生，这几天巡防营搜捕得正紧，我这道观也被粘杆处暗中搜查过，你怎么还敢到处乱跑？"

邬思道脸色忧郁，低着头抚摸他那把久违了的宝剑，轻轻叹息一声道："无限伤心夕照中。故国凄凉，剩粉余红。金沟御水日西东，昨岁陈宫，今岁隋宫。往事思量一饷空。飞絮无情，依旧烟笼。长条短叶翠蒙蒙，才过西风，又过东风。"

贾士芳哂然一笑道："小老弟，复国壮志难酬吧！"

邬思道赫然大怒，对着贾士芳吼道："贾老道，你真是商女不知亡国恨。"

贾士芳见他戚然动容，才觉得自己太过分了，忙解释道："小老弟，我是前朝人，祖上受清廷所害，至今大仇未报，我怎么会忘了亡国之恨呢？只是这大清王朝正值鼎盛之时，万民受其物化，不思前朝，你我虽有报国之志，又能奈其何。小老弟，你处心积虑，在雍正跟前混了这么多年，又能如何？"

邬思道被他说得更加心灰意冷，但他不甘心，愤恨地道："弘时是个废物，他如果有弘历一半的才能，也不至于落到如此地步。我的大计也不至于落空。"

贾士芳一捋胡须道："小老弟，过去的事就别想了，还是想想眼前怎么办。"

邬思道咬牙道："不是鱼死，就是网破。我现在只有下下之策，杀雍正。"

贾士芳一怔，一捋雪白的胡子道："要杀雍正你何必等到这个时候。在雍府时，要杀他何等简单。"

"此一时彼一时嘛，我现在是朝廷通缉要犯，唯一能做的就是杀雍正。"

贾士芳不以为然地摇摇头道："杀了雍正，还有弘历当皇帝，天下还是满人的天下，只是改了个年号而已。"

"不，"邬思道愤然道，"雍正矫诏篡位，戮杀手足，逼死亲娘，这种丧尽人伦的畜生位列九五之尊，岂不是对天理的亵渎。"

"邬先生，你何时变成'皇子党'了？"

"假老道，我是有真凭实据的。"

邬思道说着从贴身衣内取出一只金匣子，放到两人面前，然后把金匣子打开，从匣子里取出一张折叠得整整齐齐的金质御纸，慢慢地展开。

贾士芳仔细一看，大吃一惊，原来那金纸竟是一份皇帝诏书，上面写道："朕十四子胤禵即缵承大统……"

下面是满文，贾士芳不认识，邬思道便解释给他听，诏书的正中偏左下角盖着康熙皇帝的印信。

这分明是康熙皇帝传位给十四皇子允禵的遗诏，想不到竟会落入邬思道之手。

贾士芳这才相信世人传言雍正矫诏篡位果然是事实，不由气得他银须乍立，以手击地骂道："雍正果然丧尽天理人伦，这样的畜生岂可再为人君？"

邬思道见他动了真气，更进一步挑起他的反清情绪，慨然道："岂止一个雍正不该做我汉人人君，这江山原本是我朱家的天下，可恨逆贼李自成聚众叛反，毁我朱氏江山于一旦。叛贼吴三桂不守人臣大义，卖主求荣，引八旗铁骑入关，践踏中原之地。满人得以入主中原，非仅八旗劲旅之力，亦倚仗汉人相佐之故。"

邬思道的这一番宏论，贾士芳只是洗耳静听，不置一词。他是明朝过来的人，明朝皇帝一个个荒淫放纵，不理朝政，致使宦官当道，奸臣逞凶，把大好河山搅得乌烟瘴气，千疮百孔，老百姓苦不堪言，倒是满人入关之后，尤其是康熙年以来，天下大治，百业兴盛，老百姓安居乐业。雍正改元以来，更是致力于刷新吏治、力挽颓风，生生造就一个太平盛世。贾士芳出身于医学世家，冷眼看世界，比较客观，明清两朝一衰一盛，他都亲历过，渐渐感觉到清朝的天下也不是那么暗无天日。自己何苦追思那个死去的明朝亡魂呢。但想想祖上之仇，仍耿耿不能释怀。

邬思道见他半天没说话，便一拉他的道袍道："老道，你刚才还说雍正当杀，怎么又没有下文了？"

贾士芳恍然大悟，说道："无天理人伦，当然该杀，邬先生施出手段吧！"

"我？"邬思道为难地说，"我还要仰仗仙长相助。你是名医，可借进宫看病之便，伺机下手。"

贾士芳原本复仇之心有些淡了，被他说得心中一动。不错，眼下是个绝好的机会，如果真能置雍正于死地，一则可报祖上之仇；二则也伸张了天地正义。但一想雍正、弘历并不信任自己，便道："邬先生说得有理。只是雍正、弘历防范甚严，如何有机可乘。"

邬思道轻松地一笑，道："你是名医世家，在用药上做些手脚，岂是难事？既可安然脱身，又足以置畜君于死地。"

"不妥，不妥！"贾士芳连连摇头，"雍正用药，必先由御前太监试服，确信无碍，才自己服下。如果在药中下毒，岂不露了马脚。"

"老道，难道不能配制出只毒雍正、不毒太监的毒药吗？"

贾士芳被他说得笑了起来道："毒药岂能分出谁是主子、奴才？谁吃了它，它就取谁性命。"刚说完，他忽然灵机一动惊喜地叫道，"有了！"

邬思道心中一喜，忙道："快说，有什么妙计？"

贾士芳双手合十道："先祖李时珍遗书中曾记载一种毒药，人服下后，只要不行房事，不纵欲，肝脾不张，则无碍；一经纵欲，肝脾大张，则毒性发作，半日可致人死命，无药可医。"

邬思道一拍手，连声道："好极了，仙长若能置雍正于死地，我便可以乘乱逃出京城，将康熙遗诏告知天下，则清廷人心必失，我汉人便有机可乘了。"

　　贾士芳看不惯他那种朱氏后裔的做派，揶揄道："小老弟，别高兴得太早，这药还没配好呢！"

第四十章

明太子陵前碎玉玺
清世宗榻上辞人寰

雍正放了心，亲手从衣内取出贾士芳送来的丹药。蕙儿一见，忙着端来温开水。雍正把一颗丹药放入口里，喝了一口开水服下丹药。弘历在一旁看了，想阻拦却没敢。

弘历毕竟年轻，守在雍正床前一宿没睡，依然精神饱满。天亮之后，他见父亲睡得正香便悄悄退出房去，到了门外，见蕙儿、菊儿在门旁的长凳上打盹，便把她俩叫醒，仔细叮嘱几句，才走出养心殿。

军机处张廷玉、方苞和果亲王都已来到，见弘历走过来，三人一齐迎上前，张廷玉、方苞施礼，问安后说道："四爷，今天就由您总理朝政，有什么要交代奴才的？"

弘历谦恭地说："几位都是老军机了，办起差来比我有经验。我要说的话就是，但凡有差事，只管放心大胆地去办，实在争议难决的事，再来问我，我不能决的，还有皇阿玛呢。"

允礼点头赞许道："宝亲王说得有理，虽说由他总理朝政，也不能大事小事都来烦他。下面能办的差事尽量在下面办。"

张廷玉、方苞二人听完弘历的训谕，正要进房中办公。弘历却又叫道："皇阿玛特别叮嘱，今天一定要派人去易县请怡亲王回京，一则皇阿玛想见见他；二则盛郡王的丧事也要请他来。回去你们军机处派人走一遭，就说是皇上的口谕。"

"四爷放心，奴才记下了。"张廷玉、方苞答应着，转身进房。

弘历想想再没有要交代的差事，便慢慢走进军机处旁边的松竹轩中。见宝亲王进来，一个太监慌忙将泡好的浓茶放到书案上，另一个太监则赶紧将当天的折子放在弘历跟前。

弘历呷了一口浓茶，眼睛看着那一摞奏折心里有一种惶然的感觉。虽然他曾不止一次代皇阿玛批阅过奏折，但像今天这样郑重其事地坐在松竹轩处理政务还是第一次，也许这就是作为储君的最明显的标志。他理了理原本摆放得整整齐齐的折子，然后取过第一份，打开一看，却是田文镜报祥瑞的，说河南的谷子有一茎十五穗，他顿时对皇阿玛的这位"模范总督"反感起来，随手把田文镜的折子放到一旁。又去看下面的折子，谁知一连十几份折子，不是呈报祥瑞，就是一些无关紧要的小事。他都一一放在一边。不消一个时辰，那摞厚厚的奏折有多半被放到一边。弘历只拣要紧的折子细看朱批了。其余折子则命太监送给军机处处理。

折子批完了，弘历再也无事可做。张廷玉、方苞那边也没有派人过来问他事，看来他们对处理政事都得心应手。况且，国家经过雍正几年的整治，已是太平盛世，让朝廷头痛的事自然就少了。

弘历正思谋该做些什么，忽然一个小太监进来禀道："启奏宝亲王，刑部尚书达哈维进见。"

"请他进来吧！"

达哈维躬身进来，先给弘历跪地施礼，然后道："王爷，沈近思的案子已经审结，总计贪污亏空粮钱六十余万钱，是这几年贪污数额最大的案子，奴才不敢自专，特来请宝亲王示下。"

弘历早对沈近思的案子一清二楚，当下便道："如此贪墨的恶吏，不严惩何以儆后来？着将沈近思判斩立决，家产悉数充公，族属严责不究。"

"奴才遵旨。"

弘历说完，忽然想起陈刘氏的案子，忙问道："陈远的案子可曾审结？"

"奴才正要回禀王爷，"达哈维不待他细问便叙说道，"刘世明述职来京，奴才就把他传到刑部与陈刘氏当堂对质，还把刘世明带来的鸦片样品送药店鉴别。刘世明说陈远贩卖的鸦片确系毒品，按律治罪，陈远罪有应得。药店鉴别的结果也是毒品。陈刘氏不服，一急之下，又控告刘世明之子对她施暴，刘世明为防她上告，保全儿子，才用毒品取代了鸦片药品，反诬陈远贩卖毒品鸦片。"

弘历想不到这样一起简单的案子竟越来越复杂，有些不解，问道："陈刘氏的状子，本王看过，怎么没说她被刘世明之子强暴过？"

"女人对这种事，不逼到万不得已，谁肯张扬。王爷别急，好戏在后头。"

弘历大为惊奇，便凝神聆听。

达哈维道："正当两人对质不清的时候，漳州知府李治国又派人送来陈远贩卖的鸦片样品，奴才当即送去鉴别，结果是药品而非毒品。奴才当即严责刘世明，刘世明无言以对，最后供认，为了保全儿子，昧了良心，诬陷陈远。"

弘历颇觉意外，说道："李治国能不掩饰过失，秉公提供旁证，实在难得。只是陈远之死他难辞其咎，如不稍示薄惩，也与理不合。"

达哈维道："奴才也感到难办，特请四爷示下。"

弘历略一思忖，便道："刘世明身为督抚，管教不力于前，伪证诬陷于后。着即革去巡抚之职，交部议处，其子交付地方，另行按律治罪。李治国疏于访查，制造冤狱，理应查办。但皇阿玛刚刚颁布禁止吸食贩卖鸦片的禁令，如果将缉毒官员治罪，恐怕引起世人误会，有碍禁令的推行。而且李治国不掩己过，秉公提供旁证，公忠之心，天日可鉴。着议将李治国革职留任。陈远平冤，予以厚葬，遗属厚恤。"

达哈维不待弘历说完，便磕头道："四爷料理，合理合法，奴才佩服得五体投地。"

弘历却把眼一瞪，斥道："阿谀之词！还不滚回去把差事办了。"

达哈维马屁没拍响，吓得半爬着回去。他刚走出松竹轩，小太监又进来道："禀宝亲王，直隶总督李大人求见。"

弘历道："请他进来。"

李卫一进松竹轩，来不及给弘历施礼，便叫道："四爷，奴才有要紧的事跟你说。"

弘历笑道："有什么要紧的事，坐下慢慢说，何必急急火火的。"

李卫站在他的书案前，躬身问道："四爷，万岁爷派人到处缉拿邬思道，不知拿到没有？"

"没有。本王也为这事着急，已派张千、张万到处打探、搜捕。"

李卫眼珠乱转，诡秘地道："京城搜捕得紧。邬思道一文弱老生，逃不出多远。依着奴才，只要派几名大内侍卫带少许官兵暗中埋伏在明皇陵周围，那邬思道很可能就自投罗网。"

弘历一愣，惊奇地看着这位大字识不了一筐的"模范总督"，问道："你怎么知道邬思道要去明皇陵？"

李卫笑笑，有点自鸣得意，说道："四爷还知道圣祖朝朱三太子案吗？那朱慈焕被正法时，尚有遗子流落在世。奴才多年来专事督剿江浙一带逆匪，据江湖人说朱慈焕的遗子就在京城天子脚下暗中反清。四年前，四爷巡视江南，在信阳和采石矶两次遇刺，奴才就怀疑邬思道。他多次唆使三阿哥劫杀王爷和皇上，挑起皇室内部争斗，坐收渔翁之利，罪恶之心，昭然若揭，他不是朱明后裔，何必这样苦苦用心？"

弘历听他剖析得头头是道，如梦方醒，仔细想想，邬思道怎么看都像是朱明后裔。他的一些令人费解的行为，一下子全找到了答案。想到这里，弘历暗加心惊，忙吩咐道："李卫，邬思道一案，事关重大。本王命你亲自带人去明皇陵埋伏，务必将邬思道生擒归案。"

李卫没想到弘历会派自己这个总督亲自去，但他只是稍一迟疑便朗声应道："王爷放心，奴才一定把他抓来。"

交代完李卫，天已午时。弘历知道军机处已经休值，不会再有官员来见他。他便叫来刘统勋，带着几个亲兵、宫监出了午门上了轿，顺着长安街往东又往北一直到了允禵的十四贝勒府前才停下。众人这一阵急赶，个个累得气喘吁吁。

弘历下了轿，直接走上门前的石阶。守门的是四个太监，一看是宝亲王来了，慌忙施礼。

弘历问道："十四叔呢？"

太监们忙道："贝勒爷在书房写字呢。"

"带本王前去。"

"嗻！"

一个叫三水的太监忙在前面引路。弘历小时候来过十四叔的家，后来因为允禵、雍正争夺储位，他这位小阿哥也不便再到允禵府上来了。弘历边走边看，这座院子几乎还是老样，物是人非，十四叔再不是当年声名赫赫的抚远大将军，他心里想着感叹不已。

"王爷，这儿就是贝勒爷的书房。"三水在一处幽雅别致的小阁楼前止住脚，向弘历说道。

弘历本想直接进去，犹豫了一会儿，还是站着没动，向三水道："快，给贝勒爷禀一声。"

"嗻！"三水脆生生地应了一声，便跑了进去。

过了好半天才出来道："四爷，贝勒爷请您进去呢！"

弘历这才一步跨上台阶，走进阁楼。穿过前厅一看，允禵青衣便帽，正对着自己写字。他赶紧上前两步，甩衣袖跪倒叩头："弘历给十四叔请安！"

允禵头也不抬，照旧写他的字。弘历跪着不动，等他写完一张宣纸，便又叩了一个头道："弘历给十四叔请安！"

允禵还是没抬头，自顾自地把笔放下，从底下又抽出一张宣纸铺好，才用冰冷的声音道："说吧！雍正派你来干什么？"

弘历恭恭敬敬地答道："皇阿玛叫儿臣来看看十四叔，当然弘历自己也想看看十四叔。"

允禵面无表情，淡然道："不愧是雍正的儿子，很会说话。你老子让你来劝我出山的吧！十四叔也懒得跟你兜圈子，明白地说吧，我不会像有的人那样甘愿做他的走狗。他留我一命，我自然感恩不尽，但仅此而已。你就这样回复他，不要浪费口舌了。"

弘历一听，鼻子一酸，泪水便如断线的珠子一样掉下来。父辈的积怨这样深，还要波及下一代，何苦呢？他想了想，哽咽着道："十四叔，侄儿不想过问你们老一辈的是是非非。这么多年都过去了，咱们皇室家族还是这么疙疙瘩瘩，侄儿想起来就难过。您和皇阿玛是一母同胞，是侄儿的亲叔叔，可是侄儿想见见您都难。上次侄儿来看您，让您给吃了闭门羹，侄儿当时的心都要碎了，泪水只好往肚里流。从那以后，侄儿想来看您，却又怕来看您。昨天三哥自戕而死，皇阿玛忧郁成疾。他昏迷后，醒来的第一句话就是叫侄儿来看您。这不，侄儿办完政事就来了。"

弘历这一番充满真情的话，虚中有实，连他自己都越说越难过。允禵开始只是毫无表情地听着，渐渐地面露戚容。等弘历说完，他便从书案后走出来，上前双手拉起弘历道："起来吧！坐下说话。"

弘历心中窃喜，便收了泪，慢慢站起，等允禵先坐了，才在旁边的凳子上坐下，恭恭敬敬，极为关切地问道："十四叔，您在这儿还好吗？下人侍候得周到吗？"

允禵一听，脸色微变，冷冷地道："好得很哪，院里院外有那么多侍卫保护，十四叔气派不小。"

弘历知道他在恨皇阿玛处处防着他。便在心里思谋良久，突然说道："十四叔，您要是不喜欢，侄儿现在就把这些撤了。"

允禵大感意外，他不相信弘历有这么大的胆子，惊疑地问道："你？你有这个权力吗？你不怕皇上？"

弘历豁然一笑道："请十四叔放心，侄儿一言九鼎，言必信行必果。"

弘历说完，向门外大声叫道："三水！"

三水正在外面伺候着，赶紧跑进来。

"奴才在！"

"传本王的话，府里府外的侍卫、看守一律裁撤。只留宫女、太监侍候贝勒爷。如果不敷使用，还可以叫内务府再派几个来。"

三水一听，大吃一惊，竟呆在那儿半天没动。

弘历斥骂道："呆头鹅！还不快去。"

"嗻！"三水如梦方醒，慌忙答应一声跑了出去。

这一下，倒让允禵始料不及，忙连连摆手阻止弘历道："使不得，千万使不得。弘历，你心里有十四叔就行。没必要非这样做不可，你父皇……"

"十四叔请放心，皇阿玛那里由侄儿去说。"

允禵叹了一口气道："弘历，你不要费尽心机了，十四叔已发誓不为雍正做事。天色不早了，你也该回朝理政去了，回去跟雍正说，就说老十四恭祝他千秋圣躬。"

"侄儿一定转告皇阿玛。"弘历激动不已，站起来向允禵告辞。他走出阁楼，顺着来时的林荫小道往回走。刚走出不远，忽见刘统勋神色慌张地快步跑来，老远就叫道："四爷，不好了！"

弘历知道必定有事，忙道："快说，出了什么事了？"

刘统勋未曾开口泪先流，哭着说道："怡王爷……殁了！"

"什么？"弘历如五雷轰顶，呆立在那儿，身子摇晃着差点儿摔倒。

刘统勋吓得赶紧扶住他叫道："四爷！"

弘历用力摇了摇头，竭力使头脑镇定下来，哽咽着问道："十三叔何时殁的？现在何处？"

刘统勋道："刚才内务府来人说，十三爷在太平峪突然发病，御医们医治也不见好转。十三爷便要工部郎中左清玉立刻送他回京，谁知刚到房山，十三爷就殁了，现在还在路上呢！"

"十三叔！"弘历悲怆地大叫一声，踉踉跄跄地往府外走。到了门口，也不乘轿，撒开双脚便往宫里跑。

刘统勋一见慌忙在身后喊道："四爷，张相爷他们在怡王爷府前等着呢！"

弘历这才站住，刘统勋一边拦住他，一边向身边的亲兵吩咐道："快，找两匹马来，我陪宝亲王一起去。"

两个亲兵慌忙跑进允禵府里，好容易找到两匹瘦马，牵到门外来。

弘历、刘统勋顾不得许多，抓住缰绳，跳上马，两腿一夹，两匹瘦马一前一后往南跑去。跑了好一阵，才跑到允祥府前。弘历远远就看到府门前，黑压压站满了人，还夹杂着阵阵哭声。到了切近，看清楚了，都是九卿六部大小的官员，张廷玉、方苞、允礼、允禄等王公大臣也站在台阶上，他们伸长脖子，翘首以待。弘历来到跟前，翻身下马，把缰绳一扔，直奔张廷玉等人走去。九卿六部的官员一见宝亲王来了，呼啦啦跪倒一大片。张廷玉、方苞等人慌忙迎上前来。

弘历眼含泪花问道："衡臣，十三叔的灵柩现在到哪里了？"

张廷玉忙道："刚才巡防营的兵来说，十三爷的灵柩已到丰台。"

弘历凄然叫道："来人，换匹好马，本王要去迎接怡王爷回京。"

张廷玉、方苞赶紧一边一个拉住他安慰道："和亲王已带人去了，四爷还是在这儿等一会儿吧！"

"怡王爷已殁，皇上龙体又有恙，朝廷上下全靠四爷支撑，您千万保重身子。"

弘历长叹一声，只得罢了。

方苞忙叫人去允祥府里找来椅子，让弘历坐下。

张廷玉见他安静下来，近前道："万岁爷还不知道怡王爷殁了，四爷看要不要让圣上知道？"

"不，"弘历断然道，"皇上龙体有恙，刚刚康复，万不可让他受此打击。"

"可是怡王爷的丧事怎么办？"

弘历这才感到难办，允祥是和硕怡亲王，铁帽子王的身份，自己只是代理朝政，无权为允祥治丧，况且他也没有经验。但是，皇上和怡亲王情深义重，如果知道他的十三弟突然殁了，非急出病不可。弘历左思右想，只好先做权宜之计，便道："至少今晚不能告诉皇阿玛，等他老人家康复一些再说。"

张廷玉点点头，表示赞同，眼下也只能这样了。

一个时辰过去了，西边的官道上扬起一片灰尘，两名八旗兵飞驰而来，来到众人跟前，高声叫道："怡亲王灵柩已到，百官跪迎。"

弘历听了，只觉鼻子发酸，泪水再次涌出，他扑通一声跪下，悲怆地哭喊道："十三叔……"

张廷玉等百官紧跟着一齐跪下，顿时悲风凄凄，天地灰暗。

邬思道穿一身道袍，手持拂尘，再加上他的温文儒雅之气，还真有些仙风道骨的味道。官道上人来人往，但谁也想不到这个跟自己擦肩而过的道士就是京城里圣旨悬赏缉拿的朝廷逆犯。

邬思道回头看看越来越模糊的京城，心里多少有点得意。雍正兴师动众，严旨缉拿他，也奈何他不得，凭着他的机警、智谋，他最终还是逃出了京城。但他的那种得意之情只是一闪即逝，随之而来的是充满心间的悲哀，这种悲哀是那么强烈，震撼心田，而且久久挥之不去。和贾士芳分手时，他把康熙遗诏和传国玉玺在身上收藏好，便告辞离去。他根本没有具体考虑到出城以后身去何处。邬思道原本是个极精细的人，做每一件事都考虑周详，但自从他的宏伟大计失败后，便失去了那种缜密思维的习惯，一言一行仅凭潜意识的支配。因此逃出京城后，仿佛有一种神奇的力量指使他选择了往北逃的路线。

驿道上做买卖的人匆匆地赶着路。几个贩马的北方汉子赶着十几匹膘肥体壮的马往京城方向走来。邬思道看中了一匹枣红马，似乎有了主意。他迎着那匹枣红马走去，到了跟前，伸手抓住了马的缰绳，贩马的汉子不知何故，一齐围拢来。

"唉，臭道士，抓俺的马干啥？"

邬思道把拂尘一扬道："买马，你们卖不卖？"

贩马的汉子们想不到半道也有买主，乘机漫天要价："这是上等马，得十两银子。"

邬思道不假思索，从包裹里取出一块二十两的银锭，往一个贩马汉子的手里一塞，说道："我买下了，二十两全给你们。"

几个汉子又惊又喜，收起银锭，赶着马群跑开了。

邬思道抓缰上马，掉转马头直往西北方向驰去。只小半个时辰，便到了昌平，他怕昌平的官兵搜捕得紧，不敢进城。在城西路边的一家酒店停下歇息。等天色暗了下来，重新上马赶路。

昌平城外就是连绵起伏的龙山，再往北则是天寿山。前明十三座皇陵就坐落在天寿山上。邬思道到龙山脚下就弃了马，沿着青石板铺成的台阶拾级而上，当他在暮色中看到第一块石牌坊时，浑身的血仿佛要沸腾了。这里才是他朱家的神圣领地。

邬思道仰望山上，到处是黑蒙蒙、郁郁苍苍的松柏。如果是白天，应该可以看到他朱家的祖陵了。于是他加快了脚步，青石小道边，碑亭、石像生、棂星门很快被甩在身后。他又紧赶了一阵，远远地依稀可辨正中的山门前耸立着一座门楼，邬思道暗中已来过多次，知道那就是长陵的山门。他来到一块山石前，往四周扫视一遍，又仔细地听了听，确信没有危险后，才一步跃进山门。里面是一块空地，空地前是高耸的长陵墓碑。他来到墓碑前，抑制住激动悲壮的心情，开始从包裹内取出香纸、香烛等祭祀的物品，一件件摆放整齐，把香烛点着，最后取出康熙遗诏和传国玉玺，也摆放在墓碑前。做完这一切，他才向墓碑跪下，叩头，口中喃喃道："朱氏列祖列宗在上，不肖子孙今日特来祭祀……"

正在他念念有词的时候，忽听身后传来一声呼哨，吓得他急忙回头去看，只见山门外突然拥出一群手执火把的清兵，顿时把整个长陵照得通明。邬思道大吃一惊，知道中了埋伏，便想往山上跑，忽觉眼前也是一亮，山上也出现一群举着火把的清兵，只听山上清兵中有人喊道："邬先生，别来无恙！"

邬思道一下子就听出是张千的声音，气得他张口就骂："张千，你也是汉人，为什么甘愿做雍正的走狗，与我朱家为敌。"

张千哪里知道他是朱三太子之后，乍一听说吃了一惊，笑道：
"邬思道，不管你是猪家之后，还是羊家之后，我今天是奉旨拿
人，识趣的老实受缚吧。"他一边说着已是一个纵身跳到墓碑后。

邬思道明白今晚万难逃脱，他的第一个反应就是一手抓起康
熙遗诏在香烛上点燃，另一只手抓起传国玉玺，抱在怀中。

张千见他动作怪异，忽然想到雍正苦苦要找的东西莫非就在
他手上，忙厉声喝道："邬思道，你手上是什么东西？"

邬思道见他要冲上来，心一横，双手举起玉玺，猛地往墓碑
撞去。

弘历把允祥的灵柩迎入怡亲王府，交代张廷玉等暂且料理。
此时天色已黑了下来，他担心着皇阿玛的身体，急忙带着几个亲
兵出了允祥的王府，往宫中来。来到午门，守门的太监说皇上带
着蕙儿、朱儿几个去了圆明园。弘历稍微放下心来。皇阿玛能去
圆明园，说明他的心情肯定不错，但自己第一天总理朝政，一定
要跟皇阿玛说说情况，也好让他放心。

于是几匹马出了紫禁城奔圆明园而来。约半个时辰来到圆明
园外。弘历下了马，径直奔入园中，守门的八旗兵慌忙施礼。他
只是一挥手算作免礼，穿过外朝正大光明殿，远远就看见九州清
晏灯光明亮。弘历正往前走，忽见对面走过来几个人，灯光下看
得极清楚，走在前面的是道士贾士芳，身后是两个太监。

弘历一看又是这个道士，便满心不快，但皇阿玛看重他，自
己也不便为难他。贾士芳自然也看见他了，老远就躬身施礼道：
"贫道给宝亲王请安。"

弘历忍不住问道："仙长又来园中何干？"

"贫道是给皇上送丹药的。"贾士芳知道他对自己有敌意，忙
告辞离去。

他身后的两个太监还要送他，却被弘历喝住，说道："你们带
本王去见皇上。"

"嗻！"两个太监转过身来，引领着弘历进了九州清晏，在四宜书屋门前停住，其实弘历根本用不着他们带路。

　　弘历走进门来，看见雍正正坐在当中的躺椅上玩弄着百福狗，蕙儿则在背后给他捶着肩，便轻声喊道："皇阿玛！"

　　雍正闻声抬头一看，是儿子回来了，忙欠身坐起。

　　弘历赶紧上前扶住他问道："皇阿玛，您身子还好吗？"

　　"好，好得很。"

　　雍正连声说道，为证明自己说的是实话，他把百福狗一丢，欠身站起来，在房子里来回踱着步。当他走近弘历时，忽然发现儿子脸上有泪痕，吓了一跳，问道："弘历，你好像哭过？"

　　弘历被他问得有些慌乱，忙掩饰道："儿臣怎么会哭呢？皇阿玛，贾士芳又来干什么？"

　　"朕叫他送丹药来的，是新炼制的长寿丹。"

　　"皇阿玛，还是服用太医的药才是正理，道家的丹药不宜多用。"

　　雍正点头道："朕心里有数，这丹药先让朱儿试服了。朱儿！"

　　朱儿就在门外候着，慌忙进来应道："万岁爷，奴才在这儿呢！"

　　"那丹药已服用半个时辰了，可有异常感觉？"

　　朱儿嘻嘻一笑道："奴才一切正常，万岁爷放心服用吧！"

　　雍正放了心，亲手从衣内取出贾士芳送来的丹药。蕙儿一见，忙着端来温开水。雍正把一颗丹药放入口里，喝了一口开水服下丹药。弘历在一旁看了，想阻拦却没敢。

　　雍正又回到躺椅上坐下，向弘历道："今天是你第一次代理朝政，朝事如何？"

　　弘历满腹的心事，却要瞒住雍正，便道："国家太平，朝中也没有什么大事。"

　　雍正脸色不悦，说道："难道就没有令朕不快的事情？"

　　弘历只得道："湖南巡抚赵弘恩递来折子说，曾静、张熙被甘凤池杀了，还留下一首诗在墙上：'一厢情愿说督臣，大义觉迷化归魂。鄙儒想做真义士，留作人间一笑嗔。'"

雍正听完，却没有发怒，只是用手一拍躺椅，向弘历道："《大义觉迷录》都发到下边了吗？"

弘历说道："已由礼部发到各地学政，不日便可发到远乡僻谷。"

雍正没有说话，曾静、张熙这两个由他亲手树起，为自己摇旗呐喊的角色就这样轻而易举地被人杀了。《大义觉迷录》又真能使那些心存叛逆的汉人"觉迷"吗？他实在没有太大的信心。

弘历见皇阿玛半天没说话，以为他劳乏了，便道："皇阿玛，儿臣明日还要处理政事，该跪安了。您也早些歇息吧！"

雍正点点头，挥手示意他退下。

蕙儿见弘历走后，皇上还在低头沉思，便走到跟前柔声道："万岁爷，今天您不用理政事，本该轻松一下，怎么又想那些烦心的事儿？"

雍正轻轻叹息道："为君之道，你们做奴才的不懂。"

蕙儿转到他背后轻轻地捶："万岁爷，恕奴才胆大多嘴，您是尊贵的身、苦命的心，什么事儿都甭想从您心里含糊着过去。"

雍正听她的话，最是知心，便拉过她的柔嫩小手，说道："朕感到那班王公大臣也未必如你一样知朕，真是难为你了。"

"万岁爷取笑奴才，奴才哪敢和王公大臣相提并论。"

"有什么不敢的，他们也一样是朕的奴才。"

"奴婢不跟您斗嘴，万岁早点歇着吧！"

蕙儿说着，便扶起雍正走进卧房，让他在卧榻边坐下。菊儿赶紧打来热水，放在雍正脚前，又为蕙儿放下一只小凳。蕙儿过来坐下，先给皇上脱下靴袜，然后把两只脚浸泡在热水里轻轻揉搓。

雍正顿觉舒爽无比，笑道："蕙儿，你知道吗？朕一天里感到最舒心的就是你给朕按摩、捶背、洗脚。"

蕙儿笑道："谢万岁爷夸奖，奴婢今天会更上一层楼，让主子更舒心。"她一边说，一边按照佟儿教她的捏足之法，暗中找准穴道，在雍正足底轻揉暗捏。只一会儿，雍正便觉足底有一股灼热之气慢慢上升，渐渐漫过下身，在体内奔腾，使他油然而生一股欲望，他悄悄伸出一只手抚摸着蕙儿。蕙儿娇羞地抬起头，娇嫩的脸蛋红红的。但蕙儿一只手还在继续拿捏着，使雍正胸中欲火燃得更旺。终于雍正伸手把她拉起，拥在怀里，蕙儿故意半推半就道："万岁爷，别……让菊儿瞧见。"

"她瞧见又怎样，朕喜欢你。"雍正边说边把她拥倒在御榻上。

蕙儿忽觉身上没有了动静，仔细一看，雍正面色煞白，一动不动。蕙儿吓得翻身坐起，拼命摇着雍正的身子叫道："万岁爷！万岁爷您怎么啦？"

菊儿早躲到外间去了，忽听见蕙儿的惊叫声，慌得一步冲进去。蕙儿忙拉过一件床单裹住身子，又给雍正也盖上，才慌张地叫道："菊儿，快去叫太医。"

这时，朱儿也听见动静跑了进来，一见雍正脸色由白变青，吓得往外就跑，边跑边喊："太医！太医，快来救驾！"

蕙儿还呆在床上吓得哭哭啼啼，忽觉雍正嘴唇一动，慌得她惊喜地叫道："万岁爷！您醒醒。"

雍正慢慢睁开眼睛，低声道："先帝爷要带我去了，快……"

蕙儿哭道："万岁爷，您没事的，太医马上就到。"

这时，朱儿带着两个太医飞跑进来，太医慌忙上前救护，雍正却用尽力气叫道："朱儿，快去叫怡亲王……"

朱儿一听，"哇"地大声哭道："怡亲王今天早上就殁了……"

"十三弟！"雍正越来越青的脸上滚落两滴清泪，他微弱的声音道，"快……朕要见十四弟。"

朱儿哭着道："万岁爷等着，奴才这就去请十四爷。"他一边应，一边飞跑出去。到了外面慌忙叫小太监拉过一匹马来，跨上去，狠狠地加上一鞭，那马拼命狂奔，冲出圆明园，没入黑漆漆的夜色中。

圆明园距允禵的贝勒府足有四十多里地，就是白天骑马也需半个时辰才能到，但朱儿心急如火，只管在黑夜中狂奔，一口气跑到允禵府前，跳下马边往里跑边拼命叫喊："十四爷！十四爷……"

允禵已经歇息，忽听有人叫喊，忙披衣坐起，向身边的太监吩咐道："出去看看，是谁在叫喊？"

那太监应声出去。还没等他回来，朱儿已飞奔进来，看见允禵，抓住他的手就往外拉。

允禵见他惊慌失措的样子，知道有急事，吓了一跳，忙问："朱儿，到底出了什么事？"

朱儿已累得喘不过气来："皇……皇上……要见十四爷。"

允禵一听，止住脚步。他曾发过誓，决不去见雍正。

朱儿一见，扑通一声跪倒，拼命地给允禵叩头，哭道："皇上不……不行了，要见十四爷！"

允禵大吃一惊，慌忙拉起朱儿，见他额上已叩出血来，怜惜地道："蠢材，你怎么不早说。"说完，也顾不得穿衣服，拔脚就往外跑。

朱儿在他身后叫道："皇上在圆明园。"

允禵一气奔出府外，跨上朱儿骑来的马，掉转马头，挥起马鞭，那匹马再次冲入茫茫黑夜。

圆明园里，因为雍正不是来园里办公，所以军机处、内阁、六部的值班房都没有官员值班。偌大个圆明园，只有一群宫女、太监和内务府护卫营官兵。群龙无首，乱成一团糟。

雍正脸色变得铁青，呼吸越来越急促。蕙儿已穿好衣服，见几个太医嘀嘀咕咕，团团转，无计可施，气得破口大骂道："你们这群废物，皇上得的什么病？"

蕙儿虽然只是个宫女，因深受雍正宠爱，无形中便有了身份。几个太医不敢得罪，哆哆嗦嗦地说道："依着奴才们看，皇上是中毒，可是奴才们看不出是什么药，不敢胡乱下药。"

"中毒？"蕙儿半信半疑，她开始时，以为是自己按摩雍正足下穴道引起的，经太医一提醒才觉得皇上的症状确实像中毒，她把雍正一天食用的东西都回忆了一遍，也想不出来是什么东西能致人死命。

　　"莫非是贾士芳的丹药？"蕙儿的脑中闪过这个念头，但很快就被自己否定了。贾士芳的丹药让朱儿试服过的，朱儿到现在什么事也没有。

　　她正猜测着，忽听菊儿惊叫道："皇上！"

　　她忙低头一看，只见雍正已气如游丝，一双瞳孔渐渐散开。

　　"万岁！"宫女、太监一起哭叫起来。

　　突然，门外传来一阵急促的脚步声，允禵如飞一般冲进屋里，扑到雍正床前，悲怆地叫道："四哥，等一步。"

　　雍正忽地睁开了眼睛，极清晰地对允禵道："十四弟，我对不住你……"话刚说完，头一歪，再也没有醒来。